KB260636

# 지성의 향기 (상)

국립중앙도서관 출판시도서목록(CIP)

지성의 향기⑭ : 공론동인회, -- 서울 : 한누리미디어, 2013
  p. ;   cm, -- (공론동인회 수필전집)

ISBN  978-89-7969-443-7  04810 : ₩33000
ISBN  978-89-7969-442-0(세트)  04810

한국 수필[韓國隨筆]
수필집[隨筆集]

810-82-KDC5
895.708-DDC21                                      CIP2013000215

공론동인회 수필전집

# 지성의 향기

## 상

한누리미디어

# 同人憲章

一. 우리 동인은 전문 분야가 다른 각계 사람들끼리 정답게 모여 인간 본연의 자세로 돌아가 대화의 공동광장을 마련하고, 생활철학으로서의 새로운 수필문학을 수립한다.

一. 우리 동인은 노소와 빈부와 직계와 정파를 초월하여 휴머니즘의 건전한 터전 위에서 양심과 신의로써 상호친선 및 공동 발전을 도모한다.

一. 우리 동인은 변천하는 역사 환경과 각박한 생활현실 속에서 예지와 지성과 사랑과 봉사로써 문화적인 복지사회 건설에 기여한다.

# 共同宣言

隨筆은 思想 情緒에서 비롯하여 보다 直接的 行動的으로 풍겨 내는 生活의 叡智요、知性의 結晶이다.

오늘날 〈人間〉은 切迫한 歷史環境과 生活現實 속에서 叡智와 知性으로써 〈휴머니즘〉의 前衛를 삼는다.

우리는 分野가 다른 各界 사람들끼리 뜻 있는 『空論同人』이 되어、生活哲學으로서의 새로운 隨筆 文學을 樹立한다.

西紀 一九六四年 十二月 十七日

## 空論同人 (가나다順)


姜淳元　姜周鎭　高鳳京　權純永　金鏡　金白峰　金鳳基

金思達　金安在　金玉吉　金載完　金芝烈　金八峰　金衡翼

明石祝子　朴巖　邊時敏　徐燉珏　徐柱演　徐仲錫　孫在馨

安浩相　梁炳鐸　吳相淳　吳蘇白　元鍾睦　俞鎭午　尹虎永

李圭復　李洋球　李俊凡　李恒寧　張基範　全圭泰　趙南斗

趙東弼　朱碩均　秦學文　千鏡子　崔季煥　崔秉協　崔臣海

崔玉子　崔衡鍾　韓太壽　韓何雲

# 사회공익에 기여하는 회지(會誌)

시대(時代)와 조류(潮流)는 불가대인(不可待人)이라, 세월은 일각도 멈추지 않고 새로운 문화를 창조해 간다.

지금으로부터 49년 전인 1963년 봄에 학계를 비롯한 언론계·방송계·법조계·예술계·의학계 등 각계 각층에서 40여 명의 중진 인사들이 스스럼 없이 뜻을 모아 '공동선언'과 '동인헌장' 등을 밝히면서 이른바 '공론동인회(空論同人會)'를 구성한 것은 예사로운 일이 아니었다. 그 동인들은 당시에 사회질서가 문란해지고, 윤리·도덕이 땅에 떨어졌으며 민심이 각박한 현상임을 통감하여 다소나마 사회공익에 기여함을 목적으로 '수필(Essey)'과 '사회논평(Column)'을 담은 회지(會誌) 및 책자를 발간하기로 하였다.

그러기에 그 무렵 제1수필집 《이방인》·제2수필집 《공론》·제3수필집 《공론》 등이 소박하나마 세상에 선을 보였을 때에, 그 공전의 인기와 관심에는 모두가 놀라지 않을 수 없었다. 아마 각계의 저명한 인사들이 동인으로 많이 참가한 것도 이색적인 모임으로 보이는 데다가 문학을 전공하지 않은 지성적 인격자들이 스스로의 체취와 향기와 생활철학을 글로써 뿜어내는 모임이라는 점이 사회인들의 눈을 끌게 된 듯

하다. 그 당시의 국내 언론계 · 방송계에서는 이 공론동인들의 모임과 이들의 활동 등에 대하여 큰 관심을 갖고 대서특필로 다루어 주었다는 것은 잊을 수 없는 사건이다.

그토록 잘 나아가던 '공론동인회' 가 약 5년간의 활동과정에서 국내 문필활동의 여건축소와 기타 내외사정 등으로 인해 작업을 멈추게 되었다.

어느덧 세월은 흘러흘러 그 당시 46명의 동인 가운데 현재 생존해 계시는 분이 겨우 10여 명에 불과하다.

그런데 수십 년이 지난 오늘에 와서도 '공론동인회' 의 '창립취지' 와 당초 발기동인들의 '공동선언' '동인헌장' 등을 전폭적으로 찬동하고 이해하는 각 분야 지성인들이 2012년 2월 3일 서울 시내에 있는 세종홀에 모여 동인회의 부활과 더불어 새로운 모습으로 새 출발할 것을 다짐했다. 다시 말하자면 각계 · 각 분야에서 열심히 활동하고 있는 50여 명의 인사들이 큰 뜻을 모으고 큰 부담없이 만나 겸허한 자세로 함께 세정(世情)을 논하고, 국격(國格)을 높이며, 그리고 수필과 칼럼 등을 발표할 뿐만 아니라, 때로는 포럼을 가지면서 사회적 힐링(Healing) 역할을 몸소 실천하기로 한 것이다.

우리 동인회의 올해 첫 작업으로는 《지성의 향기》(동인지)라는 수필집을 상 · 하권으로 기획하여 상권에는 기존의 수필집 세 권을 합본으로 수록하고, 하권에는 새로이 영입된 새 동인들의 멋지고 진솔한 수필 작품들을 수록하기로 10여 명의 편집위원들과 함께 논의되었다.

이번 동인지(책자)의 목차(게재)순에 있어서 상권(1,2,3부)의 경우에는 이미 출간된 그 순서대로 유지하였으나 하권의 목차 순서는 도착순에 따랐으므로 동인들의 넓은 이해가 있으시기 바란다.

이 책에 수록된 수필과 논평문은 현대를 살아가는 지성인의 사색 ·

감정·사상·이념·철학 등을 노출화한 문필들로써 인류사회의 진(眞)·선(善)·미(美)를 향상시키는 기폭제가 될 것이며, 삶의 가치를 풍기는 향기가 될 것이다. 물론 이 작품들이 한결같이 높은 문학적 수준의 예술성을 지녔다고 말하기에는 어렵다.

그러나 이들의 진솔한 수필과 논평들은 모두가 현대의 어떤 상황에서 무엇을 생각하고, 무엇을 어떻게 풀어 나아가야 할지를 살핌에 있어서 한 시대와 한 조류의 증언적인 역할이 될 수 있을 것이라고 사료된다. 아무쪼록 우리 동인들의 작품 하나하나가 이 세상을 살아가는 모두에게 양식(良識)을 채워가는 양식(糧食)이 되었으면 하는 마음이 간절할 뿐이다.

소통과 사랑과 평화포럼 '공론동인회' 대표간사 김 재 완

19 60년대 중반, 학계를 비롯한 언론계, 방송계, 법조계, 예술계, 의학계 등 각계의 인사들이 사회 공익에 기여함을 목적으로 '공론동인회'를 결성하고 발표한 세 권의 수필집이 당시 대단한 호평을 받았던 바 금년(2012)에 '공론동인회'를 부활하면서 고급 양장본 전집으로 엮게 된 것을 매우 기쁘게 생각하며 편집과 관련하여 몇 가지 참고사항을 적어둔다.

우선 본문이 세로짜기로 편집되었던 것을 가로짜기로 재입력하면서 본문 내용을 현재문법에 맞게 교정하여 입력 편집하였으며, 한자는 한글로 쓴 뒤 필요에 따라 괄호 안에 병기 처리하였다. 또한 각권의 편집 후기와 판권을 스캔 처리하여 삽입시킴으로써 원본의 이미지를 높이고 순간적이나마 당시의 시대상을 엿보는 기회로 삼았다.

게재순서는 원 책자에 실린 순서대로 하였으며 약력은 당시 출판시기에 준하여 거의 그대로 옮겼고 사진 또한 매우 조악하지만 실감나게 그대로 옮겨 실었다. 특히 원서에는 게재되지 않은 안호상 박사, 이항녕 박사, 서돈각 박사, 오상순 시인의 작품을 3집분 후미에 게재하였는데 이분들은 그 당시 동인활동에 참여할 것을 밝히셨던 분들로 작품 제출이 늦어 4집에 싣기로 보류하였거나, 오상순 시인의 경우 1집이 출간되기 전에 작고하는 바람에 제외된 경우임을 아쉽게 생각하여 당시 제출 작품은 유실되었지만 그의 대표작인 〈시대고와 그 희생〉을 싣게 된 것임을 밝혀둔다.

편집간사 **김 재 엽**

# 차례 Contents

# 차례 Contents

## 제3집 _ 空論

# 차례 Contents

# 제 1 집

# 젊은이의 고민

姜周鎭


나는 젊은 청년들을 많이 만난다. 대학에서 가르친 제자들도 많이 만나지만 그 외의 젊은이도 많이 만난다. 내가 만나는 많은 젊은이들은 그래도 고등교육을 받은 사람들이 많다.

나는 이들을 만날 때마다 내가 젊어지는 것 같다. 그러나 또 한편으로 젊은이들이 자라서 어른이 되고 사회에서 활약을 하고 훌륭한 사람이 되어 가는 것을 보고는 내가 늙었다는 것을 스스로 느낄 때도 있다.

젊은이들은 비록 그들이 가난해도 미래를 생각할 수 있다. 그 미래는 생애 중의 미래다. 그러나 나이가 많은 사람은 같은 미래를 생각한다고 해도 그것은 이미 생애 중의 미래가 아니라 사후의 미래에 속할 때가

**강주진(姜周鎭)** _ 경북 상주 출생. 본적 서울. 호 상운(尙雲). 일본 주오(中央)대학 법학과 졸업. 미국 하와이대학 하기 강습. 미국 남가주 코라몬대학원 수학. 대한출판협회 사무국장. 중앙대학교 교수. 「코리아 타임즈」 조사부장. 한국정치문제연구회 지도위원. 경희대학교 · 동국대학교 · 성균관대학교 · 서울대 대학원 · 한국외국어대학 · 홍익대학 강사. 홍익대학 상무이사 역임. 「국도신문」 · 「대한일보」 · 「서울신문」 논설위원. 중앙대학교 학생처장 및 교무처장. 아세아반공연맹 이사. 육군정훈학교 · 국방연구원 등 출강. 서울특별시 자문위원. 국제법학회 총무이사. 국회도서관장. 저서 《정치학개론》 《외교사》 《정당론》 외 수편.

많을 것이다. 생애 중의 미래를 그릴 때에는 그것은 희망적이고 이상주의에 흐르고 있을 때다.

이러한 때에는 항상 자아와 아집에 흐르기 쉽다. 그러나 모든 희망이 사라지고 이상 대신에 차디찬 현실에 부닥칠 때는 인간성이 발로하기 쉽다. 우리는 이상을 좋아하고 현실을 멸시하는 경향이 있다. 이상은 원만할 수 있고 현실은 불합리한 점이 많기 때문이다.

「헤겔」은 "합리적인 것은 현실적인 것이고 현실적인 것은 합리적인 것이다"라고 했다지만 현실은 원만할 수 없는 법이다. 나는 젊은이들의 이상이 부럽고 그들의 강한 정의감을 존중하고 진리에 돌진하는 용기를 사랑한다. 이러한 까닭에 나는 그들의 견해 중에 약간의 무리가 있더라도 나는 젊은이들의 의견을 존중하고 그에 동의하고 싶다. 그러나 근래에 와서는 나는 젊은이들의 의견에 동조할 수 없는 많은 점을 가지게 되었다. 이것이 필경은 내가 늙은 탓인지도 모르겠다.

얼마 전의 일이다. 안면이 있는 대학생 두 명이 찾아왔다. 이들은 사회를 논하고 문화를 논하고 정치·경제 등을 논하는 동안 그의 열변 중에는 태반이 그릇된 가정에서 연역되는 논지였다. 그뿐만 아니라 그들의 스승 중에도 그의 주장에 반대하는 교수를 불신하는가 하면 그들의 부모들까지도 그릇된 현실에 타협하기 때문에 믿을 수 없다는 것이고, 그들이 생각하는 일종의 도원경(桃源境)이 그들의 뜻대로만 된다면 당장에 이루어지는 줄 믿고 있었던 것이다.

나는 이들 젊은이들이 그릇된 현실을 비판하려는 그들의 젊음에는 전폭적인 동정과 찬동을 하면서도 그 현실을 벗어나려는 방법론에 대해서는 찬동할 수가 없었다. 그러나 이들 젊은이들은 올바른 지도자를 구하고 있었고 올바른 지도를 바라고 있었으며, 참된 이야기를 듣고 싶어 했었으며, 올바른 사실을 알려고 하는 기백에 가득 차 있었다.

나는 이들 젊은이를 앞에 놓고 이렇게 생각해 보았다. 만일 사람이 자기가 하고 싶은 말을 다하고 느끼는 대로 다 느낀다는 표정을 다 나타낼 수 있고, 하고 싶은 행동을 다 할 수 있다면 과연 이 사회는 어떻게 될 것인가. 나는 또 그릇된 말이건 참된 말이건 저렇게 솔직 대담하게 할 수 있는 것이 젊은이들의 황금시대가 아니겠는가 이렇게도 생각해 보았다.

더욱이 생각나는 것은 나의 학생시절이었다. 1940년대였다. 일본이 한참 소위 대동아전쟁을 시작할 무렵이었다. 당시 나는 열렬히 일본정부의 대륙정책을 비난하는 시내원충웅(矢內原忠雄) 교수의 강연을 듣고 그를 찾은 일이 있었다. 일제하의 일이다. 우리 말도 자유로이 하지 못하고 우리의 문화가 말살되고 일본식 창씨를 강요당하는 판국이라 지금 젊은이들이 가지는 고민에다 비하면 몇 천 배 더 심각했으리라. 이와 같은 민족적 고민에 가득 찬 나에게 시내원(矢內原) 교수는 단 한 마디 해 주었다. "나의 힘에는 한도가 있소. 따라서 당신을 구해 줄 수 있는 유일한 길은 기독교를 믿으라는 충고 밖에 할 수 없다는 것이었고 성서의 지도만을 해 줄 수 있다"는 것이었다.

나는 나를 찾는 젊은이에게 여러 가지의 설명을 했고 사회의 현실적인 합리성의 타당성과 비타당을 늘어놓았으나 그들은 고개를 갸우뚱할 뿐 쉽사리 나의 설득을 납득하려 들지 않았다. 실로 젊은이를 좋아하는 사람이 겪는 하나의 고통이었다. 나는 시내원 교수의 충고도 있고 해서 한동안 교회를 찾기도 했던 것이다. 그러나 대부분의 목사가 대동아전쟁을 찬양하는 것을 보고 끝내 교회를 찾는 흥미를 잃었던지라 나는 이들 젊은이에게 기독교를 믿으라는 말조차도 할 수 없었다.

끝으로 한 마디 젊은이의 고민은 영원한 것. 인생의 맛이란 입에 풀칠하기가 급할 때에 비로소 나는 것일 게다.

# 기후의 변화

姜 周 鎭

금년 겨울에는 아직도 춥지 않다. 서양식 대명절인 성탄절이 지나가도 눈 하나 구경할 수가 없고 피부가 따끔할 만큼 이렇다 할 추위도 아직 겪지 않았다. 이것이 필시 하느님이 우리들의 가난한 살림 형편을 도와주시는 것인지도 모르겠다.

12월 말이면 예나 지금이나 겨울방학이 시작되는 때이다. 내가 어릴 때는 5리쯤 되는 시골 신작로를 걸어 보통학교를 다녔다. 장갑이라고 하는 것은 여간해 얻어 보기도 어려울 때이고 한복차림으로 다닐 때이므로 내의도 제대로 없었으나 두루마기는 꼭 입고 다니었다. 두루마기 옆 구멍으로 양손을 집어넣기는 했지만은 농촌의 들판 바람이라 손은 상당히 얼어붙었다.

학교에서 집 대문을 들어서면 어머니나 할머니가 문간까지 나와서 안아들이고 화롯불에 손을 쬐어주면 손은 곧 붉어질 뿐만 아니라 좀 있다가는 열 개 손가락이 찢어지듯이 아파지기 시작한다. 할머니나 어머니 앞에서 울상을 하면서 찔찔매다가 보면 저절로 나았기는 하지마는 할머니나 어머니는 옆에서 손을 비벼주면서 퍽 안타까워 해 주는 것이었다.

더욱이 바람이나 호되게 불면 얼굴 볼이 얼어서 집에 돌아와서도 한 동안은 얼굴 볼이 남의 살같이 굳어지곤 하였다. 겨울이 되면 나는 꼭 이러한 보통학교 시절을 연상하게 된다. 손이나 볼따귀가 지금과 같이 굳어진 것이 아니라 그야말로 고사리와 같은 손이었고 얼굴살도 부드러운 것이었으리라. 나는 지금도 추위하면 이때에 떨던 것이 늘 인상으로 남는다. 보통학교를 졸업하고 금천으로 통학을 할 적에는 새벽길을 겨울에 5리나 걸어다녀도 그때 추위는 그리 인상적으로 남지 않는다.

그러나 그때에 그렇게 떨면서 다녀도 손이나 발에 얼음이 박히지는 않았다. 나는 추위하면 항상 나의 보통학교 시절의 그것과 비교해 보곤 한다. 전보상대라고 부르던 전주 옆을 지나갈 때 바람이 불면 '왱─ 왱─' 하는 그 소리와 함께 두루마기 자락이 펄펄 날리면 나의 손은 그대로 바람을 얻어맞았고 바람을 등으로 받기 위하여 몸을 돌리기도 하면서 뒷걸음질을 칠 때도 있었다. 추위하면 고작 나는 이런 추위를 연상한다.

여름에는 더위도 대단했다. 도시락으로 점심 요기를 했지만 해가 긴 여름에는 허기가 나서 도랑방천 나무 그늘에서 한참을 자고 집으로 돌아오는 때도 있었다. 이와 같은 여름도 길었고 추위도 길었다. 여름에는 여름 생각만 하고 겨울에는 겨울 생각만 하고 있었기에 더욱 길게 느껴졌으리라.

요사이 같아서는 여름이 되면 가을과 겨울을 생각하고, 겨울이 되면 곧 닥쳐올 봄이나 여름을 겹쳐 생각하기 때문에 여름도 잠깐 사이에 지나가고 겨울도 잠깐 사이에 지나간다. 이렇게 해서 세월이 빨라지고 나이를 먹는 것이 싫어지는 것이다.

그러나 콧물을 흘리던 시절에는 여름은 여름대로 길고 겨울은 겨울대로 길었다. 그러니 세월이 길게 여겨지는 모양이다.

거기에 나이 먹는 것이 즐겁게 여겨지는 때이니 좋기도 했다.

요사이 사람들은 금년에 아직도 본격적인 추위가 오지 않았다고 해서 또 수년내 겨울이 그렇게 춥게 느껴지지 않았다고 해서 해마다 겨울이 따뜻해진다고 야단들이다. 물론 회전하는 지구상의 변화도 있으리라. 달세계를 정복한다고 각종 우주선을 발사하기도 했고 각종 원수소탄이나 핵탄의 시험관계도 있으리라.

거기다가 각종의 장중단파의 전파가 우리를 휘감고도 있을 것이다. 이와 같은 것으로 해서 기온에 변화도 없지 않다고 할 수 있다.

그러나 각종 내의가 생겨났고 특히 도시에서 각종 난방시설이 완비되었고 또 식생활의 변화와 교통기관의 발달은 필연적으로 추위를 느낄 기회를 단축시켰을 것이다.

여름에만 하더라도 같은 이유로 해서 더위도 별로 느껴 보지도 않고 지나는 사람이 많아졌을 것이다. 우리는 우리 주위의 환경 변화를 느끼기에 앞서 함부로 자연의 변화를 느끼게 된다.

자연의 변화란 것이 그렇게 손쉽게 이루어지는 것이 아닐 게다. 10년이면 상전이 변한다고 했지만 10년 20년에 사철 기후마저 변한다는 말은 요사이 비로소 듣는 말이다. 우리가 춥다 덥다 하는 이야기에 그칠 것이 아니라 모든 우리의 생활을 자성해서 기후의 변화를 함부로 결정짓지 않게 되듯이 잘 살고 못 살게 되는 원인의 결정도 함부로 타력 변화에 의존하지 말아야 할 것이다.

# 녹음 속에 맺고 잊은 사랑

金 鏡

‘내일 그리로 감. 역까지 부탁.’

갑자기 뜻밖의 이런 전보를 받고 나는 잠시 당황했다. 이름도 적혀져 있지 않았기에, 더욱 그랬지만 곧 발신국을 보고서는 초조하기조차 했다.

‘그가 오다니……?’

정말 예기치 못했던 일이다.

여름방학 때 흥남에 가서 강습을 받는다는 편지를 서울 떠나기에 앞서 받은 일이 있기에 그를 만나더라도 내가 찾아가 만난다든가 또는 그로부터 미리 마련된 장소와 시간 연락을 받고 서로 마음의 준비라도 한 뒤에 만나게 되어야 하는 것이 순서이기도 하였던 터에 이런 난데없는 전보를 받고 보니 당황하면서도 한편 초조로움을 막을 수 없었다.

**김경(金鏡)** _ 충북 제천 출생. 조선신학교 졸업. 「삼남일보」 편집국장. 국립한국해양대학 전임강사. 국방부편수관. 월간 『의회정치』지 발행인. 「국도신문」 편집국장. 「기독일보」 발행인. 청풍고등학원장. 산업논평신문사 편집국장. 맥아더교육재단설립 대표. 맥아더중학교(충북 단양) 이사장.

때는 지금부터 21년 전, 그러니까 1943년 7월 한창 무더운 여름방학 때였으니까 바로 녹음의 계절이었다. 나는 그때 서울에서 지금의 H신학대학 전신인 모신학교에 학적을 두고 있었다. 나에게는 육친의 동생이라곤 하나도 없었기에 오래인 객지생활에서 여동생을 사귄 일이 있었는데, 이 아이가 원산 R여고에 다닐 때 함께 기숙사에 있던 벗을 나에게 소개하여 준 일이 있었다. 그러나 그 여인은 함남 이원이 본가이자, 그곳 성서초등학교 교사 일을 보았고 나의 의매(義妹)는 거기서 5백 리나 떨어진 함남 문천에 살았으며 나는 거기서도 6백 리나 더 가야 하는 서울에 살았기 때문에 나와 그 여인은 서로 만나 볼 기회를 가지지 못했다. 그러던 중 그해 봄방학에 문천까지 놀러갔다가, 의매와 약속되기를 여름방학 때 이원에 사는 그 여인을 문천에 불러서 서로 만나도록 해두기로 됐던 것이다.

그러나 그 여름방학이 오기도 전에 의매는 무슨 서러운 사연을 안고 다시 만나지도 못할 길을 영원히 떠나고 만 것이다. 그래서 나도 그 여인도 의매의 중간 소개만 받고 이 의외의 죽음 앞에서 아무것도 이야기할 수 없었다. 나는 그때 내가 후원회장이 되어 아동작가 임인수(林仁洙), 안동인(安東人), 김기한(金淇漢) 형 등과 합심해서 뒷받침해 끌고 나가던 단 하나의 어린이 잡지 월간 『아이생활』지에 의매의 죽음을 애도하는 글을 실었는데 이 글이 퍼지자, 나에게는 의매의 동창생들로부터 의매의 죽음을 함께 슬퍼한다는 많은 편지가 날아들었다. 이 편지들 가운데서 가장 애절한 사연이 적힌 옥천문자(玉川文子)라는 여인의 글을 읽고 그 문장의 수려함과 진실됨에는 나도 탄복하지 않을 수 없었다. 이 여인이야말로 바로 의매가 생전에 나에게 소개하여 준 여인임은 두 말할 것도 없다. 그로부터 나와 그 여인은 의매가 우리 둘에게 이야기해 준 대로 인연을 맺어 영원히 함께 할 것을 서로 꿈꾸고 있었으며, 이런 서신교환은 급속도로 열을 띄우게 되었었다.

나는 전보 받은 다음날 아침 버스로 우리 집에서 15리가 되는 함경선 신창역으로 갔다. 물론 사진으로는 그를 보았지만 육안(肉眼)으로 육안(肉顔)을 처음 보는 이 날의 부풀던 가슴이란 말로 표현할 수 없을 정도였다. 그러나 막 들어서는 남행열차의 손님들이 다 내리도록 그 여인의 모습은 나타나지 않았다.

'웬일일까' 하고 나는 맥이 탁 풀리면서 그만 그 자리에 주저앉을 것만 같던 찰나에 저쪽 70m쯤 떨어진 곳에서 흰 블라우스에 검정 스커트를 걸친 여인이 토박토박 걸어오는 것이 아닌가. 그와 나는 서로 목례와 가느다란 미소의 무늬를 얼굴에 그으면서 어느 미루나무 밑, 콩밭뚝을 걸었다. 우리는 서로 가정소개와 의매 한완실(韓完實, 창씨명 = 우내려, 宇內麗)에 대하여 이야기를 주고 받았다. 그의 한국 이름이 유희강(劉熙姜)임은 그가 편지에서도 밝힌 일이 있었지만 더욱 확실히 해 주었다.

장편을 엮어도 다 엮지 못할 나의 애정행각기를 이 좁은 지면에 다 옮길 수는 없지만 그와 나는 서로 흡족한 마음으로……, 그렇지만 몹시도 아쉬운 작별을 고하면서 일주일 안에 다시 다른 장소에서 만날 약속으로 헤어졌다. 그러나 어이하랴, 운명의 신은 그와 나의 재회를 가로막았다. 나는 그를 못잊어, 밤이나 낮이나 그의 생각으로 무더운 나날을 홀로 애태우며 강으로 들로 바다로 헤매었다. 그는 제1 약속장소에도 제2 약속장소에도 나타나지 않았고 마침내 다음과 같은 줄거리의 편지를 보내왔다.

'나는 악마! 고요히 잠든 당신의 마음에 불을 질러 놓은 악마, 아! 내 마음은 괴로워. 당신 잊어야만 할 나는 죽어야 할까?'

나는 이 편지를 받고 얼마나 놀라고 슬퍼하였는지 모른다. 아마도 내 생애에 있어 가장 슬프고 쓸쓸한 날이 있었다면 지금껏 이 하루가 있었을 뿐이다. 나는 사랑하는 애인의 괴로움을 멀리서 상상할 수만은 없었다. 나는 그 다음날 그가 사는 곳으로 곧 달려갔다. 그러나 나는 그의 집까지 찾아갔다가 대문 밖에서 그를 찾아 들어갈 용기보다 체면이 없었다. 내가 그 집에 나타남으로써 그때만 해도 완고하기만 하던 부모들에게 그는 얼마나 나로 인한 괴로움을 받을 것인가 함을 살피지 않을 수 없었다. 나는 그 밤을 그 대문 밖에서 열두 시까지 서성거렸다.

그 다음날 나는 그가 학교 일직이라는 말을 학생편에 얻어 듣고 그리로 찾아갔다. 그러나 그를 불러내어 만났을 땐 아무 말도 나오지 않았다. 그도 물끄러미 나를 바라만 보고 있었다. 나는 이유를 물었다. 그는 "어머님이 불교신자이기에 나를 반대하며 또 내게서 간 편지들을 우편국 사람들이 뜯어보고 불량배들이 소문을 퍼트리며 학교 직원들도 조롱의 눈초리로 보아서 도저히 이 시련을 이겨낼 수가 없다"고 하였다.

나는 '약한 자여, 그대 이름은 여자나라' 고 마음 속으로 중얼거리며 돌아섰다. 그와 내가 처음 만나던 날이 음력 칠월 칠석이었다. 그래서 나는 〈흘러간 오작교〉라는 이야기를 어느 책엔가 써내고 그를 단념하기로 하였다. 그렇지만 지금도 녹음 속에 떠오르는 그 청초한 모습이 눈 앞에 서린다. 이 세상에 여인이 많지만 나에게 자기 손으로 '영원한 사랑' 을 고백한 여인은 이 땅 위에 이 여자 한 사람뿐이었기에 더 심한지도 모르겠다.

지금은 어디서 무엇을 하는지……? 필경 북녘에 있으리라 생각되는 이 여인을 이 땅 위에서 다시 한 번 만나볼 수 있을는지……, 나와 헤어진 그 여인의 행복을 비는 마음은 간절하나 이것 자체가 피장의 불행임을 어찌하랴. 사랑은 꿈같고 청춘은 이슬 같은 것! 그대여 살아 있다면 옛날을 물려 달라.

# 35년 후의 세계

– 예수는 과연 골동품으로 재림할 것인가

金 鏡

서기 2000년이면 세계는 활짝 변모하리라는 것이 기독교인들의 말이다. 즉 예수 그리스도가 재림하고 지상에는 심판이 있으며 새로 '그리스도의 왕국'이 건설될 것이라 한다. 비단 기독교인이 아니라 하더라도 서기 2000년대에는 인류사회에 큰 변화가 있을 것이라는 예측은 할 수 있을 것 같다. 반드시 하나님의 심판이 있어야만 한다는 것도 아니나, 그때에는 무슨 결과든지 눈에 두드러지게 나타날 것만 같고 또 그렇게 될 것이다.

모든 예측할 수 있는 현상 가운데서 가장 중요시되고 주목처가 될 일은 뭐니 뭐니 해도 '예수'의 위치와 존재일 것이라고 나는 생각한다.

그것은 내가 기독교인인 데만 이유가 있는 것이 아니고 전세계와 인류에게 오늘날 이 절망 속에서 오로지 희망이 있다면 그분에게만 있기 때문이다. 평등한 인간이 인간에게 희망을 걸어본다 할 수는 없다. 어떤 실권 갖춘 왕자거나 국민이 선택한 대통령이거나 혹은 자력으로 정권을 뺏어 쥐고 천하를 호령하는 혁명가, 독재자라 하더라도 그들은 모두 인간이요, 유한한 생명의 소유자이기 때문에 기껏해야 그들이 가질 수 있고 그들에게 신뢰할 수 있는 인간들의 희망이란 불과 10, 20년에 끝장이 나기 때문이다. 그러나 전지전능하신 조물주의 독생자인 예수만은 그가 말한 대로 과거에도 살았고 현재에도 살고 미래에도 사는 영원적 존재이다. 때문에 이 예수에 대한 인간의 희망은 그 인간이 죽은 뒤에도 그대로 남아서 후세 사람들에게 전하여지고 있는 것이다.

이것이 지금까지 근 2000년이라는 긴 세월을 흘러 내려왔으며 앞으로 35년이면 그 희망이 열매를 맺는다고들 목사, 장로 그밖에 온갖 예언자와 부흥가와 세계를 누비고 다니는 대설교가들이 이구동성으로 부르짖고 있는 것이다. 그래서 세계는 하루하루 기독교 정신에 밀착해 오고 있으며 기독교는 날로 세계를 먹어 들어가고 있는 것이다.

그러나 이제 중대한 고비는 점점 가까이 다가서고 있다. 기독교인인 나는 앞으로 35년 뒤의 세계가 과연 이들 대종교가 예언자들의 말과 같이 기독이 육신으로 재림하여 인간을 심판하고 지상천국을 손수 건설할 것인가 함에 문제점을 발견치 않을 수 없다.

지금부터 2000년 전에도 유태민족들에게는 신강론(神降論)이 있었다. 그들에게도 오늘날 전세계 인류들이 가진 것과 같은 희망이 있어서 하나님의 독생자가 천군천사(天軍天使)와 더불어 나타나서 절대자의 위용으로 인간을 심판하고 통치하며 세상을 천국화한다고 믿었던 것이다. 그런 것이 천만 뜻밖에도 말구유 위에서 낳은 애기가 하나님의 독생자라 하고 맨발에 누더기를 걸치고 돌아가며 민심을 소요케 하는 선동분자가 인류의 왕자라고 하니 놀라지 않을 수 없었으며 분하고 괘씸하여 죄야 있거나 말거나 너무도 동떨어진 낙심참망(落心慘望)의 구렁텅이를 벗어나려고 마침내는 이 예수를 괴인의 두목으로 잡아서 죽인 것이다.

이 유태민족의 그리스도관과 꼭 같은 위치에서 내세를 기다리며 그리스도의 재림을 기다리는 것이 오늘날 전세계에 퍼져 있는 수백 수천의 신구 기독교이며 세계인구의 3분의 2에 해당하는 인류들인 것이다.

이렇게 전세계의 희망과 제2 유태민족인 전기독교도들에게 그들이 바라는 예수가 35년 후에 과연 육신으로 재림한다면 내 이야기는 하나의 '가십'으로 그치고 말겠지만 사실은 그게 아니고 2000년 전에 유태민족에게 참심과 분노를 일으켜준 예수의 강탄(降誕)과 같은 재림이 있다고 하면 아마도 전세계에 흩어진 기독교의 대부분은 문을 닫을 것이요, 지구상에 지상천국을 꿈꾸었거나 천계의 어느 한 성좌(星座)에 천국 건설을 확신한 사람들은 그만 비명횡사할는지도 모를 일이다. 혹자는 나의 이런 이야기가 무슨 소용 있으며 이게 도대체 예수 믿는다는 자의 할 소리냐고 따질 사람도 있겠지만 나는 그런 사람들에게 도로 묻고 싶다. 도대체 오늘날 예수 믿는다고 자처하는 사람 쳐놓고 예수의 사랑, 예수의 인격, 예수의 행적에 그대로 동화되고 예수의 정신에 귀일된 교회나 교회 지도자가 몇 명이나 되며, 또 단 한 사람이라도 있느냐 하는 것이다.

예수를 팔아먹고 사는 가롯유다의 후예들이 제멋대로 인간과 신앙을 통제하고 죄를 규제하고 유천독선하는 꼬라지를 볼 때 나는 어이없고 기가 차지 않을 수 없다. 그들의 말대로 예수가 35년 후에 재림하면 먼저 심판을 받고 단두대에 오를 자들이 남을 전도하고 자기본위의 신앙과 기독관을 강요하는 따위는 그야말로 벌을 받아 마땅할 것이다. 이 자들은 만약 예수가 천군천사와 더불어 위용 있게 나타나면 제일 먼저 참루대신(慘淚大臣)으로 나아가 목사라고 상좌를 달라고 떼쓸 것이고, 그와 반대로 예수가 남루한 옷을 입고 어느 뒷골목에 나타난다면 몽둥이를 들고 타살이라도 할 것이다. 그 마음 본바탕에서 예수를 맞는 신앙의 뿌리가 박혀 있지 않고 시세와 풍조에 밀려다니며 예수의 재림을 기다리거나 그 천국을 얻으려 하는 자는 사람을 잡고야 말 것이다.

나는 가끔 혼자서 생각하는 때가 있다.

만약에 기원 2000년이 차도록 예수가 재림하지 않을 때 이 땅의 기독교인들은 어떻게 될 것이며 지금까지 예수를 골동품으로 팔아 밥 먹던 목사 장로들 꼬라지는 무엇이 될까. 그리고 그때는 또 무슨 핑계와 궁리를 해서 사람들에게 자기도 믿지 않는 거짓말을 주며 공갈을 치며 위협하고 주머니를 털어갈 것인가 하는 것이다.

그러나 이보다 더 기막힌 생각도 든다.

예수가 과연 재림할 것인가 하는 것이다. 그가 만약 재림하지 않는다면 지금까지 하나님의 독생자요 성인의 위치를 뛰어 넘어 인류의 구세주로 섬겨져 온 그가 영원한 우상이 되거나 위대한 사기사가 될 수도 있다는 것이다.

이런 경우를 상상하고 믿는 사람은 밑져도 본전은 찾겠지만 그렇지 않고 지금까지 요란스럽게 골동품 예수의 재림을 역설하던 신앙광들은 분통이 터질 일이다. 사실 35년 후의 세계란 과학만능시대이기도 하겠기에 조물주는 과학의 힘으로 또는 그밖에 다른 섭리로 인류를 심판하거나 구원부활영생하거나 또 천국건설도 할는지 모를 일이다. 만약 과학이 인류구원의 방편이 될 때 하나님과 예수를 골동품화한 장사치들은 깨끗이 청소될 것이다. 지금 누가 감히 창조주의 섭리와 경륜을 자의로 공포할 수 있겠는가.

# 소의무상(小醫無常)

金思達

시정(市井) 개업의의 고충이란 소위 새벽 왕진이라는 것이다. 의사에게 왕진의 응초(應招) 의무가 있다는 것은 한갓 상식에 속하지만 새벽 왕진이란 정말 고역이 아닐 수 없다.

병원 현관의 요란스러운 벨 소리에 꿀 같은 겨울밤의 단잠을 깨었다. 만뢰(萬籟)는 자는 듯이 고요한 새벽 두시 반. 팔판동에 사는 정치인 N씨가 입으로 피를 쏟는다는 급한 전갈이다. 왕진 가방을 챙겨 허둥지둥 달려가 보니 어허 만사휴의(萬事休矣)! 객혈(喀血)과 토혈(吐血)로 얼굴은 백지 같고 입술은 '치아노제'로 거의 검보라색이다. 맥박은 이미 부정맥이 오고 혈압은 70으로 떨어졌다. 장암(腸癌)이 터져 검붉은 토혈을 하고 설상가상으로 폐결핵의 공동에서는 새빨간 선홍의 객혈을 뱉고

**김사달(金思達)** _ 충북 괴산 출생. 호 휘봉(輝峯). 교원시험합격 · 대학검정시험 합격. 대학원 수료. 일본 녹아도(鹿兒島)국립대학에서 의학박사학위 수령. 국립보건원 의무관. 문교부 국정교과용 도서편 찬심의위원. 『최신의학』지 편집인 · 「의사신문」 편집인. 대한민국 제1회 체육연구상 수상. 수도의과대학 및 중앙대학교 강사. 문교부 체육심의위원. 대한체육회 우수선수훈련단 지도위원. 저서 《한영독의학사전》, 《해부학 도보》, 《건강교육》, 《고등학교용 보건위생교과서》, 《생물도감》, 《건강의 조건》, 《가족계획》, 《위장병 신료법》, 수필집 《소의락수》 등 외 수편.

있다. 대야에 가득찬 선지에서 김이 무럭무럭 서려 오른다. 과거에 소위 수뇌급 정객으로서 세상을 주름잡던 그였건만 오늘날 절각송반(折脚松盤)에 죽일기(粥一器)조차 난고한 가난 속에서 눈물겹도록 비참한 최후로 유명을 달리하고 있는 것이다. 새벽부터 몸서리치는 인혈(人血) 비린내를 맡고 사전(死戰)의 처절무쌍한 죽음을 보니 기분이 개운치 않다. 나는 애끓는 울음을 터뜨리는 그의 부인과 더불어 그 임종을 보아야만 했다. 사람의 영고성쇠(榮枯盛衰)란 실로 덧없는 것임을 절감한다.

새벽의 고요한 적막을 흔드는 애곡(哀哭) 소리를 뒤로하며 으스스 감도는 한기(寒氣)에 몸을 고슴도치처럼 웅크리고 총총걸음으로 돌아와 잠자리에 든다. 감기가 들세라, 두꺼운 이불을 쓰고 잠을 청한다. 가뜩이나 과민하고 경망스러운 내가 새벽잠을 깨었으니 잠이 올 리가 만무하다. 이런 때일수록 자기 직업에 대한 염기(厭忌)를 더욱 느끼는 법이다. 그러나 이미 후회한들 아무 소용이 없는 일이다. 내게 '송충이가 갈잎을 먹으면 죽는 법' 이란 위대한 철학(?)을 지닌 지 이미 오래이다. 그러나 수양이 부족하고 도학군자(道學君子)가 아닌 나는 잠을 설친 짜증을 한잔 술로 달래보는 것이다. 벽장문을 열고 보니 소주 반병이 남아 있다. 이것을 안주도 없이 병채로 들이키어 가까스로 마음을 가라앉혀 수신(睡神)이 찾아오기를 빌어보는 것이다. 잠은커녕 '히포콘드리' 상태가 되어 짐짓 까닭없는 불안만 엄습한다.

서가에서 K선생이 쓰신 《삼오당잡필》(三誤堂雜筆)이란 수필집을 꺼내어 든다. 그는 서(序)에서 '삼오' 를 가로대, '하필이면 구태여 이 나라에 태어난 것. 장사치나 되어서 처자를 배불리지 못하는 것. 병들어 일찍 죽지 못하고 욕된 목숨을 누리는 것' 을 이른바 '삼오' 라 했다. 그는 '자학' 과 '니힐' 을 '감' (闞)으로 놓고 스스로를 반추하는 것이다. 시인이며 독설가인 K선생. 그는 보고 느낀 것을 솔직대담하게, 그리고 주저

없이 쏘아붙이는 성품의 소유자다. 나는 이런 사람을 높이 사고 좋아한다. 건건찝찔한 것은 아예 딱 질색이다.

어느 산골 서당 선생의 자탄시(自歎詩)에 다음과 같은 것이 있는 것을 기억한다. "백발무명수(白髮無名叟)요 불과훈장오(不過訓長吳)를 세속개칭부(世俗皆稱富)요 인정불문유(人情不問儒)를 섭난연후식(涉難然後識)이요, 경사이전우(經事以前愚)를 조지지기군차(早知知其君此)면 투필작농부(投筆作農夫)를" '백발이 성성한 이름 없는 늙은 나는 다만 오가(吳哥)라는 하찮은 훈장(訓長)에 불과하다. 세속과 인심은 모두 부자에게만 칭송하고 아첨하며 관용대도(寬容大度)의 선비를 몰라본다. 나도 일찍이 그것을 알았던들 붓을 내던지고 치부하는 농부가 될 것을 후회한다' 는 뜻이다. 그러나 이 글에는 풍자와 해학이 깃들어 있다. 이 오 훈장의 경우를 K선생의 논법으로 비유(譬喩)한다면 왈, '일오당(一誤堂)' 임이 분명하다. 나도 필시 '이오당(二誤堂)' 쯤 되는 신세인가 보다.

어느덧 다섯시를 알린다. 누가 또 왕림하여 현관문을 마구 흔들며 거의 발광을 하고 있다. 찾아온 그가 취졸배(醉卒輩)나 수거지량상군자(收去之梁上君子)가 아님을 확인한 다음 현관문을 열었다. 현관등 밑에 새파랗게 질린 청년이 숨을 헐떡이며 특급 왕진을 청하는 사연인즉 '스물두 살의 처녀가 음독을 하고 혼수상태가 되었으니 살려달라' 는 것이다. 약을 잡수시고 자살을 하겠다는 사람도 말 못할 절망과 깊은 까닭이 있겠지만 왕진을 가야 할 내 사정도 난감한 바가 있다. 의사도 기계가 아닌 한 잠도 자야 하지 않겠는가? 슬그머니 울화가 치밀고 짜증이 난다. 그러나 그것은 어디까지나 이쪽의 사정이요, 그쪽 사정이 아닌 것이 분명하다. 삼청공원 막바지에 자리잡은 외딴집까지 숨을 헐떡이며 올라간다. 새벽 바람이 귀를 도려낸다.

음독한 처녀 씨는 코를 골고 세상사를 등지고 인환(人寰)의 거리에서 차츰 멀어져가고 있다. 분명히 천국의 사자를 따라 황천행을 하고 계시는 중이다. 막 '베드로' 의 힐문(詰問)을 받고 있는 모양이다. 나 같으면 이 아가씨를 꼭 지옥으로 보내겠다. 비교적 균형이 잡힌 체구에 그리 밉지 않은 갸름하고 가무잡잡한 얼굴에 눈매가 곱다. 그러나 이마가 너무 좁다. 소견머리가 짝 들어붙은 맹꽁이 같은 아가씨가 분명하렸다. 그러나 비록 교양은 없어 보여도 생동하는 젊음을 간직하고 있다. 모든 정상을 보기에는 그가 결코 절박한 슬픔이나 고통, 또는 비관 등이 섞이지 않은 아주 멍청한 공상(空想)으로서의 자살의 유혹(誘惑)이 있었거나 비정상적이고 어설픈 육정에 기인한 질투 따위가 뒤범벅이 된 자살 행각으로만 여겨진다. 아니면 일종의 '새디스틱' 한 미분화한 심리에서 저지른 행위였으리라. 불란서의 '쌩뜨 브브' 의 말과 같이 이른바 '젊음의 독소의 위기' 의 한 위험한 현상이었다면 너무나 비한국적인 얘기가 된다. 여하튼 자살행각은 그 정신상태가 병적이거나 '애브노말' 한 것을 의미한다. 이 아가씨가 '참다운 인간' 이 되기 전에는 단란하고 아늑한 사랑의 보금자리를 이루고 가정이라는 것을 제대로 꾸미는 '트' 자에 '르' 이다. 방안의 살림이나 꼬락서니가 말이 아니다.

　청년 씨는 바로 약을 먹은 '아쁘레' 아가씨의 '피앙세' 인 '히아킨토스' 인 모양이다. 무슨 연고로 복약(服藥)을 한 사유는 알 바 아니로되 상당히 많은 양의 수면제를 꿀꺽하신 모양이다. 우선 강심제를 놓고 구토제인 '아포몰핀' 을 놓는 한편 입에 자갈을 물린 다음 고무관(카데텔)을 위 속에 넣어 세척을 하니 드디어 거룩하게 토하고 있다. 토물에서는 퀴퀴한 '까스' 와 더불어 술내가 온 방안에 진동을 한다. 술에 타서 마셨으니 거의 위에서 흡수된 모양이다. 곧바로 '링겔' 을 팔뚝에 들이댄다. '링겔' 을 꽂은 채로 병원으로 이송, 입원을 한 지 이틀째인데도 아가씨는 세상을 모르시고 드르렁거리신다. '링겔' 을 비롯한 '포리아

민' 등 20여 병의 수액을 계속하고 있건만 아직도 그는 수마(睡魔)에 사로잡혀 있다.

아가씨의 모친이라는 분이 시골서 상경하여 애고지고 야단법석이다. 사흘째에야 의식이 몽롱하게 회복하여 차츰 정신이 명료해졌다. 나흘째 새벽에 그는 표연(飄然)히 모친이라는 이와 삼십육계 줄행랑을 치고 말았다. 인사 한 마디도 남기지 않은 채. 예의 막바지 집에 직원을 보내어 보니 '히아킨토스' 씨는 사글세를 청산하고 허겁지겁 뺑소니를 치셨다고 한다. 이렇듯 얌체가 없고 마음과 마음들이 그토록 가난하고 용렬해서야 되겠는가?

오늘도 그들은 어느 하늘 아래서 어떠한 생태로 살아가고 있는지 궁금하기만 하다. 제발 구만리 같은 그들의 장래에 행운이 깃들기를 빈다.

# 추공(秋空)

金思達

병원 현관 옆에 서 있는 감나무의 이파리는 한 잎 두 잎 떨어져 현관 뜰앞을 무질서하게 덮고 있다. 요즘 며칠을 두고 떨어져 내렸건만 오늘도 낙엽은 시공을 타고 세 잎 두 잎 차분히 떨어져 내리고 있다.

진찰실 뒤뜰에 피었던 다알리아와 해바라기는 어느덧 초췌하고 칙칙하게 맥진한 모습을 드러내고 해바라기를 비웃는 듯 한창이던 국화송이도 이제는 꾀죄죄한 자태로 시들고 있다. 양지쪽으로 날아드는 나비 그림자가 외롭다. 옆집 다섯 살짜리 아이가 나비를 잡아달란다. 나비는 어느덧 저쪽 모퉁이로 자취를 감추고 말았다. 나는 그 아이의 총명한 동공을 들여다본다. 수정으로 만든 정교한 구슬을 투명한 오브라이트로 싼 것같이 맑고 아름답기만 하다. 나는 그 앵두 같은 볼에 입술을 대고 쪽 키스를 해 주었다. 그 아이는 자지러지게 놀라며 달아나고 만다.

나는 홀연 어렸을 때의 생각에 잠긴다. 지금도 나의 눈에서는 광채가 난다고들 하지만 어렸을 때에는 샛별 같았다고 한다. 그러나 지금의 내 눈은 회색 생활의 반추와 주국(酒麴)의 영향으로 하여 총명한 빛을 잃은 것만 같다. 저 푸르디 푸른 광대무변한 맑은 하늘을 우러러보노라면 어느덧 나의 눈과 마음이 확 트이는 것만 같다. 우주와 대자연의 섭리 속에 생의 영겁(永劫)을 대오(大悟)하여 입산수도한 선각자들의 티 없는 맑은 눈과 한없이 트인 정신을 상상한다. 문득 산과 사찰에 가고 싶어진다.

서리가 내리고 날씨가 차지면 여름철에 무성했던 화초들이 기름에 튀긴 것처럼 누렇게 시들고 모든 낙엽수와 푸른 잡초들은 늙어 병든 사람의 영양실조된 피부처럼 그 본바탕의 색을 잃고 초췌하고 비참한 마지막 모습을 남긴다. 낙엽이 뜰 위에 깔리는 것을 바라보고 있노라면 다가오는 겨울과 깊어가는 가을의 적막에 나는 스스로 몸이 허전해지고 또 쓸쓸해 오는 것이다. 늦가을의 자연을 애상(哀傷)한 글로는 여러 가지가 있으나 나의 뇌리(腦裏)에 남는 것으로는 경위의 시에 다음과 같은 것이 있는 것을 기억한다.

"반조인려항(返照人閭巷), 우래수공오(憂來誰共語),
고도소인행(古道少人行), 추풍동화서(秋風動禾黍)".
뉘엿뉘엿 가을의 저녁 햇볕이 비쳐 올 때
쓸쓸한 회포는 그지없고 같이 얘기할 사람조차 없구나.
거칠은 옛길에 아무도 다니는 사람의 그림자도 없이
다만 쓸쓸한 가을바람이 들밭의 화서(禾黍)를 우수수하고 흔들 뿐이다.

이 얼마나 적요와 쓸쓸함을 나타낸 글인가. 가을을 흔히들 조락(凋落)의 계절이라고들 한다. 그러나 양지바른 잔디에 누워 구름 한 점 없는 무한대한 창공의 궁륭을 우러러 보면 수심을 거둔 사람의 눈동자같이 맑고 시원스럽다. 어느덧 나의 혼은 무아의 경지에 이르러 어지러운 속세를 잊는 것이다.

　석양에 삼청공원의 낙엽을 밟으며 계곡을 더듬어 올라간다. 따스한 햇볕과 산들바람, 그리고 푸르고 싱싱한 소나무 사이에 갖가지 단풍이 아롱진 풍경은 하나의 아름답고 고결한 풍경화 그대로이다. 빨강, 노랑, 세피아, 브라운 등으로 곱게 수놓은 여러 가지 색깔이 석양에 반사되어 더욱 그 뉘앙스가 황홀하다. 산정에 올라 한눈에 내려보이는 수도 서울의 면모는 예나 이제나 고달프고 초라해 보인다. 산악도시라고는 하지만 어딘지 모르게 빈상(貧相)이 흐른다. 이빠진 개아가리처럼 전혀 짜임새가 없는 빈민의 밀주지대와도 같다. 저렇듯 너절하게 펼쳐진 것이 조국의 수도란 말인가. 내려다볼수록 허전하기만 하다.

　이윽고 회색 장막이 드리우니 북악의 추풍이 으스스 몸에 스미며 한기가 돈다. 무수한 전등불이 은하처럼 깔린 아래를 굽어보며 이슬에 젖은 오솔길을 더듬어 내려온다.

# 필설(筆舌)의 화복(禍福)

金載完

사람과 사람이 함께 모여서 서로 믿고, 서로 도우며 공동생활을 하는 인류의 집단을 가리켜 사회라고 부른다.

이러한 인간사회에서 삶을 누리는 동안 모든 사람들은 저마다 할 일과 할 말이 많을 것이다. 때로는 사회환경에 의한 즐거움과 슬픔을 털어 놓고 싶을 때가 있는 것이며, 때로는 그 당시의 제도와 운영의 모순에 대하여 비판과 시정을 요구하고 싶을 때가 있는 것이다.

이 사람, 또한 쇠고집이 있어서 남에게 아니 질세라, 저 하고 싶은 일과 저 하고 싶은 말을 다 하는 못된 버릇이 있다. 때문에 '못된 송아지 엉덩이에 뿔난다' 는 격으로 가끔 터무니 없는 필화(筆禍)와 설화(舌禍)를

김재완(金載完) _ 전북 진안 출생. 호 상호(常湖). 단국대학 정법학부 법과 졸업. 서울대학교 대학원에서 법철학 연구. 경희대학교 대학원에서 공법 연구. 수도여자사범대학 강사. 대한국민여론협회 상무이사. 월간 『의회평론』지 주간 · 월간 『정치평론』지 발행인. 한국정치문제연구회 회장(3선). 반공투쟁위원회 중앙본부 선전부장. 「호남신문」사 서울분실장(국회출입기자). 맥아더교육재단 설립이사. 경희대학교 · 한양대학교 강사. 극동문제연구원 사무처장. 전남매일신문사 논설위원(서울주재). 저서 《한국의회정치약사》· 논설집 《민주혁명에의 불길》. 역서 《How foreigners View Korea and her Leaders》

당하게 되는 경우가 있다.

그 언젠가 그 무렵―. 어느 월간잡지에 "도대체 이 나라의 정치는 비민주적 탁상공론으로부터 시작되며, 법은 거미줄법이기 때문에 강자는 뚫고 나아갈 수 있으나 약자만이 그 거미줄에 걸리게 된다. 더구나 어진 백성들은 초근목피(草根木皮)로도 연명조차 못하는데 특권인간들은 통금시간도 아랑곳없이 주지육림(酒池肉林) 속에 도취되어 세월 가는 줄을 모르는 판국이니……"라는 내용의 졸문을 게재한 바 있었는데 이것이 말썽되어 필화를 입은 일이 있다.

그 후로도 모 단체의 기관지인 순간지(旬刊誌)에 〈풍성해 가는 사이비 애국자론〉이라는 졸문을 게재케 한 바 그것도 역시 두 번째로 겪는 필화사건이 되었고, 그 후 1959년 10월에는 모 월간잡지사의 청에 못이겨 만화가도 아닌 이 사람이 주제넘게도 '글과 그림' 1편을 기고하였더니 아니나 다를까, 그만 필화가 되고 말았다. 그 만화의 내용인즉 〈국민가해범 일당체포〉라는 표제하에 '얌체 정치인들의 목을 쇠사슬로 묶어 국회의사당 앞을 지나가는데 많은 국민들이 박수치고 있는 광경' 이다. 실로 그 당시의 국회는 하늘 아래 둘도 없는 '공전국회(空轉國會)' 로서 매일처럼 여·야간의 당쟁―강경파와 온건파의 알력―신·구파의 파쟁만을 일삼으며 빈번히 재떨이 투강의 난투극을 빚어내어 그야말로 꼴 목불인견(目不忍見)이었다. 당시의 그 행각을 이제 말해 무엇하랴. 어쨌든 졸필의 만화 때문에 그 잡지의 10월호는 판금령에 의하여 시정(市井)에서 팔 수 없게 되었다.

이와 같은 필화사건의 덕분으로 나는 공보실과 CIC 그리고, 시경 등에 불리어 다니면서 터무니없는 '사상불순' 의 혐의를 받았고, 때로는 이름 모를 '나으리' 님들로부터 여러 차례나 몽둥이 세례를 받았는가 하면, 구둣발로 얌전히 채이기도 하였다.

물론 누가 나라를 팔아먹고 누가 국고금을 다 훔쳐 먹더라도 오불관언(吾不關焉)이요, 누가 백주(白晝)에 겁탈을 당하고 누가 남의 집에 불을 질러도 오불관언이라는 주의(主義)로 둥글둥글 살아간들 이와 같이 필설(筆舌)의 재액(災厄)을 입지 아니할 것이로되, 이 못난 사람이 제딴은 입이 있고, 뜻이 있다고 함부로 혀와 붓끝을 내둘러 바른 소리하다가 그처럼 화를 입게 된 것이 아닌가.

'열 사람의 죄인을 놓칠지라도 한 사람의 무고인(無辜人)을 벌하지 말라!'

이는 그 당시 내가 취조 받던 그 방의 흰 벽에 써 붙여 놓은 형사정책상의 법언(法諺)이다. 그러나 상사(上司)에의 과잉충성에만 혈안이 된 그들에게는 민주주의와 언론자유의 진의가 무엇인지 알 턱이 없고, 선정(善政)에의 법문(法文)이 무엇인지 알 리가 만무하다. 오직 자기들의 비위에만 거슬리면 무조건 그들을 잡아다가 떡판에 떡 치듯하는 것만이 능사인 줄로 아는 모양이다.

아무튼 사필귀정(事必歸正)이라는 문자 그대로 나에게는 아무런 죄목(罪目)이 씌워질 수 없었다. 다만 억울하게 애매한 고문만을 당했을 뿐이다. 그렇다고 어느 칼잡이들의 횡포가 무서워서 간언곡필(奸言曲筆)로 부정과 불의를 비호하거나 묵과할 일이 아니다. 나는 민주 국민들이 지향하는 만큼의 언론자유를 당연히 가지고 있으니 다행이다. 때문에 하고픈 말을 기어코 털어 놓는 버릇이 있다.

그런데 며칠 전에는 또 설화를 입은 일이 있다.

마침 그날 외국인 친구를 만나 태평로의 ○○다방에서 커피를 한 잔씩 나누고 있는데 우리 옆자리에는 서너 명의 여인들이 지껄이고 있었다. 그녀들은 안하무인지경이 되어 낮은 목소리도 아닌 고성폭언으로 음담패설을 늘어놓는 것이 아닌가. 나는 외국인 친구의 체면(예의)도 있는지라 그녀들에게 조용히 해줄 것을 부드럽게 간청했다.

그러나 아뿔싸! 청천벽력 같은 반발이 나왔다.

B녀 왈, "대관절 다방에서는 벙어리가 되어야 하나? 시끄러우면 자기네가 나갈 것이지 자기가 무엇인데 남더러 조용해라 말라 하는 거야. 신사답지 못하게스리……."

그녀들은 B녀의 말에 동감인 듯 기고만장하다. 그녀들의 옷차림과 말씨로 보아 일종의 '콜걸족' 임에 틀림없는 것 같았다.

나는 결국 그녀들의 말대로 외국인 친구와 함께 그 다방을 나와 딴 곳으로 갔다. 정말 외국인 친구 앞에서 어처구니없이 큰 봉변을 당한 셈이다. 혹시 내가 말을 잘못 했는가를 반성할 일이지만ㅡ. 여하튼 필요 이상으로 말이 많으면 탈이 되고 잔소리가 되는 모양이다.

현실사회에서는 많은 말과 글이 오가고 있다. 그러나 말은 말이로되 모두 옳은 말이 아니요, 글은 글이로되 모두가 올바른 글이 아니다. 어쨌든 말과 글은 자기 자신의 의사와 인격을 비쳐 주는 거울이라 해도 과언이 아닐 게다. 또한 고운 말과 좋은 글은 마음과 마음 사이를 꿰뚫는 화목의 구름다리요, 지성의 향기다.

실로 사람이란 자기 스스로 이로운 말이나 가치 있는 말을 하기가 극히 어려운 것이며, 타인으로부터 훌륭한 말을 듣기란 역시 쉬운 일이 아니다. 지자(智者)일수록 말을 함부로 많이 지껄이지 않는 소이(所以)도 바로 여기에 있다. 우리는 자기의 말만이 훌륭하고 옳다고 고집하면서 남의 말을 전혀 듣지 않는 자를 흔히 보게 된다.

그러나 사람이란 자기의 주장만을 내세운다던가 고집을 부리지 않도록 훈련되어야 하며, 자기의 주장을 앞세우기 전에 상대방의 주장을 냉철히 검토하고 받아들일 수 있는 아량도 가져야 하겠다.

흔히 거룩한 사람에게는 비록 유명(幽明)을 달리 했다 할지라도 생존시의 그 공훈과 업적을 길이길이 빛내기 위해서 동상을 세우는 일이 있다. 그 동상은 자기 자랑을 하지 않는다. 또한 전혀 말할 줄 모른다. 그러나 그 동상을 건립하는 까닭은 그 동상으로 하여금 여러 사람에게 가장 많은 교훈과 영향력을 주기 때문이다. 또한 부모의 위패도 말하지 않는다. 그러나 그 위패(位牌)만큼 우리를 말해 주는 것도 드물다.

여하튼 말만큼은 많아서 좋을 리 없다. 그렇다고 말을 않는 것이 훌륭한 것이 아니겠지만 쓸데없이 말만 늘어 놓거나 부질없는 말을 함부로 한다는 것은 그다지 환영할 만한 일이 아닐 것 같다. 우리나라의 속담에 '빈 수레가 요란하다' 라든가 '빈 항아리 두들기는 소리' 라는 말이 있거니와 이는 머리가 텅 빈 사람이 더욱 아는 체하고 더욱 똑똑한 체하는 경우에 그를 가리켜 쓰이는 말이다. 즉 지식의 빈곤이란 마치 빈 항아리와 같다.

'벼는 여물수록 고개를 숙인다' 는 격언과도 같이 지자(智者)는 항시 일언(一言)이 중천금(重千金)이며 무용의 객설을 늘어 놓지 않는 법이다. 오직 이로웁고 인간다운 언행만을 하게 된다. 그러나 치자(癡者)는 쓸데없는 잔소리가 많은 법이다. 아마 나도 치자의 부류에 속하지 않을는지(?) 그러기 때문에 못된 소리를 마구 지껄이는지도 모른다.

여하튼 사람들의 말을 아무렇게나 함부로 듣는 사람은 말이 많고, 그와 반면에 남의 말을 조심스럽게 듣는 사람은 자기 자신의 말도 많이 하지 않는다. 전자는 인생을 낭비하는 것이요, 후자는 자기를 충실하게 만드는 것이다.

말하자면 금전을 아끼듯이 말을 삼가하면 마음의 양식은 날마다 늘어갈 것이요, 금전을 남용하듯이 말을 함부로 지껄이면 신의의 경멸(輕蔑)만이 날마다 늘어갈 것이다. 말을 들을 때 침착히 새겨 듣고 말을 할 때 신중히 줄여 말하고, 또한 침묵을 지키면서 사고(思考)를 점차 늘여

가는 것이 바로 지혜의 원칙이다.

지혜라는 것은 자기 자신의 단점을 알고 남의 장점을 발견하는 엄숙한 비판의 힘이다. 이 지혜가 날마다 늘어가면 자기의 단점은 줄어들고 장점은 점점 늘어간다. 그리하여 알지 못하는 사이에 신의와 덕성과 복이 많아지고 그것이 스스로 외면에 나타나게 되는 것이 아닐까.

《논어》에서 공자는 다음과 같이 말했다.


'가여언(可與言), 이불여지언(而不與之言) 실인(失人).

불가여언(不可與言), 이연지언(而與之言) 실언(失言).

지자불실인(知者不失人), 역불실언(亦不失言).'

이야기함직한 사람에게 이야기를 해 주지 않으면 사람을 잃고,

이야기해서는 안 될 사람에게 이야기를 하면 말을 잃는다.

지혜 있는 사람은 사람도 잃지 않고 말도 잃지 않는다.


정말 지혜 있는 사람은 말할 시기와 장소를 안다. 될 수 있는 대로 침착하게 주위의 말을 경청하고 침묵을 지킬 때 고요한 신비 속에서 '소리 없는 교시'를 엿들을 수 있으며 영원의 나라로 연결된 동경의 싸릿문은 정적이 계속된 뒤에라야 열리게 된다.

실로 우리는 말 한 마디로써 가정을 복되고 즐겁게 할 수 있으며, 또한 말 한 마디로써 가정을 화되고 불안케 할 수도 있다. 국가의 흥망성쇠(興亡盛衰)에 있어서도 이와 마찬가지로 지도자의 말 한 마디가 매우 큰 영향을 준다는 것은 두 말할 필요가 없으리라.

# 백일몽(白日夢)

金載完

줄기줄기 뻗어 내린 고황산(高凰山) 기슭에 하이얀 눈이 송이송이 나리고 있다.

거기 우뚝 솟아난 고층건물 아래 진리를 탐구하는 숱한 젊은 지성들의 불길. 그들의 '캠퍼스' 에도 지금 눈이 조용히 나린다.

나는 산더미처럼 가득 쌓인 인생의 숙제를 앞에 놓고 무엇부터 먼저 처리하여야 될지 모르는 채 멍하니 연구실의 창밖을 지켜보고 있다. 아마 나 자신을 찾고 있는지도 모른다.

생각하면 생각할수록 연달아 찾아드는 오뇌(懊惱)―.

지금 나는 벅찬 희망의 오솔길에서 피로에 지쳐 졸음이 온다. 무슨 꿈을 꾸고 있다.

나이 30이 넘도록 뚜렷한 공적(功績)을 이루지 못한 나는 모두가 아쉬움뿐이 아니고 무엇이란 말인가.

많은 친우지기(親友知己)들은 저마다 할 노릇을 다 한 까닭인지, 번들번들한 양옥집에 화사한 응접실과 값진 전축 등을 갖추어 놓고, 보라는 듯이 살고 있는데 나는 무엇이 못나고 무엇이 부족하여 이 억울한 셋집살이의 신세를 면치 못하고 있는지 참으로 어처구니 없다.

돈을 벌어야만 살 수 있고 돈이 있어야만이 만능할 수 있다는 요즈음의 세속적인 생활관념 속에서 하필이면 나처럼 아쉬움이 많고 나처럼 돈복이 없어서야 누가 보람이 있다고 하겠는가(?)

더구나 내일 모레가 환갑·진갑이 되시는 노부모님은 이 자식을 기르고 가르쳐만 놓으면 제구실대로 큰 벼슬이나 큰 갑부가 되리라고 확신하셨겠지만 기껏해야 '대학 선생질'이 아니면 '신문논설쟁이' 노릇을 하면서 겨우 쥐꼬리만큼의 월급을 받고 있으니 실로 죄송한 일이다. 그 동안 공부한다는 핑계로 20여 년 동안이나 부모님의 슬하를 떠나 살던 내가 작년부터 갑자기 세대주 노릇을 하고 있다지만 지금까지 부모님을 비롯한 5, 6명의 식구들에게 그 무엇 하나 떳떳이 해 준 일이 없으니 '나'라는 인간도 무던한 존재라 아니 할 수 없다.

그러나 어머님께서는 항시 인자하신 격려의 말씀을 잊지 않으니 다행한 일이다.

"너의 굳은 믿음과 용기만 잃지 않고 꾸준히 노력하면 우리도 곧 남부럽지 않게 잘 살 수 있을 게고 이 세상에다 큰 위업도 남길 수 있을 게다."

언제나 신념대로 살아가려 하거니와 가끔 어느 때 어느 곳에서 누구누구의 출세여담과 치부여담을 들을 때면 나는 자주 내 입신공명(立身功名)을 염원하시다가 돌아가신 조부님의 말씀이 떠오른다.

"우리는 선영의 묘를 잘 다스렸으니 가운(家運)이 트일 것이다. 네가 20줄이 되면 장원급제할 것이며, 30줄에 육조판서가 되고, 40줄에는 나라를 태평케 할 위인이 될 것이다."

이는 내가 철없으리 만큼 어린 시절에 귀가 아프도록 들려주신 조부님의 예언이거니와 선조의 염원이란 무엇보다도 자식들이 훌륭히 되기를 바라는 것임은 틀림없다.

비록 오늘날의 내 지위가 어찌 되었든 불원간 몇 개의 박사학위쯤은 자신하지만 나는 이 순간 흘러간 날의 조부님 말씀을 아로 새기며 백일하에 푸른 꿈길을 따라 산책하고 있는 것이다.

아직까지 조상의 큰 기대를 벗어나, 겨우 한낱 수학(修學)의 몸이기는 하지만 야학청운(野鶴靑雲)을 벗삼는 대장부임을 자처한다.

지금 내가 실낱같은 눈으로 먼 창밖의 설중산수화를 보며 넌지시 엷은 웃음을 띠우는 것은 짓궂은 추파를 던지는 것이 아니요, 미친 자의 야심도 아니다. 차라리 어두운 항구에 외로운 등불이 될지언정 비굴에 엉켜 사는 한 마리의 짐승이 될 수 없다는 뜻이다.

국문학을 전공하시는 가람 이병기 선생은 6.25동란의 피난길에서 나의 호(號)를 '상호(常湖)'라고 지어주셨다. 그 뜻인 즉 긴 해설을 요하지만 한 줄기의 내용을 인용한다면 '항상 호수처럼 맑고 평화스럽게 민주적(常)으로 평천하(湖)한다'는 뜻이라 한다. 거기에 영원히 의리를 지키고 대아(大我)를 위하여 산다는 굳건한 의미도 내포되어 있는 것 같다.

'화무십일홍이요 인생은 초로와 같다'고 하지만 인간이 공수래하여 공수거하는 그 사이에 그 무엇인가 남기고 싶은 충정은 비단 나만이 가지고 있는 것이 아닐 게다.

정말 인생의 보람이라는 것─.

'호랑이는 죽되 가죽을 남기고 사람은 죽어 가되 이름을 남긴다'는 말이 있거니와 나도 또한 무엇보다도 이 생명의 한 그루가 한 줌의 흙으로 변하여 가는 순간까지 마음껏 힘껏 노력하여 거룩한 공적을 남겨야 되겠다.

# 사망설계도

金 衡 翼

인생이란 한 번 났다가 죽는 것이 천도(天道)이어서 이것은 누구나 거역 못한다.

나도 이제 나이 이순(耳順)을 넘으니 죽음이라는 걸 심각히 생각지 않을 수 없게 된다. 젊었을 때는 죽음에 대해 아무런 두려움도 없었으나 죽음이 한 발 한 발 다가오는 지금엔 적막한 감을 금치 못한다.

일찍이 선친께서 '블라디보스톡' 초대 부영사로 계실 때 선친께서 유명한 사주가인 역학자에게 나의 평생사주를 보아주셨던 일이 있었는데 지금까지 지나오는 동안 과연 그 역학자의 예언은 꼭꼭 들어맞아 그 오행법(五行法)을 과학하는 사람으로 부끄럽지만 믿지 않을 수가 없다. 그때 사주 말미에 '70전후(七十前後)'에 승피백운(乘彼白雲)' 이란 문구

**김형익(金衡翼)** _ 함북 종성 출생. 호 해봉(海峰). 경성의과전문학교 졸업. 도쿄(東京)제국대학 의과부 선과 수료. 도쿄 경응(慶應)대학 의학부 외과 연구. 경성제국대학 약리학 연구. 의학박사 학위수여. 황해도 해주 도립병원 의관외과장. 황해도 해주사립 해주병원장. 서울특별시 의사회장. 주간 『의사시보』 사장. 대한결핵협회 서울지부장. 미국무성 초청을 받아 미국 의학계·언론계 시찰. 대한의학협회 부회장 및 이사장. 한국 전문신문협회 회장. 싱가폴 개최 국제가족계획연맹 제7차 총회에 한국 대표로 참석. 한국주간신문발행인협회 이사장. 저서 《통속의학》, 《해봉수필집》 외 논문 약간.

가 있었는데 이것은 죽음을 의미하는 구절이었지만 혈기왕성한 젊은 날에는 이런 것을 보아도 30년 후, 혹은 40년 후의 까마득한 앞날의 일이기에 죽음이 너무 멀리 있어 전혀 관심이 없었다.

그러나 연륜은 어김없이 포개지고 돌이켜보면 바로 엊그제 같던 젊은 날이 이젠 다 가고 죽음과 친근해질 수밖에 없는 나이가 되고 보니 죽음은 풀 길 없는 숙제처럼 혹은 무엇보다 큰 관심사로 나를 둘러싸고 있다.

민족의 날 기미 3.1운동만세사건 당시 젊음의 발산이 한창이던 날 그때 독립운동을 한답시고 친우 한위건(韓偉健) 군과 같이 비분강개하며 국가나 사회에 무엇인가 큰 일을 해놓고 공헌을 하고 죽으면 감옥이나 유치장에 가는 것도 두려울까 보냐고 하던 때가 있었다.

나의 그때의 그 순수하고 변함없는 학도혈기와 똑같은 젊음이 오늘날에 광주학생사건과 4.19를 불러 일으켰지만 이들은 다 같이 죽음이 너무나 아름다운 것으로 알려 있는 것이리라.

젊은 날이 가는 것은 육체만 쇠퇴하는 것이 아니고 정신마저 쇠퇴해져서 그런 불붙는 영웅심이나 혈기가 퇴색해져서 어떻게 하면 안일하고 파란곡절 없이 지내다 죽나 하는 굴곡 없는 잔잔함만을 찾게 되고 바라게 되는 게 숨김없는 요즘 심정이다.

그런데 이 평범하고 진리인 죽음이 온 후의 일이 문제가 된다. 만일 내가 청춘시대에 민족이나 국가를 위해 어떤 봉사를 했거나 위대한 과학자로서 업적을 남겼거나 혹은 쟁쟁한 실업가가 되어 실업계에 큰 발자취를 남겼다면 나도 죽음을 겁내지 않고 사후를 찬란히 장식해도 좋을 것이다. 그러나 이제 지금까지의 인생의 발자취를 회고할 때 실로 '자괴금영(自愧衾影)'의 염을 금치 못하는 나는 아무런 드러내고 내세워 내 죽음을 알릴 수 없음을 부끄러이 여긴다.

해방 후 이 땅에는 이상한 풍습이 하나 생겼으니 그게 바로 관혼상제, 특히 부음(訃音) 광고가 바로 그것이다. 이름도 성도 모를 미미한 사망자일지라도 그 후예들이 고관대작이나 혹 큰 실업가라도 되면 자식이 열 사람이면 열 사람이 다 신문에 크게 사망광고를 낸다.

마치 나쁜 의미로 해석하자면 부모의 죽음을 기화로 자기의 명예를 뽐내보려는 것 같은 인상까지 일게 하니 이것은 아무래도 본받을 것이 못될 것 같다. 혁명정부가 돼서 이름 그대로 관혼상제의 폐풍(弊風)을 일소하여 모든 허례허식에 변혁이 올 줄 알았더니 아직도 구태의연한 데에는 낙망이 앞선다.

물론 사망자가 국가사회에 공헌한 바가 있으면 마땅히 모두가 추앙하여 국장으로 국민장으로 혹은 사회장으로 그의 공덕을 추모하는 것은 당연하지만 죽음은 인생의 마지막 길이라 이름 없는 필부의 죽음일지라도 자식된 도리는 무리를 써서라도 화려히 하고 싶은 게 상정(常情)임을 내 모르는 바 아니나 현실의 내 주변에서 돌아가고 있는 폐풍은 너무 지나치고 있다.

여기서 나는 한 가지 내 마음 속에 다짐하며 느끼고 있던 일상의 내 죽음 후의 처리에 나대로의 설계안을 세우고 있다. 종교적으로 본다면 많은 죄를 지었다고도 할 수 있는 나는 죽은 후에 장례식을 하지 않기로 결심했다.

유교에 젖어 있는 우리 가정에서 유교형식에 따른 장례식을 일언이 폐지(一言以蔽之)하고 하지 말 것을 나는 나의 처와 가까운 친척에게 일러 오고 있다. 영혼이 있다면 조용하고 평안히 고인의 명복을 빌어 줄 일이지 '아이고 아이고' 방성통곡하는 것은 딱 질색이다.

거추장스러운 상복도 일체 치우고 간단히 흑장(黑章)을 팔에 두르게 하고, 특히 신문광고나 개인광고 일체를 못내게 한다. 그리고 사망 후

24시간이 지나면 내가 지정한 의사가 사망진단서를 쓰고 사체는 불태워서 '네루' 나 '간디' 처럼 분말로 해서 맑은 물에 떠워 흔적없이 산포해달라는 것이 내 죽음 후의 처리안이다. 물론 해외에 가 있는 나의 자식들에게도 부음하지 않을 것을 당부하고 있다.

수만리 산 설고 물 설고 낯선 이역에 가 있는 젊은 내 자식들에게는 비록 부모라 하더라도 내 부음은 먼 죽음일 뿐이니까……. 그리고 그들에게 공연한 마음의 부담이나마 왜 끼치는가 말이다.

나는 그래서 나의 임종이 온다면 나의 처와 나의 사업에 관계 있는 신문사 두 사람과 내 병원에 있는 의사 한 사람, 이렇게만 입회하게 할 작정이다. 이것은 내 스스로가 어느 위인의 본을 딴 것은 아니지만 박종화 박사의 소설 속에 등장하는 선조조 우의정이었던 송강(松江) 정철(鄭澈)도 죽을 때 지극히 간소한 장례식을 하라고 하였다는 것이 나오는데 이 대목이 오래도록 잊혀지지 않고 뇌리에 되새겨진다.

나는 이런 죽음의 처리를 마음 먹고 있지만 아마 그대로 될 것으로 믿는다. 실로 나와 같이 아무것도 하지 못하고 돌아가는 우리 인생은 고시(古詩)에 있는 거와 같이 '기부유어천지(蜉蝣遊於天地)하니 애오민지 일생(哀吾民之一生)' 이라는 문구를 새삼스러이 느끼게 된다.

이 조그만 인생이 무얼 잘났다고 생전에 서로 감투싸움이나 하고 사후에는 그나마 자그마한 공적을 남기려고 과대한 사망광고 같은 것을 내고 장례식을 거창히 하는 것을 볼 때 나는 나의 인생이 너무나 미미했던 것을 부끄럽게 생각한다.

오늘 '처칠' 이 90탄신을 맞이했다는 외신보도를 읽으니 자못 부럽기도 하고 내 자신 과거를 생각하고 어떤 비감마저 이는 것을 느꼈다.

# 겨울

金 衡 翼

겨울이 오면 만물이 움츠러들기 마련이지만 겨울을 또 멋있게 즐기려면 그 취향 또 한없이 슬기로운 데가 있다.

봄 가을로 승마를 좋아하는 나는 겨울이 와도 즐겨 하던 승마를 멀리할 수가 없어 영하 10여 도가 오르내리는 서울 교외의 찬 공기를 내 애마와 더불어 헤쳐 보기도 하지만 아무래도 설경에 아로새겨지는 대자연의 아름다움을 마음껏 맛보기 위한 것은 '스릴' 과 용맹과 기교가 서로 얽혀 얻어지는 '스키' 의 묘미를 빼놓을 수 없다.

그래 그런지 재작년 D신문사 주최 제2회 스키 강습회에 참가하는 내 셋째 아들 '상훈(尙薰)' 이와 둘째 딸 '옥희(玉姬)', 셋째 딸 '영희(英姬)'를 따라 대관령에 갔던 일은 때만 되면 내 추억에 아로새겨진다.

금년에도 머지않아 뭇 선남선녀들이 이 '스릴' 을 즐길 것이 아닌가 하는 생각을 할라치면 더욱 그렇다.

영하 10여 도가 오르내리는 이른 새벽 5시―. 유달리 찬 바람이 품안에 안겨지는 날, 칠흑같이 어두운 겨울 밤 공기를 헤치며 자동차에 몸을 맡기고 대관령행을 즐겨 보던 낭만도 겨울철만 다가오면 다시 한 번 하고 마음 속에 간직해 보게 되는 것이 겨울과 더불어 나에게는 한 습관이 되고 말았다.

그럴 때면 나는 그때의 설경의 대장관을 아니 대자연의 신비를 되새겨 보는 것이다. 눈이 쌓여 산릉을 이루고 그 속을 파헤쳐 빠져 올라가는 버스 안에서의 스릴도 스릴이거니와 한쪽에 내려다보이는 아늑한 절벽은 등골을 오싹하게 만들어 주는 지경이고 보니 이것은 아무리 감각이 둔한 사람이라 하더라도 한 번 경험한 사람이면 잊을 수 없을 것이다.

도중에서 몇 번이나 차편을 포기하고 돌아올 생각이 문득문득 일어났지만 모든 것을 운명에 맡기고 아니 스릴 속에 느껴지는 취향은 더욱 짙어지기만 했다. '양수리'에 도착했을 때 차창으로 스며 들어오는 아침 햇살을 받고 목적지인 대관령 중복 스키장에 다다랐을 때는 하오 3시가 다 됐을 때였다.

해발 800m나 된다고 하는 완만한 경사를 이룬 고원지대이지만 흰눈이 받아 반사하는 햇빛에 눈이 부신다.

해마다 풍족한 눈이 내려 '스키어'들을 즐겁게 해 주고 있는 우리나라 유일한 스키장, 이곳엔 사방을 흰 눈으로 뒤덮어 관객의 정신을 어지럽게도 해 주고 있지만 '스키'에는 문자 그대로 절호의 은령(銀嶺)이다.

산상에 원두막같이 오뚝 솟아 양옥산장을 개점하고 있는 점경, 이것은 또한 이 설경에서만이 맛볼 수 있는 가경이었다. 울긋불긋한 스키복에 멋진 선글라스로 단장한 여자 '스키어'들이 이 산장에서 체력유지를 위한 간단한 식사를 마치고 끝없는 은령을 내리막질해 달리곤 한다. 그 순간의 스릴과 감격은 보고 느끼지 않으면 설필(舌筆)로는 표현할 수 없는 일―. 영하 27도의 혹한인데도 200m나 되는 '슬로프'를 타고 '스키 코스'를 한 번 갔다 오는 '스키어'들은 흠뻑 땀에 젖는다. 그 모습을 보고 있노라면 어느덧 자연 옛날 젊음으로 되돌아가는 것이다.

이 은령 위를 미끌어져 내리는 묘기―. 스키란 운동은 그런 면에서 체력향상을 위해서 뿐만 아니라 정서적인 면에서도 알차게 좋은 운동인 것이다. 산상에 서서 백설에 뒤덮인 대자연을 바라보고 있노라면 먼지와 소음에 뒤덮인 속사(俗事)가 저절로 멀리 사라지고 만다.

차고 맑은 달빛이 백설로 뒤덮인 산야를 조용히 비치고 있는 광경과 그 아량(雅量)에 도취될 뿐 무엇이라 표현이 안 된다.

차가운 달빛이 흰눈 위에 은가루처럼 부서지고 산마루에 원광을 이루는 풍경은 형용할 수 없는 시흥(詩興)까지 저절로 자아내는 것이다.

# 삶

明石祝子

도쿄(東京)에 도착하자마자 전화를 받고 나는 우울한 기분으로 집을 나섰다. 언제든지 성질이 수줍고 사교적이 못되는 나는 처음 사람을, 그것도 생전 처음인 사람을 만나는 것은 그리 유쾌한 일이 될 수는 없어 집을 나설 때부터 발이 무거웠다. 차라리 이럴 줄 알았더라면 바쁘다고 핑계나 대고 그만 거절할 것을 하고 후회도 하였으나 머나먼 대구에서 김귀순(金貴順) 씨가 일부러 찾아와서 부탁하는 때문에 할 수 없이 맡았던 것이다. 그는 내가 처음으로 비상한 각오를 가지고 한국에 귀화하여 겨우 지금의 양재학원을 차렸을 때 맨 먼저 위로의 편지와 아울러 캐비넷을 기증해 주었던 분이다. 그 고마움을 잊을 수 없는 나는 무조건 그의 청탁을 들어주기로 하였던 것이다. 갑자기 올림픽으로 하여금 어수선한 그 거리를 걸어 약속한 장소에 도착한 것은 약속

**명석축자(明石祝子)** _ 일본국 출생. 향천현고송(香川縣高松)시립 제일여자고등학교 졸업. 오사카(大阪)시 갈성양재학원 졸업. 오사카시 파리스양재학원 졸업. 동경야방학원 졸업. 동경 주오(中央)대학 문학부 중퇴. 문화복장학원 졸업. 동경삽곡(東京澁谷) 프로키팅 스쿨 졸업. 한국에 귀화(1960년 9월) · 귀국. 오리엔탈 양재학원장. 저서 《행복한 고독》(신태양사 발행, 영화화).

시간보다 5분이 늦어서였다.

상대방은 이내 알아보고 나한테 와서 내 이름을 대며 한국에서 오신 분이 아닌가 하고 물었다. 나는 그렇다고 대답하고 인사를 하며 상대방을 슬슬 관찰하여 보았다. 그의 나이는 이미 24세로 알고 있었으나 생김새는 예측했던 것보다 그리 밉지 않은 키가 작달막하고 가느다란 처녀였다. 나는 고향 언니의 근황과 언니가 보내주던 물건을 아울러 전해주었다.

그리고 나서 내 또 하나의 의무인 그 처녀의 근황에 대하여 한 가지씩 묻기 시작했다. 그 처녀는 보기보다 활발하고 매우 똑똑하며 대답하는 품이 아주 머리가 좋았다.

"제가 도쿄에 올라온 것은 5년 전 고등학교를 졸업하자마자였죠. 그때 아버님과 어머님은 다 고향으로 돌아가시고 저만 삼촌 집에서 학교를 나오게 되었는데 졸업하자 시골인 히로시마에 있기도 싫고 또 삼촌 집에 언제나 폐를 끼치기도 싫어 단신여비만 만들어 가지고 무턱대고 상경하였지요. 상경은 하였지만 사고무친(四顧無親)인 나에게 누가 일거리를 이내 마련해 주겠어요. 처음엔 인쇄소 직공으로부터 별의별 일을 다 닥치는 대로 했지요. 그래도 끼니를 못이어 밥을 굶은 일이 한두 번이 아니며 찬이라고는 간장 밖에 못 먹는 것이 매일이었습니다. 그러던 차 옆방에 이 아가씨가 이사(移徙)왔지요."

그리고는 아까부터 말없이 옆에 앉아 있던 아가씨를 소개한다. 그 아가씨는 일본인으로서 시골의 아주 부유한 의사의 딸로 태어났으나 자신의 의지력을 시험해 보고자 부모한테 일전 한푼 원조를 받지 않고 뛰어올라 왔다는 것이었다.

"우리들은 이내 친해졌지요. 비록 민족은 다르다 하지만 둘이의 목표와 이상이 같을진대 무엇이 우리들을 가로막겠어요. 제가 지금까지 견디어내게 된 것은 순전히 이 ○○상의 덕분이에요. 그것은 고사하고 그럭저럭 1년 동안이나 도쿄에서 고생을 하면서도 내일을 위해 준비하고 공부하는 것은 잊지를 않았지요. 고된 노동을 하고 돌아왔을 때도 꼭 책을 한 시간씩은 읽기로 둘이서 맹서하고 또 그것을 지켰지요. 그러던 차 〈라디오 도쿄〉에서 디렉터 조수를 모집한다는 광고를 보고 저의 마음은 동했으나 내심의 거리낌은 어쩔 수 없었습니다. 저는 제 마음을 ○○상에게 의논했지요. ○○상도 재일교포가 일본에서 어떤 인식을 받고 있는지 알고 있는지라 선뜻 응해 주지 못하고 우리는 이 문제를 가지고 매일 밤 토론하여 모든 곤란극복 방법을 모색하며 한국인이라는 것이 탄로(綻露)났을 때의 대책을 강구하여 보았으나 어린 우리들에게는 그리 쉽게 앞을 예상할 수는 없었습니다. 그러나 마감일은 닥쳐 오고 하여 맨 마지막 날 여하튼 시험이나 치러보자고 하여 원서를 냈지요. 다행히 고등학교 때의 이름이 일본 이름이라서 지원서에 첨부하는 성적표, 졸업증명서 등은 별로 문제없었지요. 시험날 〈라디오 도쿄〉 본사에 가 보니 모집인원은 5명이라는데 새까맣게 모여든 사람들은 이루 헤아릴 수 없었으며 옆 사람들의 말을 들은 즉 오늘 응시자는 300명이 넘으며 거의 7할이 대학졸업이라고 하질 않아요. 저는 마음 속에서 미리 포기를 했지만 ○○상이 자꾸만 시험을 끝까지 치르고 가자고 하여 그대로 남아 1차 시험을 보았더니 뜻밖에도 제 이름이 20명 가운데 남았지 않아요. 그러나 문제는 2차에 있었지요. 구두시험이라는 마물(魔物)이지요. 왜냐하면 고향을 물어보면 어떻게 대답하나 하고요. 제 가슴은 한량없이 울렁대며 시험날 아침 역시 ○○상의 부축을 받아서 나갔지요. 시험관들은 쭉 일렬로 앉아서 한 사람씩 불러들이는데 제 차례가 왔지요. 안경을 쓴 분이 먼저 묻는데 이번 시험에 자신이 있는가 하고 묻지 않아요? 글쎄 무어라고 대답해요. 잘 모르겠다고 대답한 즉 서류를 뒤적거리더니 고등학교 때 성적을 보고 '호—
최우등을 했구만……, 왜 상급학교엘 안 갔지?' 하고 물어 가정사정이
여의치 못해 못갔다고 했더니 그러냐고 하며 몇 가지 묻더니만 됐다고
해서 나왔지요. 내가 제일 꺼리던 것은 묻지를 않아서 속으로 됐다고
했지만 어디 이것으로 끝나는 것이어야지요? 이렇게 해서 겨우 합격은
되었으나 회사에 나가서 매일같이 일하는 것이 즐겁기도 하였으나 불
안한 감이 항상 떠날 수가 없었습니다. 특히 총무과나 인사과에서 무
슨 일로 불러서 갈 때는 가슴이 섬뜩해져 '아— 이제 탄로가 났는가 보
구나' 하여 가슴이 내려앉았을 때가 한두 번이 아니며 언제나 호적초
본을 제출하라고 하나 하고 생각하면 매일이 가시밭 속의 일이었습니
다. 이러한 가운데에서도 제게는 새로운 용기가 북돋아 올라왔지요.
'그렇다! 나는 과연 너희들이 말하는 조센징이지만 일하는 데서 너희
들을 이겨내고 또한 이 자리에서 없으면 안 될 실적을 마련해 놓아 언
제든 나의 정체가 탄로나도 나를 쫓아내지 못하도록 하자.' 이렇게 마
음을 먹게 되었지요. 그리고 나서는 한결 마음도 가벼워져서 어떠한
싫은 일이라도 싫어하지 않고 성의껏 일했지요. 이렇게 하여 2년이라
는 세월이 흐르는 동안 별의별 일이 다 많았지요. 그 가운데서도 한 가
지만 소개하면 나의 담당이 디렉터인 즉 매일 접촉하는 것이 연예인인
데 지금 한국인 중에서 모르는 사람이 없는 일본 가수 '미소라 히바
리'가 하루는 내 방에서 저희 어머니와 단 둘이 만났을 때 '어머니' 하
고 한국말로 부르지 않겠어요. 이때처럼 놀랐을 때는 없지요. 나는 내
귀를 의심했으니까요. 그 후부터 조심하여 본 즉 단 둘이 있을 때는 꼭
'어머니'라고 분명히 한국말로 부르는 것이 아니야요? 나는 기회를 보
아 '히바리'의 어머님께 '한국말을 아시는가요?' 하며 상대방이 계면
쩍어 할까 봐 이내 '저도 한국 사람이야요' 하자 히바리 어머니는 물끄

러미 저를 쳐다보더니 반가운 기색을 나타내며 히바리 아버지는 한국 사람이지요. 히바리는 지금도 아버지를 못잊어 항상 우리끼리는 한국 이야기를 한답니다' 하지 않아요. 그 후부터 히바리 어머니하고 저하고는 아주 친해졌지요. 대인에 있어 아주 까다롭다는 히바리 어머니도 나에게는 대단히 친절했으며 어려운 부탁도 나의 '디렉터'로서의 부탁은 다 들어주었지요. 이렇게 지내면서도 나는 기회를 찾고 있었지요. 그 동안 나의 지위는 움직일 수 없이 튼튼하여져 이제는 조수라기 보다는 어엿한 디렉터로서 일하게 되었으며 사내 사람들도 애칭으로 불러주고 아주 귀엽게 보아주었지요. 어느 날 나는 단연 결심을 하고 나의 직접 상사인 부장한테 사실대로 이야기하고 진퇴를 물었더니 뜻 밖에도 '그런 것이 무슨 문제인가. 이곳은 일이 문제지 국적이 문제가 아니네. 나는 자네를 지금껏 관찰해 보았지만 일본 여자보다도 어느 모로 보나 훌륭했지, 도무지 자네의 결점을 찾을 수 없었네. 그러나 지 금 이 문제를 곧 발표하는 것보다는 차차 인식시키는 것이 좋을 듯하 니 나에게 맡겨 주게!' 이렇게 되어 나는 10년 동안 가시가 박혔던 가 슴이 후련해져서 더한층 정력을 다하여 일에 열중하였던 바 부장의 배 려로 한국의 소개 등 하는 것이 전적으로 나에게 돌아와 이제는 사내 에서 내가 한국 사람이라는 것을 모르는 사람이 없게 되었지만 아무도 저를 깔보는 사람은 없게 되고 이제는 회사에서 제가 없으면 한국관계 디렉터는 할 수가 없게끔 되어 월급도 4만원을 받아 웬만한 과장보다 더 받고 있지요. 이렇게 되기까지에는 여기 있는 ○○상의 힘과 격려 가 컸습니다. 5년 동안 같이 있는 동안 어느 형제가 저희들같이 지낼 수가 있었겠어요? 그러나 여자란 할 수 없지요. 제가 결혼을 한국 사람 과 하게 되었는데 물론 ○○상하고 의논해서 연애로 들어갔지만 막상 결혼하는 날은 정말 떨어질 수 없어서 신혼여행 가는 데도 ○○상이 따라와 주었기 때문에 마음이 좀 나아졌지요."

　나는 이 긴 이야기를 듣고 나서 언제 어떻게 작별인사를 했는지 정신 없이 걸어나왔다. 도쿄에만도 60만 내지 70만이라는 재일교포가 있지만 다 이렇게 훌륭해 주었으면 얼마나 좋을까? 이 여자야말로 삶이 무엇인가를 똑똑히 인식하고 똑바로 앞을 내다보고 걸어가고 있지 않은 가.

　이런 사람이라면 어떠한 가시밭 속에서도 자기를 굽히지 않고 자기 몸에 피가 나도 그대로 걸어갈 것이 아닌가, 하고 생각할 때 사람의 운명이라는 것이 본래부터 정해져 있는 것이 아니라는 것을 새삼 느끼며 올 때와는 달리 발걸음이 가벼웠다.

# 봄과 더불어

明 石 祝 子

섬나라 일본에서 줄곧 자라고 살아온 나에게는 어떻게 생각하면 내 고향의 봄의 아쉬움이나 그리움이 있어야 할 터인데 어쩐지 그렇지가 않으니 웬일일까요.

남들은 흔히 고향을 그리며 '센티' 해지기도 하고 향수를 느낀다고도 하지만 일본 여자로 태어나 한국 사람으로 귀화한 나는 그렇지 않으니까요…….

사랑하는 사람을 따라 그이의 고향에서 살아간다는 여성으로서의 피치 못할 사연도 있겠지요.

그러나 그것보다도 나는 한국의 봄이 따사로운 촉감에 나 자신을 도취시키고 있다고 해도 과언이 아니겠지요.

왜냐고요? 안개 끼고 습하고 탁착한 고향의 봄은 진정 환절기로서의 환멸을 느끼지 않을 수가 없어요.

맑은 봄, 하늘을 찾을 수도 있거니와 그에다 습기찬 공기는 어떻게 생각하면 연중 제일 싫어지는 계절이 봄이라고 생각되는 때도 있었답니다.

그러나 내가 맞은 한국의 봄은 정말 생기가 돌고 약동할 수 있는 좋은 계절로 그 무엇인가 꿈을 그릴 수 있는 때라고 느껴져요.

그래서 저는 이 봄을 즐기기 위해 서울을 떠나 교외에 나가곤 하죠.

어제도 오늘도 아니 또 내일도 흙 냄새와 거름 냄새를 그리움의 벗삼아 일하는 전원의 아리따운 모습은 진정 한국의 상징이 아닐까요.

해빙과 함께 움직이기 시작하는 농촌의 모습은 확실히 뭇사람에게 희망을 주고 또 기대를 주는 것이죠.

그러한 봄의 농촌 모습은 도회에서 지분 냄새를 풍기며 게으름에 날을 보내는 이들에게 분명히 삶의 거울이 될 것입니다.

일할 수 있는 봄, 그 봄을 무의미하게 넘긴다는 이는 삶에 패배한 사람이라고 해도 좋겠지요.

그래서 저도 작년의 이 봄을 택해서 일하는 여성이 되려 나섰습니다.

일본에서 건너와 처음으로 한국의 국적을 가진 일본 여성으로서 나는 정들었고 또 사랑스러웠던 내 고향을 깨끗이 잊고 화창한 한국의 봄과 함께 귀화했던 것입니다.

물론 그 동안 나 자신과 내 신변에서 변천해 가는 여러 가지 일들은 수기로 엮어 《고독한 행복》으로 내놓았지요.

그에다 얼마 전 그 수기가 영화화 되어 사회의 이목을 모은 바 있었으나 사실 제 자신이 그러한 심리적인 변화를 느낀 것입니다.

그것이 봄이었습니다. 한국의 사철(사계절) 중 가장 좋은 계절이 또 나로 하여금 의지와 희망을 준 것이 또 봄이랍니다.

이제는 한 양재사로서 후배를 양성하는 몸이 되었습니다.

일본 같으면 의례 봄이 되면 벚꽃을 기다리는 것이 상례입니다만 한국은 그렇지 않더군요.

벚꽃 피기 전에 개나리꽃 진달래꽃을 볼 수가 있고, 이 얼마나 흥취 돋구는 계절입니까.

두툼하게 입고 추위를 견디어 가던 속옷들을 훨훨 벗어 던져가며 차례로 피어나는 꽃들을 구경할 수 있는 계절.

저는 이러한 봄을 어떻게 맞아야 하는가 하는 문제를 남녀의 유행을 양재 기술로 표현하려는 것입니다.

사회가 발달되고 문화가 해를 이을수록 우리의 옷차림은 간편하고 간결한 것을 요구하게 되는 것이 사실입니다.

그것이 또 시대의 유행이겠지요.

물론 우리들이 걸치는 모든 의류는 계절에 따라, 또 풍조를 따라 변천해 온 것은 사실입니다.

그러한 유행을 만들어 보자는 게 저의 의도요, 또 하고자 하는 일이라고 하겠습니다.

비록 농촌에 묻혀 일하는 사람은 아니되 농촌에서의 생활양식을 고쳐보려는 의도나 구상은 우리의 생활을 더욱 기름지게 하자는 것이겠지요.

그러한 모든 일이 우리들의 실정에서는 역시 봄에 시작된다고 해도 과언이 아니겠지요.

그래서인지는 몰라도 제가 본 한국의 봄은 정치나 경제부문에서도 많은 변천을 가져오지 않나 하는 느낌이 없지 않습니다.

4.19가 그렇고 5.16도 그러하지 않았습니까?

확실히 이 땅의 봄은 농민과 함께 나라가 자라나는 계절로 느껴지는군요.

분명히 한국의 봄은 농민에게만 주어진 바쁜 때가 아닌가 싶습니다.

씨앗 뿌릴 때의 고달픔, 괴로움은 곧 가을을 기다려 공으로 열매를 맺는 것이 아닙니까.

전국민의 8할이 농민이란 우리의 실정이고 보니 농촌의 고달픔이나 기쁨은 우리 국민의 기쁨과 슬픔이 아닐 수 없습니다.

때문에 흔히들 우리는 농민의 아들 딸이란 말을 듣곤 합니다만 그것이 한국에서 당면할 얘기이겠지요.

그래서인지 제가 사귀고 또 아는 한국 사람은 모두가 텁텁하고 대기(大器)이고 순진한 사람임을 느끼고 깨달을 수가 있었습니다.

섬나라에서 자란 사람마냥 비좁고 짧은 식견으로 사리를 판단하는 따위의 성품을 엿볼 수가 없었습니다.

그러한 성격, 그러한 인심이 역시 약동하는 한국 농촌에서 향취를 돋구고 또 자란 이 민족의 자랑스러운 성품이 아닐까요.

이 모두가 움츠림에서 생기를 돋구는 봄의 상징이라고 해도 좋겠지요.

봄을 노래하는 듯한 이 땅의 민요와 함께 봄은 진정 우리들의 삶에 즐거움과 희망을 주는 것이라 하겠습니다.

이러한 화창한 봄과 함께 나 자신이 이 땅에 발을 멈추고 그윽한 흙냄새를 맡으며 두 팔을 뻗어 오늘을 노래하는 한 여성이 바로 자신이라고 할 때 나는 한국의 봄과 함께 살아가리다.

# 슬픈 사연들

朴 巖

이 가을은 마치 5월같이 온후명랑한 계절이었다.

이 좋은 가을 석달 동안을 나는 어느 한때를 물론하고 '책을 읽어야지' '글을 써야지' 하며 마음 안 쓴 때가 없었지만은 큰 성과를 못 얻었다. 내 소원대로 왜 노력은 이루어지지 않았을까? 내게는 이 과업 이외에 다른 과업은 없는 사람이다. 이 과업을 위해 얼마든지 내 성의와 시간을 쏟을 수 있는 사람이다.

그런데 이에 대해 성과를 못 냈다면 나는 결국 무엇을 했을까? 나는 앉기도 하고 서기도 하고 가족과 환담도 하고 신문도 보고 서성거리기도 하고 거리를 산보도 하고 회사에 나가 동지들과 시국 이야기도 하고 혹 영화 구경도 하고 잠도 자며, 해도 그만 안 해도 그만인 이 대수롭지 않은 일들을 하노라고 한가을의 귀중한 내 생명을 허송했던가를 생각

**박암(朴巖)** _ 경북 출생. 호 월해(月海). 평양대동공전 · 평상 · 평농 · 진남포상공학교 등 교원. 대한국민 대표 민주의원 비서국 문서과장. 동양외국어전문 교수 겸 이사. 건국후 초대 인천세관장. 외무부차관. 한국도의실천연맹 대표. 4월혁명학생동지회 고문. 한국외국어대학 강사. 서울특별시 공무원교육원 강사. 도의실천운동과 문필생활에 종사.

할 때에 내 후회는 혀를 깨물어도 오히려 아픈 것을 모를 정도다.

나는 그칠 길 없는 후회를 되씹으며 오늘 저녁도 자정이 지나 1시가 다 되도록 잠을 아니 자고 책을 읽고 있다. 올 잠도 이제는 다 왔는지 잠도 오지 않는다. 밤도 깊을 대로 깊었는지 소리란 소리는 바람 소리도 없다. 그저 적적하고 조용하기만 하다. 나는 내 신경을 이 정적 속에 끌어들여 이에 동화를 시킨다. 눈을 감았다. 고요하다. 고달팠던 하루의 생활을 이제 푹 쉬느라고 하늘도 잠이 들고 땅도 잠이 들고 앞집 뒷집 이 집 저 집도 다 깊은 잠에 들었나 보다.

이 죽음과 같은 적막 가운데서도 시간은 가야 하며 세월은 가야 하며 사람은 늙어야 하는지 내 눈 앞에 놓여진 조그마한 내 손목시계는 여전히 잠잘 생각도 쉴 생각도 아니 하고 '째깍 째깍' 거리며 고요한 밤과 고요한 내 마음과 내 생명의 가는 길을 재촉하고 있다.

그런데 이 고요한 밤 공기를 흔들며 내 마음 깊이 파고드는 소리가 있다. 무슨 소릴까. 바람 소릴까. 아니다. 어느 집 어느 사람의 잠꼬대도, 물론 내 마음의 속삭임도 아니다. 무슨 소릴까. 나는 내 마음을 고요히 가다듬으며 귀를 기울였다. 우는 소리다. 그렇다. 흐느껴 우는 소리다. 누굴까. 젊은 여자의 흐느낌이다. 입술을 악물고 소리를 죽여도 저절로 입술 사이로 흘러나오는 억제할 길 없는 슬픔의 소리다. 나는 머리를 쳐들었다. 마음을 가다듬고 귀를 이리저리 기울였다. 나는 지금 울음의 방향을 찾고 있다.

내 머리 위로 흘러오는 이 고요한 소리, 건넌방 옆집 할아버지가 중풍으로 3년째나 드러누워 기동을 못한다더니 그 노인이 돌아갔단 말인가. 나는 괜히 궁금증이 났다. 나는 '여보 여보' 하고 아내의 어깨를 살살 흔들었다. 아내가 눈을 희미하게 뜨고 '뭐냐' 고 묻는 듯 내 얼굴을 쳐다본다. '여보 저 옆집 노인 돌아가셨어요. 어디서 젊은 여자의 고요한 울음소리가 아까부터 들려오는데' 하니, '아, 그 노인 돌아가셨대요. 아마 그 따님들이 우는가 보지요' 하고는 또 눈을 감는다.

비록 오래 앓던 노인이 돌아갔다지만 다시는 인생으로 돌아올 기약 없는 영원의 저세상으로 떠나갔다는 일은 얼마나 슬픈 일인가. 사람은 낳았(生)으니 죽어야 한다. 사람은 있었으니 없어져야 한다. 없었던 사람이 있었다가 없어졌다는 것은 결국 환원(還元)일는지는 몰라도 있었던 사람, 살았던 사람, 가정에서 다정했던 사람, 친구를 만나면 반가워했던 사람, 생명의 욕구 충족을 위해 살아도 살아도 모자라기만 하고 애닯기만 하던 그 인생을, 충족하게 살아보려고 애쓰던 인생을, 결국 그는 70 한평생을 걸고 안타깝게도 욕구불만과 싸우다가 영원히 저세상으로 영원히 가버렸다.

다시 못 올 길을 떠나간 아버지를 생각하고 젊은 그 따님들은 억제할 수 없는 슬픔을— 소리를 억제하며 이 깊은 밤중에 슬피 울고 있다. 사람이 3년이나 앓다가 죽어도 그 가족들은 밤을 새워가며 슬피 울어야 하는데 근래 우리 사회에는 불행한 죽음이 너무나 많다. 살다가 못 살아 자살하는 사람들, 살다가 살 수 없어 남을 죽이고 자기도 죽어야 하는 사람들, 살아도 살아도 살아지지 않는 인생을 일가 집단 자살로 종말을 고하는 사람들, 하늘에서 벼락이 떨어지듯 떨어지는 교통사고 때문에 한꺼번에 3, 40명씩 집단 살생을 당하는 일 등등.

생각해 보면 우리나라에는 못 살아서 슬픈 사람도 많은데 거기다가 또 이 같은 죽음이 겹치고 겹쳐오니 불행히 죽는 사람들의 천추의 유한도 유한이려니와 불행히 죽은 사람들의 그 유가족과 일가친척의 슬픔이 얼마나 깊고 컸을까를 생각하니 내 마음은 나도 모르게 무거워진다. 동시에 나는 머리를 숙였다. '아, 하느님이시여! 이 가난한 나라와 이 불행한 사람들에게 행복을 주소서' 하고 나는 말로가 아닌 마음으로의,

저 마음 깊은 곳에서 치솟는 정성으로 기도드린다.

　아, 세월이 가는 대로 모든 사람들은 간다. 젊어도 가고 늙어도 가고 아무리 가기가 싫어도 인생인 까닭에 아니 가고 배길 사람은 없다. 이렇게 왔다가 누구나 다 가야 하는 이 인생이 다행한 인생을 살다가 다행히 갈 수 있는 인생이 되도록 빌 길 밖에 없는 내 무능력을 나는 퍽이나 슬프게 생각한다. 허나 할 수 없는 일이다.

# 가을과 배추밭과 나와

朴 巖

오늘 아침도 자고 깨니 날씨는 역시 청명온후한 무상의 좋은 날씨다. 근래에 와서 이 가을같이 기분 좋은 날씨가 오래 계속되기는 별로 전례가 없는 일이다. 나는 자리에 누운 대로 이 아침도 눈을 깜박거리며 우리 집 뒤 학교 운동장만큼이나 넓은 밭에 새파란 배추가 가득 들어찬 그 배추밭과 그 배추밭으로 산보갈 기쁨을 생각하며 나는 미소짓는다.

가을도 이미 11월 중순, 풀도 이미 마를 대로 다 마르고 나뭇잎도 떨어질 대로 다 떨어져 이제는 가을도 늙을 대로 다 늙었다. 머지않은 세상에 북풍이 흰 눈을 몰아치며 음침한 허공에 겨울을 달리는 소리가 귀에 은근히 들려올 것도 같고 겨울이 벌써 내 등 뒤에 와서 대기하고 있는 것만도 같은 이 늦가을에 여름의 푸르름 같은 그 푸르름을 이 넓은 배추밭 일각(一角) 높은 지대에 서서 내려다보는 맛은 참으로 기분이 상쾌하다. 마치 바닷가 어느 지점에 서서 푸른 바다를 전망하는 것 같은 기분이다.

나는 금방 일어나서 집 뒤 배추밭으로 가 보고 싶은 심정을 억제한다. 나는 아직도 아침 일과의 하나인 독서를 아니 했으므로 책을 좀 읽고 배추밭 산보를 갈 양으로 배추밭에 배추가 꽉 들어앉은 듯 자질구레한 활자가 쪽 들어앉은 책을 펴들고 읽기 시작했다.

늦가을에 파아란 배추밭을 보는 기분은 물론 상쾌하다. 그러나 그 상쾌함은 위로 둥둥 떠오르는 기분이다. 책을 읽어 얻는 기분도 물론 좋다. 그러나 책을 읽어 얻는 기분은 마치 종소리가 순간순간에 파문을 지으며 저 먼 허공 속으로 확대해 가는 것 같은 그런 기분이다. 책을 한 30페이지나 읽었을까. 옆집 시계가 땡땡거리며 10시를 친다. 나는 책을 덮어 머리맡에 밀어놓았다. 옷을 챙겨 입고 세수는 뒤로 밀고 산보 동무인 동윤이의 손을 이끌고 대문 밖을 나왔다.

공기는 신선하고 날씨는 쾌청한데 거기다가 금상첨화로 5월의 기후처럼 따뜻하다. 하늘에서는 태양이 나를 보고 ‘너 기분 좋지?’ 하고 싱그레 웃고 있다. 가을은 확실히 가을인데도 미진만큼도 침울과 쓸쓸함과 고적함과 허수함과 애수와 음영이 내재(內在)되어 있지 않은 이 가을은 나를 무척 기쁘게 한다.

나는 어린 아이의 발걸음을 맞춰가며 세탁소 앞을 지났다. 미장원 앞을 지났다. 길을 꺾어서 흰 타일 집 앞을 지났다. 여기서부터 길은 약간 내리막이다. 다시 나지막한 초가집 앞을 지났다. 여기까지 오면 벌써 그 넓은 배추밭이 눈앞에 환하게 펼쳐져 보인다. 길은 다시 약간 올라간다. 여기가 배추밭 초입이다. 나는 이 높은 길 한 옆에 아이 손을 쥐고 서서 배추밭을 내려다본다. 새파랗게 맑은 하늘에서 햇빛이, 황금의 빛살이, 대자연의 혜택이 가랑비 내리듯 이 넓은 배추밭 위에 쏟아져 내린다. 그 수많은 새파란 배추 포기들 위에는 아직도 가시지 않은 아침 이슬의 윤기가 햇빛을 반사해서 온 배추밭에는 이 가을의 온화함을 즐기는 기쁨과 웃음이 마치 미풍에 넘실거리는 바다의 물결같이 넘실거리고 있다.

나는 아이 손을 쥐고 약간 경사진 길을 아주 내려섰다. 여기서부터 길의 위치는 배추밭 위치와 똑같은 평면이다. 오른편 길 옆에 자그마한 집채 무더기만큼 쌓아올린 퇴비(堆肥)에서 퇴비즙(汁)이 흘러 나와 길이 질고 아주 불결하다. 우리는 길을 골라 발을 디디며 길 이쪽 저쪽 배추밭을 둘러보며 발길을 멈추고 우리가 지나온 배추밭을 되돌아본다. 얼마 안 가서 배추밭은 끝이 났다. 나는 다시 한 번 몸을 돌이켜 배추밭의 이 끝에서 저 끝을 전망해 본다.

학교 운동장만큼이나 넓은 이 배추밭, 이 늦가을에 이 푸른 빛, 참말로 신선한 빛이다. 상쾌한 빛이다. 환희의 빛이다. 나는 이 가을 이 배추밭이 있고 내가 보고 싶은 때에 노력과 돈을 들이지 않고도 매일 한 번씩 이 배추밭을 보고 만족하고 다행하게 살 수 있는— 이 살기 어려운 세상에서— 이 다행을 나는 내 마음 속에서 되새기면서 5월같이 명랑하고 따뜻한 가을 하늘 아래 배추밭을 천천히 걸어간다.

# 애국심

徐 仲 錫

프르른 이 강산에 가을이 오면 나는 웬일인지 '9.28'이 생각나고, 그날 그 무렵에 일어났던 여러 가지 사건들이 주마등처럼 눈앞에 선히 연상된다. 10년이면 강산도 변한다더니, 그러니까 그 후로 벌써 10년이 더 되었나 보다. 눈을 감고 회상하여 보건대 9.28은 불의의 공산침략으로 말미암아 그들 적구(赤狗)의 손아귀에 들어갔던 이 조국 강산에 자유의 깃발이 또 다시 휘날리게 된 수복기념일인 것이다.

1950년 6월 25일, 물밀듯이 쳐들어오는 북한 괴뢰군에게 전략적으로 한때 내어주지 않으면 아니 되었던 자유대한의 대부분은 적치(敵治) 3개월 동안 문자 그대로 참담한 수난의 길을 걸었던 것이 아닌가.

'강을 건너보지 않으면 파도의 흉용(洶湧)한 것을 알지 못하고 높은

서중석(徐仲錫) _ 함북 출생(본적 서울). 호 경파(耕波). 전문학교 입학자격시험 합격. 봉천학원 정경학부 졸업. 서울대학교 문리과대학 정치학과 졸업. 서울대학교 대학원(박사학위 과정) 수료. 「대학신문」사 주간. 신흥대학교 전임강사. 단국대학 부교수. 성균관대학교 강사. 한국정치문제연구회 지도위원. 동국대학교 강사. 국학대학 강사. 국가재건기획위원회 정치분과위원. 극동문제연구원장. 북한해방통일촉진회 대공정책위원. 경희대학교 정경대학 교수. 저서《동양정치외교사》,《극동국제정치사》

산에 올라가 본 자만이 산길의 험하고 기구함을 알게 되는 것이다' 라는 선현의 명언도 있거니와 정말 나는 그 수많은 체험과 인생고 속에서도 6.25의 공산침략으로 말미암아 전고미증유(前古未曾有)의 참극을 맛본 것만큼 더 큰 수난은 없었다. 그것은 정말 직접 당해 보지 않고는 말할 수 없으리라. '경험은 최선의 교사이다' 라고 《프랑스혁명사》의 저자인 영국의 평론가 토마스 칼라이도 말한 바와 같이 나는 그때 죽음의 순간을 면하는 동안 많은 교훈을 받은 셈이다.

그 죽음과 같은 침묵의 도시. 24시간 계속되는 불안과 공포의 분위기. 웃음을 잃은 사회. 기만선전과 살인방화의 범람. 자유와 평화라는 이름의 가장(假裝) 등등ー. 실로 그 맛을 직접 보아온 국민들이 아니고는 누가 그 체험처럼 뼈에 사무칠 것인가.

그러한 막다른 사경중(死境中)에서도 나는 하나의 애국자를 발견한 사실이 있으니 십수년이 흘러간 오늘에 이르기까지 묵묵히 내 마음 속에만 간직할 필요가 없을 것 같다.

말하자면 나는 6.25 당시 괴뢰군의 정치보위부(政治保衛部, 1965년 당시 군경원호청 자리)에 감금되어 그야말로 말로써 표현할 수 없으리 만큼 그들에게 곤욕을 당하고 있었다. 그러는 동안 갖은 수단을 다하여 16일만에야(民世 安在鴻 선생이 같은 감방에 계셨다) 출옥한 셈이다. 출옥하고 보니 수도 서울은 더욱 살벌하였고 불안의 도가니 같기만 하였다. 그때 나는 용산구 원효로의 모처에서 한동안 은신하고 있었는데 막심한 폭격으로 말미암아 갈피를 잡지 못하다가 또 다시 내무서원에 잡혀 서대문 내무서(경찰서)에서 구류를 당했다. 그 취조실에는 김영상(金永上, 동아일보 논설위원) 씨도 있었음을 기억한다. 그러나 문제는 살아나갈 궁리 밖에 생각나지 아니 했다. 그리하여 여러 가지 꾀를 부리어 그 감방을 드디어 빠져 나왔다.

머칠 후 덥수룩한 모습으로 지금의 퇴계로 어느 골목길을 지나가다 뜻밖에도 최영해(崔暎海, 정음사 사장)를 만나게 되었다. 우리는 부둥켜 안고 울었다.

굴욕의 나날을 어찌하지 못하여 분통이 터질 듯한 나는 구국의 길을 모색하여 보았으나 별다른 묘안이 떠오르지 않았다. 그러나 영해 형은 나에게 무시무시한 증명서를 꺼내주면서 "이것은 어디에서라도 통할 수 있는 증명서니까 빨리 서울을 빠져 나가 피신하시오" 하는 것이었다. 그 증명서의 발행처는 인민위원장의 이름으로 되어 있었다. 말하자면 그 증명서는 그 잔악무도한 공산당들의 눈길을 피하면서 우리 자유 대한의 동지들을 구제하기 위한 '위조증명서' 였다. 실로 그와 같은 영해 형의 수단과 방법으로 하여금 우리나라의 많은 인사들이 죽음의 고비를 면하게 된 것이다.

그 뿐만이 아니라 정말 이제야 꼭 말하지 않을 수 없는 일은 최영해 형의 애국적인 기지이다. 그 6.25 당시― 한창 무법천지가 되어 '생과 사' 를 구분할 수 없을 만큼 사회질서가 혼란에 빠져 있을 때 최형은 덕수궁 내에 있는 국보들의 보존을 지극히 염려한 나머지 묘안을 짜낸 후 그 덕수궁의 곳곳마다 다음과 같은 경고문을 써 붙이게 했다.

"이곳에 무단출입하거나 물품에 손을 대는 자는 즉시 총살에 처한다."

이렇게 어마어마한 경고문을 쓴 다음 맨 끝에는 '○○인민군 총사령관 백' 이라고 썼다. 때문에 그 국보에 아무도 손대지 못했다.

이러는 동안 다시 전세를 회복한 국군 및 UN군 장병들은 인천에 적전 상륙한 지 13일 만인 9월 28일에 서울을 수복하고, 국내 방방곡곡에서 사경에 헤매던 국민들에게 뼈저린 노예생활의 종막을 고하도록 했다. 따라서 모두 산산히 잊어버릴 뻔한 덕수궁의 그 보물들도 커다란

화를 입지 않고 떳떳이 보존하기에 이르른 것이 아닌가.

　그처럼 아슬아슬한 전란 속에서도 자기사상의 구김이 없이 백절불굴(百折不屈)하여 위국충정(爲國衷情)으로 몸과 마음을 다한 그 숨은 애국자 최영해 형께 다음 9.28 기념일을 기하여 국가특수훈장이라도 그 가슴에 달아주었으면 좋겠다.

# 자화상

徐仲錫

부 옇게 음산하던 날씨가 활짝 개이고, 드높은 하늘가에는 저 멀리 흰 구름만이 가볍게 쉬고 있다. 나는 창문을 활짝 열고 북쪽의 고향 하늘을 쳐다본다.

어찌하여 나는 전전(轉轉)하면서 이렇게까지 고향을 떠나 머나 먼 이곳 서울에 와 있을까? 흘러온 나의 인생항로를 더듬어 보면 눈시울이 뜨거워진다. 간밤에도 웬일인지 전전불매(輾轉不寐)하다 보니 날이 새었다. 나는 거울을 본다. 거울 속의 나를 본다. 아무리 보아도 나의 몸매는 경우형(耕牛型)이요, 나의 얼굴은 투우상(鬪牛像)인데 그 번져간 주름 하나하나가 나의 파란만장한 과거를 역력히 증명해 주고 있는 것이 아닌가. 그러기 때문에 나의 은사인 하성(霞城) 선생께서는 나의 호를 '경파(耕波)'라고 봉(封)해 준 모양이다. 문자 그대로 '경파'는 나의 인생역정과 자화상을 에누리 없이 표현하고 있다.

흔히 내 주변의 제자들은 나를 평하여 "직발(直發)의 위엄과 굵직한 음성, 그 묵직한 맵시에 첫마디는 와락한 격(激)이 복받치고, 둘째 마디는 치솟는 열(熱)의 덩어리로 터지고, 셋째 마디는 비로소 약간 부드러워져 제법 정(情)이 드는 인간상"이라고 한다. 그럴듯한 단평(短評)이라고 볼 수 있다.

그러나 나의 성격이 어떻고 나의 생김새가 어떻고 하는 평담을 듣기에 앞서서 나는 기구한 운명 속에서 헤엄쳐 나온 역경아(逆境兒)라고 자처하고 싶다. 그렇게도 귀에 익은 고진감래(苦盡甘來)도 쑥스러울 만큼 나는 험준한 역경을 의지와 노력과 투쟁으로써 오늘날을 이루어 온 것이다.

그야말로 조실부모한 천애의 고아가 된 어린 시절의 나는 13세의 어린 몸으로서 이를 악물고 삼림이 우거진 그 큰 백두산 준령을 굶어가면서 넘어야 했다. 발바닥이 부르트고 뱃가죽이 등에 맞닿도록 고생하면서 왜 나는 재를 넘었을까? 나는 약삭빠른 도회지보다는 어수룩한 북녘에 가면 학교라도 다닐 수 있을 것 같았기 때문이었다.

압록강을 낀 심심산천 두메에서 자란 나는 두만강이 감도는 함북 무산(茂山)에 가서 삼산면 서(徐) 면장의 호의로 꿈마다 원했던 보통학교 4학년에 들어갔다. 그때 거기에서 사슴을 기르는 목동 노릇도 면치 못했다. 눈물을 머금고 악착같이 노력한 결과로 보통학교 졸업식에서는 상장 일곱장과 한 아름의 상품을 탔다. 그러나 그때 나의 그 기꺼움에 누구 하나 따사로운 축하와 격려를 해 주는 이가 하나도 없었다.

졸업 직후 15세가 된 나는 면서기로 지내다가 다시 청운의 꿈을 품고서 떼(筏)를 타고 회령으로 내려와 만주로 건너갔다.

사고무친인 나는 별 수 없이 순사시험에 수석으로 합격되어 월급 9원 60전을 받았다. 그러나 나의 지망(志望)을 저버릴 수는 없었다. 다시 용정(龍井)으로 가서 몽침간(夢寢間)에도 잊지 못할 중학교에 진학하려고 애원해 보았으나 나이가 많고 돈 없는 나의 서러움을 이해해 주는 사람이 없었다. 그 무렵 나는 10일간의 밥값을 떼어 먹는 일(나중에 품 팔아 갚았지만)도 있었고 여관에서 밥상을 나르는 일도 했다. 그러나 하나님의 뜻인지 알 수 없으나 당시 동척출장소장(東拓出張所長)의 혜택을 받지 않을 수 없었다. 나는 다시 두도구(頭道溝) 사립민성소학교(私立民成小學校)에 6년생으로 편입했고, 그 후 영신중학(永信中學)에 입학했으나 여의치 못하여 다시 17대 1의 율을 자랑하는 연길사범학교에 들어갔다. 그러나 역시 만사는 여의치 않았다. 그리하여 나는 그 사범학교에서 2년간 수학하다가 중퇴하고 대서(代書)를 하여 모은 돈으로써 신경(新京)으로 갔다. 그러나 시골뜨기인 나는 악당의 속임에 빠져 몸에 지닌 것을 몽땅 뺏기고 신경 역장실에 가서 물경 1주일 동안을 꼬박 졸라서 겨우 간도에 되돌아왔다.

그 후엔 봉천(奉天)으로 가서 동광중학(東光中學)에 들어가 임창한(林昌漢)·채규택(蔡奎澤) 선생의 은혜를 입어 졸업하기까지 했던 것이다. 그 뒤에 나는 전검(專檢)을 치르고, 만주국 유학시험을 치르고 신경법정대학을 다니었으나 학병문제로 그만 두었다가 만철(滿鐵)의 봉천학원 정경학과(야간)에 다녔다. 그리하여 봉천학원 3년을 졸업하자마자 봉천중학에서 2년 동안 수학을 가르쳤다. 실로 그 무렵 공부하기 위하여 양말도 못 신고 떨어진 '지까다비'로 영하 30°의 거리에서 신문배달을 하던 생각을 하면 눈시울이 뜨거웁고 소름이 끼친다.

그러하던 내가 해방 직후엔 출만(出滿)하는 데에도 여러 번 죽을 고비를 겪었고, 서울에 와서도 밀을 삶아 소금을 찍어 먹으며 경성대학(京城大學) 법문학부(그 후 문리대)와 대학원을 기어코 고학(苦學)으로 마쳤다.

지금은 5남매의 아버지이기도 하지만 흘러 온 나의 역정이 험난한 것과 같이 사랑하는 나의 아내에게마저 새우젓 장사를 비롯한 온갖 고생을 면케 해 주지 못한 내 과거의 허물을 내 어이 잊으랴.

# 모년모일(暮年暮日)

吳 蘇 白

모 년모일

화이트 크리스마스가 안 될까 걱정하는 족속들이 많은 것 같다. 빗방울이 오락가락하는 섣달 그믐께의 변덕스런 날씨니까.

눈을 그리워하는 마음은 누구나가 포근한 무엇을 바라는 데서 그럴 것이다.

그러나 크리스마스 소아병자들이 걱정하는 화이트는 거의 맹목적이다. 가난한 사람들에겐 차라리 숭늉 같은 빗방울이 고맙기만 하다.

요새 나는 새로운 말을 하나 발견했다.

'미칠즈족' —크리스마스 때마다 미쳐 자신을 가누지 못하는 족속들을 말하는 것이다. 모두 가엾고 불쌍하게만 보인다.

오소백(吳蘇白) _ 평남 진남포 출생. 서울대학교 사범대학 중퇴. 조선신문학원 졸업. 홍익대학 신문과 강사. 신문학원 강사. 「조선일보」·「합동통신」·「태양신문」 등 기자. 「부산일보」·「서울신문」·「중앙일보」·「한국일보」·「경향신문」 등 사회부장. 「대한일보」 사회부장 겸 편집부국장. 월간 『중성』지 주간. 신문편집인협회 보도자유위원. 저서 《인간 김구》, 《거리의 정보실》, 《올챙이기자 방랑기》, 《신문기자가 되려면》, 《신문강화》, 《해방십년》, 《우리는 이렇게 살아왔다》, 《에티켓 선생》, 《오소백 일본 상륙기》 외 수편.

모년모일

거리엔 선물 상자가 빈번히 오간다. 구세군의 자선남비엔 금속성의 메아리가 없다. 다방에선 온종일 '징글벨의 노래'가 고막을 어지럽힌다. 다방 옆에 붙은 제본공장에선 밤일이 한창이다.

아침부터 밤 늦도록 일해도 고작 70원에서 80원 받는 여공들이다.

몇 천원짜리 크리스마스 파티 예약 등이 벌써 동이 났다.

뉴스는 언제나 두 갈래로 갈려 있었다.


모년모일

산 동네로 가는 언덕길이다. 동지 지난 계절…… 자라 모가지보다도 짧은 땅거미가 언덕을 어루만진다.

동태 한 마리를 들고 가는 지게꾼의 뒷 모습이 보인다. 새끼오랭이에 구공탄 한 개를 대롱대롱 매달고 가는 소녀의 걸음이 그래도 가볍다.

됫박 쌀을 시멘트 봉지에 넣어 가지고 가는 아낙네의 손아귀에 긴장이 보인다.

계절(季節)— 축제(祝祭)— 향연(饗宴)—.

그들에겐 이런 것이 아랑곳 없었다.

아무런 여유와 틈이 없는 서민들에겐 생활의 벽만이 맞서고 있었다.


모년모일

과외수업으로 공부하는 시대가 되었다.

각급학교마다 과외수업을 해야 한다.

유치원에서까지 과외수업을 시킨다. 이른바 일류국민교에 보내기 위해서다.

국민교생의 과외수업료도 천태만상이다.

싸구려는 300원에서, 최고가 되면 4000원 짜리까지 있다.

장비로 공부하는 시대, 돈으로 공부하는 세월이 되었다.


### 모년모일

어떤 관청에서는 하이힐의 징 공세 때문에 복도에 고무판을 깔기에 바쁘다고.

청내에선 가볍고 활동적인 운동화를 신게 할 수는 없을까. 앞으론 징 때문에 비단을 깔는지도 모른다.


### 모년모일

요정(料亭) 드나드는 공무원들은 파면시킨다고 나왔다. 새로운 아이디어도 아니다. 이런 건 이젠 믿지 않는 고전에 속한다.


### 모년모일

텔레비전 방송은 정말 겉치레 밖에 안 된다.

이런 사치품을 사들이는 외화는 어디서 나오는가. 우리는 어디까지 왔을까. 라디오 정도까지 밖에 오지 못했다.


### 모년모일

얼마 전에 책을 한 권 냈다. 어떤 날 저녁 친구가 소주를 한 잔 마시다 외투에서 책을 꺼내 나에게 준다. 내가 낸 책이다.

"이 책에 서명을 해 주게."

나는 고맙기도 하고 미안하기도 했다.

"책은 × 형이 사고, 싸인은 내가 하고……."

나는 이렇게 쓰고 서명을 했다. 일종의 변명일까.

모년모일

세모라는 건 한 연륜의 마감시간이다. 왜 초조할까. 정거장 개찰구로 빠져 나가는 그것과 흡사한 심정이기 때문이다.


모년모일

새해부터 버스 값이 기어이 인상된다.
'걸어서 가자' 는 노래가 나와야 할까.
'발의 시위' 를 거세게 해 봄직한 계기일는지 모른다.


모년모일

여관 · 호텔 · 다방은 만원사례. 크리스마스 전야의 풍경이다.
프라이버시의 횡포랄까.


모년모일

명동 입구─. 인파를 헤치고 거닐면 양코를 붙인 중년의 세일즈맨이 있다.
"굴러대야 굴러대…… 사람 팔자 알 수 없어…… 굴러대야 굴러대."
목쉰 굴러대장수는 밤 늦게까지 명동 입구를 누비고 있다.
먹고 살기 위해 양코광대노름을 하는 굴러대장수의 슬픔은 사회상의 한 측면인지도 모른다.


모년모일

살아간다는 것은 무엇인가.
무덤을 향해서 가는 일종의 사회기행이다.

# 전수전심(專修專心)

李圭復

며칠 전 H다방에서 만난 S교수는 다음과 같은 말을 한 적이 있다. "요즈음 학생들은 웬일인지 자기가 할 일에 전수전심하는 태도가 별로 없는 것 같습니다. 아마 그것은 뚜렷한 민족사상이 없는 탓일까요?"

그 말을 듣던 나는 그럴 리가 없다고 부정하기는 했지만은 한 편으로 생각하여 보면 요즈음 어떤 학도는 자기의 신분을 망각하고 엉뚱한 짓만을 저지르고 있는 자도 없지 않은 것 같다. 실로 자기 자신의 좌표가 어디인 줄도 모르고, 터무니없는 허세와 맹목적인 유행병에 걸려 허우적거리는 자를 흔히 보게 되니 말이다.

나라와 겨레의 내일을 위하여 보다 소중한 것은 젊은 학도들이 자기가 맡은 바의 수련과 연구에 전심한다는 점이다. 젊은 학도들은 이 나

**이규복(李圭復)** _ 강원도 강릉 출생. 고려대학교 대학원 졸업. 단국대학 법과 및 정치과 주임교수. 홍익대학 교수. 고등고시위원. 3급공무원 채용시험위원. 3급공무원 승진시험위원. 사법시험위원. 한양대학교 법정대학 교수. 숙명여자대학교 법정대학 강사. 저서 《헌법》, 《행정법학(총론)》, 《각국정부론》, 《행정법학(총·각론)》, 《비교정부론》 외 논문 다수.

라의 기둥이오, 이 나라의 혈맥이라 할 수 있다.

독일이 불란서의 황제인 '나폴레옹' 1세에 의해 유린되었을 때, 백림대학(伯林大學, 베를린대학) 교수인 피히테는 분연히 일어나 "정신만 똑똑히 가지고 있으면 문제가 없다"라는 말로 독일의 청년들을 격려했다고 한다. 실로 국가와 민족의 장래는 그 세대를 메고 갈 그 나라 청년의 마음가짐에 있다고 본다. 마음은 정신이요, 정신은 기운이며, 기운은 바로 힘이다.

아무리 나라가 가난하고 사회가 혼란하다 할지라도 그 겨레 그 청년들은 '이유 없는 반항'과 '조건 없는 현실부정'을 일삼느니보다 모든 사리(事理)에 더욱 대의를 분별하고 자기가 맡은 바의 일에 전심전력하여야 함은 두 말할 필요가 없을 것이다.

한 송이의 국화꽃을 피우기 위한 공력이라든가 가난한 나라를 구제하기 위한 공력 등은 일조일석(一朝一夕)에 바로 이룰 수 있는 것이 아니다. 거기에는 한결같은 마음가짐과 꾸준한 노력이 필요하다.

또한 사람들이 어떤 뜻을 이루고자 함에 있어서 곤란과 역경이 부딪칠 경우에는 우선 정신을 가다듬어 냉철히 자신의 할 바를 미리 결정지어야 될 것만 같다. 실상 알고 보면 무슨 일이든지 그 일의 끝을 맺는 것이 어려운 게 아니라 같은 일을 보람 있게 꾸준히 계속하는 것이 어려운 것이다. 자기 자신의 실력을 믿는 사람은 항시 가까운 길을 골라 일하기 마련이다. 무슨 일에 자신도 없이 조급하게만 서두는 데에 무리가 따르고 실수가 따르게 될 것이다. 또한 힘이 약해서가 아니라 권태로 하여금 자기가 하던 일을 포기하기 때문에 중도에서 실패가 되는 원인도 있을 것 같다.

가끔 나에게는 각종 고시에 응시하려는 법학도들이 찾아와서 합격의 비결을 묻는 일이 있다. 나는 그들에게 충실한 내용의 기본서와 좋은 참고서를 선택하여 공부할 것을 권하는 한편 학구태도와 그 요령을 이야기하여 주는 일이 많지만 여하튼 푸른 꿈을 먹고 사는 그들에게는 무엇보다도 전수전심하는 것만이 필요하다고 본다.

매년 각종 고시의 상황을 보고 느끼는 바가 많거니와 분명히 많은 수험자 가운데에는 요령부족과 실력부족으로 불합격의 고배를 마시는 경우도 있고, 여러 가지 사정으로 인하여 시험공부를 하다가 중단·포기하는 자도 많은 모양이다. 그러나 매회 응시자의 총수는 늘어만 가는데―.

고언(古言)에 '구자득지(久自得之)' 라는 구절이 있다. 이는 무슨 일이고 오래 꾸준히 하면 얻는 바가 있다는 뜻이다. 첫술에 배부를 수는 없다. 흔히 사람들은 시작하자마자 결과부터 생각한다. 일을 계속하기 전에 성과부터 노린다는 것은 자기정신의 분열을 초래하기 쉽고, 또한 자기도 알지 못하는 사이에 자신을 피곤케 한다.

지금 자신이 당면하고 있는 그 일에 전력을 다하고 그만큼 전수전심하여 모든 자기 마음이 통일될 때에 비로소 자타의 분별은 없어지는 것이며, 또한 고락(苦樂)과 이해(利害)를 초월해서 한없는 즐거움과 끝없는 힘이 생기는 것이라고 생각한다. 어떠한 악마라도 이것을 방해하지는 못할 것이다.

이와 같이 모든 일에는 정신통일이 또한 중요하다.

'정신일도(精神一倒) 하사불성(何事不成)' 이라는 말은 끈기 있게 노력하라는 뜻을 내포하고 있는 것이다. 한 가지 목표가 세워지면 좋은 방법으로써 마음과 힘을 다하는 데에 좋은 결과가 있지 않을까.

# 세태유감(世態有感)

李圭復

자기 자신의 인생관조차 없는 자들이 감투욕에 사로잡혀 나라를 바로잡겠다고 핏대를 올리면서 고래고래 소리 지르는가 하면 때로 제법 의젓한 허세를 부리는 왈 정치쟁이들의 제멋에 겨운 기고만장의 꼴불견—.

수단방법이야 어찌 되었든 이른바 부자라는 칭호를 가지는 사람들, 죽어서 그 돈을 묘지에 가지고 갈 수 없다는 것을 버젓이 알면서도 인색은 고사하고 어떻게 활용하길래 만들어진 물건 하나 안심하고 살 수 없는 진짜와 가짜의 주인공, 그대가 생산업자든 기업가로 불리우든 그것이 고작 돈벌이를 위해 버릴 수 없는 독점적 양심이란 말인가……

극히 적은 수이기는 하지만 천진난만한 어린이들의 곱고 미움이 어머니 누나의 아양과 국물에 좌우되고 또한 가르치는 자가 배우는 자의 비위를 맞춰가며, 그리고 일종의 체념에서 사람됨을 가르침에 있어 글을 직업의 도구로 삼는 훈장님들……

나라의 일, 백성의 생명과 재산을 보호할 책임은 호주머니에 집어넣은 채 먹기 위해서, 그리고 헛된 욕망과 탐심에 사로잡혀 임무의 수행보다 뇌물에 눈알이 빨갛게 충혈된 공무원들……

고작 20여 평의 집 안에서 기껏 많아야 7, 8명의 시중할 가족을 그나마 식모라는 보좌관을 거느리면서 수천 년을 두고 마냥 꼭 같은 살림살이를 홀쩍 삼키듯 깨끗하고 시원스레 다듬지 못하면서 바가지를 긁고 욕구불만에 입을 실죽실죽 한숨을 지워 가정의 평화를 뭇내 파괴하고 남편을 우울과 염세증으로 몰아넣는 소갈머리 없는 마누라들…….

넥타이 양복의 버젓한 신사차림의 청장년이 몇 잔의 술에 핑계하여 거리를 비틀거리며 자기의 결심과 울분과 현실의 고뇌를 중얼거리는 서글픈 인테리의 군상들…….

허기진 배를 움켜쥐고 가슴에 안긴 어린 것의 울음을 달래는 어머니, 버림을 받고 사랑을 저주하며 목메여 우는 인생, 불구의 아버지를 대신하여 오빠 동생의 배움의 길을 끊지 않으려 캬바레, 빠, 요정, 대폿집, 그리고 종내에는 윤락가마저 서슴지 않고 자기를 희생하는 천한 직업, 그러나 마음의 간직만은 고귀함이 이를데 없는 그러한 여상(女像)들…….

없어져야 하고 또 없애기 위하여 흘러가는 역사와 함께 모진 노력을 다하지만 가난을 밑천으로 하는 조국의 현실은 아직도 이러한 기형아들을 지닌 채 몸부림치고 있다.

물론 우리만이 가지는 저주스러운 군상들은 아니고 예나 지금이나 동과 서를 차별함이 없이 모든 나라가 함께 지니는 인류의 쓸모없는 공통적 재산이기도 하다.

없어야 할 재산, 버림받을 수 없는 기형아를 있어야 할 재산으로, 없어서는 아니될 사람으로 전환케 함은 신의 힘을 빌리지 않아도 사람의 힘으로 능히 가능하다.

바람 없고 구름 한 점 없는 청명한 날 맑은 호숫가에서 단 둘이 속삭이는 마음, 귀여운 자식의 볼을 어루만지는 사랑, 홍수에 떠내려 가는 애인을 구출하려는 용감성, 풍작을 기원하며 뜨거운 햇빛에서 곡식을 가꾸는 근면, 내일의 희망을 위하여 오늘의 고통을 참아가는 인내심, 신의 가호를 빌며 기도드리는 경건한 모습, 빗발같이 쏟아지는 전장에서 적탄에 맞아 쓰러진 전우를 안고 다짐하는 승리의 결심과 의리에 솟구치는 단결력……, 이것들은 자유와 평등과 번영을 기약하고 무궁한 조국의 역사를 이어 가까운 앞날에 구질구질한 오늘의 군상들을 구출하고 소탕하는 무기가 아니겠는가.

깊어가는 고요한 밤 잠을 재촉하면서도 씩씩거리며 고무줄을 손에다 발에다 끼며 재롱을 부리는 막둥이 '띠띠' 의 걱정없고 근심없는 천진하고도 아기자기한 평화스러운 모습……, 이 지구도 언젠가는 자비롭고 사랑의 광장, 에덴의 낙원이 되어지리라.

1주일 후면 '산타클로스' 할아버지가 온다지만 거센 겨울의 찬바람은 방안까지 스며든다.

신이여 우리에게 가호와 자비를 주시사 서로가 헐뜯지 않는 생활의 터전을 세워 주시오.

출생도 한 번, 죽음도 한 번……, 속세에 태어나 죽음의 종착역까지 생로병사가 모조리 '고(苦)' 일진대 인생을 '낙(樂)' 으로 변케 하여 주시오.

그날이 올 때까지 어떠한 고일지라도 가야 할 길을 우리는 서로가 마음을 가다듬고 꾸준히 힘차게 걸어갑시다.

# 재벌(財閥)이라는 이름의 번민(煩悶)

李洋球

나는 망중한(忙中閑)의 촌음이라도 있을 때면 의례 새로운 나 자신을 발견하기에 골몰해 본다. 도대체 내가 누구를 위하여 무슨 일을 어떻게 하고 있는가를…….

중국의 임어당(林語堂)은 그의 저서 《생활의 발견》에서 사람에게는 세 가지의 대망집(大妄執)이 있다고 말했다.

그 하나는 '명성(名聲)'을 떨치려는 것이오, 또 하나는 '부귀(富貴)'를 누리려는 것이오, 또 하나는 '권력(權力)'을 잡으려는 욕망이라고 한다. 아마 이와 같은 인간적 대망집의 결과를 흔히 '성공(成功)'이라고 말하는지도 모른다. 그러나 명성과 부귀와 권력 등에 대한 욕망의 이면에는 실패, 비방, 모략에 의한 커다란 공포의 지배가 그림자처럼 따라다니기 쉽다.

**이양구(李洋球)** _ 함남 함주 출생. 경성상공학교 졸업. 동양식품공사 부대표. 풍국제과판매주식회사 사장. 한국정당판매주식회사 사장. 삼양물산주식회사 부사장. 삼양제당공업주식회사 부사장. 동양제당공업주식회사 부사장. 제일실업주식회사 사장. 동양제과공업주식회사 사장. 동양시멘트공업주식회사 사장. 동양산업개발주식회사 사장. 한국경제인협회 부회장.

"

오늘날 이 세상의 숱한 사람들이 그와 같은 대망집에 사로잡혀 자기 자신도 모르는 순간에 무리한 횡포를 저지르는 경우도 많지마는 다른 한 편에는 남의 공적과 명예를 이유없이 헐뜯고 시기하는 경우도 적지 않은 것 같다.

여하간 우리 인간의 공동광장에는 어떠한 횡포와 독점과 독선과 비방이 있어서는 아니 된다.

그나마 나는 몇 개의 기업체를 경영, 관리하고 있는 까닭으로 이따금 본의 아닌 충격을 받는 일이 없지 않다. 그 이유인 즉 '재벌이라는 이름의 번민' 때문이다.

어떤 사람은 과거 국가 권력과 결탁하여 부정과 부패로 오늘날의 부귀를 누린다고 재벌의 형성과정을 탓하기도 한다.

또한 어떤 사람은 재벌들이 국민들에게 소비성만을 높이고 중소기업분야에 파고들어 그들을 못살게 굴며, 경제불안과 사회불안을 조성한다고 열을 올린다.

이러한 많은 공격들은 공격하는 그 사람의 주관적인 견해에서 우러나오는 것이라고도 생각되거니와 그러한 문제들이 과연 대기업가들만의 책임인지 아닌지는 과학적으로 또는 기술적으로 분석해 볼 일이다.

실상 우리나라의 대기업의 규모는 외국의 그것에 비해 보잘것 없음은 사실이다. 그러나 어떤 하나의 기업체가 일익발전되고 규모가 확대되면 흔히 일부 사람들로부터 터무니 없는 오해와 비난을 받는 경향이 없지 않다. 아마 그 기업가로 하여금 많은 국내자본이 독점되고, 일반국민경제에 위협이 있으리라는 기우(杞憂) 때문인지, 혹은 약자가 강자에게 품는 하나의 시기심 때문인지 알 수 없다.

어쨌든 기업은 자본주의의 소산이며, 그 본질을 감안할 때 기업이 갖는 그 목적의 하나로써 이윤추구를 표방한다는 것은 오히려 당연할 것만 같다. 따라서 이 이윤을 둘러싼 숙명적인 경쟁이 경제발전의 추진력으로 되어 온 것이 아닐까.

나는 고요히 생각해 본다. '나' 와 '기업' 과 '국가' 와…….

정말 기업의 성격도 변천하고 있는 이 시대에 있어서 기업이윤의 해석도 달리하여야 되지 않을는지 모른다. 일찍이 헨리 포드는 주창하기를 "기업은 고율의 임금과 저렴한 양질의 상품을 공급함으로써 그 종업원과 사회대중의 생활수준을 높이는 봉사기관이어야 한다"고 했다.

요즈음 일부 기업인들이 국민들의 빈축(嚬蹙)을 사고 있음은 사실이거니와 모든 기업인들은 반성할 계기가 되었을 뿐만 아니라 우리나라에서의 경제윤리가 새로이 제기될 것만 같다.

여하간, 여러 가지로 부족한 내 자신이 경제인이니 대기업인이니 하는 칭호를 받기란 너무나 외람된 일이라고 생각되며, 또한 경제문제에 대하여 왈가왈부할 위인이 못됨을 잘 알고 있다. 그러나 오늘날 대기업인이라는 이름을 얻기까지의 그 형성과정은 많은 역경과 고난을 겪어야 했다.

여기에서 나의 흘러간 이력을 더듬어 보기란 너무나 장황할 것 같기 때문에, 다만 한 마디로 표현하자면 나는 오늘에 이르기까지 무려 30년 동안을 실업계에 종사해 왔다는 것과 굳은 신념으로써 모든 난관을 극복해 왔다는 점만을 밝혀두고 싶다.

'정직과 신의와 노력과 우애.'

이는 내가 오늘을 사는 생활의 신조이며 또한 나와 함께 나날이 협동작업하고 있는 사우들에게 권하고 있는 사훈(社訓)이기도 하지만 이러한 나의 신조는 흘러간 30년의 각고 속에 곳곳마다 무늬지어 있을 것이다.

6.25 당시에는 내가 경영하던 풍국제과공장이 폐허가 되었다.

부산 피난길은 그야말로 적수공권(赤手空拳)이었다. 그러나 투지를 잃지 않았다. 일단 내 자신이 계획하고 설계한 일은 절대 중도에서 중단하거나 포기하지 아니 했다.

그리하여 나는 노력의 결정으로써 한국정당(韓國精糖)을 비롯하여 삼양제당, 삼양물산, 동양제당, 제일실업, 동양제과공업주식회사, 그리고 동양시멘트 공업주식회사 및 동양산업개발주식회사 등의 중역을 맡아 일하게 된 것이다.

정말 자립이라는 것이 얼마나 어려운 것인가를 경험으로써 충분히 깨달았다.

오늘날 비록 내가 큰 규모의 기업체를 관리하고 있기는 하지마는, 그 어느 소유의 독점이나 충족을 위해서가 아니라 다만 가난한 이 나라의 경제부흥에 추호라도 일익이 되고자 하는 일념뿐이다.

사람이란 제아무리 금은보화를 가지고 있던들, 유명을 달리하는 저승에까지 가져가지 못하는 것이다. 살아 있는 동안 국가성과 사회성에 알맞는 업적을 쌓아야 할 것 같다.

나날이 변천하여 가는 세태만상의 흐름을 주시하면서 오늘을 살아가는 나는 이 정열이 시들기 전에 나라와 민족을 위해 더 큰 공익사업을 전개하고 싶다.

아니 이 세상에 보람찬 유산을 남기고 싶다.

# 양심(良心)

李洋球

항시 느끼는 일이지만 충실이라는 것은 값싼 안목으로 보기가 힘드는 것 같다. 참으로 충실한 사람은 자기의 충실하지 못함을 늘 반성시정하는 것이 아닐까. 말하자면 충실에는 무한성이 있다.

그러나 재능이라는 것은 눈에 보이기 때문에 거기에 위험성이 있는 것이다. 수많은 사람들 가운데 재능과 양심이 정비례되어 있는 사람은 드물다. 아마 훌륭한 재능에 그 양심이 똑바로 깃들어 있다면 그에 따르는 덕력(德力)은 무한할 것이다. 흔히 재능이 있다고 자신하는 것은 양심을 마멸시킬 우려가 있는 것이다.

자기의 재능에 자만심을 가지고 재능을 위한 재능을 발휘하는 것은 그 품격이 하격이요, 기회에 응해서 재능을 발휘하는 것은 중격이요, 양심에 따라서 재능이 그 빛을 발휘하는 것은 상격이다.

양심만 충실하다면 재능은 비록 적다 하더라도 재능 있는 사람이 따르지 못할 만큼 훌륭한 빛을 낼 수 있는 것이다.

재능 있는 사람이 유종의 미를 드러내지 못하는 것은 재능에 미끄럼질 치는 성질이 있기 때문이다. 고로 양심은 우리 인간사회에 있어서 최대의 필요불가결한 미덕인 것이다.

만약 이 세상에 양심이 없고 오직 재능의 자랑만을 일삼는다면 우리
는 질서유지에 힘들 것이며 이웃간의 믿음 있는 안정생활을 꾀함에 매
우 힘들 것이다. 즉 양심이란 도의사회 건설에 기초가 되는 컷이 아닌
가.

# 말보다 마음

張 基 範

침묵을 금이라 한 것은 어제의 일이지만 오늘날에 있어서는 웅변이 '다이아몬드' 이다. 지금은 말의 대량전달시대. 현대인의 영혼이 기계에 마멸되어가듯, 양이 질을 압도하고 있다.

'말은 나뭇잎과 같다. 그 잎이 무성할수록 과실(果實)은 적다' 고 한 사람은 피타고라스였던가. 오늘, 과일은 열리지 않고 몇 개의 낙과만이 땅에 구르며 피타고라스를 실증하고 있다.

사상을 번역하는 무기이어야 할 '말' 이, 실패를 호도하고 사리를 엄폐하고 무능을 보호하는 도구로만 쓰이고 있지 않는가. 정치가 '비전' 을 제시하고, 경제가 계획을 나열하고, 사회가 약속을 다짐할 때 말이 사상을(광의의 의미로 연역해서 진실을) 번역하는 무기임을 믿고 있는 사람들에게 또 다른 낙과의 음향이 예감되는 현실이다.

**장기범(張基範)** _ 경기도 인천 출생. 고려대학교 정치과 졸업. 서울중앙방송국 아나운서. 제16회 세계올림픽 중계(호주). 제1회 방송문화상 수상. 미국의 소리(VOA) 파견. 서울중앙방송국 방송과장.

말에는 잘못이 없다.

문제는 말의 연원에 있다.

어린아이가 어른들도 깜짝 놀랄 만한 진리를 말하는 것은 그 심성의 착함에 있다고 언어학자는 분석하고 있다.

따라서 이른바 세계사성(世界四聖)이 모두 웅변가이었던 연유도 거기에 있다고 하는 것은 진부한 모랄일까? 많은 사람들을 감동시키고 신념을 주고 영혼에 와서 부딪쳤던 금싸라기 같은 말들은 오늘도 무형의 지도원리로서 강력하게 상존하고 있다. 가장 순수하고 참된 마음의 공동을 울려 나오는 소리였기 때문이다. 근대에 이르러 애브라함 링컨이 남긴 명언이 그의 덕성에 근원했다는 것은 너무나도 명백하다.

고대와 근대로부터 눈부신 기계문명의 현대로 눈을 돌려보자.

과학의 정화를 과시한 동경올림픽을 카바했던 NHK가 공전절후(空前絶後)의 보도성과를 결산해 보는 자리에서 텔레비전과 시청자 사이에 개재(介在)했어야 할 무엇보다도 중요한 것이 인간성이었다는 것, 즉 아나운서의 휴머니티였다는 것을 발견하고 있었다.

회색의 브라운관에 따뜻한 피를 통하게 하는 것은 말의 기법이 아니고 말에 선행하는 마음이었다는 발견은 하나의 만각(晩覺)이었고 상식의 재확인이었는지 모른다. 그러나 오늘 마음이 상실된 공지(空地)에 수없는 말들이 무성하고 그것이 금도 다이아몬드도 아닌 한갓 조약돌로서 낙엽처럼 구르는 풍토에서 말을 직업으로 하는 사람이든, 아니든 다시 한 번 인식할 명제가 아닐 것인가.

괴테는 《파우스트》의 입을 빌려 다음과 같이 갈파했다.

'성실한 마음만 있으면 말은 할 수 있고 그것이 최상의 말'이라고……

# 행복의 뒤안길에서


張 基 範


행복이란 것은 물적인 영향에 의하여 그 여부를 결정지울 수 있다고도 생각할는지 모르지만 정신적인 기분에도 좌우되는 수가 많은 것.

이 세상에서 자기보다 더 행복한 사람이 없다고 자위하는 것은 물론 좋은 일이다. 늘 마음의 불만을 참지 못하고 자기의 운명을 저주하는 나머지 그 저주로 말미암아 자기 자신을 망치는 것보다는 행복스러운 일이다.

그러나 욕망의 만족을 행복이라고 한다면 그 행복은 피상적인 것이요, 외곽적인 것에 불과하다. 외적인 것은 없어지기 쉬운 것이며 욕망은 채워졌다 하더라도 자기의 내적인 것은 만족치 못한 때도 있는 것.

욕망이란 무궁무한하기 때문에 그 욕망을 만족하는 데에 행복하다고 느낀다면 그는 자기 평생을 불만 속에서 종신하고야 말 것이다.

누구든지 행복을 원하기 마련이지만 욕심 부리는 만큼의 그 행복, 바로 한 발자국 앞에는 함정이 있는 것을 잊어서는 안 된다. 그 행복을 파괴하지 않으려 생각할수록 불안이 따르는 것이다.

또한 그 행복을 놓치지 않으려는 데 뇌옥(牢獄)이 있다. 결국 욕망을 위한 지나친 집착이 곧 뇌옥인 것이다.

사람이란 욕망의 만족에서 소소희희(笑笑喜喜)하는 것보다 항상 자기 자신의 내적인 충실을 기하는 것이 참다운 인생의 행복을 맛볼 수 있으며 실제적인 복을 누릴 수 있는 것.

행복은 인간의 건전한 실재(實在)에서만이 연속될 수 있는 것이며 순간적인 욕망의 만족에서만이 끝내 머물러 있는 것이 아니다.

수많은 사람들이 행복을 열망하는 그 뒤안길에 서서 나는 내 직업에 충실할 것을 다짐하면서 행복을 느껴본다.

# 춘래불사춘(春來不似春)

全圭泰

따사로운 태양을 향해 툇마루에 앉아 전깃줄에 조각난 하늘을 바라보며 이 생각 저 생각하다 보면 나른한 권태와 함께 졸음이 온다. 완연한 봄이다. 양지쪽에서 잠들고 있는 강아지는 춘색을 제일 먼저 즐길 특권을 주장하고 있는 것만 같다.

'춘면불각효'(春眠不覺曉)라든가. 요즈음 그런 것을 느낀다. 특히 일요일 아침이면 의식적으로 늦잠을 자려는 것도 아닌데 새벽을 느낄 수 없는 것은 역시 봄 탓인가 보다 옛 노인들은 이를 요초(料哨)라고 불렀다는 것이다. 피부에 스며드는 봄의 한기(寒氣)를 그렇게 부른 것이다. 요즈음처럼 날씨가 변덕스럽고 보면 요초는 더하다. 그러나 쌀쌀한 요초를 대하면서도 마음은 흐뭇하기만 하다. 역시 봄이란 제아무리 쌀쌀하

**전규태(全圭泰)** _ 서울특별시 출생. 호 호월(湖月). 양정고등학교 졸업. 연세대학교 국문과 졸업. 연세대학교 대학원 졸업. 동아일보사 신춘문예현상(문학평론) 입선. 「연합신문」, 「서울일일신문」 기자 및 기획위원. 한양대학교 문리과대학 강사. 한국비교문학회 회원. 국어국문학회 상임회원. 조선학회(일본천리대) 회원. 한국시조작가협회 회원. 연세대학교 전임강사. 저서 논집 《문학과 전통》, 평론수필집 《사랑의 의미》, 《체험적 여생론》, 시조집 《석류》, 《한국고전소설선》, 역서 《죽음과 사랑의 그늘에서》, 《죄와 죽음과 사랑과》, 《독신녀》, 《세계문학서설》 외 논문 다수.

게 굴어도 미워할 수는 없나 보다.

일요일이면 으레 늦잠이니 더욱 춘면불각효일 수밖에 없다.

"아침이나 잡숫고 주무세요!"

라는 마누라의 성화스런 재촉으로 하는 수 없이 일어난다. 소루쟁이에 모시조개를 섞은 토장국에 배를 불리고 나면 오싹 싸늘하긴 하지만 그런대로 일요일을 방안에서 썩기는 싫다. 그러나 막상 어디를 갈까…… 하고 생각해 보면 갈 곳도 별반 없다.

봄을 찾아 진종일 헤매다가 황혼에 집에 돌아와 뜰안에 핀 매화에서 그것을 찾았다는 옛 시인이 생각난다. 요새 사람들에 비하면 무척 여유 있는 얘기다. 뜨락에 매화를 가꾼 가정이 시내에 과연 얼마나 될까…… 생각해 본다. 극소수일 것 같다. 그러니 봄을 찾아 교외로 나갈 도리밖에 없는 것이 우리 서민들의 실정이다. 하다 못해 종일 헤매다가 끝내 봄을 찾지 못할망정 나가 보지 않고서는 못배기는 것이다. 봄을 찾을 뜰이 없기 때문이다. 헌데 서울 상춘객이 갈 곳이란 뻔하다. 창경궁, 덕수궁…… 하지만 이런 곳은 상춘이 아니라 사람 구경 아니면 먼지를 뒤집어쓰러 가는 데다.

다음으로 손쉬운 곳은 남산이다. 약수터의 경관이 좋다지만 이젠 잠포가 즐비하여 볼품이 없다. 삼청동 골짜기도 판잣집으로 뒤덮였고, 정릉 계곡도 역시 예외는 아니다. 멀리 도봉산을 찾고 우이동의 북한산록을 찾아가 봐도 기다리는 것은 봄이 아니라 오물과 빈 깡통들이다. 번영회도 있건만 그 관심은 관광지대 개발이 아니라 판매점의 이권에 있다. 장사에만 눈이 벌겠지, 환경정화라든가 미화작업엔 추호의 관심도 없는 것 같다. 모처럼 찾아간 봄이건만 봄을 등지고 돌아와야 하는 것이 서울 시민의 딱한 심춘행각(尋春行脚)이다.

그렇다고 거리를 서성거릴 수도 없다. 길거리에 범람하는 기아와 절망의 무리들! 자아상실에 몸부림치는 파리한 뭇 젊은이의 군상! 대학을 나와도 마땅한 일자리가 없을 만큼 이 나라의 고용도는 말이 아니다. 정확한 통계는 없지만 실업자의 수가 삼백만을 넘으리라 하니 이 숱한 무리들이 어떻게 연명하고 있는 것인지 사뭇 궁겁다. 실업자의 수와 범죄와는 비례한다고 하니 두려운 생각마저 든다. 딴은 요즈음 신문 제 3면에는 살인, 강도, 사기, 횡령이 가득하다. 우리 사회의 어두운 단면을 그대로 반영하고 있다.

바야흐로 농촌은 춘궁기에 접어들었다. 벌써부터 일가족 집단자살 사건이 접종하고 있다. 얼마 전 어떤 신문엔 칡뿌리를 씹으며 주린 창자를 달래고 있는 농민들의 모습이 크게 '클로즈업' 되었다. 그저 가슴이 뭉클해진다. 춘래불사춘이다. 그러기에 T.S. 엘리엇은 '4월은 가장 잔혹한 달' 이라고 노래했는지도 모른다.

그런데도 휘발유 한 방울 안 나오는 나라에서 미끈한 자동차는 희뿌연 먼지를 마구 뿌리며 연상 길을 누비고 있고 밤이면 주지육림 속에 뭇 정객과 모리배는 도화경에 지새며 비참한 현실을 외면한다.

일찍이 시인 이상화(李相和)가 "빼앗긴 들에도 봄은 오는가/ ……/ 푸른 웃음 푸른 설움이 어우러진 사이로/ 다리를 절며 하루를 걷는다./ ……/ 그러나 지금은 들을 빼앗겨 봄조차 빼앗기겠네" 하며 울부짖었듯이 도시 우리는 무언가 빼앗긴 설움에 절름거리고 있다. 정말이지 춘래불사춘이다. 그런데도 흔히들 봄은 희망의 계절이라고들 말한다. 계절의 윤회는 그 자체에 어떤 의식이 있어 행복을 가져다주는 것은 아니지만 인간은 묘하게도 이 계절의 순환에 희망을 걸고 사는 것을 본다.

특히 봄철이 되면 입춘대길(立春大吉)이니 개문만복(開門萬福)이니 하는 너절한 춘방과 함께 뭇사람의 가슴은 희망에 부푼다. 봄이 주는 생기에 감동되어서일까……

봄과 희망, 하고 새삼 되뇌어 본다.

칼라일은 '희망이란 어린애들이 무지개를 잡는 것' 과 같다는 의미의 말을 한 적이 있다. 그러나 부질없는 희망이나마 마음에 간직하지 않고서는 살아갈 수 없는 것이 인생이다.

으리으리한 건물들이 즐비하고 고무로 포장된 푹신푹신한 도로 위를 자동차들이 소리 없이 미끄러져가고 무성한 과수로 그늘지고 걸인 하나 먼지 하나 없는 깨끗한 페이브먼트 위로 악의 없는 착한 남녀들이 미소 띤 얼굴로 오가고, 거리엔 무인 상점이 늘어선 그런 도시— 그것은 무릉도원도 유토피아도 아닌 실현가능한 '비전' 의 도시다. 인간사회에서 이만한 이상을 가져보는 것도 한낱 몽상에 불과한 것일까?

뿌연 봄 먼지 속에 날치기와 불량배가 득실거리며 엉성한 판잣집이 즐비한 거리를 거닐며 '언제나 봄다운 봄을 즐기게 될까' 하고 꿈꾸어 본다.

# 한국적인 너무나 한국적인

全 圭 泰

기차를 타고 우리 농촌 풍경을 차창으로 바라보던 어느 외국인이 한국에는 가축업이 매우 성행하고 있는데 놀랐다고 감탄했다 한다. 우리 농촌의 초가를 소의 외양간이나 돼지우리로 오인한 것이니 참으로 웃지 못할 넌센스다.

하기야 으리으리한 별장에 끝없이 넓은 광야를 불도저로 밀어제치고 비행기로 씨앗을 뿌리는 농촌을 보아온 그들에게는 우리 농촌을 일별(一瞥)하고 곧 이해할 까닭이 없겠다.

그러니까 우리 농촌의 특징을 한 마디로 빈곤이라고 해도 무방하다. 외국인의 눈에는 외양간으로 보이는 그런 곳에서 우리 농민들은 서식하고들 있다. 원시 그대로의 삶이다. 대대로 이러한 빈곤의 소용돌이 속에서 우리 선조들은 살아왔다. 이것은 그야말로 한국적인 너무나 한국적인 어제와 오늘이요 또 내일일 것이다.

가축업이 성행하고, 평화롭고 유연스런 농촌이란 앞에 말한 외국인의 시야에 비치는 목가적인 센티멘틀리즘이지 결코 우리 농촌의 현실은 아니다. 봄이면 보릿고개를 넘기기 위하여 굶주린 배를 움켜쥐고 참다 못해 고리채(高利債)를 얻어다 연명하고 이를 갚기 위해 뼈를 깎고 살을 에이어야만 하고, 여름철은 가뭄과 도열병과 수해에 가슴 조여야 하며, 채 벼가 여물기도 전에 입도선매(立稻先賣)를 해야만 하는 것이 대부분의 우리 농민들이다. 언제나 이런 빈곤의 악순환에서 헤어날 수 있을는지 그저 암담하기만 하다.

하지만 이런 어려움 속에서도 우리 농촌만이 지닌 아름다움이 있다. 서로 이웃에 살면서도 드높은 철조망으로 격리된 도시생활에서는 아예 찾아볼 수도 없는 따뜻한 인정이 우리 농촌에는 서려 있다. 이웃은 물론 한 마을에 사는 어느 누구와도 알뜰한 유대를 가지고 살아간다. 인정에 충일한 삶의 여항이다.

근대 이후 개인주의의 물결이 온 세계를 휩쓸었지만 우리 농촌은 아직도 개인의식보다는 전체의식이 보다 강하다. 우리 농촌의 이러한 생활의식은 특히 한국 사회가 가지는 가족중심의 영농방식과 생활인습에서 오는 것으로 이로 인한 폐단도 없는 것은 아니겠지만 반면 이러한 무드로 말미암아 다른 지역사회에서는 느낄 수 없는 따뜻한 인정과 독특한 아름다움과 알뜰한 행복이 샘솟는 것이리라. 그것은 마치 넓디 넓은 광야를 불도저로 밀치는 농장에서 메커니즘을 찬미할 수는 있어도 고려의 청자나 조선의 백자가 지니는 어떤 흡족을 느낄 수 없는 것과 같다.

돼지우리 같은 초가지만 거기에는 살벌한 현대식 빌딩에서 느낄 수 없는 영원한 향수(鄕愁)와 운치가 깃들여 있다. 조그마한 그러면서도 아늑한 골방, 바람 찬 날 반가운 벗이나 손님이 찾아들면 얼마 안 남은 화롯불을 아낌없이 헤쳐주고는 환하게 웃어주는 희떠운 마음은 마치 화로가 뿜어주는 더운 입김처럼 사람의 마음을 그지없이 훈훈하게만 해준다. 이런 운치는 만텔피스나 스팀이나 스토브에서는 도저히 맛볼 수 없는 낭만이 아니겠는가.

모내기 끝난 논바닥의 연초록 평면을 가로지르는 실뱀마냥 가느다란 논두렁길의 곡선은 최신식 하이웨이에서 느낄 수 없는 우리 농촌만이 지닌 너무나 한국적인 아름다움이다.

영농 그 자체가 매스 프로덕션처럼 쉽사리 수확을 가져올 수 없는 것이기 때문에 농업에 종사하는 농민들 자신도 그 성격에 있어서 매우 원만해질 수밖에 없는 것이다. '일출이경(日出而耕), 착정이음(鑿井而飮), 제력하유어아재(帝力何有於我哉)'가 예부터의 순후관대한 우리 농민들의 생활태도다.

8.15광복 후에는 '주권재민(主權在民)'이라는 민주주의의 덕택에 '귀중한 한 표를 지닌 유권자'로 선거 때마다 정치바람을 강요 당했으나 번번히 속다 보니 이제 다시 '제력하유어아재'가 되어 버렸다. 물론 우리 농촌은 새로운 풍조에 대해서 민감하지 못하기 때문에 낙후되어만 가고 있다. 따라서 이 비합리성을 제거하여 우리 농촌도 하루 속히 진흥되어야만 하겠다. '기브 앤 테이크'의 철저한 이해관계에 의한 도시의 메커니즘은 못마땅하지만 언제나 원시적인 우매함에만 머물러 있을 수는 없을 것 같다. 한 걸음 발전의 길을 우리 농촌도 모색하되 전래의 인위적이고 정신적인 요소를 버리지 않았으면 좋겠다.

한국 전체 인구의 약 7할을 차지하는 농민들의 여항인 우리 농촌의 알뜰하고도 운치스런 분위기, 그것은 한국적인 너무나 한국적인 우리의 모습이요, 또한 영원히 지키고픈 우리의 향수다.

# 가야산만필(伽倻山漫筆)

趙 南 斗

가 야산 해인사 팔만대장경, 어설픈 대로 만유(漫遊)의 기분으로 거
닐어 보자 했다. 이런 은혜로움이 있게 해준 여러 이웃께 절하
며 만상(漫想)을 간추려 만필이라 한다.

### 특별열차 '거북'

15일 밤, 여덟시 용산역을 떠났다.

임시열차란다. 어떤 녀석은 특별열차란다. 또 어떤 녀석은 군인전용
열차란다.

정리를 해 보면, '임시 특별 군인전용열차.'

이건 너무 길다. 다시 정리를 해 본다. 우선 우리 같은 민간인을 태우
는 객차가 붙어 있으니 군인전용열차는 아닌 즉 그것부터 정리하고, 다

조남두(趙南斗)_ 충북 단양 출생. 호 낭운(浪雲) 외. 국학대학 문학부 졸
업. 장충고등학교 교무주임. 한국배우전문학원 강사(영화). 월간 『의회
평론』지 편집위원. 「법제신문」 논설위원. 「문학인」 동인. 자유문협 회원
(시). 국제 PEN클럽 회원(시). 청동문학회 대표. 작품 〈하루살이의 폐장〉
외 시 200여편 발표. 장편 《회색의 무지개》(산업경제신문 연재) 외 소
설·극 및 수필 등 다수.

음으로 적어도 정기적으로 얼마 동안을 운행하고 있는 터인 즉 임시열차란 딱지가 정리되어야 하겠다. 이러고 나면 남는 것은 특별열차, 하나밖에 남지 않은 것을 다시 정리할 수는 없고, 그냥 두자니 '특별기동차편'이니 '특별기편'이니 하는 것들과 혼동이 되겠으니 전혀 어울리지 않는 이름이다.

이 열차에는 2등 객차가 없다. '특별'이라니 천만 당치 않다.

이야기가 복잡해진다. 한즉 그까짓것 이쯤 줄여두고, 밤 여덟시에 서울을 떠서 다음날 새벽 다섯시가 넘어서 대구에 닿는 완행중 완행, '약진'인가 하는 놈이 부산까지 다섯시간 반 남짓인데 이건 대구까지 아홉 시간, 곱장이가 되고도 남을 굼벵이걸음, 엔간히 느린 놈이다. 이러고 보면 어물어물 '특별'이란 딱지가 들어맞지 않는 바도 아니다. 흐흠…….

이 여행의 주인공은 수학여행길의 학생, 고맙게 얹혀가는 내 처지에서 급행·완행을 참견할 게 못된다. '통일', '약진' 따위가 급행을 뜻한다면 이 열차에도 무슨 그런 이름이 있었으면 하는 데서다. '굼벵이'가 언짢으면 '거북'이라던가 뭐 그런.


### 논둑의 코스모스

16일 새벽 다섯시 대구에 닿아, 여섯시가 가까워서 가야산 해인사로 가는 전세 버스를 탔다.

"선생님 피곤하시죠, 여기 앉으세요."

거칠게만 보이던 녀석들의 말씨나 얼굴이 여학생처럼 상냥하다.

어둠이 걷혀 가자 자욱한 안개가 시야를 덮는다. 그 자욱한 안개가 차츰 흐려지면서 금빛으로 변한다. 잘 익은 들판, 아직 잠자는가. 바람 없이 고요한 들판이 잘 가꾸어진 잔디와도 같다. 그 위에 덮인 안개 한

자락이 무슨 크나큰 날개와도 같이 위로 말리듯이 걷히는 새벽의 장
관……, 탄사를 거듭할 뿐 표현할 길이 없다. 들판을 벗어나면 언덕과
기슭에 공들여 가꾼 듯, 이슬에 씻겨 더없이 맑고 밝은 보랏빛 들국화
의 사연.

다시 들판! 논둑에까지 번져 핀 들국화, 그리고 코스모스. 언제 어느
때 정다운 이의 손길에서 비롯했는지 알 길 없지만, 길가의 코스모스는
참으로 고맙고 정다웁다. 들국화야 어차피 예부터 있었던 우리의 꽃이
라지만, 멕시코인가 하는 머언 땅에서 여기 이국에 번져, 이제 우리 논
둑에서까지 피어주는 코스모스의 숨결은 도시에서 느끼던 고독, 센치
따위보다 이 걷히는 새벽 속 길가와 언덕 논둑에선 맑고 싱싱하고 정다
울 뿐이다.

두 시간 반만인 여덟시 반 쯤 목적한 해인사 어구에 닿는 동안 새벽
이 아침으로 바뀌었다. 버스에서 내려서니 눈이 빡빡한 게 다리가 휘청
거린다. 점호를 하는 동안, 방송에서 귀 익은 무슨 드링크를 찾아 ‘약’
자 붙은 집을 찾는다.

“사흘 밤 쯤 새워도 거뜬했는데…….”

“허헛…… 모두 젊을 때 말씀이죠…….”

‘아니 그럼 내가 늙은이란 말인가?’ 약방 주인 말이 문득 언짢았지
만 ‘허헛……’ 웃고 말았다. 이래도 때로는 십원 내고 칠원을 거슬러
받을 만큼 팽팽하다는 우스개를 던질려다가 그만 뒀다. 어쨌든 어디 가
서 좀 눕고 싶었다.

이 가야산의 명승의 하나라는 용문폭포(龍門瀑布)로 가는 골짜기를 따
라 오르는 길목의 예약된 여관에 들었다.

아침을 마치고는 누울 겨를도 없이 산길을 더듬어 해인사를 향하였
다.

이 절이 있는 가야산 산정은 해발 1,430m란다. 숲길을 더듬어 한참을 올라가니 '가야산 해인사(伽倻山海印寺)'란 현판이 붙은 사문(寺門)이 앞에 선다.

### 산사(山寺)의 파초

여기서 잠시 해인사의 내력을 간추려 본다.

해인사는 팔만대장경(八萬大藏經)으로 널리 알려져 있지만, 실상은 절로서는 통도사(通度寺), 범어사(梵魚寺)와 함께 3대 사찰로 손꼽히는 것으로, 신라 애장왕(哀莊王) 3년(서기 802) 8월에 승(僧) 순응(順應)에 의하여 창건되어, 신라말(新羅末, 930)에 승통(僧統) 희랑대덕(希郎大德)이 고려 태조 왕건(王建)의 힘을 입어 더 짓고, 다시 조선의 성종대(成宗代)를 비롯하여 여러 번 중창하였단다. 그러나 화재도 여러 번 겪은 바 있어서 지금의 건물은, 장경각(藏經閣)을 제외하고는 모두가 조선의 순조(純祖) 17년(1817)에 중건한 것으로 전해진다.

따분하겠기로 내력은 이쯤에서 줄여 두고, 발길을 대법당 대적광전(大寂光殿) 뜨락으로 옮겨본다.

발길에 채이는 캐러멜 껍데기, 집어서 저편으로 던지려다가 거기도 뜨락이라 주머니에 집어넣는데, 저쪽에서 킥킥거리며 웃는 녀석들이 있다. 필시 이 껍데기를 버린 여학생, 웃는 품으로 보아 이쪽을 넝마주이쯤으로 여기는 겐가? 웃으며 왼편으로 고개를 돌리니 명부전(冥府殿), 이건 무슨 전(殿)인지 기억에 자신이 없는 대로 그렇게 일러놓고, 그 앞에 커다란 파초(芭蕉)가 세 그루, 6척쯤의 내 키로 쳐다볼 만큼이니 꽤나 큰놈이다. 휘늘어진 잎이 더러는 찢기었지만, 어쨌든 깊은 산곡 절간 뜨락에서 남국(南國)의 파초를 바라보며 잠시 주객(主客)의 전도를 느낀다. 나를 앞장서 이 산기슭 절간 뜨락에 뿌리를 뻗고 산다해도 종당 여기는 이국(異國)이니, 저는 객이요 나는 주가 아닌가? 허헛 산사의 정서 치고는 자못 엉뚱하다.

대적광전을 기웃하고 발길을 그 뒤편 계단으로 옮긴다. 쳐다보니 개칠탓인지 사뭇 선명하게 보이는 팔만대장경의 현판. 안으로 들어서니 좌우로 자욱하게 늘어 꼽힌 대장경판이 보이는데 출입이 금지란다. 자물쇠가 걸린 출입문 옆에 판목(板木)이 하나 유리 낀 상자 속에 들어 있다. 그리고 그 상자 위에 장작개비 같은 나무토막이 하나. 젊은 승의 수만 번, 그러니까 팔만경판수만큼이나 뇌까렸을 해설이, 웅성대는 일행 녀석들의 귀와 눈을 모은다.


대장경의 환상

뒷전에서 몇 마디 승의 얘길 엿듣다가 담배를 빼어 물고 봉당에 나와 앉았다.

산속이라 더욱 맑은 하늘에 아리랑을 뿜으며 그 속에서 어기찬 대장경의 환상을 헤아려 본다.

고려 현종(顯宗) 2년(1011) 정월, 서울(송도, 松都)을 비롯한 강토 전반이 거란(契丹) 병에 짓밟히는 바 되어 대왕(현종)은 나주로 밀리어 피하였다. 여기서 계획된 것이 이른바 '고려대장경', 이것을 부처께 아뢰어 빌었더니 거란 병정들이 스르르 물러갔단다. 이때의 것이 1,076부 5,048권, 문종(文宗) 때에 천여 권을 더 새겼으니 이것이 두 번째의 '속장경(續藏經)', 다시 의천(義天) 등에 의하여 요(遼), 송(宋), 일(日) 등지에서 모아들인 1,010부 4,740권을 새겼으니 이것이 세 번째의 '속장경', 그러나 이것들은 모두 스르르 저절로 물러갔다는 위력(偉力)도 덧없게 대구의 부인사(符仁寺)에서 몽고병(蒙古兵)의 불질에 죄다 재가 되고만 역설(逆說)을 남겼다. 그때가 고려 고종 19년(1232), 4년 뒤인 고종 23년(1236)

에 고종은 서울(송도)과 강토를 버리고 강화도에 밀리어 있으면서, "…
(전략)…. 처음 대장경을 판에 새기던 연유를 상고하온 즉, 현종 2년에
거란병이 침입하여 현종께서 남으로 피난하셨으나, 거란병이 물러가
지 않고 머물러 있으므로 그때의 임금과 신하가 큰 원을 세워 대장경을
판에 새기기를 서원하였삽더니, 그 뒤에 거란병은 곧 스스로 물러갔나
이다. 그러하온 즉 그때나 지금이나 같은 대장경이요, 판에 새기는 것
도 다를 바 없으며, 임금과 신하가 함께 발원함도 또한 마찬가지이오
니, 그때의 거란병은 물러갔사온데 오늘의 몽고병인들 어찌 물러가지
아니하오리까. 다만 모든 부처님과 여러 하늘의 살피시기에 달렸으리
라 하나이다. …(후략)…."

이같이 부처께 아뢰고 곧 팔만대장경 판각(板刻)에 착수하였다. 대왕
의 고사(故事)임에 되는 대로 뇌까림은 지극한 오만불손(傲慢不遜)이겠지
만, 얼른 말하여 강병(强兵)의 책(策)이 화급한 비상시국에서 이 얼마나
어기차고 우직(愚直)한 환상인가? 더구나 이것을 완성하기에 걸린 시일
이 자그만치 16년인 고종 38년(1251), 여기 잠시 그 내력을 더듬어 볼
까. 우선 판목으로 쓰인 나무의 얘기부터. 거제도 등지에서 찍어낸 '자
작나무'를 바닷물에 담가놓기 3년, 판자를 만든 다음에 다시 소금물에
삶고, 그것을 그늘말림을 해가지고 대패질을 해서 썼다니, 이 끔찍한
노력과 정성만으로도 부처는 능히 감동하고도 남았을 것. 다른 사실(史
實)은 모두 저만치 비켜 놓더라도, 강화도로 밀려간 고종이 환도를 보
지 못한 채 세상을 떠났으니 이때는 팔만대장경을 완성한 지 10년 가까
운 1259년, 강화천도 30년이나 되는 해, 다시 10년이 지나 국권이라는
걸 사실상 몽고—원(元)에게 거머쥐인 채 개경환도(開京還都)를 이루니
이게 원종(元宗) 10년(1269)—강화천도 39년 만이란 걸 알고 나면, 이 환
상의 어기참은 그 문화적 종교적 가치를 앞질러 후손을 웃긴다. 아연케

한다. 이 국보 제111호(팔만대장경 : 정확히는 경판 81,258판, 경전 1,511종, 권수 6,802권)가 여기 해인사로 옮겨진 것은 조선 태조 7년(1398)이란다.

애기가 엔간히 어수선해져 버렸다. 이쯤 줄이자니 개운치 않고, 한 가지만 덧붙이고 발길을 옮길까. 1915년에 이 대장경 3부를 찍어낼 때에 소비된 인력과 물자를 들어 다시 이 어기참을 실감해 보자는 게다. 규격이 큰 특별 한지가 524,000장, 책 만들기에 소용된 명주와 실이 각각 11,000척, 인력이 연인원으로 5,000인…… 열린 채 닫혀지지 않은 게 있지 않은가?

### 벽계(碧溪)의 도토리묵

휘청거리는 다리를 달래며 몇 곳 암자와 명소를 거쳐 귀로에 들었다. '따닥' '따다닥' 올라갈 땐 미처 듣지 못했던, 땅을 때리는 도토리 소리가 산울림하는 길섶…….

"저억선하입쇼, 적서언하아입쇼."

더벅머리에 때묻은 무명중우적삼을 걸치고 앉은 소경의 '적선(積善)하십시오' 소리의 가락이 사뭇 구성진 유행가 가락이다. 적선! 빈손을 내어밀고 동냥질을 하면서 선(善)을 쌓으란다. 노상 들어오는 터이지만 그게 한결 맹랑하게 들리는 것은 여기가 대자대비(大慈大悲)를 바로 곁에 모신 절간 부근인 탓인가? 흐흠……. 다시 어기찬 대장경의 환상을 웃으며 고목 앞에 이르렀다.

여학생 여섯놈이 손을 끼고 고목을 둘러 안았는데, 끝놈들의 손끝이 닿지를 않는다. 성큼 발길을 옮겨 빳빳이 펴서 뻗은 두 손끝을 양손으로 맞잡고 서 본다. '하하하……' 좋아하는 천진에 젖는 홍그러움이 싫지 않다.

"핫하하, 우리 선생님 최고다, 하하하……."

뒤편에서, 일행인 학생 녀석들이 껄껄대며 머문다. 여학생 녀석들이 깍지를 풀고 달아난다.

녀석들이 모두 내려간 다음, 벽계(碧溪) 갓바위 위의 목판자 식탁에 기대어 도토리묵과 탁백이를 청했다. 도토리묵의 맛이 사뭇 달고 향긋하다.

"따닥…… 따다닥……."

탁백이 사발을 들려는데 도토리가 목판자 식탁을 두 번을 연거푸 때린다. 흥그럽기 그지없는 가야산의 장단, 흐리고 텁텁한 탁백이가 바위를 씻고 흐르는 벽계수처럼 가슴을 씻어내린다. 흥겹다.

여기를 떠서 얼마 뒤 기념품 가게 앞에 머물렀다.

"여보쇼! 이게 대추나무 지팡이요? 엉?"

주인의 코 앞에다 지팡이를 내어밀었다.

올라갈 때 분명 대추나무 지팡이로 샀던 것이, 손잡이 근처의 칠이 벗겨지고 대추나무 아닌 백회 가루가 묻어났기에 이것을 따져보자는 심산인데,

"허헛……, 저희들도 그렇게 알고 사왔습니다만, 그게 정말 대추나무였다면 그런 헐값으로 만져보긴들 하시겠어요? 헛……."

'세상이 다 그렇고 그런 건데 무얼 그러느냐' 는 낯빛으로 얼버무리고는 저편으로 가 버린다.

'허헛……, 이 판국에 버티어선 무얼 하나?'


요란한 밤이여

좀 푸욱 쉬어야 되겠기에 일찍 자리에 들 참인데 앞뒷산이 찌렁찌렁 울리도록 요란스럽다. 요란은 산으로 하여 더한지도 모르겠다. 두 칸 방에 열댓 녀석들을 넣어서 50명, 백명의 수용이 고작인, 되는 대로 지

어진 여관이란 게 서너집 나란한 이 언덕의 손님은 모두가 학생인 듯 밤이 새도록 노래와 고함으로 떠들썩하다. 잠이 자질 턱이 없다.

라디오 따위에서 흘쩍 들어 넘기곤 하던 유행가치고 못하는 게 없다.

'언제 저토록 많은 유행가를 배웠노?'

문득 저만 나이의 과거가 떠오른다. 자정 가까이까지는 남학생 녀석들의 그것이 단연 우세하더니 그 뒤부턴 여학생의 그것이 압도적이다. 간간이 들리는 사투리로 미루어 경상도가 분명하다.

얼마 뒤, 물그릇을 들고 온 식모 아이에게 물어, 그 사투리의 임자들이 고등학교가 하나뿐인 M란 고장. 말하자면 시골 여학생들이란 것을 알고 나니 더욱 놀랍다. 그 많은 유행가, 드높은 용기……, 웨딩마치 가락에 맞추어 고성쟁창(高聲爭唱)하는 가사를 옮겨 본다.

"또 속았네 또 속았네

××인 줄 알았더니 또 속았네

또 속았네 또 속았네

………"

'허헛 참……'

그 근처 어느 방이거나 또는 그 속이거나, 어쨌든 잠을 못 이루고 있을 인솔 선생님의 얼굴이 떠올라서 말한다.

'세상이 다 그렇고 그런데 무얼……'

소나무 막대기에다 횟가루를 쳐발라 붉은 칠을 해 가지고 대추나무 지팡이라 속여 팔아놓고 되려 의젓하게 뇌까리던 바로 이 사연이 그 사연이다. 서글픈 일이다.

땅을 치며 통곡할 기력이 없는 이 편도 결국은 그런 부류 속의 하나인가?

### 상화시비(尙火詩碑)와 그네

다음 날, 16일 아침 아홉시에 버스에 실려 여기를 떠날 즈음, 무대에 섰던 신파장이를 얼마 뒤 극장 복도에서 바라보듯, 맹랑한 어젯밤의 여식아(女息兒)들을 바라보며 혀를 찼다.

대구까지 두 시간 반 길, 졸다가 정신을 차려 보니 아직도 한 시간 길이 남았는데 차는 도로 위에 널린 조(粟) 멍석을 그냥 깔고 굴러 지난다. 이럴 수 있느냐는 눈으로 바라보니 차장이 말한다.

"버스 덕분에 타작을 하자는 거예요."

"흐흠……."

그러구 보니 저놈을 떨 때 발로 부벼대던 풍경을 고향에서 안 본 바도 아니다. 도로 위의 조 멍석, 지나가는 버스 바퀴의 그것은 확실히 발로 부벼대는 사람의 힘에 비빌 것이 아닐 게라. 지혜라기보다는 무슨 멋거리 같은 게 곁들어서 좋다.

버스가 달성공원(達成公園) 앞에 섰다. 경주행 기차시간까지 남은 시간이 세 시간 남짓……, 상화시비(尙火詩碑) 쯤 보고 가자 함이다. 남이야 무어라던 하나의 멋쟁이 선배로서 상화를 배우고 있는 터라 시비의 시가 왜 하필 '나의 침실 어쩌구인가' 를 괜히 불평하면서 거기 기대어 멋쩍게 사진을 찍었다. 나오는 길에 제철이 아닌 듯 덜렁거리는 그네를 잡아 딛고 굴러 본다. 녀석들이 쳐다보는 통에 굴르다 내리는데 어디선가 아낙네가 내달아 돈을 내란다. 허헛 그럴 줄 알았음 실컷 굴러 볼 걸 그랬다고 혀를 차며 웃었다.

2시 반에 경주행을 탔다. 앞으로의 여정은 토함산(吐含山) 일박, 경주 일박, 19일 밤 아홉시면 서울 도착이다.

# 인간의 조건

秦學文

마치 고기가 물을 떠나서 살 수 없는 것과 같이 인간은 고립해서 살 수 없는 것이오, 항상 다른 사람과 서로 밀접한 관계를 맺고 있는 것으로 생각된다.

따라서 그와 같이 항시 밀접한 관계를 가지고 삶을 누리는 데 있어서는 무엇보다도 공동을 위한 희생적·봉사적 정신이 요청되는 것이며 개성에 따르는 사리사욕보다 협동생활을 위한 절도와 규율이 없을 수 없다. 만약 수많은 인간의 공동사회에서 절제와 규율이 없다면 그 사회는 자연도태와 약육강식만이 범람할 게 아닌가.

실인 즉 자기의 욕망을 억제하고 유혹을 극복하면서 굳세게 사는 것은 좋은 일이기는 하나 그렇다고 해서 그 때문에 다른 사람을 배척한다는 것은 협동의 조건을 없이 하는 것이나 다름이 없다.

**진학문(秦學文)** _ 서울특별시 출생. 호 순성(瞬星). 보성중학교 졸업. 일본 와세다(早稻田)대학 중퇴. 오사카(大阪) 아사히신문사 기자. 동아일보사(창간시) 논설반 기자. 동아일보사 정경부장·학예부장. 『동명』지 발행인. 「시대일보」 편집국장. 브라질에서 1년간 체류. 만주국 국무원 수석감찰관 겸 참사관. 만주 생활필수품회사 상무이사. 한국무역진흥회사 부회장. 한국이민공사 사장. 한국경제인협회 상근부회장.

미국의 심리학자인 D.A. 레어드도 말한 바와 같이 평범한 사람은 만사를 자기 혼자서 독단으로 해치우려 하지만 큰 인물은 오히려 자기 자신을 위해서 타인의 협력을 필요로 하는 것 같다.

"자숙(自肅)은 추상(秋霜)같이 하고 사람 접대는 봄바람과 같이 하라"는 말이 있거니와 사람끼리 서로 대할 때 봄바람같이 따뜻하게 하는 것은 서로 목화(睦和)하는 길이 될 수 있을 것이다.

서로 화목(和睦)하는 길을 기독은 '사랑'이라 하였고, 공자는 '仁'이라 하였으며, 석가는 '慈悲'라 하였다. 물론 그 교리(敎理)와 도리(道理)에 깊고 얕은 구별은 있을지라도 사람과 사람 사이를 맺는 유대(紐帶)의 조건을 말한 것은 마찬가지일 것이다.

사람이 행복하게 잘 살 수 있다는 것은 서로 화목하여 협동적인 작업을 하는 데 있을 것만 같다. 모든 사람들은 각각 자기의 전문분야에 따라 작업하고 있다지만 결국 협동생활을 위한 것이 아닐까?

가족이 서로 사랑하고 아낌으로써 일가화합할 것이오, 공원이 서로 협동함으로써 그 공장은 번창할 것이오, 국민이 서로 단합함으로써 그 국가는 발전할 것이니, 사랑과 협동과 화목은 모두 인간의 조건이며 또한 행복의 조건이다.

이러한 조건들로 하여금 상품을 사용할 사람을 생각할 때 조제남조(粗製濫造)할 수 없을 것이며, 상인은 고객을 생각할 때 폭리를 탐내지 못할 것이다.

또한 나라를 다스리는 사람이나 회사를 운영하는 사람이나 가정을 다스리는 사람이나 모두가 서로서로 사랑과 화목과 협동의 마음 자세로 나아간다면 얼마나 좋으랴.

# 문맹자

秦學文

밝은 눈으로 온갖 만물의 현상을 훤하게 내다볼 수 있으면서 무식하기 때문에 글자를 알지 못하는 사람을 가리켜 문맹자(文盲者)라고 할 것이다.

그런데 우리나라의 교육, 과학, 기술, 체육 등 그 밖의 여러 가지 문교정책에 관한 사무를 맡고 있는 문교 당국에서는 해마다 글 모르는 백성들의 눈을 뜨게 하기 위해서 '문맹퇴치'와 '성인교육'에 무척 애를 쓰고 있는 모양인데 아직도 눈 뜨고 글 못 보는 장님들이 도회지나 시골에 수두룩한 것 같고, 우선 나 자신부터가 문맹자이고 보니 어처구니없는 일이 아닐 수 없다.

만약 내가 문맹자라고 자인(自認)하고 나서면 혹자는 생각하기를 "청춘시절에는 언론계의 생활을 한 데다가 지금은 경제계에 관계를 가지고 있는 자가 왜 하필 문맹이라고 자칭하는가?" 하고 정신이상인 것처럼 의심할는지도 모르나 사실상 나는 문맹자임에 틀림이 없고 스스로 문맹자로 되어가고 있으니 이 순리를 거역할 수가 없는 것 같다.

우리 사회에 있어서는 이따금 한 줄기의 평론이나 시구를 늘어놓는다고 해서 지식인인 체 허장성세(虛張聲勢)해서도 안 될 일이고 말마디

깨나 한다 해서 웅변가인 체할 수 없는 것이며 회화(會話)를 잘 한다고 해서 문법과 번역도 잘 할 것이라고 단정해서는 안 된다. 그러면 지금 이처럼 붓 가는 대로나마 낙서할 줄 아는 내가 왜 문맹자라고 자처하기에 이르렀을까?

나의 보성중학교 때에는 한글학자인 주시경(周時經) 선생으로부터 국어(한글)를 배웠다.

주 선생님의 호는 흰샘(白泉)이라 하며 그는 우리나라의 유명한 한글의 중시조였다. 어느덧 그 분이 고인(1914년)으로 된 지가 50여 년이 되었지만 그때 나는 주 선생을 숭배하고 따랐다. 다시 말하자면 주 선생은 조선시대의 세종대왕이 돌아가신 후 수백년 동안 우리 말과 우리 글을 언문(諺文, 상사람의 말)이라 하여 스스로 천대하던 열등감을 없애고 우리 글을 국민의 정통의 글로써 과학적으로 기초를 세운 바 있으시다. 그를 숭배하던 나는 중학을 마치고 시골학교의 교사로 발령받아 내 나이보다 더 많은 애기아버지(학생)들을 가르친 일이 있다.

그 후 열 아홉 살 되던 해에 나는 일본으로 건너가 와세다(早稻田) 대학을 다녔다. 그 무렵 동창지기로서는 장덕수(張德秀), 신익희(申翼熙), 최두선(崔斗善) 씨와 선배인 육당(六堂) 최남선(崔南善) 씨 등이었는데 지금은 최두선 씨를 제외한 많은 지기들이 땅에 묻혀 있으니 과연 인생의 무상한 마음을 금할 길이 없고 '내 앞날도 얼마 남지 아니 했구나' 하는 감상(感傷)에 젖을 때가 더러 있다. 그런데 흘러간 청춘의 한 때에는 육당의 권유로 언론계에서 일본 일도 한 적이 있다. 그 당시 국내에는 일본어로 된 「조선신문(朝鮮新聞)」 「경성일보(京城日報)」 그리고 국문판인 「매일신보(每日新報)」가 발간되고 있었는데 나는 일본 오사카(大阪)에 본사를 둔 「아사히신문(朝日新聞)」의 한국주재특파원으로서 은행출입을 하였던 것이다. 실로 그때 일본인 견습기자를 데리고 다니면서 무관의 제왕처럼 군림하던 나의 흘러간 추억이 지금도 눈에 선하다.

그처럼 과거에는 한글보급과 기자생활과 문단동인생활을 해왔던 내가 오늘에 와서는 '새로 나온 철자법'과 '새로 유행된 어휘들'에 자신을 못 가지는 문맹자가 되다니……. 지금도 그렇게 즐기던 글 쓰기를 마냥 저버릴 생각은 추호도 없다. 글공부라든가 모든 학문이라는 것은 게을리 하지 말고 꾸준히 배우고 연구하여야만 될 것 같다. 그러나 오늘날 내가 귀여운 손자뻘들보다 모르는 것이 많고 신철자(新綴字)를 잘 모르는 문맹의 소치도 바쁘다는 핑계로 자신도 모르는 순간에 글 공부를 게을리 했기 때문이 아닐까? 그런데 문교 당국과 한글학자들은 기회 있을 때마다 '철자' 및 '한자제한(漢字制限)'에 대하여 이론을 내세우는 일이 있다.

나는 여기에 왈가왈부 첨론하고 싶지 않다. 다만 요즈음 문법의 복잡을 느낄 뿐만 아니라 쓰는 데도 복잡을 느끼는 터에 여러 가지 잡론을 피하여 음(音)대로 표기했으면 어떠할까? 또한 문화란 일시에 진퇴되는 것은 아니나 한자를 차츰차츰 제한하도록 했으면 좋겠다. 'ㅌ' 받침과 'ㄹ' 받침을 혼독(混讀)하기 쉬운 노안인지라 한글에 대하여 이러쿵 저러쿵 하는 것도 문맹자의 넉두리가 아니 될는지.

(본고는 필자의 부득이한 사정에 의하여 필자의 수담을 모아 대필케 한 것임을 밝혀둔다.)

# 야자수와 눈보라와 바이러스

千鏡子

‘사막의 야자수 빛은 더 좀 검푸르겠지…….’

비에 젖어 싱싱해진 수목들을 바라보며 나는 엉뚱한 생각을 하고 이글이글 타는 사막에 파랗게 솟은 야자수 빛을 상상해 본다.

그렇게 강렬한 녹색이 마음 속에 다양하게 흡수되어 오는 감정을 나는 퍽 즐겁게 느낀다.

그러면서도 ‘영영 그림쟁이가 되어 버렸구나……’ 하는 속정(俗情)에 대한 미련이 웬일인지 마음 한구석을 지키고 있는 것 같기도 하다. 스스로 둔하고 평범해 보고 싶어 하는 마음이 남아 있다는 건 나의 처지에서 한 가닥 모순일 수도 있지만 따지고 보면 신경을 낭비하지 않고 더 오래오래 살고 싶다는 욕망일는지도 모른다.

나는 천재가 아니었기 때문에 이제 와서 비로소 자연의 모습과 빛깔

**천경자(千鏡子)** _ 전남 출생. 동경여자미술전문학교 동양화과 졸업. 전남여자고등학교 교사. 광주사범학교 교사. 홍익대학 동양화과 교수. 선전(鮮展) 등에 출품 다수. 대한미술협전에서 대통령상(정) 수상. 국전추천작가. 모던아트협회 회원. 국전 심사위원. 일본에서 개인미전 개최. 수필집《여인소묘》,《유성이 가는 곳》

이 서로 이야기하듯 나에게 흡수되어 오는 걸 느끼게 되었다. 그 이야기는 끝없는 꿈을 펼쳐 준다.

이것은 화가로서 다행한 일이겠지만 그러한 감각이 나의 체력과 밸런스가 맞지 않을 경우가 많다. 그렇기 때문에 오로지 작품을 위하여 생명을 연소시킨다는 결과를 생각하게 되고, 그럴 때마다 쾌감과 공포가 엇갈리게 되는 것이다.

이러한 현상은 내가 20세기 후반기의 인생이기 때문에 나도 모르는 사이에 나의 인간체에 순수치 않은 바이러스가 물들어 있지 않나 하는 생각도 든다. 내가 더 좀 젊었을 때에도 수목이나 꽃은 아름답게 내 마음으로 전해 왔었다.

그러나 나는 그걸 진짜로 받아들이지를 못했던 것 같다. 보다도 일과 생활과 인생면에서 나무 한 그루 제대로 바라보지 못할 만큼 숨가쁘게 살아왔던 것 같다.

작품생활의 환경도 그렇지만 작품이 쌀밥이라면 축축히 젖은 나무나 연탄으로 밥이 끓을 때까지 부채질을 하는 지나친 노동력을 소비해 왔던 것만 같다.

여름이 와도 귀찮고 싫었다. 노오란 여름의 낙엽이 날리는데 귀뚜라미가 비굴한 자세로 덥석 뛰면 나는 그걸 집에서 부지런히 창밖으로 내던졌다. 옥수수도 아직 멀었는데 노오란 병엽(病葉)과 벌써 모습을 나타낸 귀뚜라미를 보고 가을을 생각하고 답답한 여름날을 잊으려고 했었다.

모든 것이 윤택하지 못했고, 숨가빴던 탓이라고 이제 와서 생각해 보는 것이다.

기슭의 나무를 보고 사막의 야자수 빛까지 작품에의 꿈이 번져가는 즐거움을 망각하고 살아온 것 같다.

화실에 틀어박혀 즐거운 화상(畵想)의 세계에서 사는 맛과 멋을 느껴 보지 못했던 것이다.

오늘도 노오란 병엽이 한들한들 내리지만 나는 가을을 상상하진 않는다.

보다도 이글이글 타는 태양 아래 야자수 이파리를 보고 싶어 하는 마음의 폭이 있다.

해가 지면 이따금 윙하고 달아나는 모기 소리를 들어도 한 때의 공포였던 뇌염 노이로제를 느끼기보다도 어린 시절 아버지가 사 주신 은가락지를 찾으러 시냇가에 갔던 일을 회상하고 그 시냇물 소리를 느낄 수 있다.

그날 저녁 얼룩모기가 어찌나 많던지 나는 가락지를 찾는 것을 단념하고 말았었다.

짙은 회색 풍경에 얼룩모기 떼가 윙윙 울며 나는데 마치 소창포지(小倉布地)로 막을 친 것 같았지만 이제 와서 눈을 감고 생각하니 눈보라가 치던 것 같이 서정적인 정경으로 인상이 전환된다.

미와 추와 슬픔과 기쁨이 칵테일 되어 한 폭의 아름다운 그림이 될 수 있다는 것은 모든 자연이 그렇게 흡수되어 꿈으로 펼쳐가는 경지에서 오는 것이 아닐까.

그러나 그와 같은 경지나 정열이 나의 생명에 기름을 부어 주지만 지친 체력을 지나치게 연소시킨다는 것은 한편 생각할 문제라고 나의 체내에 스며든 바이러스는 말해 주는 것 같다.

# 그리움

千 鏡 子

부운(浮雲)이 쫙 깔린 날 곡마단 나팔소리가 울려오는데, 나는 부모님의 슬하에서 떠나려고 했습니다.

언젠가 만나게 되리라는 알지도 못한 당신의 속삭임을 따라, 떠나려고 했습니다.

그토록 당신만을 그리워하여 이 몸에 어느덧 연륜이 쌓이고 늙어가는데도 당신을 못내 그리워하는 마음은 변할 줄 모르고 있습니다.

나는 당신을 아직 모릅니다.

# 승화(昇華)


崔 季 煥


**삶**을 영위하는 데는 여러 가지 과정이 있다. 그 과정은 누가 밟아 주는 것이 아니고 자기 자신이 택해 밟아가야 하는 것이다.

교사는 교사대로 학생은 학생대로 가정주부는 주부대로 제 과정을 겪어가는 곳에 가정과 사회는 발전되고 있지 않는가?

ANN 생활 13년을 넘긴 나도 직업이 주는 과정을 꽤도 많이 겪어 왔으며 지금도 겪고 있다. 우선 시험이란 과정에서 나는 두 번의 실패의 잔을 마셔야만 했다. 처음의 쓴 잔은 자신을 과신한 데서 온 잔이었으며, 두 번째 그것은 너무 등한시한 데서 마신 실패의 잔이었다.

다시 말하면 과정이 없는 무계획의 보수였다. ANN생활 5,000여 일이 넘어서야 방송이 무엇인지 겨우 알 것 같은 마음 속에 지금도 개운치 못한 조각들이 자리잡고 있음을 느낄 때 정말 풀기 어려운 고등수학이

**최계환(崔季煥)** _ 경기 장단 출생. 호 단계(丹溪). 건국대학교 국문과 졸업. 인창고등학교 교사. 서울중앙방송국 아나운서. 문화방송국 아나운서실장. 제18회 세계올림픽중계(일본). 제일교포위문공개방송(일본 名古屋). 제12회 서울시문화상 방송부문 수상. 라디오서울 아나운서실장. 서라벌예술대학 방송과 강사. 동양 TV 촉탁. 저서 《방송입문》.《아나운서낙수첩》

곧 방송이라 하고 싶다. 마이크를 처음 대했을 때는 그다지 방송의 어려움을 몰랐었다. 그랬는데 웬걸 시간에 정비례해서 방송의 어려움이 두려움으로, 두려움이 까다로움으로 바뀌어지니 마이크의 생리가 그런지 아니면 방송생활 과정이 그렇게 생겨 먹었는지 모르겠다.

마이크를 애인과 같이 대하라던 선배의 말을 들어온 지 그렇게 오랜 시일이 흘렀건만 아직도 애인의 범주에 들기엔 까마득한 마이크라고 생각됨은 비단 나만이 간직한 특허 감정일는지(?).

갖가지 의구와 회의 속에 때로는 직선적으로, 때로는 포물선으로 찔러도 보고 달래도 보건만 좀처럼 나에게 용해되지 않는 놈이 마이크다.

내가 10m 다가서면 11m 도망가고, 내가 100m 물러서면 90m 다가오는 놈이 바로 마이크임에 틀림없다.

옛 사람은 커피를 가리켜 '악마처럼 검고 사랑같이 달콤한 것' 이라고 했다 하지만 '악마같이 무섭고 약처럼 쓴 것' 이 마이크라고 부르고 싶다. 부인은 그 남편에게 있어서 '젊었을 땐 주인이요, 장년엔 친구이며, 노년엔 보모' 라고 베이컨은 말했지만 마이크란 우리 아나운서에게 있어선 '초년엔 애인이요, 중년엔 친구이며, 만년에 가서는 곧 내가 돼야 하는 것' 이다.

마이크가 나로 승화했을 때 비로소 나는 나의 방송생활의 보람을 느낄 것이요, 크고 알찬 수확이 있을 것이기 때문이다.

결과보다도 과정이 중요한 직업, 그것이 곧 아나운서이다. 착실한 과정은 곧 건실한 결과를 가져올 것이다.

더위와 추위 속에, 마이크와 대하는 촌각의 과정에서 나는 반드시 '마이크' 를 '나' 로 동화시키는 싸움에 결코 인색하지 않겠다.

# 미소처럼

崔 季 煥

또 한해가 저물어 간다. 앙상한 나뭇가지나 보도를 뒹구는 낙엽을 보고 해가 바뀌는 것을 느낀다고 하는데 나의 경우는 좀 다른 것 같다.

마이크 앞에서 소리하는 아나운스 멘트라든가 모니터에서 흘러나오는 크리스마스 캐롤을 들으면 '허…, 또 1년이 지났구나?' 하는 자기의 식이 새로워진다.

누구나 또 언제나 새로 맞으면 알찬 계획과 큰 포부를 안고 머리를 높이 들지만 막상 지내는 과정에선 어느새 식어버려 보내놓고는 후회하는 나다. 자기중심의 불만이나 욕구 등도 이에 정비례해서 다변적이다.

초년에 열 가지를 계획했을 때, 연말에 그 5할 정도만 이루었다면 삶의 낙제점수는 아닐진대 5할에도 미치지 못하니 나는 분명히 1964년의 달력에 낙제 점수를 기록하고 말았다.

입학시험의 거센 물결 속에서 낙오된 아동은 물론이고 그 부모까지 같이 통곡하는 예를 이웃에서 본다.

6년간의 크고 적은 노력의 총화가 하루 아침에 무너져 버리는 허무감에서일 게다.

나까지 밥맛이 없어지는 것 같다. 시험지옥이니 하는 말이 있지만 우리의 생활과정은 늘 실질적으로 대소시험의 불연속선이다.

특히 직업에서 오는 규제 때문에 나는 시험 속의 시험을 치루고 산다. 그것도 시간에 맞춰서 하루에도 몇 번이나.

청취자를 대하는 시간, 그것은 내가 수험생이 되는 시간이다.

언제나 긴장과 사색의 노를 젓는 곳에 안일한 마음을 내 것으로 해보지 못한다.

때로는 내 생활을 여유 있고 복되다고 부러워하는 사람도 있다.

복됨을 '취미에 맞는 일을 하는 사람' 이라고 한다면 할 말이 없지만 자아중심이 아니고 타아중심의 사고방식에서 말이다.

어쨌든 먹기 싫어도 한 살 더 먹어야 한다.

새해에는 꼭 급제생이 되기 위해서, 그리고 타아의 사고방식을 곧 내 것으로 하기 위해 노력하자는 마음을 펜 끝에 굳게 다져 본다.

마치 신문팔이 소년들의 희열에 찬 미소처럼!

# 꽃

崔 衡 鍾

꽃에 대한 애호심이야 예나 지금이나 구별이 없겠지만 해방 후부터 꽃을 좋아하는 풍습이 부쩍 늘었다. 덮어놓고 외국풍을 본받았다 하기에는 너무 섭섭한 일이고 인생자연의 정서에서 우러난 한 현상이라 함이 마땅할 것이다.

실로 시정(市井)의 이곳 저곳에 꽃집을 벌려놓고 있어서 전에 보지 못하던 거리의 꽃동산을 쉽게 찾아볼 수 있다.

과거에는 매(梅)·란(蘭)·국(菊)·죽(竹)의 사군자를 완상(玩賞)함으로써 속취(俗臭)가 감도는 탁세(濁世)에서 아취(雅趣)를 맛본다든지, 또는 산간에 피는 꽃들을 찾았을 뿐이었지만 요사이엔 관(冠)·혼(婚)·상(喪)·제(祭)를 비롯하여 졸업·취직·전근·개업 등과 그 밖에 여러 가지 의식에도 화속(花束)·화환(花環)·화분(花盆)을 주고 받고 하여 이의 거래

**최형종(崔衡鍾)** _ 서울특별시 출생. 보성전문학교(현, 고려대) 법과 졸업. 한의사국가시험 합격. 「중외일보」·「동아일보」 기자. 「한성일보」 편집국 차장. 서울대학교 강사 역임.

가 빈번한 바 있다.

희(喜)·로(怒)·애(哀)·락(樂)의 경우에 꽃을 바라다보면 어떤 때는 한층 더 기쁘게 되고, 또 어떤 때는 부드러운 위안을 얻게 되어 진실로 인생에게 없지 못할 것임은 말할 것도 없다.

시각에 주는 교태와 취각에 주는 방향과 그리고 그 신비로움…….

이욕(利慾)에 눈이 어두워 광분일로(狂奔一路)에 치우치는 오늘날에 있어서 사람마다 부귀(富貴)에만 정신이 쏠리고 도의의 관념이란 찾아보기 힘드는 느낌이 없지 아니하다. 과학문명이 최고도에 이르러 인공위성을 타고 월세계에 도달하게끔 되었으며 인류멸망의 위험을 지닌 핵무기가 발명된 때라 하여서 물욕만을 추구한다면 진정한 만족이란 있을 수 없을 것이고 사회나 국가의 전도도 또한 근심될 일이다. 그리하여 부귀를 꽃에 견주어 그 성쇠와 영고를 생각해 봄도 재미스런 일이 될 것이다.

부와 귀를 누리게 되는 원인에 따라서 그 결과도 각각 다를 것임이 틀림없을 것이다. 말하자면 도의에 입각해서 얻은 부귀는 산중의 자연생인 꽃과 같아서 뿌리가 땅속에 깊이 박히고 지엽(枝葉)이 무성할 뿐 아니라 싱싱하여 쉽게 마르지 아니할 것이고, 사업을 경영하여서나 또는 어떤 공적에 의하여 얻은 부귀는 화단에나 분에 심은 것과 같아서 뿌리가 깊이 퍼지지 못하며 지엽이 늠름하지는 못할지라도 얼마만큼 수명을 유지할 수 있을 것이다. 그러나 권세나 위력으로 말미암아 얻은 부귀로 말하면 마치 화병에 꽂힌 꽃과 같아서 한때의 완상에 그칠 뿐으로 며칠이 못가서 말라 버리고 말 것이다.

방안에 들어앉아 있으면서 자연이 그리워질 때에 안두(案頭)의 화병에 한 떨기의 꽃을 구해다가 꽂아 놓기도 한다. 이웃 꽃집에서 묶어 줄 때엔 탐스럽고 생기가 있었다. 병에 물을 넣은 후 모양 있게 꽂아 놓고 바라보았다. 자연 속에 핀 꽃인 양, 향기도 있고 아름다웠지만 하룻밤이 지난 그 다음 날 아침에 보니 숨이 죽어 고개를 숙이고 잎은 늘어져서 초라해졌다. 1주일쯤은 견디리라 하였더니 아깝게도 말라 버리고 말았다.

부귀를 꽃에 비유하여 말한 것은 고대 중국의 명나라 시대(서기 1368년~1644년)에 홍자성(洪自誠)이 유교의 현실주의, 불교의 중도, 도교의 현지(玄旨)를 바탕으로 하여 도의를 숭상하고 명리(名利)를 가볍게 여겨야 된다고 가르친 한 구절을 인용한 것이거니와 우리는 눈앞에 부동(浮動)하는 물질적 욕망에만 사로잡히지 말도록 항상 유의함이 삶의 보람이 되리라.

인생은 모름지기 물질 이외에 엄연히 존재한 정신적 분야에 불변하는 도의의 테두리 안에서 살지 아니할 수 없는 것이니 공자의 사상인 '인(仁)'이나 맹자가 '알인욕(遏人欲)·준천리(遵天理)'를 말함이 곧 이것이다.

일시의 고적과 만고의 처량, 그 어느 것을 취하려는가.

# 독서

崔 衡 鍾

염(炎熱)은 해마다 돌아오는 괴로움이다. 금년의 더위는 수십년 이래 처음 보는 폭서(暴暑)였다. 전선(電扇)이 붕— 소리를 내면서 돌아가지만 시원스런 바람을 주지 못하고 만다. 오히려 열풍과 같아서 자연에서 불어오는 맑은 바람이 몹시 그리웠다.

어느 사이에 백로(白露)가 지나가니 진땀을 짜아내던 더위가 차차 후퇴하기 시작하여 초추(初秋)의 양미(凉味)를 맛보게 되는 계절을 맞이하였다.

월락오제상만천(月落烏啼霜滿天)

강풍어화대수면(江楓漁火對愁眠)

고소성외한산사(姑蘇城外寒山寺)

야반종성도객선(夜半鍾聲到客船)

추강(추강)에 배를 띄우고 가을밤을 즐기며 읊은 당나라 시인 장계(張繼)의 글이 머리에 떠오른다.

가을이로다. 등불을 가까이 하여 글을 읽을 때가 돌아왔다. 하일장(夏日長)엔 글 읽을 맛이 적지만 추야장(秋夜長)에야 고금의 진적(珍籍)을 펴놓고 독서할 흥취가 용솟음친다.

사람은 빵으로만 사는 것이 아니라 정신적 영양도 섭취하여야 할지니 독서는 곧 정신의 영양이 될 뿐만 아니라 진·선·미의 생활을 보다 빛나게 할 수 있는 원동력이 되는 것이다. 어떠한 처지에서 일을 할지라도 시간을 얻어서, 또한 아껴서 독서할 기회를 가짐으로써 지적 수준을 높여 후진성의 슬픈 신세를 벗어 버려야 한다.

우리는 오늘보다 향상하는 내일을 갖기 위하여 노력하는 결심을 가짐이 필요하다. 앵글로색슨(Anglo-Saxon)이 영토를 많이 가졌고 산업이 고도로 발전되었음이 자랑이 아니라 셰익스피어(Shakespeare)와 에디슨(Edison)과 같은 문호와 과학자를 가졌음으로 해서 세계에서 활개치고 있지 아니 한가. 글을 읽는 데서 또는 실험과 연구를 거듭하는 데서 이러한 위인들이 나타난 것임을 알 수 있다.

사회는 동면(冬眠)하는 것이 아니라 순간의 휴식 없이 움직인다.

말을 가다듬어 새로이 나타나는 모든 현상을 탐구해 보아야 될 일이다.

공자가 만년에 주역을 연구하여 가죽으로 만든 책이 세 번이나 끊어졌고, 73세에 세상을 떠났는데 임종할 때에도 오히려 손에서 책을 놓지 아니 했음은 너무나 유명한 이야기다. 그리고 신라시대에 김생(金生)이라는 이는 어려서부터 글씨에 천재로서 일평생 부지런히 공부하여 나이 80이 넘도록 쉬지 아니 하고 붓을 들어서 그 신예(神藝)의 명성이 역사에 빛났으며, 고려시대의 학자 최유청(崔惟淸)은 일찍이 관운이 좋아서 국내와 국외에 이름이 떨쳤을 뿐 아니라 80평생에 손에서 책이 떠나지 아니 하여 모든 경사자집(經史子集)은 물론, 불경에도 깊은 조예를 가져서 그의 이르는 곳마다 박학(博學)으로부터 풍기는 향기로운 교양미를 크게 존경하였다 한다.

이에 성인을 비롯하여 고명한 학자들의 글 읽은 자취를 말하였거니와 우리 범인으로서는 몇십 배, 몇백 배의 독서에 대한 노력이 없지 못하리라.

글을 읽는 데 지켜야 할 점을 생각해 보면 먼저 정독함이 옳다. 수박 겉핥기로 뜻도 모르고 그저 읽기만 함은 좋지 못한 버릇이다. 양적으로 많이 읽는 것을 자랑처럼 알고 있는 사람도 적지 아니하나 그러나 항상 읽은 글은 내 것을 만들어 머리 속에 감추어 둘 수 있도록 깨끗하게 읽는 것이 바른 방법인 줄로 안다.

다음으로 서적을 엄격하게 선택하여야 될지니 스스로 택하기 어려울 때에는 스승에게 또는 선배에게 물어서 양서를 골라 읽을 수밖에 없다.

그런데 '악화(惡貨)가 양화(良貨)를 구축(驅逐)하는 일이 있다(The bad money drives out the good)'고 말한 것처럼 어떤 경우에는 나쁜 서적이 좋은 서적을 몰아내게 되는 사실이 얼마든지 있는 것이다.

# 끝없는 사색

韓 太 壽

무(無)에서 유(有)가 나올 수는 없다. 그렇다면 우주에 편재하여 있는 모든 생명은 어디서 왔는가? 무생명이 생명을 낳았다는 논리가 서지 않는다면 우주 그 자체가 하나의 생명체임을 인정하지 않을 수 없을 것이다. 그렇다면 흙과 돌에도 생명이 있단 말인가? 프랑스의 유명한 철학자 베르그송은 그것을 인정하였다. '생명이 하향상태에 있느냐 상향상태에 있느냐' 하는 것으로써 우리가 일상 말하고 있는 무생물 또는 생물이 구별되는 것이라고 그는 말하였다. 그렇다면 우주에 편재하여 있는 모든 생명의 원천은 하나로 귀일되는 것을 알 수 있다.

이렇게 생각할 때 불교에서 말하는 초격아주(草繫鵝珠)의 정신이 비로소 이해되는 것 같고 살생을 금하는 것이 단순한 자비심에서가 아니라

**한태수(韓太壽)** _ 경남 진주 출생. 일본 규슈(九州)제국대학 졸업. 만주국 일용품생산통제조합 관리과장. 문교부 총무과장. 부산 수산전문학교 교수. 부산 인문과대학(부산대학) 교수. 부산 동아대학 교수. 중앙대학교 교수 겸 학생과장. 성균관대학교 정치과 주임교수. 고등고시위원. 숙명여자대학교 정경대학장. 건국대학교 대학원장. 한양대학교 정경대학장. 한양대학교 법정대학 교수. 저서 《정치사상사개설》, 《정치학개론》, 《정치독본》, 《자유론》, 《한국정당사》 외.

생사를 초월할 수 있는 우주의 깊은 원리에 접하고 있는 것을 알게 된다. 죽음이라고 하는 것은 우주생명의 원천으로 환원하는 것이며, 생명의 단절을 가져오는 것이 아니다. 육체는 분해되어, 다른 물질로 변하는 원천으로 환원했던 생명은 다시 새 생명으로 소생한다고 생각하는 것이 아닌가? 여기에 윤생(輪生)이라는 사고(思考)가 성립하는 것으로 보아진다. 다만 그 생명이 식물 · 동물 · 인간 그 어느 것으로 소생될지 알 수 없는 것이다. 이렇게 생각할 때 살생이란 실로 두려운 일이 아닐 수 없는 것이다.

'우주는 영생하는 위대한 생명체로, 오인(吾人)은 그 생명의 한 표현인 인간으로서의 존재' 라고 생각하여서 잘못이 있을까?

기독교에서는 불교와 달리 '우주를 신의 창조물로 보고 인간을 신의 아들이라고 하며, 여타의 만물은 인간의 행복을 위하여 존재하는 것'이라고 한다. 그러므로 인간은 인간 이외의 존재에 대하여는 이것을 마음대로 살생할 수 있다고 하는 것이다. 그러나 러시아의 유명한 문학자 투르게네프는 인간의 이러한 생각을 비난하였다. 그는 신의 축복을 비는 인간을 향하여 신은 인간과 동물 사이에 힘의 균형이 지나치게 깨뜨러진 것을 한탄하여 "나는 벼룩의 넓적다리를 더 튼튼하게 해 주고 싶다"고 답하였다는 시를 썼다. 우주창조주를 인정하면서도 피조물 상호 간의 생명의 가치를 동일시하려는데 그는 불교적인 색채가 있는 것을 엿보게 되는 것이다. 우주만물 중에 하나도 신의 피조물이 아닌 것이 없을진대 어느 것이나 그 존재 가치를 전혀 부인 당해서 좋은 것은 없을 것이다. 그러한 의미에서 인간의 지나친 오만은 반성되어야 할 것이 아니겠는가? 파스칼은 인간의 지혜로 우주의 신비를 모조리 밝힐 수 있는 것처럼 생각하는 인간의 오만을 경고하고 겸손한 마음으로 조용히 신의 말씀을 듣기를 촉구하였다. 성경 해석에 인간적인 요소를 가미

시켜 수백 개의 종파를 이루고 서로 싸우는 것이 과연 신의 뜻이겠는지? '네 적을 사랑하라' 는 신의 말씀 한 마디를 아직도 깨치지 못하는 인간의 우매를 어찌해야 옳을지?

우주를 영생하는 위대한 생명체라고 생각할 때 이것이 우연히 이루어졌을 수는 없고 자기창조를 할 수 있는 전지만능한 신이 있어 이것을 창조하였다고 보아야 옳을 것이다. 그렇다면 생명의 귀일성을 주장하는 불교가 반드시 기독교와 배타되는 것도 아님을 알게 된다. 요는 '우주의 원만한 조화' 가 문제일 것이다. 이렇게 생각할 때 일체의 살생을 금하는 것은 우주 원리에는 맞지 않거니와 신의 의도도 아닌 것이 짐작된다. 일체의 살생을 금하고는 인간의 존립이 불가능하기 때문이다. 그러고 보면 불교는 결국 인간에게 깊은 자비심을 길러 우주상의 인간의 위치에서 그 올바른 자세를 가지도록 수련하는 의의를 가지는 것이라고 보아 그 가치가 평가되는 것이라고 할 것이다. 식물과 동물일지라도 함부로 처우되지 않고 적절히 애호됨으로써 우주 전체 조화에 보조를 맞추고 그 미화와 향상에 이바지하게 될 것이 분명하기 때문이다. 그러므로 우주상의 인간의 위치에서 본 인간의 제1단계 이상(理想)은 '우주의 원만한 조화를 달성키 위한 인류평화' 가 아닐까 한다.

우주에 편재해 있는 모든 생명이 그 근원은 동일하다 할지라도 인간에게서 그 생명력이 최고도로 발로되어 있는 것만은 사실이니 그러한 의미에서 인간은 우주의 만물을 주관할 자격이 있다고 할 것이다.

이 점이 바로 기독교적으로 말하면 신의 아들되는 위치가 아니겠는가?

인간이 이러한 위치에서 생각할 때 인간은 먼저 상호간의 평화를 유지하는 것이 우주의 원만한 조화를 달성하는 첫 걸음이 되는 것을 알 수 있다. 그러므로 예수는 우리에게 '적을 사랑하라' 고 가르치신 것이 아니겠는가? 핵전쟁을 감행하는 인간이 된다면 그는 인류의 평화를 유린함으로써 우주의 조화를 깨뜨리고 신의 의도에 역행하는 반도(反徒)가 되면서 인류자멸을 초래하고 말 것이다. 그러나 인간이 인류평화를 유지하고 나아가 불교에서 말하는 자비심으로써 동식물을 적절히 애호할 때 우주는 원만한 조화를 이루고 아름답게 번영할 것이며 이 때 지상천국은 전개되고 신의 의도도 달성되는 것이 아니겠는가?

유교는 중용(中庸)에서 말하기를 '희로애락(喜怒哀樂)의 미발(未發)을 위지중(謂之中)이요, 발이개중절(發而皆中節)을 위지화(謂之和)니 중(中)은 천하지대본(天下之大本)이요, 화(和)는 천하지달도(天下之達道)라, 치중화(致中和)하면 천지위언(天地位焉)하고 만물육성(萬物育成)이니라' 고 하였다.

조화지도(調和之道) 이것이 바로 우주의 진리가 아니겠는지?

# 만주의 겨울

韓 太 壽

모처럼 맞이한 조용한 일요일을 하루 편안이 쉬어보려고 이불을 둘러 쓴 채 날이 밝아지는 것도 모르는 체 누워 있다. 잠자는 것도 아니면서 눈을 감고 있는 머리 속에는 지난 날, 오는 날의 가지 가지 상념이 쉴 새 없이 떠오른다.

바깥 날씨는 몹시 추운 모양이다. 휘파람 소리와 함께 창틈으로 스며드는 솔솔 바람이 얼굴을 스치고, 그럴 때마다 나는 이불을 움켜쥐며 허리를 움츠린다. 그래도 훨훨 잠자리를 걷어치우고 일어날 생각은 없다. 이왕 작정한 하루이니 실컷 누워 있으리라. 그렇게 하는 것이 누적된 피로를 풀어 줄 것만 같다.

20수 년 전 일이다. 내가 만주에 있을 때 어느 설날 일인 친구를 예방하였었다. 그 친구는 설 인사 나가고 부인 혼자만 있었는데 몹시 반가워하며 맵시 있는 솜씨로 따끈한 술을 나에게 권하였다. 주인 없는 집에서 부인을 상대로 단 둘이서 술 마시는 풍경이란 누가 봐도 점잖게 생각되지는 않을 것이다. 채 10분이 경과하지 않아서 친구가 돌아왔다. 처음에는 두 눈이 둥그레졌지만 곧 반가운 표정으로 변하면서 나를 믿어주었고 셋이서 기분 좋게 새해를 즐겼다. 그 부인이 신경(新京) 삼미인(三美人) 중에 하나로 꼽히는 젊은 아리따운 여성이었음을 여기서 상기하지 않고 지나갈 수가 없다.

우리는 얼큰이 취한 다음에 방을 옮겨 안방에 자리를 잡았는데, 화로에 떡을 구우면서 부인이 "만주의 겨울은 좋기도 해요" 하고 심히 만족한 뜻을 표하였다. 훈훈한 뻬치카를 등지고 앉아서 끝없는 들판을 휘몰아치는 바람 소리를 듣는 것은 말할 수 없이 신비로운 쾌감이었음을 지금도 나는 잊지 않는다. 그러나 그때 나는 빈곤한 사람에게는 '만주의 겨울처럼 고된 것이 없을 텐데' 하는 서글픈 생각이 즉각적으로 일기도 하였고 그 느낌도 아울러 잊어지지 않는 영원한 기억이다.

내가 어느 겨울 날 멀리 북만주에 위치하고 있는 아롱 기공서(旗公署)로 출장갔던 일이 생각난다. 영하 40°로 내려간다고 하는 흥안령 산록에 가까운 곳이었다. 군대식 털모자와 털오버와 털장화를 신고 마차 위에서 흔들리며 수만리 타관길을 가던 일, 밤 늦게 도착한 기공서에서 그날 밤 비적(匪賊)이 습격할 우려가 있다고 하여 부근 숙사에 모여 있는 기공서 직원들이 각각 총과 탄환을 갈라가지고 긴장하던 일, 한 달 가량 지나서 다시 신경(新京)을 향하여 되돌아 오는 도중, 마차로 하루 종일 걸려서 도착한 부락 '청목' 여관에 들렀을 때 월전에 나를 전송해 주던 여중(女中)이 너무도 지친 내 모습을 보고 깜짝 놀랐던 모습 등등이모 저모가 새삼스럽게 내 가슴 눈에 선하게 떠오른다. 그 여관은 일인 경영으로서 난방장치도 잘 되어 있었고 목욕설비도 좋았다. 옷을 갈아입고 맥주를 마시며 심야에 북만주의 겨울바람 소리를 듣는 것은 비할 데 없이 심오한 것이었다.

그러나 어쩐지 옛날을 되새겨보는 지금의 내 심경은 한없이 쓸쓸해진다. 친구도 없고, 친척은 물론 없는 북만주의 산기슭을 헤매던 나, 무엇을 믿었음인지 당시는 외로움도 무서움도 없었건만 오늘날 내 나라

수도 서울에 누워서 회상하는 그 때가 무섭고 소름끼침은 웬일인가? 만주라면 끝없이 끝없이 멀기만 하고 때로는 꿈 속에 그 땅을 헤매며 고향을 한없이 그리워하기도 한다.

만주의 겨울이 좋다고 심미감에 잠기던 그 여자가 지금은 어디서 무엇을 느끼고 있는지? 의외에도 나와 마찬가지로 만주시절을 쓸쓸하게 회상할지도 모를 일이다.

내가 걸어온 과거를 스스로 무서워함은 현재의 내가 그만큼 용기를 상실하였다는 것을 의미할 것이다. 요컨대 이미 나는 늙었다는 실증이 아니겠는가. 내가 때때로 이미 돌아가신 어버이를 생각하고 슬픈 감회를 금하지 못하는 것도 특별한 효심에서라기보다는 스스로 인생을 심각하게 느껴 보는 심정에서라고 생각되기도 한다.

겨울은 사색의 계절이다.

그러나 나는 지나치게 이모 저모 생각하는 내 자신을 슬퍼한다.

# 꽃 새설

韓何雲

나는 꽃을 사랑한다.

사람이면 누구나가 꽃을 사랑하는데 나만이 유독히 사랑한다는 것은 말 같지 않지만 여하튼 나는 꽃을 무척 사랑한다.

시를 한다는 데서 꽃과의 긴 대화에서 신비적인 영감을 얻곤 한다.

이른 봄 천연의 꽃인 할미꽃 개나리꽃 진달래꽃과 무동무하(無冬無夏)의 온실의 여러 꽃에 이르기까지 눈부시게 피는 그녀들의 아리따움은 내가 살아있다는 것을 감각케 한다.

꽃 향기에 대하여 4월에 피는 꽃을 사월화라 하자면 이 사월화의 할미꽃 개나리꽃 진달래꽃은 향기가 없다. 5월에 피는 라일락꽃 장미꽃 오동꽃 백합꽃은 향기가 짙어 황홀하게 풍긴다.

왜 사월화는 무향(無香)이고 오월화는 유향(有香)인가.

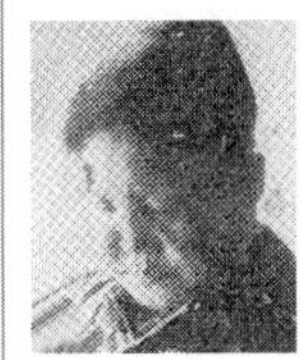

**한하운(韓何雲)** _ 함남 함주군(함흥) 출생. 중국 국립북경대학교 졸업. 중국 국립북경대학원 졸업. 신명사육원장. 청운보육원장. 무하문화사 사장. 안평농장장. 경인종축장장. 저서 시집 《한하운시초》, 《한하운시집》, 《보리피리 시집》, 《나의 슬픈 반생기》, 《황토길》, 《시화집》, 《정본 한하운시집》 외 다수.

사월화는 무향이지만 그 소소한 모습은 앙상히 얼어 붙은 추운 겨울을 치른 사람의 마음을 유향 이상의 환타지의 나래를 펼치게 하는 흐뭇함을 주는 것이다. 5월은 만물이 무르익고 눈부신데 부육(膚肉)에 스며드는 농염(濃艶)한 향기를 훈훈(薰薰)거리지 않으며 소외될 것이다.

그리고 이 오월화의 향기의 농도가 낮과 밤과 아침에 따라 훈향(薰香)이 다르다. 낮보다는 아침, 아침보다는 밤의 향기가 가슴을 파고들며 뿌듯하다 못해 아프게 한다.

이와 같은 현상과 관련해서 7, 8월에 피는 박꽃 나팔꽃 달맞이꽃 합환(合歡)꽃들이 한결같이 태양빛과 더불어 시들다 해가 지면 싱싱하게 되살아 피는 것은 꽃잎이 연한 꽃들이 대기의 기압에 억눌림과 습도에 관계가 있는 것이 아닌가 하고 생각이 들곤 한다. 만약 이런 것을 변화시키면 종일토록 꽃피게 될 것이 아닌가 하는 상상을 비약시켜 보기도 한다. 그렇지 않으면 본질적으로 오는 식물의 생리적인 것인지.

이 현상을 구명(究明)하자면 식물생리학을 캐봐야 할 판이니 관상적 취미가 학구에의 탐구를 유혹하니 어쩔 수 없는 일이다. 나의 캐내는 습벽(習僻)은 언젠가는 나를 미치게 한다.

그리고 꽃빛깔의 현상은 나를 더욱 신비의 미로에 몰아넣는다. 우렁이 속 같은 빛깔의 신비…. 빛깔의 생성이 천성적이라면 이야기는 그만이지만 사고의 지그재그는 엉뚱한 상상으로 비약한다.

꽃빛깔은 옛날 신화시대의 사랑의 속삭임의 승화가 영(靈)이 되어 빛깔로 결정이 되었다는 우화를 나는 몽상해 보는 것이다.

붉은 빛깔은 붉은 사랑을…….

파랑 빛깔은 파랑 사랑을…….

노랑 빛깔은 노랑 사랑을…….

흰 빛깔은 흰 사랑을…….

　분홍 사랑은 분홍 빛깔로 물들여졌다고 아득히 아득히 먼 로맨틱한 꿈나라로 방황한다.

　인생의 최고의 꽃이 시라 하면 식물의 최고의 시가 꽃이라 생각하면서 시시한 풍진 세상에 이렇게 어리디 어린 꿈이라도 먹고 사는 모(獏)의 포만증(飽滿症)으로 꽃 모르는 꽃 첩설(喋舌)을 남남(喃喃)거린다.

　너무 알기 때문에 말수가 많을 수도 있겠거니와 너무나 모른 탓으로 와명선소(蛙鳴喧騷)의 부산을 떨기도 한데 바로 나의 꽃 이야기의 경우도 이런 것이 아닐까.

　이런 실없는 사람들의 꽃 새설질한 나머지 화사(花詞)를 창작했다고 짐작을 하면서 꽃과 인생을 자연과 인간을 조화시켜 보려는 노력의 계속된 꿈의 갈망이 궁륭(穹窿)한 천공(天空)으로 날으면서 아쉬운 인생을 자위하면서 사람은 사는 미덕을 갖는 것이리라.

# 흙 戰爭

韓 何雲

올해는 풍년이 들었다 한다. 그러나 식량 부족량이 362만석이라 한다. 부족을 미국의 잉여농산물을 바라자니 얼마나 굶고 허덕이는 사람이 많을 것인가. 이 기아(饑餓)를 벗어날려고 일할 자리를 구해 봐도 일할 자리가 없어 굶어야 한다.

그러면서도 도시는 망국적 사치(광의)와 개인의 몹쓸 영화에만 눈이 뻘개 사회정의나 양심이 무시되고 부패와 부정이 악순환하고 있다.

무상원조나 차관이 아니면 정부예산 편성도 무슨 공장도 할 수 없는 자력상실과 방향상실의 비참한 현실이고 보면 번영이고 평화고 독립이고 자유도 있을 수가 없다.

우리는 20년 전만 해도 나라를 망해 먹었던 민족이 아니었던가. 그리고 갈망하던 광복에 쓰라린 식민지 청산에 조국재건을 한다는 해방 20년 총결산이 경제적 자립불능이란 결론이 내려지고 있다. 자립불능이란 말은 인간무능을 말하는 것이며 아프리카의 튀니지보다 못한 100달러 미만의 국민소득을 나타내고 세계 제일의 거지의 나라 사람이 되었고, 세계 제일의 사치의 나라 사람이 되었고, 세계 제일의 낭비의 나라 사람이 되었고, 세계 제일의 도적의 나라 사람이 되었다.

두정(蠹政)으로서 빚어진 암담한 절망의 혈로(血路)는 우리가 참다운 인간의 금지와 애국의 흙 전쟁 흙으로 돌아가는 길 밖에는 없을 것 같다. 이것은 나만이 독창하는 창가 소리인지…….

구국의 흙 전쟁의 승리의 열쇠는 정신적 자세를 참인간으로서의 진실·근면·내핍·단합으로서 흙 전쟁, 즉 농업전쟁의 승리로써 기아 해방의 번영의 길을 갈 것이다.

흙, 그 흙은 영원한 것이다. 모든 생명을 포육(哺育)하면서 모든 생명의 종언(終焉)을 고이 묻어준다. 모든 것이 흙에 있을 때 비로소 성장이 있는 것을 인식한다. 흙을 아는 사람은 흙에 대한 매력과 사랑과 애착에 충동될 것이다. 흙에서는 진실만이 생명이 있다고 느낄 때 우리는 흙 위에 살아보겠다고 부르짖어 보고 싶을 것이다. 흙에서 삶을 한다는 것이 진실한 것이다.

여기서 흙의 감정론을 늘어놓고자 한 것이 아니다. 다만 흙은 진실만을 싹트게 하고 성장을 약속하는 까닭을 남남(喃喃)거리는 것이다.

우리의 경제로서 공업으로서나 과학으로나 모두가 후진성을 면치 못하여 자본 기술 원료개발도 저열(低劣)하다. 이런 실정에서 여러 방면에서 산업이 건설되어야 하지만 우리의 여건을 검토해 보면 어떤 경제적 개발보다도 농업으로써 식량의 자급자족이 가장 실현성이 많은 것이다. 이로써 수출에 이르지 못하면 자립경제에 이르지 못할 것이다.

흔히 농업이라면 우습게 여기지만 농업으로써 나라를 구하고 민족부흥을 이룩한 나라가 얼마든지 있지 않는가. 정말(丁抹, 덴마크)·화란(和蘭, 네덜란드)·이스라엘 그리고 캐나다·호주, 또 잉여농산물로써 세계를 지배하는 미국도 역시 농업이 아닌가.

우리도 농업을 재인식하는 중농정책을 한다고는 하나 미온적이다.

전에 경제과학심의회 건설안을 보면 서남해안의 간척대상면적 5만4

천 정보, 10대강유역지의 개간면적 50만 정보, 산야개간면적 4만 정보, 그리고 1952년에는 FAO(국제연합식량농업기구) 기술단이 내한하여 답사 결과 '한국 농림수산 부흥개발 5개년계획서', 또 '개간촉진법', 공화당 구상의 '식량권확대조성법'은 현 200만 정보의 경지와 약 120만 정보의 미경지를 개간한다는 것이다. 그것은 경사 15° 미만이 약 45만 정보, 15°에서 30°까지 60만 정보, 간사지 20만 정보이다. 우리 전국토 면적 993만 정보에 비하면 너무나 저이용이라 하겠으며, 영국의 82%, 서독의 53%에 비할 바가 못된다.

다행히 개간을 촉성(促成)할 수 있는 것은 미공법 480호 타이틀II, 타이틀III가 있어 타이틀II로 도입되는 잉여농산물 7만5천톤으로써 23만 2081정보를 개간 또는 재생시키고, 100만 명 이상을 가동하는 식량증산고용계획을 세우고 있다.

요즘 차차 중농문제를 생각하고는 있으나 요리책 속의 요리 같다. 20년 비정을 회복하는 길은 오직 국토개발에 적극적인 국가총동원이 있어야만 하겠다. 물론 과거의 산업구조로 보아서는 농업인구를 공업에 흡수해야 한다는 것이지만 지금으로서는 오히려 도시의 실직 부동층 영세민을, 그리고 술집 캬바레 다방 카페 당구장 극장 미장원을 폐쇄해서까지 농업에 동원할 결단이 있어야 한다.

식량의 자급자족에서 잉여되는 농산물을 수출하는 달러— 실은 어떤 돈보다도 큰 이 돈으로 우리의 공업을 점진하는 것이 국리민복의 복지사회가 이룩될 것이다.

우리는 시민의 각성이 촉구되며 농민이 갖지 못한 것을 시민은 너무도 많이 갖고 있다. 이것이 이 나라를 잠식하고 빈곤으로 전락시켰다. 원인은 많겠으나 정치가 시민 본의로 한 탓이라 하겠다. 시민은 농민이 갖지 못하는 것을 가지고 행복이라고 하는 가치관이 한국의 빈곤을 가

저왔다고 보면 하루 속히 도시의 일방적인 도장(徒長)과 비대(肥大)를 청산하고 흙 전쟁이 승리할 때까지라도 농촌에 총력을 쏟아야 할 것이다.

미국의 심각한 위기를 루즈벨트 대통령의 뉴딜 계획경제는 1300만 명의 실업자와 빚에 파산할 600만 농가를 구제하였다.

지금 우리의 앞길을 덴마크, 이스라엘의 부흥의 길이 이정표처럼 성조(星條)길로 트여 있다. 한국 부흥의 흙 전쟁의 병사로서 부패와 부정을 물리치고 근면과 단합과 검소와 내핍으로 저 새 푸른 연옥색 신천지로 가야 한다. 절망의 어두운 산하에 창곡(暢谷)의 햇빛으로 가득차는 날까지…….

사르트르는 "인간이 인간을 희생시키고 착취하고 있는 현실의 세계, 먹을 것에까지 부자유를 느끼는 사람이 너무나도 많은 이 세계에서 관념적, 철학적인 불건전성을 희롱하는 것 같은 사치가 도대체 무슨 가치가 있단 말인가. 아프리카에서 굶주리는 어린이들을 보고 홀연히 깨달았다. 나는 50이 넘어가지고서야 비로소 눈을 뜬 것이다. 만일 굶주리는 자가 인류 다수를 점한다면 문학자는 다수의 편이 되지 않으면 안 된다. 문학은 특권을 가진 소수자의 장난감으로 만들어서는 안 된다"라고 그의 자서전에서 밝혔다.

흙 전쟁의 승리로써 슬픔과 절망의 산하에 비로소 독립이 있고 평화가 있고 자유가 있고 행복이 있다. 그리고 남북통일도…….

우리의 흙 전쟁은 5년을 한하고 해 보면 부흥을 약속할 수 있다. 인구 폭발에 쏟는 그 에너지를 흙 전쟁에 바쳐 세계의 번영경쟁의 선수로서 달리자.

窓밖은 1965年 1月 3日 白雪紛紛.
編輯者 常湖兄의 窮窮 難相.
回想 遡及 二個星霜.
하마트면 流産의 空論꺼리가……。
어쩌면 이다지도 解産의 苦痛이여
옛말의 大器晩成인가.
인제 誕生하는 「空論」이 空論꺼리
가 아니고 「空論」이 되여
새로운 生命의 誕生에 祝盃들어…。
人生은 孤獨. 그 人生의 孤獨을
여기 「空論」에 쉬어
샛푸른 成長을 기약할것을……。
三〇代 四〇代 五〇代 六〇代 七〇
代의 年令의 階層. 貧富와 分野를 超
越한 稀代 無類의 同人에 祝福 있으
라.
〈何雲〉

---

목이 쉰 Etranger
설익은 歲月을 反芻하는
슬픈 사연.

甲辰의 역겨운 生理가
컬컬한 찌개와 麴酒에
虛空을 날으는데.

여기 蠻勇과 庸劣이
질질 흐르는 明洞 一隅
蛋白이 過剩한 血流
肉情이 그리워 痙攣을 하는.

甲辰과 乙巳를 「閾」으로 하고
Anemia의 Editor는 眩暈에
소름껴.

쓰레기통에서 장미가 피는
奇蹟을 바라며
鮮紅의 瀝血을 삼키건만
아! 가도 가도 灰色의
짙은 雲霧! 雲霧!。
〈輝峯〉

---

드디어 乙巳 초승엔 呱呱의 소리.
그를 이름지어 「Etranger(異邦人)」
이란다.

이는 協和의 廣場을 마련한
우리 空論家族의 흐뭇한 慶事랄까.
아니 매마른 이江山에 New Fron-
tier랄까.

그처럼 東奔西走하던 發狂指數도
그처럼 悷弱한 編輯子의 넉두리도
疲勞뒤에 얻어진 귀동이를 얼싸안
고
이제는 한 시름 잊어――。
후유― 한 시름 잊어――。

여기 第一輯엔 崔臣海同人의 玉稿
를 磨勘差로 함께 엮지 못했음은 매
우 罪悚。

제 各己 맡은 바、專門分野에서
보람차게 作業하는 空論家族이여
부디 健闘하시라!
〈常湖〉

〔同人連絡處〕

서울特別市中區明洞2街82番地

TEL 2—8175

(c/o 無何文化社)

空 論 同 人 會

---

# ÉTRANGER - 空論同人隨筆集

---

1965年 1月 4日　印刷
1965年 1月 7日　發行　　　　　〈값 150원〉

版權所有

著　者　　空 論 同 人 會

發行處　　無 何 文 化 社

서울特別市中區明洞2街82番地
TEL ②8175・登錄 No. 529

本文印刷・裕豊印刷
表紙印刷・王子印刷

제 **2** 집

# 특권의식(特權意識)

姜淳元

는 매우 급한 일이 아니면 택시나 합승(合乘, 소형버스)을 별로 타지 않는다. 그러니까 평소에 나의 사무실에 출근할 때나 법원에 나갈 때에는 거의 버스와 전차를 이용하기 마련이다. 이렇게 헐값의 요금을 주고 버스와 전차를 타고 다니노라면 우리나라 서민층의 체취를 맛볼 수 있을 뿐만 아니라 그들의 주변에서 일어나는 사사건건의 모습을 직접적으로 엿볼 수 있다. 얼마 전의 일이긴 하지만 내가 광화문에서 원효로행의 버스를 타려니까 그 버스에서 하차한 듯한 날씬한 어느 청년과 차장(車掌)이 요금 때문에 시시비비를 하고 있는 것이다.

나는 무심히 그 버스에 올라 타고 발차(發車)하기만을 기다리고 있는데 4, 5분이 지나도록 발차는 하기커녕 그 '청년대 차장' 의 시비는 점점 악화되어 급기야는 폭력을 행사하는 사태에까지 이르렀다. 그 청년

**강순원(姜淳元)** _ 황해도 출생(1924년). 평양사범학교 졸업. 단국대학 정법학부 졸업. 군법무관전형고시 합격. 해병제1사단 법무참모. 해군본부 법무차감. 변호사개업. 국제인권옹호한국연맹 법률전문위원. 단국대학 이사. 단국대학 강사. 대한변호사협회 상임위원. 금성충무무공훈장 수여.

과 차장은 서로 밀고 당기고 하더니 결국 그 청년은 차장의 왼쪽 뺨을 한 번 후려갈기면서 "이 거지 같은 계집애야. 나는 모 수사기관에 있는 데 요금을 받으려거든 내일 ○○○로 오너라" 하고 매우 흥분된 어조로 쏘아 붙이는 것이었다.

그때 차중에는 그리 많은 승객이 타고 있는 것은 아니었으나 모두 생존경쟁에 시달린 몸을 차에 맡기고 급속히 발차되기만을 원하고 있는 터인데, 그와 같은 발차지연으로 인하여 차장에 대한 불쾌감이 도리어 그 청년에 대한 의분(義憤)으로 변하는 듯하였다.

이 한 토막이 단순한 하나의 사실로서 간과할 수 있는 것이지만 곰곰이 생각하여 보면 분석검토(分析檢討)할 요소가 다분히 내포되고 있는 것이다.

우선 이 애기의 주인공인 그 청년이 과연 모 수사기관에 근무하고 있는지, 또는 소위 거리의 폭력·불량배인지는 알 수 없으나 버스를 탔으면 요금을 지불하여야 된다는 것은 삼척동자도 시인할 수 있는 당연한 사리(事理)일진대 굳이 요금지불을 거부하는 청년의 심중이 자못 이해하기 곤란한 것이다.

정말 요금이 없어서 부득이 그랬거나 또는 지불하지 아니 해도 탈 수 있는 계약상의 권한이 있어서 그랬다면 별 문제라 할지라도 혹시 요금을 가지고 있으면서 어떤 특권의식에 사로잡히어 그처럼 불응하였다면 그러한 족속의 존재는 이 나라의 민주사회를 좀먹는 사회악의 암이라는 혹평을 면치 못할 것이다.

모든 법률이나 명령이 국민복지와 사회질서를 증진유지하기 위하여 제정되었거늘 신분의 여하를 막론하고 공익을 위하여 법률의 제한을 감수하여야 할 것이 아닌가? 말하자면 법질서를 확립하고 명랑한 민주사회의 발전에 이바지하여야 할 공적 의무가 있지 않을까?

　　야간의 통행금지 시간에 거리를 활보하는 인사(人士)와 교통규칙을
무시하고서 자유망동하는 등의 일부 몰지각한 자들의 머리에서 특권
의식이 사라지는 날, 이 나라의 민주주의의 꽃은 활짝 피리라.

# 성명삼자(姓名三字)

姜 周 鎭

내 이름은 천하에 둘도 없는 주진(周鎭)이라는 이름이다. 그래서 어릴 때는 '진아진아(鎭兒鎭兒)' 하고 집에서 불렀던 것이고 마을에서도 그렇게 통했다. 어릴 때 가친께서 작명을 하시는 데 특별한 배려를 하신 모양이며, 문내(門內) 선비한테 물어서 작명하신 것이었다. 나의 항렬(行列)은 석(錫)자였는데 원근간에 친척이 많은지라 석자를 돌림으로 한 이름이 하도 많아서 적당한 이름이란 모두 중복되는 까닭에 우리 당내(堂內)에서는 석자 대신에 진(鎭)자를 넣어서 이름을 짓고는 했다. 그래서 내 이름이 주진이가 된 것이다. 이렇게 돌림자를 바꾸어가면서 이름을 짓게 된 연유의 하나가 자손이 귀한 까닭에 이름이나마 잘 지어서 자손이 잘 되기를 바라는 부모님들의 배려인 상싶다.

**강주진(姜周鎭)** _ 경북 상주 출생. 본적 서울 호 상운(尚雲). 일본 주오(中央)대학 법학과 졸업. 미국 하와이대학 하기 강습. 미국 남가주 코라몬 대학원 수학. 대한출판협회 사무국장. 중앙대학교 교수. 「코리아 타임즈」 조사부장. 한국정치문제연구회 지도위원. 경희대학교 · 동국대학교 · 서울대학원 · 한국외국어대학 강사. 홍익대학 상무이사. 「국도신문」 · 「대한일보」 · 「서울신문」 논설위원. 중앙대학교 학생처장 및 교무처장. 극동문제연구원 이사. 서울특별시 자문위원. 국제법학회 총무이사. 국회도서관장. 저서 《정치학개론》《외교사》《정당론》 외 수편.

이와 같은 나의 이름은 고등학교 시절에 일본식 이름으로 바꾸어야만 했다. 나만 그렇게 된 것이 아니라 대부분의 우리나라 사람들이 그러했다. 침략전쟁 준비와 정비례해서 한국의 일본화 강압정책은 도를 가하여 소위 창씨개명령(創氏改名令)이란 것이 내려서 전국민에게 일본식 이름을 가지라는 강제명령이 내려진 것이다. 물론 이에 항거하여 창씨를 거부하는 이도 있었지만은 그것은 만 명에 한 명꼴 정도로서 자식들도 아예 학교에 보내기를 단념하고 사회의 공적 생활과 등을 지는, 이를테면 결사대와 같은 각오하에서만 할 수 있었던 것이다.

강씨들은 신농씨(神農氏)라고 창씨하는 이가 있는가 하면 진산강씨(晋山姜氏)라고 해서 진산(晋山)이라고 하는 이도 있었다. 친척 일부에서는 진릉군(晋陵君) 국포(菊圃)의 후예(後裔)라고 해서 국산(菊山)이라고 하는 일가도 있었지만은 우리 당내에서는 청구(靑邱)라고 창씨를 했던 것이다. 집에서 청구우철(靑邱右哲)이라는 창씨개명을 해서 도쿄에 있는 나에게 통고해 왔을 때는 실로 기분이 좋지 못했을 뿐만 아니라 일본에게 대한 적개심이 불타 오르기도 했다. 그러나 나 혼자만 당하는 일도 아닌지라 울분의 하루가 달이 차고 해가 바뀌어 감으로써 나는 하는 수 없이 영영 청구우철이란 일본 사람이 되고 말았다.

내가 대학에 들어갈 때도, 졸업할 때도 나는 청구우철이었다. 이와 같은 나에게도 일제의 감시의 눈이 뻗친 줄이야 누가 알았으랴. 마침내 해방 전전해 9월에 나는 치안유지법 위반혐의로 일경에 체포되어 1년이 넘도록 도쿄 소압형무소(巢鴨刑務所)의 구치감(독방)에 구속된 일이 있었다. 결국 나는 일본에 협력하겠다는 약속을 하고 풀려 나왔지만 그때 나는 보호관찰소의 사상 선도대상이 되었고, 소위 전향자라는 당시로서는 명예롭지 못한 딱지표가 붙은 사람이 되었다.

여기서 나는 주진이도, 우철이도 아닌 새로운 이름 하나를 자작하였으니 그것이 '상운(尙雲)'이라는 이름이었다. 주진이란 이름은 이미 잃었던 옛 이름이요, 우철이란 이름은 역시 왜식 이름이어서 싫었다. 결국 이름이란 특정인을 표시하는 것이고 부르기 좋고 쓰기 좋고 뜻이 좋으면 되지 않겠느냐 해서 '상운'이란 이름을 자작했다. 세월은 흘러 8.15해방이 되었다. 하루 이틀이 지나는 동안 '상운'이란 이름이 널리 알려졌다. 신문이나 잡지에 글을 쓸 적에도 '상운'으로 통했고 공적 생활에도 통해 왔다. 그러던 중 정부의 결정으로 호적령(戶籍令)이 개정되어 창씨개명 이전의 이름으로 모든 한국인의 이름이 자동적으로 환원되게 되었다. 이때에 나의 호적에도 자동적으로 '주진(周鎭)'이란 이름으로 바뀌어졌다. 다시 성명상으로 한국인으로 환원된 셈이다. 그러나 관공서에 별로 볼 일이 없고 재산처리할 일도 없는지라 인감을 필요로 할 일도 별로 없었으므로 내 이름이 '주진'으로 환원된 것을 알게 된 것은 몇 해 뒤에 호적초본을 필요로 할 때의 일이었다. 나의 이름이 둘이 된 연유는 대개 이러하다.

어릴 때 손(孫)이 귀한 집에서는 이름이라도 좀 잘 지어서 무병성장(無病成長)하라는 뜻에서 여러 가지의 이름을 지어주었다. 한때 환기(桓鎭)라는 이름을 쓰라고 한 일이 있어 1년 동안쯤 집에서 부른 일이 있었는가 하면, 한때는 용진(溶鎭)이라는 이름을 지어주기도 하였다. 그러나 이런 이름은 모두 어릴 때 한두 해 동안 통용되다가 사라졌다. 이를테면 가친께서는 이름 짓는데 관심이 많으셨던 모양이다. 지금도 손자 이름을 모두 두 개씩 지어주셨다. 큰 놈은 '윤구(允求)'가 본명인데 '형구(炯求)'라는 호명(呼名)을 지어주셨고, 둘째 놈은 '중구(仲求)'인데 '남구(南求)'라는 이름을, 또 셋째는 '성구(聖求)'인데 '민구(玟求)'라는 이름을 각각 지어주셨다. 그래서 집에서는 별명, 학교에서는 본명, 이렇게 쓰고 있다. 물론 손자들이 잘 되기를 바라는 조부의 사랑이 작명에 발휘

된 것이리라. 연전에 뜻하지 않았던 일로 공무원이 되었다. 관청의 발령은 반드시 호적이라야만 된다는 것이다. 그래서 사회에 통용되던 '상운(尙雲)' 대신에 '주진(周鎭)'이라는 이름이 다시 등장했다. 그렇다고 해서 상운이라는 이름을 없앨 수도 없으니 필경은 별명 아니면 별호가 될 수밖에 없게 되었다. 부산 피난 때에 아능(雅能) 조용만(趙容萬) 박사와 같이 「코리아 타임스」에 있었다. 숙소를 같이 초량(草梁)에 잡았다.

바로 그 이웃이 석천(昔泉) 오종식(吳宗植) 댁이었는데 거기에 월탄(月灘) 선생이 가족과 더불어 방 하나를 빌리고 계셨다. 매일 만나다시피 자주 뵈었다. 이 무렵에 월탄 선생이 최준(崔埈) 교수의 호를 야농(野儂)이라 지어주었고 김영상(金永上) 씨에게는 인제(忍齊)라는 호를 지어주었다. 아능은 내게는 부봉(浮峰)이라는 호를 김은우(金恩雨) 교수에게는 삼봉(三峰)이라는 호를 각각 지어주었다. 이러고 보니 내 호는 두 개가 된 셈이다. 상운은 실로 이름과 호 사이를 왕래하고 겸한 격이다.

'주진(周鎭)'이란 이름도 그렇거니와 '상운(尙雲)'이란 호도 매우 독특해서 같은 이름과 호를 내가 아는 한 아직 본 일이 없다. 조선 중엽에 이주진(李周鎭)이란 사람은 있었지만 동명 동호 이인이 없다. 나는 이러한 점에서 내 이름과 호에 만족하고 자위한다.

상운(尙雲)이란 이름을 쓰고 있을 때는 흔히 상운(相雲), 또는 상훈(尙勳)이라는 편지를 많이 받았다. 음(音)로 이름을 알고 항렬자를 맞추려는 지식인들의 소행으로 선의해석을 했지만은 어딘가 서운했었다. 가친께서 '원보(遠保)'라는 자(字)를 지어주셨다. 그래서 나의 자는 '원보'요, 이름은 '주진(周鎭)'이요, 호는 '상운(尙雲)' 또는 '부봉(浮峰)'이다.

마치 한 세기 전 사람과 같이 그럭저럭 격식은 다 갖춘 셈이다. 그러나 지덕(知德)은 언제나 갖추게 될 것인가?

# 무전거(無典據)


姜周鎭


연전(年前)에 상대 최문환(崔文煥) 학장과 류시박(柳時薄) 형과 동행하여 청주를 들를 일이 생겼다. 거기서 당시 청주지법원장이었던 기세훈(奇世勳) 원장을 만나 같이 청주에 왔던 길에 속리산 법주사를 탐방한 일이 있다.

그때 법주사의 스님 한 분이 당시·미완성된 채로 방임되어 있던 시멘트제 거대한 불상을 완성해야 되겠다고 역설하면서 설명하기를 원래 그 자리에 큰 동상이 있었는데 그것을 대원군 시절에 그의 명령으로 헐어갔다는 것이다. 그 뒤 지금까지 복설(復設) 못한 것을 지금 시멘트제로나마 새로 세우자는 것인데 그것이 여일(如一)치 않으니 모두 협력해 주십사 하는 것이었다.

그래서 내가 "어찌해서 대원군 때에 그 동불(銅佛)을 철거해 갔느냐" 했더니, 그는 "애매한 이야깁니다만 경복궁을 건립할 적에 당백전(當百錢)을 주조하느라고 헐어간 것이 아닌가 싶다"는 이야기였다. "그러면 그 이전에 동불이 있었다는 무슨 기록이 있으며 그 동불을 처음 어느 때 누가 창건한 기록이 있으며 또 대원군이 헐어갔다는 어떠한 전거(典據)가 있느냐" 하고 재삼 물었더니 그것은 없다는 것이었다. 그러면서 나보고 서울 가시면 그러한 기록 좀 찾아봐 달라는 것이었다. 그래서 내가 말하기를 "스님! 그것이 무슨 말씀이오? 전거도 없고 기록조차 막연한 그러한 중대 사실을 어찌 함부로 이야기를 한단 말이오. 새로 시멘트 불상을 세우면 세울 것이지 왜 옛날에 실재 여부가 불분명한 것을 있었다고 말하며, 하물며 대원군에 누명(陋名)을 씌워도 분수가 있지 어쩌자고 대원군이 헐어갔다고 합니까" 하니 그도 어처구니 없는 것인 줄 알고 제 잘못을 느끼는 것 같았다. 그러나 나도 나대로 "서울 가면 알아보리다" 하고 헤어졌다.

서울에 돌아와서 여러 사학가들한테 물어보아도 옛날에 법주사에 그러한 큰 동불상이 있고 없었는가는 모를 일이로되 적어도 대원군이 법주사 동불상을 헐어온 일은 없다는 것이 거의 일치된 의견이었다. 나는 그 뒤에 그러한 사실을 그 스님에게 일러 주었다.

그랬더니 얼마 뒤에 여러 유지들이 희사를 하였고 법주사 스님들이 노력한 결과 그 시멘트 불상이 완성되어 그 제막식이 거행되는 기사가 도하 어느 유력한 일간지에 보도되었다. 나는 그것이 완성되었다는 것을 알고 반갑게 여겼으나 크게 취급한 그 보도기사에 역시 '대원군이 헐어간 다음에 비로소 지금에 재건한다'는 것이 실려 있었다.

이 기사를 보고 나는 매우 불쾌하였다. 물론 신문기자가 무책임한 누구의 말을 들은 대로 풍문취재하여 보도한 것이었지만은 이러한 허문 사실을 유포한 것은 실로 딱한 노릇이다. 죽은 사람이 말을 못한다고 해서 함부로 누명을 씌우는 일도 안 되거니와 없는 사실을 만들어 내는 일은 더욱 안 될 말이며 함부로 사실처럼 이를 보도한다는 것은 더욱 한심한 노릇이다. 지금 새로 창건하자면 왜 하느냐 하는 반문이 나오겠으니 옛날에 있었던 것이다 하는 이유를 내세우자는 것인지는 모르겠으나 무엇이든지 옛날 일을 핑계 삼는다든지 또는 오래된 것을 좋아하는 과거에의 집념에서 이러한 사실을 상정(想定) 내지 꾸며내는 것은 안 될 말이다. 연전에 라디오 드라마에서 '임진왜란(壬辰倭亂)'을 연속 방송한 일이 있다. 거기서 서애(西厓)의 따님과 충무공이 연애하는 장면이 나오는 일이 있었다.

충무공은 서애의 추거(推擧)로 해서 승진등용되었다는 것은 《징비록(懲毖錄)》이나 《국포록(菊圃錄)》, 기타 《연려실기술(燃藜室記述)》 등에 의해서 틀림없는 사실이고 서애가 충무공을 유능한 군략가(軍略家)로 본 것은 사실이나 이것이 비약해서 서애의 따님과 충무공이 연애했다는 것은 언어도단이다. 당시 유가의 범절로 보나 당사자의 인품으로 보아 생각조차 할 수 없는 일이다. 전거도 없는 것을 현대 사람들이 생활감각으로 함부로 옛 사람들을 추측한다는 것은 매우 위험한 노릇이다.

그래서 서애의 후손들이 항의와 변명하러 다니는 것을 보았다. 역사적 인물을 주제로 한 사극을 엮는 데에도 이러한 어려움이 있는 것이다.

도대체 우리나라의 옛 이야기에는 이러한 부정확한 사실(事實, 史實)이 많다. 옛날에는 어찌할 수 없는 노릇이다. 그것은 정치적 조작사건이 많고 또 대부분 그 뒤에 신원(伸寃)이 되었기 때문에 충역(忠逆)이 혼돈한 예가 많기 때문이다. 그러나 지금부터는 이러한 풍문사실을 만들어 내는 일이 없어야 하겠고, 또 이렇게 되는 것이 사회생활을 명랑하게 하는 첩경(捷徑)이기도 하거니와 후손들에게 싸움의 씨를 덜 뿌리는 것이 되지 않겠는가.

# 내 마음의 등불
– 성경의 힘과 효과

高凰京

사람은 어떤 모양으로나 만들어져 있고 또 계속해서 만들어지고 있다고 볼 수 있다. 그러면 내 자신도 어떤 모양으로 만들어져 있을 터인데 사람의 눈은 남의 얼굴을 더 잘 보게 되었지, 자기 얼굴을 못 보게 되어 있으니 내 자신도 볼 수 없어 답답한 때가 많다. 거울 보고 내 얼굴을 짐작하듯이 남의 반응으로만 간접으로 알 수없으나 내 자신에 대해서 만족할 수 없는 한 나를 만든 것이 무엇이다 하고 버젓하게 말하기조차 부끄럽다. 오직 좀 낫게 내 자신을 만들어 보려고 애쓰는 노력생의 말석(末席)에서 송구하나마 한 말씀 감히 기록해 보려고 한다.

나는 어려서 두 살 맏이 언니와 때때로 싸웠다. 그때마다 어머니의 말씀은 눈에 보이는 형제를 사랑하지 못하면 눈에 보이지 않는 하나님

**고황경(高凰京)** _ 서울 출생(1909년). 미국 미시간대학교 졸업. 이화여자대학교 교수. 학술원 회원(사회학). 서울여자대학 학장.

을 어떻게 사랑할 수 있느냐는 것이다. 다음 말씀은 눈에 보이는 형제를 미워하는 것은 눈에 보이지 않는 하나님을 미워하는 것이라는 것이다. 논리적으로는 전후가 같은 뜻이지만 나도 늘 나중 말씀이 무서웠다. 하나님을 미워하다가는 벼락을 맞을 것만 같았다. 오히려 언니와 싸운다고 매 한 번 맞는 편이 뒤가 깨끗할 터인데 매보다 더 무섭고 가시같이 맘속에 박혔다.

그러나 며칠 지나면 또 싸우고 그 말씀의 되풀이, 내 맘은 항상 무거웠다. 언제부터인지 기억은 나지 않으나 그 말씀이 '성경'에 있다면 절대적이요 움직일 수 없는 진리하는 것을 꼭 믿어 왔기 때문이다. 주일 학교를 통해서 '성경'에는 겁나는 말이 많다는 것을 깨달았고 겁나는 것은 안 해야 된다는 철칙(鐵則)이 맘속에 생기기 시작했다.

나는 만 15세에 일본 유학생이 되어 집을 떠나면서 몹시도 부모님 슬하를 떠나는 것이 허전했다. 그러나 '성경' 책 한 권이면 아무리 잘못한 때라도 부모님 대신 꾸지람을 들을 수 있다고 생각해서 매일 아침 열심히 '성경'을 읽기 시작했다. 유리창에 뿌리는 비가 안으로는 안 들어오고 밖으로만 굴러 떨어지듯이 어떤 때는 성경을 눈으로만 읽고 머리 속에는 하나도 들어오지 않으니까 맘속에 들어가서 행동에 변함을 일으킬 수는 물론 없었다.

그러나 기숙사에서 여러 사람과 한 방에서 지낼 때 마찰이 생기고 맘속의 분투 등등으로 생의 굴곡(屈曲)을 맛볼 때 나는 순간적으로 진정제를 쓰는 듯한 노래를 부르거나 산책을 하거나 과자를 진늘거리거나 친한 동무에게 화풀이를 해 보거나 그렇지 않으면 나를 괴롭히는 권력자에게 아부를 하는 등등도 일시적 효과는 있겠지만 그보다도 나는 뚜렷한 생의 원칙을 가지고 살아야겠고 그 원칙에 입각해서 시시각각으로 눈 앞에 벌리는 갈래길에서 판가름할 표준을 찾아야겠다고 생각했기 때문에 그럴 때에 가장 믿을 만한 것이 '성경'이라고 생각해서 바짝 '성경'과 친해지려고 했다.

그 후로는 '성성'이 좀더 머리 속으로 맘속으로 들어오기 시작했다. 순간적으로 속히 시원하게 감정을 폭발시킨 후에 '성경'을 읽으면 꼭 주사 맞는 것같이 따끔해서 덮어 치운 때도 많다.

그러나 생의 고(苦)와 낙(樂)을 더 깊이 맛볼 수 있는 나이가 됨에 따라 '성경'만이 나의 유일의 등불이란 확신이 깊어져서 하루도 '성경'을 못 읽는 날은 세수하지 않고 남의 앞에 나가는 듯한 느낌이다. 하루쯤 세수 안 해도 위생적으로 큰일날 일은 없겠지만 습관이 되면 강요를 당하는 셈으로 매일 '성경'을 읽어도 별 수 없다고 느껴질 때도 없지 않으나 거꾸로 살펴볼 때 그나마 매일 '성경' 덕택으로 큰 과오를 범하지 않고 이만큼이라도 얼굴을 들고 걸어다니는지도 모르겠다.

영국의 빅토리아 여왕은 '성경'을 영국의 국보 제1호라고 했고, 아브라함 링컨이나 아이젠하워 대통령이 얼마나 많이 '성경'을 애독했다는 것이 참 부럽다. 우리나라 대통령도 '성경'을 애독해 주기를 간절히 바라고 있다. 사실은 내 자신이 '성경'의 큰 효과를 믿기 때문에 박정희 대통령이 의장(議長)으로 재임시 '성경'을 증정한 일도 있다. '성경'은 내 잘못을 채찍질해 주는 소극적인 것뿐만 아니고 내 자본, 내 힘, 내 정성만 다 바치면 나머지는 하나님께서 책임을 지신다는 약속으로 의무의 한도를 정해 주어서 큰 위안을 받는다. 크고 작은 책임을 진 우리 겨레 여러분께 진심으로 '성경' 읽기를 권장하고 싶다.

# 즐거운 여행

權 純 永

해방 후에는 양풍(洋風)이 불어서 가난한 우리나라에도 여름에 휴가라는 제도가 새로 생겼다. 경제적 여유가 있어서 더운 여름에 별장으로 가서 쉬거나 그렇지 못한 사람은 산이나 해변에 가족과 같이 휴양한다면 이것을 싫다고 할 사람이 어디 있겠는가?

그런데 돈은 없고 휴가라는 제도만 생겨 가지고 철 모르는 애들은 "○○네는 어디로 가고 ××네는 어디로 온 가족이 휴가에 놀러 갔는데 우리도 가자"고 졸라댄다. 돈이 없어 갑의 가족은 아버지 휴가에 아무 데도 못 갔다.

여름방학이 지나고 개학이 되면 애들은 제가끔 어디 갔다 왔다고 자랑을 하는데 아무 데도 못 갔던 갑의 애는 자연히 열등감에 빠지게 된

**권순영(權純永)** _ 본적 서울. 1920년생. 경성법학전문학교 졸업. 서울지방법원 판사. 서울지방법원 소년부지원장. 미국무성 초청으로 미국 사법제도의 시찰 및 연구. 국제연합회 제2회 아세아 극동지역 범죄예방 및 범죄인 처우에 관한 회의에 한국 수석대표로 참석. 제9회 국제사회사업회의 참석. 사단법인 서울아동상담소장. 제12회 및 제13회 고등고시위원. 서울가정법원 수석부장판사. 일본가정법원 시찰. 변호사개업. 저서 《법창의 봄》,《버림받은 10대》,《형사정책》,《가사심판법》

다. 그래서 휴가는 돈 없는 아버지에게는 '노 땡큐' 다.

그뿐 아니라 어떤 지위에 있는 월급쟁이 아버지는 휴가의 가족여행 비를 어떤 사람에게 원조를 요청하거나 또는 일부 약삭빠른 업자들은 여비에 보태 쓰라고 자진 납부하는 경우도 있을 것이다. 이래서 휴가는 일부 월급생활자의 부패를 가져오기도 한다.

나도 이 휴가여행의 세풍에 따라서 개학 전인 8월 16일에 가까운 춘천에를 하루 다녀오기로 결정했다.

반도호텔 앞에서 떠나는 관광버스가 있다기에 큰 딸을 시켜서 차표를 사오도록 일렀다. 그랬더니 오후 6시 반에 떠나는 것 밖에 없다고 해서 바람도 쏘일 겸 내가 기차표를 살려고 여행사에 갔다.

도착한 시간은 8월 15일 오후 5시 20분이다.

"기차표 살 수 있습니까?"

"시간이 지났는데요."

"몇 시까지입니까?"

"다섯시까지입니다."

나는 기차 시간이나 알아 놓을려고 시간표 판을 보면서,

"저 시간표 맞는 것입니까?"

하고 지금까지 이야기하던 여자에게 묻고 있었는데 난데 없는 남자 목소리로

"오늘은 공휴일입니다. 일 안 봅니다."

나보고 어서 빨리 가라는 소리다. 오늘이 광복 20주년 기념일이라고 경축을 하는데 나는 무엇을 경축해야 좋은지 알 수가 없어졌다.

해방 전에 여행사에서 일인(日人)들은 기차표 사러 온 손님에게 이렇게 불친절하지 않았다. 같은 민족끼리 너무하지 않은가.

여행사가 국가기관이고 그 직원이 공무원이라면 나도 이해가 가겠

는데 여행사는 엄연히 영리를 목적으로 하며 여행자를 위해서 서비스하는 기관인데, 나의 슬픔과 분노는 좀처럼 가라앉지가 않았다.

미국에는 여행자 원조소(Traveler's Aid)가 있어서 여행자의 여비까지 빌려주고 있으며 이웃 나라 일본만 해도 시간의 제한 없이 집에서 여행사에 전화로 부탁하면 차표와 여관의 예약까지 해서 차표를 집에까지 배달해 준다.

이태리는 여행자가 호텔에서 여행사에 부탁하면 오페라 좌석까지 준비해 주고 관광버스가 호텔까지 와서 구경시켜 주고 다시 호텔까지 데려다 준다. 나는 외국의 이러한 꿈 같은 서비스를 우리나라에서 기대하도록 그렇게 어리석지는 않다. 그러나 최소한도로…….

"대단히 미안합니다. 표를 드렸으면 좋겠는데 시간이 지나서 드릴 수가 없습니다"라든지,

"문을 닫아야겠으니 미안하지만 돌아가 주시면 좋겠습니다."

정도의 회화는 오고 가야 할 것이 아니겠는가?

나는 이 불쾌한 것을 참기 위해서 맥주홀에 가서 달래고 집으로 돌아왔다. 고위층에게 이야기를 할까 하다가 참고 말았다. 이 취직난 시대에 어떤 젊은 여인이 해고 당한다면 그것도 내가 원치 않는 바이며 이 여인 한 사람만이 불친절한 것도 아니니까.

그 이튿날 두 시간 전에 성동역에 나갔으나 차표를 살 수 있을 것 같지가 않다. 그래서 본의 아니지만 '철도 정기승차증 전선 1등' 패스를 보이고 표를 석장 구했다.

돈이 있어도 백이 없으면 여행하기란 어렵구나 하고 느끼었다. 그래서 옛날부터 집 나가면 고생이라고 일렀나 보다. 이래서 즐거운 여행이란 외국어를 잘못 번역한 것이 아닌가 하는 생각이 든다.

# 각선미

權 純 永

19 60년 여름을 미국에서 지낸 일이 있다. 그곳의 여성들은 여름이 되면 '숏 팬츠'에다 가슴 부분만 가리는 옷을 걸치고 다닌다.

그런데 이상하게도 남자는 반바지도 법률로 금하고 있다는 것이다. 반바지를 입을 때에는 반드시 스타킹을 해야 한다는 것이다.

그래서 그곳의 법률가에게 그 이유를 알아보았다. 남자의 각부(脚部) 노출을 금하는 것은 남자의 다리는 털이 많이 나서 아름답지 않기 때문에 이의 노출을 금하고 여자의 육체는 아름답기 때문에 이의 노출을 법률에서 허용한다는 것이다.

그 이야기를 듣고 자세히 미국의 여성을 관찰하여 보았더니 육체가 아름답지 않은 여성은 노출을 하지 않고 육체미에 대해서 자신이 있는 여성일수록 그 노출의 정도가 정비례하는 것을 발견하였다.

'후버댐'이라고 불리우는 수력발전소를 갔던 일이 있다. 거기서 우리나라의 해수욕복의 정도로 몸이 노출된 두 여성을 만났다. 큰 용기를 내어, "사진을 찍어도 좋습니까?"하고 물어보았더니 의외로 그 여성들은 얼굴에 희색이 가득하며, "어떠한 '포즈'를 해 드릴까요?"하며, 도리어 나에게 반문하는 바람에 내가 무색해졌다.

흑인 여자들이 백인이 노출한다고 그것을 흉내내어 노출한 것을 보면 나의 미적 감각이 발달 안 되어서 그런지 그리 아름답게 느껴지지가 않는다.

그래서 몇몇 백인 여성에게 흑인 여성의 노출에 대한 의견을 들어보았더니 나와 동감이다.

이래서 미적 감각은 민족과 국가를 초월할 수 있구나, 하고 느꼈다.

그런데 요새 서울의 거리를 보면 짧은 스커트가 유행이라고 너나 할 것 없이 스커트의 길이가 짧다.

보기 싫은 무릎을 내놓고 뒤로는 시퍼런 힘줄이 보이는데 이는 아무리 동포애를 발휘하여 아름답게 보려고 노력하여도 아름답게 느끼지 못하는 것은 나뿐이 아닐 것이다.

이러다가는 각선미에 관한 '임시특별조치법' 이라도 만들어서 미운 다리는 노출을 금하는 법률이라도 제정해야 되겠다.

# 나는 벗이 없소이다
– 산정호수에 함께 갔던 그 여대생은 어디 있을까

金 鏡

**나**는 벗이 없소이다. 그립소이다. 빼앗겼소이다. 어렸을 때 정들 었던 벗들은 먼저 저세상으로 가기도 하고 또 살아 있대야 가 는 길과 취미가 다르니 접촉이 없고 그래서 벗이 그립소이다.

중학시절의 벗이란 지금 국회의원인 한태연(韓泰淵) 형, 예수교장로회 목사인 박성록(朴成祿) 형, 석공(石公)에 있는 김구성(金久聖) 형 등 모두 서울에서 호흡을 같이 하지만 가는 길과 직업이 달라서 만나기조차 안 되는 형편이외다.

대학시절의 벗이란 목사 신창균(申昌均), 조향록(趙香祿), 안병부(安炳釜), 김선용(金善溶), 심경국(沈經國), 시인 임인수(林仁洙) 형 등, 가끔 교제는 하지만(안 형은 해방 후 별로 접촉이 없던 채 고인이 되었고) 내가 목회를 안 하니 자연히 거리가 생기고 임인수(林仁洙) 형은 꾸준히 문학을 한다고 쏘아다

**김경(金鏡)** _ 충북 제천 출생. 조선신학교 졸업. 「삼남일보」 편집국장. 국립한국해양대학 전임강사. 국방부 편수관. 월간 『의회정치』지 발행인. 「국도신문」 편집국장. 「기독일보」 발행인. 청풍고등학원장. 산업논평신문사 편집국장. 맥아더교육재단 설립 대표. 맥아더중학교 이사장.

니나 어느덧 나는 일정시대에 습작을 하다가 내동댕이친 채 그것에는 문외한(門外漢)이 되었고, 심경국 형이 정치를 좀 한대서 어울리려다가 서로 불운(不運)한 채 제 갈 길들을 가고 있을 따름이외다. 그래서 나는 벗이 없소이다. 외롭소이다.

학교를 나온 뒤 사귄 사람들은 선후배간에 좀 있기는 하나 어쩐지 자연스럽지가 않고 의례적인 것이 꼭 외국인과 접촉하는 기분이외다.

작년 여름의 일이외다. 광화문 네거리 '용마관광' 에서 외톨이로 표를 사가지고 '산정호수' 로 갔었소이다. 무더운 삼복간이었다고 생각되는 어느 일요일이었소이다. 마침 그 차에는 남자대학생 한 분이 행복스럽게도 두 분의 여대생과 삼인동행이었소이다. 그 중 여대생 한 분이 나와 나란히 자리를 하게 되어 뜻밖에 좋은 벗이 되었소이다. 우리는 차중에서 한패거리의 짝이 되어 노래자랑, 수수께끼 등을 하면서 꼬박 인기를 독점하다시피 했고, 그래서 나는 매우 상쾌한 하루를 보냈소이다. 차가 종착지에 거의 가서 마침 홍수가 지나간 뒤라 길들이 엉망이라고 하차 보행명령이 내려 '이제부터 나는 혼자 가야지' 마음 먹고 바쁜 갈 길을 옮기노라니 그들은 나를 부르며 "혼자 오셨으면 끝까지 일행이 되자"고 하여 나는 따뜻한 그들의 호의를 받으면서 몇 번이고 마음 속으로 고마워 하였소이다.

'세상엔 아직도 인정이 남아 있구나' 하는 생각에 가슴이 흐뭇하였소이다. 그날 될 수만 있으면 나는 그들의 예정된 스케줄이 허물어지지 않도록 슬슬 피해 보기로 하였으나 그들은 외로운 이 아저씨를 친척과 같이 돌봐주려고 신경을 썼소이다. '포도' 도 갖다주고 사과와 과자도 갖다주며 심지어 도시락까지 내어주었소이다. 그뿐이랴, 사진도 함께 찍어주고 또 독사진도 찍어주어서 나는 그때로부터 1년이 흘러간 지금까지 그것을 몸에 지니고 있소이다.

여기는 청주 지금 외로운 여관방에서 밤 12시 10분을 가리키는 시계를 바라다보면서 나의 외로운 생애 중에서 가장 즐거웠던 날의 하루였던 그날의 젊은 대학생들을 회생함이 또한 벗을 그리는 적막이 아니리까. 그들은 "다음에 또 함께 가주서요" "네, 연락해 주어요" 하고 헤어졌지만 그것이 마지막, 다시는 그들과 만나지 못하였소이다.

혹 어느 거리에서, 차중에서 그들의 모습이 나타나지 않을까, 초조히 찾아본 것도 한두 번이 아니었소이다. 이름도 모르는 그들, 어느 날 나의 일터에 산정호수의 기념사진을 맡기고 갔다는 대학생을 다시 기다렸지만 그는 영영 나타나지 않았소이다. 이젠 '남방' 의 계절이외다. 뭇 사람들은 쌍쌍이 산으로 들로 바다로 가고 있소이다.

너무도 실생활본위랄까, 나의 가족은 어머님까지 7명이지만 거처는 네 군데로 분산되고 있어 모두들 제각기 떨어져 사는 짐승과 같소이다. 즉 어머님은 서울 삼각산 기도원, 아내와 귀여운 꼬마는 충북에서 나의 학교를 맡아보아야 되고, 큰 아이들은 서울에서 학교를 다녀야 하고, 나는 나대로 일거리 때문에 돌아다녀야 하니 말이외다. 하필이면 성미가 고약하고 못나서 남들이 안 하는 일만 골라서 한다는 배짱 때문에 지금껏 일은 죽도록 하구도 출세나 성공을 못하는 주제가 아니외까.

올해는 '일하는 해' 라 정부의 방침도 서 있지만 정부는 명령과 자금을 투입하고 하는데 나는 '무에서 유를 창조한다' 는 신념만으로 이 하루를 보내고 시일을 또한 맞아야 하외다. 이런 어처구니 없고 요즈음 세상으로 보아 '정신 빠진 자' 에게 어디서 무슨 친구가 찾아오겠소이까. 꼭 얼빠진 등신 같지 않소이까.

정부에서도 외면하고 있는 한국해방의 은인이요, 6.25동란중 우리 민족을 구출하여 주신 만고의 은인 '맥아더 장군' 기념사업을 혼자서라도 기어이 한다고 기염(氣焰)을 토하고 있으니 말씀이외다.

나는 벗이 없소이다. 외롭소이다. 이것이 우리 사회이고 너무도 당연한 일이외다. 왜냐고요. 개와 도야지가 더 많으니까 말씀이외다.

어디에 누가 나의 참벗이 되어주실 분은 없소이까. 산정호수의 그 여대생과 같이 말씀이외다. "선생님은 고독을 즐기시나 봐요." 홀로 벤치에 앉은 나에게 지금도 울려오는 저 목소리와 같은…, 그런 위로가 또 듣고 싶소이다. 도란도란 말씀이외다.

# 신권이양(神權移讓)

– 우주정복 · 산아제한 · 성개방

金 鏡

**꿈**과 신비에만 쌓여있던 월세계로 인간의 지혜가 육박해가고 있다. 미국과 소련 두 나라가 앞을 다투어 로케트를 날리고 있는 것은 21세기의 문턱 밑에서 이룩된 인류역사상 가장 큰 일거리의 하나이며, 미처 다음 세기에 들어가기 전인 1970년대에 인간의 육체를 달나라에 착륙시킬 계획이 진행되고 있다고 한다.

이리 되면 인간의 세계는 지구에서 끊기는 것이 아니고 우주로 확대되는 것이며 그렇게 우리의 무대가 넓어진다면 지상에서 아욱바욱 싸우던 일이 우습게만 보여질 수도 있는 것이다.

박정희 대통령이 이번 미국을 방문하는 동안 '우주센터'까지 구경하고 돌아오게 된 것은 세계인으로서의 그의 심도를 높이는 좋은 기회였다고 생각하면서 나는 문득 5.16 혁명과 함께 주창되어 오던 산아제한론이 다소나마 쑥스럽게 되었다는 느낌마저 들었다. 그건 두 말할 것도 없이 우주의 정복자인 인간의 두뇌가 확대되어 가는 인간의 세계 즉 천체중에서 인간의 새로운 대륙을 발견하게 되리라는 것을 아슴프렷이나마 기대를 걸게 되었기 때문이며, 그와 아울러 인간은 그들의 대륙 어디서든지 영양소를 찾아낼 것이라는 확신에서다. 더욱 이러한 전망은 태초에 신이 창조하신 '에덴' 동산은 일하지도 심지도 않고 충분히 먹고 살 수 있었던 세계였었음으로 하여 믿게 되는 일이기도 하다.

그러므로 인간들은 현재의 인구나 그의 '팽창' 을 겁내어 산아제한에 핏대를 올리기보다는 자연적 생산현상에 알맞게끔 인공적인 영양수단을 잘 쓰면 될 것이다. 역시 여기도 그 좋은 머리를 쓰면 될 것이 아니겠는가. 일부에서는 예전에 미처 볼 수도 생각할 수도 없었던 미혼 남녀들의 성개방이 유행되는가 하면 한편에서는 기혼자들이 산아제한의 구령에 겁을 집어 먹고 부부가 서로 경원거처해야 되며 마침 이런 경향은 외도라는 사회풍조를 조성하게끔 되고 말았으니…….

때는 바야흐로 성교유행시대(性交流行時代)로 전락 아닌 비약을 불러왔다고 하겠다. 더욱 성개방에 있어서는 최근 '스칸디나비아' 여러 나라에서 가장 심하게 유행된다고 들려오고 있으니 그곳은 100% 가까운 기독교 국가라는 점에 비추어 죄의식마저 신앙열에 녹아 버린 탓인지는 모르되 결국 그들은 신의 심판을 부정하고 하는 짓인지, 아니면 신권(神權)은 이제 이미 인간에게 이양됐다고 믿고 하는 일들인지 분간하기가 매우 어렵다. 가령 신권이 인간에게 이양되었다면 빈부귀천은 물론 생사의 권력도 모두 이양되었다고 할 것이니 앞으로 신권을 이양 받은 인간들의 우쭐대는 꼬라지 또한 장권일 게 아닌가.

여하튼 두고 보면 알겠지만 20세기가 다 가기 전에 해결지어야 할 문제중 가장 위대하고도 당면한 문제는 신권을 이양 받는 일이라 하겠다. 그게 돼야 우주의 정복, 원죄의 탈피, 부활, 영생 등 모든 난문제가 해결되겠으니 말이다. '아담' 과 '이브' 가 지은 원죄로 말미암아 적어도 6천년 이상을 인간은 처형되어 왔다. 온갖 질병과 기아(飢餓)와 전쟁과 사형의 중벌을 받아왔으니 자비하신 신도 지금쯤은 인간을 그들의 원죄에서 해방시켜 줄 만도 하게 되지 않았겠는가.

# 건망증유감

金白峰

퍽 오래 된 일이라서 그대로 옮길 수는 없어도 '내가 건망증(健忘症)이란 미덕을 지녔으니 망정이지 그렇지 못했다면 한 번씩 써먹은 전화번호만으로도 내 골통은 동강이가 났을 것이다' 라는 어느 희극의 한 장면을 보고 그 순간은 배꼽을 잡고 웃느라 별 생각을 못했지만 극장을 나오면서 다시 한 번 되새겨 보니 무엇인가 범할 수 없는 어떤 진리가 담겨 있는 것처럼 느꼈었다.

행여나 잊어먹고 시험을 잡칠세라, 머리를 조아리고 눈을 부비며 외우고 또 외우는 수험생이 있는가 하면 불행했던 과거지사를 잊을래야 잊을 수 없어 끝내는 스스로의 목숨마저 끊어버린 가련한 인생도 있다. 이러고 보니 '망각(忘却)' 이란 때로 행복의 새암도 되고 때론 불행의 씨앗도 되나 보다.

**김백봉(金白峰)** _ 평남 평양 삼교리 출생(1927년). 일본 송은고녀(松隱高女) 졸업. 무용가. 최승희무용단 제1무용수 겸 상임안무가. 한국무용가협회 간사. 문총 중앙위원. 서라벌예술대학 강사. 수도여자사범대학 강사. 경희대학교 부교수.

건망증이란 신경계(神經系) 질환(疾患)의 시기적 증세라고 한 어느 광고를 보고 짓궂은 감정에 잠겼던 일도 있지만 망각은 또 나로 하여금 오늘의 행복을 누릴 수 있는 좋은 주춧돌이 되어 주기도 했다. 저 고통스러웠던 평양에서의 몇 년 전 그 속에서의 얽히고 설켰던 가지가지의 제일 불쾌한 사건들을 내가 잊을 수 없었다면 '지금쯤……' 하고 가끔 망각의 고마움을 느껴 보는 것이다.

대부분의 경우 사람이란 잊어야 할 것, 해서는 아니 될 것을 본능적으로 분간할 줄 아는 재산을 지니고 태어났나 보다. 그런데 이 '건망의 효율성(效率性)' 이 이제는 개인보다 정치 사회면에 보다 유효하게 활용되고 있는 것 같다.

한일협정 비준에 관한 시비만 보더라도 '원한일랑 잊어버리고 대국적인 견지에서 친해져야 한다' 는 주장과 '뼈에 사무친 원한을 상당한 대가도 없이 어찌 잊을 수 있겠느냐' 는 주장이 서로 맞서 어수선한 분위기를 자아내고 있지만 정치엔 백지나 다름없는 나로선 어느 쪽이 국민 이익에 부합되는 것인지 식별할 능력은 없고 오직 앞으로 나타날 정치, 경제, 문화, 전반에 걸친 물리적 실증(實證)에 기대할 수밖에 없다.

그러나 요즈음 마침 유행어처럼 수시로 튀어나오는 항구적(恒久的) 대책이란 술어엔 적지아니 신경을 곤두세우게 된다. 물난리가 나도 '항구적 대책' 밀수가 성행돼도 '항구적 대책' 이런 일 저런 일에 이 말은 되풀이 되지만 이렇다한 두드러진 성과를 보지 못하는 것이 안타깝기만 하다.

한수해(旱水害)를 직접 입은 동포들의 처참한 신변에 비긴다면 행여나 또 물가가 뛰지 않나 하는 걱정쯤은 '태평 속에 넋두리' 격이겠지만 살림을 이어가자니 이런 걱정도 때론 심각한 것이 되는 것이다. 그래서 그 '항구적 대책' 이란 것에 기대를 걸어보는 것이지만 뉴스 프래쉬의 그늘 뒤로 사라지기만 하면 뒷 소식은 전혀 알 길이 없어지고 해마다 주기적으로 같은 난리를 겪고 나야만 또 다시 떠들썩해지는 것이다.

대책이란 것이 모르는 소견에도 숭늉 마시듯 손쉬운 것이 아니라는 것 쯤은 이해가 되지만 수해방지가 산림녹화에서 이루어진다는 데 '인간송충' 이란 게 등장해도 이 망국족(亡國族)에 따끔한 일침이 가해졌다는 말을 들어보지 못했으니 건망증도 이 정도 되면 중환이다.

이런 증세는 하루 속히 치료해야 할 것이 아니겠는가.

# 인간의 성사(性史)

金思達

우리 인류가 문명사회를 이룩하기까지에는 갖가지 형태의 탈바꿈이 있었다. 우선 먼저 친족끼리 선물을 주고 받음으로써 그 답례로 식생활을 보장하고 성의 교환 즉 결혼도 그러한 연결에서 행하며 인간 최초의 사회를 이루어 왔다. 인류는 다시 친족끼리의 선물제도의 범위를 넓히어 온갖 사회관계의 루트를 개척하고 그에 따라 족외혼(族外婚)을 하기에 이르렀다.

한편 이러한 사회관계의 짜임을 무너뜨리지 않기 위해서 여러 가지 협조의 친목형태를 만들어 오늘날의 문명사회의 기반을 닦았다. 이러한 모습을 이른바 원시 공유제라고 할 수 있다. 그리하여 인류는 사회관계의 선물제도의 짜임에 따라 생산력을 증대하고 물건을 거래하고

**김사달(金思達)** _ 충북 괴산 출생. 호 휘봉(輝峯). 교원시험 합격. 대학검정시험 합격. 대학원 수료. 일본 녹도(鹿島)국립대학에서 의학박사 학위 수령. 국립보건원 의무관. 문교부 국정교과용 도서편찬 심의위원. 『최신의학』지 편집인 · 「의사신문」 편집인. 대한민국 제1회 체육연구상 수상. 수도의과대학 및 중앙대학교 강사. 문교부 체육심의위원. 대한체육회 우수선수훈련단 지도위원. 박애의원 원장. 저서 《한영독의학사전》, 《해부학도보》, 《건강교육》, 《고등학교용 보건위생교과서》, 《생물도감》, 《건강의 조건》, 《가족계획》, 《위장병 신료법》, 수필집 《소의락수》 등 외 수편.

물건의 값이 확실해지면 이번에는 값이 있는 물건과 물건의 교환 즉 물교경제(物交經濟)를 하게 되었다.

여기에서 원시화폐가 생기고 드디어 인류는 교육경제의 단계에 들어간 것이다. 이 물교나 교역의 루트 위에 올라 민족의 이동도 심하게 행해졌다. 그리고 화폐경제의 산물로서 협조를 토대로 한 원시적인 금융기관이 생기고 인간의 새로운 경제의식이 새로운 법의식(法意識)을 불러 일으켰다.

이렇게 해서 인간의 사회는 경제의 하부구조를 공고히 하면서 더 한층 높은 문명의 계층을 오르게 된 것이다. 사회학자나 역사학자에 의하면 인류에는 선천적으로 사회적 본능이나 상호부조의 정신이 있어서 이미 원인시대(猿人時代)부터 커다란 집단을 만들어 서로가 협조한 것으로 되어 있다. 다시 말하면 인류의 집단은 원래가 처음부터 경제집단이었다는 것이다. 그러나 이것이 과연 옳은 말일까?

포유동물에는 따로 인간처럼 식물을 교환해서 협조하는 일은 없다. 그래서 포유동물이 이루는 집단은 경제집단이나 사회집단이 아니고 오로지 발정에서 일어나는 성집단이랄 수밖에 없는 것이다. 원숭이의 사회집단도 별로 사회적 본능이나 상호부조의 표현이 아니라 어디까지나 생식(生殖)을 목적으로 한 성집단의 영속한 형태에 불과한 것이다.

이와 같이 우리들 인간도 원인시대에는 1년에 몇 번씩 밖에 일어나지 않는 발정기에 생식을 목적으로 성집단을 이루었으리라는 것은 상상하기에 족한 것이다. 따라서 이렇게 생각하면 인류의 집단이 일종의 성집단이었던 시대에는 근친이 뒤섞인 성관계가 일어났다고 해도 별로 부정할 만한 반증이 없다. 다만 인류의 이러한 성관계를 곧 집단혼이라고 단정할 수는 없다.

이러한 성집단은 '호머' '싸피엔스' 이전의 훨씬 먼 옛날 일로써 오늘날 가장 미개한 상태에 머물러 있는 오스트레일리아의 원주민 사이에서도 이처럼 혼잡한 성관계는 찾아볼 수 없는 것이다. 이것은 오히려 인류의 결혼 이전의 소위 교미시대의 상태였다고 해도 좋을 것이다.

　역사적으로 보면 성집단에서 집단혼(集團婚)으로 또는 통근혼(通勤婚), 봉사혼, 시험혼 등의 단계를 거쳐 오늘날에 이른 것이다. 인간이 동물과 구별되는 유일한 특징은 만물의 영장으로서의 지(知) 정(情) 의(意)를 겸전했다는 것이요, 성주기와 성욕이 고도로 진화했다는 데 있는 것이라 하겠다.

# 스태미너

金 思 達

나는 작년 초여름 어느 날 저녁에 L군의 초대를 받은 일이 있었다. 그를 따라서 시내 다동 뒷골목에 자리잡고 있는 낯선 음식점엘 갔다. L군은 방에 들어앉자마자 다짜고짜로 "여보 주인댁 '왕왕탕' 특배기로 두 그릇에 안주 한 접시 그리고 소주를 반 되" 하고 청하는 것이다. 이윽고 주인댁은 연기가 자욱한 불빛 밑에서 옹기 그릇에 김이 무럭무럭 나는 설렁탕 두 그릇을 정성스러이 받쳐 들고 안주와 소주를 우리 앞에 놓아준다. 주인댁의 어수룩한 차림새나 음식점의 시설이 다소 비위생적이어서 기분이 개운치 않았으나 대접을 받는 나로서는 그따위 청탁(淸濁)을 가릴 처지가 아니어서 그가 권하는 대로 우선 소주 몇 잔에 배창자를 적시고 안주를 몇 점 집어먹으니 약간의 시장끼가 곁들였던 참이라 거나하게 취기(醉氣)가 돌고 제법 구미(口味)가 돈다.

설렁탕 그릇을 당겨 놓고 몇 숟갈 떠 보니 맛이 보통 설렁탕이 아니라 글자 그대로 진미(珍味)였던 것이다. 그래서 특별히 '왕왕 설렁탕' 이라고 하는 것인가 하고 생각을 하며 순식간에 한 그릇을 비우고 나니 입에서는 야릇한 비린내가 나는 것이다. 그제서야 나는 그 맛있는 왕왕탕이라는 것이 설렁탕이 아니라 개고기국인 보신탕이라는 것을 알고 기겁을 한 일이 있었다.

이리하여 나는 생후 처음으로 개고기라는 것을 먹어 본 것이다. 예부터 우리집의 가헌(家憲)에 개고기를 먹어서는 안 된다는 계율(戒律)이 있다. 그것은 우리 집안에서 철저한 불교를 믿은 영향 때문이다. 나는 무슨 음식이고 간에 가리는 것이 없을 뿐더러 노래기 회를 먹는다 해도 끄떡 않는 비위가 있지만 개고기만은 절대로 먹어서는 아니 된다는 것이 한갓 숙명처럼 되어 있었다. 그런데 그 짓궂은 친구의 부질없는 장난으로 그 계율을 파계(破戒)하고 만 것이다.

음식을 먹고 마시는 범절이 필요 없다는 것은 아니겠지만 불교를 믿는다 하여 보신탕을 먹어서는 안 된다는 법은 없으리라고 본다.

보신탕이란 글자 그대로 몸을 보호하는 고기국의 이름인데 소위 개고기국을 지칭하는 것이다.

생각컨대 보신탕이란 말에는 두 가지 뜻이 있는 것이라고 한다. 그 하나는 보하는 음식이나 약을 먹어 몸을 보한다는 '보신(補身)'이 있고 하나는 이른바 정력(精力)을 북돋는 '보신(補腎 = invigoration by taking tonics)'의 두 가지 뜻이었다. 즉 보신탕이란 몸을 보호할 뿐만 아니라 '스태미너'도 북돋을 수 있는 것을 의미한다. 그렇다면 여러 가지 고깃국, 이를테면 곰탕, 설렁탕, 꼬리곰탕, 육개장, 곰국 등을 통털어 보신탕이랄 수가 있겠는데 유독 개고기국을 보신탕이라고 하는 것은 우스운 일이다.

옛날 중국의 한시(漢詩)에 다음과 같은 글이 있는 것을 기억한다. '비조진이면 양궁장이나 고토사면 주구팽이라(飛鳥盡 良弓藏 孤兔死走狗烹).' 이 글은, 사냥을 하는데 새가 날아 달아나면 좋은 활은 간수해 두지만 토끼를 쫓다가 토끼가 죽으면 사냥개는 그 공도 없이 삶아 먹어 버린다는 뜻이다. 이것은 곧 세상 인심의 무정함을 비유한 글이다. 이 글을 보더라도 옛날 중국에서 개고기를 즐겨 먹었던 것을 알 수 있는 것이다.

개고기를 식용으로 하는 민족은 우리 한국을 비롯하여 중국, 태국, 월남 등 동양 민족의 대부분이지만 육식(肉食)을 위주로 하는 구라파 사람들은 이렇듯 개를 잡아 먹는 일은 거의 없다는 것이다.

우리나라 사람들은 특수한 경우를 제외하고는 개고기를 호식하는데 특히 병약자에게는 곰국으로 고아서 먹이는 것이 하나의 관습처럼 되어 왔다. 개는 영특한 동물일 뿐 아니라 사람에게는 충성을 다하는 동물이다. 견마지공(犬馬之功)이라는 말이 있듯이 어떤 면에서는 미련하고 흉칙한 사이비 인간보다도 오히려 월등히 제구실을 다하는 영리한 동물이다. 그 주인이 사경에 이르렀을 때에 그 죽음을 대신한 일이라던가, 또는 제 주인의 목숨을 구하기 위해 눈물겨운 고투를 하여 그예 살려낸 일 등, 그 일화(逸話)는 얼마든지 있는 것이다. 그러한 개를 때려잡아 먹는다는 것은 잔인하고 무자비한 일이 아닐 수 없다.

흔히들 개고기를 정력제라고 한다. 즉 양기가 좋아진다는 것이다. 그것은 거의 어김이 없는 말이다. 그러나 개고기뿐이 아니라 모든 육류는 정력제일 수 있는 것이다. 그러나 비단 개고기뿐이 아니라 모든 육류는 보양제요 정력제일 수 있는 것이다. 다만 개고기는 사람과 거의 같은 식성으로 음식물을 섭취한다고 볼 수 있으므로 다른 동물의 고기보다 단백질의 역가가 높다고 할 수 있는 것이다. 무릇 양기가 좋다는 것은 곧 '섹스' 의 '스태미너' 가 강하다는 뜻인데 현대 생화학(生化學)의 견지에서는 동물성 단백질의 섭취량에 비례한다는 것이 한갓 정설(定說)이 되어 있는 것이다. 즉 양기가 왕성해지고 힘이 세어지려면 육류 즉 동물성 단백질을 충분히 섭취하면 된다는 이야기다.

세상에는 흔히 정력절륜가(精力絶倫家)의 일화가 있는데 그 정체를 파고들면 한결같이 동물성 단백질의 대식가(大食家)라는 것을 알 수 있는 것이다. 이 밖에도 소위 정력제니 보양제라 하면 여러 가지가 있는데 이를테면 거세하여 꺼낸 소나 말의 고환(睾丸)이나 산돼지(멧돼지)의 고환을 생으로 얇게 썰어 초고추장에 찍어 먹으면 양기에 좋고 살모사의 피나 살모사 담근 술, 구기자나무의 열매, 비자나무의 열매, 오리의 골 구바니(앵두 같은 열매)에는 정체불명의 특수한 강정물질이 들어 있다고 한다. 이와 같은 것의 효과는 있다손치더라도 그것을 영속적으로 장복을 못하는 한, 일시적인 것에 지나지 않는다. 우리들의 신체는 그와 같은 특수한 작용에 대하여 처음에는 비교적 민감(敏感)할 수도 있으나 얼마 가지 않아서 곧 습관화하여 거의 불감증이 되어 버리고 마는 것이다. 따라서 양기는 북돋우는 데 무엇보다도 필요한 것은 영양, 특히 동물성 단백질이 그 으뜸인 것이라 하겠다.

# 최 과장네 카나리아

金 安 在

월여(月餘) 전에 나는 친구 몇 사람과 더불어 최 과장네 집 특제 만 둣국을 시식하러 그의 집을 방문한 일이 있었다. 소위 사랑방이라는 곳에 들어서니 케케묵은 일제 전축이라든가 흔히 종로 야시장에서 보는 그림— 홍백 장미를 곱게 그린 유화 한 점, 아랫목에 놓인 새장 두 개, 방 한복판에 자리잡은 거무틱틱한 화로 한 개, 가난한 월급생활을 하면서도 억지로 과장의 체면을 차려 보려는 듯한 면이 눈에 띄었다.

그러나 나는 비상한 관심을 그 사랑방에서 찾아냈다. 이윽고 술잔이 서로 오락가락하자 나는 드디어 나의 관심사를 털어놓고야 말았다.

"저 새는 카나리아죠?"

"네 그렇습니다. 아주 잘 울어요."

**김안재(金安在)** _ 본적 서울. 호 소정(小晶). 일본 주오(中央)대학 법학부 졸업. 한국식산은행에 입행(현재 한국산업은행). 한국산업은행 비서실장, 동 농림금융부장, 동 자금부장, 동 은행조사부장, 동 영업부장, 동 은행 감사. 1년간 AID기술원조계획에 의한 금융제도연구차 도미. 한국산업은행 이사. 저서 단편집《청초 속에서》, 창작집《애정》

"그런데 왜 저렇게 따로 따로 한 마리씩 가두어 둡니까?"

봄이 오면 부산에 있는 친구가 카나리아를 시험삼아 키워보라고 한 쌍 주겠다는 약속을 받았기에 더욱 캐물었다. 최 과장은 이 질문에 대해서 장설을 늘어놓았다. 자기는 무척 새를 좋아할 뿐만 아니라 그중에서도 특히 카나리아의 우는 소리를 들으면 때때로 무아의 경으로 들어가곤 한다는 것이다. 그래서 다소 무리를 해서 카나리아 한 쌍을 사왔더니 통 울지를 않기에 새장사한테 달려가서 그 사유를 알아본 즉 숫놈과 암놈을 별거시켜야만 숫놈이 운다는 것을 비로소 알았다는 것이다. 그때 마침 '쪼루루' 하는 소리가 났다.

"저것 보세요. 김 부장님 얼마나 소리가 듣기 좋습니까. 저 소리는 나는 너를 한없이 그리워한다는 뜻이래요."

최 과장은 바른편에 갇힌 숫놈을 가리키며 자랑했다. 나는 그 말에 술맛이 딱 떨어졌다.

당장 그 새 두 마리를 한 데 넣어서 기르라고 명령하고 싶었다. 그러나 나는 꿀꺽 참아야 했다. 이곳은 나의 직장이 아닐 뿐더러 또한 이런 상태는 남의 사생활의 일부임을 나는 곧 인식해야 했기 때문이다.

나는 새삼스럽게 이 세상에서 완상용으로 갇혀 있는 새들이 얼마나 불쌍한 존재이며 그중에서도 카나리아의 별거생활을 연상해 보니 가슴이 아련하기 짝이 없었다.

며칠 후 나는 최 과장을 내 사무실로 불렀다. 나는 최 과장에게 카나리아의 동거생활을 간곡히 권해 보았다. 마치 미약한 거래선이 은행에와서 대부를 간청하듯이…. 최 과장은 응하지 않았다.

그것은 자기의 취미를 버리라는 것과 같다고 답변하였다. 예기했던 대답이다. 허나 왜 그런지 섭섭하기 짝이 없었다.

그 후부터 나는 은행 사무처리 관계로 가끔 최 과장을 만나면 의례

이, "댁의 카나리아 잘 자랍니까?" 하고 물으면 그는 "네 아주 잘 울어요" 하고 대답했다. 나는 요즈음에 와서는 최 과장네 카나리아에 대한 인사마저 그만두기로 했다. 왜 그러냐 하면 잘 자라느냐고 물으면 항상 잘 운다고 대답하는 말이 몹시 듣기 싫었기 때문이다.

그러던 것이 어제 나는 뜻하지 않은 비보를 들었다.

토요일이라 은행직원들은 홍겹게 점심을 마치고 식당에서 나오는데 나는 그 입구에서 허둥지둥 오버코트를 들고 나오는 최 과장을 만났다.

"어딜 그리 급하게 가슈?"

"아니 글쎄 김 부장님, 카나리아 숫놈이 어제 죽지 않았어요. 그래서 딴 숫놈을 또 한 마리 구하러 가는 길이죠."

"얼어서 죽지 않았어요?"

"천만에요. 우리집 방 아랫목에서 나하고 같이 자는 걸요."

나는 이왕 죽었으면 동사(凍死)를 바랐던 것이다. 필경 베니아판 한 장을 두고 서로 떨어져 사는 암놈이 그리워 울며 불며 하다가 애가 타서 죽었으리라 하고 생각하니 남의 비명(悲鳴)만을 듣고 그것을 즐기던 최 과장의 낯짝이 더욱 밉기 짝이 없었다.

쓸쓸한 토요일의 밤이 아닐 수 없었다. 나는 죽어버린 최 과장네 카나리아가 지금쯤은 영하 18°라는 추위에 돌같이 딱딱 굳어져서 쓰레기통 속에 내동댕이쳐져 있을 것을 눈에 그려 보았다. 그 순간 나는 부산에 있는 친구에게 붓을 들었다.

'……봄이 오면 꼭 보내주시겠다던 카나리아 한 쌍은 사정에 의해서 안 기르기로 하였으니 그리 아시고 딴 친구에게나 분양하여 주십시오……'

# 학식과 티백

金安在

차(茶) 값도 없이 다방을 들어간 적은 없었지만 꼭 한잔 값 정도의 돈을 넣고 차를 마시러 갔던 일은 간혹 있었다. 그럴 때마다 이상하게도 차맛이 더 있었고 다 마시고 나면 한 잔 더 먹었으면 하는 충동을 느끼는 적이 한두 번이 아니었다. 그래서 일전에는 하는 수 없이 레지더러 뜨거운 물과 설탕을 좀더 덤으로 달래서 건져놓았던 홍차 '티백'을 다시 넣어서 한참 동안이나 울궈가지고 쭉 마셔 보았다. 마시고나니 안 마신 것보다는 한결 기분이 좋았다.

허나 킬킬대는 레지의 웃음 소리를 듣는 순간 나는 '앗차' 하고 얼굴 빛이 다홍색으로 변했다. 쑥스럽기 짝이 없었다.

"두 잔 값이 없으면 한 잔만 마실 것이지 하고……."

그 뒤 나의 괴로움은 그러한 순간적인 수치로 끝나지를 않았다. 나의 학식이 마치 한 번 아니 몇 번일는지 모른다. 울궈 먹은 '티백'처럼 하등의 새로운 학식을 넣지도 못한 채 그냥 매일같이 울궈 먹기만 하기 때문이다. 비록 대학까지는 졸업했다손 치더라도 그것은 벌써 옛날의 것이다. 그것을 가지고 지금도 버젓이 써먹고 있는 내가 아닌가? 건져 놓았던 '티백'을 수없이 또 다시 울궈 먹는 것과 무엇이 다르단 말인가? 차다운 차를 마시려면 항상 새로운 '티백'을 사용한다든가 그렇지 못하면 백을 풀어서 그 속에 티를 좀 더 보태야 할 것이다.

그와 마찬가지로 학식다운 학식을 가지려면 부단히 새로운 것을 가져야 함에도 불구하고 손톱만큼 배운 것을 미끼로 삼아 나는 현재도 내 입을 통해서 지껄이고 내 붓에 기대어 발표를 하는 것이 얼마나 부끄러운 노릇이냐 말이다.

그러므로 찻값이 한 잔 값 밖에 안 되면 두 잔이 먹고 싶어도 추후로는 한 잔만 마셔야겠다고 결심하듯이 나의 학식의 '티백'에 좀더 새롭고 자신 있는 '티'를 더 넣지 못하는 이상 나는 지껄이지도 말고 쓰지도 않아야겠다.

'다방 레지' 한 분이 킬킬대는 조소는 겨우 참을 수 있을는지는 모르나 내가 존경하는 선후배들이 비웃는 쓴웃음이야 내 어찌 감당하리오.

# 딸과 어머니

金玉吉

며칠 전 우리 집안에 경사가 있었다. 어머니께서 외손녀를 보신 것이다. 3남매를 낳아 기르셨어도 여지껏 새로운 혼사나 출생이 없었던 집안에 연전(年前)에야 막내동생이 처음으로 시집을 갔다. 보내는 마음에서 서운하고 불안하면서도 대견한 생각에 큰 일을 치르는 홍분 속에서도 꽤 깊은 감동으로 축복을 보내던 것도 어제 같다.

그때의 설레임과 긴장이 채 가시지도 않은 지금 이번에는 새 생명의 탄생이다. 옛말에 "사람 사는 집에서 나야 하는 소리로, 첫째는 아이 울음소리요, 둘째는 글 읽는 소리, 셋째는 베 짜는 소리"라는 말이 있다. 과연 옛 사람다운 예기이나 새삼스러운 대로 수긍이 가고 옳게 여겨진다.

아기 울음소리가 나기까지에는, 집안에 얼마나 많은 일과, 얘기와,

**김옥길(金玉吉)** _ 평남 출생(1921년). 미국 오하이오 웨슬레안대학 졸업. 문학박사 학위획득. 이화여자대학교 교수. 이화여자대학교 대학원장. 이화여자대학교 총장.

기대와, 불안과, 흥분과, 기쁨이 엇갈릴 것인가. 인간의 감정, 희비애락(喜悲哀樂)이 그 가운데 있고 사람 사는 재미가 그런 거라고 느껴진다.

지난번 동생이 해산기를 느끼면서부터 우리 집안에 불어온 흥그러운 기대와 초조한 불안이나 바람 같은 것도 결국 그 범주에서 벗어나지 못하는 얘기이나, 내게는 많은 생각을 불러 일으켜 준 큰 일이었다.

입원한 동생이 나흘 동안이나 참으며 겪은 진통 끝에 난산으로 딸아이를 얻었다. 어찌 내 동생뿐이랴. 많은 산모가 분만실에서 땀을 흘리며 참고 이겨내며 아기를 낳는 것임을 안다. 그와 같이, 또 분명하게 느낀 것은 그 아픔과 분만을 같이 아파하고 불안해 하며 옆에서 눈물지으며 지켜보는 사람은 어느 산모에게나 다 친정어머니라는 것이다. 낳아주시고, 길러 주시고 또 낳는 아픔과 불안을 동무해 주시는 어머니. 분만실 밖의 초조한 친정 어머니들은, 합장하고 혹은 고개를 숙이고 눈물지으며 순산(順産)을 기다린다. 그때만은 딸이건 아들이건 어서 속히 낳아주고 내 딸이 무사하기만 비는 것이다. 지난날 그 딸을 낳고, 사랑과 정성으로 키워 시집 보낸 어머니들이다.

우리 어머님도 그 분들 중의 하나. 건강이 좋지 못하신 데도 불구하고 그 막내딸이 입원을 하는 날 그와 함께 입원을 하신 셈이다. 그 나흘 동안 동대문에 있는 이대부속병원과 집이 있는 신촌 사이를 저물도록 내왕하시면서 산모가 필요로 하는 것들을 나르고 시중들고 하셨다. 자신의 괴로움도 잊고 오직 조심스럽고 기쁘신 얼굴로. 그것은 모든 어머니의 얼굴이었다.


편모슬하의 신부는 시아버지에게 '아버지' 라 불러보고 그 사랑을 기대한다. 그러나 역시 시아버지는 시아버지, 결코 내 아버지가 되어주지는 않음을 깨닫고는 우울한 심경이 되기도 하고, 어머니 없이 자란 신부 역시 어머니와의 벽을 헐지 못해 사랑받지 못하는 번민에 쌓이는 것을 본다.

우리들 머릿속에 잠재하고 있는 고부간의 상식화된 갈등이 조상으로부터 물려받은 정신적 유산이라면 참으로 버리고 싶은 유산이다.

사람과 사람 사이의 감정처럼 미묘한 것은 없다. 하찮은 한 마디의 말, 하나의 행동이 사랑과 미움의 씨가 된다. 새 살림에서의 마음의 자세는 항상 흔들리고 있는 출발시의 배와 같다. 여기에서 딸에 대한 친정 부모의 지나친 애정이나 간섭은 시부모가 손을 내밀 사이를 주지 않아, 위축(萎縮)된 채 내 며느리를 남의 딸로만 보게 한다. 사랑해 주실 기회를 시부모께 드리고, 며느리는 주위들은 편견이나 선입감을 버려야 하겠다. 시부모는 군주가 아니고 부모이므로.

전래의 이론대로, 남편을 사랑하면 시부모님이 소중할 것이요, 아들이 귀하게 생각되면 며느리도 그만큼 귀엽고 사랑스러워지는 소박한 마음가짐이 우리의 가정에 필요한 것이라는 생각이 든다.

애정의 연장으로 시부모를 섬겨야 할 것이고, 시부모는 며느리가 자기 아들의 정을 가져갔다고 생각하기보다 이제부터 '나는 아들의 사랑에다 며느리의 사랑까지를 겹쳐 받을 수 있는 사람이 되었구나' 하고 생각한다면 얼마나 여유있고 화목한 분위기가 될 것인가? 또 며느리 되는 사람도 시어머니를 방해자로 생각하지 말고 경험 없는 젊은이들을 위하여 그 살림을 도와주고 사랑으로 지켜주는 것으로 느낄 수 있다면, 얼마나 즐거운 분위기를 누릴 수 있을 것인지.


동생의 출산 후, 나는 늘 만나는 '채플' 시간의 학생들을 좀더 새로운 눈으로 보지 않을 수 없었다.

영롱한 눈과 알고자 하는 열로 빛나는 그들의 표정, 그 많은 얼굴들이 하나하나 귀엽고도 어른스런 모습들로 보였다. 그 하나하나가 모두 수십 년 전에 부모들에게 기쁨을 주며 태어난 생명들이다. 얼마나 많은 어머니들이 애를 태우며 사랑과 근기로 이해하며 길러온 것일까. 하나같이 아끼고 사랑하는 학생들. 이화(梨花)의 딸들. 어루만지고 다듬어서 좋은 여성으로 기르고 싶다는 책임감이 새삼스러워진다. 오늘 따라 재잘거리며 웃으며 나가는 그들의 어깨가 사랑스럽고 미덥다. 이제 또 얼마 있으면 며느리가 되고 어머니가 되며, 시어머니도 될 귀중한 학생들. 나는 저들에게 무엇을 줄 수 있고 또 기대할 수 있을 것인가.

매일을 하루같이 그 먼 병원으로 달려가셨던 어머니의 마음을 내 가슴으로 알아드릴 수 있을 것 같다. 어머니요 딸인 까닭에.

# 추색(秋色) 노트

金載完

잔한 가을의 물결. 제비들이 떠나가 버린 이 산하에 또 다시 낯선 후조(候鳥)가 너울너울 가을하늘을 날으고 있다.

은근한 정으로 '윙크' 하는 가을은 한 잎 두 잎 떨어지는 오색 낙엽에 휩싸여 사색의 뒤안길을 뒹굴러가고.

그 어느 휴일이라도 좋다.

맑은 가을에 낙엽을 맞으며 나는 굽이진 산길을 따라 홀로 고요히 걸어본다. 정령 가을은 인생에게 고요하고 그리웁고 알찬 서정시를 읊는가 보다. 아니 나약한 인생에게 얄궂은 '엘레지'를 불리우는가 보다.

가까이 오라? 우리도 언젠가는 가련한 낙엽이리다.

가까이 오라? 벌써 밤이 되었다. 바람이 몸에 스민다.

김재완(金載完) _ 전북 진안 출생. 호 상호(常湖). 서울대학교 대학원에서 법철학 연구. 경희대학교 대학원에서 공법 연구. 「단국대학보」 편집부장. 수도여자사범대학 강사. 대한국민여론협회 이사. 주식회사 『의회평론』사 주간. 월간 『정치평론』지 발행인. 한국정치문제연구회 회장. 맥아더교육재단 이사. 한양대학교 강사. 극동문제연구원 사무처장. 전남매일신문사 논설위원(서울주재). 경희대학교 후진사회문제연구소 기획간사. 저서 《한국의회정치사》. 논설집 《민주혁명에의 불길》, 《사상과 현실》. 수필집 《저항하는 노예》. 역서 《How foreigners View Korea and her Leaders》

생각하면 우리의 인생도 사랑도 저 '구루몽' 의 가련한 낙엽과 같은 것인지도 모른다. 그러나 '베를레느' 의 인생관처럼 참으로 인생을 저버리고 여기 저기 정처없이 뒹구는 낙엽이 될 순 없다.

물론 '릴케' 가 사색하던 그 가을에도 잎은 떨어졌고 하늘의 먼 뜰이 마르는 것같이 그 무엇을 부정하는 몸짓으로 떨어졌다. 앞날에도 계속 떨어지리라. 그리고 우리들도 차례차례 그 언젠가는 떨어진다. 아마 그것이 인생이며 자연일 것이다.

추풍(秋風)과 추방(秋芳)과 추공(秋蛩)들의 '심포지움'.

흔히 가을을 천고마비의 계절이오, 추억의 계절이오, 사색의 계절이오, 등화가친의 계절이라고 부른다.

세세년년 흘러가는 사계절 중에 가을을 맞는 심회(心懷)란 저마다 다르겠지만 가을이 찾아오면 나는 심신이 한결 가뿐하여 어쩐지 기분이 상쾌롭다.

그러나 정말 그러나…….

거칠은 비정(非情, 秕政?)의 먹구름이 거치지 않는 한 대중 속의 괴로움은 그 어딘가 서려 있고.

산들바람이 산들 부는 가을엔 드높은 하늘 아래로 낙엽을 밟으며 정답게 오솔길을 걷는 것도 그윽히 상쾌롭다. 푸르른 가을 하늘을 마주보며 낙엽 위에 나란히 누워 그립던 연정을 은근히 풀어 놓는 것도 한결 즐겁다.

그렇게도 이내 마음을 사색의 세계로 앗아가던 가을…. 그립도록 풍만한 청춘을 송두리째 승화하던 가을.

그러나 이제는 잔잔한 호숫가에 나풀거리는 한 잎의 갈대처럼 그 무엇인가 마음의 심연에서 몸부림친다고나 할까. 아니 구질구질한 속사(俗事)에 지쳐 그 무엇인가를 관조하는 물 위에 뜬 백조라고나 할까. 흘러간 그 옛날의 추억도 저 멀리하고 이 마음은 다만 진리를 탐구한다는 문턱에 서서 양식의 세계로 통하는 인간의 값을 헤아리고 있는지도 모른다.

시간을 먹고 사는 범부(凡夫)에게도 이 가을은 분명히 사색을 주는 것일까?

$$가을 \times \frac{독서 \times 사색}{자아인식} - 흥분 = 양식의 세계$$

가을은 날씨가 서늘하고 밤이 길어서 조용히 독서하기에 알맞은 계절이다. 독서는 사색에의 힘을 돕고 자아인식에의 힘을 낳는 것. 여기에 교격(驕激)한 흥분만을 삼가한다면 고요히 스미는 양식의 세계에서 멋진 '랑데부'도 할 수 있고.

실상 독서란 자기 자신을 양식의 세계로 이끌어 인생의 가치를 높이자는 것일진대 흡사 춘절에 좋은 씨를 많이 뿌려 추수기에 많은 양식을 거둬들이고 여유있는 생활을 하려는 것과 그 무엇이 다르랴.

등화가친의 가을. 고요한 가을밤에 낙엽이 한 잎 두 잎 떨어진다. 이 낙엽이 지는 소리는 가을이 깊어가는 소리다.

그러나 오만불손(傲慢不遜)과 사리사욕(私利私慾)과 흉악범법(凶惡犯法)을 일삼는 무리에겐 가을도 독서도 사색도 아랑곳 없을 것이다.

그 누군가는 독서로 하여금 지식을 구한다고도 했지만 실상 독서 그 자체만으로써 인생의 참뜻을 알 수는 없다. 거기에는 오로지 이성적인 정신작용을 필요로 한다. 결국 독서를 통한 이성적인 정신작용이 곧 건전한 사상이 아닐는지…….

가을은 사색을 낳고 사색은 지식을 음미해 보는 마음의 통로다. 또한 사색은 지식을 소화해 보려는 '에네르기 펌프'다.

중상모략을 일삼는 사이비 정치가.

거짓으로 양심마저 팔아 먹는 사이비 교육자.

남을 속여 모리(謀利)를 꾀하는 사이비 사업가.

국민의 피와 땀을 빨아 먹는 사이비 공무원.

사상의 알맹이조차 없이 붓장난만을 일삼는 사이비 문화족.

군데군데 끼어 있는 이들은 대아정신(大我精神)도 대의명분(大義明分)도 상관없는 사색의 학대자요, 앎을 역용(逆用)하는 이 사회의 독버섯이다.

앎(知)의 가치는 그 앎을 어떻게 이용하는가에 따라 측정되는 것 때문에 독서와 사색으로 얻어진 지식은 자신의 사회활동에 있어서 곱게 완전소화하는 과정이 더욱 중요하지 않을까?

삼라만상이 결실하는 가을. 마음을 살찌우는 사색의 가을.

천지의 풍요와 적막이 영혼 속에 깊숙이 스며드는 가을 앞에 우리 인간은 마음을 바로 여미고 고요히 책을 읽으며 깊이 사유함으로써 인생의 참된 의미를 깨달을 수 있을 게다.

맑게 개인 가을은— 아름다운 단풍잎이 떨어지는 이 가을은 애상에 젖은 어느 여인이 슬프게 울어야 할 계절이 아니다. 귀뚜라미 자자이 울고 기러기떼 창공을 누비는 이 가을은 실연한 어느 청춘이 유서를 써야 할 계절도 아니다.

청아하고 잔잔한 이 가을은 인생의 알찬 수확을 위하여 진실하게 사유하고 보람차게 작업하는 계절인 것이다.

# 돌잡이

金 載 完

세칭 '30대 노총각'이 손위 어른들과 정다운 친구들의 열렬한 권유에 못이겨 만부득이 총각당의 당수직을 탈퇴한 것은 1963년이 다 저물어 갈 무렵이었다.

방년 스물여섯이 된 양가의 규수를 아내로 맞이하는 그 날의 감회란 한 마디로 표현할 수 없었거니와 그 날 무엇보다도 잊혀지지 않는 것은 우리나라 학계에서 고매한 위치를 차지하고 있는 고병국(高秉國) 박사를 주례로 모시고 박일경(朴一慶) 박사, 황산덕(黃山德) 박사, 이선근(李瑄根) 박사, 서중석(徐仲錫) 교수, 이규복(李圭復) 교수 등 다섯 분이 청첩인으로 되어 애써 주신 것과 변변치 못한 이 사람의 결혼식을 위하여 주한외국인 친구들을 포함한 축하진객(祝賀珍客)들이 예상 외로 많이 참여하여 주었다는 점이다. 더구나 시골에서 상경하여 모처럼 이 아들(장남)의 결혼 광경을 눈여겨 본 노부모님의 주름진 얼굴에는 그 무엇인가 흐뭇해 하시는 미소가 사뭇 감돌고 있었으니 이는 더 말할 나위도 없었다.

그 후로 세월은 흐르고…… 역사는 밤낮에 이루어지고…….

1964년 7월 29일(8시 50분 AM)— 이 날은 우리 신혼가정에 하나의 새로운 생명이 고고(呱呱)의 소리를 울리며 태어난 날. 이날 박산부인과의 병원문을 나서는 할머니께서는 "첫딸은 유복이란다"라고 손녀를 본 첫 소감을 말씀하셨다.

'아마 고추를 안 달고 나온 게지…….'

이렇게 눈치 챈 나는 평소에 첫 딸을 원했으므로 섭섭할 건 없었다. 그 날부터 우리는 정말로 아빠 엄마가 된 셈이다. 아빠는 새 생명을 이름지어 '진경(眞卿)'이라 명명하였다. 어지러운 이 세상에 태어나 아무쪼록 참된 인간의 구실을 다 하라는 뜻이다. 진선미…….

어느덧 '진경'을 낳은 지 한 돌이 되었다. 할머니와 이웃집 아주머니들은 '진경'을 '돌잡이'로 바꾸어 부르기도 한다.

어쩐지 돌잡이 아가의 나날은 평화롭고 자유롭고, 그러면서도 분주다사하다.

이른 아침이면 아가는 평화롭게 자고 있다. 남을 미워하거나 남을 헐뜯거나 남을 속일 줄조차 전혀 모르는 이 천진난만한 아가는 아무런 위협도 아랑곳없이 평화롭고 예사롭게 자고 있는 것이다. 아마 아가는 그처럼 잠에 안겨 자라고 엄마 품에 안겨 자라는 모양이다. 그리고 할머님을 비롯한 어른들의 사랑에 안겨 자라는 것이 아닌가. 아가는 포근히 실컷 자고 나면 고사리 같은 손으로 눈을 비비며 슬며시 일어나 앉는다. 그 귀여움을 보는 어버이의 기쁨.

"진경아! 안녕."

아빠와 엄마가 먼저 인사를 한다. 이때 '엄마마아…' 하면서 엄마 품으로 비틀비틀 달려드는 아가.

어쩌다가 밤 늦도록 책을 읽던 아빠는 아침에 늦잠을 잔다. 돌잡이 아가는 엉금엉금 가까이 와서 아빠의 얼굴을 어루만지며 '압빠빠아…'를 되풀이한다. 아빠는 무척 곤하다. 그러나 아빠를 기어코 깨워 놓는 돌잡이. 만약 그 꿀 같은 단잠을 사랑하는 아내가 뒤흔들어 깨운다면 이 아빠는 정말 신경질을 낼는지도 모를 일이지만……

웃을 때마다 아래 위로 가지런히 네 개씩 돋은 아가의 이빨이 귀엽다. 엄마도 고모들도 '하하하 히히히' 웃으면 덩달아 따라 웃는 아가의 웃음.

'착하게 삽시다! 하하하.'

'부지런히 일합시다! 호호호.'

'명랑하게 살읍시다! 히히히.'

이는 삼촌과 고모들과 오빠와 이모들이 진경아가 앞에서 '하하하'를 복창시키는 선창구절들이다.

돌이 지난 아가는 별안간 물씬 자란듯이 그만 어른스러워지고…… 위험한 짓을 하지 말라는 엄마의 말도 알아 듣고 과자통이 어디에 있는지 자꾸 손가락질 한다. 못하도록 막아서면 은근히 떼를 쓰는 돌잡이.

'아빠' '엄마' '아이 착해'를 곧잘 흉내내는 아가는 기어다니는 것이 쑥스럽다는 듯 엉덩방아를 하루에도 수십 번 찧는다. 그리고 주저앉은 자리에서 다시 서는 것을 자랑스러워 하는 돌잡이. 집안의 재롱둥이는 엄마와 고모들이 부르는 'Never on Sunday'의 노래소리에 맞추어 '트위스트'를 춘다. 아빠, 엄마, 삼촌, 고모, 오빠는 모두 아가를 둘러앉아 손뼉으로 박자를 친다. 집안은 온통 웃음바다를 이룬다. 아가의 재롱을 보고 있노라면 근심, 걱정이 다 달아난다는 말이 있듯이 몸짓 손짓이 모두 신통하기만하여 아빠가 하여야 할 일을 잊을 때도 더러 있다. 귀엽게 생긴 아가일수록 시달림을 받는다. 하는 품이 귀여우면 귀여울수록 더욱 그런지도 모른다. 귀엽기 때문에 아빠는 아가의 장난감을 자주 사서 준다.

아빠가 책가방을 들고 학교에 출동하려 하면 아가는 의례 손을 저으며 '빠이 빠이' 한다. 오후 늦게 집에 돌아오면 고개를 갸우뚱 갸우뚱

하며 '아빠 안녕'의 예의를 결하지 않는다. 여하튼 어른들의 하는 일에 시늉과 관심이 대단하다.

돌잡이 아가는 공부하는 아빠의 피로를 풀어준다. 오랜 시간을 책상 앞에 앉아 있노라면 아가는 아빠의 서재에 들어와서 재롱을 부린다. 물론 엄마의 '코치'에 의해서 귀염을 부린다. 분명히 좀 쉬었다가 공부하라는 신호인 것으로 이 아빠는 이해할 수밖에.

이렇게 귀엽고 착한 아가에게 어버이는 무엇을 해 주어야 할까! 불량함과 흉악함이 범람하는 이 어지러운 사회에서 아빠는 귀여운 아가에게 올바르고 더욱 착한 버릇을 길러 주어야 하겠다. 실로 자녀들이 선량하거나 불량한 것은 그 부모의 책임이 큰 것이다. 때문에 이 아빠는 고운 말과 바른 말 쓰기에도 솔선수범하여 본다.

정말 할머니의 말씀과 같이 '첫 딸은 유복'한가 보다. 고된 살림일지라도 항시 온 집안이 화기애애(和氣靄靄)하고 모두 희망이 가득 차 있으니 정말 즐겁다.

이젠 우리도 더 잘 살 수 있을 것이고 세월이 가면 더 갈수록 이 돌잡이 아가도 무럭무럭 더 자라나 이 아빠 앞에 귀엽게 서서, "아들하고 딸하고 누가누가 좋을까요, 엄마하고 고모들은 아들이 좋다지만, 우리 우리 아빠는 내가 좋대요, 우리 아빠 멋쟁이 '로맨스 파파'"하고 라디오에서 듣고 배운 노래를 불러 주리라.

# 우수

金芝烈

스스로를 초라하다고 느끼는 때가 있다. 소녀적 감정에서라기엔 좀 어색하지만 너무 초라하고 보잘것 없는 것이 아닌가고 묻게 될 때 나는 거리를 돌아다닌다. 되는 대로 쇼윈도에 반영되는 초라한 내가 싫어서 되도록 그 편은 보지 않고 걷는다. 더구나 하늘이 온통 회색으로 무거운 날이면 누구나가 그렇듯이 더욱 우울해지기 마련이다. 이런 날이면 보통 20원 균일 동시 상영 영화관으로 간다.

영화는 무엇이건 상관없다. 그저 움직이는 화면을 들여다보고 있노라면 나의 우울은 멀리 가 버린다. 이렇게 시간이 흐르고 나면 우울하고 초라한 하루가 지나고 기대할 만한 내일이 온다. 기대할 만한 내일이 있어 어떤 거창한 계획을 세운 일도 없으나 때때로 마음이 내키는 날이면 무엇인가 해야겠다고 마음 속으로 다짐해 보기도 한다. 말로는

**김지열(金芝烈)** _ 서울 출생(1936년). 서울대학교 미술대학 졸업. 중앙여자고등학교 미술교사. 제8회 국전에 입선. 제9회 국전에 입선. 제11회 국전에 입선. 제1회 신상회전시석 입상. 동회우 피천. 제2회 신상회 출품. 신상회원.

표현할 수 없는 묘한 감정들을 가령 견딜 수 없이 슬프다던가 혹은 내가 가장 외로운 사람이라고 생각될 때 나는 어쩔 수 없이 흰 캔버스 앞에 앉는다. 아무도 간섭할 리 없는 자유스러운 흰 공간 앞에서 나는 남몰래 가슴을 두근거리며 얼굴을 붉히게 된다. 무엇이고 그린다. 그리고는 지워 버리고 또 다시 그리고, 이렇게 얼마를 되풀이하다 보면 흰 캔버스는 선과 색이 서로 엉켜져서 어두워지고 만다. 나의 마음은 다시 우울해지고 시간이 흐르고 또 하루가 간다. 언제나 끝날지도 모르는 나의 그림처럼 애매하고 자신 없게 나는 살아가고 있는 것인가. 이렇게 자신이 없다면 나 혼자는 걸을 수도 살아갈 수도 없다.

나는 밤마다 무서운 꿈을 꾼다. 꿈에서도 무서운 사람에게 쫓겨서 도망치다가는 깬다. 깨고 나면 꿈인데 한 번 대항해 보지도 못하고 쫓겨다닌 것이 화가 난다. 어리석은 생각이지만 아마도 안일한 생활에서 온 나의 무저항적인 습성이 탓일 게다. 세심하고 소극적인 성격은 누구에게도 탓할 수 없는 귀중한 나의 것이다. 용기를 키우려고 애써 보지도 않았으며 또 앞으로도 노력하고 싶지 않다. 서울에서 낳았고 또 이곳에서 자라난 나는 시골의 동화 속의 고향 같은 것은 없다. 그저 조그마한 우리집이 기억 속에 있을 뿐이다. 여름날 마루에 누워 추녀끝 너머로 보이던 구름과 파란 하늘이 있었고 밤새워 책을 읽고 울던 일, 한낱 보잘것 없는 일들이지만 내겐 무엇보다도 귀중한 기억들이다.

이처럼 즐거운 환상에서 깨어나면 역시 지금의 나는 초라할 뿐이다. 화려한 옷이 아니어서일까. 그보다는 마음이 비어 있는 탓일 게다. 이렇게 비어 있는 마음을 무엇인가 꼭꼭 채워 주리라고 막연히 기다려 본다. 이런 우울한 밤엔 사랑하는 사람에게 정성 어린 글이라도 써야 하겠다.

# 화방과 보라색

金 芝 烈

오후의 '아트리에'에서 벽에 그려져 있는 낙서를 새삼스레 쳐다보며 무질서에서 어떤 형태를 찾는다. 조그마한 방 이곳에서 꼬마들과 어울려 그림을 그리며 살아가는 일에 익숙해져 가고 있는 스스로가 대견해지기도 한다. 꼬마들은 이 방에서는 늘 자유스럽다. 마음껏 재잘거리고 무엇인가 그린다.

햇님, 자동차, 꽃, 엄마 얼굴, 아빠 얼굴. 대학을 졸업한 뒤 여학교 선생에서 이곳 음악학원의 5, 6세 유치원 꼬마 그림 지도를 시작하면서부터 나의 생활엔 커다란 변화를 가져오게 되었다. 재작년 6월 햇볕이 밝던 날 처음으로 대하던 초롱 같은 눈동자를 잊을 수 없어 아직도 나는 이 작은 방에 머물러서 꼬마대장 노릇을 하고 있는 것이다. 이 방 속에서는 밖의 세상은 생각할 필요가 없어 안심이다. 눈이 오나 비가 오거나 꼬마들의 표정은 구김살이 없다. 나는 늘 행복하다. 아무것도 두려울 것이 없으니까. 이 방에서는 내가 어른이고 여왕이 된다. 그림 선생이란 명칭조차 우스운 것이 되고 만다. 그러나 꼬마들에겐 하나도 무섭지 않은 그림 선생이다. 고집쟁이 꼬마들이 이 같은 그림 선생의 말을 차분히 들어줄 리가 없다. 각기 제멋대로다. 나의 등에 매어 달리는 놈,

또 책상 밑에 기어들어가 나오지 않으려는 놈, 때로는 서로 깔고 앉아 싸우기도 한다. 모두가 자라나는 과정이려니 생각하고 웃을 수밖에. 이 젠 3년이란 긴 시간 속에서 제법 익숙해졌다고 자부해 본다. 매일 한결 같이 흰 종이 위에 크레파스 혹은 색연필 물감으로 싫증내지 않고 그리 는 꼬마들이 귀엽다기보다 퍽 의젓해 보인다. 나는 이들을 누구보다 높 이 평가한다. 그림 그리는 일에 저렇게 열중할 수 있을까 하고 때로는 놀란다. 가르치는 선생보다 더욱 훌륭한 것 같다.

"나는 그림 그리는 것이 제일 좋아 이 다음에 크면 꼭 미술선생님이 될 테야."

어느 날 꼬마의 이 얘기다. 나는 나이를 먹는데 마음은 그렇지 않다. 자꾸만 어린애가 되어가고 있다. 때로는 5, 6세가 되어 버린 나를 발견 하곤 쓴웃음을 감춘다. 이젠 이 작은 방을 벗어나도 길에서 보는 꼬마 들은 모두 나의 친구다. 벽에 그려진 낙서, 사방의 하얗던 벽이 엉망이 다. 선생이 무섭지 않아서 그렇다는 어느 학부형의 말이다. 그렇다고 생각하면서도 어쩔 수 없다. 그린다는 것은 본능인데 벽이면 어떻고 책 상 위면 어떻단 말인가?

이것은 나의 터무니 없는 궤변일까? 적어도 나는 그렇게 생각하기에 낙서에 별로 신경을 쓰지 않는지도 모르겠다. 나는 보라색을 즐겨 칠한 다. 나의 그림은 온통 보라색 투성이다. 이것도 병이라고 보라색은 병 을 상징하는 색이라는 것을 어느 책에선가 읽었다. 나는 이 색을 칠하 면서부터 몸이 나빠져 약을 먹게 되었다. 지금도 이상한 일이라고 생각 하며 꼬마들의 그림에서 열심히 보라색을 찾는다. 유난히 얼굴에 핏기 가 없고 투명한 피부색에 가느다란 손가락이 고사리 같은 꼬마가 늘 보 라색을 집어든다. 꽃도, 집의 들창도, 햇님도, 온통 보라색이다. 이 색 이 좋으냐고 묻는 나에게 그렇다고 고개를 끄덕인다. 나는 이 순간 왜인지 슬퍼진다. 이것을 고쳐주고 싶다. 건강한 색으로 빨강이나 노랑, 파랑색으로 볼이 터질 것처럼 팽팽한 꼬마는 그림이 늘 화려하다. 빨강, 노랑, 파랑에 늘 축제일 같다

굵고 검은 선은 강하고 자신이 있어 보인다. 보라색의 꼬마는 역시 손도 가늘고 신경질적이다. 이것은 어쩔 수 없다. 체질이기에, 그러나 보라색의 그림이 더 좋아보이는 것은 왜인지 모르겠다. 나는 늘 그 보라색의 꼬마에게 신경을 쓴다. 점심시간이면 밥을 많이 먹어야 한다고 타이른다. 지나친 관심은 오히려 해가 될 텐데 어쩔 수 없다. 나처럼 약해져서는 안 되겠기에 내가 처음 이 방에서 그림을 지도하기 시작했을 때의 일이다. 많은 꼬마 중에서 유난히 익숙하게 그리는 꼬마의 그림에 관심을 갖게 되었다. 선이 보통 솜씨가 아니다. 자동차도 빌딩도 자유자재다. 나는 가르칠 아무것도 없었다. 너무 어른다워서 불쾌하기조차 하지 않은가. 여섯 살 꼬마의 세계가 아니다. 전혀 어른의 세계를 그리고 있다. 그 뒤에 엄마는 나를 찾아와서 자랑을 하며 칭찬해 주기를 기다린다. 집에서 늘 그림을 그렸다고 그림대회에 나가면 상을 탈 수 있겠느냐고 내게 묻는다. 어떻게 답변할 것인가. 엄마의 욕심은 깨끗한 꼬마들의 그림을 더럽혀 주는 결과밖에 안 된다. 상이 문제되어서는 안 된다고 이야기해 주었다. 아무래도 선생을 잘못 택했다는 듯한 표정으로 돌아선다. 넌센스다. 꼬마들이 엄마의 노리개는 아닐 텐데 오늘도 꼬마들은 그림을 그리고 모두 집으로 돌아갔다. 오후의 '아트리에' 는 조용하다. 이젠 재잘거리는 꼬마도 없다.

옆방에서 들리는 서투른 꼬마의 바이올린의 선율이 슬퍼진다. 창밖의 하늘은 아직도 차다. 3월인데 벽에 그려진 낙서는 지우지 말자. 그대로 심심치 않게 앉아서 바라볼 수 있으니까 이것은 나의 고집이다.

# 참다운 것과 아름다운 것

金衡翼

"정승집 개가 죽으면 정승의 죽음보다 초상객이 많다"는 속담이 있다.

고래로 아첨하는 무리와 사회 일반의 경박한 인심의 소재를 풍자한 말이겠다. 실상 우리들의 주변에는 이와 흡사한 군상들이 득실거리고 있는 것이다.

시대가 또한 그리하여야만 살아갈 수 있는 세상이 되었는지 모르지만, 거의 박악적(薄惡的)으로 자기를 과장하고 또 이웃과 사귈 적에도 우선 그의 사람됨보다도 그 목적하는 바는 어느쪽이 이익될 것이냐 하는 타산이 앞선다. 정승집 개가 죽었을 때 찾아가 보는 것은 사랑하는 개의 죽음을 슬퍼하는 노정승의 마음의 상처를 위로하려는 것보다, 실은

김형익(金衡翼) _ 함북 종성 출생. 호 해봉(海峰). 경성의과전문학교 졸업. 동경제국대학 의과부 선과 수료. 동경 경응(慶應)대학 의학부 외과 연구. 경성제국대학 약리학 연구. 의학박사 학위수여. 황해도 해주도립병원 의관외과장. 황해도 해주사립해주병원장. 서울특별시 의사회장. 주간 『의사시보』 사장. 대한결핵협회 서울지부장. 미국무성 초청을 받아 미국 의학계와 언론계 시찰. 싱가폴 개최 국제가족계획연맹 제7차 총회에 한국 대표로 참석. 한국주간신문발행인협회 이사장. 저서 《통속의학》, 《해봉수필집》 외 논문 약간.

그 진의가 어떤 엽관이나 이권에 있듯이 사람들은 그 본연의 뜻에서 엄청나게 벗어나 저마다 자기타산을 앞세운다.

대소의 행사나 그 밖의 어떤 사회사업이나 또 자선사업에 이르기까지 그 내막을 파고들면 너무도 놀랍고 분통이 터지는 일이 허다한 것이다.

하기야 엄밀히 따진다면 우리가 사는 사회에서 경중 혹은 다소의 차이는 있지만 어느 것에든 가벼운 이해관계나 타산 즉 '기브 앤드 테이크'의 원칙이 적용되지 않는 것은 없다 하겠다. 예를 들어 우리가 자식에게 주는 사랑도 줌으로써 그 순간 흐뭇한 만족과 마음의 안전이라는 일종의 희열을 맛볼 수 있으니 말이다. 우리가 흔히 보는 생면부지의 타인에 대한 적선도 그 대부분이 이렇게 따진다면 참으로 그 사람의 뼈저린 고초를 몸소 이해함에서보다 오히려 나를 내세우는 자기의 마음 속에 빈 무엇인가를 충족시키려는 욕심에 더 큰 비중이 있는 것이 아닐까? 어떤 적선에서 신문이 자기를 보도하고 이웃이 우러러보는 바로 그 점을 노림으로써 얻어질 막대한 이익 말이다.

그러나 이렇게 생각하면 세상은 너무나 살벌하고 멋이 없어져 버린다. 물론 여기에도 예외는 있다. 혼탁한 사회에서 생을 영위하고 딸린 식구들을 먹여 살리려면 참다운 것만을 호흡하고 살 수는 없는 세상이다. 예술에서 약간의 과장이나 허식이 그 테마의 부각(浮刻)을 위해 필요하듯이 다소의 거짓이나 과장은 인생에 있어서 필요불가결한 것이기도 하다. 마치 인체에 해를 주는 극약이 소량의 분량으로 생명을 구할 수 있듯이…….

나는 미학에 대하여는 문외한이지만 미(美)란 사람의 마음을 광적으로 흥분시키거나 충동적인 것은 아니라 생각한다.

미는 우리들을 매혹시킨다. 아름다움이란 은근한 것이기도 하다.

두고 두고 들어도 싫증이 나지 않는 음악이나 잊혀지지 않는 명화(名畵)들은 모두 은근하고 잔잔한 것이다.

예술이 그 어떤 벌거벗은 소재에다 참된 예술인의 감성으로 가볍게 베일을 씌워 훌륭한 작품으로 내어놓듯, 우리도 항시 우리의 주변에서 참을 찾아 그와의 대화와 타협에서 생활한다면 좀더 잔잔하고 아름다운 인생이 전개되지 않을까 생각된다.

이런 눈으로 보면 확실히 지금 세대는 정상이 아닌 상 싶다. 즉흥적이오 광적이다. 음악에 비하면 잔잔하고 은근한 음율이 아니다. 광적이며 거의 발악적인 유행가조다. 따라서 여기에는 자극이 있을 뿐 아름다움은 없다. 이미 내가 전시대적인 유물에 지나지 않는 사람인지 모르나, 진리나 미에 대한 가치 기준이 다 아직 변했다고는 듣지 못하였다.

표피만 핥고 지나치는 사회풍조, 그러면서도 모두들 바삐 서둘고…, 도대체 어디로 가려는 것일까? 그것은 알맹이 없는 거짓과 위선으로 충만된 풍선 같게만 보인다.

나는 한 인간을 세 가지 '나' (我)로 분리하여 생각해 본다.

그 첫째의 '나' 는 내가 나를 말하는 '나' 와 둘째로는 남이 나를 말하는 '나' 와 그 셋째의 '나' 는 내 속에 도사리고 있는 말 없는 '나' 다.

첫째의 나는 나와 엄청나게 동떨어진 내가 될 수 있는 가장 위험하고 허황된 나요, 둘째의 나는 나와 조금은 가까우나, 셋째의 나야말로 거짓 없는 나다. 이 거짓 없는 '나' 와의 간단 없는 대화에서만이 비로소 우리들의 인생은 기름지고 참다웁고 따라서 아름답고 명랑한 사회가 이루어질 것이 아닌가 생각한다.

# 봄의 정원

金 衡 翼

"모란이 피기까지는 나는 아직 나의 봄을 기다리고 있을 테요…." 이 시구는 저 유명한 시인 영랑(永郎)의 〈모란이 피기까지는〉이라는 제하의 첫 머리이다.

서정시인 영랑은 무척 모란을 사랑하였나 보다. "모란이 뚝 뚝 떨어져 버린 날"에야 비로소 봄을 여읜 설움에 잠기어 1년 내내 시름겨워 하는 영랑의 모습이 우리들의 가슴에 차분히 공감을 불러 일으킨다.

예부터 봄을 노래한 시인은 많았고 꽃은 봄의 창으로 뭇시인의 붓 끝에 오르내렸다.

엉성한 겨울을 밀어 젖히고 피어나는 봄꽃들은 추위에 거칠어진 우리들에게 싱싱하고 리드미컬한 정서를 보다 강렬히 불어 넣어 우리 생활을 한결 윤택하고 풍요하게 하여 주는 것이다.

그러나 도시생활에 젖은 우리들은 자칫하면 봄의 이런 참맛을 모르고 지내는 일이 허다하니 불행한 일이 아닐 수 없다.

내 고향은 북국의 한촌(寒村)이지만 그래도 봄은 이 조그만 마을에 해마다 어김없이 찾아와서, 아지랑이 자욱한 산록(山麓)은 마치 여인의 치마폭처럼 진달래꽃, 철쭉꽃, 살구꽃으로 붉게 물들어 어린 마음은 봄

새처럼 들떠서 지표도 없이 마냥 산록 꽃 사이를 뛰놀던 가지 가지의 추억이 되살아나곤 하는 것이다.

꽃을 가꾸는 마음은 어쩌면 빽빽한 인생의 수레바퀴에 기름을 붓는 거와 흡사하다.

하루의 시달림에 지친 몸으로 집으로 향하는 발길이 천근처럼 무거워져도 내 집 울타리 너머로 라일락의 그윽한 향기에 접했을 때엔 어느새 피로는 무산(霧散)하고 마는 것이다. 대문을 들어서면 황적백의 매화가 소복이 피었고 혹은 목련꽃 모란꽃이 활짝 핀 정원과 아담히 가꾼 창가의 화단에 양귀비꽃 '아네모네' 그 밖의 봄꽃들이 탐스러이 피어난 정경을 독자들은 상상만 하여도 아늑한 행복감에 젖어들 것이다.

정원의 꽃밭은 이토록 도시인의 생활에 사철 참신한 정서와 마음의 여유를 가져다주는 것이다.

그렇지만 화단의 꽃은 보는 멋보다도 가꾸는 맛이 한층 더 흥미있는 것임을 알아야 한다.

무릇 사람의 손에 의존하는 가축이나 심지어 화초에 이르기까지 그들처럼 정직하고 충실하게 가꾸는 이의 마음을 헤아리는 자 없으리라. 그들은 참으로 애정에 민감하고 또 그만큼 정확하게 우리에게 보답하는 것이다.

개나 말 심지어 돼지도 주인의 따뜻한 마음의 소재를 언제나 분명하게 그리고 재빠르게 헤아리는 것이다.

꽃도 마찬가지다. 꽃을 가꾸어 보면 정성들인 꽃나무 하나 하나에 가꾸는 이의 애정이 깃들고 꿈이 맺혀진다. 조석으로 손질하고 물을 주곤 하면 그만큼 조석으로 자라서 주인의 기대를 저버리지 않는다. 이윽고 꽃눈이 트이고 나날이 부풀어 가는 꽃봉오리의 장관! 그것은 바로 꿈의 '파라다이스' 이기도 하다.

이것을 한갓 생활에 걱정 없는 여유있는 자의 도락(道樂)이라고 비웃을지 모르지만 나는 오히려 이와 반대라고 생각한다.

조석으로 잠시의 짬을 내어 부지런만 하다면 우리들의 생활은 한층 기름지게 할 수 있으며 또한 정신위생에도 일조가 되는 것이다.

한 해 전 나는 '워커힐'이 바라다 보이는 한적한 교외에 아담한 뜨락과 오붓한 집 한 채를 마련하였다. 이는 나의 오래 전부터의 꿈이기도 하였지만 이곳에 나는 아내와 더불어 꽃을 가꾼다.

작년에도 형형색색의 꽃은 피었지만 벌써부터 퇴근하면 가족과 함께 정원에 가꿀 꽃나무의 설계에 시간을 보낸다.

금년에는 여름철을 위하여 연못에 분수도 만들고 수련도 흠뻑 피워야겠다.

'글라디올라스' '다알리아' 그 밖의 구근을 손질하면서 이 사랑스러운 꽃들이 피어날 계절의 정원을 상상하여 보면 마음은 한층 흥겹기만 하다.

# 현해탄을 건너오던 날

明石祝子

일본에서 태어나, 일본에서 30여 년간을 줄곧 자라 온 내가 밤마다 꿈마다 그리던 남편을 찾아오려고 한국인으로 귀국한 때는 바로 지난 1960년 9월이었다. 그때 나는 하루 속히 한국으로 건너와서 그이를 만나 행복하게 살아보자는 것만이 나의 유일한 소원이었다. 그이와 헤어져서 6년이나 살아온 나머지, 그이나 나나 그동안 여러 가지 일이 많았겠지만 즐거운 일보다 서러운 일이 더 많았을 게다. 과연 부부는 함께 있어야 힘이 되는가 보다.

1960년 12월 10일. 그날은 내가 새 출발하기 위하여 새 조국인 한국을 찾아온 날이다. 물설고 산도 설은 나의 새 조국.

일본을 떠나오던 그 날, 비행장에는 언니와 두 동생이 전송하러 나왔었다. 어머니는 비행장에서 남의 눈이 많은데 너무 울면 창피하다고 언

**명석축자(明石祝子)** _ 일본국 출생. 향천현고송(香川縣高松) 시립제일여자고등학교 졸업. 오사카(大阪)시 갈성(葛城)양재학원 졸업. 오사카시 파리스양재학원 졸업. 도쿄 야방(野方)학원 졸업. 도쿄 주오(中央)대학 중퇴. 문화복장학원 졸업. 도쿄 삽곡(澁谷) 프로키팅 스쿨 졸업. 한국에 귀화(1960년 9월) 귀국. 오리엔탈 양재학원 원장. 저서《행복한 고독》(영화화).

니가 아예 못 나오시게 했다. 비행기가 일본땅을 출발하기에 앞서 나는 하염없이 울고 또 울었던 생각이 난다.

비행기는 떠올랐다. 한 바퀴 휭 비행장을 돌더니 멀리 멀리 그이가 있는 나라로 날아가는 것이 아닌가. 한참 동안은 설움이 복받쳐 와서 나는 나의 귀여운 딸 영이(英梨)가 옆에 있는 것도 잊어버리고 그대로 손수건을 얼굴에다 덮은 채 있었다.

"엄마, 엄마 저것 봐."

하는 소리에 손수건을 걷고 영이가 가리키는 쪽을 바라보았다.

하늘에는 구름 한 점 없는 좋은 날씨였다. 눈을 돌려 머나먼 곳을 보니 거기에는 후지산(富士山)의 위용이 머리 위에 눈을 하얗게 뒤집어 쓰고 있지 않은가. 그 모습을 보자 나는 감개가 새로웠다.

"잘 있거라 후지산이여!"

"그리고 나를 키워준 일본이여!"

그러니까 우리 모녀가 한국땅 김포비행장에 도착한 것은 오후 1시경이었다.

나는 천천히 '트랩'을 내려서 남편의 나라, 한편 내 나라이기도 한 한국땅을 처음으로 밟았다.

세관에서 하물검사를 마치기 전에는 마중 나온 사람들과 접촉할 수가 없었으므로 나는 남편이 마중 나왔으리라고 굳게 믿긴 하면서도 한편 불안하기도 했었다.

아까 비행기에서 땅에 내릴 때 바라보니 마중 나온 사람, 전송 나온 사람들이 법석대어 그 가운데 그이가 끼여서 우리를 보고 있으려니 생각하니 수줍기도 하고 떨리기도 했었다.

어린 딸 영이는 "엄마 아버지는 어디 있어! 어서 만나게 해줘!" 하고 졸라댄다.

무리도 아니었다. 돌이켜 보면 얼마나 오랫동안 아버지를 만나는 이 순간을 기다리며 꿈꾸어 왔던가?

이 아이에게는 이날이야말로 일생동안 기념할 날이 아닌가? 그렇다. 우리들에게 다시 없는 날이다.

그이의 모습은 내가 걱정했던 거와는 달리 예전의 그 모습 그대로였다. 그이는 나를 보더니 "참 잘 왔어"라고 한 마디 했다. 꼭 그 한 마디만을…. 나는 어쩐지 서글퍼졌다. 무엇인가 부족스럽고 불만스러웠다. 그렇지만 그이도 가슴이 벅차서 그 이상의 말을 할 수도 없었을 게다.

아니, 그러고 보면 오히려 나는 그때 한 마디도 입을 열지 않았던 게 아닌가?

그것으로 충분했다. 그 이상 더 무엇을 말할 수 있었겠는가? 또 말할 필요가 어디 있는가? 나는 선채로 그이의 얼굴을 떨어지게 바라보고 있으려니까, 지금까지의 모든 일들이 한꺼번에 화창한 봄날 눈 녹듯이 사르르 사라져 감을 느껴, 눈을 감고 한참 서 있었다.

그것은 꿈이 아니었다. 이제 내 눈 앞에 서 있는 그이야말로 나의 희망, 나의 그리움, 나의 온 삶의 표상(表象)이었다. 그렇게 생각하고 나는 다시금 힘있게 눈을 떴다.

나는 그 현해탄을 건너 한국땅을 처음 오던 그날 그때의 추억이 지금도 주마등처럼 눈에 선하다.

# 고금여담(古今餘談)

明石祝子

요 사이는 봄에서 여름으로 바뀌는 환절기라서 그런지 온몸이 노곤하고 할 일 없이 눈길은 먼 산만 바라보게 된다.

나는 무료한 어느 날 임어당(林語堂)의 수필집을 읽다가 공자의 한 대목을 읽고 소스라치게 놀랐다. 공자라면 누구나 덕의 근원이요, 그야말로 중용의 표본처럼 되어 40대에 불혹으로 유명한 이 분이 실책과 모순당착(矛盾撞着), 경솔(輕率), 그리고 악덕의 첫째를 꼽는 오만을 가졌다는 데 놀랐다는 것보다도 실로 놀라운 것은 공자가 이혼을 하였다는 대목이었다.

그것도 공부자(孔夫子)뿐만 아니라 그의 자, 또한 손자까지도 이혼하였다는 3대 이혼기에는 참말로 놀랐다. 공자가 이혼하게 된 이유에 대하여도 오늘날 우리들이 생각할 문제가 많다.

'쌀은 희면 흴수록 좋고 고기는 부드러우면 부드러울수록 좋다.'

그리고 공자의 먹지 않는다는 조건의 여덟, 아홉 가지가 있었다.

'풍미가 변한 음식은 먹지 않았고, 냄새가 좋지 않은 음식은 먹지 않았고, 만든 지 오랜 것은 먹지 않았고, 제철이 아닌 것은 먹지 않았고,

고기는 네모나게 썰지 않은 것은 먹지 않았고, 구색 맞는 음식이 아니면 먹지 않았고, 집에서 담그지 않은 술과 시장에서 삶아서 파는 고기를 먹지 않았다.'

또한 먹는 것뿐만 아니라 옷에 대하여는, '검은 양털옷을 입을 때는 검은 두루마기를 입었고, 누른 가죽옷을 입을 때는 흰 두루마기를 입고, 여우 가죽옷을 입을 때는 밤색 두루마기를 입었으며 분홍빛이나 자미색 속옷을 입지 않았다' 한다. 그리고 여름에는 삼베옷을 입었으며 오른팔 소매를 왼팔 소매보다 길게 만들었으며 잠옷을 몸길이의 1배반 길이로 하였고 자택에 있을 때는 주로 여우 가죽옷을 입었다 한다.

이상 열거한 것은 의(衣)와 식(食)에 대하여서이지만 그 밖의 것은 가히 상상에 넘는다. 생각해 보면 우리들 주변에 이토록 꼬장꼬장하고 까다로운 사나이가 있겠는가?


해방 후 일본에서는 일컬으길 강해진 것은 여자와 양말뿐이라고들 한다. 여자의 양말을 비유한 것도 재미있지만 사실 해방 후 일본 여성들은 참정권(參政權)을 얻어 모든 사회면에서 활약하게 되었으며 이러한 것은 우리나라도 마찬가지다. 세상에서 생각지도 못하였던 여자정승이 안 나오나 국회의원이다 무슨 예술가다 하는 류의 여성활동은 그야말로 눈부시다. 제가 경영하는 학원만 보더라도 옛날이 아닌 4, 5년 전만 하여도 양재학원이라면 식모나 그렇지 않으면 겨우 초등학교나 나온 아이들이 배워서 밥벌이나 하는 노동기술강습소로 밖에 보지 않았으나 요사이는 거개가 대학 졸업생이며 그렇지 않아도 고등학교는 졸업한 사람들이 입학하여 여자 디자이너로서 꿈꾸고 있다.


이런 모든 여자들이 공자하고 결혼한다면 석달도 못가서 공자는 뒷

발로 차고 말 것이다. 실제로 당시는 그 당시에도 채였으니 요사이 같으면 아예 결혼 생각조차도 못하였을 것이다. 이러고 보니 여자도 많이 변했구나 하는 생각이 새삼 느껴진다. 또한 극히 일반적이긴 하지만 우리들은 여자의 의상 문제에 있어서 여자들의 '스커트' 길이의 3㎝, 4㎝ 문제를 가지고 도덕이다, 부도덕이다 하는 선을 그을 만큼 완고하면서도 허벅다리가 발꿈치보다는 아름답다는 평범한 진리가 우리들에게 알려지기까지에는 근 1세기 간이나 걸렸다는 것을 생각할 때 모든 사고방식의 변천은 그리 쉽게 이루어지지 않는다는 것을 또한 생각케 한다.

# 운명

朴 巖

나는 인생을 60년이나 살았지마는 아직 운명이 뭣인지 모르고 살아오고 있다. 운명이 무엇인지 모를 뿐 아니라 운명을 염두에 두고 살아 본 일도 없다. 운명을 염두에 두고 살아 본 일이 없는 것이 아니라 운명이 있는지 없는지조차 생각해 본 일도 없다. 운명이 있는지 없는지조차 생각해 본 일이 없고 보니 운명이 긴 것인지 짧은 것인지, 사각형인지 삼각형인지, 흰 것인지 노란 것인지 새빨간 것인지, 햇빛 같은 것인지 음지(陰地) 같은 것인지, 추한 냄새를 발산하는 것인지 향기를 풍기는 것인지, 꽃같이 피는 것인지 낙엽같이 지는 것인지, 다정한 것인지 냉랭한 것인지, 연애하는 소녀같이 아름다운 것인지 중년 과부같이 슬픈 것인지, 억만 장자같이 화려한 것인지 성자같이 거룩한 것인지, 불고기같이 맛난 것인지 약같이 쓴 것인지, 순풍에 돛단배 같은

**박암(朴巖)** _ 경북 출생. 호 월해(月海). 평양대동공전 · 평상 · 평농 · 진남포상공학교 등 교원. 대한국민 대표 민주의원 비서국 문서과장. 동양외국어전문 교수 겸 이사. 건국후 초대 인천세관장. 외무부차관. 한국도의실천연맹 대표. 4월혁명학생동지회 고문. 한국외국어대학 강사. 서울특별시 공무원교육원 강사. 도의실천운동과 문필생활에 종사.

것인지 짐 지고 태산준령을 넘는 것 같은 것인지조차 나는 모른다. 따라서 운명이란 앉아 기다려야 다행할 수 있는 것인지도, 쫓아가서 붙들어야 다행할 수 있는 것인지도 나는 생각해 본 일이 없다.

그러나 앉아서 기다리는 것보다는 쫓아가 붙드는 데 더 확실성이 있을 것만 같은데 사람들은 말하기를 운명은 저절로 오는 것이라고 한다. 사람이 일부러 간청을 아니 해도 올 때가 되면─ 그 올 때는 사람으로서는 알 길이 없다. 저절로 제발로 걸어서 온다고 한다.

운명이 저절로 오기만 하면 무엇을 해도 다 뜻대로 잘만 된다고 한다. 생각했던 것만 잘 되는 것이 아니라 생각 아니 했던 일조차 감아 놓은 실꾸리에서 실마리를 풀듯 실실 수월하게 일이 다 저절로 풀어져 별 고생도 없이 백만장자도 되고 대정치가도 될 수 있다고 한다.

그 대신 운수가 와주지 않는다면 사람이 아무리 있는 정성을 다 기울이고 있는 노력을 다 쏟아 붓는다고 해도 밤에 자지도 않고, 땀을 뻘뻘 흘리며 수족이 닳도록 일을 해도 그 성과는 실패밖에 있을 것이 없다고 한다.

그래서 가난한 사람은 운수가 나빠서 가난 고생을 하고, 부자는 운수가 좋아서 호강을 한다는 것이다. 운명을 이렇게 관찰을 하고 보니 이 세상은 온통 운명의 것이지 결코 사람의 것은 아니다.

내 견문에 의하면 하나님이 사람을 낳으셨다고 했지, 사람 대신 운명을 낳으셨다고는 말씀하시지 않았다.

그리고 이 세상의 주인은 사람이지 운명이 이 세상에 주인이라는 이야기도 못들어 보았다. 설사 백보를 양보해서 운명이라는 것이 그야말로 사람의 행·불행을 좌우한다고 해도 그것은 운명 자체가 제대로 행·불행을 이 세상에 표현하는 능력을 가진 것이 아니라 운명의 운명다운 작용이 사람으로 인해 비로소 표현되는 것이라면 운명의 주체(主

體)는 운명 그 자체가 아니라 사람일시 분명하다.

만약 운명의 주체가 사람에 틀림없다면 운명이 사람을 좌우할 것이 아니라 사람이 운명을 좌우해야 하는 것이 당연한 일이라는 것을 능히 부정하고 나설 사람은 없을 것이다.

운명이란 사람이 논 밭을 갈고 절기를 쫓아 씨를 뿌리고 이에 비료를 주고 잡초를 뽑고 손질을 해서 기르는 것이나 같은 일이 아닐까? 운명이란 이같이 사람의 손에 의해 개척되어야 된다는 그 증거를 우리가 세계혁명사에서 볼 수 있고 또 의지가 강경하여 일에 실패를 해서 가난과 불행에 몸부림을 하면서도 절대로 이 불행에 백기(白旗)를 들지 않고 끝까지 이 불운과 싸워 그가 뜻하는 대로의 성공을 해서 전보다 몇 배나 더 큰 사업을 이루는 실예에서 우리는 이를 증명할 수 있다.

운명은 자고로 인생에 있어 일상 흔히 논의되어 온 것만큼 나는 새삼 운명을 부정할 용기는 가지고 있지 않다.

운명은 확실히 있을는지 모른다. 그러나 그 운명은 나와 별개의 것으로 내 밖에 따로 있는 것이 아니라 내 운명이란 나와 꼭 같이 생각하고 나와 꼭 같이 일하고 나와 꼭 같이 고생하고 즐기는 그것이 곧 내 운명이리라고 나는 생각한다.

# 생활고를 외치는 사람들

朴 巖

정치가 질서를 잃고 미궁(迷宮)에 들어서자 사회는 선악의 분간을 잊어버리게 되고 사람들의 살림살이는 날로 어려워져 갔다. 직업은 있어도 수입이 지출을 감당할 도리가 없는 적자생활의 불안을 막아낼 도리가 없는데, 직업도 수입도 없는 사람들은 당연히 먹지도, 입지도, 자녀교육도 말고 살아야 할 텐데 생명을 가지고 사는 사람의 슬픈 운명은 아무리 안 먹고 견디고자 해도 견딜 도리가 없으니 도적질을 해서라도 먹어야 살고 추우면 아무리 안 입고 견디고자 해도 견딜 도리가 없으니 사기를 해서라도 입어야 살고 가르칠 때가 되면 아무리 아니 가르치고자 해도 아니 가르치고는 견딜 도리가 없으니 횡령을 해서라도 가르쳐야 하는 괴롭고 또 괴로운 인생살이. 언제나 끝이 날는지 기약이 없는 이 인생살이에 표증이나 보여주는 듯 금년 들어서는 기후조차 3월까지는 봄이라고는 이름뿐이고 바람 안 불면 춥고, 춥지 않으면 바람이 불어 어느 날이나 그저 춥고 쌀쌀하고 쓸쓸했다. 춘삼월 호시절이란 그 호시절이 아주 밉살머리스러워 진절머리가 날 정도이었다.

이렇게 몸과 마음을 어디다 부접(付接)을 시켜야 할는지 알 수 없어 몸과 마음이 다 오돌오돌 떨며 의지를 찾아 쩔쩔매야 했던 3월도 다 갔다.

4월에 들어섰다. 4월에 들어서자마자 날씨는 아주 온화해졌다. 맑아졌다. 바람이 춥지 않으니 쌀쌀하지도 않고 쌀쌀하지 않으니 쓸쓸하지도 않고 우울하지도 않다. 몸은 확 풀리고 마음은 흡족하다. 명랑한 날씨가 내 몸과 마음의 의지가 되어준 것이다.

봄은 이렇게 다정하게 이렇게 아름답게 우리집을 감싸주고 나를 향해 그 대문을 활짝 열어주어 나로하여금 봄을 의지하고 살 수 있는 사람을 만들어 주었지마는 우리집 대문은 예나 이제나 세상을 향해 굳게 닫친 대로 그대로이다. 내가 세상을 향해 닫고 싶어 닫은 것도 아니고 세상이 나로하여금 닫게 한 것도 아니지마는 내가 세상을 향해 대문을 닫은 듯, 세상이 나로하여금 닫게 한 듯이 우리집 대문은 이 새봄에 정말 봄 같은 봄 4월의 다정하고 상냥한 봄이 나를 찾아와도 나와 세상 사이에 닫힌 대문은 닫친 대로 그대로이다.

서울의 아랫거리, 서울의 한 모퉁이 여기 깊은 숲속에 수목이 들어서듯 나지막하고 조그마한 집들이 꽉 들어앉았지만 자동차 전차의 소음과 생존을 다투는 소음이 없어 여기 대낮의 정적은 깊은 산중 같기도 하고 밤중 같기도 해서 참 조용하다. 이 정적 가운데 돌부처처럼 앉아서 나는 지금 시계의 초침 소리를 맞춰가며 글줄을 넘긴다. 무아(無我)까지는 아니 가도 확실히 무상(無想)의 경지까지에는 이르고 있다.

이같이 무우무상(無憂無想)의 비현실적 환경(幻境)에 젖어 있는 나를 때때로 유우유상(有憂有想)의 세계로, 현실적 환경(環境)으로 강제소환을 해가는 소리가 있으니 이는 곧 행상인들의 물건 사라는 소리와 대문 두드리는 소리다. 내가 사고 싶은 물건도 없으려니와 내게 돈이 없으니 사기도 싫고 살 수도 없는데 생에 쫓겨 다니는 답답한 장사꾼들은 그 대부분이 어린 아기를 업은 젊은 여성들이다.

남의 속도 모르고, 이 좋은 정적 속에 잠시의 안정도 주지 않고 하루한 20명씩이나 와서 문을 두들기고 소리를 질러 나를 괴롭힌다. '소금사시오' '간장 사시오' '도토리묵 사시오' '두부 사시오' '꿀 사시오' '콩나물 사시오' '양은 그릇 사시오' '양말 사시오' '된장김치 파세요' '헌 넝마나 휴지 파시오' 하고 외치며 문을 쩔렁쩔렁 흔들기도 하고 활짝 열어 젖히기도 하고 안에서 사람이 '안사요' 하고 대답할 때까지 문간에서 소리를 지르니 그 소란도 괴로우려니와 세상과의 사이에 대문을 닫고 마음을 닫고 세상을 아주 잊어버리고 살려고 애를 쓰는 내게 자꾸 세상을 담아다 부어주며 '살기 어려운 세상' '괴로운 생활'을 자꾸 일깨워 준다.

이 모든 행상들의 생활고를 외치는 한결 같은 외침은 없으면 없는 대로 먹으면 먹는 대로 입으면 입는 대로 모자라면 모자라는 대로 불만도 불평도 없이 양심껏 정성껏 살아보려는 내 마음을 뒤흔들어 놓아 나는 비록 고요하고자 하나 바람 그치지 않는 괴로움을 억제치 못하게 한다.

# 지방 사투리

邊 時 敏

최근 학계에서나 일반인 가운데 많이 쓰여지고 있는 말에 근대화란 말이 있다. 이 말은 새로이 만들어 낸 신어는 아니지만 구체적인 내용에 있어 어떻게 하는 것이 근대화인지를 잘 알고 쓰고 있는 사람도 별로 없는 것 같다.

산업의 근대화라 할 때에는 그 뜻이 명백히 나타날지도 모르지만 적어도 사회적인 의미에서는 여러 가지 점을 음미하지 않고서는 그 말의 뜻을 명백히 하기가 곤란한 것 같다. 사회적인 의미에서는 우선 손쉽게 19세기적인 요소를 사회에서 제거하는 것이 사회의 근대화라 해석하는 것이 일응(一應) 타당하지 않을까 생각한다. 이와 같이 19세기적인 요소를 우리의 생활요소에서 제거하려 할 때면 먼저 머리에 떠오르는 것이 사주관상(四柱觀相) 그리고 비과학적인 민간신앙과 민간요법 등의

**변시민(邊時敏)** _ 제주도 서귀읍 출생. 일본 교토(京都)제대 사회학과 졸업, 동 대학 사회학연구실에서 연구. 서울대학교 문리과대학 사회학과 교수. 문교부 문화국장. 한양대학교 교수. 사단법인 인구문제연구소 소장. 저서 《사회학》, 《사회학신강》, 《문화와 사회》 외 2편. 역서 뢴니스 저 《공동사회와 이익사회》

미신, 속신들일 것이다.

그러나 산업이 발달하고 과학이 보급된 선진국에도 그러한 폐풍이 아직도 남아 있는 것을 볼 때 그의 제거도 용이한 일이 아닐 것이다.

그러나 제거되어야 할 요소임에는 틀림없다. 그것과는 달리 나는 텔레비전이나 방송을 듣다가 의아심을 가질 때가 한두 번이 아니다. 그것은 다름 아닌 사투리 대화이다.

언어는 인류의 기원과 그의 발생을 같이하고 있기 때문에 지역에 따라 언어가 달라질 수 있는 것이다. 심한 예로 옛 중국에서는 지방마다 사투리가 발달하여 필담(筆談)이 아니면 의사교환을 할 수 없을 정도였다. 언어가 다르면 동일민족도 동일민족임을 인식하지 못하고 이민족시하고 적대시하는 사례를 우리들은 흔히 봐왔다. 그러므로 근대국가가 민족적 통일을 기하기 위해서 우선 언어의 통일부터 착수했던 사실을 간과할 수는 없을 것이다.

미국과 같은 통일된 선진국에 있어서도 언어의 통일을 매우 중요시하여 교원이 될 수 있는 첫 조건이 표준어를 쓸 수 있는가 없는가에 두고 있는 것이다. 그렇다고 한다면 우리나라와 같이 지방색과 지방벌 의식이 강한 나라에서는 어떻게 하면 그것을 완화시킬 수 있는가에 머리를 써야 할 것이 아닌가. 그런 데도 불구하고 방송과 텔레비전의 영화·연극에서는 지방색을 부각시키기 위해서 사투리 대화가 빈번히 나오는데 그것이 근대화를 지향하고 있는지 근대화를 저해하기 위한 것인지 의심되는 바 크다. 요즘 길거리나 직장에서 혹은 심지어 학교 같은 데에도 지방 사투리를 함부로 쓰는 경향이 있다. 교양의 정도도 의심되지만 공공기관인 방송에까지 사투리가 터져 나와서는 한심스럽기 한이 없다.

물론 지방 사투리에는 지방의 정서가 넘쳐 흐르는 멋도 있고 영화·

연극에서는 그의 예술성을 살리기 위해서 필요에 따라 필요한 것으로 생각되기는 하나 그의 빈도와 지속성으로 보아 근대 한국건설에 역행 되어 있다고 단언하여도 과언이 아닐 것이다. 남북으로 갈라져 있는 것 만 하더라도 슬픈데 그 위에 우리나라를 지방마다 조각조각 쪼개 버릴 작정인가. 나는 지방 사투리가 심히 나오는 영화나 연극이 나오면 스위 치를 끄는 버릇이 있다. 그 때마다 근대화에 대해서 나의 생각이 잘못 인가를 반성하는 경우가 많다. 우리들도 하루 속히 지방차를 없애고 민 족적인 차원에서 다 같이 차별 없고 파벌 없는 사회의 근대화에 힘써야 하겠다고 생각된다.

# 슬픔에 찬 인사말

邊 時 敏

언어는 민족의 오랜 생활리에 자연히 생성발전한 것이라고 하겠다. 그러한 의미에서 언어는 그 사회의 반영이라 볼 수 있다. 물론 나는 언어학에 지식이 없기 때문에 잘 모르지만 언어에는 사회상을 반영한 것들이 있는 것이 아니겠는가. 특히 우리들이 아침 저녁에 인사하는 말에는 기이하게 생각되는 것들이 있다.

"안녕히 주무셨어요?"

이 인사말을 옛 사회상과 관련시켜 생각한다면 얼마나 비참한 표현인지 모르겠다. 악정(惡政) 때문인지 외침(外侵) 때문인지는 모르지만 하여튼 밤새우는 것조차 어려웠던 일이 지속하였던 것만은 이 인사말로 짐작이 갈 수 있을 것 같다. 이렇게 생각하는 것은 지나친 생각인지는 모르나 우리 역사의 일부에는 확실히 그러한 면이 있었던 것만은 사실이다. 이 인사말은 공산치하에 살았던 사람이면 더욱 실감이 날 것이다. 공산치하에서는 밤 사이에 행방불명이 되는 수가 허다하였다니 말이다.

또 "진지 잡수셨어요" 하는 인사말은 그것이 사회상의 반영이라 생각한다면 얼마나 애처로운 말일까. 이 말은 밥을 같이 먹자는 뜻도 되지만 밥을 먹었나 안 먹었나 하는 질문이기도 하다. 옛날부터 보릿고개가 되면 절량농가(絶糧農家)가 속출하였던 것만 상상한다면 곧 짐작이 갈 것이다. 초근목피(草根木皮)로 연명했다는 사실을 우리들은 너무나 잘 알고 있다. 이러한 인사말이 어느 나라에 있단 말인가. 나는 천학이기 때문에 그러한 인사말을 하는 나라가 우리나라 외에는 없는 것으로 알고 있다.

또한 이런 말들도 있다. 약수, 약식, 약과, 약주 등의 말이다. 아무것도 아닌데 전부 약이란 말이 붙어 있다. 그만큼 약이 필요했다고 볼 수 있다. 물도 술도 음식도 과일도 모두 약이 된다는 것이다. 질병으로 고생한 옛 조상이 애처롭다.

또 "죽겠다"는 말을 우리나라에서처럼 많이 쓰는 나라는 없을 것이다. 처음에는 죽을 고생을 하는 데서 생긴 말이긴 하나 그것이 기쁨에까지 확대 사용되는 사례가 생긴 것 같다.

이상과 같이 우리의 일상용어에는 너무나 슬픈 말들이 많다. 우리 조상들은 복 받은 일이 매우 적었고 목숨도 매우 짧았던 것이 확실하다. 그것은 너무나 많이 목숨 '수(壽)' 자와 복 '복(福)' 자를 쓰는 것으로 짐작이 간다. 집에서 다방에서 그런 글씨를 흔히 보게 된다. 잘 자지도 못하고 먹지도 못한 사람에게 복 받기를 원하는 것은 당연한 일이다. 약이 필요한 환자에게 목숨이나 길었으면 하는 것은 인간의 상도라 하겠다.

요즘은 과히 쓰지 않게 되었으나 수복(壽福)과 함께 '녹(祿)' 자는 최근까지 많이 쓰여졌다. 국록만 먹게 되면 평안히 살 수 있었던 것은 사실이다. 3년 녹을 먹으면 3대를 먹여 살릴 수 있었다는 말을 상기한다면 병에 걸리기 쉽고, 먹기도 어려웠던 사람에게 부러운 것은 국록이었었음은 당연한 이치일 것이다. 그러나 요즘 '녹' 자를 과히 쓰지 않게 된 것처럼 수복이란 말도 쓰여지지 않게 되었을 때 우리들은 참으로 복을 받고 오래 살 수 있게 될 것이다.

그리고 우리의 주변에서 과거의 슬픔을 표현하는 말들이 아무 의미도 가지지 않게 되었을 때 우리들은 참으로 행복한 생활을 누리게 될 것이다. 그 날이 기다려진다.

# 동화 속에 사는 나

徐仲錫

**불**길처럼 뜨겁게 내려쪼이는 햇볕이 끝없는 대지를 이글이글 타오르게 한다.

바람 한 점도 없다. 일하던 사람들은 숨가쁜 마음을 어찌하지 못하여 녹음을 찾아간다.

그러나 하루살이 인생에게는 녹음을 찾아 낮잠을 잘 시간적 여유가 없다. 일복이 많은 인간에게도 시원한 산하를 찾아가 염열(炎熱)을 피할 겨를이 없다.

나는 불행인지 다행인지는 알 수 없으나 이번 여름방학에도 폭서를 피할 수 없는 일복을 얻었다. 그러기 때문에 최소한 하루에 30여매 이

**서중석(徐仲錫)** _ 함남 출생(본적 서울). 호 경파(耕波). 전문학교 입학자격시험 합격. 봉천학원 정경학부 졸업. 중등교원 검정시험 합격. 서울대학교 문리과대학 정치학과 졸업. 서울대학교 대학원에서 정치학석사학위 취득. 서울대학교 대학원 박사학위 과정 수료. 「대학신문」사 주간. 신흥대학교 전임강사. 단국대학 부교수. 성균관대학교 강사. 한국정치문제연구회 지도위원. 동국대학교 강사. 국학대학 강사. 국가재건기획위원회 정치분과위원. 국가재건최고회의 자문위원. 극동문제연구원장. 북한해방통일촉진회 대공정책위원. 경희대학교 정경대학 교수. 저서 《동양정치외교사》, 《한국외교사강의》, 《극동국제정치사》(上), 《구한말조약휘찬》(上中下).

상의 원고를 써야만 된다. 무더운 삼복이나 음울한 장마 속에 움츠리고 앉아 원고를 쓰는 것처럼 안타깝고 딱한 일은 없을 것이다.

그러나 작업 자체는 그렇거니와 책과 원고지를 멀리 할 수 없는 인생 부분을 맡은 나로서 어찌 책 읽기를 싫어할 수 있으며 원고 쓰기를 싫어할 수 있겠는가?

찌는 듯이 무더운 여름에 나는 두문불출(杜門不出)하며 원고지와 함께 씨름을 한다. 아니 더위와 함께 싸움을 한다. 그러면서 나는 이따금 옛날 어린 시절에 듣던 동화를 생각한다.

아마 오늘처럼 무더운 여름철이었던 모양이다.

높다란 나뭇가지 푸른 잎이 우거진 곳에 올라 앉은 매미는 시원스런 소리로 노래를 불렀다.

"매앰 매앰 매앰……."

정말 매미는 온 세상이 뜨거운 더위에 지쳐서 늘어져 있는 대낮에 높은 나뭇가지 시원한 그늘 속에서 노래를 부르는 자기 자신의 팔자(신세)를 가장 좋다고 생각했다.

그런데 그 높다란 나무 아래 뜨거운 길바닥에서는 개미떼들이 무거운 짐을 끌고 가느라고 무척 야단이었다. 개미떼들은 쌀알을 집으로 끌어가는 중이었다. 그들은 온몸이 함뿍 땀에 젖어 있었다.

그때 나무 위에서 노래만 부르고 있던 매미가 나무 아래를 쳐다보고 개미들에게 말했다.

"지금 당신네들은 땀을 줄줄 흘리면서 무엇을 하고 있습니까"라고…….

그러자 개미들은,

"우리는 겨울 준비를 하느라고 식량을 모으고 있으며 집을 마련하고 있습니다."

라고 대답하였다. 그러나 매미는,

"이처럼 좋은 날씨에 노래나 부르고 춤이나 추면 될 일이지 뭘 그렇게 열심히 일할 필요가 있습니까"라고 말했다.

날씨가 몹시 추운 겨울이 왔다. 매미는 춥고 배가 고팠다. 가련한 모습을 한 매미는 개미들이 살고 있는 집의 대문을 두들겼다. 마침 개미가 나왔다. 개미를 본 매미는 눈물을 글썽이며 말했다.

"그간 안녕하세요. 정말 미안합니다만 좀 여유가 있으시면 식량을 조금 빌려주십시오."

이 말을 듣던 개미는 어처구니 없다는 듯이,

"무얼 그래요. 지금도 노래를 부르고 춤을 추면 되지 않습니까? 우리들은 결단코 남께서 식량을 빌리지도 않으며 남에게 빌려줄 만한 식량도 없습니다. 정말 미안합니다."

라고 말하면서 문을 닫고 가 버렸다.

우리 인간이 살고 있는 주변에는 개미와 같이 부지런히 벌어서 즐거웁고 착실하게 살아가는 사람도 있는가 하면 마치 매미와 같이 안일(安逸)한 생각과 의뢰심(依賴心)을 가지고 앞날의 계획도 아랑곳없이 그때그때 취생몽사(醉生夢死)하려는 사람도 있다.

나는 어린 시절에 듣던 이 동화를 또 다시 머릿속에 아로새기면서 이 무더운 여름 속의 나를 냉각시켜 본다.

지금쯤 저 멀리 해변을 찾아간 친우지기들은 소위 피서를 한답시고 많은 비용을 써가면서 소일하리라. 그러나 나의 육중한 몸에 땀이 주룩주룩 흐르는 것도 잊은 채로 방학중 계획된 원고를 쓰면서 동화 속에 사는 나는 웬일인지 마음이 흡족하기만 하다.

# 병상록

徐 仲 錫

무슨 까닭인지 몸에 이상이 있음을 느낀다. 몇 번이나 근심스러이 머리에 손을 얹어본다. 집 근처에 있는 병원에 쫓아가서 혈압을 재어본다.

그러나 뚜렷한 진단이 나오지 않는다. 한동안 앓지 아니 했으니 병도 올 때가 되었는지도 모를 일이다.

올봄이 다 가기 전에는 《구한말조약휘찬(舊韓末條約彙纂)》을 끝마치고 내년 봄까지는 기어코 《극동국제정치사(極東國際政治史)》 하권을 탈고해 보려고 밤낮으로 무리했는데 아마 그 탓일까? 진실로 병은 나를 찾아온 것일까?

지난 4월 18일경 나는 서울대학교 의과대학부속병원에서 약 14일간 병상(病床)에 누운 적이 있었다.

그때 종합진단을 하여 본 결과 수일동안만 치료를 받으면 된다기에 한결 마음을 놓을 수 있었지만……

병상에 누워 있는 동안 나는 병이란 것이 참으로 우리들 사람을 위하여 다행한 교도자인 것을 느꼈다. 그것은 종신병이 걸린 불운한 사람들에게는 그렇지 않겠지만 병은 사람의 새로운 육성을 위해서 또는 휴양을 위해서 그리고 인생의 순화를 위해서 막대한 힘을 주는 것임을 깨달았다. 정말 병으로부터 해방되어 쾌유의 즐거움을 갖는다는 것은 병상의 경험이 없이는 그 맛을 느끼지 못할 것이다.

병상이란 흔히 불안과 고통과 고독과 추억과 원망을 가져오는 곳이라 한다. 심신이 아프면 불안과 통증을 느끼겠지만 어느만큼 병세가 호전되면 고독과 추억이 아로새겨지는 찬스가 되고 만다. 때로는 그 무엇인가의 욕구불만 때문에 원망도 뒤따르고.

그러나 무엇보다도 병상에서 잊혀지지 않는 것은 천사와 같은 여간호원들이 뽀오얀 가운을 입고 그 고운 말씨에 그 부드러운 손길로 어루만져 주는 그 기분이라 할까. 또는 외로움 속에서 그렇게도 그리웁던 그 사람과 그 친우들이 찾아오는 그 기쁨이라 할까.

정말 심신이 아픈 그 괴로움은 백의천사가 위안해 주는 그 기쁨과에 버터가 되는 것 같기도 하다. 그렇기 때문에 병원의 간호원이라는 사명은 환자들을 위해서 얼마만큼 귀중한 것인가를 알아야 한다. 환자에게 불친절한 간호원들은 도리어 환자의 병보다도 더 큰 해독을 주는 것이나 다름이 없을 것만 같다. 정말 그렇다.

또한 나는 병상에 누워서 창밖에 비친 정원의 풍경을 보며 그 무엇인가 교훈을 받는다. 지금 내 눈에 비친 저 병상 앞뜰의 소나무와 잔디들은 20년 전 꿈 많은 학창시절에 보던 그 모습 그대로 싱싱하구나. 얼마나 조물주의 힘이 거룩한가. 푸른 나뭇잎이 나풀거리고 오색이 영롱한 꽃과 꽃들. 거기에 온갖 새들이 기꺼이 노래 부르고―.

그러나 동물중에서도 가장 두뇌가 발달되었다는 동물―인간은 저 창밖에서 왜 서로 헐뜯고 욕하고 미워하고 싸움질을 하는 것일까. 정말 흘러간 20년 전의 정국과 그 무슨 판도가 다르랴. 약간의 양상이 다를 뿐이지―. 지금 라디오의 12시 뉴스는,

"…오늘의 국회는 성원이 미달되어 유회되고 말았습니다. 고려대학교 학생 1200여 명은 교정에서 한일굴욕외교성토대회를 열고 교문을 나와 데모에 들어갔으나 기동경찰의 제지로 말미암아 운운. 서울대학교 물리대도…, 연대도…, 경희대도…, 이대도…, 동국대도…."라고 보도한다.

정말로 위정자가 없는 나라요, 주체성이 없는 나라요, 살기에 복잡한 나라다.

지금 막 간호원이 들어와서 '너무 자극적인 생각을 말라' 고 타일러준다. 그렇다. 너무 흥분하면 환자에게는 더 해롭다. 그러나 나는 여간해서 흥분하지 않는다. 나의 병상 머리맡에는 힐티의 《행복론》이 놓여 있다. 나는 그 책을 펼친다. 거기엔 다음과 같은 병상의 이점이 쓰여 있다.

첫째 오늘날과 같이 바쁜 많은 사람들에게 극히 필요한 여유를 준다.

둘째 심신을 위해 완전히 휴양케 한다.

셋째 과거와 미래를 고요히 관조하게 한다.

넷째 인생의 참된 보물을 바르게 인식토록 할 기회를 준다.

다섯째 자기 자신의 귀중함을 느끼게 한다. 등등……

아닌 게 아니라 건강이 끊임없이 계속되고 있는 경우에는 전혀 훌륭한 점을 때때로 잃기 쉬운 것 같다.

세상사란 이렇듯 병환 후에 건강을 더욱 귀중하게 느끼며 인생의 참됨을 알 수 있는 것일까. 흑색은 흰 빛깔이 있음으로써 더욱 뚜렷해지고 선은 악이 있음으로써 더욱 분명히 나타나는 것. 여하튼 병이란 사람에 달가롭지 않은 증상이긴 하지만 이번의 병마에서처럼 그 백의천사의 고마움과 병의 교훈을 느끼기는 흔하지 않은 것 같다.

# 도의인생(道義人生)


孫在馨


괴테는 그의 저서 《예술과 고전》에서 다음과 같이 말한 바 있다. "인생이란 평범한 것같이 보이고, 일상 평범한 일에 만족을 느끼는 것같이 보이지만, 언제나 자기도 모르게 보다 높은 어떤 욕망을 품고, 그것을 이끌어 나가면서 그 욕구를 만족시킬 수 있는 수단을 모색하는 것이다" 라고.

물론 높은 욕망을 품고 사는 인생은 그 무엇인가의 '비결' 이 있다. 그러나 욕구불만 속에서 나날을 흘러보내는 그 인생에게는 저버릴 수 없는 하나의 등불이 있어야만 되는 바 이는 곧 '도의(道義)' 라는 이름의 등불이 아닐까?

도의를 수행하는 자는 곧 등불을 들고 어두운 방에 들어가는 것과 같아서 어둠이 없어지면, 밝은 광명이 차고 마는 것이다.

**손재형(孫在馨)** _ 전남 진도 출생. 양정고보 졸업. 외국어학원 불어과 수료. 문총 중앙집행위원. 예술원 회원. 서울대학교 강사. 국보 보존위원. 국전 심사위원. 한국미술가협회 최고위원. 대한서화연구회 회장. 한국서예원 대표. 제4대 민의원. 국회 문교분과 위원장. 한국예술문화단체 총연합회 회장.

어떤 사람은 "도덕적인 생활을 다 지킨다고 반드시 행복한 것은 아니다' 라고 말한다. 왜냐하면 도덕은 본래 우리의 행복된 길을 가르쳐 주지는 않기 때문이란다. 그러나 칸트가 말한 것처럼 우리가 행복을 받을 만한 가치 있는 사람이 될려면 적어도 우리는 도덕에 입각하고 있어야 하는 것이 아닌가.

도덕과 의리, 이는 어두운 우리 사회에 있어서 필요불가결의 등불이다. 오늘날 과학문명이 고도로 발달됨에 따라 인간은 문명의 이기로 하여금 한결 편리해지고 행복스러워졌다고 할 수 있지만 핵폭탄과 같은 살인무기 등이 자꾸 만들어지고 있는 이즈음에 한편으로 공포와 불안을 느끼지 않을 수 없다. 만약 어마어마한 살인무기들이 이 세상에 마구 악용된다면 우리 인간사회는 어찌될까? 무릇 인간사회의 질서는 도의적으로 이루어지고 도의적으로 결합되어 각 개인이 서로 인격을 존중하고 선의의 경쟁을 수행함으로써만이 정치도 경제도 문화예술도 모두 안정을 기할 수 있을 것이다.

그런데 도의와 윤리라는 것은 시대와 사회와 민족에 따라서 각각 가치의 판단이 다른 것 같다. 오늘날 우리 사회는 어떠한가……. 소위 인테리로 자처하며 남을 지도한다는 이들의 도덕관념은 터무니없이 비약하는 점도 없지 않다. 더욱이 어느 종교가나 학자나 예술인이나 정치가가 양심과 도의를 저버리고 마치 모함과 중상과 비방만을 일삼는다면 인간사회의 분위기는 거칠고 삭막할 것이다.

의를 알면서도 행하지 않고, 무지하면서도 아는 척하는 사람들은 좀 자가비판 할 시간을 가졌으면 좋겠다.

'정의가 지배되는 곳에는 무기가 필요없다' 는 옛 철언을 오늘도 나는 되새겨 본다.

# 사령장(辭令狀)


吳 蘇 白


여느 땐 잘 알지 못했다. 극장 광고를 보면 조조할인(早朝割引)이라는 것이 있다. 아침 출근하다 버스 창 너머로 극장 앞에 서성거리는 조조할인파들을 볼 때 나는 늘 못마땅하게 생각하는 버릇이 있었다. 나는 거의 주기적으로 사표를 내는 숙명성(?)을 지니고 있다. 보통 내가 직장을 그만둔 것은 한 말로 해서 시시해서였다. 물론 수없이 직장을 오락가락하는 중엔 모가지를 잘린 일도 두 번쯤 된다. 그러기에 가족들도 나의 주기적 사표증(辭表症)에 이젠 만성이 되어 버렸다. 워낙 조조할인파를 경멸하던 나도 요새는 가끔 조조할인파가 되었다. 십원짜리 몇 장이면 극장에 들어가서 몇 시간 심심치 않게 보낼 수 있으니 실업자의 안식처로서도 안성맞춤이다. 아마 다른 사정이 있는 사람들

**오소백(吳蘇白)** _ 평남 진남포 출생. 서울대학교 사범대학 중퇴. 조선신문학원 졸업. 홍익대학 신문과 강사. 신문학원 강사. 「조선일보」·「합동통신」·「태양신문」 등 기자. 「부산일보」·「서울신문」·「중앙일보」·「한국일보」·「경향신문」 등 사회부장. 「대한일보」 사회부장 겸 편집부국장. 월간 『중성』지 주간. 신문편집인협회 보도자유위원. 저서 《인간 김구》, 《거리의 정보실》, 《올챙이기자 방랑기》, 《신문기자가 되려면》, 《신문강화》, 《해방십년》, 《우리는 이렇게 살아왔다》, 《에티켓 선생》, 《오소백 일본 상륙기》 외 수편.

도 조조할인을 애용하겠지만, 실업자와 조조할인은 서로 끊을 수 없는 관계를 맺고 있을는지도 모른다. 더구나 연속 상영인 경우엔 여간 고마운 것이 아니다. 모든 피사체는 보는 사람에 따라 여러 각도로 변모하는 것 같다.

예전에 미처 몰랐던 몇 가지 현상이 심상치 않게 나타났다. 가로수의 낙엽이 뒹구는 것도 실업자에게 있어선, 무슨 독촉장같이만 보였다. 구공탄 실은 리어카를 보면 예고 없는 계고(計告)의 모서리를 연상시킨다. 김장배추를 보면 포로수용소 가시철망 속에서 전망하는 것 같다.

여태까진 점경(點景)으로도 생각지 않았던 것을 이제 겨우 느꼈다. 새끼오라기로 구공탄 한 개를 꿰가지고 대롱대롱 땅거미 속으로 사라지는 소녀의 밑바닥 생활을…….

헌 잡지책이며 시멘트 포대로 만든 과자 봉투 같은 것으로 됫박쌀을 사가지고 가는 사람들의 생활을 내 몸에 심어보고서야 세상이 어떤 것인지 눈 뜨기 시작했다. 어쨌든 지금까지 내 시야에 없던 것들, 대수롭지 않게 여기던 것들에 대해 나는 따뜻한 새로운 애정을 느끼게 되었다. 따뜻한 애정은 화려한 것에만 있는 것처럼 느꼈던 내 생각은 방향을 바꾸기 시작한 것만 같다. 오히려 가난하고 어려운 서민들의 생활 속에서 애정의 새로운 감정을 맛보는 것만 같았다.

지금까진 거의 의식치 못했던 또 다른 무엇을 발견했다. 이력서며 취직 이야기를 꺼내면 어린 것들이 무슨 맛있는 음식물이나 발견한 듯, 외면하는 척하면서도 열심히 엿듣고 있다는 것을 무의식중에 느꼈다. 그런 때의 내 심정은 모종의 피압감정(被壓感情)이라 할까, 아니 무거운 책임관념 같은 걸 느낀다. 어린이들을 어린이로만 다루는 건 큰 잘못이 없다. 자신의 성장만 믿고 어린이들의 성장은 의식 못했던 것이다. 성장은 언제나 상대적으로 정비례하고 있었다. 나는 여태까지 어린이들이 내 눈치를 봐가며 살아가는 줄은 꿈에도 몰랐다. 반대로 나 자신도 어린이들의 눈치를 보며 지내온 기억은 전혀 없다.

어떤 날 아침. 고교에 다니는 애가 입을 열었다.

"내일까진 꼭 등록금 줘야 합니다. 마지막 연기니까요."

"왜 미리 말하지 않고 절박해서 서둘게 하니?"

"저도 집안 형편을 너무 잘 알고 있기 때문이죠."

나는 짧은 말 속에서 착잡한 무엇을 직감했다. 무책임한 아버지, 책임정치를 못하는 아버지임을 알게 되었다. 피해의식은 그 애가 가져야 할 텐데, 오히려 나는 내 자신을 피해자처럼 생각했던 것이 아닐까.

어떤 날 밤. 막걸리를 마시고 늦게 집에 들어갔다. 고교 다니는 애가 편지를 준다. 큰 봉투로 된 편지였다. 뜯어보았다. 사령장(辭令狀)이다. 거머리처럼 바싹 붙은 고교생이 나와 사령장을 번갈아 응시하며 미소를 띤다.

"아버지 축하합니다. 취직됐죠?"

내 마음은 납덩어리보다도 더 무거운 무엇을 느꼈다. 가족들은 취직이라는 말에 귀를 한 데 모았다.

"응, 취직됐어……."

나도 미소를 띠며 평범히 대답했다.

"월급 많이 받게 되나요?"

"월급. …아니 이건 월급 안 받는 취직이야."

애들은 실망에서 절망으로 변하는 것 같았다. 사령장은 ××협회의 자문 같은 것이었다. 나는 이런 종류의 일을 몇 개 맡고 있다. 그러나 이렇게 사령장까지 보내온 것은 처음이다. 나는 사령장을 생각할 때마다 애들이 실망하던 그 날 밤의 표정을 미안하게 생각한다. 가까운 사람들에게 이유 없이 실망을 준다는 건 어쨌든 괴로운 일이다.

# 분위기

李圭復


며칠 전의 일이다.

마침 S여자대학교의 출강 관계로 청파동행 버스를 탔다.

"선생님 여기 앉으세요."

S여대의 뱃지를 단 여학생이 일어서면서 자기의 앉았던 자리에 앉으라고 권한다. 고마운 일이다. 그 다음의 버스 정류장에서는 어느 50대 아주머니가 올라 탔다. 역시 젊은 여대생들이 서로 일어서면서 아주머니들이 앉도록 권한다. 어쩌면 그렇게도 공중도덕과 겸양심이 넘쳐 흐를까.

노인이나 어린이가 차에 오르면 자리에 앉았던 젊은이들이 자리를 양보해 주는 그 풍경.

자리에 앉은 여학생 앞에 서 있는 남학생의 책가방을 받아 안아주는

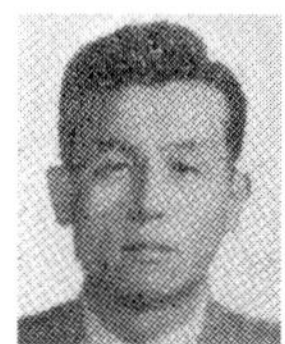

**이규복(李圭復)** _ 강원도 강릉 출생. 고려대학교 대학원 졸업. 단국대학 법과 및 정치과 주임교수. 홍익대학 강사. 고등고시위원. 3급공무원 채용시험위원. 3급공무원 승진시험위원. 사법고시위원. 한양대학교 법정대학 교수. 숙명여자대학교 정경대학 강사. 동국대학교 법정대학 강사. 저서 《헌법》, 《행정법학(총 · 각론)》, 《각국정부론》, 《신헌법》, 《법학통론》, 《비교정부론》 외 논문 다수.

서비스.

서울길을 잘 모르는 시골 할아버지에게 친절하게 길을 가르쳐 주는 여차장(女車掌)의 고운 마음씨.

"얘 넌 좀 일어서라. 이 아저씨 좀 앉으시도록……."

"아주머니 그 보따리는 이리로 주세요. 이 분 곧 내리실 테니까요."

웬일일까. 명랑한 차내 분위기이다. 어느덧 붐비던 버스 입구가 말끔히 정리되었다.

나는 마음 속으로 즐거운 박수를 보냈다. 모든 버스의 차내 분위기가 그와 같이 되었으면 얼마나 좋겠는가.

명랑한 서비스는 손님의 기분을 하루 종일 명랑하게 해 준다.

결국 명랑한 차내의 분위기는 곧 명랑한 사회의 분위기를 의미하는 것이다.

그러나 우리 사회는 비정하다.

가끔 버스를 타고 시골길을 달리노라면 별의별 일도 많이 본다. 콩나물 시루처럼 가득 사람을 태우고 달리는 버스. 정차시켜 달라는 소리는 아랑곳 없이 그저 마구 달리는 운전사의 마음보. 그럴 때는 의례 차장도 화를 내며 1, 2킬로 더 먼 지점에 손님을 내려 놓으면서 아무 곳에서나 정거를 시켜 달란다고 짜증을 낸다. 그러면서도 시골길의 아무 곳에서나 손만 들면 무작정 차를 세워 싣고 간다. 어이 된 일이냐? 정말 명랑한 여행을 위하여 운전수는 정원제를 할 수 없을까.

차장과 승객은 내가 며칠 전에 탔던 그 버스에서처럼 명랑하고 친절해야 된다.

그런데 그 언젠가는 내가 탄 합승 속에서 차장과 승객간에 시비가 벌어졌다.

차장이 손님들에게 미리 차비 10원 씩을 받겠다고 하는데도 어느 한 손님은 돈이 없다고 못 낸다는 것……. 그 이유인 즉 포케트에 분명히 2, 30원 있는 줄로 알고 탔는데 돈이 없어졌다는 것이다.

"빨리 차비 내세요."

"돈이 없어서 미안하다."

시비가 대단하다. 정말 이해하기 힘든 시시비비다. 나는 그들의 언행이 너무나도 시끄럽고 듣기 싫어서 대신 10원을 꺼내어 차장에게 차비로 주어 버렸다. 그때야 비로소 차내가 조용해졌다.

흔히 실수로 무전승차하는 수도 있겠지만 고의와 배짱으로 무전승차한다는 것은 정말 어처구니 없는 것.

동포여! 명랑한 사회 분위기를 이루어 보자.

# 사색의 오솔길

李 洋 球

파스칼은 그의 《명상록》에서 다음과 같은 말을 한 바 있다.

"인간은 자연 안에서 가장 약한 갈대에 지나지 않는다. 그러나 생각하는 갈대이다"라고……

정말 생각한다는 것은 인간이 지닌 피할 수 없는 운명인지도 모른다. 파스칼의 말과 같이 나는 생각하는 갈대이기 때문에 '시간적인 연속성'과 '공간적인 위치'를 의식하면서 나날이 내 자신의 삶과 사색의 오솔길로 깊숙이 헤매고 있는 것이 아닐까?

일찍이 저 유명한 독일의 철학자 임마누엘 칸트는,

1. 인간이란 무엇을 할 수 있는가?

2. 인간이란 무엇을 해야 하는가?

3. 인간이란 무엇을 희망할 수 있는가?

**이양구(李洋球)** _ 함남 함주 출생. 경성상공학교 졸업. 동양식품공사 부대표. 풍국제과판매주식회사 사장. 한국정당판매주식회사 사장. 삼양물산주식회사 부사장. 동양제당공업주식회사 부사장. 제일실업주식회사 사장. 동양제과공업주식회사 사장. 동양시멘트공업주식회사 사장. 동양산업개발주식회사 사장. 한국경제인협회 부회장.

4. 인간이란 도대체 무엇인가?

라고 인간의 그 본질을 회의(懷疑)한 바 있다.

이와 같이 어려운 철학적 반성을 하지 않더라도 우리는 흔히 생활의 경험을 통하여 많은 인생의 의문점을 풀어보려고 애써 생각한다.

하늘과 땅 사이에서 연약한 갈대처럼 나풀거리는 인간의 생명들. 거기가 바로 심각한 인생의 문제들이 무수히 모여 있는 곳이 아닌가.

실상 우리가 온 곳도 묘연(杳然)하거니와 우리가 갈 곳도 또한 아득하다. 그러한 인생이란 자연에서 태어나서 결국 자연으로 돌아가는 것이 아닐까?

높은 밤하늘에 차디찬 별들이 수없이 반짝일 때, 그리고 맑은 호수보다도 더 푸르른 하늘에 흰 구름 뭉게뭉게 솜처럼 피어날 때 나는 대자연의 섭리를 한없이 회의하면서 무엇보다도 더 가까운 내 인생의 문제를 해결하려고 대담하게 사색해 본다.

'나는 어디서 와서 어디로 가는가? 나는 왜 사는가? 나는 살고 있는 보람이 있는가? 나는 무엇을 위해 사는가?……'

무궁무한한 회의의 언덕에 서서 나는 기왕에 사람으로 태어난 만큼 모름지기 사람으로서의 구실을 다 해 보겠다는 용기를 얻게 된다.

이 세상에는 세 종류의 사람들 밖에 없다고 파스칼은 말했다. 그 하나는 신을 발견하고서 신에게 봉사하는 사람들로서 그들은 도리를 알고 행복하다는 것이다. 또 하나는 아직도 신을 발견하지 못하고 신을 찾느라고 노력하는 사람들로서 그들은 도리를 알지만 불행하다는 것이다. 그리고 또 하나는 신을 찾는 일도 없이 살아가는 사람들로서 그들은 우매하고 불행하다는 것이다. 이와 같은 파스칼의 말은 인간이 신의 힘을 필요로 한다는 것을 강조하는 것 같다.

우리 인간사회에는 평화를 유지하기 위하여 많은 규범을 만들어 낸다. 또한 많은 사람들은 행복을 향유(享有)하기 위하여 온갖 수단과 방법을 모색한다. 때문에 신과 도덕과 예의와 질서 등이 필요하게 된다. 그러나 여기에 전제조건으로 알아두어야 할 것은 인간 자체의 자세를 어떻게 취하여야 하는가의 문제다.

나는 문외한의 한 사람으로서 인생의 궁극적인 문제를 심오한 철학으로 풀이할 수는 없다 하지만 그동안의 굽이진 체험과 깊숙한 사유를 통하여 나 자신의 '갈 길'과 '할 일' 만큼은 바로미터(Barometer)가 서 있다고 자신해 본다.

누구를 막론하고 인간은 '평화와 행복'을 추구하고 있을 것이다.

그러나 우선 인간에게는 주체성이 있어야 하며 따라서 그 주체성의 가치를 공공사회로부터 인정받아야 한다. 결국 인간이 주체성을 발견하고 통일성을 발견할 때 우리 인생의 도표(道標)가 뚜렷이 세워지는 것이 아닐까.

우리 인생 자체가 문명의 헤게모니(Hegemony)를 잡고 있는 현실에 있어서 우리는 새삼스럽게 그 객관적인 도형 밖으로 도피할 순 없다.

우리는 흔히 학문적인 전문분야에 있어서 실아지경으로 도취되는 선비들을 보게 된다. 그러나 '현실과 사상'을 잃어 버린 선비들의 자기도취는 마땅치 않을 것 같다. 모름지기 현실적인 토대 위에서 과학적인 방법으로 종합 분석함으로써만이 적확(的確)한 사리를 간파할 수 있을 것이다. 따라서 사회의 정의를 이해하고 인생의 방향을 찾았을 때 비로소 사람의 구실을 다하고자 노력하게 될 것이 아닌가.

공자는 사람의 구실에 대하여 다음과 같은 다섯 가지 행동을 그 제자들에게 권했다.

"공(恭), 관(寬), 신(信), 민(敏), 혜(惠). 공칙불모(恭則不侮). 관칙득중(寬則得

衆). 신칙인임언(信則人任焉). 민칙유공(敏則有功). 혜칙족이사인(惠則足以使
人)."

(공손하고, 너그럽고, 미더웁고, 민첩하고, 인정이 있어야 한다. 즉
공손하면 업신여기지 않고, 너그러우면 사람이 따르고, 미더우면 일거
리를 맡기고, 민첩하면 공을 세우고, 인정이 있으면 사람을 잘 부릴 수
가 있다.)


무릇 동서고금을 통하여 숱한 선철자(先哲者)들이 사색과 번뇌로 하여
금 인생에 대한 사상의 씨를 많이 뿌리고 갔거니와 오늘날 인공우주선
이 장시간 하늘을 여행하는 과학적인 문명 속에서 과연 인간의 흐름은
장차 어떻게 변하여 갈 것인지?….

그윽한 향기가 점점 퇴색하여 가는 라일락의 꽃그늘. 그러나 지금 한
창 피어오른 장미꽃이 부풀었던 가슴을 헤치고 요염한 향기를 내뿜는
밤. 나는 신비로운 대자연에 파묻혀 한 없이 한 없이 사색과 번뇌에 잠
겨 있다.

# 감정과 이성

李洋球

사람이 다른 동물에 비해서 다른 점이 있다고 한다면 그것은 바로 의사표시를 말로 할 수 있다는 점과 의식주를 과학적으로 개량하면서 살아간다는 점이라 하겠다.

또 다른 중요한 차이점이 있다면 그것은 '감정(感情)과 이성(理性)'의 문제라 할 수 있다.

넓은 의미로 보아 사람도 역시 동물이기는 하지만 사람과 다른 동물과의 차이점은 엄청나다.

실상 사람과 짐승은 먹고 산다는 것이 공통되며 자기 피해에 성을 낸다는 점에 있어서는 공통된다. 그러나 사람은 이성으로써 성내야 될 일도 꾹 참고 견딜 수 있는 점이 있다. 아마 예지와 이성을 가지고 과학적인 생활을 하기 때문에 사람을 가리켜 영장지동물(靈長之動物)이라고 하는 모양이다.

사람의 가장 보기 싫은 인상이란 곧 성낸 얼굴이 아닌가?

나는 비록 '웃음의 철학'에 대하여 깊은 조예가 있는 것은 아니지만 사람이 웃음의 꽃을 피우며 즐겁고 명랑하게 살아간다는 것처럼 흐뭇한 것이 또 어디 있을까?

정신병자와 같은 이는 자기를 억제하는 힘이 없다. 때문에 무질서한 감정에 젖어 사유의 대상이 뚜렷하지 못하다.

나는 흔히 감정에만 휩쓸려 자기를 가누지 못하는 사람들을 본다. 그 사람은 인간사회의 미덕과 친화라는 원리를 잘 모르는 자가 아닐는지.

때때로 우리가 살아가는 주변에는 분통함을 느끼는 일이 많게 되고 괴로움을 느끼는 경우가 많이 있게 된다.

그러나 그것이 세련되고 그것이 합리적으로 보일 때까지 극기하며 제어하여 가는 것만이 비로소 자기 개인을 공동사회로 심화하여 가는 과정이라고 나는 생각한다.

본래 희비애락과 고뇌가 무수히 있는 이 사회에서 오직 사리사욕 때문에 성낸다는 것은 자기수양의 부족함을 표현하는 소치이다. 만약 모든 사람들이 자기 감정만을 위주로 살아간다면 아마 우리 사회는 폭행, 강도, 모략, 중상, 비방, 방해 등이 무질서하게 범람할 것이다.

실로 나쁜 버릇이나 나쁜 행동은 행하기가 쉽다. 그러나 이성을 저버린 악행은 결국 자기를 망하게 한다.

모름지기 사람은 이성을 간직하며, 귀로 남의 그릇됨을 듣지 말고, 눈으로 남의 모자란 점을 눈여겨 보지 말며, 입으로 남의 허물을 말하지 말아야 할 것이다. 이것만이 참된 사람의 자태이며 인간사회의 평화와 복지생활을 위한 첩경이 아닐까 생각한다.

# 효도

李俊凡

구오자왈(丘吾子曰) 수욕정이풍부정(樹欲靜而風不停) 자욕양친친불대(子欲養親親不待) 왕이불래자년야(往而不來者年也) 불가재견자친야(不可再見者親也)

—공자가어(孔子家語)

일제 때에도 자식을 구하려다 생명을 빼앗긴 부모가 있고, 해방 후에도 흔히 그런 얘기를 들을 수 있었다. 그러나 부모를 구하려다 생명을 빼앗긴 얘기는 고금을 두고 그리 흔칠 않았다.

해방이 되자 서구의 자유민주주의 사상이 이 땅에 밀물처럼 밀려들며 새로운 사회체제와 사고방식은 낡은 동양적이고 유교적인 도덕을 유린하고 봉건적이고 식민지적인 풍토에 배양된 윤리를 말살하여 가

**이준범(李俊凡)** _ 경남 창녕 출생. 호 황우(黃牛). 건국대학교 국문과 졸업. 교원생활 10여년. 동아출판사 초대편집부장, 동 공무부장. 신흥출판사 사장. 국제PEN클럽 회원. 한국문인협회 회원. 한국출판협동조합 이사. 『법창야화』지 편집위원. 저서 제1시집 《황우》, 제2시집 《탱자나무꽃》, 편저 《어린이 동물문학(전6권)》, 역서 서용만(西用滿) 저 《중국미녀담》, 진엽영치(榛葉英治) 저 《아까이유끼》, 정상정(井上靖) 저 《비원(돈황)》, 석원신태랑(石原愼太郎) 저 《이것이 연애다》

장 현대적이고 체계적인 서구사상과 함께 윤리 도덕을 이 땅에 이앙(移秧)하려 했다.

그러나 오랜 시간을 두고 이룩된 사회질서와 전통의식이란 그리 쉽사리 개혁이 가능하질 않아 사회전반에 긍(亘)하여 많은 무질서와 무지의 부작용을 야기시켰던 것이다.

도덕 윤리면에서 유교사상이란 낡은 봉건시대의 유물이라 송두리째 내동댕이를 쳐 오늘에 이르기까지 특히 젊은 세대들이 얼마나 이에 저항하고 반항하며 서구 모랄에 추종한다 하여 맹종 혹은 망동으로 그 안정할 바를 상실하고 거리로 헤매며 부모된 심정을 얼마나 초조 번민케 했던가.

심한 자는 군자란 말만 들어도 케케묵은 의관의 악취에 구토증을 느낄 정도라 하여 자식이 어버이에 대어들며 효도란 자식을 생활 방편으로 이용하려는 노예의 사상이라고 극언하여 가재를 낭비한 나머지 집을 나가 방종하다가 혹자는 폭력으로 사회질서를 문란케 하여 법망에 걸려들기도 하고 혹자는 주색에 타락한 끝에 스스로 생명을 끊어 역천하기도 했다. 이것이 어찌 남의 자식된 자의 도리라 할 수 있으며 그들의 주장이나 사고가 현대적이라 해서 이를 방관 또는 묵인할 수 있겠는가.

만일에 부모의 주장이나 사고방식이 진부하고 정당하지 못한 점이 있다고 한다면 그것은 시대적 차질에서 오는 것이라 이해하고 이를 깨우쳐 드리는 게 자식의 도리요 또 부모가 과오를 범한다고 해도 이를 간해 바치는 게 옳지 않겠는가. 현대적 은이라 하여 부모에 대하여 순종하거나 위와 같은 언행을 했다 해서 차라리 칭송을 받을지언정 어찌 후진이 되며 나에게 욕될 것이 있겠는가.

공자의 말에 '부유쟁자칙신불함어불의(父有爭子則身不陷於不義)'라 하여

부가 불의한 행동을 할 때는 자식된 자 마땅히 부에게 쟁해야 한다고 했다. 사람의 자식이 되어 쟁자는 못될망정 어찌 부모에 거역하여 스스로 몸을 수욕되게 행동하는 게 현대인다운 자랑이라 할 수 있겠는가.

《논어(論語)》에 이런 얘기가 있다.

엽공어공자왈(葉公語孔子曰) 오당유직궁자기(吾黨有直躬者其) 부양양이자증지(父壤羊而子證之), 공자왈(孔子曰) 오당지직자이(吾黨之直者異) 어시부위자은(於是父爲子隱) 자위부은(子爲父隱) 직재기중의(直在其中矣).

"엽공이 공자에게 말하여 가로대, '우리 동네에 직궁이라는 사람이 있는데 그의 아버지가 양을 훔쳤을 때 아들이 이것을 법정에서 증언했다'고. 공자 이 말을 듣고 '우리 동네의 정직한 사람이란 그대의 얘기와는 다르네. 부는 아들을 위하여 그 죄를 숨기고 아들은 부를 위하여 죄를 숨긴다. 정직이라 하는 것은 자연히 그 가운데 갖추어지기 마련인 것이다'고."

오늘의 젊은이들은 스스로 증인이 되기를 원하여 그 부를 감히 벌하려고 드는가. 남의 자식이 되어 반포(反哺)를 못하고 시종지효(始終之孝)를 못할지언정 어찌 비효무시(非孝無視)하여 대란의 도를 범하랴.

옛날이나 지금이나 이성(異性)이 서로 구하고 부자가 유친하는 그 자애(慈愛)는 여일(如一)하여 그 범함이 있을 수 없다. 그 정(情)에 범함이 있다면 그것은 오로지 물질에 중독된 일부 인간의 왜곡된 사상에 불과할 따름이다. 오늘의 젊은 세대는 서구의 물질적 기계문명의 여독에 감염되어 자신을 비소(卑小)하거나 혹은 과대평가하여 정당을 잃어 전통을 차단시키려 들고 유교 도덕관을 비판없이 백안시하여 효도를 다만 부모 자신을 위한 방편의 강요라고 반항하고 배척하여 함부로 행동하는 것은 지나친 위험사상이요 인륜을 거역한 패덕패례(悖德悖禮)의 인간이라 지목하지 않을 수 없다.

혹 부모된 자 중엔 현생존경쟁이 격심한 생활전선에서 사정에 의하여 특히 패배자가 되어 어린 자식을 남같이 먹이고 입히고 가르치질 못한다 해도 그 애정의 고충이야 이에 어찌 다 형언할 수 있겠는가.

세상에 악한 자식은 있어도 악한 부모는 없다고 하니 혹 경제적으로 남같이 자식을 여유가 없거나 사상상으로 자식과 상치된 윤리 도덕관을 가졌다고 해도 자식된 자로서는 마땅히 자식된 도리 즉 효경이 가르친 바 효도를 선택 저작(咀嚼)하여 성(誠)을 다하여 영원한 인륜의 강(綱)을 지켜야 할 것이다.

만일 이 말이 속되고 진부하고 반현대적이라 하여 버려 듣지 않는 자가 있다면 그는 머지않은 장래에 자식을 둔 부모가 되었을 때 그 때에 가서야 반드시 풍수지탄(風樹之嘆)을 면치 못하고 애통해 할 것이다. 불연즉 아무리 원자우주시대라고 하나 어찌 그를 사람의 자식이라고 할 수 있겠는가.

# 다방 '동양'


李俊凡


가로수의 녹음이 짙어지며 다방 '동양(東洋)' 엔 손님들이 날로 줄어들기 시작했다.

여기서도 여름을 타기 때문이라고 한다.

내가 서대문 동양극장 옆 2층 다방 '동양'을 사무실 겸 연락처로 삼고 세월을 보낸 지도 어언 2년이 넘는다.

화려할 것도 없는 내부 장치와 푹신하지도 않은 의자나 종업원들의 싹싹한 인정과 차맛이 오래 드나드는 손님에겐 부드러운 친근감을 주고 있다.

나는 이 다방에서 사랑방과 같은 안온하고 듬직한 마음의 안정을 얻게 되어 독서도 하고 사색도 하고 작품도 쓴다. 그러니까 나의 제2시집 《탱자나무꽃》과 그 이후의 작품이 거진 다 이 다방에서 쓰여진 것이다.

이 다방이 처음 나로 보아 좀 난처했던 것은 바로 앞 충정로 가로를 질주하는 제차(諸車)의 소음이 하루 종일 내 신경을 흩으려 놓는 일이었다. 그러나 근래에 와선 그런 소음에는 어느 정도 둔감이 되어 있다. 이것은 환경에 순응해 가는 생물의 본능에서 오는 것이리라.

말이 적은 젊은 남자 주인은 주방에서 좀체로 얼굴을 손님 앞에 내어

놓질 않고 과세 관계로 계원이 찾아왔을 때도 뒤에 숨어 마담을 시켜 선처해 달라고 애교를 피우게 했다. 남자는 강하다. 그러나 여자 앞에 선 여기에서도 약한 모양이었다.

언제나 말쑥한 차림을 하고 손님 앞에 나타나는 올해 스물여섯인 마담 김영희(金英姬) 씨의 얼굴엔 얕은 화장에 짙은 인정이 거칠고 피로한 손님들의 마음을 풀어주기에 족했고, 레지 강양은 올해 나이 스물 하나에 상냥하고 눈치 빠르고 부지런하며 하루에도 몇 번을 내 앞에다 자진해서 엽차를 갖다 놓는 성의를 잊지 않았다.

아침 여섯시나 일곱시에 일어나 다방의 청소와 정돈을 시작하여 종일 손님들의 시중을 들며 밤 11시가 넘어서야 문을 닫게 된다는 이들의 노동이야말로 정말 눈물겨운 정도라고 아니할 수 없다. 그러기에 나는 마담이나 레지를 가까이할 때 언제나 위로의 정에 인색하질 않는다.

처음 다방엘 나와선 누구나 다 몇 달을 두고 다리가 뚱뚱 붓는다고 한다.

게다가 일요일이 없고 공휴일이 없고 명절이 없는 곳이고 보니 건강이 매우 좋지 못하거나 딱한 사정이 없는 이상 한 달에 하루를 빼지 않고 일을 해야 한다니 다방 신세란 젊은 여자에게 있어선 정말 딱하기가 말이 아니다. 이것은 내가 사치스런 감정에서 하는 말만은 아닐 게다.

손님이 뜸할 땐 마담 김영희 씨와 레지 강양은 곧잘 내 앞자리에 찾아와 조용조용 얘기하기를 좋아한다. 때로 나는 소년다운 꿈으로 미화시켜 그녀들의 조촐한 표정을 가까이 느껴보기도 한다.

오래 전부터 마담과 나와의 거리를 두고 손님 중엔 간혹 오해하고 있다는 말이 입에서 나왔고 또 나를 자주 찾아오는 친구들한테서도 그런 오해의 말을 듣기도 했다.

약 두 달 전 일이다. 마담 김영희 씨가 나와 마주앉아 여느 때와 같이 시속적인 얘기를 하고 있을 때 공교롭게도 다방엘 내 아내가 찾아왔다.

이때 아내의 눈에 나와 마담의 안색이 좀 심각해 보였는지는 모르지만 나는 아내로부터도 오해를 받게 되었다. 나는 아내 입에서 그런 얘기가 나올 때마다 야속스런 아내의 심정을 슬쩍 거슬러 놓기도 하고 한편으로 남자가 연애 좀 하기로 어떠냐고 슬슬 달래어 실비식당으로 이류삼류 극장으로 끌고 나가기도 해야 했다.

마담 김영희 씨가 이 '동양' 다방에 온 지도 이미 1년이 넘는다.

단골손님 중엔 그동안 마담에게 은근한 연정을 품은 사람도 있었고, 솔직히 사랑을 고백한 젊은 남자도 한둘이 아니었다고 한다.

어제도 오늘도 다방 '동양' 엔 정상배가, 브로커가, 젊은 연인들이 드나들고 애욕의 갈등 즉 삼각관계도 드나들기도 한다.

때로 아름다운 이별의 눈물을 볼 수 있었고 기다리다 돌아서는 쓸쓸한 모습도 볼 수 있었다.

다방 '동양' 에도 항아리에 철 따라 아름다운 꽃이 꽂히고 조용한 음악이 흐르고 마음의 조초로운 미소가 있고 레지의 젖가슴이 부풀어 가고 있다.

다방 '동양' 은 나의 사랑방이요, 살롱이요, 사색의 전당이요, 오피스이기도 하다.

나는 이 '동양' 에서 나날을 무엇인가 기다리고 사는 고독한 인간인지도 모르겠다.

# '제인' 의 마음결

張 基 範

내가 어렸을 때 그 어느 선생님에게 듣던 이야기가 갑자기 머리에 떠오른다.

그 이야기인즉 은행가의 딸 '제인 아담스' 는 어렸을 때 몸이 건강치 못하여 날마다 아버지를 따라 산책하였다고 한다.

제인이 여섯 살 되던 무렵. 그 아버지와 제인은 푸른 초목이 우거지고 아름다운 꽃들이 나풀거리는 거리를 지나서 어느 가난한 마을을 지나게 되었다. 그때 제인은 아버지에게 물었다.

"아빠! 왜 이 사람들은 이렇게 더러운 곳에서 살고 있을까요?"

이와 같은 어린 딸의 질문을 받은 아버지는 다음과 같이 설명해 주었다 한다.

"이 세상엔 가난한 사람과 부자가 있단다."

**장기범(張基範)** _ 경기도 인천 출생. 고려대학교 정치과 졸업. 서울중앙방송국 아나운서. 제16회 세계올림픽 중계(호주). 제1회 방송문화상 수상. 미국의 소리(VOA) 파견. 서울중앙방송국 방송과장.

이 말을 들은 제인은 자기가 크면 장래 가난한 사람들을 행복하게 해 주겠다고 결심했다는 것.

그리하여 20년 후 제인 아담스 양은 그의 친구 '로렌스탈'과 더불어 시카고의 어느 가난한 마을에 가서 커다란 양옥을 짓고 거기에다 피아노, 그림, 라디오, 약, 책 등을 설비해 놓았다. 그러자 그 마을의 남녀노소는 모두 기쁘게 건강하게 교육생활을 할 수가 있었다. 비단 사회사업뿐만이 아니라 법률 공부에도 게을리 하지 않고 근로대중의 인권을 위해서 막대한 공을 남겼다.

1914년 제1차 세계대전 무렵 제인 아담스는 이 전쟁을 반대하고 가급적이면 평화가 빨리 오도록 노력했다. 그리하여 그 전쟁이 끝난 후 13년이 되는 1931년 제인 아담스는 그 공로에 의하여 '노벨평화상'을 받았다는 것이다.

이 이야기를 듣던 어린 시절에 나도 착한 아이가 되고 착한 인간이 되어 보려고 결심했다. 그러나 실천하기란 그리 쉬운 것이 아니다.

착한 사람인 제인!

노벨평화상을 받은 제인!

나는 생각해 본다. 인류의 행복과 평화를 위하여 일생을 바친 '제인 아담스'와 같이 우리도 서로서로 협조하여 이 나라 이 사회에는 무위도식하는 깡패와 도의를 모르는 신사가 없도록 노력하기를…….

# 폭서유감

全 圭 泰

수은주는 화씨 90°를 오르내리고 있다. 정말 덥다는 말을 입 밖에 낼 수 없으리만큼 염제(炎帝)가 맹위를 떨치고 있다. 외기(外氣)의 기온이 사람의 체온에까지 육박하고 있으니 무리도 아니지만 어디 냉장고 속에라도 들어가 있었으면 하는 기분이다.

이 더위가 앞으로 얼마동안 계속되리라는 관상대의 발표에는 그만 짜증이 난다. 훌훌 모든 것을 떨쳐 버리고 망망대해나 심산유곡으로 피서라도 가고 싶으나 일복이 많아 그럴 수도 없다.

지금쯤 발가벗은 알몸뚱이로 노닐고 있을 해수욕장의 피서객이 무척이나 부럽다. 기분 같아서는 서울거리일망정 벌거숭이가 되어 나돌아다니고 싶지만 우리의 인습은 이를 허용치 않는다. 옷을 입어야만 하

전규태(全圭泰) _ 서울특별시 출생. 호 호월(湖月). 양정고등학교 졸업. 연세대학교 국문과 졸업, 동 대학원 졸업. 동아일보사 신춘문예현상(문학평론) 입선. 「연합신문」, 「서울일일신문」 기자 및 기획위원. 한양대학교 문리과대학 강사. 한국비교문학회 회원. 국어국문학회 상임회원. 한국시조작가협회 회원. 연세대학교 조교수. 저서—논집《문학과 전통》, 평론수필집《사랑의 의미》·《체험적 여생론》, 시조집《석류》, 《한국고전소설선》, 역서《죽음과 사랑의 그늘에서》, 《죄와 죽음과 사랑과》, 《독신녀》, 《세계문학서설》 외 논문 다수.

는 것이 문명사회의 규약이니 하는 수 없는 노릇이다. 자승자박(自繩自縛)이라고나 할까…. 이따위 규약을 누가 만들어냈는지 원망스럽다.

이런 때는 누디스트가 부럽기도 하다. 누디스트가 아니더라도 최소한 여자들처럼만 벗고 다닐 수 있다면 그런대로 참을 수 있겠는데… 새삼 여자가 부러워지기도 한다. 여자로 태어나지 못한 것이 무엇보다도 유감스러울 때가 바로 이 한여름이다.

번화가를 활개치고 다니는 소위 '모던걸' 들은 무슨 뉴 모드라고 하여 원피스의 넥크 라인을 아찔하도록 깊게 파내려 뿌연 앞가슴을 아무렇게나 마구 내놓고 다니며 신사들의 시선을 푸욱 스며들게 한다. 그래도 이들을 누구 하나 탓하지도 않고 예사로 여긴다.

헌데 신사는 그렇지가 못하다. 요즈음과 같은 폭염 속에서도 그놈의 넥타이로 목덜미를 잔득 졸라매야만 제대로 행세를 하고 있으니 말이다. 숙녀는 소매도 없고 또한 젖가슴이나 넓적다리가 다 드러난 원피스로 어디나 통할 수가 있지만 신사는 티셔츠 바람으로 아무데고 나돌아 다닐 수는 없다.

소위 에티켓으로 그렇게 명령하는 것이다. 누가 만들어 낸 것인지 아무리 원망스러워도 지켜야 하는 관습이다. 특히 레스토랑에서는 가장 엄격하게 지켜야 하는 것이 이 복장의 에티켓이라고 한다. 영국의 옥스퍼드나 캠브리지대학 같은 데에서는 넥타이를 매지 않은 학생은 절대로 식당에 들이지를 않을 만큼 엄격하다고 들었다.

그러나 아마도 이러한 에티켓이 가장 지켜지지 않은 것이 우리나라에서는 식당이 아닌가 한다. 비교적 점잖은 손님들이 탄다는 특급열차 '통일호' 나 '태극호' 의 열차식당에 들르면 대부분의 신사들은 의례 티셔츠 바람으로 포크 나이프질을 하는 걸 본다. 외국 사람들이 여행하다가 이런 꼴을 보면 기겁을 할 것이다.

하기야 저녁 무렵이면 파자마 바람으로 활보하는 신사들을 볼 수 있
는 서울거리이고 보니 말할 나위도 없는 일이겠지만 말이다. 더위도 더
위지만 지켜야 할 것은 역시 지켜야만 좋지 않을까. 바다에는 못갈 망
정 하다 못해 대장균이 우글거린다는 한강에라도 나가서 훨훨 벗고 싶
으나 그것도 쉽사리 이루어지지 않는다.

동료들은 보신탕을 먹으러 가자고들 조른다. 뜨거운 국물을 마시며
구슬 같은 땀을 흘리면 더위도 가신다는 것이다. 허나 나는 차마 개를
먹을 용기가 나지는 않다. 그러니 남들처럼 이열치열(以熱治熱)의 피서
도 할 수 없다.

에라! 하는 수 없다. 지질구질한 상념을 숫제 버리고 얼큰한 소주 한
잔으로 더위를 이겨나 보자.

# 가야(伽倻)의 아취(雅趣)

全 圭 泰

대학 재학시절만 해도 라디오에서 국악소리가 흘러나오면 다이얼을 AFKN으로 돌려 차라리 째즈를 즐기곤 했다.

그러던 것이 국문학 고전을 천착(穿鑿)하게 되면서부터 차차 국악에도 관심을 갖게 되었고 요즈음에는 아악의 유현미(幽玄味)에 완전히 매혹되어 버렸다. 막다른 길에선 서양문명이 되돌아와서 찾는 동양적 신비의 숲이 바로 우리 국악 속에 있음을 느낀다. 아악의 가락 중에서도 가야금 상조의 그윽한 선율은 애틋하고도 알뜰한 서정을 불러 일으켜 주어서 좋다.

정녕 가야금이야말로 너무나도 한국적인 악기이다.

지금으로부터 1400년 전, 그 당시만 해도 우리나라엔 이렇다 할 민족 고유의 악기가 없었고 대부분이 중국에서 넘어온 것들이었다. 25현의 중국악기인 쟁으로는 독특한 우리의 가락을 담기가 어려웠다. 음악을 남달리 좋아했던 가실왕(嘉實王)은 이 쟁을 바탕으로 우리 고유의 가락을 담을 수 있는 악기를 우륵(于勒)으로 하여금 만들게 했다. 세월이 흘러 우륵이 각고면려한 보람으로 마침내 우리의 악기가 완성되었으니 이것이 바로 가야금이다.

팅기면 오동나무의 공명판에 울려 맑디 맑은 소리가 아련히 울려 나왔다. 이제까지의 중국 악기에서는 느낄 수 없었던 절묘한 가락이 은은히 울려 퍼져 나왔다. 종래의 악기는 음역이 고정되었고 그 자체의 음역 이외에는 낼 수 없었던 것이었는데 새로 만든 이 악기는 음역이 넓음은 물론 공명판이 오롯하여 소리가 한결 청징(淸澄)하고 악상이 정확했다.

더욱이 농현(弄絃)이 자유로워 사람의 성대로 내는 소리면 어떤 소리라도 낼 수 있게 된 것이다.

이제 가야국은 스러져 없어졌으나 가야의 국금(國琴) 가야금은 길이 길이 후세에 전해질 것이며 그 한국 특유의 선율은 두고 두고 우리의 심금(心琴)을 울려줄 것이다. 과시 인생은 짧고 예술은 길다.

이 선율은 필시 겨레만의 가락임에 틀림없다. 가야금 산조의 자진모리가 밟히는 거리에 서서 절로 어깨짓이 으쓱으쓱거리지 않거나, 또는 화편(花編), 평조회상(平調會像) 같은 것을 듣고 그윽한 서정에 젖지 않는 사람을 어찌 한국인이라고 부를 수 있으랴.

고난에 사뭇 시달린 역경 속에서도 우리의 마음을 알살뜰이 어루만져 주는 그 애틋한 가락! 그 다사로운 음조(音調)! 뚝 끊겼다가 다시 이어져 나가는 애련한 고음과 구수한 저음, 이것을 어찌 양악의 옥타브나 과학의 싸이클로 표현할 수 있을 건가? 동양화가 공백이 많고 생략이 있듯이 우리의 고전음악도 이러한 데 그 묘미를 발견할 수 있으리라.

한국적 아취(雅趣)와 유현미, 내가 우리 고유의 가야금을 들으면서 느끼는 것이 바로 그것이다. 무엇이 무어라 해도 우리의 고전음악을 듣는 재미란 다른 것에 견줄 바 못된다.

애절한 가락이 스며들 때마다 이 한국적인 너무나 한국적인 악기와 가락이 더욱 친숙해지고 또한 그럴 때마다 이 가락을 느끼지 못하는 이들이 못내 아쉬워진다.

　더욱이 음악을 전공하는 이들이 우리 고전음악을 등한시하는 것은 안타깝다. 미국의 작곡가 필립 코너 씨의 다음과 같은 말을 우리는 새삼 음미해 봄직하다.

　"나는 한국의 음악가들이 자신의 유산에 대해서 흥미가 없는 것을 보고 놀랐다. 어느 나라의 문화가 온전히 외국의 문화를 수입해서 이루어졌던가? 미국의 예를 들더라도 미국이 위대한 음악을 낳게 된 것은 유럽의 영향이 미국적인 개성에 우러나오는 독창적으로 초극(超克)되고 융합되었을 때 비로소 가능하였던 것이다."

# 억지와 도리

朱 碩 均

도리가 통하면 억지가 들어가고 억지가 통하면 도리가 들어가게 마련이다.

'악화가 양화를 구축한다' 는 '그레샴의 법칙' 도 이와 비슷한 말로 해석해 좋을 것 같다.

인류의 역사는 도리가 통한 나라는 흥하고 억지가 통한 나라는 결국 패망하고야 만다는 것을 우리들에게 말해 주고 있다.

일본의 예가 바로 그것이다. 즉 일본은 메이지(明治)유신으로 국력이 부강해지자 동아를 제패하려는 탐욕이 나서 일청, 일로 양전쟁을 거쳐서 드디어 우리 한국을 병합하였고, 그것도 부족하여 만주 북지를 먹었고, 또 그것도 부족하여 진주만기습으로 미영 상대의 2차 대전을 일으켜서 결국 일패도지(一敗塗地)하고 말았는 바 약육강식의 국제사회에서

**주석균(朱碩均)** _ 평북 삭주군 출생(1903년). 평양고등보통학교 졸업. 압록강토지개량주식회사 지배인. 평안북도 선천군수. 조선수리조합연합회 부회장. 대한수리조합 연합회장 겸 농지개발영단 이사장. 농림부차관. 한국농업문제연구회 회장. 금융통화위원. FAO한국협회 회장. 농협제도심의회의 의장.

전쟁이 근절될 수 없다손 치더라도 깡패를 풀어서 남의 나라의 왕비(민비, 명성황후)를 살해하고 남의 나라의 국어국문을 말살하고 창씨개명을 강요하고 남경대학살과 같은 대량학살을 서슴지 않는 이리를 가진 인간으론 차마 할 수 없는 '억지'로 일관하였으니 일본이 2차 대전에서 패망하고 20년이 지난 오늘까지 동남아 제민족으로부터 불신과 저주를 받고 있는 것은 억지가 낳은 당연한 귀결이라고 할 것이다.

그 일본이 2차 대전에서 일패도지 및 잿더미 속에서 다시 일어나 세계에서 기적이라고 불리울 정도로 빛나는 재건을 성취한 것은 요컨대 그들이 패전한 원인이 전체주의적 억지 정치에 있었다는 것을 깨닫고 전체주의 사상을 깨끗이 청산하고 민주개혁을 단행함으로써 전체주의에서 태생한 억지를 일소하고 합리주의의 토대 위에서 국정을 운영한 덕택에 있다고 생각한다.

사실 말이지 패전 당시까지의 일본은 억지로 일관하였지만 오늘의 일본은 어디를 가더라도 억지를 찾아볼 수 없고 합리주의가 보편적인 행동기준으로 되어 있다.

오늘의 일본에서는 무엇이 옳으냐가 문제가 되지 이해(利害)가 가치기준으로 되지 않는다. 그렇기에 국민 사이에 공통의 광장이 마련되고 단결이 유지된다.

그런데 우리 한국은 불행하게도 무엇이 옳으냐가 문제가 되지 않고 무엇이 이로우냐가 문제가 된다. 정당도 그렇고, 사회단체도 그렇고, 개인도 그렇다.

한때 국민의 열렬한 성원을 받던 야당이 야당 구실을 하지 못하고 사분오열된 것은 요컨대 정객들이 무엇이 옳으냐를 문제로 삼지 않고 무엇이 자신에게 이로우냐를 가치기준으로 삼은 탓에 있다고 생각한다.

《맹자》의 첫 장에 있는 말이지만 맹자가 양혜왕을 찾아갔을 당시 맹자에게 "무슨 이익을 주려고 왔느냐"는 물음에 대해 맹자가 "하필 이해를 따지려느냐 오직 옳고 그른 것을 따져야 비로소 나라가 강해지리라"고 대답한 것은 천고 변치 않을 진리라고 생각한다.

이런 의미에서 우리들은 남을 탓하기에 앞서 우선 자기 자신의 가치관을 뜯어고쳐 이해득실에 팔리지 않고 오직 정의에 사는 인간으로 재생되어야 할 것이다. 그리하여 억지가 없어지고 도리가 통하는 사회로 변화되어야 할 것이다.

요즈음 흔히 말하는 근대화도 도리, 합리주의가 토대로 되지 않고서는 이루어질 수 없을 것이 분명하고 그리고 이 합리주의는 민주주의가 토대로 되어야 비로소 개화할 수 있을 것임에도 불구하고 모든 사람들이 입으로는 근대화를 부르짖으면서도 사실상의 사고방식과 사실상의 행동에 있어서는 전근대적인 관료정치 사상과 관료정치 방식으로부터 탈피하지 못하고 있기 때문에 근대화가 빈말로만 공회전하고 있는 것이다.

윗물이 맑아야 아랫물이 맑은 법이다. 부패도 위에 있는 사람들이 깨끗해져야 비로소 없어질 수 있는 것이다. 국민에게 변화를 요구하기에 앞서 우선 지도자 자신들이 변화되어야 할 것이다.

정치교육자들이 전근대적인 관료정치사상을 깨끗이 씻어 버리고 근대화의 토대가 되는 과학과 민주주의를 믿게 되어야 비로소 근대화가 이루어질 수 있을 것이다. 정치지도자들이 '억지' 부릴 생각을 하지 않고 도리를 믿게 되는 날 비로소 우리들의 앞길이 열리리라고 생각한다.

그러나 오직 그런 기미가 보이지 않으니 답답하기만 하다. 정말 답답하다.

# 가을 하늘은 맑고 높은데 마음은 어둡기만

朱 碩 均

누구라도 나라를 사랑하기 마련이지만 우리나라를 금수강산이라고 부르는 것은 결코 과찬이 아니라고 생각한다.

춘하추동 철 따라 변화하는 자연미의 정취는 이루 말할 수 없는 바이지만 특히 추수의 계절이 되면 하늘은 높고 푸르고 들에는 황금빛의 벼이삭이 물결을 치고 산에는 붉은 단풍이 푸른 소나무 사이에 점점이 끼어 있어서 어떤 명공(名工)의 채색화도 당할 수 없는 조화를 이루고 있으니 금수강산이라고 부르는 것은 결코 지나친 형용이 아닌 극히 자연스러운 표현이라고 하겠다.

영국은 일찍이 산업혁명을 성취하여 세계를 제패한 일이 있지만 그 기후풍토는 우리나라의 발뒤꿈치에도 따르지 못한다.

찌푸린 하늘에 짙은 안개, 높고 푸른 하늘만 보아 온 우리나라 사람들이 영국에 가면 납덩어리로 짓눌리우는 것과 같은 중압감(?)을 느끼게 된다.

일본만 하더라도 기후가 온화하고 산수가 그럴 듯하지만 항상 화산의 폭발과 지진의 위협을 받고 있을 뿐 아니라 해마다 210일이니 220일이니 하는 태풍의 시련을 겪게 마련이다.

우리나라는 참말로 알맞는 기후풍토로서 만물을 화육(化育)할 수 있는 평화경 그대로이다.

혹은 겨울이 너무 춥다고 탓하는 사람이 있지만 따끔하게 춥기 때문에 인심에 자극과 활력을 주고 토양의 분해를 촉진하고 병충해를 막아주는 천혜가 크다.

이런 금수강산이건만 인심은 메마를 대로 메마르고 훈탁한 사회상에 제악(諸惡)이 득실거리고 있으니 도대체 어찌된 셈일까?

도시는 어쩔 수 없다 하더라도 그래도 농촌에 가면 높은 하늘 밑에서 맑은 대기를 마음껏 호흡할 수 있고 금수강산의 정취를 얼마만이라도 즐길 수 있으려니 하는 부푼 기대를 가지고 호남지방 순방의 길을 떠난 것이 11월 초순의 모일이었다.

그런데 첫 순방지인 모역에 하차한 첫날부터 부풀었던 기대의 꿈은 여지없이 깨어지고 서울에 있을 때보다도 한층 더 마음이 어두워지는 것을 금할 길이 없었다.

'개눈에는 똥만 보인다'는 상소리가 있지만 내 눈에는 나쁜 것만 보여서 그런지 또는 그날의 일수가 나빠서 그런 것만 보였는지 모르지만 하여간 높고 맑은 하늘과는 달리 내 마음은 어둡기만 하였다.

첫 번으로 내 마음을 어둡게 한 사건은 이렇다.

아침 8시경 역전 대중식당의 2평쯤 되는 온돌방에서 아침 식사를 하고 있던 중에 27, 8세쯤 되어 보이는 청년 2명이 들어와 아무런 인사도 하지 않고 같이 팔베개를 하고 벌러덩 누워서 잡담을 주고 받고 하였다.

말쑥한 양복을 입고 있는 것으로 보아 그리고 그들의 말투로 보아 군대는 갔다온 것 같고 고등학교를 중퇴한 정도의 학력을 가지고 있는 것 같았는데 이 모양이니 가정교육과 학교교육이 땅에 떨어진 사실에 새삼 놀라지 않을 수 없었다.

두 번째로 내 마음을 어둡게 한 사건은 군수 씨의 민중을 대하는 태도였다.

대중식당에서 그런 비상식한 광경을 본 나는 어두운 마음으로 9시 좀 지나 군청으로 군수를 찾아갔다.

용무는 군수가 추천한 3.1문화상에 관한 공용(公用)이었다.

그런데 노크에 따라 나온 여급사가 마치 회의중이라면서 옆방인 상황실에서 기다리라라기에 한국농업문제연구회장의 명함을 주고 상황실에서 기다리기 무려 40분 동안 새어나오는 말소리, 전화소리로 보아 회의는 벌써 끝난 것 같은데 오라 가란 말이 없다. 이런 일도 있을까 하는 불쾌한 마음을 금할 길이 없던 중 군청 직원 7, 8명이 내가 대기하고 있는 상황실로 들어와 나를 보고 회의가 시작될 터이니 방을 비워달라고 하는 것을 보고 한 번 더 그들의 비상식에 놀라지 않을 수 없었다. 그들을 나무랄 용기가 없어 앉지도 못하고 서지도 못한 채 망설이고 있던 차에 4, 5분 후에 군수실로 들어오라는 전갈이 있기에 군수실로 들어갔다. 군수는 나의 인사를 받은 체 만 체하고 오래 기다리게 해서 미안하단 말 한 마디 하지 않고, 그리고 군수와 대좌할 의자가 응접실에 놓여 있음에도 불구하고 한 구석에 놓여 있는 장의자(長椅子)에 앉으라는 손짓을 하는 것을 보고 그 군수의 오만불손이라기보다도 비상식적인 처사에 당장 문을 차고 나올 생각이 없지 않았지만 하회(下回)를 보기 위하여 꾹 참고 있었다.

그런데 이 군수가 회의를 구실로 옆방 상황실에 다녀온 후에는 누가 귀뜸을 하여준 탓인지 자기 자동차를 제공하겠다느니 산업과장으로 하여금 안내시키겠다느니 하면서 비굴할 정도로 그의 태도가 180° 달라진 것을 본 나는 한층 더 마음이 어두워지는 것을 어찌할 수 없었다.

옛적 민문왕(閔文王)은 현사(賢士)를 잃어버리지 않으려고 '삼토포(三吐哺), 삼악발(三握髮)' 하였다는데 불과 한낱 군수가 민중 보기를 초개(草芥)같이 하는 형편이니 이렇고서 민심이 이탈하지 않는다면 도리어 이상한 일이라고 할 것이다.

조선 500년을 패망케 한 원인이 관존민비(官尊民卑)의 관료정치에 있고 오늘의 제악의 근원이 관료주의에 있는 것은 의심할 여지없는 바임에도 어디를 가더라도 관료주의가 판을 치고 있으니 생각하면 생각할수록 마음이 어둡기만 하다.

초불득삼(初不得三)이라더니 그날 저녁 어떤 정중한 친구가 저녁을 먹자기에 사양 못하고 따라갔더니 3.1문화상 심사대상자가 동석한 것은 차치하고 요리값을 심사대상자가 치루는 것을 보고 한 번 더 마음이 어두워지는 것을 어찌 할 수 없었으며 농촌을 가는 자동차도로 연선 곳곳에 '도덕조심' 이란 표석을 세워놓은 것을 보고 경찰관들의 비상식에 또 한 번 놀랐는 바 오늘은 일수가 나빠서 이런 것만 보였는지 모르지만 맑고 높은 하늘과는 달리 내 마음은 어둡기만 하였다.

# 고양이의 운명(殞命)

秦學文

내가 어렸을 때는 동물을 무척 두려워하고 싫어했다. 더구나 집안 어른들이 흔히 가정에서 기르는 고양이나 강아지 같은 동물까지도 무서워하고 싫어했다.

그러던 나는 나이가 점점 들면서부터 동물 기르기를 좋아했고, 동물에 대한 관심이 많아졌고, 동물을 사랑하게 되었다. 그만큼 동물들이 사랑스럽기 때문에 우리 집에는 고양이와 개와 새들을 기르는지도 모른다.

우리집 할머니(마누라)도 고양이나 개를 무척 즐겨 기르고 귀여워하고 사랑한다.

이 지구(地球) 위에는 무수한 새들과 짐승들이 서식하고 있지만 고양이나 개처럼 사람에게 의존하면서 사는 동물도 드문 것 같다.

**진학문(秦學文)** _ 서울특별시 출생. 호 순성(瞬星). 보성중학교 졸업. 일본 와세다(早稻田)대학 중퇴. 오사카(大阪) 아사히신문사 기자. 동아일보사(창간시) 논설반 기자. 동아일보사 정경부장 · 동 학예부장. 『동명』지 발행인. 「시대일보」 편집국장. 브라질에서 1년간 체류. 만주국 국무원 수석감찰관 겸 참사관. 만주 생활필수품회사 상무이사. 한국무역진흥회사 부회장. 한국이민공사 사장. 한국경제인협회 상근부회장.

사람이 신(神)에게 의지하는 것과 같이 고양이와 개는 곧잘 사람에 의지하며 사람을 따르는 것이 예사로 되어 있다. 그러기 때문에 개나 고양이는 주인만 있으면 온갖 아양을 떨며 가장 좋아하고 즐거워 한다. 그리고 주인을 위해서 즐거움을 주고 봉사를 한다. 그만큼 주인을 잘 알아채며 그만큼 주인밖에 모른다.

아마 그처럼 주인을 따르고 주인을 좋아하고 의존하는 점은 어느 동물보다도 더 강한 것만 같다.

나의 집에서 함께 살던 한 마리의 고양이는 더욱 영악한지라 '동물과 사람과의 애정적 연결'을 매우 자아내게 하였다.

사람도 동물 가운데의 하나이기는 하지만 사람은 동물 가운데에서도 영장지동물(靈長之動物)이라고 한다. 우리는 착한 동물을 기르고 사랑할 줄 아는 교육이 있었으면 좋겠다.

우리집 고양이는 나의 침실에서 함께 지낸다. 그리고 나의 곁에서 곤히 잠들기도 한다. 나의 팔을 베개삼아 잘 때도 있다.

새벽 2시쯤 되면 고양이는 수염으로 간지럽게 나를 깨우기도 한다. 그리고 곤히 잠든 할머니 곁에 가서 역시 잠을 깨운다. 이것은 고양이의 정다운 애교인지도 모른다. 이 영리한 고양이는 대소변이 마려울 때면 의례 밖에 나가 누고 들어온다. 그러기에 나는 뒷창문 아래쪽에 고양이의 나들이 입구를 따로 마련하여 주었다.

고양이는 추운 겨울에도 아랫목에서 죽 늘어져 침을 흘리며 잔다. 동물이란 편안하고 안심이 되면 다리를 길게 펴고 자는 모양이다. 고양이는 명실공히 귀염을 받고 사랑을 받는 식구다.

그러나 어느날 무엇 때문인지 밖에 나갔던 고양이가 들어오지 않았다. 온 집안 식구들은 궁금하여 집 근처를 찾아보았다. 고양이는 집 근처 산마루 외따른 정자나무 밑에서 쇠약해진 채로 누워 있었다. 다시

집으로 데리고 온 그 이틀 후부터 고양이는 여러 차례 집을 나갔다가 돌아오곤 했다. 그러더니 몇 번을 두고 돌아오지 않는다. 초조히 기다리는 집안 식구들의 염원조차 아랑곳없이 고양이는 영영 돌아오지 않았다.

며칠 후에 비로소 우리집 고양이가 그 외따른 정자나무 밑에서 외로이 죽어갔다는 것을 알았다. 그처럼 사랑스럽고 정이 든 하나의 식구가 저 멀리 다시 오지 못할 곳으로 갔다. 나는 그 고양이를 곱게 싸서 산마루턱 따뜻한 양지 끝에 묻었다. 사랑스럽고 정다운 동물 중의 동물을…….

아마 고양이는 자신의 죽음이 다가온 것을 미리 알고 주인에게 섭섭함을 미처 달랠 길 없어 차라리 죽을 때엔 주인도 모르게 멀리에서 죽어갔는지도 모른다.

# 5월이 오면

千 鏡 子

라일락이 향기를 잃어 버린 밤이다. 장미가 부풀었던 가슴을 헤치고 이제 요염(妖艶)한 자세를 일으키는지 화사한 날개로 숨소리를 덮는 듯 짓눌러 오는 밤, 내 심장의 고동(鼓動)이 어둠 속에서 이따금 날개를 터는 십자매(十姉妹)의 동작과 더불어 호수의 파동처럼 주름을 잡는다.

고요하고 화려한 환상도 무너지고 시든 라일락의 영혼마저 증발하는 것 같은 쓸쓸한 5월의 밤이다.

이렇듯 식물성(植物性)의 생명들이 시들어 가고 또 새로운 생명을 노래도 하고……

5월의 생리(生理)는 슬픔과 환희를 한꺼번에 쏟아 놓는다. 이 밤도 가고픈 옛날의 논두렁길에선 개구리들이 녹색의 소리로 울어대고 있을

**천경자(千鏡子)** _ 전남 출생. 동경여자미술전문학교 동양화과 졸업. 전남여자고등학교 교사. 광주사범학교 교사. 홍익대학 동양화 교수. 선전(鮮展) 등에 출품 다수. 대한미술협전에서 대통령상(정) 수상. 국전 추천작가. 모던아트협회 회원. 국전 심사위원. 일본에서 개인미전 개최. 저서―수필집《여인소묘》,《유성이 가는 곳》

것인데 덧없는 인생이 취한 내 가슴엔 이슬 같은 것이 괴고 있다.

5월은 인생에게 어떤 피하지 못할 인과(因果)를 지어 주는 것 같다. 지열(地熱)에 익은 포플러가 상기한 풋냄새를 피우고 태양의 직사를 받아 떨어뜨린 선명한 그림자에 바람이 깃들면 5월을 바라보는 사람의 마음도 흔들리기 마련이다. 알지 못할 5월의 회화(會話)에 귀를 기울이고 풀지 못할 인과에 마음을 태워야 한다.

나는 5월이 오면 옛날의 추억을 더듬어야 했고, 내일을 위해서 화필(畫筆)을 들어야 했다.

5월을 불러 누구나 다 아름답다고 한다. 꽃들이 그 아름다운 자태를 견주는 것도 5월이요, 신록들이 바람에 한들거리는 것도 5월이고 보면 5월의 자연은 아름답지 않은 것이 없다.

그러나 그 아름다움들은 여인들의 마음을 얼마나 아프게 했는지, 그리고 눈물도 얼마나 괴이게 했는지 모른다.

옛날 젊은 시절 어느 5월에 나는 여인네들끼리 가족적으로 들놀이를 가는데 권함을 받아 바람을 쏘이러 따라간 일이 있었다. 지금 같으면 소풍을 갔었다고 해도 좋을 것이다.

그 무렵 나는 인생의 시련 같은 것을 단단히 믿고 있었던 것으로 기억된다.

어떤 인연의 줄기가 나의 운명 앞으로 왔다는 것도 알 수가 있었다. 쉽게 말하자면 나는 사랑을 하고 있었던 것이다.

여인네들 가운데는 인텔리 오댕집 마담 형제 일행과 인생면에서 나와 비슷한 환경의 직업 여성인 Y양도 나처럼 옵서버격으로 얼굴을 내놓고 있었다.

나도 위로 무척이나 왕개미 떼가 올라가는 송림(松林)의 구릉(丘陵)이 목적지였던가. 그들과 나는 거기에 올라가서 잡초가 무성한 어느 무덤

위에 앉았었다. 화제는 어느덧 막연한 사랑이야기로부터 시작하여 나중엔 두 여인이 서로 제각기 자기가 사모한다는 것보다 상대의 이성(異性)이 자기를 사모하여 늘 전화가 걸려온다는 둥 아베크하기에 여념이 없었다는 둥의 이야기에 꽃을 피우고 있었다. 이야기라기보다 자기 자랑을 하는 것으로 그들의 표정은 해당화처럼 활짝 피어있는 것이었다. 여인들이 이야기에 꽃을 피우고 있던 상대방 주인공은 아마도 동일한 남성인 것 같고 Y양의 것이 농도(濃度)가 더 짙은 모양이었다.

나는 그들의 이야기를 뒤로하고 구릉을 내려와 논두렁에서 와글거리는 개구리를 수십마리 잡아서 손수건에 싸들었다.

그 후 그 개구리들은 나의 화재(畵材)로써 희생이 되었지만 나는 지금도 그 여인네들의 대화가 잊혀지지 않고, 그때의 감정이 사라지지 않는다. 그 얘기의 주인공은 나의 애인(愛人)이었기 때문이다.

나는 그때 개구리에 대해서 나의 슬픔을 호소(呼訴)하고 싶지 아니 했지만 개구리들의 녹색의 울음소리가 나의 심경을 한결 더 구슬프게 울려 주었다. 나는 어쩐지 5월이 오면 개구리의 울음소리와 함께 마음이 설렌다.

그러나 나는 이 밤에 시든 라일락의 향기를 슬퍼만 할 수는 없다.

내일 아침이면 화사하게 피어났을 장미의 붉은 정열과 견주기 위해서 이 밤이 있게 해야 하는 것이다.

# 파고다의 탑(塔)


千 鏡 子


새가 됐거나 차디찬 대리석(大理石)으로 태어났으면…… 이런 생각이 떠오를 때마다 인간인 자신을 저주(咀呪)해 보기도 한다.

끊임없이 오관(五官)을 진달래빛 피가 돌고 도는 인간…… 감동이 격(激)할수록 눈물이 방울거리는 인간은 조화(造化)의 신이 지배하는 어느 동물이나 물체보다 너무나도 아름다운 약자(弱者)임에 틀림없다.

마음의 보호를 못 받는 가난한 나에게 오직 눈물만이 넘칠 듯 풍작(豊作)이구나. 뜨거운 눈물의 격류 속에서 오는 알 수 없는 반박 같은 것…….

나는 차라리 대리석이 되어서, 피눈물과 진땀이 되어 번지는 공장(工匠)의 넋…… 그 넋으로 쪼인 그 탑, 말하자면 3.1정신의 영상(映像)이 깃든 파고다의 탑이 되어 모국의 품속에 안기고 싶다.

# 중앙 라디오

崔 季 煥

 월 ×일

젊음 이상의 보배가 또 있을까.

성성하고 풍만한 그러면서 이지와 알맞은 감상에 흠씬 젖어 있는 젊음이란 것. 장수무대 공개방송의 사회를 할 때마다 두 번 세 번 절감하는 것이다.

젊었을 때를 회상하면서 열심히 그 시절을 얘기하는 할머니 할아버지들, 옛날에 도취된 그 얼굴엔 어쩌면 저물녘에 흡사 꿈처럼 내려앉는 아름다운 귤빛노을의 황홀함이 어려 있는 듯 아가의 응석을 닮아 가는 그분들의 얼굴이 가슴을 뭉클하게 만든다.

주름마다 어린 구수함.

거기서 기막힌 인생의 얘기라도 줄줄이 풀려나올 것 같다.

**최계환(崔季煥)** _ 경기 장단군 출생. 호 단계(丹溪). 건국대학교 국문과 졸업. 인창고등학교 교사. 서울중앙방송국 아나운서. 문화방송국 아나운서실장. 제18회 세계올림픽중계(일본). 제일교포위문공개방송(일본 名古屋). 제12회 서울시문화상 방송부문 수상. 라디오서울 아나운서실장. 중앙라디오 TV 보도부장. 서라벌예술대학 방송과 강사. 저서 《방송입문》, 《아나운서 낙수첩》

즐거워 보고 싶어서 장수무대를 찾는다는 그분들, 하나같이 젊음의
귀함을 역설하지만 어린애처럼 홍겹게 노래 부르는 순간만은 깊은 주
름도 아름다움을 넘어선 어떤 숭고함마저 보여주는 것 같다.

한 생애를 거의 다 살아버린 하얀 할머니와 할아버지들.

우리 장수무대가 그분들이 즐겁게 쉬어갈 수 있는 휴식처가 된다면
참으로 보람 같은 걸 느낄 것 같다.

이런 때 나는 결코 피로하지 않다.


×월 ×일

어느 낯선 소녀로부터 편지 받다.

하루에도 수통의 편지를 받곤 하지만 그 많은 것들 중에서 소녀의 유
난히 흰 봉투는, 네잎 클로버가 곱게 붙어 있는 보석처럼 빛나는 것이
었다. 글씨가 귀엽게 둥글어서 밉지 않은데 꼭 석장의 하얀 종이에 눈
물겹도록 고마운 사연들이 메아리처럼 구르고 있다.

방송에 대한 청취소감과 격려의 말 그리고 신랄한 비판이 너무나 질
서정연해서 깜찍한 소녀의 얼굴이 바로 눈앞에 다가와 있는 듯 부끄러
워진다.

소녀의 끄트머리에 내 건강을 비는 말도 잊지 않았다. 저번 공개방송
에서 야위어 보이는 얼굴이었다고.

자기 자신에조차 관심을 기울이기를 귀찮아 하는 요즘 사람들 중에
이렇게 진심으로 남을 염려해 줄 줄 아는 '순수' 가 어느 곳에선가는 죽
지 않고 아름답게 자라고 있다. 자기와는 아무런 관련이 없는 타인일
수밖에 없는데 소녀는 자기 일처럼 섬세한 보살핌과 염려를 보내온 것
이다.

아름답고 무한히 귀엽다. 무작정 감사하고 싶으리 만치.

그 여유와 호의가 지닌 순수는 아무도 침범할 수 없는 눈부시도록 빛나는 보석과도 같은 것이라고 생각하면서 나는 그 편지를 책상 서랍 깊숙이 잘 넣어둔다.

마치 소녀의 정성이 도망가지 못하도록 꼭꼭 싸두기나 하려는 듯이.

이래서 사람들은 외로움을 곧잘 견디어 나가는 것일까.


×월 ×일

원고를 읽어 내려가면서 체크하고 있는 S양의 얼굴이 몹시 우울하다. 바로 그 흰 얼굴 앞에는 활짝 핀 진달래가 화사하게 웃고 있는데.

무엇인가 안타까워진다. 그녀는 나와 가까운 방송가족이니까. 아니 그래서만이 아니다.

여인의 얼굴에서 어두운 그늘을 읽어야 한다는 것은 거북할 뿐만 아니라 무척 안타까운 노릇이다. 거의 내 일처럼 초조해지고 만다. 그녀를 웃길 수 있는 말을 생각하느라 나는 담배를 피워 문다.

"심심하지? 한 대 피워 보실까요?"

S양의 눈이 둥그레지다가 끝내는 커다랗게 웃고 만다. 물가가 오른다. 데모가 일어난다.

살기 힘들어 큰일이라고 모두들 야단이다. 그렇다고 밤낮 걱정만 하고 앉았다면 정말 살맛이 달아나고 만다.

S양의 우울은 그런 것과는 관련이 없다고 치자. 그러나 어두운 얼굴을 바라본다는 것은 고통스러운 일이 아닐 수 없다.

내 생활의 아주 자그마한 조각이라도 웃음화할 수 있는 여유와 노력, 우리는 그것부터 배워야 할 것 같다.

이래서 조금씩 내 마음의 낙원을 이룩해 가야 하지 않을까.

# 녹의(綠衣)의 변(辯)

崔 季 煥

푸르름이 있어 여름은 좋다.

꿈길처럼 가벼운 여인의 옷깃을 가득 부풀게 하는 푸른 바람결이며 더구나 6월의 밤 숲속 깊이 번져나는 짙은 아카시아 향내, 푸른 물이 묻어날 듯 생생한 하늘, 그런가 하면 그 위로 갑자기 몰려드는 검은 구름의 무리…… 이런 때 나는 마치 예술의 험난함을 보고 있는 듯한 착각 속에 구름의 분노와 율동, 그리고 노함과 자비로움을 한꺼번에 바라보는 것이다. 성난 듯 울어대는 천둥과 번개, 예기치 않은 전쟁처럼 뛰어드는 여름 한낮의 소나기는 권태와 더위를 쓸어버리는 축복 같은 것이 있어서 또한 좋다.

새큼한 풀내와 그들의 신비로운 합창 그 풍성한 녹색의 잔치 속에 부신 눈을 가눌 길 없이 포도주 빛 밤하늘에서 하나 둘…… 초록별을 헤이다 잠들던 어린 여름밤, 벌써 그때부터 나의 푸른 향연은 시작된 것인지도 모르겠다.

나의 집은 이런 곳이어야 한다.

푸른 숲이 신비로운 그늘을 이루고, 이따금 그 안으로 귀여운 아이들의 드높은 웃음소리가 동글동글 굴러 가는 그런 집이어야 한다. 그리고 무엇보다 그곳에는 푸르름이 자라고 있어야 하겠다. 윤택하게 나부끼는 여름 바람결의 나뭇잎처럼 온통 초록으로 물든 내 귀여운 아이들, 그 애들이 자라고 있는 그 푸른 숲속에서는 함께 심오한 철학이 자랄 것이다. 푸름은 인간에게 심오한 철학을 심어준다.

인생의 그늘에서 조용히 죽음을 기다리는 분들, 매일 매일을 고양이의 부드러운 털을 어루만지며 감미로운 옛 꿈에 젖어 있는 하얀 분들에게 푸르름은 얼마나 소중하고 기막힌 것일까. 그 얼굴과 손등, 그리고 가슴을 스치고 간 예쁜 무늬의 푸른 그늘들, 그것은 살아 있는 보람이며 흐느끼는 기쁨과 샘솟는 지혜인 것이다.

젊다는 것, 그것은 무엇과도 바꿀 수 없는 '푸르름' 바로 그것이기 때문이다. 어느 원색보다도 오히려 짙은 여름의 푸른 숲, 나보다 몇 배나 높은 키의 살찐 나무들이 들어선 산속, 그 녹색의 세계에서 당신은 무엇을 느낄 수 있는가.

그림을 그리는 마음으로 자기를 다시 빚어내고 싶다는 지독히도 녹색을 좋아하는 소녀를 알고 있었다. 나는 하루도 그녀에게서 녹색을 보지 못했던 기억은 별로 없는 것 같다. 신부처럼 부드럽고 수줍은 블라우스며 눈부시게 폭넓은 스커트, 그녀의 손에서 떠나지 않는 손수건이며 예쁘게 생긴 손지갑, 심지어는 겨울 코트 장갑까지도 그녀는 녹색의 것을 즐기고 있었다. 그렇게 녹색에 묻혀 있노라면 깊고 순수한 꿈을 꿀 수 있어 좋다는 그녀는 여름이면 또 푸른 수영복을 지니고 바다로 산으로 여행을 떠나는 것이다.

그것은 방황이었을까?

자기는 줄곧 신(神)과 푸른 대화를 나누고 있다던 소녀는 끝내 수녀원의 깊은 방 속으로 숨어버렸지만.

푸름을 잃은 세계를 생각해 본다.

바람결에 하늘거리는 푸른 잎새들과 싱싱한 향기를 발산하는 우거진 녹음, 나무와 숲과 바람과 녹색 그늘, 이런 것이 없다면 얼마나 심심하고 황량할까.

푸른 그늘 아래서 인생을, 철학을, 죽음을 생각하고, 가장 가까운 이들의 다정한 얼굴을 기억하고, 그리고 또 저 구름의 시인 헷세를 생각하고……. 그러노라면 푸르름은 어느새 내 눈빛으로 익어가고 내 몸뚱이마저 파랗게 물들이는 것이다.

푸르름을 잃지 않는 싱싱한 인생, 거기엔 희망과 꿈과 의욕으로 충만한 세계가 가득 펼쳐 있다. 그곳엔 생동하는 기쁨이 있는 것이다. 푸르름에서 나서 푸르름에 묻혀 가는 그런 인생은 얼마나 값지고 멋있는 것일까.

나는 항상 녹의(綠衣)를 걸친 기분으로 마이크 앞에 선다. 이 녹의는 날을 듯 가벼우면서 심오한 깊이 무게를 잃지 않는, 그러나 또 은은히 화려한 그런 옷이어야 한다. 그것은 결코 퇴색한 옷이어서는 안 된다. 조금이라도 퇴색하면 그것은 이미 죽은 방송이니까 말이다.

몹시 피로하거나 우울할 때, 나는 염려와 언짢은 기분으로 마이크 앞에 앉는다. 그러나 조심스레 녹의를 걸치면 싱싱한 힘이 샘솟는다. 그래서 나는 이 옷을 사랑하는 것이다.

사람은 흙에서 나서 흙으로 돌아간다고 하지만 나는 푸르름에서 나서 푸르름에 묻혀 가고 싶다. 생동하는 힘과 싱싱한 아름다움, 그리고 끝간데 없는 낭만이 무한히 펼쳐 있는 여름, 여름의 그 푸르름을 나는 사랑하고 싶다.

# 겨울과 눈과 밤과

崔 秉 協

**함**박눈이 팍팍 쏟아지는 모든 것을 덮어 주는 은세계가 퍽도 좋아. 움막이라나 하는 데를 간신히 드나들던 만삭 아낙네의 지치고 야윈 모습이 하루 보이지 않는 것만 해도.

교회당의 음악 종소리도 절간의 바라소리도 얼지 않고 흘러 오건만 왜 겨울을 싫어들 하는지. 모태인 양 에너지인 양 생장(生長)의 중책을 마친 봄 여름 가을들을 무자비하게 쫓아보냈다 해서는 아닐 테고.

로맨스 꽃송이들마저 방안으로 몰아넣다 해서 원망 말라. 잔인한 계절이라고. 희망의 봄에 바통을 돌려주는 구원의 약속은 지킬 거 아냐.

얼마나 고마운가. 사계절 정신이란. 고마운 것이라면 날마다 틀림없이 찾아오는 밤이라는 손님이 있잖아. 밤의 장막은 만상(萬象)을 똑같이 가리워 주는 대기술자니까.

**최병협(崔秉協)** _ 사범학교 졸업. 일본에서 사범교육 연구. 오사카매일신문 현상논문 2등 당선. 함북, 경기, 충청 각도에서 교육행정 및 지방행정 종사. 농촌신문사 사장. 농촌문제 연구. 함경북도 도지사.

# 값싼 애국심

崔 秉 協

플라타너스 잎들이 미련 없다는 듯이 모지(母枝)를 이별하고, 가로에 흩어지는 어느 날 하오였다.

X강당에서는 수인(數人)의 애국인사가 번갈아 열변을 토했다. 형용 그대로 입추의 여지없는 강당 뒷구석에 끼어 선 필자의 열성도 남 못지 않은 듯싶었다.

애국 동포 여러분!

애국이라는 용어가 자주 들먹거렸다. 4.19혁명에 의해 천만 불본의 (不本意)였던 하야를 하고 바다 건너편으로 망명했다가 무언의 환국을 간신히 허용받았던 고 R선생이 걸핏하면 '애국 동포 여러분!' 을 함부로 부르짖던 과사(過事)가 머리를 스치는 연상은 솔직히 말해서 좋은 기분도 아니었다.

도대체 무슨 까닭에 애국 두 자를 붙인 동포를 찾는 것인고? 굳이 애국동포를 운운한다면 비애국동포가 있다는 논리도 나오는데… 비애국동포란 어디에 있단 말인가?

자기의 나라를 증오하는 선떡 같은 친구들이 있을 수 없지 않은가 말이다. 뿐만 아니라 애국 동포 운운하는 친구만은 저절로 애국자가 되는 답안이 나오는 듯 싶기도 한데 사실은 어떨는지?

흔히 사용되는 망국족 매국노에 속할 언동을 감행하는 자들까지도 다음에 언급코자 하는 감정적 애국심은 없지 않은 것이다.

워낙 애국심이란 크게 나누어 두 갈래로 생각할 수 있으니 감정적 애국심과 이지적 애국심이 그것이다.

이 밖에 애국 운운의 용어조차 염두에 두지 않고도 잘 살아간다 할 소위 항민(恒民)에 속하는 부류도 있다.

항민에 속할 친구들은 도외에 두고 우선 생각해 봐야 할 것은 감정적 애국심인데 이는 그저 자기의 나라니까 사랑한다는 애국심이어서 아무 전제도 조건도 없는 심리 상태의 것이다. 다음 이지적 애국심이라 함은 일종의 타산적 논리가 작용하는 심리의 것이라 하겠다.

국민으로서 이러 저러한 편익과 복지적 혜택을 누리는 것이다. 그런 까닭에 이 나라를 사랑할 수밖에 없다는 이론이 붙는 애국심이니까 이지적 애국심이라고 할 수 있다.

반만년 역사에 일조억손(一祖億孫)의 단일민족가인 내 나라이니까 무조건 사랑해야 한다는 애국심은 감정적 애국심의 대표적인 것이라 하겠으며, 조국은 유럽이든 아시아든 아프리카든간에 M국의 시민으로서 삶을 즐기는 것이 가장 행복스러운 까닭에 M국을 사랑해야 한다는 애국심은 이지적 애국심의 모델적인 것이라 할 수 있다.

애국심은 남 못지 않다면서 남북미나 동남아의 살기 좋은 데를 향해 옮겨간다면 이지적 애국심이 싹이 트고 있다 하겠으며, 잘 사나 못 사나 간에… 죽어도 한반도의 땅은 결코 버리지 않겠다는 사랑이라면 감정적 애국심만으로 굳어진 것이라 할 수 있다.

또한 이 나라에서 살면서도 자기가 받는 편익이나 혜택이 적은 편이다, 모든 점에 불우하다, 수난이 많다 해서 마치 조국 외에 살고 있는 존재인 양 국세 국운의 추이에 외면적 태도로써 일종의 국가불감증에 걸렸다 할 친구들도 생각해 볼 수 있는데 이런 사람들은 이지적 관념만으로 국가를 보고 지내는 까닭에 애국심 운운할 아무것도 없다 할 수 있다. 자기 생존상 절대적인 보금자리다, 이 나라만이 자기의 발전을 기필해 줄 지주이다, 진실로 고마운 나라다라는 상념을 기조로 하는 애국심이라야 소망적인 것이다.

그러므로 지성의 발달이 고조에 달하고 있으며, 시공을 극도로 단축하고 있는 우주시대인 오늘날에 있어서는 어느 누가 어떤 사람에게도 함부로 애국심을 운운한다는 것은 좀 쑥스러운 이야기라 하겠다.

진취적인 지성층의 마음은 이미 지구를 떠나 우주를 향하고 있다 할 이 시점에서 구호만의 구두선적 애국심은 통하지 않는다는 것을 우리는 생각해 보고 싶다.

단적으로 말하면 애국심이라 할 심리의 정상한 발현은 상대적인 조리를 전제로 하지 않아서는 안 되리라고 본다. 특히 많은 사람을 앞에 놓고 애국심을 함부로 운운하며, 자기만은 애국자연하는 명사들은 깊이 생각해 주었으면 좋겠다.

이렇게 보고 이렇게 우고(愚考)하는 까닭에 우리의 주변에서 외쳐지는 애국심은 어쩐지 너무 헐값으로 다루어지는 듯싶은 느낌을 걷잡을 수 없는 경우가 많다.

만일에라도 조국에 대해 외면적인 심리를 갖는다든가 국사의 모든 면을 망경에 두고도 태연하는 지성층이 있다면, 그렇게 되지 않도록 할 수 있는 고차적인 지성의 발현으로써 선처되어야 할 것 같다.

# 입석조어기(立石釣魚記)

崔臣海

《동국여지승람》에 〈한도십영(漢都十詠)〉이라는 게 실려 있다. 한양에다 도읍을 정한 뒤에 서울의 명승 열 군데를 읊은 것이다.

장의심승(莊義尋僧), 제월완월(濟月玩月), 반송송객(盤松送客), 양화답설(楊花踏雪), 목멱상화(木覓賞花), 전교심방(箭郊尋芳), 마포범주(麻浦泛舟), 흥덕상련(興德賞蓮), 종로관등(鍾路觀燈), 입석조어(立石釣魚).

이 책은 조선 성종 때에 여사신이 찬한 것을 이행(李荇)과 홍언필(洪彦弼)이 수정 증보하여서 이것을 신증판이라 한다.

여기 나온 서울 지명중에는 지금까지 그대로 내려오는 것도 있다. 종

**최신해(崔臣海)** _ 경남 울산 출생(1919년). 경기중학교 졸업. 세브란스의과전문학교 졸업. 의학박사 학위획득. 청량리뇌병원 원장. 연세의대 강사. 수도의과대학 강사. 서울대학교 의과대학 강사. 이화의대 정신과 강사. 저서 《심야의 해바라기》, 《문고판 인생》, 《제3의 신》, 《내일은 해가 뜬다》

로, 마포가 그렇고 목멱(南山) 양화도(楊花渡) 장의(세검정) 따위는 알겠고, 홍덕에서 연꽃을 즐겼다는데 홍덕이란 곳은 지금 보성고등학교 뒤쪽이라 한다.

500년 전에는 연꽃이 유명했던 모양이지만 그 후로 산천이 변하여 복숭아꽃이 유명해져서 "복숭아꽃 아래로 복숭아꽃이요, 복숭아꽃 위로도 복숭아꽃이다. 도화(桃花) 앞에도 도화요, 도화 뒤로도 도화라"고 읊었던 만큼 도화로 유명했었다. 그런데 나에게 홍미를 끌게 한 것은 그런 것이 아니라 낚시질로 유명했다는 입석.

내가 낚시꾼이어서 그렇겠지만 500년 전에 우리 선인들이 낚시를 드리우고 한일월(閑日月)을 벗삼았다는 입석이라는 곳에 나도 한 번 가서 낚시질하고픈 마음이 불현듯 솟아났다.

그 옛날. 서울의 선비들이 낚싯대를 메고 낚시질 나갔던 곳이니만큼 서울서 그리 먼 곳은 아닐 것 같고, 그 당시나 지금이나 서울 근교에 별로 저수지가 없었으니 낚시라면 으레 강낚시임에 틀림없겠다는데 입석이란 지금 어디쯤에 해당하는 곳일까?

몇 사람에게 수소문해 봤는데 모른다던 차에 내 부친이 고증해 주신 바는 옛날 입석이라던 곳은 우리나라 말로 선돌이라던 곳인데, 지금으로 치자면 금호동쪽 한강물과 중랑계 맑은 물이(지금은 흙탕물이지만) 합치는 곳이라 한다.

현재 한양대학교 옆에 있는 옛 돌다리 있는 곳이 '살곶이'라는 곳인데, 이 살곶이다리를 건너서 약 2마장 가량 상류로 더듬어 올라가면 강가에 돌이 많이 있는 곳이 바로 선돌 즉 입석이라는 곳이란다.

여기다 철로를 놓느라고 그 돌들을 거의 깎아버렸지만 그래도 지금도 기암이 더러는 남아 있다 한다. 얘기를 들어 보니 요새도 서울 낚시꾼이 큰물 난 뒤에 잉어잡이하러 잘 간다는 곳이 바로 입석이다.

작년 여름. 기나긴 장마가 걷힌 뒤 며칠 째 되는 날에 벼르고 벼른 끝에 낚시대를 메고 나섰다. 500년 전 서울 낚시꾼이 걸어갔을 길을 따라 가려니 묵은 감회가 새삼스러워짐을 금할 바 없다.

노들강 속에 낚시를 드리우고 나는 앉아 있다.

36℃가 되리라는 일기예보가 맞는 것인지 햇볕은 따갑건만 노들 벌판을 불어오는 강바람은 시원하기만 하다. 옛말에 산천은 의구한데 사람만은 변한다는데, 내가 지금 앉은 이 산천은 500년 동안에 변할 대로 변해졌을 거라.

내가 앉은 이 자리에 그 동안 몇몇이나 태공들이 낚시를 드리우고 흐르는 강물에 인생의 시름을 띄워 보냈던 것인고?

그 옛날 여기까지 낚시하러 나왔던 사람은 득의의 현관(顯官)보다도 실의의 선비들이 아니었을까?

이 자리에 강물도 흘러갔고 인생도 흘러갔으련만, 영구히 남아 있는 것은 낚시터와 낚시대 뿐이려니 생각하니 인생의 무상이란 것을 느끼어 보기도 했다. 500년 후에는 누가 이 자리에 앉을 것인지.

7월 염천에 하루종일 잡은 것이라곤 치리 여남은 마리, 붕어 4마리, 잉어새끼 한 마리였지만, 500년 전 낚시꾼도 으레 그랬을 것이라고 짐작하여, 나도 돌아가는 길에 주막에 들러서 잡은 고기를 매운탕 끓여 한 잔 술에 더위와 피로를 잊고, 인생을 잊어보려고 기지개를 펴봤다.

인생은 강물 같아…….

# 물 속에 담근다

崔 臣 海

삼복더위에 대문을 걸어 닫고서 시원한 우물물로 목욕을 한 다음 발가벗은 채 대청에 누워서 부채질을 하던 사나이가 갑자기 무슨 대발견이나 한 듯이 '이 세상에 팔자 편하게 자고 있는 모습을 큰 대(大)자로 잔다고들 하지만 나는 큰 대자가 아니라 콩 태(太)자로 자고 있도다.'

이만한 배짱이 있어야 삼복더위를 이겨낼 수 있는 법이다.

내 직업이 의사라 될 수 있는 데까지 한여름에도 넥타이를 매고 병원에서 일을 본다. 하얀 와이셔츠에 넥타이를 매고 흰 진찰복을 입은 사람을 의사로 연상하는 한국 사회에서는 의사는 가급적 여름에도 넥타이를 매고 진찰실에 앉아 있어야 환자들이 신임을 하는 모양이다.

재판정의 법관은 재판할 때만은 법관복을 입고서 형을 언도해야만 격에 어울리지, '런닝셔츠' 바람으로 '너는 징역 10년이다'라고 고함쳐봤자 격에 어울리지 못하리라.

한 더위에 넥타이를 매고 다니는 괴로움은 저녁에 돌아가서, 땀에 젖은 옷을 전부 벗어버리고 목욕탕에 들어가서 냉수욕할 때의 쾌감을 배가시켜 주는 것만은 확실하다.

더위라는 것을 참을 수 있는 데까지 참다가 해방되는 기쁨을 위해서
넥타이를 매고 다닌다고나 해두자. 더위뿐만이 아니라 다른 것들도 다
그런 모양이다.

누구말에 '돈과 SAMEN은 모아두었다가 쓰라' 는 말이 있다. 푼돈이
생기는 대로 찔금찔금 써 버리는 것보다는 푼돈을 모아서 큰돈으로 만
든 다음에 한 번 호쾌스럽게 쓰라는 말이다. 자멘 역시 마찬가지. 더위
도 마찬가지.

더위를 이겨내는 매개체는 바람과 물이겠지만 이 두 가지 중에서 삼
복중에는 바람은 도저히 물에 당해내지 못한다. 물은 더운 바람마저 시
원하게 만들어주니깐.

34.5℃를 오르내린다는 삼복중에 바람 한 점 없는 물가에 도사리고
앉아서 낚시질하기란 고역중에서도 상짜 고역이 아닐 수 없다.

콱콱 찌는 듯한 더운 김에 숨이 막힐 것만 같은데 무슨 팔자로 조광
(釣狂)이 되어 버렸으니 덥다고 낚시질도 안 가고서 기나긴 일요일을 그
냥 보낼 수는 없다.

그래서 복중에도 시원하게 낚시질을 즐길 수 있는 묘안이 없나 하는
궁리 끝에 묘법을 발견했다. 그것은 물 속에 반쯤 들어가서 낚시하는
방법이다. 내가 어찌 여태까지 이런 묘법을 궁리해내지 못했던 것일
고?

쇠로 만든 낚시 의자를 물 아래 한자 정도 묻히도록 놓고선 머리엔
삿갓을 쓰고 소매가 긴 흰 와이셔츠에다 아래는 얇은 메리야쓰 내의를
입고 배꼽 삼촌(三寸) 아래에 물이 닿도록 앉아서 낚시를 하는 것이다.
아래에 내의를 입는 까닭은 그놈의 거머리를 막기 위함이다.

이 묘방도 낚시터에 사람이 많거나 또는 가까이 여성이 있는 경우는
삼가야 되지만, 그런 때는 될 수 있는 대로 제방에서 가장 떨어진 곳을

택해서 수중성자(水中聖者) 노릇을 하면 된다.

사람 몸 중에서 가장 더위를 타는 곳은?

그건 HODEN이다. 호덴은 남자 몸중에서 열을 방사해 주는 라지에타 구실을 해 주는 성스런 물체이다. 그러니깐 호덴을 물에 담그고서 하는 낚시는 피서방법 중에서도 가장 과학적인 현명한 방법이 아닐 수 없다.

언젠가 충청도 산골짝 낚시터에서 이렇게 하고 있으려니깐 지나가던 사람이 "저 양반 물 속에 아주 들어앉아서 낚시질하네유……"라는 감탄을 받아, 옆에 앉았던 조우는 대뜸 "저 양반 청량리뇌병원에서 왔대유……."

# 감사하는 마음

韓 太 壽

60년 만에 처음이라는 가뭄이 계속되는 여름날 한낮, 따가운 햇빛이 내려 쪼이는 관훈동 거리를 걸으며 좌우편에 전시되어 있는 골동품상에 매력을 느껴 보았다.

특히 자기류는 그 모형과 빛깔과 선이 비할 데 없이 우아하고 심오하여 그야말로 한국적 정서가 전신에 배어드는 것 같은 기분이었다. '문화도 인간 정신의 객관화'라고 딜타이가 말하였거니 골동품을 통하여 우리 선조의 인품이 실로 고결함을 자랑스럽게 느끼면서 다시 거리를 나서자 5,6미터 앞에서 이상하게도 키가 작은 한 젊은 여인이 앙기정앙기정 걸어오고 있었다. 나는 무의식적으로 그를 주시하게 되었는데 웬일인지 그의 두 다리가 밖으로 몹시 휘어서 키가 작아지고 걸음걸이도

한태수(韓太壽) _ 경남 진주 출생. 일본 규슈(九州)제국대학 졸업. 만주국일용품생산통제조합 관리과장. 문교부 총무과장. 부산수산전문학교 교수. 부산인문과대학(부산대학) 교수. 부산 동아대학 교수 겸 학생과장. 성균관대학교 정치과 주임교수. 고등고시 위원. 숙명여자대학교 정경대학장. 건국대학교 대학원장. 한양대학교 정경대학장. 한양대학교 법정대학 교수. 저서 《정치사상사개설》, 《정치학개론》, 《정치독본》, 《자유론》, 《한국정당사》 외.

정상이 아니었다. 이것을 바라보는 나의 심정은 가엾은 생각이 순간적으로 솟구쳤건만 그 여자는 태연하였고 얼굴 모습도 반반하였다.

"사람이란 잘 살기 마련인가 보다. 자기 몸에 결정적인 결함이 있을 때 그것을 비관하는 마음이 적지도 않을 텐데, 그것도 세월이 가면 예사로 되고 또 그런대로 자기 변호가 성립되어 남과 떳떳이 경쟁하며 살아가고 경우에 따라서는 별도의 우월감까지도 가지는 수가 있다"고 생각해 보면서 어릴 때 일본말 책에서 읽은 한 구절이 기억났다. "글방에서 장님 선생을 모시고 여러 아이들이 글을 읽는데 갑자기 바람이 불어서 불이 꺼지자 아이들의 글 읽는 소리가 뚝 그쳤다. 웬일이냐고 선생이 물음으로 불이 꺼졌다고 하니 선생 왈 '눈 뜬 사람은 참 불편하기도 하다' 라고 하였다"는 속담이다.

어느새 안국동으로 나와 버스를 타게 되었는데 이 날은 참으로 이상도 하지? 문제의 장님을 만났다. 그는 검은 안경을 쓰고 갑지를 짚어서 일견 버젓한 신사였다. 그러나 버스를 타기 위하여 사람들이 몰아닥치자 그들과 경쟁하는 바람에 그의 자세는 무참하게도 헝클어지고 버스를 타지 못해 애쓰는 모습이 안타깝기가 이만저만 하지가 않았다. 차장의 도움으로 겨우 승차하였고 또 차장이 앉는 자리에 앉혀 주어서 다행이었지만 그래도 그는 불안하여서인지 검은 안경 뒤로 둥그런 눈알을 굴리면서 차 창살을 더듬더듬 만져 보기도 하고 고개를 갸우뚱 갸우뚱하기도 하며 신경을 몹시 집중시켜 긴장하는 것이 보통이 아니었다.

이것을 주시하고 있던 나는 조금 전에 본 여인과 이 장님을 머릿속에서 교차시키면서 스스로가 그들과 같지 않고 건전한 육체를 유지하고 있는 것을 끝없이 고맙게 생각하였다. 나라고 하여서 그렇게 되지 말라는 법이 없을진대 오늘까지 무사한 것은 누구의 덕택이며 또 앞으로도 그 안전을 누구에게 빌어야 할 것인가? 나 스스로가 훌륭하여서 만전을 기할 수 있는 주력을 가진 혜택이라고 생각한다면 너무도 어리석은 일이 아닐 수 없다. 어쨌든 현재까지 건전한 내 자신을 내가 고맙게 생각하는 데서 행복의 첫걸음이 열리는 것을 나는 새삼스럽게 실감하였다. 건전하다는 그 자체에 나는 기운을 얻고 선택된 자로서의 자부심을 갖게 되기 때문이다.

이 우주를 창조하고 지배하는 절대자가 있는지 없는지 그것을 내가 단정할 만한 능력은 없다. 솔직히 말하여서는 미지의 세계다. 그러나 내 육체의 건전도 내 마음대로 못하는 것이 사실이고 보면 나는 나 이상의 어떠한 절대자를 상정하지 않고는 내 행복을 추구할 수 없는 것을 깨닫게 된다. 세상에는 절대자 운운하지 않고는 행복한 사람이 하도 많고 또 경우에 따라서는 절대자 즉 신을 거부하는 자로서 행복을 누리는 자가 있기도 한 것을 말하는 자가 없지 않을 줄 안다. 그러나 그러한 사람들도 무의식중에 어떠한 위대한 힘을 믿고 안심하고 있는 그 심적 저의를 간과하여서는 안 될 것이다.

# 여름

韓 太 壽


사계절 중에 어느 계절을 가장 좋아하느냐고 묻는 이가 있으면 나는 서슴치 않고 여름이라고 대답한다. 그 개방적인 생활 속에 대중적인 면이 있어 나는 이것을 가장 사랑하기 때문이다. 말하자면 빈곤한 사람이 살기에 제일 용이한 계절이 곧 여름이다. 따스한 방에서 사는 재미는 바깥 날씨가 추울수록 더한 법이어서 부유한 사람에게는 겨울이 제일 좋은 계절이 될 수도 있다. 그러나 나눈 우리 사회의 실정으로 보아 그다지 빈곤하지 않은 중간층은 되면서도 겨울마다 따스하게 살아본 일이 없어 추운 것은 아주 질색이다. 이러한 심리적 역 현상이 나로 하여금 여름을 좋아하게 한 동인(動因)이라고 나는 생각하기도 한다. 여하튼 여름은 나의 가장 좋아하는 계절이며 따라서 나 혼자만이 느껴보는 여름의 특징이 있을지도 모른다.

이 밤도 창밖에서 비 소리가 들려오고 있어 이사 온 지 며칠 안 되는 서재에 한적하게 잠자는 가족들의 숨소리와 같이 깊어져 가고 있지만 여름철의 보슬비는 언제나 나의 가슴을 설레게 하는 마물이다. 특히 석양에 이슬처럼 내리는 보슬비를 그대로 맞으며 끝없이 멀리 가 보고 싶은 낭만을 나에게 불어 넣어준다. 그럴 때마다 못 견디게 그리운 것은 어릴 때에 자라던 고향이며 옛 친구들이다. 누구 누구의 어린 모습이 지금도 심안에 훤히 비친다.

여름철에 비가 오고 모내기할 때 쯤 되면 논에서 개구리가 운다. 수십 마리 수 백 마리가 한꺼번에 울어 소란하기도 하다. 그러나 달밤에 인기척 드문 들길을 거닐 때 듣는 개구리 소리는 시(詩)인 것이며 인상 깊은 계절적 특징인 것이다.

동일한 현상이 경우에 따라서는 정반되는 심적 효과를 나타내는 수가 있다. 몹시 소란한 개구리 소리가 도리어 적막감을 배가하는 경우도 그러하거니와 여름철의 벌레소리가 가을철의 벌레소리보다 더 처량한 것을 나는 경험하였다.

나의 전문학교 시절이다. 어느 여름철에 방학기를 이용하여 친구 한 사람과 무전여행을 떠나 아산의 충무공 묘지를 참배한 일이 있었다. 쨍쨍한 햇빛이 내려쪼이는 풀밭에서 풍기는 더운 풀 냄새도 자극적이거니와 찢어지는 소리로 울어대는 풀벌레들의 슬픔은 그늘 없는 잔디밭에 불같은 광선을 감고 도는 데서 더욱 구슬프다.

지금은 기억이 나지 않지만 그 슬픔을 나는 시조로 읊었고 그것을 다시 영어로 번역하여 9월 개학시에 하계과제의 일부로 제출하였더니 얼마 후에 여자인 미국인 영작교수가 이것을 들추어 내어 매우 슬픈 노래라고 칭찬하면서 여름에도 우는 벌레가 있느냐고 물었다.

벌레소리라면 의례 가을을 연상한다. 그러나 여름의 벌레소리를 아는 사람에게는 그 이상 인상적인 것이 없다.

마찬가지 이치인지 여름철에 우는 뻐꾹새 소리는 어느 새소리보다도 신비적인 것을 나는 느낀다. 특히 한낮에 햇빛이 강하게 내려쪼이는 때 산기슭을 걸으며 듣는 뻐꾹새 소리는 '삶의 의의'를 되새겨 보게 하는 심오한 매력을 가진 것이다. 새소리를 듣다가 밭둑에 멍하니 앉아서 뻐꾹새가 숨어 있는 첩첩산중의 고찰을 생각하고 또 중의 일생을 추리해 보는 순간은 더위도 무엇도 잊어버리는 가장 한가한 시간임을 나는 잊지 않는다.

여름철은 나에게 가장 특수한 철학의 계절임을 체험하고 나는 이 계절을 좋아한다.

# 흙 전쟁·Ⅱ
– 물전쟁

韓何雲


강 과
협곡(峽谷)과
물.
하늘과 청산과 대지가.
5월
6월
7월
8월
9월까지 청, 녹색으로 물들여 사람이, 인생이, 사랑이 융화된 서정이
문학, 음악, 회화……의 예술로 구상될수록 아름다운 세상이 될 것이
다.

**한하운(韓何雲)** _ 함남 함주군(함흥) 출생. 중국 국립북경대학교 졸업, 동 대학원 졸업. 신명보육원장. 청운보육원장. 무하문화사 사장. 안평농장장. 저서—시집 《한하운시초》, 《한하운시집》, 《보리피리》, 《나의 슬픈 반생기》, 《황토길》, 《시화집》, 《정본 한하운시집》 외 다수.

10월

11월의 단풍에 추억을 물들여 애상과 낙엽으로 조락(凋落)의 슬픔은
어느 소녀의 개똥철학의 출발과 죽음의 인식이리라.

12월

1월

2월에는 얼어붙은 동장군. 백설에 덮인 개골천지(皆骨天地) 속에서 봄
을 기다리며 그리움을 익혀본다.

3월

4월은 잔인치 않은 화려천지(華麗天地)다. 가난한 사람들의 천국이 시
작되는 것이다. 버들피리, 보리피리 소리가 하늘과 청산과 대지가(邊)
가득히 퍼져가는 소리는 가난한 사람의 영혼의 울음 소리리라.

이렇듯 자연에 대한 범패(梵唄)를 원색적 낭만에만 방황한 것 같다.

자연을 감정의 요산요수(樂山樂水)의 벗으로서만 보지 말고 오늘날에
는 산업화하는 효율적 가치로 전환되어야 할 것 같다.

산수가 아름답다고 금수강산이라 하던 강산이 점점 메마른 황토산
으로 거칠고 그 기슭가에 흐르지 않는 강이 비 오면 황강이고 비 개면
물 없는 야계(野溪)가 되고 만다.

이런 삼천리 강산은 언젠가는 사막이 될 것 같다.

초목이 없는 사막 전의 메마른 산하의 잔영인 양 곳곳에 흐르는 강물
이 있어 양안(兩岸)에 병풍 서 있는 산, 수심이 깊을수록 에메랄드 그린
빛깔 아름다운 비취색이다.

북국의 스칸디나비아 지방에는 빙하(氷河)의 영향으로 피오르드라는
협만이 많아 '바이킹' 영화에 나오는 그 웅장하고 무섭도록 짙은 에메
랄드 그린 빛은 너무나도 엄숙하다.

이런 엄숙한 것보다는 미국 서부영화에 나오는 강, 협강은 스케일이

웅대하며 부러울 뿐이다.

라인강, 다뉴브강의 수만리 흐르는 장강과 또는 고대문명 발상을 촉구한 수많은 대하(大河)는 위대한 문학, 음악, 회화를 창작케 하였으며, 특히 불후의 민족문학의 대표적 걸작은 강 이름을 붙였다. 예를 들자면 소련 작가 체홉의 〈고요한 동강〉.

강과 강물은 한 나라의 민족을 살리고 기르며 대하는 위대한 민족을 창조하는 구실을 한 것 같다.

'아! 물'이라 감탄사를 연발하면서 '아무르강' 가에서 위대한 백의민족 비약의 대업을 꿈꾸며 북만주로 이동하던 우리 고구려 선인들이 그 '아 물' 하던 강은 바로 흑룡강이며 아시아 북부 판도에 번용(蟠龍)하듯 한데 단결을 모르고 안이(安易)만에 퇴조하여 남하한 백의민족은 압록강에서 옹졸하게 영양실조가 되어 위축되고 말았다.

압록강을 여러 차례 오갈 때 나를 충격하는 것은 조국, 민족, 슬픔이 뒤범벅으로 내 가슴을 뜨겁게 흥분시켰다.

우리의 영혼 같던 압록강도 이제는 이역의 강같이 되고 보면 어느 강을 갖고 압록강과 대신할까.

한강을 낙동강을 대신하기에는 너무나도 초라하고 가난하며 문학이, 음악이, 회화가 되지 않아 슬프기도 하다.

남들은 '라인강의 기적'이라 하지만 일조일석에 되는 것이 아니니라. 문학, 음악, 회화 등이 선행한 뒤에 오는 것인즉 우리가 부르짖는 '한강의 기적'은 예술로부터 선행되어야 할 것 같다.

이렇듯 민족의 정서와 융화되지 않는 강으로서는 부흥의 상징이 될 수 없을 것 같다.

이런 문화의 자연성장의 과정을 거치지 않으려면 1929년 미국이 경제공황에 부딪혀 1300만명 실업자와 600만 농가의 구제로서 루즈벨트 대통령의 뉴딜계획경제, 테네시강 유역 개발책, 또 이집트의 애스완 댐…… 모두가 국가의 운명을 건 전력의 대사업이다. 우리도 이런 것 하나쯤 해볼 만도 하다.

필자가 본 협강 중 인상적이며 예술의 소재가 될 몇몇 것을 열거하자면 첫째 기추령지구대(奇楸嶺地溝帶)의 3방협(三防峽)이다. 이 협강은 지옥에 있다는 삼도천(三途川)보다도 더 무서울 것 같다. 삼도천은 세 푼 돈으로 건널 수 있다지만 삼방협은 개마고원의 장진강과 더불어 건널 수 없는 무서운 협강이다. 그러나 이 강도 장마철에 나는 도강하였다.

북위 38°선상에 있는 한탄강도 협강이다. 이 강은 국경선 아닌 국경선이며 소련 병정의 삼엄한 감시, 따발총소리. 해방 후 이 국경선인 강을 야삼경(夜三更) 헤엄치며 도강하여 북한에서 탈출하였다.

이 스산한 국경강도 에메랄드 그린 빛의 아름다운 강이며 정적 속의 밤 뻐꾸기 울음은 신비한 여운을 지니고 있다.

옛날 궁예가 부하 왕건에게 패하고 배반당한 통분을 이 강에서 한탄하면서 지냈다고 이 강을 한탄강이라 하였다고 한다. 이 한탄강이 지금은 민족의 한탄강(恨嘆江)이요, 한탄강(漢灘江)이다.

다음에 협곡과 협강으로서 아름다운 곳은 경춘선 대성리, 청평과 춘천 사이의 소양강이다. 양안의 청산은 구름 위에 있으며 유유히 흐르는, 흐르는 것이 아닌 장강의 모습은 요한 스트라우스의 '다뉴브강의 왈츠'를 연상케 한다.

협강중의 천하 압권은 서울 근교의 팔당이리라. 북한강과 남한강과의 합수하는 양수리부터 팔당 사이다. 거리가 짧은 것이 흠이 되나 그 에메랄드 그린 빛의 아름다움은 그만이다.

이 밖에 섬진강, 무주 구천동 구십리 계곡, 금강의 신탄진, 단양 팔경을 굽이치는 한강 상류에서는 도담삼봉(嶋潭三峰)이 절경을 이루고 그런

대로 아름답고 강물과 하늘과 청자기와 하늘빛 모시치마와 눈물이 하나로 되어 '벽계수야 쉬이 감을 자랑 마라' 는 체관(諦觀)과 평화를 우리는 익힌다.

올해는 60년래의 가뭄과 40년래의 홍수를 겪었다. 이것은 치산치수를 안 한 데 대한 천벌이리라.

"울창한 산림은 해면(海綿) 같아서 강우량의 대부분을 산림이 흡수하여 표면 일시 유수량을 감소시킨다. 산림은 하나의 자연저수지의 역할을 하며 한발과 홍수를 조절한다는 것이다. 우리나라의 수자원과 용수 관계를 말하자면 연간강우량 1100억 톤. 그 증발량이 400억 톤. 하천유수가 470억 톤이나 되며 이용수량은 51억 톤에 불과한 실정이다."

이것은 어느 전문가의 계산인데 우리의 농사는 천후(天候)에 따르며 천후는 곧 인심마저 좌우한다. 요즈음 전천후농업이란 신숙어(新熟語)를 낳아 물 관리를 구상중에 있는 것 같다. 지상수의 저수, 지하수의 개발이라는 수자원의 이수와 치수를 한다고 하지만 2천억원이 소요된다고 하며, 10지(指)에 달하는 ××강유역종합개발이니 다목적댐이니 하지만 조석변의 세상사에서 국부의 핵심길이 무엇인지 파악치 않고 즉흥이 나열로써 이것 할라 저것 할라 ××촉진법이니 ××공단법이니 관계법의 입법조치가 어떠니 부산은 떨지 말고 하나쯤 국력을 걸고 시작하여 보아야 할 것이다.

한 가지 우리의 전천후농업만 하더라도 이스라엘, 호주의 사막 전천후농업과는 그 상황이 판이하다. 사막도 아니고 몇 십년 만에 오는 가뭄에 전천후농업대책을 해 보겠다고 하는 것은 좀 뭘하다. 허기야 돈이 남아 돌아가서 2천억원쯤 써봤자…… 하는 처지라면 몰라도.

가뭄에 대비하는 데 좀 다른 방도를 택하면서 농산물가를 적정선 인상을 꾀한다면 농민이 농사를 해 보겠다는 의욕이 돋아 가뭄에 대한 전천후농업은 농민 스스로가 해결할 것이다. 이 돈으로 이것 저것 치우고 한강종합개발에 직결하는 경인운하사업에 전력을 기울여 봄직도 하다.

전천후농업은 호주의 사막지대에서 비롯된 것이라 하겠으나 우리가 문제시 할 것은 30년대 이태리의 무쏘리니가 아프리카 리비아사막의 물 없는 작열의 전불모의 사막을 생명지대로 개척하였다는 사실일 것이다. 사막을 물천지로 만들어 저 유명한 '이태리 포플러'와 과수 곡물의 풍요를 약속하고 국민을 이주케 하여 식민하였다.

호주 내륙사막지방은 년 강우량이 오백모(五百粍), 팔년이란 긴긴 대한발에도 풍년을 구가하였다 한다. 그들은 지하 칠천피트의 착정(鑿井)을 파고 이 기적을 만들었다.

2차대전 후 이스라엘이 독립이 되고 창세기시대부터의 사막을 송수관과 스프링 클러로써 옥토화하여 유랑, 기천년의 유랑민을 모아 신국가 건설과 아울러 부유한 나라가 되었다.

이러고 보면 한 방울의 물은 인간을, 국가를, 세계를 창조하며 또 지배도 하는 것 같다. 물 없는 사막에는 회교가 성하다. 회교의 성전(聖典)인 코란은 물의 성전이라고 하며, 물과, 인간과, 생활과, 사막과, 종교가 이처럼 밀착되어 있는 종교는 없을 것이라 한다.

이처럼 우리도 우리의 가난을 극복하는 종교가 창조되었으면 한다. 그 '가난의 종교'가 고요한 아침의 나라에 강과 협곡과 물에, 하늘과 청산과 대지에 퍼져 잘 살기를 바라는 마음 간절하다.

흙 전쟁의 승패를 가르는 것이 곧 물이다. 물도 큰 자원이며 이것을 잘 관리하는 데 국부의 열쇠가 있은즉 물 전쟁이 흙 전쟁이다.

⟨編輯後記⟩

一九六六·一·二七零下三度餘。峭寒多。一年餘에 第二輯이 上梓。掛牌 三個星霜餘。달世界에 着陸하듯 힘든다。힘이란 에너지의 이야기。季刊이 年刊으로 된 것은 시새말로 後進的인 低開發性 에너지。風塵世上에 또「空論」에 萍水相逢。무엇을 보고 무엇을 느끼고 쓰고……。이것이 生을 發見……生의 發見은 生의 認識。人生이란 정녕 이런 것인가。

崆峒山頭
仙侶相招

여러 仙人을 모시느라고 主幹格인 常湖兄의 눈물겨운 獻身。犠牲·奉仕로서「空論」이 上梓됨은 會悟多。우리의 ×× 團地가 아니라 이제 流行인「空論團地」가 造成됨을 自祝 曳白 喃喃。

×  ×  ×

오랜 몸부림끝에
두번째의 새로운「空論」이
수줍고 조심스러운 얼굴로

×  ×  ×

⟨何雲⟩

一九六三年에 始作된「空論」이
癸卯年이라
甲辰年이라
乙巳年이라
丙午年이라라
어느듯 四年째의 役事

로마가 하루아침에 이루어지지 않은 것과 같이 우리의 所望도 短時間에 이루어진다고 생각할 수 없는 것。그러나 協和의 廣場을 마련한 우리 空論家族의 힘은 前代無類의 社會的 活力素。여기 또다시 우리 第二隨筆集인「空論」이 거칠은 이 땅에 메아리치고 또 話題를 이룬다。勿論 이번에 編輯委員들의 수고도 컷다지만 누구보다도 常湖兄의 勞苦엔 行賞할일。

⟨丹溪⟩

트집많은 이 世上에 선을 보인다。

이젠 最大의 廣場에서 來日을 自信하는 祝盃를 空論家族 모두 함께 드높이 쳐들자! 職業의 差別도、貧富의 差別도、年齡의 差別조차 아랑곳없이 三○代·四○代·五○代·六○代의 年아가씨로부터 七○代할아버지까지 모인 우리의 和睦한 空論家族─人間家族。여기 專攻分野가 서로 다른 우리 空論同人의 特許狀없는 生活哲學들을 함께 모아 역시「空論」第二隨筆集이라 했다。이번 編輯磨勘관계로 다섯同人의 玉稿를 미처 싣지 못하게 됨은 遺憾。空論家族이여! 各己 事業에 健鬪하시라

⟨常湖⟩

〈同人連絡處〉

서울特別市中區明洞2街82番地

（無何文化社 轉交）

空 論 同 人 會　　TEL—(22) 8175


〈알리는 말씀〉

空論동인誌(第一隨筆集)을　購讀코저　하시는분은　冊代 150원을
同人連絡處에　登記로　보내시면　즉시　冊을　보내드리겠읍니다

# 空論—第二隨筆集


1966·3·28　印　刷
1966·3·30　發　行　　　　　　　〈特價 150원〉

著　者　　空 論 同 人 會
　　　　　　代表幹事　崔　臣　海
編輯委員　孫在馨·韓何雲·金思達
　　　　　　金載完·全圭泰·崔乘烋
　　　　　　權純永

版權所有

發行處　　無何文化社
서울特別市中區明洞2街82
登錄番號·No. 269

# 제3집

# 메기


崔 臣 海


**철**학이란 무엇이냐?

"술에 취하지도 않고서 인생이 행복하다고 생각하는 학문."
이라는 정의를 내린 사람이 있다.

술에 취하지도 않고서 인생이란 행복하구나고 느끼는 경우가 있기는 하다. 그건 물가에 앉아 낚싯대를 휘두르고 있을 때다.

그러니깐 낚시는 낚시꾼에겐 철학이 된다. 철학은 낚시가 아니겠지만 낚시는 확실히 철학이다.

한 시간이고 두 시간이고 까딱도 않는 찌(물에 나와 있는 낚시의 부표, 浮標)를 응시하고 있다가 권태를 느끼는 때에 '낚시는 철학'이라는 생각을 되풀이해 본다.

10년 동안 낚시를 해 오는 동안에 인간과 민물고기를 비교해 본 일이

**최신해(崔臣海)** _ 경남 울산 출생(1919년). 경기중학교 졸업. 세브란스의과전문학교 졸업. 의학박사 학위획득. 청량리뇌병원 원장. 연세의대 강사. 수도의과대학 강사. 서울대학교 의과대학 강사. 이화의대 정신과 강사. 저서 《심야의 해바라기》, 《문고판 인생》, 《제3의 신》, 《내일은 해가 뜬다》

있었다. 미끈하게 약아빠진 것 같지만 자기 꾀에 속아 넘어가는 사람은 마치 붕어 같다. 빤질빤질한 미꾸라지 같은 사람, 아무거나 닥치는 대로 용맹무쌍(勇猛無雙)하게 잡아 삼키는 가물치 같은 사람, 어두컴컴한 데서 덥석 먹어 삼키기를 좋아하는 메기 같은 사람, 피라미같이 앞뒤 분간 없이 까불어대는 대는 사람, 옆에 사람을 찔러서 해치는 습성을 가진 자가사리 같은 사람, 잡아봤자 먹지도 못한 넙치리같이 쓸모 없는 사람, 게으르고 미련한 데다 눈앞에 갖다 주는 먹이만을 삼키는 구구리 같은 사람, 밤중에만 낚시에 잘 걸리는데 한 번 걸리면 낚시줄을 똘똘 말아 감아서 빼기에 진땀을 빼는 뱀장어는 마치 너 죽고 나 죽자고 덤비는 악당 같기도 하다

물 위에 떠 있던 찌가 물 속으로 쑥 들어간다. 간발(間髮)을 둘세라, 낚싯대를 채면 묵직한 손 느낌에 낚시 끝은 요지부동, 조금 있다가 부르릉 낚싯대 끝이 흔들리다가 그 다음은 밋밋하게 아무런 저항 없이 끌려 나오는데 끌려 나오면서도 꼬리를 애교 있게 쫄랑쫄랑 좌우로 흔들면서 나온다.

물 위에 고기 대가리를 올려보면 큼지막한 둥근 머리, 커다란 입, 그 양쪽에 길다란 수염이 하나씩 달려 있는 애교만점이 그로테스크— 메기다.

낚싯대를 채었을 때에 첫 느낌으로는 혹시나 기다렸던 월척 붕어나 아닌가 했던 기대는 다음 순간의 손 느낌으로 붕어 아님을 알게 될 때의 실망, 막판에 이 애교 있는 메기라는 괴물과 대결할 때마다 내 마음은 되풀이한다.

“낚시는 철학이 아니다”라고.

나의 낚시 철학론을 여지없이 분쇄해 주는 메기라는 물고기는 진짜 낚시꾼은 잡기를 싫어하건만 어떤 때는 이 놈만이 징글맞게도 많이 잡

히는 수가 있다. 붕어나 잉어같이 잡는 데에 아무런 기술이나 스릴이 없기 때문이다. 메기를 잡아내는 때의 손 느낌은 마치 무밭에서 무를 뽑아낼 때와 똑같은 것이다. 처음 손 느낌만 묵직했다 뿐이지 다음엔 아무런 흥취가 없는 것이다.

몇 해 전에 조우(釣友) C씨와 강화도 까마귀다리라는 수로로 밤낚시 간 일이 있었다.

물가에 간격을 두고 C씨와 나와 여덟 살 난 내 아들 등 세 사람이 앉아서 카바이트 랜턴에 불을 켜 놓고선 밤낚시를 시작했다.

하늘에는 은하수.

새까만 물 위에는 야광테이프를 감은 찌만이 카바이트 불에 반사되어 반짝반짝 비친다. 어린 내 아들은 소리 없이 붕어만을 살살 올리고 있다. 옆에 선 C씨는 푸루룽 푸르룽 큰 놈을 요란스럽게 울리는데, 마침 기다리던 붕어는 아니고 한 자가 넘는 메기다.

메기라는 물고기는 물밑 돌 틈 같은 데에 집단적으로 모여 있는 소굴이 있어서 한 군데에서만 연상 잡히는 수가 있는 것이다. 그런데 낚시의 베테랑인 C씨는 조용히나 메기를 올리지 않고서 메기를 잡을 때마다 "제기랄 또 이 놈이야"라고 혀를 차는 것이다. 조금 있다가 '푸르룽 제기랄,' 또 조금 있다가 '푸르룽 제기랄…….' 이 소리의 반복이 밤새 백여 번이나 되풀이 되더니 동이 트기 시작하는 것이었다.

그러니깐 C씨의 자리에서 '푸르룽 제기랄'이 들릴 때마다 나는 '낚시는 철학이 아니다'라고 생각했으니 나의 낚시 철학 부정론도 백여 번이나 되풀이한 셈이 된다.

아침이 되자 C씨는 재수 없다고 낚싯대를 거두더니 딴 자리로 옮겨 갔다. 밤새 잡아놓은 메기를 담은 고기 그물 속에는 메기가 우글우글, 아마 여섯관은 되어 보인다.

메기를 낚아올려서 한 손으로 잡아 보면 미끈덕한 게 물큰해서 촉감이 과히 좋지가 않다. 미끄러워서 손에서 잘 빠져 나가므로 손에 쥘 때에 수건으로 감아서 잡아야 놓치지를 않는다.

메기를 한문자로 니이(泥虱) 즉 '진흙이' 라는 낱말이 있는데 이건 무슨 뜻일까? 이 징그러운 물고기는 맑은 물에는 살지 않고 흙탕물 또는 수초나 돌 틈바귀를 좋아한다. 밝은 햇볕을 싫어하여 어두컴컴한 다리 밑 같은 웅달을 좋아하고 낮보다도 밤에 활동을 한다. 그러니깐 '진흙이' 라고 하는 건가?

추위를 타는 물고기인 만큼 늦가을에는 깊은 물을 찾던지 그렇잖으면 진흙 속에 묻혀서 월동(越冬)하다가 봄이 되어 수초가 파랗게 자라나는 5~6월경에 수초 뿌리에다 파란 빛의 알을 쏟아놓는데, 한 번 산란에 약 만개 내지 2만개나 되는 알이 1주일만에 부화되어 3년만에 성어(成魚)로 자라난다.

본래 메기라는 물고기는 하급 물고기로 쳐왔다. 몸에 비늘이 없고 피부가 미끈미끈하고 머리 크기에 비해서 먹을 만한 살은 적은 생선이므로 점잖은 상이나 제상(祭床)에는 올리지 못하지만, 그러나 우리네 같은 사람에게 얼큰한 매운탕을 끓여놓으면 여름 더운 날 술안주로의 풍미는 버릴 수 없는 것이다. 그러니깐 매운탕 요리법이 없는 민족은 메기를 좋아하지 않는 모양이다.

메기의 서양요리는 어떤 것이 있는지 잘 모르겠는데, 그 전에 내가 미국의 토페카 시에서 미국 사람 가족과 함께 중국요리집에 저녁 먹으러 갔을 때에 미국인 교수 아들이 "난, '캣 피쉬' 를 먹을래"라고 주문을 하는데, 도대체 캣 피쉬(고양이 생선)라는 게 어떻게 생긴 생선일까 궁금히 여겼더니 가지고 오는 요리는 커다란 접시에 꼬리만 잘라 버린 통체 메기였다. 보기에도 어지간히 맛없게 만든 요리였는데 열 살이 하나인가 넘는 그 집 아들은 그것을 다 먹어 버리는 것이었다.

둥근 대가리 양쪽에 기다란 수염, 영락없이 고양이 대가리다. 그래서 캣 피쉬인 모양이다.

세상에는 큼지막한 메기 얘기도 있다. 옛날 얘기가 되는데, 제정(帝政) 러시아 때 시베리아 소탁지방(沼澤地方)에서의 메기낚시 얘기를 듣기만 해도 큼지막한 얘기들이 있다. 굵다란 동앗줄에다 연필보다 굵은 쇠바늘에 통닭을 꿰어서 큰 웅덩이 한가운데에 배로 들어가서는 미끼를 던져놓고선 동앗줄 끝을 물가에 서 있는 큰 나무에다 매어놓는다.

그리고서는 낚시꾼은 풀밭에 드러누워서 한잠 자고 있노라면 큰 나무가 흔들흔들하는 바람에 잠이 깨어 그 동앗줄을 타고 갔던 말 안장에다 묶어서 채찍질을 하여 뭍으로 끌어올리는데 메기의 크기는 어지간한 고래만하단다. 때로는 말 한 필 힘이 모자라 동네로 가서 말 한 필을 빌려와야 한다. 인적이 드문 제정 러시아의 시베리아다운 스케일이 큰 메기 낚시 얘기다.

40년만의 가뭄이었다는 작년 가뭄 때문에 금년 봄 낚시에는 통 재미를 보지 못하고 마는 모양이다. 올 여름에는 메기라도 잡아볼까 생각하니 여름이 기다려지기만 한다.

# 때를 안다는 것

金八峰

사람이 앞일을 안다는 것은 지극히 어려운 일이다. 우리가 무엇을 안다는 것은 눈으로 보고, 귀로 듣고, 피부로 감촉하고, 코로 맡고, 입으로 맛보고, 영혼으로 느끼는 것뿐이다. 그런데 이 중에서 사람으로 하여금 가장 많이 무엇을 알게 하는 기관은 '눈'이다. 눈은 모든 것을 보는 것으로써 사람에게 알게 하는 것이니 다시 말하면 우리가 알고 있는 일의 85%가 시각(視覺)을 통해서 알게 된 것이오, 그 외에 알고 있는 일은 눈 외에 다른 기관 대부분 귀를 통해서 알게 된 것이라고 한다. 과연 그렇다고 한다면, 5고(五箇)의 관능(官能)과 제6감(第六感)은, 사람으로 하여금 활동을 하게 만드는 기본적인 기관이라 할 것이다. 그러나 이렇게도 소중한 역할을 하고 있는 눈도, 종이 한 장을 내다보지 못한다. 창호지 한 장으로 발라놓은 창문 밖을 문 닫고 앉아서는 내다보

**김팔봉(金八峰)** _ 충북 출생(1903년). 본명 김기진(金基鎭). 일본 도쿄릿교(東京立教)대학 영문학부 중퇴. 백조파 동인. 문단생활 40년. 기자생활 20년. 경향신문사 주필. 재건국민운동중앙회 교도분과위원장. 재건국민운동 중앙회장. 작품《청년 김옥균》,《해조음》기타.

지 못한다. 이런 까닭으로 가장 많이 안다는 사람의 '눈'도 종이 한 장 앞을 모른다고 단언할 수 있다.

그런데 최근에 발달된 사람의 지식은 안구(眼球)의 이식(移植)에도 성공을 하였다 한다. 즉 다시 말하면 시신경(視神經)에 고장이 생기지 아니한 실명자에 한해서 '안구은행(眼球銀行)'으로부터 눈알을 사다가 이것을 그 사람의 눈에 심어주면, 이것으로써 그 사람은 능히 시각을 회복할 수 있게 되었다고 한다. 이와 같이 해서 앞을 못 보는 장님이라 할지라도 그 사람의 시각신경의 고장유무로써 앞을 보게 만드는 기적은 출현되었지만, 그렇다고 해서 문 닫고 앉은 방 안에서 창문 밖을 내다보게 하지는 못한다.

이렇게 앞을 보지 못하는 사람이 어떻게 앞일을 알 수 있을까?

이 같은 희망은 거의 불가능한 요망일 것이다. 그러하건만 옛날부터 오늘날까지 앞일을 내다보고 머리 앓고 있었다는 사람들은 결코 하나둘이 아니다. 옛날에 송나라 중엽 때에 소강절(蘇江節) 선생이나 조선 말기의 김의관(金議官) 같은 분의 이야기는 접어두고라도 지금 현재 경향에서 각각 유명하다고 소문나고 있는 사람들은, 모르면 모르되 하나둘이 아닌 것 같다. 그러면 이 분들은 과연 앞일을 확실히 내다보고 알고 있는 것일까?

우리는 흔히 '사주'니 '팔자'니 '운수'니 하는 말을 듣는다. '운(運)'과 '수(數)'는 모든 물상(物象)이 출현되는 그 순간에 이미 결정된다고 말한다. 가령 목공장에서 책상 한 개를 만든다고 하자. 목수가 널빤지와 각목을 깎고 다듬어 가지고 책상을 만들다가 그것이 완성되면 그 책상이 완성되는 순간에 벌써 그 책상의 운명은 결정되었다는 것이다. 사람도 10개월 동안 어머니의 뱃속에 있다가 이 세상에 떨어질 때 '응애…'하고 울음을 우는 그 순간에, 그의 운명은 결정되어 가지고서 떨어진다는 것이다. 이 같은 말은 요새 말로 말해서 대단히 비과학적인 미신의 말이라 하겠는데, 그러나 나는 이같은 설을 완강히 부정할 만한 과학적 지식을 갖지 못했다. 다시 말하면 현재까지의 과학상식으로서는 여하히 설명할 수 없는 불가사의(不可思議)한 현상이 비일비재하게 존재하고 현몰(顯沒)하고 있는 까닭이다.

천지자연과 일월성신(日月星辰)의 온갖 비밀을 알기는 커녕, 내가 겨우 나 한 몸뚱이의 조직에 관하여서도 나는 잘 알지 못하는 것이 사실이로되, 그리고 이것은 모든 사람에게 공통되는 인간으로서의 비애(悲哀)이지만 다만 누천년(累千年) 동안의 선인들의 경험과 연구의 기록을 통하여서 우리는 오직 '때' 만은 안다. 다시 말하면 씨를 심을 때, 꽃이 필 때, 열매가 맺힐 때, 거두어들일 때, 태아가 분만될 때, 남녀가 결혼할 때, 사람이 죽을 때, 자기가 발언해야 할 때, 자기가 퇴장해야 할 때 등 등 무수히 분별하여서 지칭할 수 있는 적당, 부적당의 '때' 는 대개를 요량하고 있는 것이 보통이다.

"여보 당신은 누구를 우리 회사 대표로 추천했으면 좋겠다고 생각하시오?"하고, 어떤 회사 하급사원을 보고 이렇게 묻는다면 그 사원은 "제가 무얼 압니까. 모르겠어요" 하고 분명하게 말하지 않는 것이 보통이다. 왜 그러느냐 하면 그 사원은 자기 의견을 말해 본댔자 소용없는 '때' 인 것을 알고 있는 까닭이다.

이와 같이 비록 앞일을 내다보지는 못할망정, 말을 하고 안 하고, 앞으로 나아가고 뒤로 물러가고 해야 할 '때' 만은 짐작하고 있는 것이 보통이건만 요사이 우리들의 주위에는 이것을 모르는 사람이 너무도 많다. '때' 를 알면 그 다음에는 '앞일' 을 알기에도 그다지 어렵지 않을 것이다.

# 어머니 날

高凰京

하늘보다도 높고 바다보다 깊은 어머니의 은혜를 되새기기 위해서 지난 제11회 '어머니 날'에 '대한어머니회'는 대통령 부인 육 여사가 참석한 가운데 덕수궁에서 '어머니 헌장탑'을 제막하고, 이어서 '대한어머니회'가 선정한 그 해의 '훌륭한 어머니' 유앵손(劉鶯孫) 씨에 대한 시상식을 거행한 바 있었다. 훌륭한 어머니로 뽑힌 유 여사는 그 해 마흔두 살로서 삼애교회(三愛敎會)의 설립자일 뿐만 아니라 '시온고아원'의 이사로서 불행한 아이들의 어머니역을 다 신 분이다.

그런데 이밖에도 '새싹회'에서는 이 '어머니 날'에 국립국악원에서 '장한 어머니'로 뽑힌 임풍근(林禮根) 여사를 표창했고, '한국부인회'에서는 '착한 어머니'로 선정한 현인용 여사 외 7명에게 각각 시상을 했다.

**고황경(高凰京)** _ 서울 출생(1909년). 미국 미시간대학교 졸업. 이화여자대학교 교수. 학술원 회원(사회학). 서울여자대학 학장.

정말 어머니는 아들 딸을 낳아서 잘 기르며 가정과 사회와 국가에 이바지하여 보다 살기 좋은 세계를 이룩하기 위하여 끊임없이 힘을 쓰는 것만은 사실이다. 그러기 때문에 '어머니 날' 엔 '어머니의 사랑' 과 '어머니의 자비스러움' 이란 꽃말을 지닌 '카네이션' 을 어머니의 가슴에 달아주는 것이 아닐까.

물론 이 세상에는 어머니로서의 사명을 다하지 못하고, 이 사회에 구질구질한 오점을 남기는 여성도 적지는 않다. 그렇다고 해서 우리는 그 어머니를 원망하고 미워해서는 아니 된다. 어느 어머니를 막론하고 아들 딸을 낳아서 잘 기르고자 하는 마음은 거의 공통될 것이다. 따라서 가정과 사회에 보다 살기 좋게 하고자 하는 마음도 마찬가지로 가지고 있을 것이다. 대자연의 산야에 굴곡이 있듯이 우리 인생에게도 기복이 있어서 인류세계의 모든 어머니들 중에는 여러 가지 환경과 사정에 의하여 어머니다운 어머니 노릇을 못하고 있는 분도 적지 않은 것이다. 그러나 어머니란 언제나 어디까지 자비롭고 사랑 많은 천품을 가진 특성이 있는 것이라고 본다.

'어머니 헌장탑' 에도 밝게 새겨져 있는 바와 같이, ① 어머니는 결혼하고 살림하고 아기를 낳는 일은 그들의 양심과 자유에 맡길 것이며 어떠한 강요도 있어서는 안 되며, ② 어머니는 어버이로서의 의무나 권리를 아버지나 다름없이 지니며 가정의 예속물이 되어서는 안 되며, ③ 어머니는 아들 딸에게 가정과 사회에서 사람 구실을 할 수 있도록 보람 있는 교육을 시켜야 하며, ④ 어머니는 직업을 마음대로 고를 수 있어야 하며 사회참여에 남의 간섭을 받아서는 안 되며, ⑤ 어머니는 그들의 몸을 가정과 사회와 국가에서 돌보아 주어야 하며 임신을 하였거나 해산을 할 때에는 미리 서둘러 대책을 세워야 하며, ⑥ 어머니는 순결하고 단란한 가정을 만들기 위하여 경제적 보장과 집안 식구들의 정신적 협조를 받아야 하며, ⑦ 어머니는 지식을 넓히고 교양을 쌓기 위하여 그럴 틈과 기회를 가져야 할 것이다.

나는 무엇보다도 이 나라의 모든 어머니들이 이 헌장을 지켜서 좋은 가정과 좋은 사회가 이룩되기를 성심으로 축원하고 있다.

# 도착(倒錯)된 가치기준(價値基準)

朱 碩 均

누구라도 입을 열면 으레 애국애족을 외친다. 집권자들은 말할 것도 없고 행정관료들도 사무가들도 그리고 일반 민중들도 예외 없이 사심을 버리고 애국애족하겠다고 다짐한다.

그 말의 10분지 1만이라도 실천되었던들 이 나라가 이 꼴은 되지 않았으련만 부패와 불신풍조는 나날이 더 커져만 가고 있고 민생고도 더욱 더 커져만 가고 있어서 말기적 현상이라고 볼 수 있는 집단자살이 끊일 사이 없는 것은 도대체 웬일일까?

정부당국자들은 제1차 5개년계획이 예정보다 초과달성되었다고 그 업적을 자랑하는 데 바쁘고 제2차 5개년계획이 끝나는 71년엔 식량자급을 비롯한 자립경제를 성취하고 70년대 후반기에는 소비를 미덕으로 아는 풍요한 사회로 발전시키겠다고 희망에 찬 비전을 국민 앞에 내

주석균(朱碩均) _ 평북 삭주군 출생(1903년). 평양고등보통학교 졸업. 압록강토지개량주식회사 지배인. 평안북도 선천군수. 조선수리조합연합회 부회장. 대한수리조합연합회장 겸 농지개발영단이사장. 농림부차관. 한국농업문제연구회 회장. 금융통화위원. FAO한국협회 회장. 농협제도심의회의 의장.

걸고 있다.

말대로 그렇게 되기만 하면 오죽이나 좋으련만 그러나 눈앞에 밀어닥치는 민생고에 짓눌리고 있는 국민들은 장래에 대한 희망을 가지기는커녕 도리어 암담한 현실을 저주하고만 있다.

우리 한국은 이와 같이 고난 속에서 헤매고 있음에 반하여 2차대전에서 일패도지(一敗塗地)하여 잿더미가 되었던 일본은 패전의 상처가 하도 컸기 때문에 일시는 자타가 다같이 4류국으로 생존할 수 있으면 다행일 것이라는 비판적인 생각을 가지게 되었고 일본의 일류신문인 아사히신문조차 그의 사설에서 "이러한 고난을 겪는 것보다는 차라리 미국의 49주의 1주가 되는 편이 낫겠다"고 주장하게끔 되었던 일본이 오늘에 와선 공업생산력에 있어서는 미소(美蘇)의 다음가는 제3위로 올라섰고 1인당 국민소득에 있어서는 우리 한국(105달러)의 6배가 넘는 682달러에 달하는 나라로 재생된 사실과 대비한다면 새삼 저들의 성공과 우리들의 실패를 뼈저리게 느끼지 않을 수 없다.

그러면 그들의 성공과 우리들의 실패는 도대체 어디에 기인하는 것일까?

인종도 대체로 같은 황색 몽고족 계통으로서 생김새라든지 지능이라든지 개인적 능력으로 보면 저와 우리가 별로 다를 것이 없다. 아니 나는 우리가 낫다고 생각한다. 저들은 메이지유신(明治維新)으로 재빨리 서구문화를 받아들였고 의무교육의 보급률이 높아져서 교육수준이 우리보다 높기는 하지만 기후풍토도 같은 온대에 속하며 어느 의미에 있어서는 우리 한국이 낫다고 볼 수 있고 광물 등 자연자원에 있어서는 우리 한국이 훨씬 우월(優越)하다.

뿐만 아니라 저들은 2차대전에서 일패도지하여 잿더미가 되지 않았던가?

그럼에도 불구하고 저들은 전후고난의 역정을 걸으면서 부흥에 힘쓴 결과 오늘에 와선 전쟁전보다도 그 국제적 지위가 훨씬 높아진 것은 어떤 기적(?)에 속하는 것일까? 그렇지 않으면 미국 원조의 덕분일까? 또 그렇지 않으면 한국전쟁(6.25사변)의 여덕(餘德)일까?

흔히들 '라인강의 기적'이니 '에도천(江戸川)의 기적'이니 하면서 우리 한국은 '한강의 기적'을 이룩하겠다고 허장성세(虛張聲勢)하는 사람들이 있지만 워낙 기적이란 있을 수 없다.

미국 원조와 한국전쟁이 일본재건에 어느 정도의 기여를 한 것은 사실이다. 그러나 우리 한국도 해방 후 지금까지 미국으로부터 40억 달러에 달하는 경제원조와 그밖에도 막대한 군사원조를 받았고 일본이 남기고 간 재산도 무상 접수했다.

그렇다면 무엇이 다르단 말인가?

한 마디로 말해 우리들은 가치기준이 도착되어 있음에 반하여 저들은 가치기준이 올바로 서 있는 때문이라고 나는 생각한다.

우리는 우선 '무엇이 나에게 유리하냐'를 가치기준으로 삼는다.

무엇이 옳으냐가 문제가 아니다.

입으로는 애국을 부르짖고 도의를 외치면서도 사실상의 속심과 행동에 있어서는 자신에 대한 이해(利害)를 행동기준으로 삼는다. 일반 서민보다도 지도자라고 자보(自補)하는 사람일수록 더욱 심하다.

여기서 파벌(派閥)이 생기고 정치를 불신하는 풍조가 생긴다.

저들은 무엇이 나에게 이로우냐를 가치기준으로 삼기 전에 옳고 그른 것을 가치기준으로 삼는다. 저들도 인간임에 자신의 이해로부터 완전히 떠날 순 없을 것이다.

그러나 사회생활에 있어서는 정 부정(正不正)을 가치기준으로 삼으려는 노력을 잊지 않는다.

모든 사람이 일응(一應) 무엇이 옳으냐를 생각하기 때문에 스스로 공통의 광장이 마련되는 것일 것이다.

필자가 작년 가을 농협제도심의회의 임무를 띠고 우리 국내와 일본을 상당히 폭 넓게 순방한 일이 있다.

일본은 위로는 농림대신으로부터 아래는 농민에 이르기까지 '민주농협(民主農協)'이란 협동조합관이 확고하게 서 있었지만 우리 한국은 공통된 협동조합관이 서 있지 않고 각자가 서 있는 입장에 따라 자기 자신의 이해를 중심으로 십인십색(十人十色) 백인백색(百人百色)의 협동조합관을 갖고 있는 실정이었는 바 저들의 성공과 우리의 실패는 요컨대 저들은 공통적인 협동조합관을 가지고 있음에 반하여 우리는 이해관계에 따라서 협동관을 달리하는 데서 온 것이 아닌가 생각했다.

종교가의 설교 냄새가 풍기는 말 같지만 무엇보다도 앞서야 할 것은 도착된 가치기준을 올바른 가치기준으로 바꾸는 문제가 아닌가 생각해 본다.

# 편편상(片片想)

張 基 範

요즘 사람들의 대화 속에는 귀에 담아둘 필요가 있는 화제도 많지만 필요 이상의 화제도 많다.

그런데 흔히 많은 사람들은 우리 인간사회에 있어서 돈만 가지면 얼마든지 사람을 움직이고 이용할 수 있는 것처럼 화제의 꽃을 피우기도 하는 것 같다.

그러나 돈으로 하여금 사람을 움직이게 한다는 것은 돈이 필요한 자의 부득이한 육체적 움직임인 것이며 그의 마음이 송두리째 동요(動搖)되는 것은 아닐 성싶다. 참으로 사람이 움직인다는 것은 마음의 심연(深淵)에서 우러나야만 움직이는 것이다.

마음으로 사람을 움직이게 할 수 있는 사람이란 명리이상(名利以上)으로 자기의 마음을 신중히 하고 귀중히 여기며 자기 자신의 마음에 수양

**장기범(張基範)** _ 경기도 인천 출생. 고려대학교 정치과 졸업. 서울중앙방송국 아나운서. 제16회 세계올림픽 중계(호주). 제1회 방송문화상 수상. 미국의 소리(VOA) 파견. 서울중앙방송국 방송과장.

을 하려고 문제 삼는다.

다른 사람의 기쁨을 자기의 기쁨으로 알고 다른 사람의 슬픔을 자기의 슬픔으로 삼는 자가 있다면 그에게는 남의 마음을 움직일 수 있는 덕과 인정이 있다고도 볼 수 있다.

만일 자기 자신의 명리만을 위주로 하는 인간 앞에는 타인의 존재란 겨우 이용을 당하는 대상물 밖에 되지 않는다. 자기에게 이로울 때만 착한 것처럼 언행을 취할 뿐이오, 자기에게 이용가치가 없는 때에는 박차 버리는 경우를 우리는 우리의 주위환경에서 흔히 구경할 수 있다. 바로 이러한 것이 자기 명리만을 위주로 하는 자의 근성이라는 것을 알아둘 필요가 있다.

결국 자기의 명리만을 일삼는 자의 주변에는 마음으로 따르는 사람이 많을 수 없으며, 다만 이해관계에 얽힌 면종자(面從者)가 있을 뿐이요, 심복은 아닌 것이다. 생각컨대 우리 인간은 의·식·주의 굴레 밖에 벗어날 수는 없는 것 같다. 그러나 이 의·식·주를 위하여 수단과 방법을 가리지 않고 살아갈 수도 없다.

만약 우리 인간들이 의·식·주를 위해 수단과 방법을 가리지 않고 저 하고픈 대로 행동을 취한다면 이 사회는 어떠한 판도로 변할까?

나는 사람 이외의 하등동물들이 약육강식을 하면서 생존경쟁을 이루는 광경을 환상(幻想)해 본다. 아무쪼록 이지(理智)와 진선미를 아는 사람들의 고운 마음씨로 돈을 잘 이용하며 살아간들 어떠하리.

# 포물선(抛物線)의 미학(美學)

全 圭 泰

얼마 전에 친한가(親韓家)로 널리 알려진 한국은행 고문 '밀러' 씨 집에 초대되어 현저동의 그의 아늑한 한식 저택을 방문한 일이 있다.

평소에 그가 대단한 한국통이라는 것은 짐짓 알고 있었지만 그토록 그의 생활이 한국적인 멋에 젖어 있었던 줄은 미처 몰랐다.

설흔칸 남짓한 ㄷ자집에 방과 방 사이를 연결하는 낭하가 있다는 것이 재래식 한옥과 다르다면 다를까…… 아담한 이 한식 주택은 바깥보다도 내부가 멋있다.

꽃병대를 장고로 이용한 것이라든지 방구석을 적당히 이용하여 청자, 백자 등 각종 도자기와 인형, 거문고로 장식하기도 하고 아랫목에

**전규태(全圭泰)** _ 서울특별시 출생. 호 호월(湖月). 양정고등학교 졸업. 연세대학교 국문과 졸업, 동 대학원 졸업. 동아일보사 신춘문예현상(문학평론) 입선. 「연합신문」, 「서울일일신문」 기자 및 기획위원. 한양대학교 문리과대학 강사. 한국비교문학회 회원. 국어국문학회 상임회원. 한국시조작가협회 회원. 연세대학교 조교수. 저서—논집 《문학과 전통》, 평론수필집 《사랑의 의미》·《체험적 여생론》, 시조집 《석류》, 《한국고전소설선》, 역서 《죽음과 사랑의 그늘에서》, 《죄와 죽음과 사랑과》, 《독신녀》, 《세계문학서설》 외 논문 다수.

는 수병풍을 쳐놓는 등 아늑하고 편리하기 이를 데 없다.

나는 늘 양옥이 한옥보다는 살기에 훨씬 편리하다고 여겨왔다.

그러나 전통적인 우리의 가옥은 그렇지도 않으며 더군다나 개량된 한옥은 고대광실의 양옥에 견줄 수 없으리 만큼 편리하고 독특한 운치(韻致)가 있음을 비로소 깨닫게 되었다.

대체로 어느 나라나 건축물은 직선의 미(美)를 살리기에 애쓴 흔적이 엿보인다. 고대 이집트 건축물의 정화(精華)인 피라미드의 뾰족한 삼각선의 미라든지, 서구 중세의 고딕 건축의 날카로운 첨단이라든지 직선을 최대한으로 활용한 일본집의 경우를 보아도 건축과 직선은 떼어 놓을 수 없는 연관이 있는 성싶다.

그도 그럴 것이 요즈음에도 건축가들이 집 설계를 할 때에는 거의 티(T)자를 사용하지 컴퍼스를 쓰는 경우는 별로 없으니 말이다. 더군다나 초현대식 건물은 철저한 직선주의인 것 같다.

현대건축의 기린아인 '르꼬르뷔제' 가 지은 미국 뉴욕의 유엔 빌딩은 헤아릴 수 없는 직선의 연결이다. 그러나 1원짜리 성냥갑을 세워 놓은 것처럼 멋대가리가 없다.

미국식 집이 대체로 멋대가리가 없다고 하는데, 미국인들은 겉모양보다 실용적인 데에 더 중점을 두기 때문이라고 한다. 그래서 미국식 집은 살기엔 매우 편하다고 한다. 그래서 '마누라는 일본 여자, 음식은 중국 요리, 주택은 미국 집' 이 가장 이상적이라는 것이다.

물론 주택은 살기에 편한 것이 그 제일이어야겠지만, 그러나 살기에 편하면서도 멋이 있어야만 제격이 아닐까?

같은 동양식 집이라도 중국식 집은 너무 육중하고 둔탁하며 햇볕을 가린 곳이 많고, 일본식 집은 그와 반대로 탁 트이긴 했으나 가볍고 경박하며 겨우살이에는 알맞지 않은 집이다.

　그런데 우리나라의 기와집이란, 사시사철 살기 좋게 되어 있으면서도 멋이 있고 운치가 있다. 내가 한국 사람이기 때문에 그렇게 느끼는가 했더니 외국 사람의 눈에도 역시 그렇게 비치는 모양이다.

　얼마 전 외국인 학생들의 서울 구경 안내역을 맡은 일이 있어 반도호텔 옥상에 올라가 서울 시내 일원을 소개하고 있을 때였다. 어떤 미국인 여학생이 문득 다동 거리를 굽어다 보더니 한식 기와집의 곡선미에 적이 감탄을 하는 것이다. 고층 거리에서 내려다 보는 서울 거리는 마치 서양의 도시 한 귀퉁이를 영화에서 보는 것 같은 착각을 느낄 정도로 서구화(西歐化)해 가고 있다. 한옥만이 즐비하던 다동 일대도 이젠 고층건물이 뾰죽뾰죽 일어서고 있다.

　미국 여학생의 말을 듣고 문득 다동 거리를 유심히 굽어보니 직선적인 고층 빌딩과 특히 유리창과 타일에 번뜩이는 벽의 조잡한 평면들에 견주어 내려다뵈는 다동 구옥(舊屋)의 지붕마루의 부드러운 선은 정작 아름다워 보였다. 빼어난 고층 건물이야 미국 도시에도 얼마든지 있을 테니 낯선 기와집의 곡선의 이 미국 미술학도의 눈에는 신기하게 보였겠지만, 나는 여러 차례 외국인들로부터 한옥 특히 처마 끝의 포물선이 퍽 아름답다는 얘기를 듣곤 했다.

　용마루가 휘영청 안쪽으로 포물선을 그리고 허공으로 올연히 솟은 모양은 다른 나라 집에서는 찾아볼 수 없는 멋이 깃들여 있다.

　앞서도 말한 것처럼 외국의 집들은 모두 직선을 살리기에 급급하고 있으나 한옥은 되도록이면 직선을 둔화(鈍化)시켜 곡선으로 드러내기에 애쓴 흔적이 엿보인다.

　처마도 그러려니와, 손으로 정성스레 다듬은 대들보는 둥그스레해야 제격이고 되도록이면 원목을 그대로 둥글게 깎아 세워야만 한옥은 제멋이 우러나오게 마련이다.

밀러 씨 집은 방의 창문 위나 아래쪽을 두세 자 파서 칸을 지르고 그 공간에 도자기나 화분, 장고 등을 놓아 벽의 여러 면적을 이용해서 방을 미화시켜 놓았다.

한옥의 또 하나의 장점은 벽돌이나 철근 벽의 집에서는 엄두도 못낼 이 벽의 이용이 가능하다는 점을 발견하고 놀랐다. 한옥은 벽을 털어 취미에 따라 수시로 개장(改裝)할 수 있다는 또 하나의 특징이 있다.

그뿐이랴! 창살의 자유자재로운 미학적 구도라든가, 다락문이나 샛문창에 동양화로 장식할 수 있다는 점 등은 다른 어떤 식의 주택도 추종 못할 운치라 하겠다.

두툼한 보료에 앉아 백자(白磁) 술병에 든 동동주를 나누고, 박귀희 씨의 창(唱)과 고전무용을 감상하면서 밀러 씨와 풍취 있는 밤을 이슥토록 한껏 즐겼다.

# 그리운 모상(母像)

李洋球

서양 속담에 '바쁜 꿀벌은 슬퍼할 시간적 여유가 없다' 는 말이 있다. 아마 이 세상에 태어난 대개의 사람들도 먹고 살기 위해 동분서주하다 보면 희비애락(喜悲哀樂)을 생각할 겨를이 없는지도 모른다.

어느 철인의 말처럼 차라리 '분망한 작업의 연쇄(連鎖)' 를 누린다는 것은 그만큼 '행복한 시간의 연쇄' 를 지니는 것이 아닐까…….

이 내 몸 또한 온종일 찾아드는 국내외 손님들을 영접하고 온갖 집무에 열중하다 보면 그리움과 고달픔을 잊어버리는 것이 항다반지사(恒茶飯之事)로 되고 만다. 그러나 그처럼 망중망(忙中忙)의 일정 속에서 세월을 보내고 있다 하지만 한갓 마음의 여유를 가질 때면 내 나이 50이 된 요즈음, 자주 머릿속에 떠오르는 것은 그리운 어머님의 모습이다.

높고 높은 산 위에 올라서서 푸른 하늘을 쳐다볼 때 또한 넓고 넓은

**이양구(李洋球)** _ 함남 함주 출생. 경성상공학교 졸업. 동양식품공사 부대표. 풍국제과판매주식회사 사장. 한국정당판매주식회사 사장. 삼양물산주식회사 부사장. 삼양제당공업주식회사 부사장. 동양제당공업주식회사 부사장. 제일실업주식회사 사장. 동양제과공업주식회사 사장. 동양시멘트공업주식회사 사장. 동양산업개발주식회사 사장. 한국경제인협회 부회장.

바닷가에 앉아서 끝없는 수평선을 바라볼 때, 그보다 높고 그보다 넓은 것이 그 어디에 있으랴마는 그래도 푸르른 하늘보다 높고 창창한 바다보다 깊은 것은 '어머님의 마음'이라고 생각된다.

얼마 전 나는 어린 아이들이 부르는 노래소리를 엿듣고 눈시울이 뜨겁도록 한없이 한없이 깊은 사념에 잠긴 적이 있다.

낳으실 때 괴로움 다 잊으시고
기르실 때 밤낮으로 애쓰는 마음
진자리 마른자리 갈아 뉘시며
손발이 다 닳도록 고생하시네
하늘 아래 그 무엇이 넓다 하리요
어머님의 희생은 가이 없어라.

어려선 안고 업고 얼러 주시고
자라선 문기대어 기다리는 마음
앓을사 그릇될사 자식 생각에
고우시던 이마 위에 주름이 가득
땅 위에 그 무엇이 높다 하리오
어머님의 정성은 지극하여라.

이 노래를 부르는 어린 아이들이 얼마만큼이나 그 뜻을 새겨 부르는지는 알 수 없으나 오늘날 어진 아내와 귀여운 아이들을 거느리고 편안히 살아가는 나로선 이 의미심장한 노래소리를 듣고 어찌 이북땅에 계신 어머님의 생각이 떠오르지 않으랴.

진정 그분은 착한 어머님이셨다.

정말 그분은 훌륭한 어머님이셨다.

어머님은 내 나이 일곱 살 때에 홀어머니가 되셨다. 말하자면 어머님의 나이 27세 때에 두 살 연하생인 25세의 젊은 아버지가 세상을 떠나게 되자, 한창 젊음을 구가(謳歌)하려던 어머님은 눈물을 머금고 터무니없는 청춘과부(靑春寡婦)가 된 셈이다. 그야말로 하늘이 무너진 듯이 어머니의 마음은 울적하고 무거웠을 것이다. 더구나 선량한 소농민으로서 근근히 살아온 아버지는 처자들에게 무슨 유산을 남겼겠는가. 다만 아버지는 어머니에게 아홉 살 난 아들과 일곱 살 난 이 아들을 남겨두고 영영 다시 못 올 길을 떠난 것이다.

철 모르는 두 형제를 거느린 27세의 젊은 미망인상(未亡人像)! 그는 숱한 실의와 유혹(誘惑)과 저주(咀呪), 그리고 고통(苦痛)을 겪으면서도 다만 인내와 근면과 노력으로써 철 없는 우리 형제를 훌륭히 기르시려는 것만이 유일한 희망으로 여겨왔다. 어머님은 두 형제만을 기르고 가꾸어 놓으면 이들이 장성한 어느 시기엔 1대 과학자가 아니면 대실업가나 경세가가 되어 국가의 대의를 위해 공적을 남길 것이라 기대했을 것이오, 또한 어머니에게 효도를 다하며 처자들에게도 훌륭한 가장이 될 것을 염원하고 확신하셨을 것이다.

그처럼 인자하시고 근면하신 어머님, 오직 이 아들을 기르느라고 피와 땀을 흘리면서 동분서주(東奔西走)하시던 어머님의 그 모습. 나는 고요히 눈을 감고 생각에 잠길 때 그 옛날 어머님의 모습이 파노라마처럼 눈앞에 선하다.

정말 '어머니라는 이름의 천품(天稟)' 은 아들 딸을 낳고 기르며 이 나라 사회의 발전에 공헌하여 더욱 살기 좋은 인류세계를 만드는 데에 필요불가결한 요소인 것만 같다. 그리하여 우리는 '어머니 날' 을 제정하여 '사랑' 과 '자비' 를 표현하는 카네이션 꽃을 어머님의 가슴 앞에 달아주는 것이 근래의 유행이기도 하다.

그런데 우리의 주변에서 흔히 보는 비와 같이 이 사회의 독초와 같은 악행과 오명을 남기기도 한다. 그러나 우리는 그 잘못된 어머니나 여성을 나쁘다고만 경솔히 취급할 수는 없다. 우리 인생에게는 변화무쌍(變化無雙)하는 기복(起伏)이 있듯이 인류사회의 모든 어머니들 가운데에는 말 못할 환경과 사정에 따라 우발적(偶發的)으로 잘못을 저지르는 경우도 있을 것이다. 말하자면 사회적 책임도 있을 것이다. 우리는 복지사회(福祉社會)를 이룩하려는 일원으로서 남의 잘못된 점을 고쳐주고 선도하여야 할 책임을 서로 느껴야 될 것 같다.

나는 다시 생각해 본다. 부모와 자손과의 관계를……. 부모란 자손의 근원이며, 자손은 부모의 분신이 아닌가. 따라서 부모는 그 자식에 대한 '전대(前代)의 자신(自身)'이라고 볼 수 있으며 자식은 그 부모에 대한 '후대의 자신'임에 틀림없는 것 같다.

소크라테스의 '자아인식론'이나 셰익스피어의 '자기충실론'은 단순한 자기 자신의 인식과 충실에만 급급하라는 철리가 아니라 한 걸음 더 나아가 자기 이외의 객관적 사실을 통찰하고 부모에의 효도와 인류사회에의 봉공(奉公)에 충실하라는 깊은 의의가 내포되어 있다고 생각된다.

현재 여러 기업체를 운영하고 있는 나로서 여러 가지 진지(眞摯)한 연구를 필요로 하거니와 특히 나는 한 사람의 사원을 채용하는 데 있어서도 구태여 스파트스(Thomas G. Spates)의 인사관리에 대한 이론을 빌릴 필요조차 없이 다만 가정에서 부모처자에게 충실하고 정직과 신의를 지키면서 자기특공(특기)에 열성과 실력을 다할 수 있는 사람을 중요시한다.

여하튼 현대에 살아가는 나로서 내 나름의 인생철학과 국제정세에 대한 연구를 게을지 않거니와 7세 때에 엄친(嚴親)을 잃고 그 후 29세 때에 어머니와 형님을 남겨 놓은 채 단신으로 월남한 나는 북녘 하늘 아래에서 고생하실 어머니와 형님을 생각할 때 다만 한없이 가슴이 착잡하고 눈시울이 뜨거워진다. 혹시 어느 때 어느 곳에서 나를 낳고 기르신 어머님이 숨져 갔는지도 전혀 알 수 없지만…….

지금쯤 이북 땅에 어머님이 살아 계시고, 이 자유의 땅에 언제라도 모시고 올 수만 있다면 나는 그동안 못다 이룬 내 효성을 어머니 앞에 만분지 일이라도 보여주고 싶다.

아무쪼록 헛된 꿈이 아니기를 고요히 눈을 감고 축원한다.

아, 그리운 어머님이시여!

# 202원

趙 東 弼

어느 날 학교에 나갔더니 내 방에 있는 여학생이 '세금을 내라는 독촉'이 왔다고 전한다. 매달 월급에서 원천과세를 하여 또박또박 떼어가고 또 집에서도 무슨 세금인지 나오면 동회서기(洞會書記)들의 독촉 때문에 안 낸 일이 없는데 무슨 세금을 또 내라고 독촉이 온 것인지 이상하게 생각하였다.

내 자신으로선 세금을 안 낼 리가 없고 또 세금을 안 내고도 버틸 만한 힘도 없는 사람이었기 때문이다. 말하자면 국민으로서 충실하게 의무를 다했다고 생각하였던 까닭이다.

나는 내 방에 있는 여학생에게 반문을 하였다. "무슨 세금이라더냐" 하고 물었더니 학교 경리과장으로부터 전화였는데 무슨 강사료에서 세금을 덜 떼었기 때문에 내라는 것이라는 이야기다. 나는 이 말을 듣

**조동필(趙東弼)** _ 경기도 출생(1919년). 일본 메이지(明治)대학 졸업. 고려대학교 교수. 고려대학교 정경대학장.

고 더욱 불쾌하고 의심스럽게 생각하였다. 나는 명색 전임교수라 ‘강사료’라는 명목으로 받는 보수가 없기 때문에 강사료에서 세금을 덜 떼었을 이유도 없고 또 사무당국에서 어떠한 실수로 세금을 덜 떼었으면 다음 월급에서 제하면 되지 독촉이 무슨 독촉인가 하고 마음 속으로 더욱 불쾌하기 짝이 없었다.

“여보 과장이요?”하고 전화통에다 대고 나는 퉁명스럽게 “무슨 세금의 독촉이요”하고 물었다. 그랬더니 학교 내에서 떼는 세금이 아니라 “밖에서 연락이 왔다”는 것이다. 밖에서 연락이 왔다는 데에 나는 더욱 의아하게 생각하였다. 독촉의 내용을 들어보니 한 일 년 전에 강의를 나갔던 모 부처의 교육원에서 강의료를 지불할 때 ‘202원’의 세금을 덜 떼었기 때문에 그것을 지금 다시 내라는 독촉이라는 것이다.

나는 이 말을 듣고 어이가 없었다. 대개 정부관계 교육원에 강의를 나가면(제자이었던 사람들의 간청에 의해서 할 수 없이 나가지만) 강의료라는 것이 한 시간에 200원 아니면 300원 정도밖에 안 되는 것이다. 그러한 강의료에서 무엇이 어떻게 잘못 되었는지 알 수 없는 일이다. 물론 당무자의 실수로 덜 떼었을 것이고 또 무슨 세금감사나 또는 사무감사에서 발견하였을 것으로 생각된다. 나는 과장으로부터 ‘독촉’의 사유를 듣고 조세정책의 엄격함을 새삼스럽게 느꼈다. 아마 700억원 이상의 징세목표의 달성을 위해서 누락된 것을 이같이 철저하게 찾아내는가 보다고 도리어 감탄까지 할 정도였다.

그러나 한편 나는 쓸쓸하고 섭섭한 마음을 감출 수가 없었다. 이 변변치 못한 과장이 땀을 흘려가며 지껄인 대가로 200원이나 300원을 주면서 거기서 소득세, 부가세를 떼고 대개 170원이나 250원 정도 주는 것이 일반적인데 또 누락된 것이 있어서 1년 후에 ‘202원’의 독촉을 하는 것이 우습기도 하고 불쾌하기도 하고 어쨌든 무엇인가 쓸쓸하고 섭섭하기만 하였다. 얼마 안 지나서, 일간지에 어느 큰 회사에는 1억원대의 과세가 누락되었다는 보도가 있었는가 하면 고액체납자들은 당국의 독촉에도 불구하고 '태연자약(泰然自若)' 하다는 소식을 들을 때 나는 더욱 불쾌하고 섭섭한 감을 갖지 않을 수 없었다.

낡은 이야기이지만 아담 스미스는 조세원칙으로서 네 개를 들고 있다.

첫째는 국민은 각자의 능력에 비례해서 납세하여야 한다는 공평의 원칙과, 둘째로 조세는 지불기일, 금액, 방법 등이 명확하여야 한다는 명확의 원칙과, 또 셋째는 납세의 방법이나 시기는 납세자에 대해서 편리하여야 한다는 편의(便宜)의 원칙, 그리고 넷째는 징세비는 가급적 소액이어야 한다는 경비절약의 원칙이다. 가장 중요한 것이 이 가운데서도 공평의 원칙으로 생각한다. 돈이 있는 사람이나 큰 기업체들은 탈세도 하고 체납도 하고 하여도 별다른 탈이 없으면서 가난한 사람들이나 또는 우리처럼 훈장들의 '202원' 의 누락된 세금은 악착스럽게 받는다면 좀 균형이 안 잡힌 것같이 생각이 간다. 세금을 안 내겠다는 것이 아니다. 납세의 의무는 으레 지켜야 한다. 다만 공평을 상실해서는 아니 되겠다는 말이다.

과세권은 국가권력의 커다란 것의 하나이다. 절대군주(絶對君主)가 이 과세권을 장악하고 그리고 과세권을 행사하였을 때에는 토지귀족은 면세특권을 부여받았고 농민과 소시민이 중세를 부담하였었다. 또 근대사회에 이르러서 시민층이 지배적 세력이 되고 그네들이 과세권을 장악하였을 때에는 독점산업의 감세 또는 면세, 보호 관세의 설정 등 특혜가 부여되고 노동자나 농민들 그리고 일반 소시민들에게 중과된 것이다.

그러나 오늘날의 현명한 정부는 이러한 일이 있어서는 아니 된다. 희생(犧牲), 부담(負擔) 공평(公平)의 원칙이 준수되어야 한다는 말이다. 풀어서 말한다면 돈 있고 권력 있는 사람은 자기 소득이나 부에 비례해서 적게 세금을 낸다든지 또는 탈세를 하고도 태연하게 있다면 안 된다는 말이다. 월급쟁이들은 원천과세이기 때문에 탈세할래야 할 도리가 없다. 꼬박꼬박 낸다는 말이다. 그런데 반대로 돈이 많고 큰 기업체일수록 감세의 특전을 받고 또 탈세도 하는가 하면 체납을 다반사(茶飯事)로 한다면 그것은 사리에 어긋나는 일이 아닐 수 없다.

다음달 봉급봉투에는 '202원'을 환납한 조로 제해 있었다. 나는 이 월급봉투를 다시 들여다보고 쓴웃음을 짓지 않을 수 없었던 것이다.

# 무용(舞踊)은 즐겁다

金 白 峰

옛날 사람들은 여성에 대한 인식이 지금과 달라서 여성이란 마치 가정에 들어앉아 밥이나 짓고 옷이나 꿰매는 것만을 천직으로 삼아왔다. 그러나 물질문명이 고도로 발달되고 민주주의의 발전으로 여권이 신장되자 여성들이 경제자립을 그들 자신과 사회각계로 부르짖게 되었다.

그리하여 여성은 결혼 전후에 직업을 가질 수 없다는 철칙 아닌 철칙은 이미 낡은 사상이 되고 말았다.

구미 여성들의 활발한 사회활동과 직업전선에의 진출은 서양의 보수적인 관념에 젖은 여성들을 자극시켜 오늘에 와서는 직업을 갖는다는 것이 상식화 되고 있는 것이다.

신분과 성별을 막론하고 직업을 가져야만 생존할 수 있는 경제적 조

**김백봉(金白峰)** _ 평남 평양 삼교리 출생(1927년). 일본 송은고녀(松隱高女) 졸업. 무용가. 최승희무용단 제1무용수 겸 상임안무가. 한국무용가협회 간사. 문총 중앙위원. 서라벌예술대학 강사. 수도여자사범대학 강사. 경희대학교 부교수.

건이 발달된 것도 사실이거니와 이제는 정신적 노동뿐만 아니라 과중한 육체 노동에도 종사하는 여성이 날로 증가하고 있는 현실이다. 비록 가정부인 뿐만 아니라 미혼처녀들도 직업전선에서 활발하게 활동하고 있음은 부인 못할 사실이다.

직업이란 원래 귀천이 없다. 직업의 종류는 천태만상이며 그중에는 개성에 맞는 취미적인 직업을 가진 사람도 있을 것이고 순전히 생존할 목적으로 하는 사람도 있다.

우리 한국 여성들의 직업적인 종류를 보더라도 오늘날에 있어서는 남성들만이 갖고 있던 직업분야를 여성들도 접하고 있음이 뚜렷하다

나는 무용이라는 직업을 가진 지 30여 년이 흘렀다. 옛날에는 무용이라는 직업을 마치 기생이나 무녀(巫女)들이 쓰는 생활의 도구로 오해되었던 것도 사실인 것 같다. 그러나 선진국에서는 예술의 분야에서 중요한 위치를 차지하고 있었으며, 개화된 우리나라에서도 예술적 가치성을 충분히 인식하고 있다.

그러므로 나는 주변에서의 만류도 아랑곳 없이 노력하여 왔으며 지금에 이른 것이다. 그야말로 삼매경이라고나 할까? 공연이 끝나고 관중으로부터 우레 같은 박수갈채를 받을 때마다 가일층 분발하여 좀더 좋은 작품이 나오도록 연구하고 싶다. 따라서 나는 많은 사람의 마음을 즐겁게 하는 것만이 나의 천직이 아닌가 생각해 본다.

오늘날 나는 무용이라는 직업에 후회는 없다. 마냥 즐겁고 매일 보람차기만 하다. 때문에 오늘도 나는 대학과 연구소에서 많은 제자들을 양성하고 연구하기에 바쁘기만 하다.

# 한국인(韓國人)과 예의(禮儀)

金衡翼

예부터 한민족은 예의바른 백성으로 이름 있었고 동방의 예의지국이라 일컬어 왔었다. 이는 예를 존중하여 오던 중국에서 한국에 보내진 찬사였으니 우리들의 조상이 얼마나 예의를 존중하여 왔나 하는 것은 가히 짐작이 갈 만하다.

공자는 일찍이 말씀하시기를 '흥어시(興於詩)하여 입어례(立於禮)하고 성어락(成於樂)이라' 하여 예로써 입신처세할 것을 가르치시고 공(恭)·신(愼)·용(勇)·직(直)의 인간선덕도 예로써 조절하지 않으면 도리어 폐(幣)가 생긴다고 하여 '비례물언(非禮勿言)하며 비례물시(非禮勿視)하며 비례물청(非禮勿聽)하며 비례물동(非禮勿動)하라' 하셨다.

예란 두 말할 것 없이 공경사양(恭敬辭讓)의 마음가짐이 그 근원이라

김형익(金衡翼) _ 함북 종성 출생. 호 해봉(海峰). 경성의과전문학교 졸업. 동경제국대학 의과부 선과 수료. 동경 경응(慶應)대학 의학부 외과 연구. 경성제국대학 약리학 연구. 의학박사 학위수여. 황해도 해주도립병원 의관외과장. 황해도 해주사립해주병원장. 서울특별시 의사회장. 주간 『의사시보』 사장. 대한결핵협회 서울지부장. 미국무성 초청을 받아 미국 의학계와 언론계 시찰. 싱가폴 개최 국제가족계획연맹 제7차 총회에 한국 대표로 참석. 한국주간신문발행인협회 이사장: 저서 《통속의학》, 《해봉수필집》 외 논문 약간.

하겠다. 다시 말하면 윗사람을 섬김에 공경하는 마음으로써 하고, 아랫 사람을 대함에 너그러운 사랑으로써 하여 이를 언어나 행실로 표현함을 예의라고 한다.

중국을 비롯하여 우리라는 고래(古來)로부터 이 예를 존중하여 온 나라로서 이로써 문화민족임을 자부하여 왔던 터이다.

그러나 오랜 세월이 흐름에 따라 이 미덕은 그 형식에 있어서 여러 가지 까다로운 격식을 강요하게 되자 '염불보다 잿밥'이라는 격으로 예의 근원인 마음에 보다 형식에 치우치게 되어 점차 퇴폐하여 갔고, 더욱 근년에 와서는 일본인들의 식민통치와 해방 후 급격한 서양문물의 유입은 이 아름다운 전통을 거의 말살시킨 느낌이 짙어 각박한 세정에 때대로 적막한 서글픔을 느끼게 하는 것이다.

자고(自古)로 예의는 우리나라나 동양만의 전유물은 아니었으며 침략 국이었던 일본이나 구미 문명국에서도 깍듯한 예의범절이 엄존하여 오늘에 이르르건만 예의지국으로 자처하던 우리가 오늘날엔 오히려 예를 혐오(嫌惡)하는 악습이 만연하여 감은 너무도 짓궂은 일이라 하지 않을 수 없다.

벌써 오래된 이야기지만 자유당 시절에 미국 부통령이던 닉슨 씨 부처(夫妻)가 방한하게 되어 시민의 환영의 물결이 거리를 메운 일이 있었는데 그 당시 지금은 미국에 유학중인 나의 둘째놈이 평소에 지니고 다니던 카메라로 광화문 네거리에서 잠시 시민들의 환영에 손을 들어 답하고 있는 그들 부처의 모습을 사진 찍어 후일에 이를 닉슨 씨에게 부쳐 보낸 일이 있었다. 이때 내 아들놈은 정무에 바쁜 닉슨 씨의 회신 같은 것은 물론 꿈에도 생각지 않았던 것인데 뜻밖에도 정확하게 그것이 도착 즉시로 보내온 것으로 추측되는 회신을 받았다. 더욱 그것은 친필(?)로 쓰여진 사인과 간결하나마 정성들인 내용의 회신이고 보니 내 자식에겐 훌륭한 선물이 되었으며, 나는 이를 보고 그의 바른 예절에 지극히 감탄하였던 것이다. 근간에 내가 경영하는 시보사(時報社)에 근무하는 정을병(鄭乙炳) 군이 소설작품《개새끼들》을 처녀출판하였다.

어느 날 그는 나에게 말하기를 비록 변변치는 못한 작품이지만 자기 딴에는 존경하는 선배 지우(知友)들에게 바치는 정성으로 300여 부나 두루 기증하였더니 불과 수삼인의 인사(人士)로부터 답신을 받았을 뿐, 나머지는 감감무소식이어서 적이 맥빠집니다 라고 술회하는 서글픈 표정을 바라보고 나는 정군에 대한 동정에 앞서 예의를 결한 사회현실에 발끈히 치미는 의분을 느꼈던 것이다.

이즈음 나도《회고(懷古)의 여창(旅窓)》이라 제하여 수필 제2집을 세상에 내어놓고 적지 않은 숫자를 존경하는 선배와 동료지기(同僚知己), 의우(醫友)들에게 기증하여 오고 있지만 그중 일부 인사들께서 즉각적인 격려와 과찬의 회신을 받고 보면 자괴금영지감(自愧衾影之感)을 금치 못하다가도 한편 일언의 회신도 없을 땐 공연히 정 군이 쓸쓸해 하던 그때의 모습이 새삼 눈앞에 떠오르곤 하는 것이다.

대체 우리들은 언제부터 이런 조그만 인사조차 번거롭게 느껴야만 하는 타성에 젖어든 것일까? 진작 갖춰야 할 마땅한 예절은 저버리고 쓸데없는 허례허식(虛禮虛飾)에는 자기를 내세우노라고 시간과 돈을 마구 낭비하는 악습이 날이 갈수록 창궐하니 한심한 일이 아닐 수 없다.

이런 점에 비추어 보면 우리 민족에겐 원한 깊었던 일본인에게서 오히려 우리는 배울 바가 많음을 본다.

그들은 이와 같은 예절에는 무척 밝아 연말연시를 비롯하여 사소한 호의에도 깍듯한 인사와 후일에도 잊지 않고 문안을 끊지 않는다.

오늘날 일본의 경이적 성장의 그늘엔 이와 같은 보편화된 밝은 예절로 명랑한 사회가 이룩되었고 그곳이 오늘날 일본 국력의 한 중요저류

(重要底流)를 이루고 있음을 알 때 나는 부러운 마음이 솟구치는 것이다.

전일에 모 신문 사장과 만찬회 석상에서 우연히 만나 환담하는 가운데 여담으로 그가 하는 말인 즉……, 몇 해를 두고 몇몇 저명인사들에게 신문을 무료로 증정하여 오고 있는데 그중에도 어떤 인사들은 그것이 보내는 쪽의 성의라기보다 오히려 당연한 소치로 해석하고 간혹 만나도 일언의 인사도 없을 뿐더러 연하장을 보내도 회신조차 없었다고, 어두운 사회풍조를 개탄하는 말을 듣고 나도 동감을 금치 못했었다.

그것은 내가 발행하는 시보에서도 종종 느끼는 일이지만, 심지어 독자에게 서비스로 지면을 무료로 제공하여 오고 있는 구직 · 구인란에 보내오는 광고의뢰의 서신에도 거두절미하여 요점만을 명기한 간략한 글은 사무상에도 능률적이어서 오히려 호감이 가는 경우도 있으나 구겨진 휴지쪽 같은 종이에 알아보지도 못할 명필(?)로 아무렇게나 갈겨 쓴 명령조의 편지를 받고 보면 대체 누가 주간(主幹)하는 시보인지 한동안 얼떨떨하여지곤 한다.

전화나 손님 접대에 있어서도 공연히 불손한 말투로 대하거나 찾아온 손님을 몇 시간씩 기다리게 하는 오만한 태도는 높은 자리에 있을수록 더한 느낌이다.

옛날 주공(周公)은 손님이 찾아오면 씹던 음식도 토하고, 빗던 머리도 움켜쥔 채 바삐 달려나가 반갑게 이를 맞았다 하여 후세에 '주공궁토악지노(周公躬吐握之勞)'라고 '삼토포(三吐哺) 삼악발(三握髮)'의 명구가 생겼듯, 우리는 오늘날 이마만한 예에는 미치지 못할 망정 썩어빠진 관료주의사고(官僚主義思考)에서 벗어나 남의 호의를 저버리지 않을 최소한의 인사나마 차리지 못할 것인가… 하고, 때마침 가뭄이 계속되는 염천(炎天)을 바라보며 초하의 목마름과 더불어 애타게 옛글이 그리워짐은 비단 나만의 부질없는 소망이랴……

# 황우(黃牛)의 변(辯)


李俊凡


내 용도 충실치 못한 나의 제1시집 《황우(黃牛)》를 상재한 지 어언 5년이란 세월이 흘러갔다.

시인 김용호(金容浩) 선생님과 소설가 이범선(李範宣) 선배님들의 권유로, 이 시집 출판기념 파티를 소공동 동명빌딩 8층 그릴에서 조병화(趙炳華) 시인의 사회로 가졌던 날, 나는 내빈 축사에 답해야 하는 마지막 자리에서 구변이 없는 고육지책(苦肉之策)으로, "음무…… 음무…… 음무……" 하고, 세 번 그 울음을 울어 답사로 대신하였던 일이 있다.

또 이날 유치환(柳致環) 선배님이 내 옆에 앉아 있었는데 누가 하는 말이 '청마(靑馬)'와 '황우(黃牛)'가 자리를 같이 하고 있는 것이 정말 이색지다고도 하여 웃은 일도 있었다.

**이준범(李俊凡)** _ 경남 창녕 출생. 호 황우(黃牛). 건국대학교 국문과 졸업. 교원생활 10여년. 동아출판사 초대편집부장, 동 공무부장. 신흥출판사 사장. 국제PEN클럽 회원. 한국문인협회 회원. 한국출판협동조합 이사. 『법창야화』지 편집위원. 저서 제1시집 《황우》, 제2시집 《탱자나무꽃》, 편저 《어린이 동물문학(전6권)》, 역서 서용만(西用滿) 저 《중국미녀담》, 진엽영치(榛葉英治) 저 《아까이유끼》, 정상정(井上靖) 저 《비원(돈황)》, 석원신태랑(石原愼太郎) 저 《이것이 연애다》

이로부터 선배와 친구들이 나를 만나게 되면 '황우(黃牛)'라고 부르게 되어 자연히 내 호(號)가 되고 말았다.

'황우(黃牛)' '황우(黃牛)'라고 부르니 내 이름을 잘 모르는 사람들은 내 성이 '황가(黃哥)'인 줄 잘못 알고 '황형(黃兄)' 또는 '황선생(黃先生)' 하고 부르는 사람이 있는가 하면 혁명 후 공화당이 선거 때 "황소같이 일하겠다"고 하여, 포스터에 황소를 몰고 나오자, 나를 보고 당신은 '공화당 황소'가 아니냐고 빗대고 말하는 사람도 한두 사람이 아니었다.

또 내가 7, 8명의 직원들을 데리고 경영하고 있는 출판사 일을 시 공부를 한답시고 직원들에게 맡겨 두었다가 감독 불충분으로 《황우(黃牛)》 시집을 간행한 전후에 한(亘)하여 큰 손재(損財)를 입게 되었는데 이 사정을 잘 알고 있는 둘레의 몇 친구들은 이 세상에서 제일 비싼 값을 치루고 사게 된 《황우(黃牛)》라고 농지거리를 하기도 했다.

나는 어릴 때부터 동물을 별로 좋아하질 않았다. 가축으로서의 닭, 개와 돼지까지도 보기 싫어했으니까.

그런데 이상하게도 나는 소에게 대해서만은 그렇지가 않았다. 친근감을 느껴 쓰다듬어 주고 싶었고 꼴을 뜯어 먹이고 싶었다. 또 꿈에 소를 본 이튿날엔 어쩐지 마음이 허무한 느낌까지 들었다.

소년 시절의 나는 학교에 갔다 집에 돌아왔으나, 휴일 같은 날에 소가 일하지 않고 쉬고 있을 때에는 소를 몰고 산으로 강둑으로 나가 풀을 먹이며 자랐다. 그런 까닭에선지 나는 지금도 소를 보면 부모 슬하에서 호들기를 불며 소를 먹이던 소년 시절의 추억을 하게 된다. 내가 《황우(黃牛)》란 시를 쓰게 된 것도 그만큼 소에 대해서만은 특별한 인연이라도 가지고 있었기 때문에서였다고나 할까.

하여튼 나는 이 소를 두고 나의 정신적인 지주와 행동의 자세를 상징해 보려고 의욕했던 것만은 사실이다. 그래서 그런지 나는 때로 내 자신이 '황우(黃牛)'가 된 처지에서 인간에 대하여 사상하고 비판해 보는 버릇이 있다.

몇 가지 예를 든다면 첫째로 인간들이 반항하지 않고 인종(忍從)한다고 해서, 다리를 다쳐 절룩거리고 질마와 멍에에 찰상(擦傷)되어 뼈가 드러난 데도 불구하고 그냥 매질을 하며 혹사(酷使)를 할 때, 만일 소가 의사표시를 할 수 있다면 인간에 대하여 그는 뭐라고 항변하고 고발했겠는가.

둘째로 소가 눈을 꺼무럭거리고 반추하면서 쇠고기를 담은 흰 뚜껑 상자를 실은 달구지를 꺼덕꺼덕 끌고 이곳저것 푸줏간으로 운반하고 있는 것을 종종 볼 수 있는데 만일 이 소가 자신이 끌고 다니고 있는 짐이 동족의 혈육이라는 것을 알고 있다면 그는 자신의 기구한 운명을 얼마나 저주(咀呪)해야 하며 이기(利己)에 눈이 어두운 무도한 인간들의 잔인을 얼마나 원망했겠는가.

셋째로 인간들은 소 코에 코뚜레를 꿰어 혹사할 대로 혹사한 끝에 잡아 먹는다. 만일 소 자신이 마지막에 가서 자기가 봉사한 주인에게 잡아 먹힌다는 것을 인식하고 있다면 그는 인간에 대하여 얼마나 배은(背恩)하고 악독한 동물 이하의 동물이라고 욕을 했겠는가.

인간들의 이와 같은 학대(虐待)와 혹사와 살생(殺生) 등을 곰곰이 생각해 볼 때 만물의 영장이라고 자칭하고 있는 인간들의 은총을 받았다는 인간들이란 게 이 지구상에 있어서 얼마나 죄 많은 존재란 것을 깨달을 수 있으며 또 신이 있어 천벌이란 것을 내린다고 한다면 인간들은 벌써 그 천벌을 받아 멸망하고 말았어야 할 것이 당연하리라.

예각(銳角)을 가졌어도 남을 해칠 줄을 모르고 네 발을 가졌어도 마음껏 대지를 뛰어다녀 보지도 못하고 강인(强靭)한 힘을 가졌어도 자신을 위하여 한 번도 힘써 보지 못하고 인간이란 주인에게 예속(隷屬)되어 일생을 봉사한 끝에 피살(被殺)된다는 것을 자각하고 있는 '황우(黃牛)'이고 본다면 이는 자신에게 주어진 짓궂은 운명을 어떻게 처리해야 하며 인간에 대하여 어디까지 순종하고 인내해야 하며 조물주의 흉악한 관간(關奸)질에 대하여 얼마나 저주(咀呪)해야 옳단 말이겠는가. 차라리 미쳐 버리거나 자살해 버리지 않고서는 배겨내지 못할 것이다.

내가 시에서 생각하고 있는 '황우'는 위에서 말한 바와 같은 그런 인간에게 예속되어 혹사를 당하고도 일언반구(一言半句)의 항변(抗辯)도 없는 무능(無能) 무지(無知)하기만 한 그런 소가 아님은 물론이다. '황우'인 나는 어디까지나 남의 구속을 받지 않고 코에 코뚜레를 꿰매어 혹사당하지 않고 남에게 이유없이 희생을 당하지 않는 '황우' 자연의 자세에서 나는 나의 태도와 행동과 사상과 진리를 터득하려고 노력하고 감내(堪耐)할 따름이다. 그러니 나의 예각은 나의 자유나 권리를 침범하는 불의에 항거해야 하고 나의 굳건한 사족(四足)은 안정한 보행으로 나의 영역을 유린하지 않아야 할 것이며 나의 강인한 어깨의 힘은 부정에 협력하지 않고 창조와 진리탐구의 추진력(推進力)이 되어야 할 것이다.

그런데도 사실인즉 오늘날까지의 나는 '황우'의 예각을 생각하면서도 남보다 앞서서 불의부정(不義不正)에 예각을 휘둘러 본 일이 없고, 사족의 안정을 생각하면서도 항상 행동의 정당과 예절을 얻지 못했으며 강인한 어깨의 힘을 생각하면서도 자타를 위하여 실력을 발휘할 재간이 없었다.

그러나 나의 '황우'는 비관하지 않고 타락하지 않고 후퇴하지 않고 비겁하지 않고 배반하지 않고 성급히 서둘지 않고 우보(牛步)의 진실일로(眞實一路)를 전진하며 어떠한 가난과 고생과 시련과 유혹에도 절망하지 않고 극복해 나갈 것을 스스로 다짐하며 자신해 본다.

# 이사(移徙)를 한다기에

梁炳鐸

올해는 무슨 일이 있어도 집을 옮겨야 하겠다고는 늘 입버릇처럼 지껄이고 왔는데도 마음 속에서는 '내년에나 하지 뭘' 하고 늦장을 부리고 왔었다. 아니 그러기를 은근히 바라고 있었다. 그러나 막상 이사를 하게 되고 정말 이사를 한다기에 기분이 홀가분하면서도 걱정이 앞서고 걱정이 앞서면서도 어쩐지 담담하다.

내가 살고 있는 곳은 서울에서도 살기 좋다는 돈암동인데 10년 가까이 살아오고 보니 정말 정든 거리가 되고 말았다. 그렇다고 예부터 전해 오는 '이웃 사촌' 이라는 그런 이웃은 못 가졌다 하더라도 서로 인사를 나눌 만한 안면도 더러 있는 데다 동회니 파출소에서도 다소는 얼굴이 통하는 유지 같은 존재가 되기도 했다. 특히 이발소에선 특별대우를 받는 얼굴이 되기도 했다. 그런데도 별반 섭섭한 기분이 들지 않는다.

**양병탁(梁炳鐸)** _ 본적 서울(1922년)생. 일본 고등사범학교 졸업. 미국 인디아나주립대학교 대학원 수료. 해주공립중학교 교사. 경기중학교 교사. 서울고등학교 교사. 경희대학교 조교수. 경희대학교 도서관장. 경희대학교 교수. 한국영문학회 부회장. 경희대학교 부설 후진사회문제연구소 사무국장. 경희대학교 사범대학 학장. 한국아메리카학회 부회장. 역서, 마크트웨인 저《톰소여의 모험》외 다수.

그렇다고 기쁘지도 않으며 시원섭섭하지도 않다. 구태여 말한다면 그저 그렇다는 담담한 기분이다. 그래도 동리에 대한 애착심이라도 있을 법한데 그렇지가 않다.

나는 '왜 이럴까' 하고도 생각해 보았다. 각박한 도시생활에 아주 완전히 물들었는가 보다. 나그네처럼 이곳 저곳을 전거하는 도시인의 생태가 이런 것일까. 그렇다고 남들처럼 이사를 자주 하는 편도 아닌데 이처럼 10년이나 산동리에 아무런 미련이나 애착심도 없이 마치 헌신짝 버리듯이 홀연히 떠나려는 것인가? 하고 자기 자신을 불쌍한 인간으로 보고 싶다. 나는 나만 그런가 하고 아이들한테도 이곳을 떠나게 되는데 소감을 차례로 물어 보았다. 그들에게는 코흘리개 동무도 있을 거고 소꿉동무도 있을 거고 그들이 졸업한 초등학교도 있으니 내가 바라는 대답이 나오리라고 은근히 바랐던 것이다. 그런데 그들에게도 도시생활이 몸에 젖었는지 섭섭하다는 말 한 마디가 없었다. 나는 또 다시 왜 그럴까 하고 생각해 보았다.

이사를 한다고 집안을 치우고 보니 왜 그렇게도 지저분한 것들이 이 구석 저 구석에서 쏟아져 나오는지 모르겠다. 그거야 '부자는 망해도 3년은 먹고 살 수 있다' 고 하지 않던가. 아무리 가난을 면치 못하는 생활이라 할지라도 살림이라 하다 보면 자질구레한 쓸데없는 물건이 생기기 마련이다.

애들이 빈병을 정리하고 있었다. 맥주병에다 술병, 거기에다 각종 화장품 병에 커피병 그리고 약병 등 갖가지 병이 즐비했다. 빈 병이 생길 때마다 재빨리 엿장수에 팔아 치웠을 터인데 하고 생각하니 그간 소모한 것만도 상당한 수에 달한 상싶어 새삼스러이 놀라기도 했다.

그런데 그 빈 병을 고물장사에게 맞돈과 바꾸고 있는데 재미나는 것은 외제품이 모양도 좋고 여러모로 쓸모가 있을 텐데도 값이 없고 오히려 국산품이 더 비싸게 팔리고 있었다는 것이다. 그것은 재생을 할 수 있기 때문이라는 것이다. 하기야 고철(古鐵) 신문지 누더기 등 온갖 것이 재생되어 활용되고 있으며 소비의 미덕을 못 가졌다 하더라도 재생의 미덕만은 가지고 있으니 '과연 그렇군' 하고 혼자 수긍하기도 했다.

나도 영 움직이기가 싫은 성미라 책 한 권 제자리에 갖다 꽂는 데도 며칠이 걸리거나 남의 손을 빌려야 할 판이다. 이런 꼴에 그래도 적지 않은 책을 운반해야 하니 걱정이 되지 않을 수 없다. 어떻게 되겠지 하고 책만 바라보고 있으나 별 도리가 없다. '책을 꾸려 놓아요' 하는 성화 같은 독촉에도 아랑곳 없이 며칠을 지나다 보니 어느새 책이 꾸려져 쌓여 있었다.

아내는 자리에 누워 다음날 일어나지 못했다. 가장으로서 아니 사내 대장부로서 면목이 없었다. 나는 묵묵히 책 꾸러미만 바라본다. 이젠 걱정만 앞선다.

# 소위(所謂) 삼세천재(三歲天才)

金思達

칸트가 예술을 학문의 제일 첫째 위치로 손꼽은 것은 천재를 무의식적인 것이 아니어서는 안 된다는 생각이 있었기 때문이었다. 그것은 곧 학문이란 모름지기 의식적인 것이라고 한 데서 연유한다. 그러나 다만 의식과 무의식과는 이론상으로는 구별이 안 되는 것은 아니리라. 의식이란 무의식의 일각이 현실상의 자극으로 말미암아 변질된 형태로 나타나는 것이므로 양자는 완전히 구별될 성질의 것이 아닐 뿐더러 예술의 창작에도 의식의 작용이 전혀 관여치 않는다고도 볼 수 없으므로 칸트의 생각은 잘못이 아닐까?

그러나 천재란 태어나는 것이지 만들어지는 것이 아닌 것은 확실한 모양이다. 그렇다고 해서 생후의 교육이나 훈련이 전혀 불필요하다고

**김사달(金思達)** _ 충북 괴산 출생. 호 휘봉(輝峯). 교원시험 합격. 대학검정시험 합격. 대학원 수료. 일본 녹도(鹿島)국립대학에서 의학박사 학위 수령. 국립보건원 의무관. 문교부 국정교과용 도서편찬 심의위원. 『최신의학』지 편집인 · 「의사신문」 편집인. 대한민국 제1회 체육연구상 수상. 수도의과대학 및 중앙대학교 강사. 문교부 체육심의위원. 대한체육회 우수선수훈련단 지도위원. 박애의원 원장. 저서 《한영독의학사전》, 《해부학도보》, 《건강교육》, 《고등학교용 보건위생교과서》, 《생물도감》, 《건강의 조건》, 《가족계획》, 《위장병 신료법》, 수필집 《소의락수》 등 외 수편.

하는 생각은 잘못이다. 또 이렇게 생각하면 순수(純粹)한 소질의 발현을 발견하지 못한 채 묻혀버리는 경우도 없지 않으리라. 또는 이와는 반대로 별로 신통치도 않은 소질에 어느 정도 노력하면 세상 사람들의 눈에 띄게 되는 결과가 되어 매스컴이나 소위 과대광고를 잘하는 부류들의 입과 입을 통하여 실재(實在) 이상으로 클로즈업 되는 수도 있다.

그 예로 절세의 천재로 각광을 받는 소위 삼세 천재 김웅용(金雄鎔) 군을 들 수 있다. 이미 전문가들의 평가가 지상에 보도되었는데도 실재 이상으로 선전을 하는 나머지 소위 《별한테 물어 봐라》는 단행본까지 상재하여 너무도 가식(假飾)에 찬 광고와 거짓말을 하는 데는 아연(啞然)하지 않을 수 없다.

"저는 오는 9월에 미국으로 유학가게 되었어요. 미국 가서 모르는 것 배워서 세계를 하나로 만드는 과학자가 되겠어요."

이쯤 되면 더 말할 나위도 없지만 '세계를 하나로 만드는 과학자' 가 된다고 문안을 만든 출판사의 허구에 찬 양식이 문제인 것이다.

세상에서는 천재를 논하는 사람이 많다. 그러나 천재의 어의(語意)를 정확하게 정의하기란 매우 어려운 모양이다. 천재란 말은 하늘에서 점지한 재능이란 뜻이 분명한데 서구말의 이른바 Genius란 말의 뜻은 '생겨나는 것, 생기는 것' 으로 해석하는 모양이다. 천재라는 것이 과연 하늘에서 점지한 것이라면 보통 사람의 재능은 인간에게서 주어진 것, 즉 인재(人才)일 것이다. 그러나 천재도 하늘에서 강하한 것이 아니라 모태에서 태어난 것인 만큼 재능만을 하늘에서 내려 보낼 턱이 없고 만약 그렇게 착각(錯覺)을 한다면 하나의 로맨틱한 독단에 불과하다.

천재가 하늘에서 수여되는 것이라면 보통 사람의 재능도 하늘에서 주어지는 것이라고 해서 이것을 부정할 권리는 어느 누구에게도 없을 것이다. 도대체 보통재능에 관한 정의조차도 확연하게 말할 수 없는 터에 특수인의 천재를 과학적으로 논증할 도리가 있을까?

미국의 천재적 발명가 토마스 에디슨은 '천재란 1%의 영감이고 나머지 99%의 땀이다.' (Genius is one percent inspiration, and ninety-nine percent perspiration)라고 갈파(喝破)한 바 있다. 그러나 그가 말한 배후에는 자신의 천재적 경험이 뿌리 깊이 자리잡고 있다는 것을 알 수 있다. 그러나 이것은 이학적(理學的) 천재에는 해당하는 말이 되겠지만 문예적 천재에 있어서는 반드시 그렇지도 않을 것이다. 또한 천재와 범재의 여부는 우등소질(優等素質)과 열등소질(劣等素質), 그리고 후천적 노력 여하에 달려 있다는 것을 은연중 암시하는 말이기도 하다.

그러나 천재라는 것을 생래적(生來的)인 것, 의식적 훈련 이전의 것이라는 주장에서 본다면 아동의 예술은 전부가 모두 천재적이랄 수가 있을 게다. 요즘에는 그러한 유의 천재들을 많이 보게 된다. 특히 아동화(兒童畵)의 경우, 훈련부족의 자칭자임(自稱自任)의 천재들이 아이들을 자기와 동일화하여 아동을 천재로 떠받침으로써 자기의 열등감을 보상하려는 것과 같은 맹랑한 경우들이 없지 않은 것이다. 아동화에 털이 솟은 정도의 그림 밖에는 도시 그릴 줄 모르는 얼간이 화가들이 아동화를 실제 이상으로 과장하고 떠받치는 것으로 그 그늘에서 자신의 결여를 캄프라치하려다가 말썽이 나는 일들은 외국에서 흔히 있는 일이라 한다.

아동기에 일시적으로 지능이 예민하다고 해서, 또 재미있는 그림을 그렸다고 해서, 어쩌다가 동요나 시를 재미있게 지었다고 해서 당장 그것으로 천재라고 입에서 거품을 튀기며 떠벌이는 것은 넌센스가 아닐 수 없다. 재능의 계발이나 그 발육곡선은 개성에 따라 각기 다르다는 상식만이라도 가졌던들 숱한 사람들의 운명을 바로 잡을 수 있었던 비극적 사연들이 이 세상에는 얼마든지 있는 것이다.

# 국회와 외유(外遊)

姜 周 鎭

6대 국회에 들어서 국회의원들의 외국여행이 빈번해진 것은 사실이다. 그 이전에 있어서는 특정인들만이 외국 다니는 버릇이 있었으나 6대 국회에 들어서는 이러한 폐단이 없어지고 여야의원들이 사이좋게 고루고루 외국여행을 하게 된 것은 어떤 뜻에서 다행한 일이다. 교육(敎育)·종교계(宗敎界)·언론계(言論界)·실업계(實業界) 등 각계 각층에서 외국에 많이 다녀왔지만 국회의원들의 외국여행은 4.19 이전까지도 그렇게 넓은 문은 아니었다. 이러한 좁은 문이 6대 국회에 와서는 여야없이 활짝 열리게 되었다.

이렇게 국회의원들의 외국여행이 잦아지고 이로 인해서 국회의원들의 견문이 넓어지고 안목이 높아지게 된 것은 틀림없는 사실이다. 따라서

**강주진(姜周鎭)** _ 경북 상주 출생. 본적 서울 호 상운(尙雲). 일본 주오(中央)대학 법학과 졸업. 미국 하와이대학 하기 강습. 미국 남가주 코라몬 대학원 수학. 대한출판협회 사무국장. 중앙대학교 교수. 「코리아 타임즈」 조사부장. 한국정치문제연구회 지도위원. 경희대학교·동국대학교·서울대학원·한국외국어대학 강사. 홍익대학 상무이사. 「국도신문」·「대한일보」·「서울신문」 논설위원. 중앙대학교 학생처장 및 교무처장. 극동문제연구원 이사. 서울특별시 자문위원. 국제법학회 총무이사. 국회도서관장. 저서《정치학개론》《외교사》《정당론》 외 수편.

그 밑에서 일하는 직원들이 식견(識見)도 높아져야 할 것이 아니겠는가 하는 배려에서 국회공무원들의 해외시찰의 길도 열리게 되었다. 일반 정부공무원에 비하면 외국 가는 길이 전혀 막혀 있던 국회공무원에게도 6대 국회에 와서 비로소 해외여행의 길이 열리게 된 셈이다.

그래서 본인도 지난 4월~6월 동안에 미국을 다녀오게 된 것이다. 이번 여행으로써 나는 해방 후 네 번째 외국여행을 한 셈이다. 외국에 자주 나간다고 해서 흔히 말하기를 팔자가 좋은 사람이니 호강을 많이 했느니 또는 재미를 많이 보았느니 하는 따위의 질문을 많이 받는다. 외국에 가는 것이 좋은 일이라는 전제가 틀림없는 것이라면 외국에 가보지 못한 사람에 비하면 한 번이라도 외국에 다녀온 사람은 틀림없이 좋은 일이요, 또 한 번 외국여행한 사람보다는 여러 차례 외국을 다녀온 사람이 그만치 팔자가 좋다고도 할 수 있을 게다.

만일 이와 같은 전제를 절대로 한다면 우리나라에서 팔자가 제일 좋은 사람은 외무공무원일 것이다. 그것은 외무공무원은 원칙상 국내근무와 국외근무를 교체로 하기 때문에 외국에 나가는 일이 많을 것이기 때문이다. 한동안 외무공무원간에 국외근무를 대단히 열망하는 기풍(氣風)이 있다는 말을 들은 일이 있다. 이러한 기풍이 있을 때에도 외무부 직원 사이에는 어떤 외국에 가는 것을 그다지 반가이 여기지 않는다는 말을 들었다. 이렇게 보면 외국에 가는 것도 지역에 따라 여행조건에 따라서 좋지 않다는 것을 말해 주는 것이 아니겠는가.

옛날 일본 외교관 하나가 남미의 어느 열대지방의 나라에 참사관으로 부임한 일이 있었다는 것이다. 한 해 지나고 두 해 지나는 동안 그곳 생활에 싫증이 나게 되었다. 기후가 더우니 견디기 어렵고 피부(皮膚)는 타고 또 타서 달달이 검어만 가고 더위에 시달려 정신은 몽롱해지고 친구들과 지우(知友)를 못 만나 고독(孤獨)하기도 하고 어쩐지 사회의 낙오자(落伍者)가 되는 것만 같아서 하루 속히 본국 근무를 시켜 달라고 호소했다는 것이다. 그러나 전근(轉勤)이 쉽사리 이루어지지 않는 것을 알아차린 참사관은 견디다 못해 책략(策略)을 쓰기로 했다는 것이다.

즉 꾀병으로 재주를 부리었다. 본국에 보고하기를 이곳은 기후병(氣候病)이라는 것이 있어서 외국 사람은 누구든지 이곳에 2년 이상 거주하면 이곳 기후병에 감염된다고 하였으며, 이 기후병에 걸리기만 하면 평생 고질(痼疾)이 되는 것이라 하여 전근시켜 줄 것을 수차 애원했다는 것이다. 일본 외무부 본부에서도 신병(身病)과 관계가 된다고 해서 본부로 전근시켜 주었다는 것이다.

그 뒤 자기 후임으로 부임한 외교관이 2년이 다 되어도 아무 말 없이 근무하고 있었다. 그 역시 전근하고 싶었으나 별다른 길이 없었다. 그러나 전임자의 입장은 난처하였다. 그래서 후임자에게 비밀히 연락하기를 자기가 야차야차(若此若此)해서 이렇게 전근이 되었으니 그도 야차야차하게 하여 전근해 오라고 그 비결을 일러주는 동시에 자기 입장을 살려 달라고 했다. 그래서 후임자도 전임자와 같은 술책(術策)으로 본부로 이동해 왔다는 것이다. 그 뒤로는 수가 늘어난 전임자의 운동과 당임자의 희망으로 이 나라에 가는 외교관은 반드시 2년 이내에 불러들이는 인사상 관례가 확립되었다는 것이다.

이와 같은 사례는 비록 일본의 경우이지만 외국 나가는 것이 반드시 좋지 않다는 것을 말해 주는 것일 게다.

이번 여행중에 뉴욕에서 펜클럽 대표로 펜클럽대회에 온 분들을 만났다. 어학능력(語學能力)이 충분치 않으면서도 그 무엇인가를 알아가지고 돌아오려고 노력하는 것을 보았다. 이들과 식당에서 식사를 같이 하면서 "여기 와서 당하는 이러한 실정을 알아주지도 않고 큰 호강이나 하는 줄 서울 친구들은 여길 것이 아니냐" 하고 서로 쳐다보고 껄껄 웃은 일도 있다. '집 나가면 고생' 이라는 우리말의 속담이나 '귀여운 아들은 여행을 시켜라' 는 일본 속담은 이러한 때에 실감이 들었다.

아무런 목적 없이 자기 돈으로 자유로운 여행을 한다는 거야 물론 호유외유(豪遊外遊)일 것이다. 우리나라 형편에 이러한 여행을 한 분은 거의 없을 것이고 대부분은 국가의 예산으로 또 외국기관의 보조로 가는 수가 많았다. 그러나 어느 기관이나 어느 국가라도 남을 호유나 외유시키기 위하여 여비를 대주는 일은 없을 것이다. 그러함에도 불구하고 우리나라에서는 외국만 가면 외유라는 딱지를 붙여 주고 또 일반이 그렇게 아는 수가 많다. 남의 나라나 타국기관의 돈으로 여행을 하게 되면 그만큼 책무와 부담을 져야 하는 것이고 국가기관이나 사기관의 예산으로 여행을 하게 되면 거기에 따르는 목적이 있기 마련이다. 단순한 관찰이란 있을 수 없는 법이다. 우리나라 형편으로 보아서는 처음에 설사 단순한 시찰로 외국을 갔다고 해도 외국의 문물제도를 돌보는 동안 반드시 다른 의욕이 그 무엇인가 생기게 마련이다. 그래서 놀고만 있을 수 없게 되는 법이다. 하물며 한 목적을 가지고 가는데 있어서랴.

나는 작년에 일본 국회와 국회도서관을 시찰하고 와서 보고서 하나를 마련했다. 이번에 미국을 다녀와서도 역시 보고서를 마련해야 한다. 보고서를 작성함에 있어서 견문하지 않은 것을 기록할 수 없고 기록하는 데 있어서는 자료중심으로 하지 않을 수 없다. 이와 같이 보고서를 위한 자료수집 때문에 실을 바쁘게 돌아다녔다.

그러나 친구들을 만나면 의례 잘 놀고 왔겠구나 하는 인사를 받게 마련이다. 본인은 어처구니 없는 모욕감을 느끼면서도 참고 견디곤 한다.

우리 사람들도 외국 가는 것을 외유라고 생각해서는 안 될 때가 오지 않았나 여겨지며 또 가는 사람도 계획 없이 막연히 가는 일이 없도록 했으면 좋겠다. 우리나라 위정자들의 소견이 흔히 단견(短見)이라는 평을 받고 있는 것은 슬픈 일이다. 그러나 위정자들이나 국회의원들이 외국에만 가면 외유라고 비난하는 까닭은 무엇일까. 그것은 보고 없는 외국여행을 하는 까닭이 아니겠는가? 따라서 외국여행을 가는 사람은 반드시 어떠한 목적을 가져야 하고 그 목적을 위해서는 미리 준비와 계획이 있어야 할 것이다. 아무런 준비와 계획도 없이 그냥 막연히 다녀오는 일이 있는 까닭에 외유라는 불미한 소리를 듣게 되는 것이다.

국회의원들의 일언일동이 때로는 국민생활에 원대한 영향을 미칠 때가 있다. 이러한 분들이 견문을 넓힌다는 것은 당사자뿐만 아니라 국민을 위해서 좋은 일에 틀림없다. 6대 국회에 들어서서 국회의원들의 외국여행이 많은 것은 사실이다. 내가 알기로는 이 여행비용의 대부분이 외국의 원조와 보조로써 충당된 것이다. 또 의원들의 여행비용의 가치에 비하면 의원들의 견문에 의해서 국사논의가 그만치 더 가치 있게 세련되지 않았겠는가? 따라서 국회의원이 외국에 간다는 사실을 알게 될 때에는 1차적으로 좋은 성과를 바란다는 생각이 들어야 할 터인데 (서양식으로 말하면, 해브 나이스 타임 오어 썩세스풀 튜립 투유) 우리나라에서는 덮어 놓고 외유 외유하니 그 무엇인가 잘못된 데가 있는 것이다.

사실상 외국 다녀온 의원 여러분이 기행문을 쓴다든지 여행담을 엮어서 책으로 발간한 분도 적지 않다. 이러한 것을 외유록이라고 하면 그만이겠지마는 반드시 성과나 소득 없는 여행이라고 볼 수 없다. 어떤 이는 세계풍물을 사진에 담아서 선거구민들에게 보여주는 이도 있다. 나는 이 모든 것이 헛된 일이 아니오, 외국 가는 가분어치를 하는 소행으로 보는 것이다. 그러나 외유하면 무목적 향락여행(享樂旅行)이라는 느낌이 드는데 요사이 국회의원이 외국만 가면 '또 외유냐' 하는 식으로 생각하게 된다는 것은 어딘가 잘못된 것이 있는 듯하다.

# 벙어리가 되련다

權 純 永

세상에서는 말 잘하면 변호사라고 한다. 그러나 그러한 세상은 이미 지나가고 말 못하는 사람이 변호사인 것 같다.

법이 통하는 세상에 변호사가 말을 하지 주먹이 앞서고 욕지거리가 횡행하고 논리가 통하지 않는 세상에는 변호사는 말해 볼 기회조차 찾기가 어렵다.

관사에서 살고, 관용차가 있을 때는 버스가 필요 없었다. 야인이 되니 민가에서 살게 되고 자가용차도 없으니 자연이 버스를 타게 된다.

밤 열시쯤 나는 거나하게 술에 취해서 급행 버스를 탔다. 때는 겨울이라 바깥 공기는 찬데 차내에서 담배를 열심히 피운다. 나도 술 마시고 담배 피우는 사람이니까 그 점에 대해서는 관대한 편인데도 참기가

**권순영(權純永)** _ 본적 서울. 1920년생. 경성법학전문학교 졸업. 서울지방법원 판사. 서울지방법원 소년부지원장. 미국무성 초청으로 미국 사법제도의 시찰 및 연구. 국제연합회 제2회 아세아 극동지역 범죄예방 및 범죄인 처우에 관한 회의에 한국 수석대표로 참석. 제9회 국제사회사업회의 참석. 사단법인 서울아동상담소장. 제12회 및 제13회 고등고시위원. 서울가정법원 수석부장판사. 일본가정법원 시찰. 변호사개업. 저서 《법창의 봄》,《버림받은 10대》,《형사정책》,《가사심판법》

어렵다.

버스를 기다리다가 피다 남은 담배를 계속해서 핀다면 이해를 할 수 있겠는데 차내에서 새로 담배를 피우기 시작하면서 그것도 부족해서 파이프까지 사용한다. 그래서 나는 참다 못해 "담배 좀 꺼 주십시오" 했더니 상대방은 제1성이 "이 개새끼야 너도 나이깨나 처먹었는데" 식으로 나오니 말 잘한다는 변호사인 나는 벙어리가 되고 말았다.

한 번은 합승을 탔다. 아까 그 식으로 담배를 피우는 친구가 있기에 "선생님 자가용 타시던 습관이 아직 남으셨군요" 했더니 그 친구는 IQ가 높은 사람이라 바로 알아차리고 담배를 껐다.

그런데 그 친구는 ○○에서 하차하고 그의 일행은 나와 같이 더 타고 갔다. 그 일행 중 한 사람이 나에게 시비를 걸기 시작했다.

"당신 직업이 무엇이요?"

"그건 알아서 무엇하시지요? 본론부터 말씀하시지요."

"당신 왜 사람을 모욕하는 거요? 그 친구가 자가용 탈 사람 같소? 담배를 끄라고 하려면 그렇게 이야기하지 왜 나무에 올려놓고 흔드시요?"

"내가 경찰관도 차장도 아닌데 내가 담배를 끄라고 하면 누가 듣겠소? 그래서 당신 친구가 자가용차가 있는지 없는지는 몰라도 자가용 있는 것으로 대우해 드렸는데 왜 그러시오."

겨울 밤에 합승을 탔는데 청년이 담배 피우기에 열심이다. 그것이 비위에 거슬렸는데 차장이 차비를 받으러 왔다.

"차장 나 돈 20원 낼께 담배 좀 피울 수 없을까" 하였더니 옆에 담배 피우던 친구가 곧 담배를 껐다.

그 청년 옆에 앉아 있던 동행인 여인이 "권 판사님 아니세요?" 그 다음에는 담배 피우던 그 청년이 "저 ○○에 있는 ○○입니다" 라고 자기 소개를 한다. '내가 참을 것을 잘못했구나' 하고 나는 후회했다.

또 한 번은 술 취한 사람이 여차장을 괴롭히고 있으며 그것도 큰 소리로 차내가 떠나갈 것같이 10분 이상을 혼자 떠들어댄다. 나는 참다 못해서 "조용히 합시다" 그랬더니, "너 보아하니 나이깨나 먹었는데 자식 새끼도 있고 차장 교훈 좀 했는데 너는 자식 교훈도 안 하니?"

이런 식으로 나오니 나는 벙어리가 되고 말았다. 그 옆에 앉아 있던 남자 대학생이 나를 아는 것 같다.

"그 선생님이 무어 잘못 했습니까? 이 차는 선생님 혼자 타는 자가용도 택시도 아닙니다. 왜 그렇게 크게 떠드십니까?"

"이야 이 새끼야! 너는 애비도 없느냐?"

"저 부모님 다 계십니다."

그러니 그 친구 위신이 떨어지자 대학생 보고 다음 정류장에서 내리라는 것이다. 대학생은 쾌히 승낙하고 일부러 그 사람의 발등을 아프게 밟았다. 그러나 아프다고 비명을 못 지르고 있다. 이 광경들을 차내의 승객들은 주의 깊게 보고 있었다.

대학생이 술 취한 중년을 따라나가려고 일어서니까 승객의 몇 사람이 대학생을 못 내리게 말렸다.

"내가 욕 먹을 때는 침묵을 지키고 있더니, 그 사람이 없어지니까 갑자기 대학생 말리는 데는 용감들 하시군요? 우리 한국 백성은 용기가 없어서 이렇게 불유쾌하게 살아야 하는군요!"

미국의 타임 뉴스위크를 버스 내에서 보면서 열심히 담배피우는 청년을 보면서 벙어리 냉가슴을 앓으나 언제 우리나라에 공중도덕이 생길까 하고 말 못하는 변호사는 가슴 답답하다.

# 간판

金玉吉

요즘 여자 대학생들은 어떻게 보면 결혼문제 때문에 마음 속으로 걱정을 하고 있는 것 같기도 하다. 물론 과년이 된 여성이 되면 결혼에 대한 걱정을 한다는 것은 당연할는지도 모른다.

그런데 아마 여자 대학생들 자신보다 부모들이 그렇게 선동하는 경우가 많다고도 한다.

나는 가끔 '대학간판' 을 가져야만이 시집을 잘 갈 수 있다는 이 얘기를 듣기도 한다. 그럴 때마다 번화한 상가의 간판들을 생각해 본다. 그다지 좋지 못한 품질의 상품을 늘어 놓고 간판만은 그럴싸하게 꾸며 놓은 그 사실들……. 품질이 나쁜 약품을 가지고 교활한 선전술로써 이득을 보자는 속셈들……. 이와 같은 경우를 걱정하지 않을 수 없다.

말하자면 결혼을 보다 유리하게 하기 위해서 대학문을 들어가야 한

**김옥길(金玉吉)** _ 평남 출생(1921년). 미국 오하이오 웨슬레안대학 졸업. 문학박사 학위획득. 이화여자대학교 교수. 이화여자대학교 대학원장. 이화여자대학교 총장.

다는 생각을 한다면 그것은 대학을 모독하는 것이나 다름없다. 실상 요즈음 부모들이나 학생 자신이 '대학간판'을 따기 위해 진학하여야 된다고 생각하는 측도 없지 않을 것이다.

학문이란 것은 자기 한 사람의 영달을 위해서 있는 것이라고 생각하는 것보다 자기 한 사람의 학문적인 힘을 인류사회에 공헌하려는 데에 있다고 생각함이 어떨까?

그러기 때문에 학생은 모름지기 아무런 잡념이 없이 학구에 열중하는 것이 마땅하다고 본다. 배워야 할 기회에 배워야 한다.

대학이라는 학당은 교수들의 강의를 듣고 노트만 해 두는 것으로 끝나는 것이 아니라 그에 관한 여러 가지 참고서적도 읽고, 비판하며 주관적인 결론도 맺어서 자신의 양식이 되도록 하는 정력이 필요하다.

나는 젊은 여성이 결혼하는 것을 반대하는 것이 아니다. 얼마든지 결혼하고 건전한 가정을 누리기를 찬성한다. 그러나 대학의 간판을 팔아서 결혼에 유리하게 하려는 사상이 앞서서는 안 된다는 것이다. 적어도 대학생이 되려면 건전한 사상과 자립정신을 갖추어야 될 것이다.

요즈음 흔히 올드 미스들이 많아서 결혼난이라고 하는 사람도 있지만, 훌륭하고 건실한 여성은 언제라도 결혼할 수 있다고 본다. 결혼문제에 구애되어 진리탐구를 소홀히 하거나 중단한다는 것은 매우 어리석은 일이다. 차라리 그럴테면 왜 대학에 들어온 것일까? 학문 도중에 결혼관계로 고민한다는 것은 좀 더 생각할 문제일 것이다.

물론 가족제도가 아직 엄격하고 여성의 경제적 자립이 어려운 시대인 만큼 꽃과 같은 젊은 시대에 혼기를 놓친다는 것은 좀 문제시되지만, 그렇다고 진리탐구를 버리게 하고, 갑자기 결혼을 시킨다는 것은 부모들의 오산이 아닐는지⋯⋯. 학생은 '간판'을 위주로 할 것이 아니라 학생의 직분을 다하여야 된다.

나는 저렇게 건강하고 미덥고 명랑한 지금의 우리 딸들이 오늘날 대
학생활이라는 학문의 과정을 마치고, 장차 착한 며느리가 되며, 어전
아내가 되고 또한 이 사회의 지도자가 될 것을 믿고 있는 것이다. 참으
로 흐뭇할 뿐이다.

# 은덕(隱德)

秦學文

요즘 신문의 사회면을 보면 십중팔구가 모두 경악(驚愕)과 전율(戰慄)과 저주(咀呪)와 의분(義憤)을 자아내게 하는 끔찍한 기사로써 가득 채워져 있는 것을 많이 보게 된다. 그처럼 '살인(殺人)'이니 '강도(强盜)'니 '역사(轢死)'니 '사기(詐欺)'니 하는 매우 비극적인 어휘들이 신문의 기사로 등장할 때 나는 되도록이면 '선행의 내용'을 실은 기사를 먼저 찾아보는 것이 한낱 관심사가 되고 있다.

"○○중학교를 우수한 성적으로 합격했으나 등록금이 마련되지 아니 하여 비관 끝에 자살 미수…… 운운" 이라는 기사가 실려 있자 며칠 후에는 다음과 같은 독지가의 선행기사가 실리게 되는 것을 흔히 볼 수 있다.

"중학교를 졸업할 때까지 등록금을 대어주겠다는 박모 씨가 본 신문

**진학문(秦學文)** _ 서울특별시 출생. 호 순성(瞬星). 보성중학교 졸업. 일본 와세다(早稻田)대학 중퇴. 오사카(大阪) 아사히신문사 기자. 동아일보사(창간시) 논설반 기자. 동아일보사 정경부장 · 동 학예부장. 『동명』지 발행인. 「시대일보」 편집국장. 브라질에서 1년간 체류. 만주국 국무원 수석감찰관 겸 참사관. 만주 생활필수품회사 상무이사. 한국무역진흥회사 부회장. 한국이민공사 사장. 한국경제인협회 상근부회장.

사에 찾아와 운운”, 또는 “그 가난한 학생을 끝까지 맡아 기르겠다는 이모 씨…… 운운.”

이는 우리 사회에서 볼 수 있는 일례이거니와 인정이 메마른 이 사회에도 아직 선행의 불길은 타고 있음을 입증한다고 하겠다.

나는 선행(善行)과 덕행(德行)의 사사건건(事事件件)이 눈에 띨 때마다 숙종대왕의 ‘은덕(隱德)’이 머릿속에 연상된다.

조선시대의 숙종대왕은 은밀한 선행을 잘하는 임금으로 유명했다고 한다. 어느 해 겨울의 정월 보름날 밤에 숙종대왕은 많은 신하들을 거느리고 달맞이 연회를 가졌다. 대왕은 밝고 맑은 보름달을 쳐다보다가 3년 전 이날 밤의 생각이 문득 떠올라 다음과 같이 말했다.

“3년 전 이날 밤에도 저처럼 달이 밝았겠지? 나는 그날 밤 남산골로 잠행하다가 어떤 오막살이 집에서 기력없는 음성으로 글공부를 하고 있는 선비를 보았지. 그래서 아마 밥도 굶고 찬 방에서 공부하나 보다 생각하고 별감을 시켜서 약밥 한 그릇을 사다가 창 너머로 떨어뜨리게 했는데 그때 그 선비가 지금 어디서 무엇을 하고 있는지 무척 궁금하구나”라고…….

이때 이 말을 듣던 이서우(李瑞雨)는 숙종대왕 앞에 넌지시 엎드리며, “상감마마 제가 그때의 유생이었습니다. 어떤 고마운 분이 약밥을 몰래 주셨나 하고 감격했더니 바로 상감마마의 은덕이었나이까? 저는 그때의 약밥의 은혜를 갚는 뜻에서도 과거에 급제할 결심으로 공부한 결과, 그 이듬해 봄에 급제해서 이렇게 되었나이다”라고 말하면서 이서우는 감격어린 눈물을 흘렸다고 한다. 좌중에 있던 군신들도 모두 감격했다.

숙종대왕이 또 다시, “그래 그러면 그 때 약밥 속에 또 다른 것은 없었는지?”하고 묻자, 이서우는 “예 그 약밥 속에 또 보물이 들어 있었습니다. 그것으로 크게 도움을 받아 오늘에 다달았나이다"라고 다시 감격에 찬 말을 이었다.

그날 그때 숙종대왕은 그 가난한 선비가 가용에 쓸 수 있도록 마제은 (馬蹄銀)을 넣어주었던 것이라고 한다.

요즈음에 있어서도 가난한 사람에게 도움을 주고 용기를 북돋아 주어 재생의 길을 열어 주는 선행자들이 속출되고 있음이 흔히 신문지상에도 보도되거니와 우리는 서로서로 인정 어린 복지사회를 이루며 살아야 하겠다. 자기가 누구를 도와주고는 대서특필로 신문에나 보도케 하여 엉뚱한 생색을 내려는 사람이 되지 말고 진심으로 이웃을 돕고 남을 돕겠다는 마음 바탕에서 은덕을 베풀어야 하지 않을까? 남을 분발케 하고 참으로 감화케 하는 것은 은덕이 아닌가 한다.

이 글을 쓰는 지금 나 자신 얼마나 은덕을 행하였는지 의문이지만 지금 이 순간부터라도 더 한층 은덕을 행하고자 노력하며 또한 많은 사람들이 그런 훌륭한 사람 중에 나오기를 바라는 마음 간절하다.

# 결혼 참고서(參考書)

金安在

공부를 열심히 하는 애들이 어느 시인이 지난 후 자기 공부에 어느 정도의 진전이 보이고 따라서 자신이 생겼을 때 비로소 참고서를 보면 분명히 여러모로 도움이 되는 모양이다. 이와 반대로 어떤 과목에 아무런 이해와 예비지식도 없는 판국에 무턱대고 참고서를 보고 읽어 본댔자 도움이 되기는 커녕 오히려 어리둥절해져서 공부에 '마이너스' 가 되는 경우가 많다.

비단 공부뿐이랴. 개개인의 취미, 또는 스포츠에 있어서도 그 이치는 마찬가지일 거다.

바둑을 배우는 데 두 집이 어떻게 나는지도 모르는 친구가 저명한 바둑책을 참고서로 암만 뒤적거려 보았댔자 장님이 담을 더듬는 격에 지나지 않는다. 이러한 것은 도리어 바둑을 배우려는 초심자에게 해(害)가

김안재(金安在) _ 본적 서울. 호 소정(小晶). 일본 주오(中央)대학 법학부 졸업. 한국식산은행에 입행(현재 한국산업은행). 한국산업은행 비서실장, 동 농림금융부장, 동 자금부장, 동 은행조사부장, 동 영업부장, 동 은행 감사. 1년간 AID기술원조계획에 의한 금융제도연구차 도미. 한국산업은행 이사. 저서 단편집《청초 속에서》, 창작집《애정》

될지언정 이(利)가 되지는 않을 것이다.

일전에 골프를 갓 시작한 친구가 실내연습장에서 '드라이브' 연습을 하다가 외국에서 돌아온 친구한테서 골프책을 얻어다가 읽어 보았는데 도대체 무슨 수작이 쓰여져 있는지를 몰랐다고 한다. 당연한 일이다. 우선 그 수효가 많은 도구의 이름, 그리고 플레이를 하는 골프장내의 여러 명칭 등등부터 알아낼 도리가 없었을 것이다.

나의 경험에 의하면 적어도 한 1년이 지난 후 참고서를 보아야만 '플러스'가 되는 상싶다.

나는 원체 머리가 둔할 뿐만 아니라 매사에 참고서를 볼 정도까지의 기초를 갖지 못했던 탓인지 모든 일에 있어서 좀처럼 참고서의 보람을 보지 못하는 편이다.

그러므로 어려서 공부를 할 적에는 그랬거니와 성장해서 글을 쓸 때나 또는 무슨 운동을 할 때에도 참고서를 가질려고 해 본 적이 별로 없다.

하지만 요즈음에 와서 이상한 현상이 하나 드러났다. 내 자신이 남의 참고서가 되려는 경향이 차차 생기니 말이다. 얼마 전에 같은 직장에 있는 어떤 젊은 직원이 나한테 와서 가장 이상적인 배우자를 택하려면 어떠한 조건을 구비해야 되겠는가? 하고 묻는다. 나는 서슴지 않고 나의 소신과 조건을 단숨에 나열해 놓았다. 그 직원이 돌아간 후에 나는 내 자신을 의심했다. 어째서?무슨 근거로?나는 그 직원의 참고서가 될 수 있었던가?

역시 여기에는 이유가 없지 않다.

나는 어렸을 때부터 어지간한 일에는 대부분 부모님의 의사를 그대로 공손히 받아들이는 편이었다. 왜 그러냐 하면 그러는 것이 즉 부모님에 대한 효라고 굳게 믿고 있었기 때문이다.

그러면 내가 나의 결혼문제에 관해서만은 한 발자국도 부모님에게 양보를 하지 않았다. 인생 최대의 중요사인 결혼문제만은 내 마음대로 내가 해결해야겠고 고집을 부렸었다. 무턱대고 나는 미인만을 배우자로 삼으려고 했다. 건강, 성품, 교양들은 별로 염두에 두려고 하지 않았기 때문에 부모님과 수없이 대결했다. 무려 선을 30회 이상 보았을 것이다. 그러나 내 눈에 흡족한 여인이 없었다.

이런 일로 상당한 세월을 낭비했다. 이윽고 나는 지쳐 버리고 말았다.

"이젠 마음대로 하세요"하는 말을 토하지 않으면 안 될 정도로 지쳤었다.

결혼했다. 물론 내 머릿속에서 오래 그려보던 상상화의 주인공은 아니었다. 하지만 수년이 지나서는 나는 그를 이 세상에서는 없어서 안 될 중요인물로 인정케 되었고 오늘에 와서는 가장 대견하고 제일 사랑하는 나의 바른팔이 된 셈이다.

모든 방면에 대해서 참고서를 배격하던 나, 그만큼 만사에 자신이 만만하던 내가 마침내 나의 결혼문제에 관해서만은 나는 참고서, 다시 말하자면 부모님의 참고서를 받아들인 것이 진실로 다행이었다고 지금 와서는 긍정한다.

그리고 보면 금후로는 참고서라고 무작정 눈 감고 배격할 것이 아니라 나의 인생항로에 있어서 반드시 있어야 할 것이고, 그것이 틀림없이 다대한 도움이 될 것이라고 확신이 생길라치면 악착스럽게 쫓아다니면서라도 백배사례를 해가면서라도 꼭 필요한 참고서는 얻어 들여야겠다는 생각이 나를 지배하고 있다.

# 항변(抗辯)

韓 太 壽

수 개월 전 이야기다. 대검 청장을 만나러 갔다가 '볼 일이 있어 외출준비중이니 내일 오후 3시에 다시 오라' 는 말을 듣고 돌아 나왔으나, 오후 7시에 예정된 회합에 참석하자면 3시간 가량 여유가 있고, 달리 그 시간을 이용하기에는 어중간하여, 함께 다니는 청년의 제 언대로 덕수궁에 들어가 잠간 쉬기로 하였다. 여기 저기를 돌아 깊숙이 안으로 들어갔더니, 거기에는 예술가들의 공작품이 가득 전시되어 있었다.

신기한 기분으로 주욱 돌아보았는데 결국 나에게는 커다란 의문점이 던져졌고, 그 때문에 나는 이모저모 자꾸 생각하게 되었다. 예술이란 무엇인가? 내가 알기에는 예술이란 미의 표현인데, 거기에 전시된

한태수(韓太壽) _ 경남 진주 출생. 일본 규슈(九州)제국대학 졸업. 만주국일용품생산통제조합 관리과장. 문교부 총무과장. 부산수산전문학교 교수. 부산인문과대학(부산대학) 교수. 부산 동아대학 교수 겸 학생과장. 성균관대학교 정치과 주임교수. 고등고시 위원. 숙명여자대학교 정경대학장. 건국대학교 대학원장. 한양대학교 정경대학장. 한양대학교 법정대학 교수. 저서 《정치사상사개설》, 《정치학개론》, 《정치독본》, 《자유론》, 《한국정당사》 외.

공작품을 통해서 나는 미를 느낄 수 없었다는 데서 의문은 시작되고 이 것이 꼬리를 물어 상념은 끝없이 흘러간 것이다. 미란 또 도대체 무엇 인가? 미를 느끼는 것은 우리의 정서이겠지만 인간의 정서를 움직이는 본질은 조화라고 나는 생각한다. 조화가 없는 곳에 미를 느낄 수 없는 까닭이다.

이러한 관점에서 그 작품들을 볼 때는 우선 작품들의 배열 그 자체에 조화가 있고, 작품 하나 하나에도 조화법칙을 전연 무시한 것은 없었 다. 녹슬은 철조 오락을 구부리고 낡아빠진 헝겊을 여기 저기 붙이는 데도 위치가 고려되어 있는 것만은 사실이다. 그래서 개중에는 균형미 를 엿볼 수 있는 것도 있었다. 그러나 대체로 인상 깊은 것은 괴상하다 는 느낌이었다. 금강산에 배치된 기암괴석(奇巖怪石)과 같은 그러한 웅 장한 신비감을 주는 것도 아닌 말하자면 요물(妖物)과 같은 것이다. 이 것이 예술인가?

십자가(十字架), 성자(聖者) 등등 하는 제명이 붙어 있어서 그러한 전제 지식(前提知識)을 가지고 작품을 대할 때는 그런 대로 다소 이해가 되기 도 하고 과연! 하면서 작자의 심경이 납득 내지 공명(共鳴)되기도 하였 다. 그러나 그러한 전제지식을 가지고 있지 못한 작품을 대할 때는 전 연 이해가 되지 않고, 한갓 요물로써 끔찍하게만 보이는 것이다. 그러 면 요는 관람자의 무식이 죄인가? 그렇다면 이러한 예술은 지나치게 자아도취(自我陶醉)에 빠져 있는 상아탑이라고 할 것이다. 대중에게 그 러한 전제지식(前提知識)을 기대하는 것은 무의미한 일이기 때문이다.

반대로 관람자의 지식이 풍부해서 그 작품들을 일일이 이해할 수 있 다고 해도, 그러한 작품이 예술이 될 수 있는 것인지는 나에게 의연히 의문시(疑問視) 된다. 예술과 철학은 엄연히 구별되기 때문이다. 이성을 토대로 이해를 촉구하는 진리추구는 철학의 본분이고, 예술의 본분은 아니다. 예술은 어디까지나 정서를 토대로 미를 추구하는 것이 그 본분이다. 그러한 의미에서 의지를 토대로 선을 추구하는 윤리와도 예술은 다른 것이 확실하다. 깊은 철학적 인생관을 토대로 하지 않는 예술이 우수할 수 없는 것은 사실이다. 그러나 그 인생관에 얽매여 예술의 본분을 이탈하면, 그는 마치 하늘을 바라보는 고기가 물 밖으로 뛰어나간 것과 같은 것이다.

칼은 어디까지나 물건을 자르는 것이 그 본무(本務)이고, 시계는 시간을 정확하게 가리키는 것이 그 임무이다. 아무리 외모(外貌)가 이쁘고 재료가 귀금속이라 할지라도 칼이 잘 들지 않고, 시계가 시간이 잘 맞지 않으면 그것은 이미 대중성을 상실하고, 일부 기호가(嗜好家)의 노리개가 되고 만다.

예술도 그 본무에 충실할 때만이 대중성을 발휘할 수 있고, 따라서 그 생명이 길 것이 아닌가 나는 생각한다. 그러한 의미에서 나는 피카소의 그림을 귀족적이고, 변태적이며, 그 생명도 길지 못할 것으로 본다. 아버지에게 얻어맞은 어린애가 아버지의 커다란 주먹을 그렸다고 하는 사실은 인간의 심리적 사실을 잘 입증한다. 마찬가지로 어떤 화가가 여인의 유방만을 크게 그리기도 하고, 또 시골 농부의 찌그러진 얼굴과 뚱뚱한 다리만을 두드러지게 그리기도 하는 것은 그 화가의 심리현상의 사실묘사임에 틀림없다.

이와 같이 인간의 관심이 어떠한 하나의 사실로 집중되는 경향이 있는 것은 주지의 사실이며, 이러한 인간의 심리적 경향을 잘 이용하고 있는 것으로서 최면술(催眠術)이 있고 또 소매치기도 그러하다. 그러므로 예술가의 그 주관적인 심적 현상을 논한다면 그 인생관 또는 수시의 감정에 따라 천변만화(千變萬化)하는 것이라고 할 수 있다. 따라서 화가가 매우 균형이 잡힌 아름다운 한 폭의 꽃을 그려도, 이 역시 그 화가의 조화된 감정과 고상한 심적 사실의 표현이 되는 것이다. 이렇게 생각할 때 예술도 역시 사실만이 중요한 것이 아니라 예술가 자신의 조화된 인격의 표현이 더욱 중요한 것으로 생각된다. 요는 예술의 본질을 떠나지 않는 필치로 깊은 인생관과 높은 인격이 묘사되어 나와야 우리는 그 속에서 미감과 함께 긴 생명을 붙잡을 수 있을 것으로 안다.

옛날 서양 동화에 이런 말이 있다. 죄 지은 사람에게는 보이지 않고 착한 사람에게만 보이는 훌륭한 옷을 만들어 임금에게 입혔다고 하고 시가행렬을 했는데 이에 시종(侍從)하는 모든 문무백관(文武百官)들이 입을 모아 임금의 옷이 훌륭하다고 칭찬했다. 그런데 지나가는 아이들이 '임금이 발가벗었다' 고 외쳤다고 한다. 예술에 대한 문외한으로서 솔직(率直)한 말을 했을 뿐이다. 올바른 교시가 있기를 기대한다.

# 독(讀) 소파한묵(素波閑墨)

― 경제학박사 권오익(權五翼) 총장 문집

## 崔 衡 鍾

신록이 푸르러 자연은 온통 푸른 장막으로 덮어 버린 4월의 둘째 날 오후였다. 소파(素波) 박사의 기별을 받고 서울대학교 교수회관에 가 보니 박사 내외분의 해수축연(偕壽祝宴)이 벌어졌다. 회관의 뜰과 함춘원(含春苑) 계상(階上)에 하객이 만정(滿庭)이오 만당(滿堂)이다. 학계, 교육계, 그 밖에 여러 분야의 지도급인 신사 숙녀 모두 소파 박사의 행복을 비는 모습이다.

박사 내외분께 축하하는 인사를 간단히 마치고 따라 주는 축주(祝酒)를 드렸다. 이 술은 소파 박사의 연년익수(延年益壽)를 비는 술이다. 다른 수연(壽筵)에서 볼 수 없을 만큼 많이 모인 하객들이 한 마음 한 뜻으로 그의 장수와 행복을 비는 것이며 이렇게 수많은 빈객(賓客)이 운집(雲集)하였음은 오로지 박사께서 학덕이 겸전(兼全)하고 여러 사람의 신임과

**최형종(崔衡鍾)** _ 서울특별시 출생. 보성전문학교(현, 고려대) 법과 졸업. 한의사국가시험 합격. 「중외일보」·「동아일보」 기자. 「한성일보」 편집국 차장. 서울대학교 강사 역임.

존경을 받기 때문임이 분명하다. 나는 잔에 넘치는 축주를 마시고 마시고 또 마시면서 학(鶴)과 거북(龜)을 생각하며 박사 내외분의 장수를 빌었다. '학수천년(鶴壽千年)이오 구수만년(龜壽萬年)이라' 하여 고대동방(古代東方)에서 학(鶴)·구(龜)를 불로장수(不老長壽)의 상징으로 한 데에 연유함이다.

소파 박사를 내가 사귀어 모시는 가운데 그 인격과 교양에서 받은 바 감화(感化)가 적지 아니 하였으며 배운 바 지식이 얕지 아니 하였다. 담담여수(淡淡如水)한 그의 대인접물(對人接物)은 군자의 풍모(風貌)를 엿볼 수 있으며 훈향(薰香)처럼 부드러움은 스승의 표정이기도 하다.

그의 비범한 인격, 태산 같은 지조(志操), 지난 날에 애국의 투사였고 언제나 정의의 편에 서며 해박한 학식은 세상을 놀랠 만하다 하여 지나친 말이 아니리라. 그리고 내가 욱문재(郁文齋)를 방문할 때마다 소파 박사는 오거서(五車書)로 헤아릴 내외 진적(珍籍) 가운데 파묻혀서 수불석권(手不釋卷)하는 학구열에 알지도 못하는 사이에 머리가 수그러지지 아니 할 수 없었다. 이제 소파 박사는 성균관대학교를 영도하는 한국 학계의 거성이지만 그의 경국제민(經國濟民)의 포부(抱負)가 우리 민족의 앞날을 위하여 더할 수 없이 아쉽다.

'소파박사환력기념논문간행회'에서 나누어 주는 두 책을 받았다. 《기념논총》(紀念論叢)과 《소파한묵》(素波閑墨)이다. '논총'은 경영학, 상학, 경제학, 정치학, 동양철학 등 각 부문에 걸쳐서 사계 권위인 교수 제씨의 노작 17편이고 '소파한묵'은 박사께서 집필한 기행, 수필, 논설, 한시·영문류 등 웅문가편(雄文佳篇)으로 엮어져 있다.

'세계일주 교육시찰', '중남미 이민지대 답사'로부터 "A New Direction in International Cooperation —The Cace for Korean Emigration—"까지 읽어 내려가면서 여러 주옥편에서 받은 감명이 자

못 크다 할 것이다. 한묵(閑墨)의 묵(墨)은 다만 묵(墨)이 아니라 직필(直筆)이요 건필(健筆)이다. 문장의 착상(着想)과 이론이 고(高)하고 매(邁)하여 낙양(洛陽)의 지가(紙價)를 올릴 귀중한 문헌으로서 길이 보존될 것이다.

애오라지 여기서 졸필을 멈추며, 망언다사(妄言多謝).

# 돌아온 탕자(蕩子)와 효자(孝子)의 변(辯)


金 鏡


이북에서 월남한 사람의 이야기이다. 이건 꼭 오래 전부터의 불평이다. 그렇지만 잊혀지고 신경이 마비되어 말 못한 이야기다. 너무도 어처구니 없고, 입이 쑥어 입을 열지 못한 이야기다. 해봤대야 별수 없고, 있대야 마지 못한 인색을 늦추는 일이니 추잡스럽기도 한 일이기 때문이다. 하지만 정의는 정의고 사실은 사실이니 말을 안 할 수가 없다.

기독교 책에 있는 이야기인데 멀리 떠나갔던 탕자가 처음에는 집에서 훔쳐 가지고 나간 돈으로 먹고 쓰고 계집질이며 낭비하다가 주머니가 다 털린 뒤에는 남의 집 머슴살이, 거지 등 거의 미친 놈처럼 굴러먹다가 마침내 병들고 지쳐서 갈 데 올 데 없게 되자, 아버지를 찾아와서 밥 한 술을 청하였더니 아버지는 마침내 그 거렁뱅이가 자기 아들임을

**김경(金鏡)** _ 충북 제천 출생. 조선신학교 졸업. 「삼남일보」 편집국장. 국립한국해양대학 전임강사. 국방부 편수관. 월간 『의회정치』지 발행인. 「국도신문」 편집국장. 「기독일보」 발행인. 청풍고등학원장. 산업논평신문사 편집국장. 맥아더교육재단 설립 대표. 맥아더중학교 이사장.

확인하고, 맞아들여 몸을 씻겨주고, 옷을 갈아입히고 큰 잔치를 베풀어 주었다는 이야기다.

그런데 이야기는 여기서 끝나지 않는다. 집에서 아버지만을 섬겨 오던 효자가 곁에서 이 꼴을 보다가 너무나 눈꼴아지가 비뚤어지고 아니꼬아서 불평하는 것이었다.

"아버지는 괜히 야단이야. 난 그렇게 아버지 말씀을 잘 듣고 순종하였는데 나를 위해서는 한 번도 잔치를 베풀지도 아니 하시고, 집안 살림을 절단내고, 패가망신하고 돌아온 자식만 자식인가 온통 수선을 떨구……"

"얘야 너는 그래도 날마다 아버지 슬하에서 잘 먹고 잘 자라지 않았니, 저것은 낯설고 물설은 이역땅에서 고생하다가 늦게나마 제 집이라고 찾아왔으니……"

이야기는 매우 흐뭇하다. 물론 책대로 말씀하자면 이것은 참 성경이라 하겠다. 그러나 이것은 어디까지나 성경이고 또 경우가 꼭 그렇게 들어맞고 있다. 하지만 지금 드리려는 이야기는 경우를 좀 달리하고 있다.

정부에서 실시하고 있는 원호법에 의하면 38선 이북땅에서 온갖 만행으로 반민족 반국가 행위를 하고 이남에 밀파되어 와서도 온갖 파괴, 살인, 음모를 하던 간첩이라도 자수만하면 전에 지은 죄는 다 소멸시켜줄 뿐만 아니라, 보상금까지 50만원인가, 백만원을 주어서 살림의 토대를 마련해 주고 있는데 마 이것까지는 아버지의 넓은 마음으로 할 만한 일이라고는 하겠지만 여기서 정부가 미처 생각지 못한 큰 잘못이 있는 것을 매우 불유쾌하게 오랫동안 생각하던 것을 털어놓으려 한다.

해방이 되자, 38선 이북땅에서 역적 매국도당들과 목숨을 걸고 싸웠고 맨 주먹으로 역적도배들의 총칼에 맞서서 싸우다가 기진맥진, 구사 일생으로 탈출 월남하여 온 수많은 애국자들은 지금도 집 한칸, 땅 한 평, 돈 한푼 정부로부터 보상을 받지 못하고 있으니 이게 도대체 될 말인가. 이것 정말 오장육부가 떨리는 일이다. '신상필벌'은 언제 어떠한 곳에서도 사기와 애국심을 북돋우기 위해서 반드시 있는 일이며 있어야 될 일인데 이들 대한민국의 주춧돌은 개천과 길가에 버려지고, 밖에서 주추를 뒤흔들어대던 돌막들만 귀염둥이가 되고 있으니 이게 불공평하다는 말씀이다.

지난 6.25기념일에 이북5도의 명예시장과 군수를 발령한 것을 하나의 계기로 하여 지금까지 역대정부에서 버림받아온 월남 동포 전원에게 각각 응분의 배려가 있어야 되겠지만, 특히 38선 이북에서 반역자들과 투쟁하기에 모든 재산과 청춘과 생명까지 던졌던 사람, 또 살아 넘어온 사람들에게 월남 귀순자보다 최저 2배 이상의 보상을 해 주는 것만이 우리가 반공 민주 자유 대한을 영세토록 빛내고 이끌어 나가는 큰 밑받침이 될 것을 믿어 의심치 않는다.

# 유품(遺品)


崔玉子


인수대노대아짐(人雖大怒對我朕)

아야감수심불회(我也甘受心不懷)

인수다언좌우설(人雖多言左右說)

아야비법일불언(我也非法一不言)

인수타면아불식(人雖唾面我不拭)

감수피희심무노(甘受彼喜心無怒)

인수기아아불노(人雖欺我我不怒)

아비강지불관심(我非强止不關心)

인수욕아아불반(人雖辱我我不返)

천심태연무기노(天心泰然無起怒)

인수타아아불격(人雖打我我不擊)

**최옥자(崔玉子)** _ 강원 강릉 출생(1919년). 일본의과대 졸업, 일본 동방대 대학원 수료(의학박사). 서울여자학원(수도여자사범대) 이사, 수도여자사범대 교수겸 부학장, 수도여자사범대학 학장, 반공연맹 이사, 서울가정법원 가사조정위원, 수도여자사범대 대학원 원장, 세종호텔 대표이사. 여성크리스천클럽 회장. 저서 《어머니의 편지》, 《시화집》, 《군자란(君子蘭)》 등.

신비약이심무응(身非弱而心無應)

인유망동아불동(人唯忘動我不動)

응천기이순수리(應天機而順隨理)

아심소요대자연(我心逍遙大自然)

여포인간난상대(如泡人間難相對)

차신수촉만화전(此身雖觸萬化轉)

적정부동양천연(寂靜不動養天然)

포일선양정령기(抱一善養精靈氣)

신심징연동태허(神心澄然同太虛)

태허공곡용하물(太虛空谷容何物)

자연대도적충만(自然大道積充萬)

천지정기생만물(天地精氣生萬物)

무방도덕양만물(无方道德養萬物)

천지여아합일체(天地與我合一體)

무소불위무불능(無所不爲無不能)

甲辰 七月 初

无方 書


이 글은 아버님의 마지막 휘호(揮毫)가 되고 유언이 되고 말았다.

몇 해 전 일이다. 그 날도 아침부터 아버님 뵈러 간다고 서둘렀지만 손님이 오신다 전화를 받는다 하다 보니 벌써 아스팔트가 녹아 버리는 오후가 되었다. 사방이 넓게 열려진 사랑방 한복판에 모로 누우신 아버님 모습은 날로 수척해 보였고, 고요한 방에 선풍기만이 분주히 도는 게 마음에 거슬렸다.

아버지! 아버지! 대답할 겨를 없이 계속해 부르는 내 버릇은 어려서부터이지만 그 날은 아버지께서 매우 명랑하시었다. 무언가 많이 효과를 본 것 같은 반가움이 입가에 머문다.

"아버지 이 글은 언제 쓰신 거예요."

"오늘 아침 기분이 좋아 너에게 주려고 써놓고 기다렸지."

화선지 두루마리에 쓰신 아버지 얼굴 같은 먹글씨, 영원히 나에게 주시는 잠언(箴言)이 될 줄은 미처 생각 못했다.

아버님은 가셨다. 주무시는 듯 생각하시는 듯 적멸(寂滅)하셨다. 이제 그 음성은 바람에서나 물결에서나 들어볼까 내 마음 구석구석이 단풍이 물드는 듯 구슬이 알알이 흩어지는 듯 아버님 말씀은 미처 줍기 어렵게 되었다. 언제나 조용하신 분, 언제나 생각하시는 분, 그러면서 밤이나 낮이나 부지런히 일하시는 분, 아버지는 조용하시면서 불 같은 의지의 분이셨다.

'오라는 데는 없어도 갈 데가 많단다' 하시던 그 말씀대로 분주하시고 변화가 많으신 일생이셨다. 노후 10여 년은 창작에 여념이 없으셨다.

《무방락지》(无方樂志), 《무방자》(无方子), 《노자도덕관》(老子道德觀), 이렇게 출판하신 이외에도 원고로 정리중의 글이 '캐비넷' 한 단 한 단을 깔끔히 채우고 있었다.

아버님은 그 때에도 매우 편치 않으셨다. 산소호흡을 1주일 계속할 때 마지막이 아닌가 두려워 산(山) 자리 수의를 몰래몰래 준비했다.

그러나 '내가 아직 미진한 일이 남아서 좀 더 살아야지' 하고 아버님 말씀대로 신기하게도 회복하시고 꼭 1년을 더 앉으셨다. 그동안에 화계사에 천불오백성전(千弗五百聖殿)을 모시고 대리석광(大理石鑛)을 개광(開鑛)하시고 어머니 칠순을 축하하시고 《무방자》 제2집을 편찬하셨다. 돌아가시는 날 아침에 마지막 말씀이 '내일이 백중이니 선조의 불공을 잊지 말라' 하시고 당신은 그날 저녁에 70세를 일기로 승천하셨다. 대지의 녹은 열기를 뽑아내는 푸른 증기가 달 아래 굽이치는 듯한 투명한 백중 전날 밤, 우리는 아버지 초혼(招魂)을 들었다.

빈소를 꾸미느라고 생시에 차근차근 정리하신 아버님 방 세간이 이 방 저 방에 옮겨지는 것이 목이 메도록 서러웠다. 임자를 잃은 무리의 방황 같기도 하다. 어디 무엇이 들었는지 우리는 잘 모른다. 육중한 침대가 운반되어 차고에 옮겨질 때 '이렇게 해서야' 하는 슬픔이 울컥 치밀었지만 그렇다고 어디 만만히 놓을 자리가 생각나지 않는다. 그래도 '다시 한 번 보아야지' 하고 머리맡 서랍을 여니 아버지가 평생을 애용하시던 회중시계가 나왔다. 시계는 '8시'에 잠들었다. 어젠지 오늘인지 모르지만 바늘이 집고 있는 여덟시는 무엇을 말하는 것 같았다.

느닷없이 히로시마(廣島)의 원자탄 폭파한 기념관에 갔을 때의 일이 생각났다. 그 속의 시계는 전부 12시에 잠자고 있었다. 폭격 맞은 그 순간 모든 생명과 함께 시계도 잠든 것이다. 아버지와 같이 헤아려온 세월들이……. 시계는 아버지가 마지막 주신 밥으로 그 사명을 다 지킨 순간에 쉬고 있으니…….

나는 아버지의 마음을 보는 것 같았다. 병중에도 늘 이 시계만은 차시기를 좋아하셨다. 팔목시계는 피로하시다고 잘 안 차셨다. 더욱 글자가 커서 안경 없이도 보시기가 편하시니까 그러하셨겠지만 이 시계를 차신 아버지를 생각하면 가지가지의 추억이 더듬어진다. 어릴 때 아버지의 무릎에서 놀 때 이 시계는 둘도 없는 나의 노리개였지……. 시계 속을 보여달라고 너무너무 조르면 딱지를 따깍 열어 조금 보여주시는 엄할 줄 모르시는 아버지! 지금 대청마루에 걸린 초상화에 아버지 시곗줄은 무겁게 왼편 조끼 주머니에 늘어져 있다. 아버지 시간이 서려 있던 주머니, 아버지와 같이 살고 동고(同苦)해 온 회중시계!

어떠한 위엄마저 느끼게 한다. 언제 어디서 사셨는지 어쩌다 여쭈어
보지 못한 채 이런 날을 맞았으니 이러한 유감이 나날이 샘처럼 내 주
변에 고이겠지. '나무가 고요하랴 해도 바람이 가라앉지 않고 자식이
부모를 섬기랴 하여도 부모가 기다리지 않는다' 던 옛 말이 내 맘에 젖
어 오는 밤이었다.

# 당파(黨派) 싸움

姜 淳 元

공 자는 말하기를 "참된 인물은 기품(氣稟)을 높이기는 하지만 싸우지는 않고, 어울리기는 하지만 끼리끼리 짝을 짓지는 않는다.─ 군자긍이불쟁(君子矜而不爭), 군이불당(羣而不黨)"라고 했다.

그러나 근대에 있어서는 민주주의가 적용되고 있는 터에 거의 많은 국가가 민주정치를 실시하고 있으며 정당을 형성하고 있다. 바로 민주정치는 의회정치이며 의회정치는 정당정치요 정당정치는 책임정치라고 한다. 그러니만큼 나라의 태평성세(太平聖世)를 위해서 정치를 하려면 정당생활을 하게끔 된다. 그러므로 건전한 정당의 대립으로 하여금 나라를 위한 정사(政事)를 의론한다는 것도 그다지 부당한 일이 아닐 성싶다. 그러나 정당정치를 한다는 사람들이 정사에는 눈이 어둡고, 다만 이권운동이나 인기전술에만 눈이 빨갛다면 그 나라꼴은 뻔한 것이다.

**강순원(姜淳元)** _ 황해도 출생(1924년). 평양사범학교 졸업. 단국대학 정법학부 졸업. 군법무관전형고시 합격. 해병제1사단 법무참모. 해군본부 법무차감. 변호사개업. 국제인권옹호한국연맹 법률전문위원. 단국대학 이사. 단국대학 강사. 대한변호사협회 상임위원. 금성충무무공훈장 수여.

마치 중이 염불에는 뜻이 없고 잿밥에만 신경을 쓰는 것이나 다름없는 것. 또한 정당정치를 한답시고 당파끼리 파쟁만을 일삼는다면 그 나라 꼴 역시 망조가 아닐 수 없는 것.

얼마 전 월탄(月灘) 선생의 저서 《임진왜란》을 밤새워가며 읽은 일이 있다. 그 이야기인 즉, 조선 선조(宣祖)와 광해군(光海君) 때의 이름난 정치가인 이항복(李恒福, 1556~1618)은 당시의 정치가인 류성룡(柳成龍)이 서인의 세력에 몰려 탄핵되었을 때, 그를 옹호해서 부제학 홍린상(洪麟祥)에게 다음과 같은 충고를 했다.

"여보 홍 부제학! 왜병이 천리에 뻗쳐서 서울까지 쳐들어 오는 위급한 오늘날, 우리들은 힘을 합하고 마음을 같이 해서 죽기를 맹세하고 쳐들어 오는 적병을 막아 싸워도 나랏일이 될 듯 말 듯한 이 판국에 조그마한 옛 혐의들을 가지고 서로를 잡아먹고 배격하는 것으로 일을 삼으니, 어떻게 장차 이 나라를 다시 일으킬 수 있겠소. 사람의 재분이란 다 각각 달라서 한계가 있는 것이요. 보시오! 류성룡은 이재(吏才)가 있어서 경술(經述)에 밝은 데다가 천성이 총명하고 민첩해서 문학에도 첫 손가락을 꼽을 만한 사람이요. 다만 류성룡의 힘을 굳이 잡는다면, 임금께 정색해서 직간하지 못하고, 공손하고 부드러워 노력만 한 데다가 자기편 사람만 지나치게 위해 주는 데 있다 할 것이요. 그러나 온아한 바탕과 진중한 인망은 우리나라에서 지금 이 사람을 따라갈 사람이 없소. 나는 아무런 당파에도 가담한 사람이 아니요마는 구성이나 신집 같은 사람 수십 명을 가진대도 류성룡 한 사람을 당할 수가 없으리라. 만일 류성룡을 이산해와 같이 죄를 준다면 이것은 공변된 의론이라 인정할 수 없는 것이요. 국가가 흥하느냐 망하느냐는 이 위급한 때에 있어 한 사람의 크나큰 인재를 죽여 버린다는 것은 나라를 망치는 함정 속에 집어 넣는 것이라 나는 생각하오. 영감이 깊이 생각해서 모든 간관들의 편벽된 공론을 막아 버리시오! 그리해서 나라가 망하지 않고 국체가 보존되게 하고, 강토를 회복해서 사직을 다시 보존하는 날 영감들의 아량 넓은 행동은 백성들이 만대가 지나도록 우러러 보리라 생각하오"라고.

여하간에 어느 때 어느 나라를 막론하고 내분과 당쟁이 심한 곳엔 그 국가와 국민을 망치는 장본이다.

유권자의 한 사람으로서 나는 현역 정치인에게 다음과 같은 디즈레일리의 말을 귀뜸해 주고 싶다.

'귀청이 떨어질 듯한 당파의 싸움 소리 속에서는 진리의 소리를 가려 듣기는 지극히 어렵다. ……아무쪼록 선정(善政)에 모든 힘을 기울이라고…….'

# 코르넬리아의 얼

孫 在 馨

어느 날 어느 서책에서 읽었는지는 잘 기억이 없으나 언뜻 생각나는 이야기가 있다.

로마의 대정치가 '스피키오' 의 딸로서 역시 정치가인 '크라크스' 의 아내가 된 '코르넬리아' (Cornelia, BC 20년 경) 부인은 남편과 사별한 후 세 아이들의 교육을 잘 했을 뿐 아니라 늙은 후에도 제 자신의 슬픈 운명을 미리 잘 막아냄으로써 로마 제일의 부인으로 알려졌다고 한다.

코르넬리아는 이름 있는 귀족의 딸로서 또 귀부인으로서 매우 소박하고 검약한 생활을 한 것으로도 유명하다. 하루는 같은 귀족 출신의 귀부인들이 자기네 집에 찾아왔기 때문에 그는 의례 차를 대접하게 되었다. 그 차는 빛깔부터 보잘것도 없어서 귀부인들의 구미조차 돋구지를 못했을 뿐만 아니라 맛도 형편없어서 귀부인들의 불평을 자아내게

**손재형(孫在馨)** _ 전남 진도 출생. 양정고보 졸업. 외국어학원 불어과 수료. 문총 중앙집행위원. 예술원 회원. 서울대학교 강사. 국보 보존위원. 국전 심사위원. 한국미술가협회 최고위원. 대한서화연구회 회장. 한국서예원 대표. 제4대 민의원. 국회 문교분과 위원장. 한국예술문화단체 총연합회 회장.

했다. "빛깔은 왜 이래요?" 한 부인이 묻는가 하면, 또한 "맛도 썩 좋지 못하군요" 하고 저마다 기회를 만난 것처럼 한 마디씩 말했다.

그때 당시 로마의 귀족들은 사치와 호사를 일삼는 특권이 있는 때였다고 생각된다. 그러나 코르넬리아 부인은 "그래요. 빛깔도 맛도 보잘것 없는 차예요. 다음에 또 오시면 좋은 것으로 대접하겠어요. 지금 이것은 일상으로 우리 집에서 사용하는 것 그대로이기 때문에…… 정말 미안해요" 하고 미소를 지었다고 한다.

위대한 정치가의 가정에서 이런 것을 일상으로 마시고 있다는 말에 그 모든 귀부인들은 그저 오해를 풀었을 뿐 아무 말도 못했다는 것이다.

실로 모든 위대한 사람들은 검약의 사람이라는 것을 잊어서는 아니 되겠다. 오늘날 우리 생활 주변에는 검약하는 사람보다도 허례허식(虛禮虛飾)과 사치로 마음이 부풀은 사람들이 더 많이 눈에 띄게 된다. 어느 나라보다도 가난하고 후진적인 나라라는 것은 자타가 공인하는 사실이거니와 어디서 불어오는 바람이길래 이처럼 화려하고 사치스러운 꿈만 먹고 살게 되는 것인지 알 수 없다.

우리도 코르넬리아 부인과 같이 진실하고 검소한 생활의 미덕을 알아야겠다. 부족함은 항상 절조없이 함부로 남용하는 데서 생기게 되는 것이며, 검소하고 아낄 줄 아는 사람은 함부로 남에게 구걸하지 않는 것일 게다.

# 그늘

朴巖

우리 동리 이름은 당현동이고 구는 성동구다. 위치는 하왕십리 전차정거장에서 동으로 6, 7분 청계천에서는 남으로 약 3, 4분의 거리다.

내가 알기에는 우리 동리에는 명물이 셋이 있는데 그 일은 청계천의 검정다리다. 이 다리는 보잘것 없는 목교다. 그런데도 이 다리는 시내에서도 대개 알고 있을 정도로 유명하고, 그 둘은 이 다리 앞에 있는 양철지붕의 할아버지 물역가게인데 이 가게는 봄에서 늦가을까지 동리 백발노인들의 구락부로 쓰여진다. 그 셋은 이 가게 바로 뒤에 높이 높이 서 있는 포플러다. 이 나무가 여기 서 있음으로 해서 추잡하고 초라하고 보잘것 없는 이곳 풍경은 비로소 생명을 가지고 미(美)를 가지게 된다.

**박암(朴巖)** _ 경북 출생. 호 월해(月海). 평양대동공전 · 평상 · 평농 · 진남포상공학교 등 교원. 대한국민 대표 민주의원 비서국 문서과장. 동양외국어전문 교수 겸 이사. 건국후 초대 인천세관장. 외무부차관. 한국도의실천연맹 대표. 4월혁명학생동지회 고문. 한국외국어대학 강사. 서울특별시 공무원교육원 강사. 도의실천운동과 문필생활에 종사.

이 명물 중 내가 제일 좋아하는 것은 키다리 포플러다. 이 나무는 동리에서 제일 키가 크다. 체통도 크다. 위풍도 의젓하다. 허공충천에 머리를 치켜들고 가장 제가 동리의 최고 권위자나 되는 듯 동리 2층 집도 저 아래로 나지막하게 내려다 보게 되니 사람쯤은 땅에 딱 붙어 다니는 꼴이 형편없을 것이다.

그 푸른 머리 위에는 언제나 태고같이 유한한 파란 하늘이 있고, 내자유(來自由) 거자재(去自在)의 흰 구름이 있고, 여기에다가 나무 자체의 위치의 고정이 있어 북에서 비록 단순은 하지마는 단순한 그만큼 보는 사람으로 하여금 한가로움과 마음의 순화를 느끼게 한다.

이같이 정적(靜寂)의 미(美)가 있는 반면에 또 동적(動的)인 미가 있는데 그것은 여름날만이 가지는 상냥한 미풍이 살살 불면 푸른 물기가 철철 흐르는 잎들이, 백만(百萬)도 천만(千萬)도 더 넘어 보이는 무수한 잎들이 위에서 아래까지 햇빛을 반사하며 잎마다 찬란한 빛의 파문을 전개하는 잎들의 전동이다. 그리고 땅 위에는 5, 6칸 둘레의 두터운 그늘을 던져 사람들로 하여금 무조건 즐겁게 해 준다. 이 그늘이 내리는 그날부터 동리 노인들은 고의적삼을 입고 혹은 담뱃대 혹은 장기판을 들고 혹은 손을 등에다 얹고 미소 지으며 이 그늘 밑으로 슬슬 모여들어 삼삼오오(三三五五)로 자리잡고 앉으면 이 그늘 밑은 번거로워진다.

행인들과 땀 흘려 수레 끄는 사람들이 이 앞을 지나다가 탐스런 그늘을 보고는 모두 발을 멈추고 그늘을 인연삼아 모여든다. 모자도 저고리도 벗고 수건으로 땀도 씻으며 모자바람도 일으키며, 혹은 자기들끼리 둘러앉아 잡담도 하고 혹은 장기판으로 혹은 이야기판으로 취미 따라 끼어들어 손쉽게 말참견을 해도 서로 성명도 모르는 낯선 처지이면서도 그늘이 맺어준 순간의 인연이 이들에게 뭔가 모를 친밀감을 주어 아무도 이 무례를 탓하지 않고, 서로들 마냥 즐겁기만 하다.

나도 진종일 책을 읽다가 석양때가 되면 은퇴한 사람들의 통병(通病)인 우울증이 생긴다. 나는 이 마음을 달래고자 한 달의 보름은 이 그늘 한편에 와 앉는다. 때때로 청계천에서 청풍이 불어와서 조용하지 못한 사람의 마음을 살며시 쓰다듬어도 준다.

나는 아직 이 동리의 이방인이다. 거기다가 나는 장기 바둑도 모르고 잡담도 싫어한다. 그러니 나는 이들과 교섭을 가질 아무 요건도 갖추지 못했음에 언제나 나는 나대로이고 이들은 이들대로라 피차의 존재에 피차 아무 신경도 쓸 필요가 없어 나는 아주 자유자재하다.

이 그늘과 그늘 밑에 이들이 있는 한 이 악착 같은 세상을 초월한 듯한 그 유장(悠長)함과 그 태도가 빚어내는 화락한 그 분위기가 좋아 우리 할아버지적 같은 그 평화로움과 청아한 그 고풍(古風)이 좋아 나도 한가한 그들같이 시간을 도외시하고 마음 놓고 이 그늘과 이 광경을 즐긴다.

반나절이건 종일이건 사람들은 자기 마음에 흡족하도록 즐길 수 있는 데까지 즐기다가 제 가고 싶을 때엔 제 마음대로 나무 그늘에 대해서는 일언반구의 인사도 없이 훅 가 버린다.

그런데도 포플러는 여전히 그늘을 던져준다. 포플러는 일호의 사심도 없다. 하늘이 주신 대로의 마음을 가지고 하늘이 뜻하시는 대로 꼿꼿이 직선으로 자라고 하늘이 뜻하시는 대로 관대한 행세를 한다.

이 포플러가 마당 빗자루를 거꾸로 세운 듯 발가벗고 북풍한설에 떨고 울고 하던 그 시절엔 아무도 이 그늘을 생각한 사람은 없었다. 더욱 이 인고(忍苦)의 이 포플러를 어루만져주고 닥쳐올 여정을 말해 주며 위로 한 마디 해 준 사람도 없었다.

이때 이 물역가게와 포플러의 주변은 대낮도 밤중같이 적막강산이었다.

이같이 겨우내내 생명을 걸고 고생고생 적축해 둔 힘으로 만든 그 그늘을 해마다 세파에 시달리는 사람들에게 무조건 제공해 주는 천의(天意) 그대로의 그 관대성, 전신에서 넘쳐나는 그 천연미, 발랄한 그 생기, 직선으로만 자라는 그 솔직성, 늠름한 그 위풍은 뜻있어 쳐다보는 사람으로 하여금 숙연히 머리 숙이게 한다. 얼마든지 남을 주어도 줄지 않는 그늘, 언제나 가득찬 호의로 사람도 수(數)도 가리질 않고 보수를 바라지도 않고 언제나 사람들을 즐겁게 해 주는 그늘은 참 좋다.

하늘의, 나라의, 부모의, 스승의, 지도자의, 형제의, 동지의, 주인의, 자녀의 그늘, 마음껏 신세를 져도 그늘은 원래 보답을 요치 않는다. 그늘 신세에 보답하는 길은 자신을 올바로 꼿꼿이 육성만 하면 된다.

그늘이야말로 참말 위대한 지도자다.

# 사과(謝過)

邊 時 敏

가끔 생각나는 일이 있다. 지금으로부터 약 40년 전의 일이다. 당시의 소학교에 입학한 지 얼마 되지 않은 어느 날, 교정에서 놀다가 조센징(朝鮮人)이란 모욕적인 말을 나에게 한 동년급으로 보이는 학생을 한두 번 주먹으로 때려 주었다. 그 때 그 학생은 나에게 '간닌' '간닌' 이라는 말을 연발하는 것이었다. 나는 '간닌' 의 뜻을 몰랐기에 계속하여 몇 번인가 더 때려 준 일이다. 때려 주면서도 '간닌' 이란 말의 뜻이 용서를 비는 뜻이 아닌가 하는 느낌을 받았다.

수일 후 그 말의 뜻이 역시 상상한 바와 같았음을 알게 되었다. 그 때 나의 어린 마음에도 큰 잘못을 했다는 것을 깨닫게 되어 지금까지도 잊혀지지 않는다. 때로는 그 일을 상기하면서 죄의식에 사로잡힐 때도 있다. 그 후의 경험으로 보아 일본 사람들은 개인적으로는 자기의 잘못이

**변시민(邊時敏)** _ 제주도 서귀읍 출생. 일본 교토(京都)제대 사회학과 졸업, 동 대학 사회학연구실에서 연구. 서울대학교 문리과대학 사회학과 교수. 문교부 문화국장. 한양대학교 교수. 사단법인 인구문제연구소 소장. 저서 《사회학》, 《사회학신강》, 《문화와 사회》 외 2편. 역서 퇴니스 저 《공동사회와 이익사회》

있을 때에는 언제든지 누구에게도 사과할 줄 아는 사람들이라는 점을 알게 되었다.

그러한 생활환경에서 20여 년을 생활하다 귀국해 보니 우리 겨레는 매우 거친 민족성을 갖고 있다는 점이 제일 먼저 느껴졌다. 혼잡한 차 칸에서 남의 발을 밟고서도 모르는 체한다. 왜 발을 밟고 미안하다는 말 한 마디 없는가고 물으면 반드시 시비거리가 되어 싸움의 씨가 되곤 한다. 그러한 광경을 허다(許多)히 나는 봐 왔다. 자기의 잘못을 잘 알면서도 굽히지 않고 사과하지 않는 민족성이 있기 때문에 남과의 사회관계가 원활하지 못하고 협동도 잘 안 된다.

어떤 분은 이런 말을 한 적이 있다. 이 겨레는 한 사람 한 사람 똑똑하고 한 사람으로써 능히 우수한 외국 사람 다섯을 상대하여 이길 수 있는 우수한 능력을 가지고 있으나 다섯 사람이 모이면 형편없는 외국인 한 사람에게도 진다는 말이다. 그것은 협동하는 마음이 약하다는 말이지만 협동에도 양보가 있어야 하고, 양보의 밑바닥에는 잘못을 사과하고 용서할 줄 아는 마음씨가 있어야 할 것이다.

8, 9년 전에 미국을 가 볼 기회가 있었다. 그 때 일반 가정집에서 3, 4일 머물게 되었을 때의 일이다. 집주인과 우리들은 응접실에서 이야기하고 있었는데 주인의 잘못으로 사기로 만든 장난감을 떨어뜨려 '딱' 하는 소리와 함께 그 장난감은 산산조각이 되었다. 그 소리를 들은 부인은 부엌에서 뛰쳐 나왔다. 그 때 주인은 부인에게 참으로 참회하는 태도로 미안하다는 말을 하는 것이었다. 그 때 나는 이러한 아름다운 정경이 우리들의 가정에도 있었으면 하였다.

미국에서 돌아오는 공항 대합실에서 비행기를 기다리던 나는 무심히 뒤를 돌아보는 순간 지나가는 부인의 팔에 나의 몸이 스쳤다. 내 편에서 미안하다는 말을 하려 하였을 때 저쪽 부인께서 "미안합니다"라

하는 것이었다. 나는 아연실색(啞然失色)할 지경이었다. 잘못은 이쪽에 있는데 저 부인이 사과하다니 이러한 일이 국내에서 일어났다고 하면 나는 무슨 말이건 부인으로부터 들었을 것인데 하고 생각해 보는 것이었다.

미국 사람은 '미안합니다' 라는 말이 항상 입에서 떨어지지 않는다는 말을 후일 듣게 되었다. 미국에서 오랫동안 산 우리나라 사람들도 만나봤지만 '미안합니다' 라는 말이 생활화 되어 있는 것같지 않았다. 이 민족의 생활풍토에서는 그런 말이 나오지 않는지도 모른다. 나는 이 민족의 협동, 부드러운 생활 분위기 조성에 사과하는 마음씨가 필요하다고 생각할 때가 많다. 그럴 때마다 소학교 시절의 일이 생각나곤 한다. 대인관계가 원활히 진행되지 않을 때 나는 사과하고 용서하는 마음씨가 아직도 나에게 싹트지 않고 있는 것이 아닌가 하고 생각하는 수도 많다.

# 밤 많은 밤

金芝烈

이젠 차분한 밤이다.

벅찬 일들을 정리하고 귀가하는 합승 속에서 창밖의 네온과 소음과 가을바람 속의 군밤 굽는 내음 등을 피부로 느끼며 밤의 거리를 지나서 집으로 향하고 있다.

전혀 계통이 서지 않고 뒤엉켜 버린 머릿속을 마치 구겨진 종이를 펴서 놓듯이 나를 정리해 보려고 애써 보지만 끝내 헛수고가 되어 버리고, 나는 왜 항상 불안하고 복잡한지 모르겠다.

학교가 끝나면, 마음에 드는 친구와 더불어 커피를 마신다. 역시 불안한 마음을 가라앉히고 싶어서…….

둘이는 떠들썩한 분위기의 다방에서 인생을 논하고, 생활을 논하고, 그리고 그림을 이야기하며 시간을 보낸다.

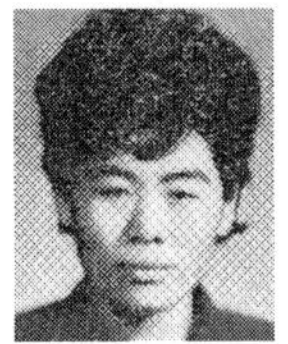

**김지열(金芝烈)** _ 서울 출생(1936년). 서울대학교 미술대학 졸업. 중앙여자고등학교 미술교사. 제8회 국전에 입선. 제9회 국전에 입선. 제11회 국전에 입선. 제1회 신상회전시석 입상. 동회우 피천. 제2회 신상회 출품. 신상회원.

흥분 속에서 되는 대로 떠들고 나면 또 허전한 가슴이 남아 있고, 다방은 조용한 빈 방으로 변하고 갑자기 피곤이 밀려온다. 집으로 돌아가야 하는 시간, 열띤 이야기들은 사라지고, 초라하게 합승을 기다려야만 하는 어제와 같은 일들이 그만 우스워진다. 모든 것이 이렇게 우습고 시시한 것들이라면 과연 나는 무엇인가 먼 곳을 향해 소리치고 싶은 심정은 나만이 아닐 거라고 주위의 모든 사람에게 동의를 구한다.

밤은 내일을 차분히 구상할 수 있는 아늑한 시간이다 시계소리, 12시가 넘으면 내일이 아닌 오늘이 되고, 또 늦지 않게 가야 할 학교를 생각하며 벅차게 내게로 밀려드는 일. 일들을 채 감당하기도 전에 12시가 지나고 내일이 아닌 오늘이 오는 것이다. 나는 잠 안 오는 밤을 내일의 생활을 위해서 눈을 감고 누워버린다.

아침은 8시까지의 등교, 선생님은 지각할 수 없다. 이것은 어느 선생에게나 공통된 임무이다. 선생은 학생 앞에서 떳떳할 수 있어야 하고, 모든 일에 모범이어야 한다.

늘 들어오던 틀에 박힌 말들이 아닌가. 과연 모범이 될 수 있고, 훌륭한 선생이 될 수 있을까. 순간적으로는 될 수 있을 것 같기도 한데, 나는 무엇보다 아침에 일찍 일어나는 일에 많은 신경을 쓰고 있다. 하지만 늦게 자는 버릇이 고쳐지지 않는 한 나는 늦잠의 버릇 역시 고쳐질 리 없다. 아침이면 초조하다. 새로운 생활을 생각해 볼 여유가 없다.

아침은 내게는 초조와 불안의 시간이 될 뿐이다. 이렇게 차분한 밤에 나는 마음껏, 나와의 대화 속에서 지새우고 싶다. 책을 뒤적이며, 무엇인가 생각나는 대로의 단편적인 사건들을 생각하고 그림 구상도 하며, 얼마나 흐뭇한 시간인가.

나는 커피를 마시면 잠을 이루지 못하는 버릇이 있다. 그렇지 않은 사람도 있겠으나 그렇다고 커피를 안 마시는 일은 없다. 밤이면 무엇이

건 치밀하게 생각하게 되고, 밤 새우며 화폭 앞에서 나와의 대화를 계속한다. 한 장의 화폭 앞에서 며칠 밤인가를 지새우고 나면 희미하게나마 몇 가지의 색이 칠해지고 나대로의 형태가 생겨지면, 또 하나의 화폭을 만들기에 온 신경을 쏟아본다.

이렇게 무엇이건 만들어낼 수 있는 밤은 얼마나 고마운 순간들인가.

음악을 듣는다. 아나운서의 음성도 낮의 그것과는 다르다. 가늘게 흐르는 바이올린의 음은 마치 핑크빛 화면처럼 화사하고 감미롭다. 밤의 어두운 공간 속에서 화폭 위에만 불을 비추고 제작하는 동안의 낮의 모든 것을 멀리 두고 온 듯 잊을 수 있는 것이다.

잠을 적게 자는 버릇은 나의 어릴 때부터의 습관이다. 어릴 때는 밤이면 늘 인형을 만들었다. 인형의 얼굴을 그리고 옷을 만들고, 그렇게도 재미있었던 일을 못하게 말리시던 어머니의 무섭던 얼굴이 원망스러워 울기도 했다. 그러나 누가 뭐래도 나는 밤의 조용한 시간에 그림을 그릴 수 있다는 사실이 즐거운 것이다. 늦게 잠들고 나면 늦잠을 잔다는 것은 당연한 일일 수밖에 없다. 이것은 나의 커다란 단점이다. 밤에는 쉬고 낮에는 열심히 일하는 것이 상식이고 보면 내게는 많은 모순이 있는 것이 아닐까.

건강이 좋지 않아서 병원에 다니며 약을 먹고, 약을 먹는 것 역시 즐거운 일은 아니지만 의사의 지시대로 약을 먹으나, 수면부족이라는 진단은 불유쾌한 이야기일 수밖에, 하는 수 없이 나는 내일의 학교생활을 위해서 놓기 싫은 붓을 놓고 잠자리에 든다.

합승 창밖의 가을바람과 군밤의 냄새 등 이렇게 차분한 많은 밤들이 다가오지만 오늘밤 나는 나의 생활과 나의 위치에서 지금보다 더욱 많은 일을 하고 싶다.

# 심야만상(深夜漫想)

徐 仲 錫

밤은 깊었다. 그러나 잠이 안 온다. 차가운 바람이 스치는 소리 때문일까? 뒤적거리던 책을 그대로 펴 놓은 채 이불 위에 큰대(大)자로 누워 멍하게 허공을 더듬는다. 아니 그 무엇인가 나를 집착해 간다.

과거의 회상(回想).

현재의 자아(自我).

미래의 희망(希望).

그 파노라마처럼 머릿속에 스치는 상념들이 이 밤을 뜬 눈으로 예이게 한다.

**서중석(徐仲錫)** _ 함남 출생(본적 서울). 호 경파(耕波). 전문학교 입학자격시험 합격. 봉천학원 정경학부 졸업. 중등교원 검정시험 합격. 서울대학교 문리과대학 정치학과 졸업. 서울대학교 대학원에서 정치학석사학위 취득. 서울대학교 대학원 박사학위 과정 수료. 「대학신문」사 주간. 신흥대학교 전임강사. 단국대학 부교수. 성균관대학교 강사. 한국정치문제연구회 지도위원. 동국대학교 강사. 국학대학 강사. 국가재건기획위원회 정치분과위원. 국가재건최고회의 자문위원. 극동문제연구원장. 북한해방통일촉진회 대공정책위원. 경희대학교 정경대학 교수. 저서 《동양정치외교사》, 《한국외교사강의》, 《극동국제정치사》(上), 《구한말조약휘찬》(上中下).

‘실향사민(失鄕私民)의 한 사람으로서 오늘날 서울에 온 후로 줄곧 대학 교수생활 15, 6여년 동안 나는 무엇을 위하여 어떻게 살아왔는가?’

‘오늘날 나 자신을 수긍하는 이 현실에서 나는 무엇을 위해 더 살아야 되고 무엇을 위하여 더 분투 노력하여야 하는 것일까.

인생관이니 세계관이니 결혼관이니 가치관이니 하는 따위의 풋내기 철학론은 그 옛날 어린 학생 시절에 늘 학우들과 논쟁을 하여 왔던 일이지만 이 밤처럼 나 자신을 사색(思索)의 함정으로 포박(捕縛)하기란 극히 드문 시간이기도 하다.

희망에 부풀어 가슴이 벅차던 학창시절의 그 꿈은 그 어디론가 저 멀리 사라지고 지금은 인생의 값을 헤아리는 자가비판의 순간인지도 모른다.

학문을 즐겨 하는 학도로서 책과 함께 있어야 할 나에게는 이따금 자아에 대한 회의(懷疑)를 느껴야 하는 경우가 있다.

나도 하나의 인생이기에 아내가 있고 자녀들이 있고 매일매일 생활을 유지하여야 하니 말이다. 이것 자체, 즉 이 하나의 회의가 한국적인 것이라고 생각한다면 너무나 슬픈 일이 아닐는지.

그러나 나에게는 슬픔이 없다.

나의 어린 시절이라든가 나의 결혼 이전에 있어서의 환경은 한 마디로 말해서 천고만신(千苦萬辛)의 일륜(日輪)이었다. 조실부모(早失父母)한 고아(孤兒)로서 내일을 위한 현실의 극복이라는 과제만이 나날이 나의 눈앞에 부딪치게 될 때 그 얼마나 역겨움이 많았는가. 그러나 세월은 나를 해결하여 주었고 희망과 용기는 나를 잃지 않았었다. 그 육중한 세월이 수없이 흘러간 오늘에 있어서 나는 나대로 건재할 뿐이다.

말하자면 나에겐 믿음직한 아내가 있고 착실한 아들들이 있으며, 귀여운 딸이 있다. 이 모두가 학문한다는 지식의 열매 이외에 내가 가지고 있는 유일한 재산이요, 나의 보배들이다. 그저 왔다가 그저 가 버리는 인생에게 뜻에 맞고 마음에 맞는 인재를 거느리고 있다는 것은 나로서 만행(萬幸)한 일이다. 남편의 입장에서 또한 아버지의 입장에서 가정을 행복스럽게 만들고 평화스럽게 꾸며 나간다는 것은 인간들이 누구나 가지는 의욕이겠지만 나는 나대로의 흐뭇함을 향유(享有)한다고 느낄 때, 나는 빈축의 대상이 아닐는지…….

광대무변(廣大無邊)한 대자연의 늠름한 모습을 눈앞에 그리면서 나는 나대로 무한한 현실의 추구를 깃삼고 있는 이 밤. 학문에의 충실과 가정에의 충실은 당연한 나의 책무일 것이다. 한 걸음 더 나아가 친분에 충실하고 국가 민족을 위해 정력을 기울인다는 것도 남아의 당연한 사명이 아닐까.

과거를 거울삼고 현실을 극복하며 미래를 더 보람차게 한다는 것만이 지금 이 가슴에 벅차 있을 뿐이다.

밤은 차가운 공기에 휩싸여 자꾸만 깊어 가는데…….

# 이북오도청(以北五道廳)


崔 秉 協


오도청(五道廳)을 찾아 와서 가족이나 친척 친구의 현 주소를 알게 해달라는 사람이 많다. 그들의 가냘픈 목소리가 사무실이나 도지사실(道知事室)에 메아리치게 되자 직원들은 색다른 표정으로 갖은 방법으로 소위 사람 찾기 사무가 시작된다. 해결 안 되는 경우는 해당 시·군민회와 연락하거나 기관지 「이북공보」(以北公報)를 이용해서 어디까지나 만족을 주도록 힘쓴다.

차마 마음 없이 보아 넘길 수 없는 현상의 하나는 양로원에 꼭 넣어 줘야 하겠다는 간청이다. 딴은 그럴 것이 40대에 실향하고 남하한 사람들은 60대가 되었는데 그중 단신 적수공권(赤手空拳)으로 피난해 온 사람들은 의탁할 데가 없어서 양로원을 희망의 등불로 꿈꾸고 도지사실을 노크한다는 것이다.

**최병협(崔秉協)** _ 사범학교 졸업. 일본에서 사범교육 연구. 오사카매일 신문 현상논문 2등 당선. 함북, 경기, 충청 각도에서 교육행정 및 지방행정 종사. 농촌신문사 사장. 농촌문제 연구. 함경북도 도지사.

8.15해방 전까지는 우수한 교사였던 사람이 지금은 양로원에서 여생을 의지해가며, 외국 유학까지 하고 실업계에 활약했다는 사람이 두메산골 토굴 속에서 긴 한숨으로 기한(飢寒)을 피해간다는 얘기…… 등등. 이와 비슷한 애화(哀話)는 얼마든지 있어서 허수름한 오도청사의 내외에 서글픈 안개가 가시지 않게도 한다.

"도대체, 남북통일은 언제나 되는 겁니까! 기다려도 암만 기다려도 통일에 대한 좋은 얘기라곤 얻어 들을 수 없잖아요. 저는 그저 우리집 동산 및 샘물을 한 모금 마시고 이 세상을 떠났으면 한이 없겠습니다. 이깔나무 냄새가 섞인 고향, 흙에 뺨을 꼭 대고 죽었으면 얼마나 행복스럽겠습니까. 두고 온 가족들은 갖은 고역을 당하다가 어떻게 되었는지……."

백발이 성성한 머리를 쓰다듬으면서 낙루(落淚)하는 사람의 얼굴에 채색한 빛이었다.

"대구시 변두리 움집에서 와병중(臥病中)인 노처(老妻)의 경과가 좋지 못한 것을 두어 두고 하경했는데, 돌아갈 여비도 떨어졌으니 약도 못 구하고 여관에선 붙잡고 못 내려가게 하잖아요……."

한 거품의 동정을 구하는 사람은 천석꾼이었다는 얘기도 하면서 울부짖고.

"아내는 남의 집 식모, 저는 실직 이래 한 푼의 수입도 없고, 두 아이는 영양부족으로 쇠약해 가고 이제 더 연명해 갈 길이 너무도 막연합니다. 결혼식장을 돌아다니면서 답례품 훔치기 해서 호구(糊口)하다가 들켜서 갖은 모욕을 당하고, 화신백화점 옥상에서 자살하려던 순간, 지치고 여윈 두 아이의 모습과 우는 목소리 때문에 집에 돌아왔지요……. 저는 여명(餘名)이 없는 놈입니다만, 아내와 두 아이만은 고향 수복 때 부디 데려다 주시기만 바랍니다……."

운운의 글월이 모 지사실에 배달될 때엔 초동의 쌀쌀한 황혼이 짙어 갔다.

동백꽃 소식에 봄을 느끼고 목련화 봉오리가 부풀어진다는 계절이 나 소슬한 바람에 코스모스가 웃음을 자랑하게 되면 낭만적이라 할 기쁨을 감출 수 없다는 듯, 싱글벙글하면서 오도청을 찾아오는 귀빈들이 있다. 그것은 오도지사들을 상징적 존재로 믿는 피난민 자녀들의 결혼식 주례 부탁이다. 누가 들어도 분홍색 향기가 풍기는 얘기지만, 여기에까지 면면한 애화가 가시지 않는 것은 어쩔 수 없는 노릇이다.

"○님 비용에 쪼들린 나머지, 결혼식장에서 버젓이 할 길이 없어 무슨무슨 집 대청에서 주례님을 모시고 가족끼리 치를 텐데, 어떨까요……."

그리고 말문을 닫아버리는 일도 있으니 기쁜 소식이라기보다는 차라리 애절한 소식이라고 해야겠다.

난민들의 신원보장, 학력보증, 취적수속, 취직에 관한 보증…… 등 갖가지 증명서를 발급하는 사무는 상당한 건수에 달하는데, 그런 서류의 지저(紙底)에까지 애수가 숨어 있다면, 모를 얘기라고 할 사람도 없지 않을 것이다.

도·시·군민회 등의 조직, 자녀들의 장학회 반공사상(反共思想) 고취(鼓吹)를 위한 강연회 등 각종 행사에도 서글픈 분위기는 가실 적 없으니 38선은 원한의 준령(峻嶺)인가, 저주스런 악마의 지경이란 말인가. 3백만 월남민과 오도청의 운명적인 죄책이런가.

이상 이야기한 그대로 오도청의 언저리는 애수의 안개가 몇 겹이고 감싸고 있는 듯하다. 이 안개는 남한구도(南韓九道) 방방곡곡에 산주(散住)하는 300만 피난민들의 체취(體臭)와 총화(總和)라고나 할까? 고동(鼓動)의 연쇄(連鎖)라 할 수도 있으리라. 오도청에서는 피난민들로 하여금 한갓 향수의 감상에만 사로잡힘이 없이 반공자유민으로서 조국통일에 대한 왕성한 의욕으로써 각기 천직에 전력케 하기 위한 고무장려(鼓舞獎勵)의 일책으로서 기관지 「이북공보」(以北公報)를 매월 발간하여 배부하고 있다.

개청 10년의 역사를 가진 오도청은 금년부터 무게 있는 새 업무에 착수했다. 꿈 같은 애기지만 당장 명일이라도 국토가 통일된다면 일반행정 사무서부터 토지문제 등에 이르기까지 대한민국의 모든 제도를 모델로 한 재편성을 어떻게 하느냐 하는 업무의 제1차 결론을 오는 8월 15일까지 내게 되었다는 것이다.

정부에서는 내외 여러 가지 정세에 비추어 지난 6월 25일 이북 오도 시·군에 명예시장·군수를 임명했다. 이는 비단 오도실향민들만이 아니라 온 국민의 환영을 받고 있는 적절한 시책이어서 소망적인 새벽빛이 오도청을 둘러싸게 되었다고나 해 두자.

# 용주사(龍珠寺) 유기(遊記)

元 鍾睦

옛날에는 잡목 우거진 오솔길이었을까. 아니면 뽀얀 먼지 이는 황토길이었을 거다. 귀하신 몸들이 땀을 흘리며 교자에 탔다 내렸다 하시며 이 길을 지났을 거다. 그러던 이 길을 나는 현대식 이기를 타고 깨끗하게 포장된 도로 위를 옛날 임금보다 편하게 가고 있다.

희뿌옇게 흐린 날씨였으나 차가 수원에 닿자 날씨는 구름 한 점 없이 맑게 개였다. 수원에서 8km쯤 평택쪽으로 가다가 다시 서북향으로 1km쯤 떨어진 곳 넓은 잔디 위, 나목이 울창하게 들어선 숲 사이에 웅장한 절이 자리잡고 있다. 조선 22대 정조대왕께서 용주사라 하시고 애절하게 세상을 떠나 가신 부왕(사도세자)의 넋을 위로하기 위하여 새우셨다고 한다.

이른 봄인 탓인지 이 절을 찾는 이 별로 없는 듯 절 안은 죽은 듯 조용

**원종목(元鍾睦)** _ 강원도 출생(1937년). 연세대학교 졸업. 미래사(未來社) 대표. 주식회사 신한실업 업무이사. 국제승강기주식회사 대표이사 사장. 신한엘리베이터 주식회사 전무이사. 동양엘리베이터주식회사 대표. 편역서《빛과 어둠 속의 나이팅게일》,《토스카니니》,《여자고교생》

하나 숨이 막힐 듯 웅장스럽게 대웅전이라 쓴 현판이 눈 앞에 꽉 들어선다. 대웅전 왼편에는 높이 1.5m, 무게 25톤 동으로 만든 종이 웅려한 전체미를 자랑하며 달려 있다(이 종은 용주사의 전신인 신라 문성왕 16년에 갈양사가 창립될 때 만들어진 종이라 한다). 오른편에는 이름 없는 큰 북이 순례자의 시선을 많이 모으고 있다. 그 색채는 오히려 가공의 조화를 이루어 친근감을 더해 준다. 누구의 안내도 필요 없이 대웅전 안으로 고개만 밀었다. 아까 들어올 적에 사찰 입구에 대웅전 탱화가 단원 김홍도의 그림이라 쓴 설명판을 보았기에 우선 아는 것부터 눈에 익혀 보고 싶었다. 어느 것 하나 아는 것 없는 문외한이련만 이상스럽게도 그림과 부처님이 잘 조화를 이룬 것 같다. 이것 저것 무엇이든지 설명을 들었으면 싶었지만 뒤따르는 부녀자들이 앞을 다투어 들어선다. 향을 꼽는 이며, 굽신굽신 참배를 드리는 할머니며, 어떻게 생각하면 맹목적인 것 같기도 했으나 얼굴마다 지은 표정들은 '저렇게 경건해질 수 있을까' 하고 생각했으나 그 티 없는 선의의 진심엔 나도 모르게 머리가 숙여졌다.

알지 못하는 호기심이 나를 사로잡을 것 같았지만 그렇다고 대웅전 안에 들어가 참배할 용기도 없었다.

불교는 우리나라뿐 아니라 세계 역사상 가장 오랜 종교로 알고 있다. 고구려 소수림왕 2년에 순도스님이 전래했다니 그 전통과 역사는 짐작이 가고도 남음이 있다. 전통이 오래인 만큼 이 종교가 우리 민족에 정치, 경제, 문화에 끼친 영향이 자못 컸던 것이며, 오늘날 이나마의 터전을 보존하기까지에는 기라성처럼 늘어놓을 숱한 사연 곡절이 있으리라.

봄맞이 아지랑이가 잔잔히 서리는 잔디 위에 옹기종기 몇인가 점심을 꾸려 온 봇짐을 만지작거리며……

"그래도 경우는 밝아 대처승이."

"사람이 이렇게 찾아왔는데 얼굴 하나 내미는 중도 없군."

"대처승이라면 밥이라도 팔겠다고 얼굴이라도 내밀지 않겠어."

"신경 쓸 것 없네. 중은 옛날부터 절 받아 가며 건방지게 먹고 사는 직업이야."

"그래서 천상천하에 유아독존일세."

"천상천하의 무위도식이야……."

어떤 뜻의 얘기인지는 잘 모르겠으나 얘기를 모아 보면 대처승은 처세에 밝다는 얘긴지…… 비구승은 공부에만 열중한다는 얘긴지…….

나는 자리로 돌아오며 이런 생각도 해 보았다.

이 웅장한 사찰 하나가 세워지려면 지금과 같이 현대식 중기도 없었던 옛날에 얼마만한 돈과 얼마만한 인력이 동원되었을까? 다시 말해서 주위의 백성들이 좋았던 나빴던 얼 만큼의 세금과 얼마나 어려운 부역을 겪어야만 했을까, 또 이 절을 짓기 위해 슬픔과 괴로움과 즐거움과 기쁨이 어떻게 얽혀졌을까……?

굵다란 기둥에 억눌린 주춧돌을 어루만지며 잠시나마 깊은 생각에 잠겨 보았다. 앞에서 얘기한 대화도 그냥 넘겨 버려야 할 얘기만은 아닌 것 같다. 자유당 이래 세간에 물의를 일으켜 온 비구 대처간에 싸움(사찰정화)에 정부의 권력을 끌어들였다는 오해며 해가 바뀔 때마다 문화재보호니 불교재산이 민족의 역사적 유물이니 하는 얘기 따위에만 세월을 보내야만 했을까……? 이보다 앞서 사찰정화를 위한 해결책은 없을는지?

며칠 전 나는 어떤 친구로부터 포교당과 선원은 구별되어야 한다는 말을 들었다. 경우 밝다는 대처승, 공부에만 열중한다는 비구승, 아이러니한 얘기 같지만 어떻게 하면 잘 될 것 같기도 하다. 사찰 운영도 정부의 보조 없이는 어려운 것인가? 불교적인 권위나 존엄만 내세워 가지고 과연 대중 속으로 깊이 뿌리박을 수 있을까? 고작 들린다는 소문이 사찰 변두리에 유흥장이나 만들어 놓고 도시탕아들의 주머니나 노린다는 일부의 혹평을 혹평으로만 받아들여야 할까? 포교도 되고 사찰 운영에도 도움이 되는 재미있는 사업은 없겠는지 물론 여러 가지 기회도 우리가 이해 못할 애로 때문에 결실을 못 본 것이 많겠지만 우선 가까운 곳에서부터 손써 주었으면 좋을 것 같다.

사찰순례관광이라든가 외국관광객들의 사찰관광안내 알선 등 정부에 건의하여 사찰의 기득권이라도 인정받아가며 이상적인 것도 찾아보자. 사찰을 찾아가는 순례자들이 귀를 의심할 정도의 음담이나 저속한 유행가의 노래자랑보다 고승들의 일화나 사찰의 재미있는 전설이라도(유머러스하게) 들려주도록 종단(宗團) 같은 곳에서 손을 써 준다면 불교에 대한 인식도 달라질 뿐더러 사찰을 찾는 이의 마음가짐이 훨씬 개운해질 것 같다.

흔히 말하는 종교가 지나친 겉치레 주의의 탈을 썼다면 이것도 역시 대중을 위해서 베일을 벗겨야 할 때가 왔다고 본다.

종교란 비인격적인 절대자와 인간과의 대화만으로 끝나야 된다고는 생각하고 싶지 않기 때문이다.

# 비닐 우산

千鏡子


지난 해 이맘 때 나는 수차례 김포가도를 왕래했다.

어떤 화려한 국제선이 아닌 K시에서 돌아오는 쫑쫑이 아버지를 마중 나가는 일이었다.

어느 날은 보슬비가 내렸다.

보슬비 내리는 날의 김포가도는 나에게 즐거운 추억을 심어주었다.

뭐가 즐거웠느냐 하면 파란 논두렁 위에 수 미터의 거리를 두고 띄엄띄엄 움직이는 비닐 우산의 대열을 보는 즐거움과 그걸 부질없이 헤어가는 재미였다.

호분(胡粉)을 섞은 듯한 보라, 노랑, 분홍, 하늘색, 초록색 우산들이 나팔꽃 모양으로 활짝 피어 심심찮게 지평선을 누비고 있었다.

아마도 논 매는 농부들이리라.

**천경자(千鏡子)** _ 전남 출생. 동경여자미술전문학교 동양화과 졸업. 전남여자고등학교 교사. 광주사범학교 교사. 홍익대학 동양화 교수. 선전(鮮展) 등에 출품 다수. 대한미술협전에서 대통령상(정) 수상. 국전 추천작가. 모던아트협회 회원. 국전 심사위원. 일본에서 개인미전 개최. 저서—수필집 《여인소묘》, 《유성이 가는 곳》

그냥 망가지는 그 보잘것 없는 비닐 우산도 그와 같은 각도에서 보면 풍류와 서정을 풍겨 준다. 얼마 후에는 비닐 우산이 사라지고 새로운 것이 나타나 판을 칠 시대가 올는지도 모른다. 그럴수록 무언지 비닐 전성시대인 지금이 좋은 것 같고 그러한 의미에서 가는 세월이 부질없이 느껴지기도 했다.

빌딩가 복판에서도 갑자기 소나기가 쏟아지면 "우산이요, 우산." 우산 장수가 기다렸다는 듯이 어디선가 몰려나온다. 약삭빠른 상혼이 얄밉긴 하지만 웬일인지 싫지 않다.

그러한 느낌 때문에 내 작품 세계에도 비닐 우산이 모델이 될 경우가 많다.

공연히 인물이나 꽃 옆에 비닐 우산을 곁들여 보는 것이다. 올해는 지난 해보다 빨리 장마철이 온 것인지 비가 내리고 있다.

우리집 화초도 내 마음도 뭔가 싱싱해진 기분이다.

김포가도의 논두렁 길에 피는 비닐 우산의 대열을 한 번 더 보고 싶다.

그런데 요즘 쫑쫑이 아버지는 비행기보다 기차를 많이 이용한다.

비닐 우산의 멋을 잃어버린 탓일까……

# 연애(戀愛)와 결혼(結婚)

俞 鎭 午

제목은 커다랗게 걸어 놓았지만 사실은 연애란 무엇이냐에 대하여 나는 어떻게 대답하여야 옳을는지를 모르는 사람이다. '연애'는 '사랑'과 달라서 반드시 이성간에 이루어지는 것이라는 것만은 확실하지만, 천태만상으로 벌어지는 연애의 모든 변화상을 다 포괄할 수 있는 정의를 나는 모르는 것이다.

그것은 그렇다 치고, 나 자신의 생애(生涯)를 돌아다보아, 내가 제법 연애다운 연애를 한 일이 있다고는 생각되지 않는다. 16, 7세 때 길가 우물에 가끔 나와 빨래도 하고, 무 배추도 씻고 하던 동네집 소녀에게 대해 무엇이라 형용할 수 없는 안타까움을 느끼던 심정이 가장 연애의 이상형에 가까운 것이었다 할까.

어쨌든 내가 도서를 그려(그 때 등꽃을 사생하였다) '병(丙)'을 맞아 보기는

유진오(俞鎭午) _ 서울 출생(1906년). 호 현민(玄民). 경성제국대학 법문학부 졸업. 보성전문학교 교수. 고려대학교 교수 및 정치대학장. 법제처장. 고려대학교 대학원장. 전시연합대학 총장. 한일회담 대한민국 대표. 고려대학교 총장. 명예 법학박사학위 수득. 한일회담 수석대표. 대한교육연합회 회장. 국민운동본부장. 저서 《헌법해의》, 수필집 《구름 위의 만상》 외 다수.

전무후무(前無後無), 그 때 꼭 한 번이었다.

그 시절, 나의 집에 시골서 올라와 모 학교에 다니던 일갓집 학생이 있었다. 공부도 잘하고, 품행도 좋아서 반장을 하고 있었는데 학교 앞 골목에 있는 구멍가게 집 딸한테 반해서 그 색시한테 꼭 장가를 들겠다 하였다. 어째서 혼담이 성립되지 않았는지는 지금 기억이 없지만 어쨌든 그 때문에 그 학생은 공부가 손에 잡히지 않아, 그 때까지 우등이던 성적이 일락천장(一落千丈), 끝에서 두서너째가 되고 말았다.

이 학생의 경우는 장가들 생각까지 한 점으로 보아 나의 경우보다는 훨씬 실제적이었다 하겠으나, 역시 연애의 이상형에 가까운 한 예가 아닌가 싶다. 결국 청춘남녀의 대부분이 가슴을 태우는 연애라는 것은 현실세계의 남녀간에 실지로 있는 것이라느니보다는 관념세계에 있는 것이 아닌가 하는 것이 나의 연애관이다. 사람이란 자기가 가지고 있는 어떤 이상의 이성상을 그리워하는 짓에 불과하고, 실지로 남녀간에 성립되는 연애라는 것은 연애 이외의 여러 가지 요소가 결합된 혼합물이 아닌가 한다.


1952년 겨울 뉴욕에 갔을 때 우연히 나는 그곳에 있는 우리나라 여학생 몇 명과 하루 저녁 환담하는 기회를 가졌었다. 젊고 명랑하고 예쁘게 생긴 여학생들이었다. 나에게는 모두 초면이었지만, 그날 같이 갔던 임병직(林炳稷) 씨는 그 중의 몇 명과 숙친(熟親)한 사이어서 곧잘 농담을 주고 받고 하였는데 어쩌다가 "인제 색시들 어서 좋은 사람 찾아서 빨리빨리 결혼을 해야지" 해 버렸다.

그랬더니 "아이구 그런 이야긴 그만 두세요. 결혼은 무슨 결혼이에요."

여학생들은 이구동성(異口同聲)으로 외치다시피 임병직 씨에게 항의

하였다. 여학생들을 둘러보면, 나는 그들이 그런 소리를 하는 것도 무리가 아니라 생각하였다. 용모로 보나 무엇으로 보나 남성들한테 시달림깨나 받게 생긴 그들이었으니까. 그래 내가 개입하였다.

"결혼을 빨리 하고 안 하고 하는 문제는 덮어 두기로 하고 내가 한 가지 묻겠는데 우선 지금 여러분이 아는 남성들 중에서, 그래도 제일 났다고 생각되는 사람을 각각 마음 속으로 골라놓고 대답하시오. 여러분이 그에게 결혼을 청한다면 성공할 자신이 있소?"

"물론 있지요."

이번에도 또 이구동성(異口同聲)이다.

"그러면 한 가지만 더 묻겠소. 10년 후, 20년 후 여러분이나 그 남성이나 그 때까지 결혼을 안 했다 가정하고, 그때에도 여러분이 말만 하면 저편에서 응할 것으로 생각하오? 그 때에도 결혼 상대를 여러분 마음대로 고를 수 있을 것으로 생각하느냐 말이오."

이번에는 대답들이 없었다. 나는 말을 계속하였다.

"이상적인 결혼상대라는 것은 세상에 없는 것이오. 이상적인 상대를 머리에 그리면서 결혼을 늦추는 것은 맥(貘)이라는 동물이 꿈만 먹고 산다는 이야기와 같은 것이오. 지금 여러분은 여러분이 결심만 하면 누구하고든지 곧 결혼할 수 있다고 자신있게 말했는데, 10년 후가 되면 그것이 그렇지 않게 된단 말이오. 그 때에는 여러분이 마음을 작정해도 아마 저편에서 듣지 않을 것이오. 여러분보다 10년, 20년 젊고 예쁜 여성들이 우글우글할 테니까."

"누가 10년, 20년 결혼 안 한다고 그랬나요."

누군가가 그렇게 외치다시피 해서 좌중은 웃고 말았지만 나는 내 말이 확실히 그들에게 어떤 충격을 주었다고 생각하였다.

그 후 몇 달 안 가서 그날 밤 그 자리에 있던 H라는 여학생이 자기보

다 거의 40년이나 나이가 틀리는 남자와 결혼했다는 소식을 들었다. 그
날 모였던 여학생 중에서도 가장 미모가 뛰어나고, 가장 다재다능했던
H가……. 나는 일종의 충격을 느꼈으나, 그들의 행복을 비는 외에는
다른 아무 할 일도 없었다.

# 가을

崔 季 煥

풍 요한 결실의 가을.

높은 하늘 아래 황금의 물결이 출렁이는 벌판에서 벼 이삭과 함께 가을이 영글고 있다. 모진 비바람을 겪은 '벼알' 이 오손도손 속삭이는 이 가을이 오면 내 고향 이웃집 할아버지의 깊은 주름살이 스스로 펴지고 만면엔 희색이 가득할 것을…….

푸르고 맑은 하늘엔 솜처럼 하이얀 구름이 다믄다믄 쉬어 있고 단풍으로 수놓아질 산과 들에는 고독이 깃든다.

덧없이 흐르는 세월.

삶의 보람을 아쉬워하는 내 젊음 위에 한해 또 한해 연륜이 거듭될 때, 내 마음은 한낱 낙엽처럼 쓸쓸해지는 것.

**최계환(崔季煥)** _ 경기 장단군 출생. 호 단계(丹溪). 건국대학교 국문과 졸업. 인창고등학교 교사. 서울중앙방송국 아나운서. 문화방송국 아나운서실장. 제18회 세계올림픽중계(일본). 제일교포위문공개방송(일본 名古屋). 제12회 서울시문화상 방송부문 수상. 라디오서울 아나운서실장. 중앙라디오 TV 보도부장. 서라벌예술대학 방송과 강사. 저서《방송입문》,《아나운서 낙수첩》

메마른 도심. 분주한 거리.

온종일을 책임에 얽매여 있는 현실 속에서 내가 나를 되찾을 때면 의례 아쉬운 건 대자연의 포옹(包擁).

간들어진 고선(孤線)을 그으며 산들산들 스쳐가는 가을바람 따라 아련하게 자연(紫煙)이 사라질 때에는 내 곁엔 그리운 사랑이 아쉽다.

오랜 왕조의 끈덕진 얼을 따라 '농자(農者)는 천하지대본(天下之大本)이라'고 하여 왔는데 도시민과 농민은 이해의 빙각(氷角)을 이룬다. 정말 결실기의 보람찬 그 풍물은 농민의 것이어야만 할까.

근대화 내지 현대화의 물결은 이 가을에도 밀려 왔는데 '잘 살아 보자!'는 구호도 항상 메아리치고…….

그러나 인심은 해마다 풍년과 흉년으로 들떠 있으니 세속에 물들지 않은 착한 농부들의 피와 땀은 너무나도 아쉬우면서 가련한 것.

그러나 가을이 영글어 가는 농촌의 풍경은 도심에 파묻힌 나의 고향이다.

오곡백과(五穀百果)가 무르익는 나의 고향이 있기 때문에 나는 가을의 참을 알고 가을의 맛을 알면서 살아간다.

# 잡감(雜感)


李圭復


8월 1일, 무더운 날씨였다. 14년 만에 불란서에서 귀국하는 죽마지우(竹馬之友)를 마중하러 김포공항에 갔다. 정시에 착륙한 비행기에서 기다리던 김형이 건강한 모습으로 트랩을 내려오고 있었다. 고국땅을 밟은 첫 인상을 물어보았더니 기후가 너무 덥다는 것이었다. 이상한 인상이라 생각하여 불란서의 기후를 물어보았더니 거기서는 옷장에 항상 춘하추동복(春夏秋冬服)이 준비되어 그날의 기후에 따라 옷을 갈아입는다는 것이다. 2월에 꽃이 피는가 하면 5월에 서리가 오고 12월, 1월에도 유리 창문을 열어 놓고 잠을 잔다고 한다. 두터운 외투(外套)를 입는 날이 거의 없는가 하면 여름이라 해서 와이셔츠에다 넥타이를 벗는 날이 없다는 것이다.

8월 7일, 우간다에서 3년 만에 귀국하는 분을 만났다. 아프리카에서

**이규복(李圭復)** _ 강원도 강릉 출생. 고려대학교 대학원 졸업. 단국대학 법과 및 정치과 주임교수. 홍익대학 강사. 고등고시위원. 3급공무원 채용시험위원. 3급공무원 승진시험위원. 사법고시위원. 한양대학교 법정대학 교수. 숙명여자대학교 정경대학 강사. 동국대학교 법정대학 강사. 저서 《헌법》, 《행정법학(총 · 각론)》, 《각국정부론》, 《신헌법》, 《법학통론》, 《비교정부론》 외 논문 다수.

오는 분이어서 우리나라에 오면 그래도 선선한 기후일 거다 생각하여 역시 우리나라의 기후가 좋지요, 하고 물었더니 김 박사께서 이렇게 더운 줄은 몰랐다고 한다. 우간다에서는 춘하추동의 구별이 없다는 이야기다. 한대(寒帶)도 아니고 열대(熱帶)도 아닌 그러면서도 춘하추동의 구별도 없는 기후, 참으로 좋은 기후가 아니겠는가!

돌이켜 우리나라의 기후를 반성할 때 5월과 10월을 빼놓고 우리는 기후에 무관할 수 없다. '염천(炎天)의 여름' '혹한(酷寒)의 겨울' '바람의 봄' '있고도 없는 듯한 가을' ……, 빈곤 가운데 기후에 좌우되는 우리의 생활! 참으로 어처구니 없는 우리나라의 지정학적 조건에다 기후마저 불행일진대 정녕 대한민국은 버림받은 존재인가를 생각함은 잡감(雜感)이라고만 자위(自慰)할 수 있을 것인지!


얼마 전 어느 지명인사의 초대를 받아 우리나라의 저명하고도 지도적 지위에 있는 20여 명의 명사들이 한 자리에 모여 즐거운 향연(饗宴)이 베풀어졌다. 미기미주(美妓美酒)에 옥반가효(玉盤佳肴)……. 시간이 흘러 점점 취기가 돌 무렵 여흥이 벌어졌다. 처음에 지명된 어느 인사가 멋진(?) 노래를 불렀다. 박수로 재창을 요청하니 또 한가락 일본 노래. 다음 인사도 일본의 가락. 세 번째도 일본 노래……. 어안이 벙벙하여 내 옆에 앉은 기생에게 "우리 밖에 나가서 이야기나 합시다"고 요청하였더니 쾌락(快諾)하기에 잔디밭 의자에 앉아 고요히 비쳐주는 달빛을 안고 우선 몇 마디 질문을 하여 보았다.

"미스 정은 이 집에 온 지 얼마나 되었소?"

"네, 약 2년이 됩니다."

"그러세요. 그럼 이 집에 오시는 손님은 대체로 우리나라에서도 고관대작(高官大爵)이거나 저명인사들일 텐데 그분들과 술자리에서 대하는 인상은 어떠신지?"

"네, 저도 처음에는 상당한 기대와 존경심을 가지고 마음 속으로 모시고 하였지만 지나고 보니 실망뿐이에요!"

"그건 어째서 그렇지요?"

"요즈음 특히 외국 손님, 그중에서도 일본 사람들이 많이 오는데 일본 손님과 같이 오는 한국 사람에게는 신물이 날 지경으로 못마땅해요. 그들의 교태(嬌態)와 무정견(無定見)과 가부적(呵咐的) 행동에는 구역질이 납니다……."

"아아 그러세요, 한심한 일입니다. 정치인들도 많이 오실 텐데?"

"그럼요, 많이 오십니다. 한 분도 존경할 분이 없어요. 돈이나 감투라면 그만인가요, 인간으로서 사람다워야 되지요. 정말 한심해요. 그런 사람들에게 우리 국민의 모든 것을 맡기고 그래도 기대를 하고 있으니 차라리 아무것도 모르고 기대하는 백성들의 입장이 우리(기생)보다 나을 거예요."

이런 대화가 오가는 중에 주연(酒宴)이 끝나는 듯 한 사람 두 사람 자리에서 일어나기에 나도 옷을 입고 집으로 돌아왔다.

때때로 미스 정이 하던 말이 생각난다. 어떻게 하면 진정한 주체의식(主體意識)의 확립을 이룩할 수 있으며 어떻게 하면 빈곤을 하루 바삐 물리칠 수 있을 것이며 어떻게 하면 진정한 지도자를 선출할 수 있겠느냐고……. 잡감은 주마등같이 오고 간다.


우스운 일이다. 진리와 불의가 때때로 상통하는 것을 볼 때 회의(懷疑)는 체념으로 바꾸어진다.

듣기에 저 분은 왜정 때 친일분자였다는데 해방 후부터는 곧잘 애국심을 부르짖고 무엇이 일본식이니 그럴 수 있느냐 하고 제법 비판을 가

하기도 한다. 물론 친일하였기에 무엇이 일본식이고 아닌지를 잘 알 것이지만, 그렇다고 '당신이 그런 소리 할 수 있소' 하고 나무랄 수도 없는 오늘의 환경이고 보면 얽히고 설킨 함수관계를 비단 이런 한 가지 점을 지적할 수도 없을 것 같다.

현실적으로 비애국자(非愛國者)가 대중 앞에서 애국을 부르짖고 의젓이 부정을 감행하면서 수하자(手下者)에게는 공정과 양심을 외치는 데는 입산수도가 아니면 염세자살의 생각마저 기꺼이 택하게 될 것 같다.


어느 날 노정객 한 분이 기막히면서도 엄연한 현실이라면서 '감투' 쓰는 비결이랄까 출세성공의 지름길에 대하여 두 가지 내용을 지적하는 것을 들은 일이 있다. 그 하나는 자주 찾아뵙는 일이요, 다른 하나는 많은 공물(貢物)을 바치는 것이라고…. 그 노정객은 자기에게 그렇게 말한 사람이 지금 이 세상을 떠났지만 그 사람은 그러한 방법으로 출세하고 감투를 쓰는 것을 보았다고 말하면서 쓴웃음을 짓는 것을 본 일이 있다.

곰곰이 생각하면 그것이 출세의 비결이라기보다 하나의 진리일지도 모른다.

그러나 이와 같은 진리가 현실적으로 작용하거나 실천될 때에는 그 나라는 부패되고 망할 것이 뻔하다. 간신배(奸臣輩)들의 수법이기 때문이다. 자기가 자기를 믿고 자기를 존중히 하는 자가 그런 수법을 쓸 리 없으니 왈(曰), 충신형이 기용될 리 없다. 이런 망국의 폐단을 없애는 유일한 방법은 일체의 등용을 엄격한 시험에 맡기도록 하자는 주장도 잡념이라고만 탓할 수는 없을 것 같다.


굶주림에 허덕이면서도 내일을 위해서 양심을 지키고 생각하는 사람들에게 주어지는 유일한 대가는 신경쇠약(神經衰弱) 밖에 없다. 조간 석간의 몇 가지 신문을 보아야 하고 라디오의 다이얼을 이곳 저곳으로 돌리며 들어야 하고 대인관계가 이해관계에 위해서 좌우되고 면종복배(面從腹背)에서 남을 욕하고 멸시할 줄은 알아도 돕고 칭찬할 줄 모르는 사회에는 불신만이 감돌아 생활은 약육강식화(弱肉强食化) 될 수밖에 없다.

양심을 지키고 법을 지키는 선량한 자가 가난하고 약자의 지위에 있게 되면 사회의 부패와 국가의 장래는 고사하고 우선 그들이 지니는 유일한 재산은 사색이 아닌 잡념과 신경쇠약뿐이다.

내가 쓴 이 글도 잡념의 소산이요, 지금까지의 생각도 이념이나 사상이 아니고 잡념일지도 모른다. 잡념이 틀림없다면 나는 분명히 신경쇠약의 환자일 게다. 동시에 약자임에도 틀림없다. 아는 것이 힘이 아니라 아는 것이 병일지도 모른다. 그렇지만 스스로를 저버리는 인간이 그만큼 불쌍하고 지저분하고 무가치하다고 인정한다면 약자니 신경쇠약(神經衰弱) 환자니 할 것보다 넋두리 또는 누구나 가지는 순수한 의미의 잡념이라 규정해 두고 내일을 위해 오늘을 지키고 걸어가기로 다짐해 두자.

# 사형수 303호

徐柱演

염라국(閻羅國)에의 길목에서 수문장 노릇을 한다고 할까. 참으로 꺼림칙하고 우울해지는 이야기가 있다. 다름 아니라 사형수(死刑囚)의 집행에 입회하여 그 최후를 지켜봐야 하는 일이다.

아무튼 한 인간의 팔팔한 목숨을 강제로 끊어가는 숨 막히는 과정을 어떤 비정의 거리에 서서 지켜보아야 한다는 것은 결코 즐거운 일일 수 없는 것이다. 미국 싱싱형무소에서 다년간 재직했었다는 한 전옥(典獄)의 말에 의하면 그의 재직중 집행된 사형수 114명의 형장에 초대된 판검사 중 실지로 집행에 입회한 사람은 단 한 사람도 없었다 하니 그 사실을 알고도 남음이 있다 할 것이다. 비록 법정에서야 아무리 법의 지상명령에 따라 극형을 구형하기도 하고 혹은 언도하기도 하는 판검사라 할지라도 어찌 일말의 인간적 동정이 없겠는가? 그래도 법정 안에

**서주연(徐柱演)** _ 경남 거제군 출생(1920년). 아호 지헌(砥軒). 니혼(日本)대학 법과 졸업. 부산지방법원 판사. 부산지방검찰청 검사. 대구지방검찰청 부장검사. 대구고등검찰청 검사. 전주지방검찰청 검사장. 서울지방검찰청 검사장. 제2회, 제3회, 제4회 사법시험위원. 대검찰청 검사. 저서《수사실무》, 수필집《검사의 체온》

서는 절대적 사명감에 충실했었다는 구원의 여지도 있다 하겠지만 일
단 법정 밖으로 나온, 더욱이 형장에 입회하는 마당에서까지 여전히 어
떤 절대적인 것에 쫓아서만 움직이라는 것은 마치 판검사에게 일체의
인간 속성을 포기하라는 것과 다름이 없다 할 것이다.

적어도 그 순간만은 어느 검사라 할지라도 검사된 현실을 팽개쳐 버
리고 싶어지는 때인 것이다.

검사생활 20여 년의 내가 입회해야 했던 사형집행도 이젠 두 손가락
으로는 다 헤아릴 수 없을 만치 되었나 보다. 웬만하면 면역(免疫)도 됐
을 성싶지만 도무지 이것만은 면역성이 없는 괴질(怪疾)인 것 같다. 겨
우 조물주의 은총을 기다려 '망각(忘却)'의 등 뒤에 몸을 숨길 밖에 도리
가 없는 것이다. 편리한 피신처는 알고 있다고 할까? 그러나 그러한 숨
막히는 경험이 일상생활의 분망(奔忙) 속에서도 끈덕지게 투영(投影)되어
온다면 과연 어떤 강심장이 그것들을 배겨날 것인가?

연전에 〈나는 살고 싶다〉라는 외화가 상영된 일이 있었지만 아무리
그 영화의 연출 의도가 훌륭하다고 감동을 받았던 사람이라도 아마 그
소상하게 묘사한 가스 사형의 화면만은 두 번 다시 보기를 원치 않았을
것이다. 누구나 한시라도 빨리 잊혀지기를 원했을 것이다.

그런데 내게는 망각의 생리에 따라 주지 않는 예외적인 회상이 있다.
여러 해가 지난 지금에 이르러서도 걸핏하면 불쑥 떠오르는 광경……,
너무 생생하게, 너무 절실하게 떠오르는 이 기억으로 해서 나는 번번이
도지는 아릿한 아픔을 새롭게 경험해야만 하는 것이다.

왜 그 사형수의 일만은 이렇듯 영원처럼 뇌리(腦裏)에 새겨진 것일까?
무엇인가 잘못된 것이라도 있었던 것이 아닐까? 어떤 숙명적인 인연이
라도 개재(介在)되어 있었단 말인가?

1957년 여름철.

나는 T시의 고검 검사로서 그 해 봄, 상고기각 됨으로써 형이 확정된 한 살인범의 사형집행에 입회하게 되어 있었다.

나는 예의 야릇한 긴장과 중압감을 짐짓 사무적인 동작에 감추고서, 교도소장실에서 일행과 함께 대기하고 있었다. 한 인간의 일평생이 압축되어 있는 듯한 짧고도 아득하게 여겨지는 시간, 이럴 때 나는 될수록이면 가벼운 세상사를, 예컨대 다음 주에 있기로 한 동창회라든지, 어떤 지인의 아들이 도미하게 됐다는 소문이라든지, 혹은 더러는 집안의 일, 가령 딸애의 피아노 독주 방송에 대해서라든지 하는 따위로 극히 세속적이고 일상적인 일들을 연상하기로 하고 있다. 물론 그러한 노력이 그때마다 허사로 돌아간다는 것을 나는 미리 다 알고 있으면서도 그러는 것이지만…….

그 날도 매 한가지였다.

그 날은 어느 조카애의 혼담을 생각하기로 했었던 것이다. 그러나 색시와 상면까지 해 놓고도 영 마음을 작정하지 못하고 미적미적 미루고 있던 조카의 얼굴이 몇 번인가 초점 흐린 필림처럼 떠올랐을 뿐 급기야 내 상념의 꼬리를 물고 달라붙는 것은 사형수, K의 일이었다.

'왜 K는 재심청구를 안 했을까? 왜 조금이라도 더 살아보려고 하지 않았을까?'

그런 생각이 고개를 들자, 나를 짓누르고 있던 중압감 이외에도 정체를 잡기 어려운 끈덕진 초조감이 휘감겨 드는 것을 느낄 수 있었다.

'쓸데 없는 걱정을 하고 있군.'

나는 그것들에서 도망치려고 하였다.

'K의 재판은 내가 관여한 사건도 아니지 않는가?'

실상 나는 그때까지도 아직 K의 얼굴 한 번도 본 일도 없었던 것이며, 그저 가벼운 호기심으로 그의 내력을 조금 조사해 봤을 뿐이다.

그러자 내가 구형을 한 사형수가 아니라는 사실로 해서 내 마음이 하나도 가벼워지는 것은 아니었다. 몇 분 뒤면 K의 최후를 확인해야 한다는 현실은 이미 그 이전의 어떠한 사실과는 완전히 단절된 상태에 놓여 있는 셈이었다.

‘혹시 무언가 잘못되지 않았을까?’

물론 그럴 리가 없었다. 다만 이유없이 불안해지는 심리가 그런 생각을 하게 하는 것이었다. 무조건 꺼림칙하고 견딜 수 없이 혐오감(嫌惡感)을 불러일으키는 것이다.

교도소장 Q씨가 시계를 들여다보며 몸을 일으켰다. 반사적으로 나도 팔목을 내려다 보았다. 2시 40분, 일은 45분 정각에 시작하기로 돼 있었다. 집행사(執行舍)에서 곧 연락이 올 것이었다.

Q씨는 우두커니 유리창 너머로 집행사 쪽을 지켜보고 있었다. 거기서는 또 예의 발악치는 난리가 벌어지고 있는 게 아닌지?

나는 Q씨의 곁에 가 섰다.

“K는…… 왜 재심청구를 안 했답니까?”

Q씨는 일순 내게 향하던 눈길을 웬일인지 뒤쪽에 앉아 있던 P목사에게 돌리는 것이었다. 교회사(敎誨師)의 일을 보게 될 P씨는 마침 기도라도 올리고 있던 참인지 딱딱한 표정으로 허공을 응시(凝視)하고 있었다. 문득 때맞지 않는 엉뚱한 질문을 했구나 싶어 나는 쑥스러워졌다.

나는 독백하듯 중얼거렸다.

“K의 태도는…… 조용한가요?”

“네…… 아주 보기 드문 온순형(溫順型)입니다. 그렇지만…….”

‘그렇지만……?’

그러나 구태여 다음 말을 기다릴 필요는 없는 일이었다.

‘그래! 문제는 지금부터인지도 모르거든.’

나는 속으로 끄덕이면서 입을 다물어 버리고 Q씨의 눈길을 좇아 창 너머 먼 집행사 쪽으로 불안정한 눈길을 돌려 버렸다. 그 쪽은 너무도 조용했다. 어쩌면 지금 벌어지고 있을지도 모를 소동이 일순 딴 세상일 같은 생각이 들었다. 교도소의 넓은 뜰에 가득히 쏟아지는 햇살 때문이었는지도 몰랐다.

사형수들에게 오는 결정적인 죽음의 쇼크는 대체로 세 차례 있는 것 같다. 최초로 사형이 언도되는 순간에 한 번……. 그러나 이 경우에는 아직 실감이 나지 않는 탓인지 그리 심한 징후를 나타내지는 않는다. (더러는 큰 쇼크가 확정판결 때 오는 수도 있는 모양이다) 그러나 이제는 죽었구나 하는 절박한 공포는 아무래도 감방에서 형장으로 끌려 나오는 찰나인가 보았다. 교도관들의 아주 세심한 배려가 있기 때문에 손톱만치의 그런 내색도 보여지는 것이 아니건만 당사자는 어떤 눈치로 아는지 백명이면 백명이 다 직각적(直覺的)으로 운명의 시각이 닥쳐오고야 말았음을 안다고 하였다. 이때야말로 가장 그들을 제어하기 힘든 고비라고 한다. 필사적으로 항거하기도 하고 비통하게 울부짖으며 애걸하기도 하고, 그런데 이따금 무슨 힘으로인지 이 고비를 용케 버티는 사형수도 있기는 하다고 했다. 그러나 마지막 차례, 형틀에 앉혀지는 순간에는 그만 모든 이성을 잃기 마련인가 보았다.

'오늘은 아직 조용했던 모양이지만…….'

그런 만큼 더 나는 남은 시간이 불안스러웠던 것이다.

"가보시겠습니까?"

Q교도소장의 말에 나는 퍼뜩 정신이 들었다. 나는 무언으로 고개를 끄덕여 보였다.

우리들…… 나를 포함한 일곱 사람은 소장실을 나서 뜰에 내려섰다.

햇살은 생각보다는 덥지 않았다. 하늘은 삼복절이 가까운 철 치고는 이상하게도 어딘가 가을날의 그것 같은 청명함이 감춰져 있었다.

아무도 더 이상 입을 여는 사람은 없었다. 언제 나와 마찬가지로 부득이한 말, 그것도 극히 사무적인 한두 마디 이외에는 서로 필요하지 않은 것이다. 가벼운 동작에 의한 의사표시나 눈짓만으로도 충분히 필요한 절차를 수행해 갈 수 있을 것이었다.

집행사는 교도소의 중정(中庭)의 북쪽, 또 하나의 높은 담벽으로 다른 건물들과 완전히 격리된 한쪽 구석에 있었다. 집행사는 목조였으며, 그 안의 여러 시설도, 따지고 보면 단 한 가지의 도구에 불과했지만 극히 유치한 것이었다.

'하긴 그 도구가 훌륭하고 현대적이래서 무엇 자랑일 수야 있겠는가?'

나는 그 자그마한 건물이 눈앞에 커다랗게 덮쳐오기 시작하자 본격적(?)인 긴장으로 심신이 뻣뻣해 옴을 느낄 수 있었다. 그 속엔 무엇인가를 극기하려는 심혼의 파문이 밀려다니고 있었다. 그러면서도 한편으로는 착잡한 호기심도 뒤섞인 가늘게 떨리우는 예감이기도 하였다.

그런데 내가 집행사의 담 안으로 들어선 순간, 나도 모르게 경이(驚異)의 탄성(嘆聲) 같은 것이 목에 솟구치는 것을 죽이며, 우뚝 그 자리에 멈춰 서지 않을 수 없었다. 집행사 담 안의 전면, 파랗게 깔린 금잔디에 한 청년이 정좌하여 합장묵념(合掌默念)하고 있었던 것이다.

그가 바로 오늘의 사형수 303호였던 것이다.

그 미동(微動)도 하지 않는 자세, 그 단아한 얼굴 모습. K의 전신에서는 집행사 안의 공기를 짓누르고 있는 무거운 침묵과는 대조적인 무엇인가 영 걸맞지 않는 고요가 지긋이 발산되고 있었다.

의외였다! 왜 고함을 지르고 발악하지 않는가? 왜 공포에 질려 와들거리는 몸으로 살려달라고 하지도 않는가? 무슨 힘으로 저렇듯 맑은 이성을 지탱하고 있는가? 망연자실하여 몸을 가누지 못하고 있던지 애처로운 체념(諦念)의 울음을 터트리는 다른 사형수들과 너무나 거리가 먼 저 자세……, 저 자세에는 죽음이나 또는 그 어떤 불가항력의 대상에 필사적으로 대결하려는 절망적이고도 완강한 타협거부의 몸짓으로 굳어져 버린 그런 기색도 엿보이지 않지 않는가?

다만 한없이 부드럽고 다정한 순종만이 느껴질 뿐이었다. 모든 운명을 달게 받을 뿐 아니라 나아가 그것을 초극할 듯한 안심입명(安心立命)의 엄연함이 있었다. 그는 분명히 살인강도의 흉악범이었다. 그러나 그렇게 앉아있는 그에게서 살인을 한, 또는 살인을 한 '카인' 의 그림자를 발견할 수는 없었다.

나는 한동안 무엇 때문에 이곳에 왔는가를 잊어버리고 있었다. 무엇인가 극히 비인간적인 공기가 집행사를, 그리고 그 안에 갇혀 있던 나를 지배하고 있었던지도 모른다.

나는 가만히 주변의 사람들을 둘러보았다. 일행의 어느 사람의 눈에나 나와 똑같은 감동의 빛이 어려 있음을 볼 수 있었다. 그 중에서도 교회사이자 교무과장의 일을 맡고 있는 P목사의 두 눈에는 무언가 잔잔하고 수긍하고 있는 빛이 뚜렷하였었다.

나는 그 빛에 담겨 있던 의미가 경건하고도 겸허한 승리자의 영광이 아니었던가고 생각해 보는 때가 있다.

이북이 고향인 K. 그는 어린 누이만을 데리고 월남해 온 사고무친(四顧無親)의 청년이었다. 운전 조수의 일자리를 얻게 되어 그 얄팍한 수입으로 외롭고 가난한 생활을 이어오던 26세의 미목(眉目)이 단정한 그는 누구에게나 호감을 줄 만한 성실한 청년이기도 했다 한다. 만약 그때 악의 유혹을 물리칠 용기만 지녔었던들 비록 가난은 하여도 이웃의 사랑을 받으며 조촐한 행복을 누리는 일생을 다했을 것이었으리라.

'나도 저런 스커트 한 번 입어봤으면……'

어린 누이의 그 한 마디만 없었던들! 아니 누이의 그러한 말에 그가 뒤늦게나마 깨달은 진리를 차근히 타이를 수 있는 용기와 지성을 지녔던들? 비극은 일어나지 않았을 것이었다.

어느 날 무료(無聊)하게 행길을 내다보던 누이가 재잘거리며 지나가는 여학생들이 눈에 띄자 "나도 저런 스커트 한 번 입어 봤으면……." 무심히 중얼거린 한 마디. 그러나 이 짤막한 한 마디의 말이 순박하기만 했던 한 사람의 청년을 그만 끔찍스러운 참극의 주인공이 되게 하고, 돌이킬 수 없는 비극으로 종말을 닫게 한 것이었다.

사람이란 왜 이렇게 하찮은 언사, 사소한 거동에 이성을 잃어버리고 마는 것일까? 그 극히 우연한 사실 속에 실상은 천만가지의 인간희비(人間喜悲)가 교차되어 있고 인간운명의 명암(明暗)이 투사(投射)되어 있어 그러하단 말인가? 선악(善惡)은 본시 그 정체가 분명히 극과 극인 형상(形像)일 터인데 어째서 또 그것들은 그렇듯 극미(極微)한 한 장 종이만도 못한 틈을 사이하고 접착(接着)되어 있는 것일까?

'나도 저런 스커트 한 번 입어봤으면….' 그 한 마디야 한참 꿈 많은 소녀의 입에서 흔히 나올 만한 소리가 아니겠는가? 조금만 신경이 무딘 사람이었던들 예사롭게 지나는 말로 흘려 들을 수도 있었을 것이 아닌가?

그러나 그 한 마디가 K의 심경을 무참하게 휘갈겨 놓고 말았던 것이다. 하기야 그 가난함, 그 외로움……. 그러한 상황에 사람이 놓여지면 너나 없이 마찬가지가 되는지도 모르겠다. 그 한 마디에 담긴 누이의 소원의 간절함이며 그 어조의 뒤에 서린 낙망의 뼈저림에 아무도 태연할 수 없는 노릇인지는 모른다.

"그렇게도 그런 스커트가 입고 싶으냐?"

그렇게 말하자, 누이의 시선이 힘없이 떨어지더라는 것이었다.

노여움이라도 산 줄 알고 미안해 하는 누이의 거동. 낡은 바지 위에 놓인 어린 누이의 가늘게 떠는 손. 벌써 색깔이 바랠 대로 바래고 올은 삭아서 금시라도 그 가련한 소녀의 살갗이 드러날 지경이 되어 버린 중고품 바지.

후일에 K가 말했다고 하듯이 차라리 그때 누이가 억지를 부리든지 응석을 피웠더라도 그의 심경이 그렇게까지 비참하지 않아도 됐을 것이었다. 소리없이 채찍질을 받는 그것은 사랑의 몸부림이기도, 어쩌면 분노이기도 하였으리라. 화끈하게 목에 치미는 뜨거운 것을 삼키며 K는 모든 것을 결심해 버렸던 것이다.

'누이에게 다시는 저와 같은 애절한 말과 부끄러운 몸짓을 하지 않게 해야 한다! 이 이상 초라하게 살게 해서는 안 된다!'

그러면서도 그는 무진히 고민하고 번뇌했던 것이다. 위태로운 판잣집의 어두운 방에 누워 여러 날 여러 밤을 민민전도(悶悶顚倒)했던 것이다. 그러나 한 번 뿌려진 악의 씨는 걷히지 못하고 기어이 불안과 공포의 지옥으로 휘몰고 간 것이었다.

결국 그는 자기가 운전 조수인 경험을 이용하여 트럭 한 대를 강탈하려고 마음먹게 됐던 것이다. 장소는 그도 지리를 잘 아는 Q가도의 인적(人跡) 드문 산모퉁이. 희생이 될 차는 조수가 없어야 하고.

마침내 비극의 그 날. K는 나무 그늘에 몸을 숨기고 단신으로 몰고 오는 빈 트럭을 노렸다. 이윽고 불운의 화물차가 가까이 왔다.

뛰쳐나가 차를 세운 K는 몇 마디의 수작으로 손쉽게 편승하는데 성공하였다. 적당한 기회를 노리던 K는 갑자기 단도를 휘둘렀다.

가슴을 찔린 운전수는 엉겁결에 차 밖으로 뛰쳐 달아났다.

그를 추격한 K는 논두렁에서 제2, 제3의 칼부림을 하였다. 무참히 난자(亂刺) 당하던 운전수는 그대로 꼼짝않게 되었다.

그제서 튕겨지듯 되돌아간 K는 그 길로 차를 몰고 도주하였지만……, 그러나 결과는 너무 뻔한 노릇이었다.

차를 팔 수도, 그렇다고 자신이 운행할 수도 없음을 뒤늦게사 깨달았지만 검은 운명의 손은 이미 그의 등덜미에 덮쳐오고 있었던 것이다. 공포와 절망 속의 잠적(潛跡) 수일. 싱겁게(?) 체포당한 것이다.

좀 어처구니 없이 간단하게 끝나 버린 사건인 셈이었다. K로서도 처음 한동안은 창망스럽고 피곤한 악몽에 시달린 뒤끝처럼 멍멍했던 모양이었다. 그러나 서서히 마비된 마음이 되살아나고 양심을 가리었던 암흑이 걷히자 비로소 자기의 손에 묻은 피의 의미를 깨닫고, 오오! 소스라쳐 몸을 치떨었지만! 참회(懺悔)의 눈물은 이미 받아줄 이가 없이 된 뒤였던 것이다.

'법' 에는 표정이 없었다. '법' 은 존엄하기만 했다. K는 일심을 진주(晉州)에서 받아 사형이 언도되었다. 공소심(控訴審)과 상고심(上告審)에서도 그대로 기각 판결이 내려졌다. 그에게 구명(救命)의 길은 끊어진 것이었다. 다만 재심청구의 좁은 길이 남겨져 있기는 했지만.

그러나 어떤 심경의 변화가 있었던지 K는 마지막 신립(申立)의 기회를 단념하고 마침내 형장에 연행되어 나온 몸이 된 것이었다.

그런데 무엇인가 놀라운 변화가 있었음이 분명했다.

집행사의 잔디밭에 마치 석불(石佛)같이 합장 정좌하고 있던 K……. 그 자세는 마지막 일각까지 한 점 흐트러짐이 없었던 것이다.

공포의 티 하나 없이 흔쾌(欣快)히 죽음을 감수하던 그의 태도는, 이미 '법' 의 힘이 미칠 수 없는 피안(彼岸)에 이른 것이어서 임석했던 모든 사람들의 값싼 상식을 강열하게 뒤흔들어 놓는 감동 어린 것이었다. 비명에 죽은 사람에 대한 속죄의 길을 그는 달리 찾을 길이 없다고 확신한 것이었을까.

그리고 그 죽음과 동시에 새로운 생명이 절대자의 자애 속에서 재생(再生)함을 확신한 것일까. 참회의 눈물을 다사로이 걷어주는 자애의 손길에 무한히 감사하면서…….

나는 여기서 잠시 사형집행의 절차를 대충 적어 보려고 한다.

먼저 집행관 일행이 입장하기 전에 교도관들이 사형수를 연행, 현장에 정좌시키고 대기케 한다는 것은 이미 설명이 된 대로이다. 여기 집행관 일행이라는 것은 대개 집행관인 교도소장 이하 7명으로 구성된다. 검시관(檢屍官)인 의무과장(醫務課長), 교회사(敎誨師)인 교무과장(敎務課長), 유언을 녹취(錄取)하게 될 서무과장, 형집행을 직접 지휘할 계호과장(戒護課長), 그리고 형집행 확인의 임무를 띤 검사가 입회하게 되는 것이다. 이들이 형장에 들어온 맨 먼저

① 집행관의 신분장(身分帳) 기록에 의한 인정신문(人定訊問)이 있고

② 형집행서 및 판결문을 낭독하여 범죄 사실을 확인하게 된다.

이러한 귀찮은 정도의 형식적인 문답에 제대로 귀를 기울이는 사형수란 극히 드물다. 공포에 떨고 있는 심신(心身)이 그 피부로 무엇이 진행되고 있다는 것을 감지(感知)하고 혼신(渾身)의 힘을 짜내어 모든 사실이 거짓말이라고 부인하거나 살려달라고 애걸하며 대답을 더듬거리어 애를 먹이는 것이다. 그것은 이미 무자비(?)한 「법」과의 관계가 아니라 숙명적인 인간조건에 대한 항쟁인지도 모른다.

그 다음에

③ 유언을 듣고 기록한다.

이 경우, 제대로 조리 닿는 유언을 하는 사형수는 보기 어렵다. 문자 그대로 횡설수설인 것이다. 흔히 담배를 청해 피우는 것도 이 때인데 사시나무 떨리듯 하는 손으로 정신없이 담배를 빨고 있는 것을 보면 흡

사 그렇게라도 꺼져가는 여명(餘命)에 다시 점화(點火)하려는 듯한 안타까운 몸짓으로 여겨져 인간의 사바세계(娑婆世界)에 향하는 미련이 얼마나 집요한가를 깨닫고 차마 정시(正視)할 수 없는 것이다.

이 일이 끝나면

④ 목사의 임종설교(臨終說敎) 및 기도가 있게 된다.

이때 대부분의 사형수들이 갑자기 순해진다. 여전히 흐느끼면서도 심한 꾸지람에 놀랐던 어린 아이가 다시 부모 앞에 불려나온 모양 같다 할까, 두려움에 떨면서도 눈치를 살피는 아이를 닮은 것이다. 이것은 모두 짐짓 그래보는 엄포인지도 모른다고 설마 이 사람까지도 속이는 것은 아니겠지 하고 일루(一樓)의 기대를 거는 탓인지도 모른다. 그러나,

⑤ 법무장관 형집행 명령서에 의하여 집행관이 형집행을 선언한다.

그러면 또 한 번 사형수의 발악이 터지는 것이다. 연극이 아니었구나! 사형수는 배신당했다고 생각하는지도 모른다. 교도관을 욕하고 판검사에의 복수를 외쳐대고……, 모든 살아 있는 자에의 저주다.

이윽고

⑥ 교도관이 사형수에게 면포(面布)를 씌우고 시갑(施匣) 후 교수대(絞首臺)로 연행하여 앉힌다.

이미 완전히 무력화(無力化)해 버린 사형수……. 이제부터의 과정은 사신(死神)의 보이지 않는 사자(使者)가 관장(管掌)하는 셈이다. 교도관도 그저 그 보이지 않는 사자의 힘에 지배되는 그림자에 지나지 않는다는 인상을 준다. 마침내,

⑦ 교수형이 집행된다.

그 동작은 찰나에 끝나 버린다. 한 쪽의 벽에 장치되어 있는 포인트를 베끼면 그뿐 사형수가 앉아있던 마루의 세 귀가 그대로 지하실로 낙

하하면 사형수의 몸이 덜렁 공중에 뜨는 것이다. 그러나 그 순간에 죽음이 오는 것은 아니다. 적어도 12분이라는 시간이 걸려야 하는 것이다. 그동안 임석했던 사람은 그 숨이 넘어가는 시간을 영원도 함께 임종하고 있는 듯한 그 쳇짜여지는 죽음을 지키게 되는 것이다. 비록 이젠 시야에 보이지 않게 됐지만 사형수의 단말마(斷末魔)의 몸부림은 도리어 그들 모두의 안막(眼膜)에 화인(火印)처럼 새겨지고 있는 것이다. 이런 속에서 15분의 시간이 흐른다. 그리고 나서야,

⑧ 의무관이 심장고동의 정지(停止) 여부를 확인하게 된다.

그러나 그 확인이 있고 나서도 5분이 더 기다려져야 한다. 사람의 목숨이 얼마나 끈질긴가를 무섭도록 깨우쳐 주는 시간이랄까.

이렇게 도합 20분이 끌린 끝에, 비로소

⑨ 완전 절명(絕命)이 재확인되고 오랏줄에서 시체가 풀려난다.

모든 것이 끝난 것이다. 아니 끝났다고 생각을 하는 것이다. 우리들은 마치 염라대왕의 영어(囹圄)에서 풀려나가듯 앞을 다투어, 그러나 무거운 걸음으로 밖으로 나가는 것이다.

사형수의 시체는 대개 교도소 공동묘지에 안장(安葬)된다.

이와 같은 사형집행 절차를 시종 직접 담당해야 하는 사람들에게서 느껴지는 것은 전체적으로 매우 질서 정연하다는 것이다. 그만큼 무감동한 동작이라는 뜻이 될는지 모르겠으나 참으로 비인간적(非人間的)인 하나의 의식을 조석으로 담당해야 하는 그들에게 무리한 말을 할 수는 없다. 한 가지 말해 둘 것은 한쪽으로는 무한한 관용을 간직하면서도 한편으로는 추호의 착오도 인정하지 않는 단호한 그들의 동작이 형집행을 실지로 이끌어 가는 힘이 된다는 것이다.

사형집행에 입회하는 도수가 잦아지면서 깨닫게 된 하나의 기이한 모순이 있다. 즉 사형수의 반항이나 비명이 격렬하여 그를 지켜보는 과

정의 고통이 컸으면 컸을수록 그 뒤에는 오히려 마음의 부담이 가벼워
진다는 사실이다. 그만큼 빨리 잊혀지기도 했고.

이런 심리는 무엇이라고 이름할 성질의 것일까? 아무래도 일종의 자
기도피(自己逃避) 같은 교활한 인간심리가 작용한 것같이 생각된다.

그러고 보면 K의 사형광경이 이토록 두고두고 뇌리(腦裏)에서 떨어지
지 않는 것은 그러한 자기도피의 틈을 남겨주지 않았던 그의 너무나 조
용한 태도에 기인하는 것이 아닌가 한다. 실상 그는 너무나 순순히 모
든 절차에 응해 주어 어딘가 집행 자체가 그 자신에 의해 앞질러지는
듯한 인상마저 주었던 것이다. 그러나 그의 인상이 이렇게 강렬하게 남
아 있는 것은 그러한 이유에서만은 아닌 것 같다.

K는 인정신문(認定訊問) 때나 선언문이 낭독되던 때나 한결같이 침착
한 모습으로 경청(傾聽)하였으며, 그의 쪽에서 되려 집행관들의 의심이
라도 납득시키려는 듯한 태도였다. 교회사의 설교가 있고, 다음에 기도
가 끝났을 때만 해도 K는 또렷한 소리로 아멘을 뇌였다. 그리고는 깊은
감동을 담은 음성으로 P목사에게 "저에게 이러한 평안 속에서 죽음을
맞이하게 해 주시고 하느님의 사랑에 눈뜨게 해 주신 은혜에 감사합니
다"라고 말했던 것이다. 그러고 보면 K는 감방에 있는 동안에 기독교
에 귀의(歸依)하였음이 분명하다.

그러나 나는 그 종교적인 감화력을 운위(云謂)하고 싶은 것이 아니다.
무엇인가 보다 현세적(現世的)이고 인간적인 문제가 그에 앞서 제시되고
있음을 깨닫기 때문이다. 그때 내가 절실하게 느꼈던 것을 솔직히 겸손
한 한 청년이 이러한 방법으로 기어코 죽어야 하는 인간조건에 대한 회
의(懷疑)였으며 '법'은 이 경우 완전히 절연(絶緣)된 영역(領域)에서 무력
할 밖에 도리가 없다는 진실에 대한 분만(憤懣)이 있었다. 동시에 인간
검사로서의 내가 아주 초라한 소외자(疎外者)의 거리에서 있다는 고독감

이었다.

그리고 이러한 감회는 그 후에도 걸핏하면 재발하는 상채기처럼 가슴을 아프게 하고 있는 것이다.

K의 유언은, "인간의 행복은 절대로 물질적 생활의 안락에 있는 것이 아니라고 내 누이에게 전해 주십시오. 아무쪼록 용기를 잃지 말고 살라고 해 주십시오. 항상 마음이 겸손한 사람이 누리는 인생이 얼마나 값진 것인가를 뒤늦게나마 깨닫고 죽는 오빠를 잊어버리지 말라고 전해 주십시오."

외로운 누이에게 주는 마지막 정이었다.

집행사를 나온 나는 무거워진 마음을 거두는 데 무척 고생해야 했다.

붉은 벽돌담 앞에서 한 인간이 어떻게 처형되었는가 하는 그따위 하찮은 사건이 자기들과 무슨 상관이냐고 여전히 악착같이 얽히어 돌아가고 있는 세상이 무언가 생소한 것을 내게 안겨주는 것이었다. 그러나 그러한 도시의 잡답(雜踏) 속으로 밀려 들어가면서 나도 저 속에 한치 터를 잡고 있는 생활인이라는 것을 실감해 보려고 애써 봤다. 나는 검찰인이다. 그렇게 생각함으로써 우울해 진심사를 달래 보려고 하였다. 사회정의를 수호해야 하고 선의의 사람들의 생명재산을 위협하는 일체의 죄악으로부터 그들을 단호히 지켜 주어야 하는, 나는 검사다.

그러나 허전하고 무력한 심정은 조금도 새로워지지 않았다.

어느 동료 검사의 말마따나 K에게 무참히 살해 당한 운전수의 시체를, 그리고 그 앞에 통곡하고 있는 가족의 모습을 K의 옆에 놓고 영상을 이어보려고 해 봤다. 그러나 웬지 효과는 매한가지였다.

나는 힘없이 고개를 젖고 나서, 바쁜 행인으로 넘쳐 있는 시가의 표정을 유심히 바라보고, 그 육성(肉聲)에 귀를 모았다. 그러나 내가 바라는 해결과는 달리 아주 똑똑하게 느껴지는 진실이 하나 있었다. 만약,

내게 힘이 있어, 방금 전에 유명(幽明)을 달리한 K를 살려내어, 다시 그를 저 인간들 틈에 끼이게 할 수 있다면 그는 틀림없이 저들 어느 한 부류의 사람들보다도 선량하고 건전한 생활을 영위해 갈 것이라는.

K는 꼭 그렇게 죽어야만 했을까? 살인강도, 그러나 그처럼 갱생의 모습이 역력했던 K에게 주어질 형벌은 꼭 그런 모양으로 밖에 주어질 길이 없는 것일까?

'법의 명령은 후회가 있을 수 없는 절대적인 것일까?'

나는 뭐 어렵게 사형 폐지론을 외치고 나서려는 것은 아니었다. 어느 쪽이냐 하면 아직 그에 대한 뚜렷한 지론(持論)이 없었던 것이다.

그러나 그날 이후, 나의 내면에 꿈틀거리며 눈을 뜨는 회의가 서식(捿息)하기 시작했음이 확실하다. 그리고 그것은 무엇인가 결단성 있는 방향을 포착(捕捉)하기까지는 나를 가만히 두지 않으리라는 예감이 있는 것이다.

'인간인 이상 그건 어쩔 수 없는 문제이다.'

어려운 문제에 부닥칠 때마다 사람들은 곧잘 이런 말을 한다. 그런 말로써 말하자면, 무엇인가를 포기하는 것이다. 사형존폐시비(死刑存廢是非)에 대해서도 그와 흡사한 인간적인 노력이 외면당하고 있지는 않을까?

'사형제도가 없었으면 하는 것은 누구나가 염원하는 것이다. 그러나 살인하는 인간이 있는 이상 사형제도의 존속은 불가피하다.'

이런 식의 사고방식……, 그것은 곧 사람들이 인간은 신처럼 만능일 수 없다고 무엇인가를 포기하는 체념(諦念)에 노출되는 것이 아닐까? 물론 인간의 능력에는 한계가 있다. 따라서 인간에게 주어지는 모든 문제의 해결에도 어떤 한계가 있다. 그러나 그 한계가 인간 상호간의 불신에서 기인하는 것이라면 인간이 스스로 인간의 벽을 굳히며 제자리에 주저앉는 꼴이 된다고 해야 하겠다. 그렇다면 그것은 곧 인간이 스스로의 위치를 타락시키는 것이 아니고 무엇이겠는가?

'사형제도가 없어진다면 살인과 같은 흉악범의 창궐(猖獗)은 더욱 심해질 것이라'는 기우(杞憂)도 따지고 보면 그러한 인간 불신에서 오는 과잉방어(過剩防禦) 같은 심리작용이 아니겠는가?

그러면서도 사람들은 누구나 그러한 일이 없어졌으면 하고 생각하는 것이다. 우리의 인간사회에는 그런 식으로 누구나 '있어서는 안 되겠다'고 여기면서도 '어쩔 수 없다고' 단념해 버리는 일이 의외로 많지 않을까? 내 직장에 혹은 나의 가정에, 그리고 우리나라에는 그런 일이 자취를 감추어 주었으면 하는 일들, 그런데 사람들은 개인에 관계되는 일에 있어서는 없어졌으면 하는 그것을 없이 하는 데 비교적 힘을 기울이는 것 같으면서도 전체적인 것보다 근본적인 문제에 대해서는 신념과 용기를 잃고 방치(放置)해 버리는 경향이 있는 것 같다.

'법'의 주변에서 '없어졌으면 싶은' 몇 가지 숙제의 해결……, 그것은 사람들의 '법'을 처세훈적(處世訓的)인 편법으로만 이해하려 드는 상식적 관념을 탈피하고, 보다 숭고한 인간에의 신뢰가 넘치는 사회를 이룩하기 이전에는 불가능 할 것인가? 그것은 요원한 이상국(理想國)의 신화일까?

나는 눈을 감고 K의 환상(幻像)에 물어 본다. 합장 정좌하여 조용히 속죄의 죽음을 받아들이던 사형수 303호의 모습 앞에서, 그러면 어디선가 들려오는 소리가 있는 것이다.

'그를 죽게 해서는 안 된다. 그가 살아서 속죄의 길을 가게 하라.'

그러나 내게는 힘이 없다. 오늘도 K에의 미안스러운 마음을 접어둔 채 가차없이 법의 수호역(守護役)인 검사의 임무를 다해야 하는 것이다.

# 트랜지스터라 말하는 것

明石祝子

트랜지스터로 말하자면 소형 라디오의 대명사로 되어 있다. 트랜지스터라는 이름을 들은 것은 십수 년의 일인 상싶다.

마침 지금쯤의 계절이라고 기억한다. 시골에 있는 친지를 찾고 돌아오는 길에 기차가 허술한 역에 도착하였을 때 불시에 하차하고 싶었다. 까닭도 없이 그 역의 이름이 너무나 그윽하여 어쩐지 가슴을 치기 때문이었다. 아직 젊었고 여자라서 무모하다고는 생각하면서 모험심도 도와 하차하고 말았다. 사람 그림자도 적었다. 도착한 기차를 무사히 보내서인지 명청한 얼굴의 역장이 몇 사람의 역원과 개찰구(改札口) 가까이 서서 말을 하기 시작한다.

역장은 포켓에 넣은 네모나 보이는 것을 위에서 누르면서 포켓에 이어진 가느다란 줄을 꺼내어 귀에 무엇을 꽂곤 또 빼내곤 한다. 엄청나

**명석축자(明石祝子)** _ 일본국 출생. 향천현고송(香川縣高松) 시립제일여자고등학교 졸업. 오사카(大阪)시 갈성(葛城)양재학원 졸업. 오사카시 파리스양재학원 졸업. 도쿄 야방(野方)학원 졸업. 도쿄 주오(中央)대학 중퇴. 문화복장학원 졸업. 도쿄 삽곡(澁谷) 프로키팅 스쿨 졸업. 한국에 귀화(1960년 9월) 귀국. 오리엔탈 양재학원 원장. 저서 《행복한 고독》(영화화).

게 만열(滿悅)한 모양이다. 도착할 기차도 당분간 없을 성싶어 역 전체가 매우 한가로웠다. 사람 그림자도 적고 나는 그곳에서 있는 것이 쑥스러웠으나 무엇인가 묘한 흥미에 끌려 지켜보기로 하였다.

잠깐 있으려니 역장의 자랑거리가 나오기 시작한다. 트랜지스터라고 눈치챘다.

도회지에 사는 내가 이 시골 구석지, 그리고 우연히 내린 역에서 트랜지스터의 실물을 처음 보게 된다니 인생은 재미있지 않는가?

이래, 많은 사람이 애용(?)하게 되어도 나는 이것을 너무 즐기지 않는 이유는 나도 모르지만 먼 길을 갈라치면 가지고 가고 싶다.

내가 약 6년 전 한국땅을 처음 밟았을 때 물론 지참한 사람이란 모처럼인 것이나. 문명의 이기(利器) 나부랭이라도 곁에 갖고 있으니 무엇인가 마음이 대견해진다.

어느 날 밤, 모처럼 스위치를 넣었다. 그리운 일본어 소리가 난다. 한참 듣고 있자니 갑자기 간절해진다. 아마 향수라는 것이라 생각하나 당시는 무엇인지 몰랐다. 모른 채 식어졌었다. 그 후에 손에 만지작거리는 것도 드물었다. 요즈음은 무엇이든지 트랜지스터 식이라는데 올해 미인 콘테스트도 너무 크지 않은 편이 좋았다고 들었다.

유행이란 무서운 것, 소비자가 만드는 것인지 업자가 만드는 것인지, 엄청난 스피드로 젖어든다. 주의해 보니 양복지의 모양도 큰 무늬는 모조리 없어진 것 같다. 말하자면 생활양식이 복잡해짐으로 해서 자리를 많이 차지하지 않는 소형의, 그리고 성능이 좋은 것을 좋아하는 것 같다. 그렇다면 명년 아니 내명년에는 점점 소형으로 되어갈 것인가? 그렇지도 않을 것이다. 자연히 소형에서 중형으로 다시 옮겨지지나 않을까? 왜냐하면 유행이란 돌고 도는 것이니까?

# 서민상(庶民像)의 몰락

尹 虎 永

**왁**자지껄 떠드는 소리에 아침잠을 깼다. 이웃 세탁소 주인의 음성이다. 또 무슨 변이 있었는지 고래고래 악을 쓰며 부인을 나무라는 소리다. 엊그저께는 잠깐 변소 간 사이에 양복 두 벌을 날름 도둑맞아 온 동네가 떠들썩하였었다. 50이 다 된 사람이 하지 않던 다리미질을 하려면 어깨뼈가 빠지는 것 같고 정말 지쳐서 죽을 지경이라는 것이었다. 그것을 변상하려면 한 달은 헛고생하는 폭이라면서 어깨가 꺼질 듯이 한숨을 내쉬었던 것이다.

원래 성미가 급해서 화가 나는 날이면 자기 고집밖에 모른다. 가만히 귀를 기울여 듣자니 수돗물이 안 나온다는 것이다. 물이 안 나오는데 빨리 수도공을 데려다 고칠 것이지 여지껏 뭘 하고 있느냐는 호령이다. 그러다가 잠잠해졌다. 부인이 대꾸 한 마디 없이 부리나케 나간 것이

**윤호영(尹虎永)** _ 황해도 몽금포 출생(1926년). 호 청하(晴河). 서울대학교 의과대학 졸업. 의사생활 및 작가생활. 『백맥(白脈)』 동인. 예비역중령. 3대의원 원장. 국립경찰병원 관리과장. 발표된 소설 및 수필 다수.

분명하다. 그리고 나는 어느새 다시 잠이 들었다.

나가는 길에 얼굴을 디밀었더니 수도 옆에 파올린 흙이 쌓여 있다. 파이프를 따라 반길을 파 내려가 있었다. 수도관이 고장이 나서 괜한 공사를 한다면서 싱겁게 표정을 푼다. 웃는 것이지만 어떻게 보면 어색하게 우는 것 같기도 하여 굳어졌던 표정을 푼다는 게 적절할 것이다.

이때 마침 골목 건너편에 사는 미장원 마담이 말 참견을 하며 간드러지게 웃는다. 언제 봐도 웃음이 헤푼 여자다.

"순이 아빠는 어제 라디오도 못 들으셨나 봐."

순이는 세탁소집 막내딸 애칭이다. 오늘 아침 8시부터 12시까지 단수하게 되는 지역에 이 동네가 들어가 있으니 물이 안 나올 밖에 없지 않느냐는 것이다. 금시 세탁소 주인의 얼굴빛이 달라졌다.

그 성미가 폭발한 것이다. 수도공은 일하던 손을 멈추고 덤덤이 담뱃불을 붙여 물었다. 그리고 침을 칵 뱉더니 한 마디 쏘아붙인다.

"여보, 사람을 어떻게 보는 거요."

얼굴이 붉으락 푸르락하던 세탁소 주인의 입이 꽉 막힌다. 확실한 근거를 잡은 것도 아니면서 남을 의심한다는 것은 잘못이다. 그래도 한때는 사무관급 공무원이던 자기가 그만한 양식마저 저버린대서야 체면문제이기도 하다. 그렇다고 새삼스럽게 미안하느니 하며 손을 내밀 수도 없는 노릇이다. 그래서 일종의 타협처럼 일단 중지하였다. 12시가 넘어서 다시 시작하기로 하였다. 담배꽁초를 획 땅에다 던지며 수도공이 유유히 사라졌다. 점심 때 나는 궁금한 마음으로 들렀다. 12시가 넘자 다른 집 수도는 영낙없이 쫄쫄 나오는데 어찌된 영문인지 막힌 것처럼 소식이 없었다. 하는 수 없이 아까 기술자를 다시 모셔다가 일을 시키고 있다는 얘기였다. 수도공이 나를 알아보고 히죽 웃는다. 부인이 나직한 음성으로 연신 "에구 그 성미 때문에"하며 혀를 찬다. 이렇게 해서 동네의 수도공은 얼마 안 되는 액수이긴 하지만 거뜬히 돈을 벌수 있었으며, 성미 급한 세탁소 주인은 더욱 소화가 안 될 것이다.

사르트르의 반려자(伴侶者)로 널리 알려졌지만, 그녀의 작품으로 더욱유명한 '시몬느 드 보바르'가 〈타인의 피〉에서 말하듯이 '화폐는 어떤것이든 양화'일는지 모르겠다.

세상이 각박해지고 서로 물고 뜯고 하는 무리들이 득실거린다고들한다. 이러한 시대일수록 우리에게 요구되는 인간상은, 위대한 애국자로 자처하는 지도자보다 말없이 진실하게 살아가는 서민상이 아닐까.

까딱하면 배가 뒤집힐 만큼 악을 쓰며 나서는 사공들은 많다. 그러나자기의 분수를 지키며 진실을 추구하는 자는 날로 적어가는 것만 같다.

서민의 생활이란 남의 희생을 깔고 뭉개면서 자기만 잘 돼 보자는 배포가 없는 것을 말한다. 그러기에 서민에게는 권력도 금력도 또 그런배경도 없다. 남을 희생시키기 쉬운 불가결의 조건은 흔히 금력이나 권력이기 때문이다. 우리들의 기쁨이란 무엇인가? 그것은 흔히 남의 슬픔 위에 세워지고, 우리들의 쾌락은 남의 고통 위에 있기 쉬운 것이 아닌가. 서민은 자기의 괴로움이나 슬픔을 누구에겐들 호소하거나 무엇으로 바꿀려고 하지 않는다. 우러러 하늘에 호소한들 대답 없고, 엎드려 땅에 호소한들 소리 없는 것을 탄식하는 무고지민(無故之民)이기도하다. 6.25동란 중, 일선에서 죽는 사병들이 '빽' 하고 죽었다는 말이있다지만, 그러한 병사야말로 이 나라를 지킨 서민의 상(像)인 것이다.금력이나 권력으로 병역을 기피하고 누구나 후방으로만 빠졌다면 누가 일선을 지켰을 것인가. 살아서도 말이 없지만 죽어서도 말이 없다.

그런데 요새 우리 주위의 서민상은 엉뚱하다. 수도공을 직업이 그래서가 아니라 서민이라 한들 아무도 우습다고는 하지 않을 것이다. 지금수도공의 수작이나 태도에서 우리가 느끼는 것은 구수한 서민의 서정이 아니라 악에 바친 무서운 증오뿐이 아닐까.

군대에서 고급 장교로 있다가 제대한 친구가 있다. 제대한 후 서투른 솜씨로 장사를 한다. 사업을 한답시고 뛰어 다니다가 밑천을 털리고 말았다. 결국 나머지 가산을 털어서 시골로 떠났다.

상록수정신은 아니지만, 똥지게를 질 적에는 눈물도 찔끔 나더라는 것이다. 5년이 깜박할 사이에 지나갔다. 농장의 수확도 제법 올랐다. 작년에는 마을에다 전기를 끌어놨다. 올봄에는 전화도 끌어댔다. 마을의 복지를 위해서는 손발 벗고 나서는 격으로 힘썼다.

그러나 처음에는 무척 고맙게 여기던 동네의 고로(古老)들도 요즘 와서는 좀 서먹해졌다면서 사뭇 서운해 한다. 그럴 것이 '제깐놈이 내년 선거바람을 탈려고 그러는 것이지, 뭐 우리를 위해서 그럴라구.' 이렇게 소문이 난다는 것이다. 흙냄새를 맡고 사는 농부의 가슴마저 멍들게 하는 풍조, 남의 순수한 것을 순수한 대로 받아주지 않는 서민의 상으로 변해 가고 있는 것이다. 서양의 속담에 '생선이 썩는 것은 머리쪽부터 썩는다' 라는 말이 있다. 지금 세상은 썩어도 방부제가 있어서 냄새가 안날 수도 있다. 또 메이크업의 기술이 멋져서 오히려 아름답게 보일는지도 모른다.

그러나 아무리 머리가 썩어가도 밑바닥의 서민층이 건실할 적에 사회는 번영하기 마련이다. 기성층의 부패보다 젊은 층의 기개에 기대를 거는 것도 그런 까닭이 아닌가. '슈펜구레르' 는 《서양의 몰락》을 썼지만, 나는 이 나라 서민의 몰락을 걱정한다. 지금 아득해지는 서민상을 그리워하고 아쉬워하는 것은 공연히 나쁜일까. 에라, 거문고 스물 다섯 줄에 야월(夜月)을 타며 한세상 세월이나 벗 삼으리까, 별 걱정 다한달는지 모르지만 그러나 그런 재주도 없기에 명상하는 것이다.

# 인간관계와 제도

金鳳基

오늘날을 가리켜 '매스컴의 시대' 니 '우주과학시대' 니 하는 예가 많다.

따라서 인간도 이제 연구성공시킨 과학문명의 힘을 입어서 달세계까지 갈 수 있게 된다는 신기성을 가지게 된 것도 사실이다.

이렇게 과학화되고 있는 현실 속에서도 현대 기계문명을 비판하는 말 가운데 우리는 종종 '인간은 기계의 노예로 전락했다' 라는 말을 하는 수가 흔히 나타나고 있기도 하다.

물론 인간이 도구 내지 기계를 만든 것은 인간의 복지를 위해서 또는 문명의 이기로서 이용코자 한 것이지 그것의 노예되려 함은 결코 아니었을 것으로 믿어진다.

김봉기(金鳳基) _ 경기 화성 출생(1920년). 서울대 행정대학원 졸업(행정학석사). 고려대 경영대학원 수료(경영학박사). 1945년 중앙통신, 중앙일보 사회부 · 정치부 부장, 국방부 정훈국장 서리장관 특별보좌관, 코리언 리퍼블릭 주필 겸 부사장, 대한체육회 이사 겸 KOC위원, 대한공륜 이사장, 행정학회 이사 고문, 가정의례준칙 위원, 대한공륜 사장 발행인, 코리아헤럴드 초대사장, 국제법학회 이사 고문, 저서-《韓國新聞發達史》(상하) ·《韓國憲政變遷史》·《人生讀本》·《戰後日本의 變政史》·《古語俗談을 더듬어서 三隨記》등 다수

그러나 전기한 바와 같이 정말로 기계문명이 오히려 반대적으로 인간을 압도하고 억압하고 노예화시켰다고 하면 이 또한 인간 스스로가 생각할 때 심각한 사태가 아닐 수 없는 일이기도 한 것이다.

따라서 인간은 기계문명의 참여자가 아니라 어느 면에서 볼 때 때로는 그것의 소외자 내지 기계문명이라는 거대한 '매커니즘'의 부분품, 거대한 톱니바퀴의 한 개의 치자로서 행동할 수밖에 없는 현대사회에서 원자화한 개인은 어느덧 기계문명의 노예가 되고 있다는 것도 사실이다.

여러 학자들의 학설 가운데서 고찰한다면 이 인간과 기계문명과의 위치전도 현상은 소위 생산공정에서 과학적 관리법을 이용한 '테일러 시스템' 이라든지 '페이욜 시스템' 에서 엿볼 수가 있는데 이는 즉 일단 배정된 직능공이 그 일단위의 일을 해 나가는 데 있어서 기계가 회전하는 대로 지루하게 반복하여야 할 때 가장 절실하게 느껴지는 것이다.

이렇게 기계를 움직인다는 것보다는 오히려 기계에 딸려간다는 것은 즉 우리들의 어떤 '제도의 울타리' 안에서 질식하면서 살아야 하는 인간생활과도 같다고 할 수 있을 정도의 실감적인 현상을 체험하는 것이다.

한편 우리나라에서도 특히 4.19혁명 이후 제도냐, 행태냐, 즉 제도가 중요하냐, 그렇지 않으면 제도를 만들고 또 다루는 인간이 중요하냐 하는 문제가 본격적 연구논란 과제로 등장되었지만 우리에 있어서는 그것은 '기계의 노예' 라는 면보다 한층 더 '제도의 노예' 그리고 광범위하게는 사회적인 매커니즘의 노예라는 말이 다른 면에서 보는 또 하나의 실감 있고 심각한 연구과제로 등장하는 것이다.

돌이켜 다른 각도에서 고찰할 때 인간은 도구를 만들었으며 또한 사회적인 제도를 만들었다고 볼 수 있다.

또한 제도를 창설한 인간은 기계와 마찬가지로 그것에 무한한 신임을 걸고 이를 원칙대로 운영하려고 노력하고 있다. 사실 우리는 사회의 각 부문— 정치, 경제, 사회, 문화에 있어서 인간의 제도가 커다란 공헌을 하고 있다는 사실을 인정하지 않을 수 없는 것이다.

정치면에서 민주적인 제제도(諸制度), 사회면에서 사회보장제도 등 문화면에서 교육제도를 비롯한 여러 제도가 인간의 생활을 말할 수 없이 풍요하게 해 주고 있음을 우리는 매일매일의 일상생활을 통하여 체험하고 있는 것이다.

그러나 한편 무수한 층의 제도의 울타리 안에 살아야 하는 인간은 그것의 혜택을 입는 만큼 그것의 구속을 받고 있다. 제도는 본질상 조직을 수반하는 것인데 조직은 어느 의미에서 생리적으로 인간을 구속하기 때문인 것이다.

조직이 어느 방향으로 활동할 때 정형화된 인간관계를 배출하는 것이며 이러한 인간관계는 고정된 딱딱한 분위기를 조성하고 자연상태의 부드러운 인간의 심리를 억압하는 것이다.

인간을 억압하는 제도는 많다. 얼른 생각해서 중세기의 교회제도, 현대의 공산주의제도가 그렇지 않은가?

그것은 무서운 조직력으로서 인간의 자유로운 심리를 말살하고 근본적인 생존권마저 박탈하고 있는 것이다.

이러한 것들은 조직의 악폐중 극악한 제도를 말한 것이지만, 우리 사회내의 수많은 제도의 대소조직이 우리를 억압하고 있음을 알 수 있다.

사회의 온갖 조직의 울타리에서 시달리다 우리는 저녁에 가정으로 돌아가면 아늑한 분위기에 사로잡히지 않는가?

그것은 말할 필요도 없이 공식적인 조직의 활동으로부터 배출된 정형화된 인간관계의 구속으로부터 해방되어 가정의 정적인 인간관계로 되돌아 왔기 때문일 것이다.

　조직과 인간관계, 조직의 활동을 부드럽게 하고 정적으로 만드는 인간관계란 단적으로 말해서 '제도의 노예'로서의 대중을 해방시켜 주는 유일한 방도인 것 같다.

　나 자신도 만학으로서 몇 해 전 대학원에서 연구한 행정학의 일학파로서 인간관계론파라는 말을 들은 일이 있었는데 이것은 행정학의 종래의 목표인 '절약'과 '능률' 이외에 불합리한 것이기는 하지만 정적인 인간관계를 중심으로 1차 집단의 기능에 대한 새로운 관심과 주의를 기울인 것으로서 또 한편으로는 전통적인 합리적 행정학에 대한 줄기찬 도전적인 제기수단이기도 했던 것이다.

　나는 언제고 기계문명의 발달이나 제도의 이상적인 제정의 필요성을 인식하고 있으면서도 이에 못지 않게 때로는 이 이상으로 '인간관계의 개선' 내지 '인간관계의 합리적' 연구책을 강조하고 싶다. 특히 조직의 일체감을 느끼지 못하고 소외된 인간을 치유하는 정적인 인간관계의 중요성을 나는 도처에서 절감한다.

　내가 살고 있는 사회, 아니 내가 일하고 있는 회사에서 나는 종종 딱딱하고 공식적인 통로를 통한 인간관계보다는 보다 부드럽고 정적인 인간관계가 아쉽다는 생각을 새삼 느끼고 있다.

　물론 이런 예를 들자면 한이 없겠지만 문득 생각나는 일이 있어서 이를 예를 들고자 한다. 즉 연전에 미국에서 전문기술을 습득하고 득의만만하게 귀국한 후 어떤 발전소에서 기술지도를 하고 있는 젊은 과학도인 한 후배가 나에게 보내온 편지중 이런 구절을 쓴 일이 있었다.

　"…적어도 저는 김선배(金先輩) 님과는 다른 차원에서 일하고 있는 것입니다. 여기서는 이해관계에 얽히고 멋없는 인간관계란 개입할 여지가 없으며, 순진하고 말을 잘 듣는 기계와의 관계뿐입니다. '스위치'

하나로 거대한 기계가 움직이는 것을 보고 있노라면 저 자신도 웅장해지고 거대해지는 기분에 사로잡힙니다……” 운운의….

어떻게 생각하면 아직 사회생활에 경험이 많지 않은 이 후배의 생각과 같이 ‘인간관계’ 란 얽히고 설킨 이해관계의 집산일지도 모른다.

그러나 전적으로 그렇게만 생각해서는 안 되는 것이며, 또 한편 그렇게 생각될수록 인간관계의 이해 깊은 연구의 필요성을 한층 더 느끼게 되는 것이다.

그래서 나는 귀국한 지 얼마 안 되는 그 후배의 패기만만한 자신에서 이런 점을 강조하면서 기계에 전적으로 신뢰하면서 지나친 기계에의 노예 되기를 피하고 무조건 그렇다고 단정내리는 식의 ‘이해관계에 얽히고 멋 없는 인간관계’ 라는 말을 강력히 부인하도록 도리어 노력하라고 쓴 일이 기억이 난다.

물론 내 자신도 마음 속으로는 그때만 해도 내가 지금 회사의 경영책임을 맡은 지 얼마 되지 않은 때라 그 후배와 똑같이 패기만만한 기분으로 ‘정적인 인간관계를 통한 조직의 운영’ 이라는 것에 크나큰 신임을 걸고 있었다.

그러나 나는 요즈음 가끔 이런 저런 일, 내 주변이나 우리들 인간사회에서 인간 언행에 의해서 발생되는 여러 가지를 되새겨 볼 때 우울한 기분이 들고 왜 이다지 매섭고 악랄하고 냉기찬 자신들만의 이해(利害)만에 사로잡히는 인간군화 되어가는 사회현상을 이루고 있을까? 하는 면에서 이 실현이 한탄스럽게 여겨지는 때도 많이 있다.

어떻든 인간관계를 논한다는 것은 쉬운 일도 아니고 인간군을 평한다는 것 자체가 수시로 나타나는 여러 형태의 다른 양상에 따라서 달라질 수 있듯이 파악하기 힘든 일이다.

단 하나 변함없는 신념은 ‘덕불고필유린(德不孤必有隣)’ 이란 옛말과 같이 남에게 가능한 한의 덕을 베푸는 일이요, 또 그러하면 인간관계의 유대나 운영책임자로서의 부하 통솔면에 크게 도움이 되리라는 것이다. 그래서 예부터 '천시(天時)는 부지지리(不知地利)요, 지리(地利)는 불여인화(不如人和)'란 교훈이 있지 않는가 그렇게 생각된다.

이렇게 종합적으로 생각해 보면 제도의 역할이란 조직을 구성하는 인간관계의 여하에 따라서 그 성패가 결정되는 것이 아닌가 그렇게 결론을 내릴 수 있으며, 아무리 합리적이고 이상적인 제도일지라도 그 제도를 운영하는 사람과 사람과의 관계가 비정적이고 차갑기만 하거나 상호존중 의식이 없거나 상대를 도외시하게 될 때 그것이 제도적인 면에서 구비된 이상과 합리성의 효과가 다 나오지 않을 것으로 믿는다.

문득 나는 신학자 막스 부버의 사상이 생각나는 바 그는 '나와 너'의 진정한 인간관계는 '내'가 '너'를 물건으로서가 아니라 인격으로서 대우할 때 이루어지는 것이며, 이 인격의 차원에서 '나'와 '너'의 진정한 만남이 이루어질 때 '나와 너'는 비로소 일체가 되는 것이라고 했다.

조직이 비정성(非情性)에 기름을 붓고 윤택하게 하는 동력적 인간관계는 구태여 그 거창한 막스 부버의 말을 차용하지 않더라도 무엇인가 따스한 인간관계, 이해관계에 얽힌 멋없는 인간관계가 아닌 이해를 초월한 인정의 관계가 아닐까 생각이 든다.

사람을 이해의 대상으로 볼 때 그것은 이미 인격이 아니라 물건으로 되는 것이며, 생명 없는 물건과의 관계는 무미건조한 기계와 인간과의 관계로 되는 것이 아닐까?

# 회상(回想)의 창변(窓邊)에서

吳 蘇 白

**나**의 학창시절은 가난한 편이었다. 중학교에 가기는 했지만 언제나 용돈 같은 것은 궁했다. 어려운 형의 처지에서 학비를 보내주는 건 매우 고마웠지만 용돈이 지나치게 쪼들렸기 때문에 답답할 지경이었다.

역시 '조건(條件)'이라는 것은 어떠한 경우에도 중요한 것이었다.

'침묵(沈默)과 명쾌(明快)'의 양면을 지니고 있는 것이 내 성격의 일면인지도 모르겠다. 나는 스포츠를 즐겨 했다. 학우들이 도박하는 것을 보면 나도 싫다 말고 곧잘 한 몫 끼곤 했다.

어느 해 가을인가 보다. 집에서 등기편으로 학비가 왔다. 언제나 하는 버릇처럼 송금을 찾은 나는 냉면집으로 가서 한 그릇 해냈다.

**오소백(吳蘇白)** _ 평남 진남포 출생. 서울대학교 사범대학 중퇴. 조선신문학원 졸업. 홍익대학 신문과 강사. 신문학원 강사. 「조선일보」·「합동통신」·「태양신문」 등 기자. 「부산일보」·「서울신문」·「중앙일보」·「한국일보」·「경향신문」 등 사회부장. 「대한일보」 사회부장 겸 편집부국장. 월간 『중성』지 주간. 신문편집인협회 보도자유위원. 저서 《인간 김구》, 《거리의 정보실》, 《올챙이기자 방랑기》, 《신문기자가 되려면》, 《신문강화》, 《해방십년》, 《우리는 이렇게 살아왔다》, 《에티켓 선생》, 《오소백 일본 상륙기》 외 수편.

나는 냉면집을 나와 거리를 거닐었다. 비록 학교에 납부할 학비이긴 했지만 호주머니에 큰 돈이 들어 있으니까 한결 마음이 훈훈했다.

나는 여기저기 거닐다 공중도박장으로 들어갔다.

'알굴리기' 도박이었다. 평양·서울·원산 등 주요 도시의 이름이 그려진 움푹한 자리에 알이 제대로 멎으면 십배의 돈을 지불받게 된다.

중학생 모자를 쓴 채 나는 무려 3시간에 걸친 게임에 열중했다.

'청홍알굴리기'라는 도박은 승부가 몇 갑절 빨랐다. 나는 나중엔 '청홍알굴리기' 도박으로 옮겼다. 도박장을 나올 무렵 주인은 은전 50전짜리 하나를 나에게 던져 주었다. 이른바 개평에 속하는 것이었다.

호주머니는 털털이가 되고 호콩껍질 같은 것만이 낙엽처럼 잡혔다. 반년치 학비가 고스란히 도박장으로 갔다. 큰 돈을 잃었으나 어쩔 수 없었다. 얼떨떨했다. 섭섭하기도 했다. 또 시원하고 재미있기도 했다.

같은 지방에서 온 이군(李君)과 같은 방에 하숙하고 있었다. 도박사건을 눈치 챈 이 군은 고향에 있는 내 형에게 폭로의 편지를 전했다.

며칠 후 형한테서 다시는 안 본다는 편지가 왔다. 나는 과히 놀라지 않았다. 다만 밀고한 이 군이 싫어져서 그날로 딴 하숙으로 옮겼다.

이런 일이 있은 지 얼마 안 돼서 나는 학교에서 등교정지 처분을 당했다. 지금과 매 일반으로 그때도 납입금을 제때에 못 내면 이런 벌칙이 있었다. 이통에 급장감투까지 보기 좋게 빼앗겼다. 웬일일까. 나는 반성이라는 것보다는 반항이라는 것이 앞섰다.

자주독립해서 살아야겠다고 생각했다. 의존이란 건 정말 따분한 것이라고 생각했다. 몇 달 후 나는 신문배달로 취직이 되었다. 조석간 하루에 두 번을 배달했다. 신문사가 만주 안동에 있었기 때문에 압록강 다리를 매일 두 번 자전거로 왕복했다. 학교에도 다시 등교하게 되었다. 도박 때문에 내 신용은 타락되었지만 나는 꿈쩍하지 않았다.

품행이 나쁘다고 해도 할 수 없었다. 엉뚱하게도 나는 검소한 편이었고 사치 같은 걸 싫어했다. 다만 도박사건 때문에 이단시 당했으나 나는 나의 길을 그대로 걸어갔다. 내 성적은 여러모로 떨어졌다.

그러나 다른 교양서적이며 금지된 책을 닥치는 대로 읽었다.

학교를 다니는지 소설책을 보러 다니는지 분간키 어려웠다. 1년이나 신문 배달을 하는 동안 나는 고향에는 편지 한 장 내지 않았다.

졸업할 때까지 배달을 계속했다. 신문배달을 하면서 나는 사회를 배우고 인간을 배웠다. 졸업 반 때였다. 학교에서 '스트'가 벌어졌다. 나는 '스트'에 단연 가담했다. 학교 강당에서 학교 당국과 담판대회가 열렸다. 학생층의 요구조건을 내걸고 싸움이 벌어졌다. 나는 나를 가장 아껴주던 일본 선생과 담판을 걸었다. 나는 졸업장 같은 것은 안중에도 없었다. 학생들의 중의가 진실인 이상 양보할 수는 없었다.

경찰에 학생 간부들이 붙들려 갔다.

며칠 후 석방은 되었으나 우리의 요구는 관철되지 못했다.

학무당국의 절충으로 타협으로 기울어지고 말았다. '스트' 사건은 아직까지 머리에서 사라지지 않는 '추억'으로 남아 있다.

중학을 나온 후 몇 달 동안 나는 만주를 방황했다.

웬일인지 대륙으로 가고 싶은 무엇이 나를 지배하다시피 했다.

대륙에의 꿈은 깨지고 말았다. 나는 동경으로 건너갔다.

도서관 출입을 하며 세월을 보냈다. 그러던 중 형이 급사했다는 소식을 듣고 귀향했다. 정말 공부하고 싶은 충동이 한창일 때 이런 이변이 일어났다. 나의 20대 시절의 첫사랑과 결혼 이야기는 그만두기로 하겠다. 나는 사랑에 대해서만은 자신이 없다고 생각하는 사람이기 때문이다. 나는 '사랑'에 대해서 자신 있게 말하는 사람들을 위선자로 보는 나쁜 습성이 있다. 생활신조라면 우습지만…….

평범하게 사는 게 신조라면 신조겠지. 그저 보통으로 살고 싶다. 그저 수수하게 살고 싶다. 하찮은 일일지라도 그것이 생활에 관계되는 것이라면 좀 더 진지하게 대하고 싶다.

나는 서민생활에서 위도 아래도 아닌 그런 영토 속에서 호흡하면 그만이라고 생각한다. 서민들이 괴로워할 때 같이 괴로워하고 서민들이 즐길 때 같이 즐기고 싶은 것뿐이다. 나는 항상 내 생활 자세를 '서민'의 그것에 비교해 본다. 요새 와서는 이런 것이 퍽 재미있게 느껴진다.

'인생' 이란 그리 즐거운 것도 아니고 또 그리 슬픈 것도 아니다.

시국에 대한 이야기를 한 가지만 말해 보련다.

해방 이후 20여 년을 지내오는 동안 우리들이 가장 가슴 아픈 것은 통일문제 일 것이다. 우리 힘만으로 해결의 길이 어려운 통일문제는 다음 기회에 미루기로 한다. 과거를 자꾸 들추어내려는 건 아니다. 하지만 사실(史實)은 어쩔 수 없는 것이다. 나는 다른 문제를 말하고 싶지는 않다. 첫째 부패문제를 말하고 싶다.

해방 후 우리 사회의 역사는 거의가 부패의 역정이라고 보고 싶다. 우리 사회가 무질서해진 대부분 원인은 역시 부패 때문이었던 것이다. 재주가 있고 없고는 노력에 달려 있는 것이다. 약삭 빠른 것, 그런 것보다도 중요한 건 역시 착실하고 성실한 것이다. 썩지만 않고 굳건히 해방 20년을 줄기차게 살아 왔다면 지금의 우리 사회는 생각할 수 없으리만치 달라졌으리라 본다. 기성세대가 불신을 받게 된 원인은 여러 가지 있긴 하겠지만 이것도 한 말로 말하면 썩어 멍들었기 때문이다.

악(惡)과 부정에 야합했기 때문이다. 뭣보다도 정치가들의 부패가 심했던 것이다. 사회건설이라는 큰 명제는 한낱 잠꼬대에 지나지 않았다. 많은 사람들은 저 살기에 바빴던 것이다. 수단방법은 문제가 아니었다.

'낙오자가 되는 놈만이 바보.'

이런 것이 합리화 되다시피 되었다. 낙오자는 '무능한 자' 라는 낙인을 찍히게 되었다. 흘러간 사회 풍토 속에서는 올바른 사람들은 오히려 이단시 당했던 것이다. 이른바 적당주의자와 아첨을 일삼는 자와 약삭빠른 자들이 판치고 있었다.

이런 사회 속에서는 '명일의 설계' 란 있을 법도 안 했다.

두 번이나 혁명을 겪었다. 쓰라린 경험을 통해 다시 제3공화국이 수립되었던 것이다. 정녕 백성들의 가슴마다에 복받쳐 오르는 소원이 있다면 무엇일까. 그건 다시 부패하지 말아야 한다는 말로 귀일(歸一)시켜도 좋을 줄 안다.

건전한 여당, 건전한 야당이 나타나야 할 것이다. 부패 없는 여당, 부패 없는 야당이 서로 돕고 견제하며 가야만 하겠다. 여야가 정쟁 때문에 극한점을 달림이 없어야 하겠다. 적대시가 지나쳐 이민족간의 대립처럼 되어서는 안 될 것이다. 여당은 야당을 사생아처럼 보아서는 안 될 것이다. 야당은 반대하기 위한 반대를 하여서는 안 될 것이다.

재빠르게 반성하고 야당 앞에 사과할 줄 아는 여당이어야 하겠다. 잘하는 일에 아낌 없이 박수갈채를 보낼 수 있는 아량 있는 야당이 나와야 하겠다. 정치 흥정을 위한 정치 흥정이어서는 안 될 것이다. 진정 백성의 이익을 위한 흥정이어야 하겠다. 지금 백성들은 솔직히 말해서 얼마동안이라도 안정을 바라고 있다. 다른 말로 하면 그건 왜 그럴까.

정치는 정치대로, 백성은 백성대로 두 동강이가 되었기 때문이다. 다른 말로 하면 정치인들을 반신반의하기 때문이다. 정권을 잡은 층이나 야당에게 바라는 국민의 당부는 무엇일까. 그건 조금이라도 민생고를 덜어달라는 것이다. 부지런히 일할 수 있는 기회를 달라는 것이다.

여야의 정치인들은 당면문제의 제일장을 알아야 한다.

일자리를 부단히 만들어 주어야 한다. 놀고 굶주리는 백성이 많아진다는 것은 역시 정치적 낙제밖에 아무것도 아니다.

다시 말하면 백성이 먹고 살 수 있는 생활의 땅이 있어야 한다는 것이다. 백성들이 활개를 펴고 설 땅이 있어야 한다는 말이다.

앞으로 누가 정권을 잡든지 다시 부패의 구렁텅이로 떨어지게 되면 모든 일은 옛날 그대로 돌아가고 말 것이다.

# 흙 전쟁 · Ⅲ
– 인장(人章)


韓何雲


인류가 이 지구상에 서식(棲息)한 지가 아득한 4억5천5백만 년 전부터라 한다.

인류가 '피테칸트르부스'로부터 '네안데르탈' '북경원인(北京原人)' '산정동인(山頂洞人)' 들이 야수(野獸)의 군생(群生)과 다를 것 없이 우승열패(優勝劣敗) 약육강식(弱肉强食) 적자생존(適者生存)의 인간군생(人間群生)이었다.

우승열패 약육강식 적자생존의 스산한 아수라(阿修羅) 속에서 인간문제의 이상을 염원하며 인간에게 깊이 숨겨져 있는 아름다움을 개척하는 것이 오늘의 과업이 아닐까 궁리해 본다.

요즈음에 이와 괴리(乖離)하여 인간을 인구라고 하는 식량소비(食糧消費)의 인분제조기시(人糞製造器視)하는 시책과 연구기관이 있는데 놀라지

**한하운(韓何雲)** _ 함남 함주군(함흥) 출생. 중국 국립북경대학교 졸업, 동 대학원 졸업. 신명보육원장. 청운보육원장. 무하문화사 사장. 안평농장장. 저서—시집 《한하운시초》, 《한하운시집》, 《보리피리》, 《나의 슬픈 반생기》, 《황토길》, 《시화집》, 《정본 한하운시집》 외 다수.

않을 수 없다.

인구폭발이라 아우성치며 인구와 식량을 걱정하며 166년 전의 맬더스의 〈인구원칙에 관한 일론〉을 동원하든가, FAO는 '굶주림 없는 참다운 세계평화운동'을, EEHC는 '기아해방운동(饑餓解放運動)'을 전개하는가 하면 산아제한이란 살인으로 인구폭발을 막아보려고 한다.

맬더스 인구론의 인구대 식량의 술산(術算)은 오늘의 농업은 그 생산률이 상승하고 있으며, 1년 70만 명이란 대구만한 인구가 증가한다고 하여도 우리의 실정으로서는 산아제한보다는 현 2백만 정보 경지의 배 이상의 경지를 확대가 가능하며 또한 농업의 과학화에 노력하면 인구 1억은 걱정없는 여유만만한 풍요천지(豊饒天地)이다. 이 선책(善策)을 추구하는 것이 옳을 줄 믿는다.

우리는 우리의 주변을 살펴보면 중공의 7억5천만, 일본의 1억, 이 틈에 있는 한국이 3천만 미만인데 이런 인구로 언제나 약소하게 살아야 하나. 관견(管見)으로서는 1등 국가가 되려면 인구가 1억 이상, 2등 국가는 7천만 이상, 3등 국가는 5천만 인구, 3천만 미만은 등외국가라 생각한다. 그러니 우리의 인구가 빠른 시일에 5천만이 되어야 균형 있는 국가로서 기능을 발휘할 수 있을 것 같다.

이렇게 인구가 민족의 운명을 좌우하는 데 천금을 들여가면서 가족계획이라는 살인으로서 이혈천혈(以血濺血)의 우를 범할 것까지는 없지 않겠는가.

인구억제책보다는 인구를 노동력화한 생산자로서 완전취업하는 데 국부의 원천이 생기며 국력의 팽창(膨脹)이 있고 민족의 비약이 있다.

지금 우리의 인구증가율이 2.8%라 하는데 이 추세는 민족이 비약하려는 자연적인 기운인데 이것을 1971년까지 2%까지 줄일 계획이라는 데 도무지 알 수 없는 일이다.

인구의 자연증가 추세를 산아제한으로 해결해 보자는 것은 우리의 여러 문제를 생각지 않고 있는 것 같은 인상을 주는데 우리의 인구문제 요건이 아직도 미숙하다는 것이다. 이런 미숙된 것으로 민족의 장래를 고, 스톱시키는 것은 어리석은 일이다.

인구증가는 걱정할 것이 없다. '유엔'은 인간자원의 개발이 어느 자본재의 투자나 천연자원의 개발에 못지 않게 긴요한 과제라고 규정한 바 있지 않은가. 오직 인간에게 숨겨져 있는 것을 개척하는 것이 오늘의 사명이며 오늘의 교육이 또한 여기에 근거되어야 한다.

이런즉 오늘의 우리의 교육은 어떤가. 장사 속으로만 영업하는 교육이 되어 가고 있다. 돈과 권력이 판을 치는 세상이 되어 돈이라면 무언들 못할까? 돈이라면 못해 볼 것이 없는 이 땅에는 부정(不正), 부패(腐敗), 비위(非違), 퇴폐(頹廢), 방종(放縱), 무책임(無責任), 불신(不信) 등등의 패리(悖理)가 악순환하는데 이 속에서 인간의 존엄성이 내종(乃終)에는 엉망으로 말이 아니고 인간의 가치관이 내종에는 편리하게 산아제한이란 살인을 서슴지 않고 인간의 신비성이, 신이 죽어만 간다.

정직(正直), 성실(誠實), 검소(儉素), 근면(勤勉)이라는 참다운 인간의 신비, 신으로 인간개발이 적극 추구되어야 한다. 진정 근대화라는 것이 바로 이것이 아닐까.

우리는 인간의 존엄성과 만유의 외경(畏敬)을 일부분이라도 표현한 말이 있다.

"……인류는 다 평등하게 창조되어 남이 가히 침해할 수 없는 몇 가지 권리를 조물주로부터 받았으니 곧 생명과 자유와 그리고 행복의 추구가 그것이다. 우리는 이에 이 진리는 자명임을 천하에 밝히노라."

이 미국독립선언서의 한 구절은 만고불변이 진리이며 인간부흥의 창조가 여기서부터 원천한다.

인간개발에 있어서 한 예를 들어보면 우리가 아랑곳 없이 망각해 버린 고아(孤兒) 불구폐질아(不具癈疾兒) 혼혈아(混血兒) 등등이 이 땅에는 많다.

이 아이들이 국민이 돌보지 않음으로 고아사업체에 수용되어 있으나 말이 아니다. 또한 이 사업이 어려워서 외원기관(外援機關)의 원조를 받는 곳이 많으니 자연히 아이들은 국제거지로 전락시킨 결과가 되어 있다.

이 아이들은 별의 별 굴레 속에서 자라고 있다.

우리는 왜 우리의 힘으로써 이 아이들을 키우지 못하고 국제거지로 만들고 있나? 우리가 가난해서만이 아니다.

봉건시대라 하는 조선시대는 지금의 몇 갑절 고아를 따뜻이 키워 왔다. 사료에 의하면 조선 22대 정조 7년에 유양제도(留養制度)를 마련하고 부랑걸식아를 진휼청(賑恤廳)에서, 행걸아(行乞兒)와 노방유기아(路傍遺棄兒)를 7~10세까지는 미(米) 7합(合), 장(醬) 2합, 미역 2립(立), 4~6세는 미 5합, 장 1합, 미역 1립(立)을 급여하고, 포대기에 싼 갓난아기는 지체없이 수용하였으며, 환과고독(鰥寡孤獨)을 구제하는 제도도 갖췄고 심지어는 나병환자(癩病患者)도 제주도에 수용한 기록도 있다.

민주국가라는 이 나라의 불우아들이 국제거지로서 앞으로 어떻게 이 땅에 설 것인가. 고아에서 생각나는 일은 경주 반월성하의 계림(鷄林)의 김알지(金閼智)는 기아에서 등극하였다. 역시 고아의 조선(祖先)이며 오늘날 김씨는 이의 후예(後裔)가 아닐까.

자기 아기를 버리는 화냥년은 지금에만 있는 일이 아니고 옛날에도 있었던 것 같다.

나는 고아들께 김알지, 박혁거세(朴赫居世), 석탈해(昔脫解)의 난생설(卵生說)과 버림받은 기아로서 등극한 것을 말하면서 고아들께 발분제(發奮

劑)로 일러주곤 한다.

이 땅에는 지금 기아격증(棄兒激增)이란 비정(非情)이 있다. 보사부 통계에 의하면.

1955년 715명

1956년 1,425명

1957년 2,506명

… (중략) …

1962년 4,646명

1964년 8,207명

연년 증가하는 엄청난 숫자, 그리고 누락된 숫자는 얼마나 될까.

정부는 한때 기아방지운동을 전개한 적이 있다. 통·반장, 아동위원, 가족계획원 등을 동내(洞內)의 임부와 유아를 살펴 이상이 있으면 경찰에 신고하고 기아사실이 있으면 엄벌하고 그 신고자에게는 표창하는 것으로.

이런 방지방법으로 가정을 사찰대상의 비민주적 방식으로 다룰 성질이 되지 못한다.

기아를 묵인 안 하면 기아 이전의 끔찍한 죄악이 격증하리라 생각한다. 이 묵인은 방종과 무책임을 조장하는 일이라 속단하겠지만 오죽해야 제 자식을 버리겠나 하는 입장을 생각해 보아야 한다. 사람은 자기가 저지른 죄를 영영 풀 길이 없다고 할 때 더 무서운 죄를 저지르게 되는 것인즉 죄에서 구원과 새 출발의 기회를 주어야 한다.

여기서 기아보다 그 기아 이전의 사회의 모순을 문제시하여 이 시정에 꾸준한 노력이 있어야 밝은 세상이 올 것이다. 기아현상은 지엽적(枝葉的)인 것이 아닐까.

기아 이외에 혼혈아라는 문제아를 우리는 갖고 있다. 혼혈아는 8.15

가 주는 외군진주에서 오는 어찌할 수 없는 섹스 훈장(?)이다. 이 땅의 여인의 피해를 대신 처리한 부산물인즉 어찌 혼혈아를 멸시할 것인가. 어찌 학대로서만 있을 수 있겠는가.

우리는 역사를 통하여 외군내습을 기억한다. 그들 호종(胡種), 왜종(倭種), 아종(俄種) 등등이 어찌 우리 여인을 그냥 두었겠는가.

이 호(胡), 왜(倭), 아종(俄種)과 토종(土種)과의 혼혈이 오늘날 그 흔적을 찾아볼 수 있는가. 이제는 동화흡수되고 그 당시에는 얼마나 야단스러운 치간(痴姦)이었겠나.

오늘날 백색(白色), 흑색(黑色)의 혼혈(混血)이 희한(稀罕)한 이색감(異色感)마저 있으나 우리 토색과 배합되어 오랜 세월에는 동화될 것이며 쇠퇴한 민족의 혈액갱신(血液更新)의 대사(代謝) 작용에 값진 역할을 할 것이라 생각한다. 일부 배달 토종설을 구가하며 외종혼혈을 이단시하고 특수학교에 격리시키는 따위는 열성유전(劣性遺傳)에서 오는 약자에 대한 가학적인 변태성이라 하겠으며 구제(救濟)라는 미명 아래 무상수출의 기민을 하고 있으며 혼혈아의 공짜 무역업자를 훈장까지 줄 거까지는 없지 않는가.

토종은 열성(劣性)으로 퇴화하는 것인즉 늙은 배달토종을 이 귀여운 1대 잡종인 혼혈아를 민족개량에 동원함이 어떨까.

사람이 산다는 것이 개인 이기(利己)로만 집착이 되고 가치관이 돈 타령으로 스산한 생존전쟁을 주변 사람에게 벌리고 주변을 적으로 몰아대는 까닭에 세상은 수라장화(修羅場化)하여 살기 어려운 피비린내 나는 상잔으로 아귀(餓鬼)가 되고, 이 아귀는 미감아(未感兒)라는 이상 야릇한 명명으로 아무렇지 않는 이 아이들께까지 법이고 과학이고 아랑곳 없이 변태자인 가학증(加虐症)을 마구 한다.

미감아교육에 있어서 해마다 신학기만 되면 입학거절을 연중행사로

치른다. 실은 학부형이 반대하는 것으로 돼 있지만 배후에는 교육자라
는 교장, 교사들이 선동하고 무즙 아주머니 같은 치맛바람을 헌법의 의
무교육 위에 휘날리고 있다.

다수의 우우통이 판정승하고 판정패한 이들은 공부를 못한 채 자라
나 적령이 되며 헌법의 징병에 휴전선을, 월남을 방위하는 데 문둥이
새끼와 공부를 같이 할 수 없다면서 어찌 군인은 같이 하자는가?

배달토종의 열세유전자(劣勢遺傳子)는 강자에게는 자기 간이라도 진상
할 양 과천땅에서 기어가지만 약자라고 보면 무법과 불법으로 가학하
는 변태는 그칠 줄 모른다.

고아(孤兒), 기아(棄兒), 혼혈아(混血兒), 미감아(未感兒), 불구폐질아(不具廢
疾兒)들이 다 우리의 2세이며 내일의 주인공이다. 우리의 상속자를 불
행한 채 묻어 버리고 어찌 70년대의 번영을 기대할 것인가.

근대(近代)가 흔해 남아돌아가는데 근대라는 것은 어느 누구의 고민
도 불행도 구원해 주어야 하는데 5월 5일의 '어린이 날' '어린이 헌장'
이 내 아이에게만 쓰여질 것인가. 피터팬의 동요의 꿈을 발상한 아이들
에게 나눠줄 사람들이 아쉽고 그립다.

살인범 고재봉(高在奉)이 사형장에서 마지막 유언에 '고아들을 잘 보
살펴 주시오' 하는 말을 하였다 한다. 이 말이 끝나자마자 총소리가 났
다. 이 총소리는 온 겨레에게 쏘는 총소리라 들린다.

인간은 생각하며 굶주림 없이 사는 것이다. 다만 이것뿐이다. 이러기
위하여 정치(政治), 경제(經濟), 종교(宗敎) 등등이 있는 것이며, 사람을 평
안하게 살게 하는 것 밖에는 아무것도 없다. 참다운 인간개발이 가장
중요하며 사람을 풍요 속에 살게 하며 하루 바삐 5천만 인구를 갖고 정
상기능을 발휘할 수 있는 나라가 되고, 1억의 인구를 가져야 한다.

# 키스 무죄(無罪)

金 載 完

크리스마스 이브를 며칠 앞둔 어느 날.

눈 오는 명동거리, 비좁은 어구에서 잘 알고 있는 세 녀석의 여대생을 뜻밖에 만났다.

"선생님 득남을 하셨다지요? 한잔 내셔야 할 것 아녜요!"하고 떼를 쓰며 조르는 바람에 못 이기는 척 '한잔 사겠다' 고 국립극장 옆 청자다방으로 향해 가는 길이다.

그 귀염둥이들의 재잘거리는 소리에 귀를 기울이며 따라가는데 옆에 가던 한 녀석이 갑자기 '킥킥' 거리면서 배꼽을 움켜쥐고 웃는다. 그러자 딴 녀석들도 연쇄반응이나 일으킨 듯 모두 입을 가리며 웃어댄다.

"무엄한지고 이놈들 왜 웃어? 내가 어데 잘못된 점이 있나?"하고 어

김재완(金載完) _ 전북 진안 출생. 호 상호(常湖). 서울대학교 대학원에서 법철학 연구. 경희대학교 대학원에서 공법 연구. 「단국대학보」 편집부장. 수도여자사범대학 강사. 대한국민여론협회 이사. 주식회사 『의회평론』사 주간. 월간 『정치평론』지 발행인. 한국정치문제연구회 회장. 맥아더교육재단 이사. 한양대학교 강사. 극동문제연구원 사무처장. 전남매일신문사 논설위원(서울주재). 경희대학교 후진사회문제연구소 기획간사. 저서 《한국의회정치사》. 논설집 《민주혁명에의 불길》, 《사상과 현실》. 수필집 《저항하는 노예》. 역서 《How foreigners View Korea and her Leaders》

처구니없어 물으니 또 한 녀석의 대꾸가 걸작이다.

"선생님의 10보 전 양산 밑의 액션을 투시하십시오!"라고 한다.

그리하여 문득 10보 전의 시야를 눈여겨 보았다. 우리들 앞엔 다름 아닌 벽안(碧眼)의 20대 키다리 청년과 날씬한 20대 금발(金髮)의 제니가 함박눈이 나리는 번화한 거리에서 팔짱을 끼고 걸어가며 대담하게도 키스를 하는 것이 아닌가.

다방에 자리잡은 우리는 용감하게도 키스 문제를 에워싸고 한창 화제의 꽃을 피웠다. 결국 "그 국가 그 민족의 습관과 전통에 따라 차이가 있지만 키스는 죄가 없는 것. 다만 키스로 하여금 공안의 질서와 선량한 풍속을 해치는 일을 저질렀다면 그 나라 그 사회의 법질서에 의해서 죄를 구성할 수도 있겠지……"하는 결론을 내던지고 나는 흥겨웁고 못내 아쉬운 그 자리를 떠나 다방을 나왔다.

화사한 거리, 눈 나리는 거리를 나는 혼자 거닐면서 키스문제에 집착해 보았다.

삼강오륜(三綱五倫)을 금과옥조(金科玉條)로 여기던 옛날 같으면 키스는 고사하고 남녀칠세(男女七歲) 부동석(不同席)이라 하여 그 누가 감히 남녀간에 마주앉아 대화를 나눌 수 있겠으며, 번화한 거리에서 남녀간에 눈을 똑바로 하여 쳐다볼 수 있단 말인가. 아마 사랑이 그토록 사무치던 '미스터 이도령(李道令)'과 끝내 사랑을 따르던 '미스 성춘향(成春香)'도 요즈음의 남녀들처럼 남이 보는 앞에서 대담하게 아베크니 랑데뷰니 키스니 하는 꼴을 보았다면 무척 부러워했을 것이오, 한편 이 사람 저 사람을 자유스럽게 사귈 수 있는 개방사회에 태어났더라면 그처럼 '열녀라는 이름의 춘향' 이 되지 못했을는지도 모른다.

따지고 보면 고금동서를 막론하고 키스는 죄의 대상이 되는 것은 아니었다. 옛날에 상투를 틀어 올리고 살던 동양의 할아버지와 낭자를 머리 위에 틀어 올리고 살던 동양의 할머니들도 양반이니 상놈이니 할 것 없이 부부간에는 남몰래 키스를 하면서 자식들을 낳고 살아 왔다. 비록 서양 사람처럼 개방적인 것은 아니었지만…….

키스라는 것은 입 맞추는 일을 서양말로 표현했을 뿐이다. 요즈음에는 키스라 하면 나이 어린 삼척동자도 인사할 때에 뺨에나 손등에 입을 댄다는 정도로는 잘 알고 있다. 그러나 우리나라의 귀염둥이 세계에서는 키스라고 말하기보다 '뽀뽀' 로서 잘 통한다.

아무튼 우리는 국내에서도 키스하는 광경을 자주 볼 수 있다. 온화하고 단란한 가정에서 아빠나 엄마가 외출할 때에 귀여운 어린 자녀들의 손등에나 뺨에 '뽀뽀 애애(靄靄)' 하는 일이라던가, 에뜨랑제가 수없이 출입하는 국제항공에서 헤어지고 만날 때에 아쉬움과 기쁨에 넘쳐 젊은이나 늙은이를 막론하고 이색의 부부들이 포옹하며 '키스 연연(戀戀)' 하는 광경을 흔히 볼 수 있는 것이다.

키스는 귀엽고 반갑고 슬프고 즐거울 때에 쓰여지는 '마음의 표현' 이기도 하지만 남녀간의 그리움과 사무침과 안간힘이 상충(相衝)하는 '극치의 표현' 이며 청춘들이 영원한 사랑을 고백하는 '절정의 표현' 으로 등장하기도 한다.

그러기에 어느 여류인사가 노래한 것처럼 '키스는 마음을 바치는 것, 정조는 몸을 바치는 것' 이라고 갈파했는지도 모르겠다.

그런데 키스의 방법도 가지가지인 것 같다. 입을 맞추는 일과 이마에 입술을 대는 일, 또한 뺨에 입술을 대는 일, 그리고 손등에 입술을 대는 일이 있는가 했더니, 지난번 미국의 케네디 대통령이 작고했을 때에 그 미망인인 재클린 여사가 탁자 위에 안치된 남편의 발바닥에 키스를 한 것처럼 발에다가 키스하는 수도 있는 것 같다.

여하튼 키스는 무자비(無慈悲)한 인간의 속성(屬性)이 아니며 악한들의 오락적인 속성도 아니다.

미풍양속을 길이길이 간직해 온 우리 금수강산(錦繡江山)의 샌님들은 아직도 자기의 사랑하는 아내와 귀여운 자녀들 이외에는 그 누구에게도 함부로 키스하지 못하는 경륜을 간직하고 있는 것이다.

그러나 케네디 대통령이 흉탄에 쓰러진 직후 존슨 부통령은 자기가 미국 대통령으로 취임하는 식전(式典)이 끝나자 그 공식석상에서 맨 먼저 자기의 사랑하는 아내 버드 여사에게 키스를 하였고 두 번째로 케네디 대통령의 미망인인 재클린 여사에게 키스를 해 주었다고 한다. 또한 재클린 여사는 케네디 대통령과 함께 불란서를 방문했을 때에도 드골 대통령으로부터 키스 세례를 받았었다.

서양 사람은 남이 보는 앞에서 남의 아내나 과년된 여자에게도 키스하는 것이 에티켓의 하나로 통한다. 아마 우리 양반의 나라에서 그런 일이 있다면 그 여론은 높은 하늘 끝까지 비등했을 것이다. 서양의 하늘 밑에서 사는 현대인과 동양의 하늘 밑에서 사는 현대인은 그처럼 풍속이 서로 다른 고민을 지니고 있다.

그러나 키스는 때와 장소와 대상과 경우를 가리지 않고 함부로 남용해서는 안 된다.

가랑잎이 딩구는 호젓한 오솔길이라든가, 푸르른 녹음이 사방을 가리운 산언저리라든가, 혹은 인기척이 없는 어느 여인숙의 으슥한 골방 등을 찾아 헤매는 어떤 뜨내기 청춘들이 무분별하게 주고받는 키스는 위험천만하다. 또한 진실성과 책임성이 없는 키스는 결국 인생비극의 도화선일 수밖에…….

자칫 잘못하면 키스 한 번 했다가 20만불의 위자료 청구를 받게 된 헐리우드의 어느 '여배우 키스 소송사건' 처럼 큰 봉변을 당하는 수도 있으니까 말이다.

먼 외국의 경우뿐만이 아니라 우리나라에서도 키스에 관하여 재미있는 이야기꺼리는 많다.

한때 경향 각지에서 일대 센세이션을 일으킨 소위 XX의 ‘강제 키스 단절사건’은 그 흥미 있는 일례가 아닐 수 없다. 말하자면 불량배가 처녀에게 강제로 키스하려다가 그 처녀로부터 혀의 일부를 절단케 된 사건이라 할까.

여기에 그 사건의 스토리를 대략(형사재판 판결문을 중심으로) 적어 보면 다음과 같다.


1964년 5월 6일(음력 3월 25일) 오후 8시경. A양(20세)은 B모양이라는 친구의 부름을 받고 자기집 밖에 나왔다. 나와 보니 그곳에는 생면부지의 Z군(22세)이 버티고 서서 자기(A양)를 방문하려고 B모양과 함께 찾아온 C모양의 행로를 방해하고 있는 것이 아닌가. 그리하여 A양은 그 방해하는 것을 만류하면서 Z군에게 대하여 “나를 찾아온 여자들에게 할 말이 있거든 나에게 이야기하라”고 하였다. 그때 그곳 집 앞에서 A양과 Z군은 함께 약 20분쯤 말을 주고받았다. 그러자 Z군으로부터 “같이 걸어가면서 이야기하자”는 요청을 받고 그때 A양은 이에 응하여 자기집에서 함께 놀던 K모양을 데리고 나와서 맨 앞에 자기(A양)가 가고 가운데에는 Z군, 맨 뒤엔 K모양, 이렇게 나란히 서서 A양의 집으로부터 약 70미터 가량 떨어진 논둑까지 걸었다.

여기에 다다르자 K모양은 곧 “집으로 돌아가겠다”하여 A양의 집으로 되돌아가 버리고 A양과 Z군만이 단 둘이서 계속 도로를 따라 서쪽으로 약 80미터 가량 더 걸었다. 그러니까 A양의 집으로부터 계산한다면 약 150미터쯤이나 되는 거리의 도로상에 이르른 셈이다. 이 두 남녀는 발걸음을 멈추고 3분 가량 아무 말 없이 서 있었다. 그러다가 A양은 불현듯 "이제 집으로 가겠다"고 말하며 돌아섰다.

바로 이때다. Z군은 A양의 어깨를 잡고 A양의 입술에다 키스를 하려고 하는 것이 아닌가. 그러자 A양은 이를 거절했다. 그러나 Z군은 A양의 발을 걸어 땅에 넘어뜨려 놓고 A양의 배 위에 올라가 엎드려서 계속 키스를 감행하려 했다.

그러나 A양이 이를 기어이 뿌리치고 일어나 두서너 발 걸었을 때 Z군은 또 다시 먼저와 같은 방법으로 눕혀 놓고 키스를 하려고 갖은 애를 썼다. 이에 A양은 기어코 이를 거절하고 또 다시 서너 발 걸어가려 했으나 Z군은 역시 A양의 발을 걸어 쓰러뜨려 눕혀 놓고 A양의 뺨에 Z군 자신의 뺨을 부비며 계속 입술을 맞대는 것이었다.

그때 Z군이 혀를 내밀어 A양의 입 속으로 넣자 A양은 그 Z군의 혀를 잘라 버릴 것을 마음먹고 A양 자신의 이로써 Z군의 혀를 길이 1.5㎝ 정도 물어 끊었다. 이리하여 A양은 Z군에게 치료 3주일간을 요하는 상해를 입혔고, 그 결과 발음의 현저한 곤란을 당하는 불구의 몸이 되게 한 것이다.


이 사건에 대하여 1965년 1월 12일 부산지방법원에서는 A양(피고인)에게 중상해죄로 징역 6월에 2년간 집행유예의 판결을 한 바 있다. 따라서 이 사건은 당사자간에 서로 처벌하는 것을 희망하지 아니 함으로 다만 일심판결에 대하여 그대로 확정된 것이다.

딱딱한 이 판결문을 자세히 읽어 보면 흥미로운 이 사건의 실마리보다 '과연 키스는 무죄이런가?' 하는 키스 모랄의 일면을 엿볼 수 있으며, 또한 두 가지의 커다란 의문점을 가지지 않을 수 없다. 첫째로는 이 사건을 판결한 법관들의 윤리관에 대한 점이오, 둘째로는 법이론상 '처녀의 순결성을 방위하기 위하여 혀를 물어 끊었다' 는 것이 왜 정당방위가 되지 않는다고 생각하는가 하는 점이다.

이 '강제 키스 단설사건'의 판결문에 의하면 법관은 "강제 키스를 하려고 피해자(Z군)의 혀를 피고인(A양)의 입 속에 넣었기 때문에 피고인(A양)은 자신의 순결을 방위하기 위하여 단설한 것이라는 사실을 당원(법원)도 인정하는 바이다"라고 하였다. 이쯤 되면 그 법관도 처녀가 결혼 전에 결혼상대자 이외의 남자와 키스하는 정도마저 순결성이 손상되는 것이라고 인정하고 있으므로 그 법관의 모랄은 그만큼 건전하다고 아니 할 수 없다.

그러면 이 사건판결이 한 걸음 더 나아가 처녀의 순결성을 위한 정당방위로 보지 않고 어찌하여 억울하게도 중상해죄로 몰아 치웠을까……? 만약 Z군 스스로가 그토록 키스를 싫어하는 A양에게 강제로 혀를 입 속에 넣지 않았던들 이러한 사고는 없었을 것이 아닌가.

법상에 있어서 '강제 키스를 감행한 폭한의 혀 1.5㎝의 값어치'와 '자기의 몸을 곱게 간직하려는 처녀의 순결성에 대한 값어치'와를 저울질해 본다면 어느 법익이 더 중요하고 더 무게가 있단 말인가. 이에 대하여 이 판결의 법관은 왈(曰), "혀를 끊어 버림으로써 피해자(Z군)를 일생 동안 말 못하는 불구의 몸이 되게 한 것과 같은 방위행위는 일반적으로나 객관적으로 볼 때 법이 허용하는 상당한 방위의 정도를 지나친 것이라 할 것이다"라고 하였다. 말하자면 상당성을 초과한 과잉방위(過剩防衛)라는 것이다.

그렇다면 아무리 처녀의 순결성(純潔性)이 짓밟히더라도 강제 키스를 하려는 남성의 혀를 물어서는 안 되는 것일까? 결국 힘이 강대한 남성이 연약(軟弱)한 여성의 입에다가 강제 키스를 하였어도 여성에겐 아무런 피해가 성립되지 못한다는 말인가. 이 나라 이 사회에서 '강제 키스를 하여도 죄가 없다'라는 논지가 통용된다면 청춘남녀들이 우글거리는 이곳 저곳에는 차마 꼴 볼 수 없는 기막힌 현상이 풍성할 것이다.

곰곰이 생각하여 볼 때 강제 키스를 하다가 불구의 몸이 된 Z군은 바보다. 만약 자기가 A양을 진정으로 사랑하고 아내로 맞이하고 싶은 신념이 있었다면 시간적 여유를 가지고 상호간에 충분한 이해가 있은 다음, 영원한 사랑을 기약하며 성실한 태도로 한 번의 키스를 가볍게 청했던들 여성의 정조처럼 아끼던 A양의 그 순결성을 슬며시 이바지했을는지도 모르는 것이 아닌가.

여하튼 키스도 처녀의 정조와 같이 '처녀의 순결성'에 포함되는 것이라고 봄이 어떨까. 일반적으로 처녀의 순결성은 여자의 생명보다도 비중이 높게 평가되는 경우가 많으니 말이다.

그런데 우리나라에서는 대체로 비개방적인 사회이면서도 정조라든가 명예라든가 하는 인격권을 너무 경시하고 있는 것 같다. 이혼을 밥 먹듯이 하고 성모랄이 활짝 개방된 미국과 같은 몇몇 나라에서도 강간사건은 극형과 중형에 처하는 경향에 있다.

강제적 사랑이 아름다울 수 없는 것과 같이 강제적 키스도 아름다운 것이 못된다.

오늘날 세대교체에 따른 구세대와 신세대간에 있어서 모랄이 심각하게 대립부조화(對立不調和)하는 이때에 '강제 키스 단설사건'은 적어도 제멋에 놀아나는 젊은 세대의 남녀에게 일대 경종이 되었고 산 교훈이 되었을 것이다.

'키스 정도가 어찌 처녀의 정조와 동가치하다고 볼 수 있겠는가?'라고 틴에이저들은 항의할는지도 모르겠다. 그러나 얼마 전에 서울대학교 법과대학의 모의재판에서 동 '강제 키스 단설사건'을 사안으로 다룬 젊은 법학도들이 부산지방법원의 실제 판결을 뒤엎고 처녀의 순결성을 지키기 위해 정당방위를 한 A양에게 무죄로 선고하였으며 강제 키스를 남행한 Z군에게는 유죄로써 판결한 것은 젊은 세대의 이 사회에 있어서 또 하나의 놀라운 사실(경향)이 아닐 수 없다.

사랑은 죄가 아니듯이 키스도 죄가 아니다.

사랑이 진실하여야 하는 것처럼 키스도 진실하여야 한다.

진실하고 영원한 사랑은 행복한 키스의 연속으로 통한다.

그러나 사랑과 진실이 없는 키스는 인간사회의 반역이다. 그리고 인간사회의 아름다운 '모랄' 을 반역하는 자는 저 창경원 동물원의 세계로 망명시켜야 한다.

인생이여, 진실한 사랑을 구하라! 그리고 그 진실한 사랑에게 영원히 키스하라! 지그시 눈을 감고 키스하라! 그리하면 영원한 행복의 문은 항시 열려 있을 것이다.

# 민족의 주체의식을 되찾자

安浩相

## 민족과 조국을 바로 알자

우리가 조국의 평화적 통일을 이룩하기 위하여, 우리는 먼저 우리 남한 사람들끼리 강한 민족의 주체의식으로써 화합해야 하며, 또 그러기 위해선 먼저 민족과 조국의 뿌리와 본바탕을 바로 알아야 한다. 민족을 구성하는 요소들이 있는데, 그것은 곧 핏줄(혈통), 말, 종교, 도덕, 문화 등이다. 한 민족이 이 여러 가지를 공통으로 하고 있는 까닭에, 다른 민족들과 구별된다는 것이다. 그러나 우리가 한 가지 알아야 할 것은 이 여러 가지 요소들 가운데, 그 핏줄이 그 결정적 요소란 것이다.

한 민족은 같은 한 조상의 핏줄을 받은 사람이라야만 한다. 아무리 이제 말한 그 여러 가지가 공통된다 할지라도, 다른 조상의 핏줄을 받

**안호상(安浩相)** _ 경남 의령 출생(1902). 호는 한뫼. 1924년 중국 상해 통지대학(同濟大學) 예과 졸업. 1929년 독일 예나대학에서 철학박사 학위 취득. 보성전문학교(고려대 전신) 교수. 조선문필가협회 학술분과위원장. 조선민족청년단 부단장. 서울대 교수. 국사찾기협의회 의장. 초대 문교부장관. 동아대학장. 참의원. 재건국민운동중앙회장. 한성대 및 경희대 이사장. 대종교 총전교. 저서―《철학강론》《민주적 민족론》《배달의 종교와 철학의 역사》《단군과 화랑의 역사와 철학》등 30여 권 상재.

은 사람들이라면, 그들은 같은 한 민족이 될 수 없다. 이것은 스위스(서서)와 북아메리카를 보아 잘 알 수 있다. 스위스 사람은 약 8할의 도이취(독일) 사람과 약 1.5할의 프랑스 사람과 또 약 0.5할의 이탈리아 사람으로써 된 국민인 까닭에, 국민은 있어도 민족은 없다. 북아메리카는 세계 여러 조상들의 자손들이 몰려 사는 까닭에, '아메리카 민족'(American nation)은 없고 '아메리카 백성'(American people)만이 있을 뿐이다.

유대 사람들은 서기 1세기에 로마로부터 침략되자, 그들은 조국을 떠나 세계의 유랑객이 되었다. 그러나 그들은 자기들의 조상과 핏줄을, 또 자기들의 조상이 물려준 종교를 그대로 지켜 나왔었다. 그들이 둘째 번 세계전쟁이 끝나고 독립이 될 때까지, 그들은 세계 100여 나라들에 흩어져 살았었고, 또 60여 나라말들을 썼다. 그러나 그들은 자기들의 뿌리인 조상을 받들고 조상이 물려준 유대 종교를 지켰던 까닭에, 유대 민족은 죽지 않고 영구히 살아남았다. 그들은 민족정신이 철저하였던 까닭에, 독립이 되자 100여 나라들로부터 모인 사람들이 200만이 되어서 1억 아랍군의 침략군을 6일만에 패퇴시켰다.

민족은 같은 조상의 핏줄을 받은 사람들이요, 조국은 제 조상이 물려주신 나라이다. 남의 조상이 떠맡기거나 물려준 나라는 절대로 제 조국이 될 수 없다. 소련 사람의 조상이 준 나라가 우리 조국이라면, 우리는 소련의 종놈이요, 미국 사람의 조상이 준 나라가 우리 조국이라면, 우리는 미국의 종놈일 것이다. 제 민족과 조국을 지키려면, 먼저 제 조상을 지켜야 하며, 또 제 조상을 귀중히 받드는 데서, 비로소 제 민족과 조국을 귀중히 알게 된다. 모든 종교들과 종교인들은 조국과 민족의 속과 밑에 있지, 절대로 이것들의 밖에나 위에는 있을 수 없다.

우리 배달민족의 아버지요 스승이요 또 임금이신 배달 한배웅(倍達桓

雄)께서 5888년 앞에 나라를 세우시고, 또 그 뒤 1565(단기 1)년에는 단군 한배검(檀君王儉)께서 이 배달나라를 크게 발전시켰다. 우리는 이 분들의 사상과 도의(道義)로써 민족의 화합을 이뤄, 현재 국제적 종교식민지(宗敎植民地)가 된 우리 조국을 해방시키지 아니 하면 아니 된다.

### 단군 한배검(檀君王儉)의 나라땅이 중국의 북경까지였다

우리는 먼저 여러 중국 책들로부터 우리 배달나라(檀國)인 조선의 옛 국경을 잠깐 알아보기로 하자. 단군 한배검의 아드님 부루(夫婁)시대에 우나라 순임금(虞舜)의 신하인 백익(伯益)이 지은 《산해경》(山海經)에선 옛 조선의 국경이 동해와 북해(北海)라 하였는데, 이 북해는 현재 소련의 블라디보스토크 앞바다이다(山海經 卷四, 海內經). 서기 3세기(단기 25세기)에 지은 《삼국지》(三國志)와 서기 5세기(단기 27세기)에 지은 《후한서》(後漢書)에선 진시황(秦始皇)의 만리장성의 북녘에 있는 우리 부여(扶餘)의 북녘 국경이 약수(弱水) 곧 흑룡강이라 하였다.

명나라 때에 지은 《대명일통지》(大明一統志)에선 우리 옛 조선의 서·남녘의 지역에 관하여 다음과 같이 밝혀 두었다. 조선성(朝鮮城)이 영평부(永平府) 경계 안에 있는데, 이것을 후위(後魏 : 단기 28세기, 서기 6세기)가 북평군(北平郡)에 소속시켰다. 이 북평군의 옛 이름이 고죽나라(孤竹國)인데, 진(秦)나라 때에 북평으로 고치고, 북연(北燕 : 단기 27세기, 서기 5세기) 때에는 평주(平州)와 낙랑군(樂浪郡)이라 하다가, 후위가 낙랑을 고쳐 다시 북평이라 하였다.

조선성이 있는 영평부는 본시 북평이요. 이것은 옛날 고죽나라 땅인데 이 지역이 낙랑군이 되었다. 중국의 땅이름자전에선 고죽나라는 한 옛적(太古時)에 동이사람(東夷人)인 염제신농(炎帝神農 : 단기 앞 9세기, 서기 앞 33세기)의 자손 나라인데, 그것은 지금 북평의 노룡현에서 열하성(熱河城)

의 조양현에 이르는 지역이라 하였다. 2100년 앞에 한나라 사마천이 지은《사기》에선 말하기를 고죽나라는 동이 사람인 은(殷, 商)나라의 시조 설(契 : 단기 2세기, 서기 앞 22세기)로부터 그 13대 손자인 탕(湯) 임금을 거쳐 백이(伯夷)와 숙제(叔齊)의 아버지 대까지 전해졌는데, 고죽성이 현재 요서(遼西) 영지현에 있다라 하였다.

### 고구려는 한 때 북경과 산서성까지 통치하였다

서기 4세기에 지은《삼국지》와 서기 5세기에 지은《후한서》에선 우리 부여(扶餘)와 고구려의 위치에 관하여 다음과 같이 말하였다. 부여는 진시황의 만리장성 북녘에 있고, 현도(玄菟)로부터 1000리나 떨어져 있다. 남녘은 고구려와, 동녘은 읍루와, 서녘은 선비(鮮卑, 산융－山戎)와 서로 대 있고, 북녘에는 흑룡강이 있는데 땅은 2천여 리요, 호수(戶數)는 8만여 호나 된다.

중국책인《삼국지》와《후한서》또 우리나라 책인《삼국사기》와《문헌비고》에선 고구려에 관한 사실을 다음과 같이 기록하여 두었다. 고구려는 본시 중국의 동북녘 모퉁이에서 일어났는데, 그 지역이 현재 중국의 홍안령, 열하성 북녘 및 찰합이성의 한 부분이다. 고구려는 벌써 유리 임금 때부터 전한(前漢)을 누르고 나라땅을 넓히고 선비나라(鮮卑國)를 종속시켰다.

대무신 임금 때에는 고구려의 북녘에 있는 부여를 쳐서 통합하고, 부여의 서북녘에 있는 흉노(匈奴)를 물리치고 남북녘으로 나라땅을 넓혔었다. 모본 임금 때 이르러 고구려는 열하성의 우북평(右北平), 하북성(北京지역)의 어양(漁陽), 찰합이성의 상곡(上谷) 및 산서성(山西省)의 태원(太原)까지를 모두 점령하였는데, 이곳들은 한(漢)나라의 북녘 요새지(要塞地)요, 또 흉노의 요충지(要衝地)다.

　부여와 고구려가 처음 일어난 곳이 현재 중국의 흥안령, 요북성, 찰합이성과 또 몽고지역이라는 것은 몽고 과학원의 비수미야바트르 교수가 1975년에 지어낸《몽고와 한국민족 선조들의 민족·언어학적 상호관계에 관한 문제에 대하여》라는 책에서도 밝혔다. 그는《삼국유사》에서 북부여의 건국 장소라고 말한 흘승골(訖升骨)은 몽고의 할힌골(Xalxingol)강이요, 또 고구려 건국기에 나오는 불류(沸流)는 몽고의 부이르(Buir)호수라 하였는데 그 위치는 북위 43~45도요, 동경 120~125도며, 또 이에 관한 자세한 소개는 헬싱키대학 한국말 교수인 고송무 씨가 벌써 1980년 1월에 여러 신문에 소개하였다. 그리고 또 고 교수는 '소련 과학원 시베리아 분원 역사·언어·문학 연구소'가 최근에 펴낸《옛조선》(古朝鮮)이란 책의 내용을 1982년 11월에 소개하였는데 이것이 또한 몽고학자 수미야바트르 교수의 것과 비슷하였다.

### 백제는 한 때 북경과 양자강 남녘까지를 통치하였다

　당나라 때에 지은 양서(梁書)와 또 다른 여러 책들에선 고구려와 백제가 중국(中國)을 통치한 데 관하여 저같이 말하였다. 진나라(晉 : 단기 26~28세기, 서기 3~5세기) 때에 고구려는 이미 난하 동녘에 있는 요동을 쳐서 차지하고, 백제 또한 북경지역인 요서(遼西)와 진평(晉平)의 지역을 차지했고 이곳을 백제군(百濟郡)이라 하였다. 백제의 서울(도읍, 都邑)이 북경지역인 요서에 있는 고마성(固麻城)과 조선 전주(朝鮮全州)에 있는 거발성(居拔城) 등 둘이다.

　《만주원류고》(滿洲源流考)에선 중국 북평(북경, 하북성)지역을 차지한 백제와 조선반도와의 지리적 관계를 저같이 말하였다. 백제의 서·북 지역인 하북성의 광녕(廣寧)과 금의(錦義)로부터 남녘으로 바다를 건너 동녘으로 가면, 조선의 황해도, 충청도, 전라도 등에 이른다.

땅은 동·서가 좁고 남·북이 길다. 유성(柳城)과 북평에서 계산하면, 신라가 백제의 동·남녘에 있고 충청도의 공주에서 계산하면 신라가 동·북녘에 있다. 당나라 때에 지은 《주서》(周書)에선 말하기를, "백제가 진(晉), 송(宋), 제(齊), 양(梁)나라 적엔 중국 양자강(楊子江) 왼쪽(북녘) 지역을 차지하였다가, 후위(後魏 : 단기 29세기, 서기 6세기)나라 때엔 중국 전체를 차지하다"라 하였다. 《당서》(唐書)에선 "백제가 서녘 바다를 건너 중국 남녘인 월주(越州, 강소성과 절강성)를 또 남녘바다를 건너 일본을 차지하다"라 하였다.

### 신라의 통일 국경이 한 때 북경까지였다

과거엔 만주를 흑룡강성, 길림성(吉林省), 봉천성(奉天省) 등 3성들로 나누고, 이것을 동3성(東三省)이라 하였는데, 그 서·남녘은 대략 현재 중국의 요녕성, 열하성 지역까지였었다. 이 동3성인 만주 동부를 우리 신라가 통치한 것을, 《북사》(北史)와 《당서》(唐書)와 《수서》(隨書)에선 대략 다음과 같이 밝혀 두었다.

신라가 본래 고구려의 동·남 남녘에 있었다. 위나라 장수 관구검(毌丘儉, 단기 2579세기, 서기 246세기)이 고구려를 쳐 물리치니, 고구려는 안동성 집안현(輯安縣)에 있는 서울 환도성(丸都城)을 버리고 길림성(吉林省)에 있는 옥저로 달아났다가, 뒷날 다시 고국으로 돌아오고, 남은 사람들은 신라 사람이 되었다. 신라는 옥저(북옥저는 길림 혼춘 일대), 불내, 한 및 예(不耐, 沃沮, 韓, 濊)를 모두 자기 땅으로 하였다.

《신당서》(新唐書)를 보면, 신라의 땅이 가로가 1,000리요, 길이가 3,000리나 되었다. 신라 문무임금 10년(단기 3003, 서기 670)에 백제땅을 빼앗았다. 신당서는 또 말하기를 신라가 백제땅(북경지역)과 고구려 남녘땅(서부 만주)을 취하여서, 여기에 상, 양, 강, 웅, 전, 무, 한(漢), 삭, 명 등

9주들을 두고, 주마다 한 도독(都督)이 있었는데, 그 밑에 10군들 혹은 20군들이 있었다. 이 9주들의 가운데서 몇 주들의 위치를 살펴보면, 상주(尙州)는 동경로(東京路)에 속함으로써 길림성 영안현에 있고, 전주(全州)는 북경로에 속함으로써 열하성 파림기에 있고, 강주(康州)는 요녕성의 의무여산(醫巫閭山)에 가까운 곳에 있고, 삭주(朔州)는 봉천성 봉황성(鳳凰城)에 있고 명주(溟州)는 본래 예땅(濊地)이다.

청나라 건륭임금(乾隆王)의 명령을 받은 35사람 대신(大臣) 학자들이 《흠정만주원류고》(欽定滿洲源流考)라는 책을 짓고, 그 속에 신라의 나라땅에 관한 그들의 종합된 의견을 발표하였는데 그것은 대략 다음과 같다.

신라 강토가 동남으로 조선의 경상도와 강원도 2도로부터 바로 길림성 오랍(烏拉, 목단강 영고탑지역)에까지 이르고, 또 서녘으로는 개원과 철령(鐵嶺, 潘陽과 長春의 동부지역)에 접근하였다. 신라 무열임금(武烈王)의 뒤엔 백제의 옛땅과 고구려의 남녘 땅을 취하였는데, 이때엔 동서가 900리요, 남북이 1000여 리나 더 늘어났다.

이것을 보면 신라의 나라땅이 경상남북도만이 아니라, 만주의 영고탑과 개원과 철령까지다. 이 개원과 철령지역에서 동해까지가 약 1,000리요, 또 영고탑에서 경주까지가 약 3,000리가 되므로, 신라의 나라땅에 관한 중국의 《신당서》의 기록이 조금도 틀림없다.

신라의 문무임금이 고구려와 백제의 땅인 서부 만주와 중국의 북경지역까지 통합하여, 위대한 3나라의 통일나라를 만들었다. 그러나 성덕임금 첫 무렵부터 발해가 점점 강해져서, 서·북지역은 모두 발해에게 빼앗기고, 신라는 겨우 압록강 남녘만 차지하게 되니, 그 때가 곧 성덕임금 35(단기 3069, 서기 736)년이다. 신라의 통일시대엔 과거 백제 땅이었던 중국의 산동성(山東省)까지 다스렸던 까닭에, 발해 바다가 신라의 내해(內海)였던 것이다.

# 양(量)보다는 질(質)을 향상시켜야

李 恒 寧

옛날부터 우리나라에는 '장맛이 좋아야 집안이 잘 된다' 는 말이 있다. 장맛이 좋다는 것은 이미 그 집안이 잘 되어 간다는 뜻이요, 장맛이 나쁘다는 것은 이미 그 집안이 기울어져 간다는 뜻이라고 말할 수 있다.

이와 같은 이치가 기업과 제품의 관계에도 있을 수 있다고 생각된다. 제품이 잘 나오면 그 기업이 잘 되어가는 징조이고, 제품이 나쁘면 그 기업이 시들어가는 징조라고 보아도 좋다. 이것은 집안의 장맛과 다름이 없다고 느껴진다.

요즘 시중의 여러 가지 상품 중에 마음에 들지 않는 것이 한두 가지가 아니다. 우리가 일상생활에 쓰는 상품 가운데에는 두어 번 쓰면 고장이 나는 것이 있는가 하면, 사 가지고 간 그날부터 아예 제 기능을 제

**이항녕(李恒寧)** _ 경성대학교 법학과 졸업. 하동군수, 창녕군수, 양산중 농업고등학교 교장, 동아대학 교수, 고려대학교 법과 대학장, 홍익대학교 총장. 학술원 회원. 세계평화교수협의회 회장.

대로 못해 짜증이 나는 것이 많다. 어린이 학용품 가운데 불량한 것이 많아 어린 가슴에 불쾌감을 심어 주는 일이 많고, 어른이 쓰는 일용품 가운데에도 불량품이 많아 그 제조업자를 저주하고 싶은 때가 많다.

일용품은 고사하고라도 식품에도 불량품이 적지 않다. 특히 위생에 주의하여야 할 식품의 제조에 있어서는 그 식품이 때로는 사람의 생명과도 관계가 되는 것을 생각하면 그 제조 과정이나 그 관리 과정에서 아무리 주의를 하여도 지나침이 없을 것이다.

그런데 일용품이나 식품을 제조하는 데 그 기업주나 간부들이 직접 만드는 것은 아니므로 기업주나 간부들이 아무리 주의를 해도 물건을 직접 만드는 사람들이 조심하지 않으면 어찌할 도리가 없을 것이다. 제조자 한 사람 한 사람이 정성을 들여 만드는 제품은 훌륭하겠지만 그들이 정성을 들이지 않고 아무렇게나 만든 제품은 불량품이 많을 것이다. 근로자들이 정성을 들이는 기업은 잘 되어 나가겠지만 그들이 정성을 들이지 않는 기업은 오래 가지 않아 기울어지게 될 것이다.

근로자들에게 자주 잔소리만 한다고 그들의 정성이 생기는 것은 아닐 것이다. 그들이 마음 속으로부터 좋은 물건을 만들어야겠다는 다짐이 무엇보다도 필요하다. 그와 같은 다짐은, 첫째는 근로자들의 사명감에서 우러나와야 하고, 둘째는 기업주 측에서 그와 같은 마음을 일으키도록 도와주어야 할 것이다.

물건을 만드는 사람들은 소득도 많지 않고 또 사회적으로도 그 자리를 높이 평가받고 있지 않다. 물건을 만드는 데에 무슨 사명감이나 큰 신명이 나지 않는 것은 당연할지도 모른다. 그러나 근로자들이 자기 스스로를 낮추고 물건 만드는 것을 큰 의미가 없는 것으로 생각한다면 그들은 진짜로 천한 신세를 면치 못할 것이며, 이 세상에 사는 보람과 행복을 느끼지 못할 것이다.

사람으로 이 세상에 태어나 사는 보람을 느끼지 못하고 사는 것처럼 가치가 없고 불행한 것은 없다. 아무리 높은 자리에 앉았다고 하더라도 자기의 하는 일에 보람을 느끼지 못하면 사는 가치가 없을 것이요, 또 아무리 재산이 많다고 하더라도 자기의 하는 일에 보람을 느끼지 못하면 사는 가치가 없을 것이다. 아무리 가난하고 아무리 지위가 낮다고 하더라도 자기가 하는 일에 보람을 느끼면 그 사람이야말로 행복을 누리는 사람일 것이다.

사는 데 보람을 느낀다는 것은 자기의 하는 일이 남에게 도움을 준다는 생각에서 우러난다. 우리는 일상생활에 여러 가지 조건을 필요로 하는데, 그와 같은 물건을 만들어 내는 근로자들이 없으면 모든 사람의 불편이 이만 저만이 아닐 것이다. 모든 사람에게 편의를 준다는 이 사실이 벌써 보람을 느끼게 할 것이다.

다시 나아가, 그 상품을 정성들여 만들어서 많은 사람에게 더 많은 편리를 주는 것은 곧 많은 사람에게 더 큰 은혜를 베푸는 것과 다름이 없다. 비록 그들이 품삯을 받고 제품을 만든다고 하더라도 그 물건은 품삯의 대가로 만들어지는 것이 아니라 모든 사람에게 도움을 주기 위한 봉사심과 사명감에서 만들어진다고 생각해야 될 것이다. 자기의 정성이 담긴 물건이 많은 사람에게 얼마나 고마움을 주며, 자기가 불성실하게 만든 물건이 얼마나 많은 사람에게 불편을 줄 것인가를 생각하면 상품이 어느 한 개라도 마구잡이로 만드는 것은 곧 죄악이요 범죄 행위라고 할 수도 있다. 자기가 만든 물건으로 모든 사람에게 봉사한다는 사명감 속에서 일하는 근로자는 행복할 것이요, 그와 같은 행복감 속에서 일하는 사람의 손에서는 결코 불량품이 나올 수가 없을 것이다.

기업주들은 그 종업원들이 사명감과 아울러 그 기업주를 위하여 정성껏 일할 수 있도록 인간적인 예우와 경제적인 대우를 하여야 할 것이다. 종업원들이 기업주를 존경하고 신뢰하는 곳에서는 결코 불량품이 나올 수가 없을 것이다. 종업원들이 불량품을 만들게 되는 동기는 사명감이 없는 데에도 기인하지만 기업주에 대한 불만이 작용하는 경우도 적지 않을 것으로 생각된다.

해외에 나가 보면 한국 상품이 많이 있는 것은 흐뭇하지만 한편으로는 그것이 싸구려 상품인 것에 일말의 섭섭함을 금할 수 없다. 한국인의 소질이 그 정도 밖에 안 되는가 하여 열등감도 느껴진다.

물론 기술과 시설문제도 있겠지만 종업원들의 마음씨가 더 문제일 것 같다. 내가 만들고 있는 이 상품이 우리나라를 대표한다고 생각할 때에는 결코 아무렇게나 만들지는 못할 것이다. 나는 우리나라 상품의 해외진출이, 양이 많은 것보다는 그 질이 우수해야 비로소 자랑거리가 되리라고 생각한다.

최근 소비자 보호 운동이 활발하여 불량 상품의 고발도 활발하지만 고발을 당하지 않는다고 하더라도 불량품이 자꾸 나오는 기업의 운명은 뻔하다. 장맛이 좋지 않은 집안처럼 불량품이 자주 나오는 기업은 오래지 않아 시들어갈 것이 틀림없다.

# 마음을 누가 비웠는가

徐燉珏

요즈음 복잡한 세상에서 살다 보니 많은 사람들이 말하기를, 나는 마음을 비웠다느니 속을 비웠다느니 하는 경우가 많아지고 있다. 그러한 사람들이 진실로 마음을 비우고 있으면 다행이겠으나, 대개의 경우 현실도피로써 그렇게 이야기하거나 부질없는 자기 자랑으로 말하는 경우가 많다.

마음을 비운 경우를 공심(空心) 또는 무심(無心)이라고들 하는데 공심이라 하여 주관 없이 아무렇게나 사는 것이라 생각하면 큰 잘못이라고 생각한다. 사물에 걸리지 아니 하고 옳은 일하는 데 욕심이 없고 성내지 아니 하고 어리석지 않게 사는 경우가 진정한 공심이리라.

이와 관련하여 불가(佛家)에 내려오는 이야기 한 토막이 있다.

중국 송(宋)나라의 철학자인 정자(程子) 정이천(程伊川)은 도인(道人)으로

**서돈각(徐燉珏)** _ 대구 출생(1920년). 호는 무애(無碍). 경성제국대학 법과 졸업(1946년). 미국 메소디스트대학 법대 대학원을 졸업(1956년). 경희대학교에서 법학박사학위 취득(1965년). 서울대학교 법대 교수, 보험학회장, 서울대학교 사법대학원장, 공인회계사 회장 및 서울대학교 법대 학장, 상사법학회 회장, 동국대학교 총장. 법률문화상 수상. 저서 《상법강의》·《개정상법요론》·《주석어음법》·《수표법》(공저) 외 다수.

서 널리 알려져 있었다. 어느 날 그 제자들을 거느리고 큰 강을 건너기 위하여 배를 탔다. 강의 중간에 다다랐을 때 갑자기 큰 풍랑이 일어나 곧 배가 침몰할 듯이 몹시 흔들려 몸을 가누기가 힘들 정도였다. 배에 타고 있었던 사람들은 너나 할 것 없이 모두 사람 살리라고 외치며 아비규환의 사태에 이르렀다. 정자는 제자들 앞이고 또한 도인으로서의 체면을 유지하기 위하여 마음을 진정시키는 데 큰 곤욕을 치렀다.

잠시 시간이 지나자 바람이 자고 평정이 이루어졌는데, 배의 한 구석에 어떤 스님이 그 소용돌이 속에서도 잠을 쿨쿨 자고 있는 것을 목격할 수가 있었다. 배가 대안에 도착하였을 때 정자는 신기하게 여겨 "스님, 참으로 놀랍게 정심이 계시는군요. 누구이신지요"라고 하였으나 그 스님은 '정심(定心)은 불여안심(不如安心)이요, 안심(安心)은 불여무심(不如無心)'이라는 두 구절을 남기고 훌쩍 떠나더라는 것이다. 이 경우의 무심이 바로 마음을 비운 경우가 아니겠는가라고 생각해 본다.


## 용심(用心)

어떤 과학자가 있었는데, 오랜 연구와 실험 끝에 시체에 생명을 불어넣어 줌으로써 죽은 사람을 다시 살아나게 하는 신통한 비술(秘術)을 알아내는 데 성공하였다. 평소부터 가장 이상적 인간형을 머리에 그리며 그와 같은 인간형을 구체적으로 만들어 보려던 그의 꿈이 이루어진 것이다.

그 과학자는 곧 천재적인 인물로 널리 알려졌던 어느 유명한 학자의 시체에서 우수한 머리 부분만을 몰래 잘라냈다. 그리고 또 가장 잔인무도한 살인마로 교수형을 받아 죽은 시체에서 월등하게 건장한 머리 없는 몸뚱이 부분만을 역시 몰래 잘라냈다. 우수한 천재의 머리와 비상하게 건장한 살인마의 몸뚱이의 두 부분을 한 데 붙여서 다시 생명을 불어 넣게 되면 그가 그리던 가장 이상적 인간이 만들어질 수 있다고 그는 확신하였다. 그의 비법에 의하여 결국 이상적 인간은 나타나게 되었다. 그러나 만들어진 이상적 인간은 간악한 지혜까지 겸비한 살인마로 화하여, 만들어 준 그 과학자까지도 죽여 버렸다. 결국 그 과학자는 자기가 만든 이상적 인조인간에 의하여 죽은 비극의 주인공이 된 것이다. 이것은 흔히 '프랑켄슈타인의 비극' 으로 널리 알려져 있다.

그런데 오늘의 인류가 바로 이 '프랑켄슈타인의 비극' 을 겪고 있지 않은가 하는 의구심이 생긴다. 인류는 자기들의 우수한 머리와 고도로 발전된 기술에 의하여 제조한 절대무기 앞에서 심각한 공포에 떨고 있다. 더 위력이 강력한 살인무기는 이제 없다는 의미에서 '절대무기' 라고 하는 것이다.

또 다른 제2의 포악한 스탈린 같은 독재자가 다시 나타나 이데올로기의 강요를 위하여 이 살인무기를 자기 뜻대로 휘두르지 않을 것이라는 보장은 없다. 인류에게서 기본적인 자유마저 박탈하여 가는 이데올로기조차도 따지고 보면 인간의 머리에서 우러나온 이론들에 불과하다. 이러한 것들은 당시 초기에는 가장 이상적인 이론으로서 받아들여지기도 하였다.

그렇다고 수소탄 같은 절대무기 자체에 선이니 악이니 하는 가치기준이 정하여져 있는 것은 아니다. 절대무기 그 자체는 몰가치에 해당한다. 이것이 선이 되고 악이 되도록 하는 것은 인간에게 달려 있다. 즉 절대무기의 위력을 인류의 복지를 위한 평화산업에 활용할 때 선이 되고, 순식간에 대량 학살을 위한 살인무기로 사용될 때 돌이킬 수 없는 인류악이 되고 마는 것이다. 그러므로 선악의 가치기준은 인간, 특히 인간의 마음에 있는 것이다. 이것은 인간이 어떻게 마음을 쓰는가에 달려 있음을 의미한다.

똑같이 예리한 메스도 숙련된 외과 의사의 손에 잡히면 사람의 생명을 구하는 인술의 도구가 되겠지만 흉악한 강도의 손에 들어가게 되면 사람의 목숨을 앗아가는 흉기가 되는 것이다. 그리하여 불교 경전에서 부처님이 이르시기를 "똑같은 샘물을 암소가 마시면 영양가 높은 우유로 변하겠지만, 독사가 마시면 사람의 목숨을 빼앗는 독으로 변한다"라고 말씀하셨다.

### 천의무봉(天衣無縫)

얼마 전에 면 소재지밖에 안 되는 작은 마을에 간 적이 있었다. 10분 정도면 마을의 동쪽 끝에서부터 서쪽 끝까지 다 갈 수가 있을 만큼 꼭 가설무대의 배경 같은 마을이었다. 그런데 이러한 마을에도 다방이 있었고, 미장원, 양복점 따위가 있었다. 낡은 기와집을 개조하여 길쪽으로 유리문 두 개만 낸 양복점이다.

손님이라야 장가가는 신랑밖에 없을 한적한 양복점인데, 문득 안을 들여다보니 걸려 있는 큼직한 액자가 눈길을 끌었다. 운치 있게 초서로 멋있게 갈겨 쓴 글자가 한결 더 그럴싸해 보였다.

천의무봉(天衣無縫), 천의를 어떻게 해석하는가는 각자의 뜻에 따른다. 천연 그대로의 옷이라고 하여도 좋고, 하늘 그대로의 옷이라 하여도 좋다. 하늘에 아름다운 무늬 구름이 떠 있다 하여 고정시키려고 바느질하려는 어리석은 사람은 없을 것이다. 바느질하지 않아도 구름은 수놓은 듯 시시각각으로 하늘 옷에 변화 있는 아름다움을 주고 있다. 바느질하여 고정하지 않기 때문에 도리어 천의는 변화무쌍한 무한의 미를 나타내 주고 있다.

그런데 하필이면 바느질을 하여야 사는 양복점에 바느질을 하지 말라는 액자가 걸려 있으니, 하도 이상히 여겨 체면불구하고 문을 열었다. 양복기사 같은 사람은 보이지 않고 시골에서는 보기 드물게 풍채 좋은 노인 한 분이 나를 맞아 주었다. 어떻게 오셨느냐는 질문 한 마디 없이 노인은 내 얼굴을 쳐다보며 점잖은 미소만을 짓고 있다. 나는 정중하게 그 노인에게 천의무봉을 이 자리에 걸어 놓은 연유를 물어 보았다.

그랬더니 노인은 호방하게 웃고 나서 이번에는 뚫어지게 나를 쳐다보았다. 그리고 양복기사인 막내아들은 손재간만 능한 소인이므로 이 액자를 써서 걸어 놓았다고 말씀하시는 것이었다. 대인풍(大人風)이 깃들었던 두 아들은 6.25 때 잃었다고 하시며 잠시 슬픈 표정을 짓는다. 벌써 1년 남짓 천의무봉의 뜻을 설명하여 주었건만 소견머리 좁은 막내는 아직 전연 그 깊은 뜻을 알지 못한다는 것이다. 그리고 푸른 하늘에 누가 어찌 흰 구름을 바느질하여 붙여 놓을 수 있겠는가 하면서 다시 한 번 크게 웃어 보였다. 나의 생각과 너무 들어맞는 기적 때문에 나도 함께 웃어 버렸다.

그랬더니 노인은 내 손을 힘껏 잡고 "아마 손님은 그 깊은 뜻을 아는가 보오" 하고 이번에는 지기(知己)를 얻었다는 듯이 기뻐하며 웃는다. 나는 섬짓해지지 않을 수가 없었다. 정말로 내가 노인만큼 천의무봉의 깊은 뜻을 터득하고 있는가 하고 나는 일단짜리 신문기사에 희로애락을 걸고 사는 서울의 소시민이 아닌가 하고 깊은 반성에 빠지지 않을 수 없었다. 버스 시간 때문에 약주 한 잔도 나누지 못한 그 노인의 얼굴을 지금도 그려 본다.


## 코끼리와 사자

인도에 전해져 내려오는 이야기 한 토막이 있다. 옛날 한 성자가 제자들을 모아 놓고 조용한 어조로 설법에 열중하고 있었다. 주위는 성자의 마음처럼 고요하였다. 그때 난데없이 술에 취한 불량배 한패가 그 자리에 나타나더니 성자를 향하여 큰 소리로 욕설을 퍼부었다. 그래도 성자는 여전히 설법을 계속하였다. 그 패거리는 더욱 큰 소리를 치며 그 모임을 수라장으로 만들려고 악을 써댔다.

평소부터 성자와 그 제자들을 시기하던 좋지 못한 감정의 소행이었다. 한참 분풀이를 하다가 그래도 꿈쩍하지 않는 성자의 모습에 지쳐버린 불량배는 다른 곳으로 옮겨 가려고 하였다. 그 순간 그때까지 참고 있던 젊은 제자 한 사람이 불쑥 좌중에서 일어나더니, "선생님, 왜 가만히 앉아서 모욕을 당하고 계십니까. 허락하여 주신다면 제가 선생님을 대신하여 보복(報復)하겠습니다"라고 하자, 성자는 성급한 그 제자를 손짓으로 앉으라고 하더니 "젊은이여, 우선 내가 묻는 말에 대답하라. 큰 코끼리가 걸어가는데 강아지들이 짖어댄다고 하자. 그 코끼리가 강아지들과 맞붙어 싸우겠는가. 또 사자가 숲속을 산보하는데 참새떼가 지저귄다고 하자. 그 사자는 참새떼들과 싸우겠는가"라고 물었다.

젊은이의 입에서 말이 나올 리가 없다. 그리고 나서 성자는 여러 제자들을 돌아보며 한층 엄숙한 어조로 지혜의 설법을 계속하였다.

"내가 가르치는 진리는 술주정꾼이나 불량배의 욕설 때문에 상하지 않는다. 우뚝 솟은 바위가 비바람에 상하지 않듯이."

차라리 코끼리처럼 우둔한 듯이 보여주는 것이 좋을 성싶다. 강아지처럼 잔꾀만 부리는 소인보다는 코끼리의 늠름한 기상이 아쉽기 때문이다. 또 산중의 사자 같은 고고함을 가져주기 원한다. 요설(饒舌)을 일삼는 연작(燕雀)의 무리에 진절머리가 났기 때문이다. 코끼리나 사자 같은 인물들이 귀중한 인재로 등용될 때 나라는 흥하겠지만, 칠면조의 요술을 부리는 강아지떼가 춤출 때 나라의 앞날은 어지러운 것이다.

그런데 요즘 우리 주변을 돌아보면 어쩐지 코끼리나 사자 같은 위인

보다는 강아지나 참새 같은 약삭빠른 위인들이 더 많은 것같이 느껴진
다. 또 그 약삭빠른 위인들이 활개를 치는 것처럼 보인다. 나만이 가진
잘못된 편견이기를 바란다. 그러나 솔직히 말하여 코끼리 같은 늠름한
기상과 사자 같은 고고한 기상을 지닌 인물들이 드문 것만은 사실일 것
이다. 숨어 있다면 백주에 등불을 밝혀 들고 찾아 나서고 싶은 '디오게
네스'의 심정이다. 미래의 창조를 위한 역사의 바퀴는 소수의 코끼리
나 사자에 의하여 움직여진다는 사실을 알고 있기 때문이다.

# 시대고와 그 희생

吳 相淳

우리 조선은 황량한 폐허의 조선이오, 우리 시대는 비통한 번민의 시대이다. 이 말은 우리 청년의 심장을 찌르는 듯한 아픈 소리다. 그러나 나는 이 말을 아니 할 수 없다. 엄연한 사실이기 때문에, 소름이 끼치는 무서운 소리나, 이것을 의심할 수 없고 부정할 수도 없다.

이 폐허 속에는 우리들의 내적(內的), 외적(外的), 심적(心的), 물적(物的)의 모든 부족, 결핍, 결함, 공허, 불평, 불만, 울분, 한숨, 걱정, 근심, 슬픔, 아픔, 눈물, 멸망과 사(死)의 제악(諸惡)이 쌓여 있다.

이 폐허 위에 설 때 암흑과 사망(死亡)은 그 흉악한 입을 크게 벌리고 곧 우리를 삼켜 버릴 듯한 삼이 있다.

이 세상은 고해(苦海)와 같다고 말한다. 사실에 가까운 것 같다. 흔히

**오상순(吳相淳)** _ 서울 출생(1894~1963). 호는 공초(空超). 서울 경신학교 졸업(1906). 일본 도시샤(同志社)대학 철학과 졸업(1918). 김억, 남궁벽, 황석우 등과 '폐허' 동인. 『폐허』 창간호(1920.7)에 〈시대고와 그 희생〉이라는 글을 발표함으로써 시동인 운동 전개. 조선중앙불교학교와 보성고보 교사. 1955년 대한민국예술원상과 1961년 서울시문화상 수상. 유고시집《공초 오상순 시집》(1963),《방랑의 마음》(1977) 등.

우리 인류 생활의 전체를 지배하는 것은 고(苦)가 아닐까. 사실을 회피하여 은폐하고 부정함은 어리석다. 사실은 사실대로 그대로 승인하고 그것을 처리하며 그것을 초월치 않으면 안 될 것이다.

약한 인간이나 민족은 그 고에 눌려서 그의 노예가 되고 그 고에 못 견디어서 쇠멸(衰滅)하고 만다. 강한 자는 그 고와 싸우고 정복하여 쳐이기고 퇴치코자 최후까지 백방으로 분투한다. 이에 불꽃이 튀고, 천지를 움직이는 대활동이 일어나고 처참한 대비극이 연출된다. 그리고 분투(奮鬪)의 정도를 따라 승리의 운명을 복(卜)한다. 강자의 승리는 과시(果是) 선전건투(善戰健鬪)에만 있다. 우리는 그 싸움 속에 사는 가치와 의미를 발견한다. 소극적으로, 일체 곤란, 압박, 부자유, 부여의(不如意)의 고통과 싸워 이기고 적극적으로 일체 진, 선, 미와 자유, 모든 위대한 것, 신성한 것, 숭고한 것을 얻기 위하여 싸운다. 그 싸움이 얼마나 신성하며 이 싸움을 잘 싸우는 자 얼마나 영광이랴.

나는 허무와 싸우는 생명이다. 밤에 타는 불꽃이다. 나는 밤이 아니다. 영원한 싸움이다. 어떠한 영원한 운명이라도 이 싸움을 내려다보지는 못한다. 나는 영원히 싸우는 자유 의지(意志)이다. 자, 나와 함께 싸우자. 타거라 부단히 싸우지 않으면 아니 된다. 신도 부단(不斷)코 싸우고 있다. 신은 정복자이다. 비유하면 육(肉)을 탐식(貪食)하는 사자와 같다.

이는 근대 영웅 정신의 권화(權化)인 로망 로랑의 말이다.

우리는 인생이니 인생고가 있고, 인간이니 사회고(社會苦)가 있고, 시대에 처해 있으므로 시대고가 있다. 이 여러 고통 중 어느 것도 심각한 고통이 아니랴마는 그 중 우리 운명에 대하여 직접 영향을 미치고 가장 핍절(逼切)하고 가장 절박한 관계와 지배권을 가진 것은 시대고이다. 왜 그러냐 하면 우리는 시대의 아들인 동시에 특히 우리는 비상한 시대에 처해 있는 까닭이다. 그러므로 시대고의 문제를 해결하면 기타의 문제는 비교적 쉽게 해결될 수 있지 않을까 생각된다. 가장 중요한 선결 문제는 시대고이다.

오늘날과 같이 비상하고 혼돈한 시대에 있어서는 이 시대고의 문제가 한층 긴장하고 또 중대한 지위를 점령할 것이다. 그래서 우선 나는 급한 대로 이 시대고와 그 희생과 그 뜻의 일단(一端)을 논하여 일종의 암시를 얻고자 하며 겸하여 비상한 시대, 특히 그 과도기에 처한 뜻있고 마음 있는 우리 남녀 청년의 충정(衷情)의 고민을 조금이라도 위로할 수가 있기를 바란다.

우리의 시대는 말할 수 없는 오뇌를 가지고 있다. 그는 결코 생활난의 고생이나 허영심에 뜬 초조와 속적(俗的) 성공열(成功熱)에 따른 불만과는 비교를 불허하는 엄숙한 오뇌이다. 진자기(眞自己)도 희생함을 요구하여 가차(假借)치 않도록 잔인하고 필연적인 고민이다. 이 시대의 고민 오뇌는 가장 진실한 청년 남녀에게만 이해되고 체험되며, 또 가장 처참하게 심각하게 오뇌된다. 이러한 청년은 실로 시대 요구에 제일 충실하고 무구(無垢)한 희생자이다. 오늘날 생각 있고 진실한 우리 청년들은 모두 다 이러한 상태에 있다.

단 이뿐이면 참을 수도 있겠다. 저들은 물론 이 시대 사람들의 동정이나 이해를 얻지 못한다. 왜 그런고 하니 이 시대들은 저들의 시대적 고뇌를 상상할 수도 없으니까! 저들은 자기에게 가장 가깝고 믿을 만하다는 사람에게 향하여 자기의 오뇌를 호소한다. 그는 반드시 남에게 동정을 얻으려 하는 박약하고 비천한 마음으로 나온 것이 아니요, 다만 자기의 하는 바를 알지 못하는 답답함에서 나오는 것이나 가엾은 그네들은 예상치 못한 무이해(無理解)와 냉담한 응답을 듣고 암흑한 고독의 심연을 볼 뿐이다. 그러나 정열적인 그네들은 그 전율(戰慄)할 고독의 적연(寂淵)에 뛰어 들어가기를 피(避)치 아니 한다. 그래서 자기 희생을 더욱 비극으로 한다. 가깝고 동정이 있을 만한 자에게도 이해(理解)가 없거늘 항차 기타(其他)에서랴. 세상과 그네들은 마주하되 마치 가시로 살을 찌르는 듯한 냉소와 모멸과 매리(罵詈)로써 한다.

세상과 그네들과는 세대가 틀리고 세계가 전이(全異)하니 부득이한 현상이라 하더라도 격리(隔離)가 너무 심하다.

세인의 눈에는 생활난이나 성공난의 불공평이나 혹은 허영야심의 권화(權化) 같은 무지몰각자(無知沒覺者)로 밖에 비치지 않는 것 같다. 무슨 생각이 있고 열정이 있고 무엇을 진정 해 보고자 하며 참 의미 있는 생활을 영위코자 하는 청년들은 다만 함부로 전통과 습속(習俗)과 권위에 반항하는 부도덕자(不道德者), 비애와 고립을 자초(自招)하는 우자(愚者), 자기와 세상을 보지 못하는 또 세간(世間)과 보조를 합해 갈 줄 모르는 유치자(幼稚者)라는 냉평(冷評)을 퍼붓는다. 또 조금하면 어른들의 우레 같은 꾸지람이 비 오듯 한다. 그뿐만 아니다. 밖에도 또 마적(魔賊)이 있다. 소위 설상(雪上)에 가상(加霜)이다.

저, 남들은 우리들의 생각, 말, 행동 태도를 멸시하고 더구나 우리들의 요구, 이상, 정신을 꺾고 밟는다. 우리들의 모든 것과 모든 일은 다 소용이 없단다. 모든 것을 다 해 줄 터이니 너희들은 국으로 가만히 있으란다.

저희들에게는 우리의 입을 꼭 봉하고, 우리의 눈은 꼭 감고, 우리의 귀는 꼭 틀어막고 손과 발을 꼭 비끌어매고 무형(無形)한 정신이나 마음까지라도 꼭 비끌어매고 있었으면 좋을 듯이나시피, 우리들도 하도 답답할 때에는 차라리 그렇게나 되어버리고 말았으면 하는 절망의 탄식, 암흑과 사(死)의 비통이 있다. 우리의 절대 제한과 부자유와 억울과 고민은 이에 있다. 우리의 희생은 더욱 비장(悲壯)해 간다.

이같이 하여 시대를 오뇌하는 진지한 청년은 무저항 속에 침(沈)하여

간다. 저들은 남에게 이해도 못 되고 또 이해할 수도 없는 절대 불가해(不可解) 속에 고독한 혼을 안고 간다. 세상은 더욱 속적(俗的)으로 추악하게 발전해 가고 좀 새롭다는 자도 웬만큼 낡아지고 무지(無知)한 자는 방탕하고 간교해진다. 다만 진실한 청년만 영원한 정적(靜寂)으로 흘러간다. 세상은 참 기묘하다.

그러나 시대의 애련(哀憐)한 희생은 과연 무의미한 것일까? 전혀 무가치한 것일까?

물론 현재에 있어서는 하등의 동정을 얻기 어렵다. 그러나 변해 오는 새 시대에는 누가 능히 이 젊은 침묵의 비극에 대하여 따뜻한 회상의 꽃을 전져 일국(一國)의 눈물을 뿌려줄까? 어느 누가 능히 그 현실의 자유와 문화 속에 비통한 과거의 역사가 파묻혀 있는 것을 상상할까. 다만 신(神)과 같은 시인뿐이, 이 때의 냉혹을 울 것이 아닐까.

물론 이러한 희생은 어느 시대나 있었을 것이다. 그러나 우리 시대처럼 가장 많이 가장 심각하고 냉담한 때는 드물었을 것이다. 오늘날 깊이 자각이 있고 진실한 우리 남녀 청년의 고뇌를 아는 나는 이같이 말한다. 아아, 그러나 우리 청년은 약하게 지관해서는 안 되겠다. 다만 감상적으로 실망해서도 안 되겠다. 우리는 지금 시대의 오뇌를 체험하고 고민하고 있다. 우리는 우리 이상의 것 즉 영원한 생명을 사랑하기 때문에 그리고 그곳에 가장 자유와 정열이 충만한 생활의 영원미(永遠美)에 투철하려 원하는 고로 시대 속에 시대를 위하여 우리를 고뇌케 하는 것이 아닌가. 그러므로 우리는 자기 일개(一個)의 의식 세계 속에 우리들을 고뇌케 하는 것은 아니다.

그리고 자기의 협애(狹隘)한 의식 세계 중에 독거(獨居)하여, 거기서 모든 문제를 속히 해결하려고 해서는 안 되겠다. 그곳에는 난감한 실망과 단념과, 적멸(寂滅) 이외에 다른 것은 찾아보지 못할 것이다.

우리 청년은 영원한 생명을 잊어서는 안 된다. 우리의 눈은 늘 무한한 무엇을 바라보아야 하겠다. 우리의 발은 항상 무한한 흐름 한가운데서 서 있어야 하겠다. 우리의 심정은 항상 영원한 사랑과 동경 속에 있어야 하겠다. 이러한 태도로 우리는 우리의 체력이 계속하기까지 의지력(意志力)이 열(熱)하기까지 진행치 않으면 안 되겠다. 어떠한 오해나 핍박이 있을지라도 우리는 자유에 살고 진리에 죽고자 한다.

우리는 항상 영원한 광대한 세계에 있어야 하겠다. 그리고 강한 신앙을 가지고 노력하고 분투해야 하겠다. 이 강한 신앙과 노력 속에만 우리의 의의(意義)와 가치를 구하지 않으면 아니 되겠다. 일체 편견, 고루(固陋), 사념(邪念)을 파기하여야 할 것이다.

우리는 시대의 희생이 되는 것을 두려워할 필요는 없다. 구태여 남으로 하여금 피하게 할 것도 없다. 희생은 본래부터 비극이다. 그러나 영원한 내적 세계에서는 그것은 가장 숭고하고 장엄한 부활이다. 아무리 적은 희생이라도, 아무리 정일(靜溢)한 침묵에 파묻힌 희생일지라도 영생의 빛 속에 들어오지 않을 것은 없다. 그는 우리의 시대를 뇌(惱)케 하고 있는 영원한 생명의 세계에서는 여하한 존재라도 축복 아니 되며 영생화(永生花)되지 않고 소멸하는 것은 절대로 없을 것이므로 이것이 우리 청년의 열정적 신앙이다.

우리의 생존하는 시대의 오뇌는 영원한 의미를 가지고 있다. 그는 탐욕적인 무수한 젊은 비극을 요구하나 그중에 하나라도 무의미(無意味)하게 망각리에 장사(葬事)될 것은 없을 것이다. 그러한 희생은 하나도 없을 것이다. 그는 즉 영원에서 사는 고로 이 시대의 오뇌는 언제까지든지 이대로 울굴(鬱屈)해 있을 것은 아니다. 그는 반드시 가까운 장래에 격렬한 변동을 일으키고 말 것이다. 그 변화는 폭풍우일는지 대홍수일는지 대진동일는지 또는 무엇일는지는 우리의 예언할 바 아니다. 그는 아무 것이라도 관계치 않다. 그러나 어떻든지 대변화가 올 것은 확실하다. 그는 영원한 활동을 자유로 분방적(奔放的)으로 현현(顯現)하려 하는 시대의 오뇌는 방금 그 고조(高潮)에 달해 있는 고로 그리고 생명은 최후의 승리와 개가로써 더욱더욱 돌진할 것이다. 아, 이 시대의 대변동에 제(際)하여 어떤 일이 심판될까. 어떤 사람이 영원히 축복을 받으며 어떤 사람이 영원히 저주될까. 누가 가장 행복이며 누가 가장 화(禍)로 올까? 우주의 심판자가 진리와 비진리를 척결할제, 우리는 이러한 상상을 그만두자. 우리는 다만 용기를 가지고 나아갈 뿐이다. 최후까지 강한 신앙을 가지고 있으면 족하다. 영원한 생명과 축복은 그 가운데 있을 것이다.

그때 비로소 황량한 우리 폐허에는 다시 봄이 오고 어린 생명수(生命樹)에는 꽃이 피겠다. 그때 그곳의 주인은 누구일까?

이 험난한 시대에 처하여 어느 형식으로나 진정으로 가장 애 많이 쓰고 눈물과 피로써 일체에 잘 싸워온 사람 특히 남 모르는 중 침묵리에 새로운 시대 창조를 위하여 가장 희생을 많이 한 그 사람들일 것이다.

# 한국지성인의 자세

• 때 _ 1966년 9월 3일 오후     • 곳 _ 호수그릴 특실

◆ 참석자

김형익 동인(의학박사, 후생일보 사장)
주석균 동인(한국농업문제연구회 회장)
최형종 동인(서울대학교 농과대학 강사)
한태수 동인(한양대학교 법정대학 교수)
박  암 동인(문필가, 전외무부차관)
변시민 동인(인구문제연구소 소장)
서중석 동인(경희대학교 정경대학 교수)
이준범 동인(시인, 신흥출판사 사장)

사회 _ 김재완 동인(극동문제연구원 이사 겸 사무처장)
기록 _ 이범익

사회 : 공사간 바쁘심에도 불구하시고 이처럼 나와주셔서 대단히 감사
합니다. 오늘날 우리나라의 근대화에 있어서 '지성인의 자세'와 이
의 반성이 필요하다고 보아 이에 대한 고견을 기탄없이 나누어 볼까
합니다. 실로 지성인의 행방문제만 잘 해결된다면 우리 각 개인과 사
회, 국가와 세계는 참으로 행복하게 될 것이며 축복 받게 될 것입니
다.
그러면 먼저 지성인이란 무엇인가를 자유스러운 방담형식으로 말씀
하기로 할까요?

### 지성(知性)과 지식(知識)

김형익 : 사전에 보면 지성은 지적 작용에 관한 일체의 성능이라 하였
고 지식은 안다는 의식의 작용, 즉 지력(知力)이라 풀이하였는데 아마
공자가 말하는 일이관지(一以貫之)하는 이지적(理智的) 작용을 이름이라
하겠습니다. 제아무리 박식하고 고등교육을 받았어도 알기에만 그
치고 지성적 행동이 없다면 그는 한낱 지식인일 수는 있으되 지성인
이라고는 할 수 없을 것입니다.
한태수 : 정말 지성인에 대한 정의를 내리기가 쉬운 문제는 아닌 것 같
습니다. 철학적인 문제이라서……
변시민 : 말하자면 지식인이라면 고등교육을 받은 자로서 머리를 쓰는
사람을 말할 것이고 지성인이라면 지적 머리를 써서 어느 일에 행동
하는 사람을 말하겠지요.
김형익 : 오늘날 우리나라는 새삼스러이 주체성이 운위되고 있습니다
만 한 나라의 주체성은 그 나라 지성인에 의해서만이 이룩될 수 있다
고 봅니다. 지식을 바탕으로 하여 깊이 사색하고 경박부동(輕薄浮動)치
않는 자세야말로 참다운 지성인의 자세라고 할 수 있겠습니다. 우리

병원 복도는 얼마 전만 하여도 이곳 저곳에 담배꽁초가 산견(散見)되어 적이 불쾌한 인상을 주었습니다. 생각다 못해 복도에다 지성인은 담배꽁초를 함부로 버리지 않습니다라고 써붙였더니 그 후로는 별로 볼 수 없게 됐습니다. 공자께서도

김형익

'언충신(言忠信) 행독경(行篤敬) 수만맥지방(雖蠻貊之邦) 행의(行矣)'라 하였듯이 우리가 지성인다운 행실을 잃지 않는다면 비록 어떤 나라에 가서 살지라도 능히 존경을 받을 것입니다.

박암 : 지성이니 지식이니 지혜니 여러 가지 낱말이 있는데 특히 지성이라는 '성(性)'자가 의미심장한 것입니다. 여하튼 저의 생각으로는 양심적인 기초 위에서 지혜와 지식을 플러스하게 되면 이것이 바로 지성이 아닌가 합니다.

최형종 : 선비(士)라는 말이 있습니다. 아마 지금의 지성인이란 옛날의 선비를 말하는 것이 아닐까요? 선비는 세속이 탁해서 피하려 하고, 즉 반속정신(反俗精神)을 가지며 현대 지성인은 고발정신에 뜻이 크며 정확한 사물분석으로써 사회에 참여하는 점이 선비와 다릅니다. 여하튼 지성인은 사회에 적극적으로 참여하여 공공의 발전을 이룩하여야 하겠습니다.

한태수 : 한때 문화인 등록제가 있었습니다만 아마 문화인의 개념이나 지성인의 개념이 서로 비슷한 것이 아닙니까? 지적 발달에 있어서 영지(靈知) · 예지(叡智) · 의지(意志)가 있는데 영지를 토대로 하는 것이 종교이며 예지를 토대로 하는 것이 윤리이고 의지를 토대로 하는 것이 과학이라고 한다면 바로 의지(과학)가 근대화에 더욱 작용한다는 것입니다. 여하튼 지식인이라 자처하더라도 비합리적인 사고방식과 행동을 하는 자를 지성인이라 할 수 없을 것입니다.

## 지성인(知性人)의 의미

사회 : 모두 좋은 말씀이십니다. 흔히 지식인과 지성인에 대한 개념을 혼용하기 쉽습니다. 그러나 저의 졸견으론 지식이라는 것은 지각(知覺)과 학식(學識) 곧 인식적 의식의 작용이라고 봅니다. 다시 말하자면 정신이 어느 대상에 대하여 인식을 거쳐서 그 내용을 다시 의식하는 것인데 일반적으로 '지식의 재의식(再意議)'에 따르는 방식의 계단은 3단계가 있다는 것입니다. 그 하나로는 '상식적 방식'이 있고, 또 하나는 '과학적 방식' 그리고 또 다른 하나는 '철학적 방식'이라 합니다. 지성이라는 것은 인간의 심리현상이 지(知)·정(情)·의(意)의 3측면으로 갈려질 때에 곧 지의 측면을 나타내는 성능을 말하는 것인데 이 지성은 광의(廣義)로 정의한다면 감각(感覺)·연상(連想)·기억(記憶)·상상(想像)·판단(判斷)·추리(推理) 등의 인식능력을 가리키지만 좁은 의미에 있어서는 지성이란 감성적인 직각성을 가지는 감각·상상과는 구별되는 오성(悟性)·이성(理性)의 개념적·추리적 능력을 뜻하는 것 같습니다. 즉 지성인이란 그 인간이 새로운 정황에 당면했을 때에 적응하는 하나의 심리적 양식으로 본능적 맹목적인 방법을 초월하여 오성적·이성적인 점에 특징이 있다고 하겠지요. 그러니까 인간이 자기 자신의 본능적 욕구에만 집착하지 않고 가정과 사회와 국가와 인류세계를 위해 대아정신(大我精神)으로 봉공(奉公)한다는 것도 한낱 지성인다운 일이라 하겠습니다. 변 선생님께서 한 말씀해 주세요.

변시민 : 모두 좋은 말씀입니다. 그런데 지적인 활동에 종사하는 사람들에 있어서 '지성인이다. 지성인이 아니다'를 분간하기란 참 어렵지요. 국가기관에 종사하는 행정가라고 모두 지성인일 순 없듯이……

한태수 : 그러니까 지성인은 합리적으로 사고하고 합리적으로 행동하
　는 것으로 구별하면 되지 않을까요?

변시민 : 정말 구분하기가 힘듭니다. 루즈하게 얘기하자면 우리도 지성
　인인지 아닌지 자변(自辯)하기 어렵습니다.

사회 : 너무 어렵게만 얘기가 전개되는 것 같군요. 기왕 어렵게 말해서
　'지성' 또는 '지성인'이란 말을 독일어로 '인텔리겐쯔'(Intelligenz)라
　하는데 그 뜻은 지력(知力)·지능(知能)·지혜(知慧)·총명(聰明)·이성
　(理性)·예지(叡智) 등입니다만 그 복수형의 뜻은 지식계급인입니다.
　미어(美語)로는 '인텔리젠스'(Intelligence)이며 노어(露語)로는 '인텔리
　겐찌어'(Intelligentsi-a, tzi-a)인데 지식계급이란 뜻으로 되어 있습니다.
　아마 이 말들은 모두 나전어(羅典語)인 '인텔레제레'(intellegere)에서 온
　것으로 보는데 '이해하다' '포괄하다' 라는 뜻이라 합니다. 여하튼
　소위 지성인은 사태와 대상의 본질을 올바르고도 민속(敏速)히 파악
　하여 지력과 이해력으로써 처리할 줄 알아야겠습니다.

　다음은 서 선생님께서…….

서중석 : 지금까지 지성 또는 지성인에 대해서 좋은 말씀이 많았는데
　제가 생각하기에는 지성인은 사물의 본질 파악과 진위 판단을 정확
　히 하여 행동하여야 된다고 봅니다.

변시민 : 하여튼 지성인의 가는 길은 사회문제화 되어야 해요.

## 주체적인 흐름이 있어야

주석균 : 역시 주체적인 방향이 있어야 할 줄로 믿습니다. 소위 지성인
　이 피상적이거나 이기적이거나 파당적이거나 하여 부화뇌동적이라
　면 제아무리 지성이라 자부한들 가치 없는 인물일 뿐만이 아니라 도
　리어 국가사회에 치명적인 해독(害毒)을 끼치는 요소가 되는 수밖에

없겠지요.

이준범 : 그런데 저는 쉬운 말로 하겠습니다. 요즈음 '타임클럽' 이란 단체가 생긴 것으로 아는데 우리나라 사람은 시간관념이 적어서 그와 같은 단체가 생기어 '시간 지키기 운동' 을 전개하는 것일 겁니다. 그런데 이 형상과는 달리 한국의 지성인은 약속시간에 늦어야 하는 것 같아요. 그래야만 자기 위신과 품위가 높아지는 것으로 아는 모양입니다. 그래서 저도 오늘 이 모임의 약속 시간보다 늦게 나왔습니다. 바빠서 늦었다는 평계로 저도 한국적인 지성인이 되어 볼까하고. 지성인은 '에티켓' 과 윤리를 잘 지킨다고 하는데 이따금 실수를 잘 하는 나와 같은 사람은 지성인이라는 소리도 한 번 못 듣고 죽을 것 같아서 걱정입니다.

(일동 웃음)

사회 : 이 선생님의 말씀은 매우 의미심장한 풍자적 논법이십니다. 정말 한국의 지성인은 그 어딘가 병들어 있는 것 같더군요. 이른바 지성인의 위기라 할까요. 우리 사회가 정화될려면 우선 지성인들의 반성이 앞서야 하겠습니다. 무엇보다도 이들 지성인들이 대국적인 정신에 입각해서 주체성 확립이 되어야 할 것입니다. 도대체 한국의 현실에 있어서 지성인의 자세는 어떠하여야 될는지 무엇보다 걱정거립니다. 소위 지식인 혹은 지성인이라고 자처하는 분들이 도리어 남을 헐뜯고 모함할 뿐만이 아니라 자기보다 더 잘 되거나 발전적인 '랭크' 를 차지할 만한 인물이 있으면 못 올라가도록 끌어 내리고 방해하는 사실을 흔히 볼 수 있으니 말입니다. 주 선생님께서는 어떻다고 생각하십니까?

주석균 : 대개의 경우가 정치계와 종교계와 교육계 같은 데서 그렇게

분쟁파쟁이 있는 것 같아요. 특히 정치가의 권모
술수는 말할 것 없고 대학교수들도 지성인답지
않은 점이 많더군요.

이준범 : 해외에서 유학하고서 귀국한 친구들이 대
개 대학 훈장노릇을 많이 하는 것 같은데 이들은
자기 조국의 사정에 어두운 데다가 박래품적(舶來

서중석

品的) 행동을 취하기 때문에 좀 곤란한 점도 있는 것 같아요. 쓸데없는
외국 자랑만 늘어놓는 식의 이론 없는 강의로 시간만 보낸다고도 하
더군요. 그것이 모범적 지성인인지는 잘 모릅니다만. 언제부터 지성
인이란 어휘가 생겼는지 모르겠지만 참된 지성인이라면 민중에게
방향을 제시하고 민중의 나갈 길에 몸소 앞장서서 일할 수 있는 사람
이라고 봅니다. 진리를 인식하고 진리에 따라 작업할 수 있는 사
람…….

## 학벌이 문제 아니야

서중석 : 그런데 이런 경우도 있습니다. 지성인이라고 해서 꼭 고등학
교나 대학을 졸업한 사람만이 자격이 있다고 생각할 수는 없을 것입
니다. 적어도 상당한 학교를 안 나왔거나 또는 뚜렷한 학력이 없더라
도 혼자서 공부하고 다년간 연구한 사람은 지식인이 될 수 있는 동시
에 지성인이 될 자질이 있다고 봅니다. 즉 형식상으로 아무런 학벌이
없는 무식인으로서 사회성에 있어서는 상당히 훌륭한 역량을 가진
인물의 실례(實例)가 많이 있습니다. 그들과 직접 상대해서 볼 때 일상
생활에 관한 지식은 말할 것 없고 인간성의 면에서 볼 때도 학문으로
수양한 인간에게서 볼 수 없는 탁월한 식견을 가지고 있음을 발견하
는 일이 종종 있습니다. 이런 사람은 소위 학문은 없어도 지식을 풍

최형종

부히 가졌으니 지식인 혹은 지성인이라고 부르지 않을 수 없지 않습니까?

**최형종** : 그러한 인격자가 많지요. 제 생각으론 지식에다 인격을 더하면 지성인이라 봅니다. 즉 에디슨과 같은 분은 사회처세상(社會處世上) 큰 활동은 없어도 과학자다운 지성인의 냄새를 충분히 풍긴 셈이지요. 제아무리 지식이 많다 하더라도 좋지 못한 격하(格下)의 짓을 하는 것은 지성인일 순 없다고도 생각됩니다.

**박암** : 그렇습니다. 인격자가 된다는 자체가 중요합니다.

## 한국 지성인의 위기

**사회** : 그런데 후진국가와 후진사회에 있어서의 소위 인격자는 대개가 얌전하고 저항심이 없으며 무조건 무사주의자(無事主義者)일 뿐 아니라 회색적인 기회주의자를 말하는 것 같더군요. 다시 말하면 시시비비 가리지 않고 원만주의로 나아가는 자를 인격이 높다고 하는 경우가 많습니다. 우리나라의 경우만 보더라도 소위 인기인물이며 대가연(大家然)하면서 자기이권을 위해서는 남에게 아첨을 잘하는 자들을 가리켜 인격자라고 하는 말을 자주 듣습니다. 그러나 엄격한 의미에 있어서의 인격자라 하면 '공공사회 내에서의 자아의식과 자아결정'을 하는 자로서 자기언동에 책임을 지고 진리와 정의와 자기희생에 조예가 있는 자를 말한다고 생각합니다. 그렇기 때문에 현대 한국의 위기는 바로 한국 지성인(인격자)의 위기라고도 볼 수 있겠습니다. 한 선생님의 고견은?

**한태수** : 그런데 지성인이라든가 인격자라는 것도 역사적 변천과 사회환경에 따라서 그 가치기준이 다른 것 같기도 합니다.

서중석 : 물론 세대적인 차이문제도 있겠지요.

한태수 : 그래서 그런지는 알 수 없습니다만 우리집
의 예만 보아도 가치기준이 달라서 3대 가족 사이
에 가끔 마찰이 옵니다. 우선 '재즈' 음악에 대한
이야기를 아들로부터 듣지만 나는 그 가치를 잘
모르겠습니다. 그런데 우리 자녀들은 매우 '재즈'

한태수

를 즐기고 그의 가치가 있다는 거예요. 그리고 의복의 '디자인' 이라
든가 색깔 등에 있어서도 심리적으로 서로 다른 자극을 갖게 하는 것
입니다. 그렇기 때문에 모든 것의 가치기준은 할아버지대와 아버지
대와 아들대의 사고적 차이 · 불화합 등을 종합적으로 고려해서 확
립되어야 될 것 같습니다. 말하자면 새로운 가치관을 찾아 상호 조절
하여야겠지요.

이준범 : 그렇습니다. 세대적 차이도 중요시됩니다만 인물 자체에 대한
인식의 차이도 중요하지요. 이러한 예도 있습니다. 즉 어느 나란가
상당히 오래 전에 아인슈타인을 초빙하여 좌담회를 가졌는데 방석
에 앉은 그가 이 얘기를 하면서 자꾸 구두바닥을 만지작거렸다는 것
입니다. 이와 같이 불결한 구두바닥을 손으로 만지면서 얘기했다고
해서 그를 지성인이 아니라든가 인격자가 아니라고 단정하기는 어
려울 것입니다. 또는 히틀러와 같은 자세도 지성인인지 아닌지 저로
서는 규정하기가 어렵습니다.

주석균 : 이런 말이 있지요. '천재는 기인과 같다' 라고. 이 선생이 말씀
한 천재 아인슈타인의 그 버릇은 한낱 천재로서의 행동일 뿐이지 지
성인의 본래의 행동은 아니라고 생각됩니다.

한태수 : 그렇겠지요.

## 신념이 약한 대학교수

사회 : 여러분이 다 아시다시피 오늘 이 자리의 자유방담에 대한 주제를 '지성인의 자세' 라고 정해 보았습니다만 알고 보니 쉬운 논제가 아닌 것 같습니다. 아무튼 지성인의 자세는 '사고(思考)와 언동(言動)·문제' 가 주목거리인 것 같아요. 지성인이든 비지성인이든 사람은 누구나 막론하고 행복을 누리고자 하는 것이 아닐까요. 그러니까 복지 생활의 향유를 전제로 하는 이상 공공사회에 있어서의 지성인은 우선 공공의 규범을 잘 지키고 또한 지식의 선용이 앞서야 할 것 같아요. 흔히 우리나라 '얌체 지성' 은 아무런 지도력조차 없이 사회의 흐름에 무조건 뇌화부동하는 경우가 많지요. 그 자체가 사회의 평온을 위한 소극적 행동인지는 모르지만…, 그러나 지성인은 주체성에 의해 사회적 등불 노릇을 해야겠습니다. 그렇다고 해서 어떤 독선자처럼 외고집이 강해서도 안 되지만…….

주석균 : 글쎄올시다. 한국 지성인의 결함은 신념이 약하고 고집이 없고 행동화할 줄을 모른다는 점입니다. 물론 전부가 그렇다는 것은 아닙니다만 특히 대개의 학자들을 보면 주체성과 신념이 약한 것 같습니다. 우선 '4.19 데모' 때만 보더라도 대학교수들의 '4.26 데모' 는 뒤늦은 '데모' 인 셈이지요. 진리를 알고 정의를 안다면 이에 솔선(率先) 역행(力行)하여야만 되지 않겠습니까? 옆눈으로 눈치를 슬슬 보면서 남의 뒤를 따라간다는 것은 좀 곤란한 것 같아요. 지성인은 대중의 선두에 서야지요. 요즈음 곡가조절(穀價調節) 문제도 그렇습니다. 싼 값으로 해외에 수출하고 비싼 값으로 대만미(臺灣米)를 급수입해서 먹는다는 것도 그만큼 시장경제 체제에 대한 신념이 부족한 까닭이지요. 그러니까 말썽이 나고 혼란이 오는 것이지요. 그런데도 식자층에서는 별로 말하는 이가 없단 말입니다. 이 모두가 소위 지성인들이

기회주의적인 사고를 가졌기 때문입니다. 우리나
라 지성인들은 한때 식민지 정책과 혼란한 시국
속에서 살아왔기 때문에 아직 지성인의 기초를
구축하지 못해서 그런지는 알 수 없습니다만, 대
아적인 신념을 가져야 됩니다. 아까 사회를 보시

이준범

는 김 선생께서 어느 위선자처럼 '너무 고집이 강
해서는 안 된다' 고 했습니다만 지성인은 신념에 따른 고집이 있어야
됩니다.

사회 : 물론 고집도 필요하지요. 그런데 고집을 부려도 고집을 부리는
내용 그 자체가 더 중요하다고 봅니다. 정의를 위한 고집은 필요하지
만 사리사욕이나 부정을 감싸기 위한 고집이라면 사회생활에 곤란
한 영향을 줄 것입니다.

주석균 : 사실 지성인들은 가치관이 세워져 있어야 합니다. 따라서 행
동화해야 합니다. 그런데 요즈음 지성인들은 너무나 무책임하지요.

사회 : 시를 쓰시는 이 선생님께서 한 말씀 해 주십시오.


## 벼락감투의 바람

이준범 : 이 자리에는 대학교수님들이 많습니다만 흔히 지성인이라 하
면 대학교수를 연상하게 됩니다. 그런데 대학교수라고 하는 사람들
이 민족의 지도이념을 갖고 행동하는 것을 두드러지게 볼 수가 없더
군요. 물론 대학교수만이 지성인인 것도 아닙니다. 형편없는 대학교
수도 많습니다. 말하자면 진정한 지성도 없고 그 자격도 없는 인물들
이 '종씨바람' 이나 '빽바람' '동창바람' 에 소위 대학교 선생이라는
벼락감투를 쓰게 되고 결국은 수업료를 바치는 학생만 골탕 먹는 것
이지요. 여하튼 이와 같이 정치계나 교육계나 다 마찬가지로 지조 없

는 지성인이 우굴우굴하지요. 본래 저는 지성인이 못되기 때문에 지성인에 대한 말씀을 할 자격도 없습니다만…….

(일동 웃음)

최형종 : 그야말로 요즈음의 우리나라 판도를 그대로 말씀하시는 것 같습니다.

한태수 : 그런데 흔히 보면 신념이 있는 지성인인 것 같으면서도 행동화할 줄 모르거든요. 다시 말하면 이념이니 이상이니 하는 주관적인 사고가 강하고 높은 것 같은데 실천화하지 못하는 경우가 많아요. '예수' 나 '소크라테스' 처럼 그 무엇인가의 신념에 따라 행동하는 바가 있어야 할 것입니다.

서중석 : 그것도 좋지만 자기의 신념과 객관적 상황과의 균형을 맞추어 나아가는 것도 중요하겠지요.


## 세대차이 문제

박암 : 어느 외국 잡지를 읽어 보니까 일본 기자의 글이 실려 있는데 우리나라에 관한 내용입다. 즉 우리나라에 있어서 50대는 유교적인 사고방식을 가졌고 40대는 제국주의적인 사고방식에 젖어 있고 30대는 8.15 해방과 더불어 민주적인 사고방식을 가졌기 때문에 한국 국민은 세대적인 차이에 따르는 사상적인 조화가 중요한 문제일 것이라고……. 아닌 게 아니라 나의 가친은 유교사상에 의해 나 자신을 많이 구속했는데 우리집 아들들은 방종하는 편이거든요. 여하튼 부자간의 사상차이를 해소시킨다는 것도 지성인의 제과가 아닐 수 없습니다. 그렇기 때문에 세대간에 있어서는 상호간에 자기 구속을 가진다는 것도 하나의 방법이 될 수 있는 것 같습니다. 일전에 노상에

서 목견(目見)한 일입니다만 어느 중학생들의 난투극을 보더라도 요
즈음 아이들은 너무 방종하고 자기 구속을 모르는 것 같아요.

주석균 : 좀 역설적인 이 애기가 될는지 모르지만 자식이 부모에게 항
거하는 것은 어느 모로 보면 발전을 위한 좋은 현상이라고 생각됩니
다. 말하자면 낡은 구세대의 부패한 행동에 대하여 신세대가 반발한
다고도 이해될 수 있으니 말입니다. 그리고 구세대는 신세대에게 좋
은 전통만을 이어줄 필요가 있지요. 그런데 '선의의 독재'를 하려는
사람이 있다면 이는 국민의 자주성을 해치는 자입니다. 요즈음 지방
자치제도의 필요성과 농업협동조합의 임원개선 등이 많은 관심을
모으고 있습니다만 이러한 일을 부작용만 생긴다고 해서 마구 누르
고만 있다면 옳지 않은 일이지요. 아까 박 선생이 걱정하신 자녀들의
방종에 대해서는 전진하기 위한 좋은 부산물이라고 생각하시는 것
이 괜찮을 것입니다.

박암 : 그 뿐만이 아니라 스승의 절제를 안 받을려고도 하거든요.

주석균 : 스승의 말을 잘 안 듣는다는 것은 그만큼 스승이 신임을 상실
한 탓도 있지 않겠어요? 그런데 정말 요즈음 초등학교라든가 중·고
등학교 등에 치맛바람이 세게 분다는 것은 좋은 현상은 아니더군요.
선생들은 그럴수록 권위가 차츰 떨어지는 것이지요. 학생 아이들이
얼마나 불신하게 되겠습니까…….

## 불신을 받지 않게

최형종 : 정말 나이가 많은 분들은 젊은 세대로부터 불신 받지 않기 위
해 열심히 공부도 하는 것이 좋겠어요. 지성의 앞잡이가 되어야지요.
기성세대가 너무나 공부를 아니 하니까 불신을 받을 만도 하겠지요.

주석균 : 여러분들도 서부개척대가 나오는 영화를 보서서 알겠지만 지

성인은 그 개척대처럼 선구적인 역할을 하여야 될 것입니다. 우리나라에 있어서 구세대가 불신을 받는 이유로는 왜정 때에 앞잡이 노릇을 했기 때문에도 그렇고 군정 때는 통역이나 해 먹었기 때문에 젊은 사람들이 신통하게 여기지 않는 것이겠지요. 그러니까 낡은 세대는 지성을 살려 새로운 가치관을 세운다는 것이 필요한 일입니다.

사회 : 좋은 말씀을 하셨습니다. 그러면 다음엔 이 선생님께 한 말씀 여쭙겠습니다. 즉 요즈음 한국적인 지성인이 될려면 어떻게 하여야만 될 수 있겠는지?

이준범 : 그것 어려울 게 하나도 없습니다. 제가 보기에는 한국의 지성인이 될려면 미국이나 일본이나 영국·불란서·중국 등의 맹물이라도 마셔보며 각국의 유행에 따라 옷을 입는 것이 지성인일 수도 있고 출세도 빠르더구먼요.

(일동 웃음)


## 이미지를 바꿔야

서중석 : 정말 한국적인 지성인의 이미지를 바꾸어야 할 때가 온 것입니다. 사학가들이 늘 이야기하는 바 있습니다만 한국의 지성인들은 마치 유교사상에 휩쓸려 삼강오륜이나 따지면서 남을 부려먹는 데 선수입니다. 그리고 좀 안다고 하면 파벌이나 만들어 사색당쟁이나 일삼고 있거든요. 그러니 우리 민족도 한심하지요.

변시민 : 지성인의 이미지를 바꾸는 데는 세계적인 동향에 따라 어떠한 방향으로 바꾸느냐가 어렵지요. 그러나 누가 보든지 한국 지성인은 자기 책무를 다한다는 이미지로 바꾸는 것이 좋지 않겠어요?

## 협동심이 있어야만

사회 : 문제점은 지성인의 정신적 자세에 있습니다. 가정을 위하고 사회를 위하고 국가를 위하는 데에 있어서도 그 사람의 정신적 자세가 가다듬어 있지 않으면 그 모두가 허식이며 위선인 것 같아요. 우리는 아직까지 후진성을 탈피하지 못한 나라에 살고 있으니만큼 지성인들이 앞장서서 협동하고 봉사하며 근대화 작업에 힘을 다해야 될 것입니다. 그런데 외국인 친구들의 말을 들어 보면 한국 지성인들은 '개인 플레이'를 잘하지만 공동과제를 위한 '팀워크'에 있어서는 약하다고 하더군요. 그래서 제가 늘 답변하기를 한국 사람은 '민족적인 개성'이 강할 뿐 아니라 '자기 창의력에 대한 고집'이 강해서 그렇다고 했습니다만 따지고 보면 협동심이 없는 것 같기도 하지요. 그래서 저 경희대학교에서는 시대적 필요성에 따라 '잘살기운동'을 전개하고 있습니다. 구체적인 동기와 내용은 시간관계로 다음 기회에 말씀드리겠습니다만…….

이준범 : 물론 '잘살기운동'도 좋은 운동이지만 우리나라에서는 어렵습니다. 왜냐하면 예를 들어 말하자면 어느 마차꾼이 마차에다 짐을 가득 싣고 땀을 펄펄 흘리며 높은 고개를 올라갈 때에 고무신 차림의 노인은 그 마차를 힘껏 밀어주지만, '넥타이'를 맨 지성인은 못 본 체하며 그 뒤에 따라가기만 하거든요. 말하자면 그러한 지성인이 많기 때문에 우리나라는 잘 살기 위한 협동작업이 잘 안 되는 거지요. 여하튼 사회적인 계층이 없어져야만 될 것입니다.

변시민 : 협동도 좋지만 우선 자기 자신만이라도 충실했으면 좋겠어요.

주석균 : 그렇습니다. 우선 자신부터 남에게 의존하려 말고 솔선하는 것이 급선무지요.

## 합리와 과학과

한태수 : 근대적이고 합리적인 사고로써 행동화한다는 것이 필요하기
　도 하지요.

박암 : 실상 행동화하는 데는 자기의 위치를 인식하고 자기의 힘을 알
　아서 무슨 일이든지 출발해야겠지요.

최형종 : 그리고 지성인들은 합리적인 정신과 도의적인 정신을 지니고
　선공후사(先公後私)로 자세를 취하는 것이 마땅하다고 생각합니다.

주석균 : 합리적이라는 것은 어디까지나 과학적인 토대 위에서 이루어
　지는 것이며 또한 과학적 방법으로 안출되어야겠지요. 식량문제만
　하더라도 5년 전 통계를 보면 1인당 연간 소비량이 1석2두이었는데
　금년 통계를 보면 1인당 연간 소비량이 1석7두로 되어 있습니다. 그
　야말로 통계가 엉터리이거나 그 어딘가가 잘못 되어 있는 까닭입니
　다. 생각해 보십시오! 어떻게 돼서 5년 전의 그 사람이 오늘에 와서는
　5두를 더 먹는다는 말입니까? 이 5두가 1인당의 차이이지만 국민 전
　체로 따져 보면 엄청난 차이를 나타내는 것입니다. 정말 정확한 통계
　가 아쉽습니다. 지성인들이 다루는 통계가 이처럼 비합리적이니 야
　단입니다.


## 대아정신에의 주체성을

사회 : 현대인은 위기에 놓여 있는 것 같은 절박감이 없지 않습니다. 특
　히 현대에 있어서 소위 한국의 지성인의 대부분이 중병에 걸려 있기
　때문에 사회와 민족과 국가에 큰 관심이 적으며 그로 인하여 일대위
　기에 놓여 있음을 우리는 분명히 반성하여야 되고 반드시 그 시정책
　을 써야 하겠습니다.

이준범 : 그런데 여러 말할 것 없이 과거의 지성인의 자세는 하늘을 마

음대로 쳐다보지 못하고 고개를 떨어뜨리고 숙이
면서 걸어가는 것이었는데 요즈음은 도리어 애기
밴 여인처럼 배가 나오고 자가용 차를 타고 다니
면서 큰 소리나 치는 것이 지성인의 자세가 아닌
가 생각합니다.

(일동 웃음)

김재완

박암 : 이 선생 말씀은 지성인이 대중과 더 가깝게 살아야 한다는 것을
　　　내포하고 있는 것이 아닙니까?

사회 : 여러 가지 좋은 말씀을 많이 들었습니다. 아무쪼록 우리들 자신
　　　부터 양심과 학문과 신의의 지조를 지켜야 하며 대아정신에 입각한
　　　주체성을 확립하여 이 나라, 이 사회의 '에너지 펌프'가 되어야겠습
　　　니다.

　　　오늘은 이 정도로써 제1회 동인 방담회의 막을 내릴까 합니다. 무엇
　　　보다도 이처럼 오랜 시간에 걸쳐 훌륭한 말씀을 해 주셔서 대단히 감
　　　사합니다. (끝)

〈編〉〈輯〉〈後〉〈記〉

一九六七年 一月 三日의 窓밖은 氷
點下의 로타리.
流水와 같은 歲月을 따라 「空論」
의 歷史도 於焉 五個星霜.

이젠 흘러가는 저 歲月도
이젠 쉬어가는 저 구름도
空論團地의 氣象을 알리라.
空論家族의 참다운 길을 알리라.

年齡의 階層을 超越한 空論同人
貧富를 超越한 空論同人
職位를 超越한 空論同人
政派를 超越한 空論同人
男女가 平等한 空論同人
結局 空論同人은 平和스런 人間
家族.

기특하다 空論이여! 祝福있으라
永遠히…。
〈尙雲〉

글새

◇

韓國初有의 「異色모임」이란다.
東西古今에 無類의 「異色모임」이
란다. 如何튼 國內外에서 관심을 끄
는 우리 空論同人會는 이곳저곳
의 話題꺼리.

◇

各界各層 곳곳에서
生活人이 모인 우리廣場은
希望과 사랑이 넘쳐 흐르는 곳.

이번에도 역시
常湖同人의 主된 結晶으로써
「空論」 第三彈을 宇宙에 또다시
發射.

同人이여!
常湖同人에게 空論勳章을 주자!
平和勳章을 달아 주자! 〈湖月〉

◇

또다시

◇

세번째의 새로운 「空論」을

◇

험담많고 트집많은 이 世上에
수줍은듯이 선을 보인다.

이젠 四一名의 건전한 「얼」로
對話의 共同廣場에 또다시 모여
未來를 約束하는 祝盃를
마음껏 들자! 드높이 쳐들자!

지난 年度의
推薦者및 入會希望者 三七名中
우리 同人總意에 따라 萬不得己
우선 여섯 仙人만을 모신 셈
그밖엔 未安하고 罪悚悚.

이번 第三의 「空論」에는 紙面關
係로 모두 一篇씩만 골라 신다.
나머지 原稿는 第四隨筆集에 실
고.

空論家族이여! 健勝을.
〈常湖〉

<空論同人會任員>

代表幹事：金　衡　翼
編輯委員：姜　周　鎭
　　　　　金　安　在完
　　　　　金　載　白
　　　　　吳　蘇　泰
　　　　　全　圭　子
　　　　　千　鏡　雲
　　　　　韓　何　球
監　　事：李　洋　馨
　　　　　孫　在

空　　論 <第三隨筆集>

1967年 1月 10日　印刷
1967年 1月 15日　發行

<頒布特價 200원>

版權所有

著　者　空　論　同　人　會
發行處　無　何　文　化　社
　　　서울特別市中區明洞 2街82
　　　登　錄　番　號～No. 529
印刷處　國　際　出　版　株　式　會　社

〔同人會事務處〕＝서울特別市中區明洞2街82番地
（無何文化社 轉交） TEL （22） 8175

# 空論同人會 經過



1963년 3월 1일

요즘 사회의 질서가 문란하고, 윤리 · 도덕이 실종된 가운데 민심이 각박한 현실에서 오로지 사회정화운동이 필요하다고 본 진학문 · 이항녕 · 김사달 · 천경자 · 오소백 · 전규태 · 김재완 제씨 등은 서울 시내 종로통에 있는 '한미다방' 2층에 모여 담론을 나누는 가운데 다소나마 국가 · 사회의 공익에 기여함을 목적으로 '社會論評 · 隨筆同人會' 구성을 시도하고 각 분야의 지성인들을 많이 모을 것에 공감 · 합의하다.

1963년 3월 2일

서울 시내 '한미다방' 2층에서 박일경 · 양병택 · 서중석 · 박암 · 이규복 · 김사달 · 김재완 제씨 등이 함께 모여 다만 순수한 생활철학의 수필과 사회논평만을 쓰기로 하는 동인회를 구성키로 합의하고, 우선 김재완 씨에게 이의 참가대상 · 범위를 확대하여 기획 · 집행할 것을 위임하다.

1963년 3월 15일

김재완 씨를 비롯한 서중석 · 이규복 제씨는 조영식 · 최신해 · 안호상 · 김팔봉 · 최옥자 · 유진오 · 고병국 · 진학문 · 서돈각 · 황산덕 · 조동필 · 강순원 · 김옥길 · 고황경 · 손재형 · 최계환 · 김백봉 · 구상 · 한하운 · 한태수 씨 등을 일일이 개별적으로 만나 동인회 구성에 만족한 합의를 보았으며, 필요에 따라 〈생활인의 수필〉을 집필하기로 각각 약속하다.

1963년 4월 19일

서울 시내 종로 1가 '양지다방' 3층에서 김사달 · 최계환 · 한태연 · 서중석 · 이규복 · 오소백 · 김재완 제씨 등이 모여 〈동인회의 구성에 있어서 전문분야가 다른 사회 각계 인사들을 망라〉하기로 재다짐하다.


1963년 5월 16일

김사달 · 김재완 · 오소백 씨 등이 개별적 전화통화 및 직접 만남을 통하여 김형익 · 선우휘 · 장기범 · 최형종 · 강주진 · 권순영 · 김경 · 김봉기 · 김안재 · 변시민 · 명석축자 · 서주연 · 원종목 · 이양구 · 윤호영 · 이준범 · 주석균 · 최병협 · 김지열 제씨 등과 동인회 구성에 관하여 합의를 보고 계획에 따라 〈생활인의 수필〉을 써 보내기로 약속하다.


1963년 6월 25일

서울 명동 '서라벌다방'에서 오상순 · 조남두 · 김사달 · 마욱 · 김재완 제씨 등이 만나 동인회에 관한 확대 구상에 합의를 보고 구체적 방안을 검토하다.


1963년 7월 17일

조남두 · 마욱 · 김재완 제씨 등이 서울 명동 '금문다방'에서 함께 만나 발기인총회가 있을 때까지 동인회 창립의 실무면에 대하여 협의 · 진행하기로 다짐하다.


1963년 7월 29일

김재완 · 김사달 · 오소백 · 조남두 · 마욱 제씨 등은 서로 협의 · 분담된 ‘同人憲章’ ‘共同宣言’ · ‘發起文’ 및 ‘會規’ 등의 초안을 작성 완료하다.


1963년 8월 15일

발기인 서명날인에 착수하다.


1963년 10월 10일

발기인 서명날인을 종결하다.


1963년 10월 12일

(1) 이 날(토요일) 오후 3시에 서울 시내 충무로에 있는 ‘태극당 특실’에서 최초로 ‘제1회 공론동인회 발기인 총회’를 갖다.

(2) 이 ‘제1회 공론동인회총회’에서는 ㈎ 상호인사교환 ㈏ 경과보고 ㈐ 동인헌장 · 공동선언 · 동인회규약 통과 ㈑ 임원선출 ㈒ 동인회 사업계획 등이 의결 통과되다. 이번 총회 비용의 일부를 김형익 동인 · 진학문 동인 · 김재완 동인께서 협찬하다.

(3) 임원을 다음과 같이 선출하다.

대표간사 : 진학문(초대) = (동아일보 창간 당시 논설반 기자 · 한국경제인협회 상근 회장 · 재건국민운동중앙회 운영위원장)

실무간사 : 김재완 · 조남두 · 마욱

편집위원 : 김사달 · 서중석 · 천경자 · 박암(실무간사 포함)

감사 : 한하운 · 이규복


1963년 10월 25일

이 날 오후 5시, 서울 명동 2가 ‘무하문화사’ 4층에 있는 임시 ‘동인

사랑방’에서 제1차 실무간사회의 및 제1차 편집위원회를 갖고 ‘동인회’ 운영과 ‘동인지’ 발간을 위한 편집계획을 세우다.

이번《제1수필집》표지의 제자(題字)는 김사달 동인(의학박사·수도의과대학 교수)이 쓰고, 표지의 그림은 천경자 동인(홍익대학 미술학과 교수·국전 심사위원)이 맡아주기로 합의 보다.


1964년 3월 15일

이 날 오후 5시, 제2차 실무간사회의 및 제2차 편집위원회를 ‘동인사랑방’에서 개최하고 그동안 동인들이 집필한 수필원고를 1차로 취합하는 한편, 6월 말까지 2차 마감하여《제1수필집》을 편집·발간키로 결의하다.


1964년 10월 3일

(1) ‘제2회 공론동인회 총회’를 서울 명동2가 ‘무하문화사’ 4층에 있는 ‘동 인사랑방’에서 하오 6시에 개최하다. 이번 총회의 비용 일부를 한하운 동인께서 협찬하다.

(2) 이 날 총회에서는 ㈎ 지난 1개년간의 업무검토와 ㈏ 동인회 정지작업을 논의하고 ㈐ 새 동호인의 입회를 승인하는 한편 ㈑ ‘동인지’ 발간 및 ‘동인회’ 사업 추진을 위한 임원진을 일부 개선하다.

(3) 이 날 개선된 임원은 다음과 같다.

대표간사 : 박암(제2대) = (외무부 차관·한국외국어대 교수·한국도의실천연맹 대표)

실무간사 : 김재완·한하운·김사달

편집위원 : 전규태·오소백·천경자·김경(실무간사 포함)

감사 : 최신해·이양구

1964년 10월 24일

제3차 편집위원회를 '동인사랑방'에서 갖고 동인지인 제1수필집의
편집계획을 세우다.


1964년 11월 3일

제4차 편집위원회를 '동인사랑방'에서 갖고 제1수필집의 편집을 완
료하다.


1964년 12월 17일

'공론동인지'인 제1수필집《이방인》의 조판, 인쇄를 착수하다.


1964년 12월 24일

서울 명동 '동인사랑방'에서 1964년도 송년회를 갖다.


1965년 1월 7일

드디어 제1수필집《이방인(異邦人)》이 출간되다.


1965년 1월 25일

새빛사(대표 한하운)의 간청으로 월간 『새빛』지 2월호부터 우리 공
론동인의 새 수필을 매호마다 2편씩 「천자수필」란에 연재키로 약정하
다.


1965년 2월 2일

제1수필집《이방인》 출판기념 자축회의를 이 날 오후 5시에 서울 명
동에 있는 '동인사랑방'에서 갖다.

1965년 4월 5일

명동 '동인사랑방'에서 제3차 실무간사회를 열고 동인회 운영에 관하여 전면적으로 재검토하다.


1965년 6월 6일

제5차 편집위원회를 열고 '동인지'인 제2수필집의 편집계획에 대하여 논의하다.


1965년 7월 7일

(1) '제3회 공론동인회 총회'를 서울 명동에 있는 '사보이호텔 특실'에서 개최하고 ㈎ 새로운 동호인의 입회 승인 ㈏ 제2수필집의 발간 계획 ㈐ 새로운 임원 선출 ㈑ 한국문화상 제도에 관한 논의 ㈒ 장학금제도에 관한 대책 등을 논의하다. 이번 동인회 총회의 일부 비용을 강주진 동인과 최신해 동인께서 협찬하다.

(2) 새로 선정된 임원은 다음과 같다.

대표간사 : 최신해(제3대) = (의학박사 · 청량리뇌병원장 · 서울대 의과대학 교수 · 수필가)

실무간사 : 김재완 · 전규태 · 최계환

편집위원 : 한하운 · 김사달 · 손재형 · 권순영(실무간사 포함)

감사 : 강주진 · 서중석


1965년 8월 9일

서울 시내 태평로 '동양다실'에서 제4차 실무간사회를 갖고 동인회 운영에 관한 문제를 숙의하다.

1965년 9월 10일

서울 명동 '동인사랑방'에서 제6차 편집위원회를 열고 《제2수필집》의 편집체제에 관하여 의논하다. 이번 《제2수필집》의 표지제자는 소전(素筌) 손재형(孫在馨) 동인(서예가 · 전국예술인단체총연합회 회장)의 휘호를 게재키로 하고, 표지의 그림은 김사달(金思達) 동인(의학박사 · 수도의과대학 교수)이 맡아 주기로 합의보다.


1965년 10월 9일 오후 5시

(1) '제4회 공론동인회 임시총회'를 서울 시내 충무로에 있는 '태극당 특실'에서 이 날 오후 5시에 열고 ㈎ 새로운 동호인의 입회 승인과 ㈏ 새 임원을 선출 (다) 동인지 출판에 관하여 의논하다. 이번 임시총회의 모든 비용을 천경자 동인께서 협찬하다.

(2) 새로 선정된 임원은 다음과 같다.

대표간사 : 김팔봉(제4대)=(본명 김기진 · 작가 · 경향신문사 주필 · 재건국민운동중앙회 제2대 회장)

실무간사 : 김재완 · 최계환 · 전규태

편집위원 : 오소백 · 김사달 · 한하운 · 조남두(실무간사 포함)

감사 : 강주진 · 서중석


1965년 11월 12일

제7차 편집위원회를 '동인사랑방'에서 갖고 제2수필집의 추가원고를 마감하기로 결의하다.


1965년 12월 10일

제8차 긴급 편집위원회를 '동인사랑방'에서 열고 《공론》 제2수필집의 추가편집을 완료하다.


1965년 12월 17일
동인지《공론》제2수필집의 조판이 시작되다.


1965년 12월 30일
이 날 오후 5시, 1965년도 송년회를 서울 충무로에 있는 '카네기 홀'
에서 갖다.

1966년 1월 1일
병오 신년을 맞이하여 동인 가족의 행복을 축원하는 상호간의 인사
교환이 서면, 또는 개별적 만남으로 이행하다.


1966년 1월 10일
제5차 실무간사회를 '동인사랑방'에서 갖고 새로이 입회를 희망해
오는 동호인들에 관한 문제를 예비 토의하다.


1966년 2월 26일
제9차 편집위원회를 '동인사랑방'에서 갖고《공론》제2수필집의 교
정을 OK하다.


1966년 3월 30일
드디어《공론》제2수필집이 출간되다.

1966년 4월 6일

제6차 실무간사회를 명동 '동인사랑방'에서 갖고 동인회의 발전적 운영에 관하여 논의하다.


1966년 4월 19일

국내외의 각급도서관 및 일간 신문사·각급 기관장, 그리고 국회의원 등에 일일이 동인지를 기증·발송하다.


1966년 5월 15일

제10차 편집위원회를 '동인사랑방'에서 갖고 동인지의 《공론》 제3 수필집에 대한 편집계획을 세우다. 이번 《제3수필집》의 표지 제자는 종전대로 손재형 동인(서예가·전국예술인단체총연합회 회장)의 휘호를 계속 유지·게재키로 하고, 표지의 그림은 김사달 동인(의학박사·수도의과대학 교수)이 맡기로 하다.


1966년 6월 25일

제7차 실무간사회를 '동인사랑방'에서 갖고 동인회의 가일층 발전을 위한 새로운 정지작업을 하기로 합의보다.


1966년 7월 2일

'제5회 공론동인회 총회' 및 '제2수필집 출판자축회'를 동양그룹 이양구 회장의 배려로 오후 6시 반부터 11시 반까지 서울 시내 종로구 청운동에 있는 '청운각'에서 성대히 개최하다. 이날 논의된 사항은 다음과 같다.

(1) 동인회 규약 제10조의 1의 ㄱ항을 개정하고 동인지를 춘추 년2회

간행키로 하다.

(2) 동인회 규약 제11조의 1의 ㄱ항을 개정하고 회비를 춘추 년2회 분납키로 하다.

(3) 문화상 제도기금 및 장학제도기금의 규정을 별도 제정키로 하다.

(4) 새 임원을 다음과 같이 선정하다.

대표간사 : 김형익(제5대) = (의학박사 · 김형익외과병원장 · 서울특별시 의사협회 회장 · 수필가)

실무간사 : 한하운 · 김재완 · 전규태

편집위원 : 천경자 · 오소백 · 강주진 · 김안재(실무간사 포함)

감사 : 이양구 · 손재형

(5) 동인회의 도서실을 설치하고 동인들의 저역서(著譯書) 및 기타도서를 각 1부 이상씩 기증하기로 하다.


1966년 7월 30일

함경북도지사로 계신 최병협 동인이 숙환으로 별세하다.


1966년 8월 1일

오전 10시, 시내 세종로5가 천주교회에서 있은 고 최병협 동인의 영결식에 김재완 총무간사 외 여러분이 참석하다.


1966년 9월 3일

오후 2시 30분, 서울 시내 다동 '호수그릴' 특실에서 〈韓國知性人의 姿勢〉라는 주제로 '제1회 공론동인 포럼'을 가지다.

이 포럼의 참석자는 김형익(의학박사 · 후생일보 사장), 주석균(한국농업문제연구소장), 최형종(서울대 농과대학 교수), 한태수(한양대 법정대학장), 박암(수필가 · 전 외무부차관), 변시민(인구문제연구소장 · 교수), 서중석(경희대 교수), 이준범(시인 · 신흥출판사장) 동인 제씨이며, 이날 사회는 김재완 동인(극동문제연구원 이사 겸 사무처장 · 경희대 강사)이 맡았다. 이번 동인회 포럼의 제비용을 서중석 동인께서 부담하다.


1966년 9월 20일
《공론》 제3수필집 원고를 제1차 마감하다.


1966년 10월 5일
제8차 실무간사회를 '동인사랑방'에서 갖고 동인회 운영문제를 전면적으로 재검토하다.


1966년 10월 20일
《공론》 제3수필집의 추가원고를 최종 마감하다.


1966년 11월 27일
제11차 편집위원회를 '동인사랑방'에서 열고, 《제3수필집》의 편집을 완료하다.


1966년 12월 17일
《공론》 제3수필집의 조판을 시작하다.


1966년 12월 24일
1966년의 송년회를 '동인사랑방'에서 간소히 갖다.

1967년 1월 15일

드디어 공론동인지 《空論》 제3수필집이 출간되다.


1967년 1월 20일

국내외의 각급 도서관 및 일간신문 · 각급 기관장과 국회의원에게 《공론》 동인지를 발송 · 기증하다.


1967년 2월 15일

이 날 오후 5시 30분, 동인회 '제3집 수필집 출판기념회' 를 서울 시내 다동에 있는 '호수그릴 특실' 에서 성대히 개최하다. 이번 출판기념회의 제비용을 김사달 동인께서 협찬하다.


1967년 3월 20일

오후 5시, 제9차 실무간사회를 '동인사랑방' 에서 갖고, 동인회 신입회원의 제한문제와 제반운영에 관해 논의하다.


1967년 5월 10일

오후 6시, 제12차 편집위원회를 서울 명동에 있는 '사슴살롱 특실' 에서 갖고 공론동인지 《제4수필집》의 원고 집필과 지난 호에 게재하지 못한 원고처리 문제를 논의하다.


1967년 9월 25일

오후 6시 반, 제10차 실무간사회와 13차 편집위원회 합동회의를 서울 태평로 해남빌딩에 있는 '궁전그릴 특실' 에서 개최하고 공론동인지 《제4수필집》의 조속한 발간과 동인회 발전 방안에 관해 협의하다.

1967년 10월 12일

오후 6시, 서울 시내 명동에 있는 '동인사랑방'에서 제11차 실무간
사회와 제14차 편집위원회를 합동으로 긴급히 개최하고 '국내 문필활
동의 여건축소와 내외 사정' 등으로 인해 당분간 동인회《제4수필집》
발간을 보류하기로 합의보다.

◇　　　◇　　　◇


2012년 1월 26일

오후 5시 30분, 그동안 '공론동인회'를 부활하자는 의견이 분분한
가운데 서울 시내 세종로에 있는 '봄싸롱'에서 최계환·전규태·김재
완·박성수·김정대·김대하·양종·법현·이선영·변진흥·김재
엽·우원상 제씨 등이 임시 '부활추진위원회'를 구성하고 다음 모임
때까지 뜻을 함께 할 수 있는 공론동인의 적격자를 추천하기로 하다.


2012년 2월 3일

오후 5시, '공론동인회'의 '창립취지'와 '공동선언'·'동인헌장'·
'동인회 규약' 등을 전폭적으로 찬동하고 이해하는 동인(추천자 포함)
30여 명이 서울 시내 세종로에 있는 '세종홀'에 모여 여러 가지 숙의
끝에 '공론동인회'의 새 출발을 다짐하다.
'공론동인회'는 지금으로부터 49년 전인 1963년 10월 12일 우리나라
각 분야에서 활동하고 계시는 지도자급의 전문인과 지성을 갖춘 인격
자들이 혼연일체가 되어 오로지 사회소통과 사회정화를 기하고 이해
와 사랑과 평화 등을 지표로 하여 순수하게 〈생활인의 수필과 칼럼〉만
을 쓰는 한국 최초의 친화·소통의 모임을 자부하게 되었다.

이 날 새로이 출발하는 공론동인회의 임원을 다음과 같이 선임하다.

대표간사 : 김재완(제6대) = (전 경희대 · 연세대 · 대진대 통일대학원 강사 및 교수, 한국민족종교협의회 사무총장, 겨레얼국민운동본부 이사 겸 평화통일위원장, 한국종교지도자협의회 운영위원, 한국자유기고가협회 고문, 한국종교연합 공동회장, 세계종교평화포럼 회장)

실무간사 : 최계환 · 전규태 · 김재엽

편집위원 : 신용선 · 김정대 · 김대하 · 양종 · 한만수 · 이선영
　　　　　변진홍 · 법현 · 주동담

감사 : 김백봉 · 우원상


## 2012년 5월 19일

공론동인회의 同人誌(가제 : 《知性의 香氣》 상권 및 하권 · 약 850쪽)의 기획 · 편집 · 제작이 이미 착수되다. 제반기획 및 제작은 도서출판 '한누리미디어' 에 위촉하다.


## 2012년 12월 8일

오후 1시부터 5시까지 서울 서교동 소재 도서출판 '한누리미디어' 편집실에서 김재완 대표간사를 비롯한 편집위원들이 모여 공론동인회 수필전집(1,2,3집 합본) 《지성의 향기》(상권)과 공론동인회 수필집 4집 《지성의 향기》(하권)의 최종 편집회의를 마치다.


## 2012년 12월 26일

모든 편집과 교정을 마치고 공론동인회 수필전집 《지성의 향기》(상권)과 공론동인회 수필집 4집 《지성의 향기》(하권)이 고급 양장본으로 인쇄조치되다.

# 空論同人會 規約

## 제1장 총칙

제1조　본회는 '공론동인회'라 칭한다.

제2조　본회는 사회 각계인이 함께 모여 생활철학으로서의 새로운 수필의
　　　형식을 도모하고 비정한 이 사회의 등불이 됨을 목적으로 한다.

제3조　본회 동인은 발기동인 및 제2조의 목적을 찬동하는 사람으로서 동
　　　인 3인 이상의 추천을 거쳐 간사회에서 승인된 사람으로 한다.

제4조　본회의 사무실은 서울특별시에 두며 필요한 곳에 연락처를 둘 수
　　　있다.

## 제2장 임원

제5조　본회는 다음과 같은 임원을 둔다.

　　　1. 대표간사 1명

　　　2. 실무간사 3명

　　　3. 편집위원 7명(실무간사 3명 포함)

　　　4. 감사 2명

제6조　임원의 선출 및 임무는 다음과 같다.

　　　1. 대표간사는 동인총회에서 윤번제로 호선하며 본회를 대표하고
　　　　간사회의 장이 된다.

　　　2. 실무간사는 동인총회에서 선임하며 총무, 조직, 연락, 재정, 출
　　　　판, 편집, PR 등의 사무를 분담한다.

3. 편집위원은 간사회의 결의로써 동인중 적임자에게 위촉하며 출
판, 편집에 관한 사무를 협의한다.

4. 감사는 동인총회에서 윤번제로 호선하며 회무회계를 감사한다.

제7조　임원의 임기는 다음과 같다.

1. 대표간사 1개년

2. 실무간사 1개년

3. 편집위원 1개년

4. 감사 1개년

(단, 결의에 따라 중임할 수 있다)

제8조　임원에 결원이 생길 때에는 간사회에서 보궐하고 차기집회에서 승
인을 받아야 하며 임기는 전임원의 잔임기로 한다.


# 제3장 집회

제9조　본회의 집회는 정기집회 · 임시집회 · 간사회 · 편집위원회로 구분
하며, 정기집회는 매년 12월의 제3주 토요일로 하고 임시 집회와
간사회 · 편집위원회는 필요에 따라 대표간사가 소집한다.


# 제4장 사업

제10조　본회는 다음과 같은 사업을 한다.

1. 출판

㈀ 동인지…춘(4월) 추(10월)로 년 2회 간행

(ㄴ) 수필집…동인지 게재분을 자료로 하여 개인별 수필집, 주제별 수필집 등 연간으로 기획출판

(ㄷ) 번역…교양을 위한 참고도서의 번역출판

2. 연구회

(ㄱ) 3월 6월 9월 12월에 각 1회씩 교양을 위한 특별연구발표회를 실시. 단, 대내 대외로 구분 기획할 수 있다.

(ㄴ) 수시로 좌담회를 개최

3. 한국문화상

(ㄱ) 한국문화상을 위한 기금을 확립한다.

(ㄴ) 한국문화상 제도에 대한 규정은 별도로 정한다.

4. 장학제도

(ㄱ) 장학금을 위한 기금을 확립한다.

(ㄴ) 장학금 제도에 대한 규정은 별도로 정한다.

5. 도서실

(ㄱ) 도서실을 설비하여 동인의 교양 및 연구활동에 도움을 준다.

(ㄴ) 동인들의 저서를 비치하여 둔다.

(ㄷ) 필요한 국내외의 도서 및 출판물을 구입하여 참고 열람케 한다.

6. 기타 공익을 위한 사업


# 제5장 재정


제11조 본회의 수입과 지출은 다음과 같다.

1. 수입

ㄱ. 회비 춘추로 3,000원씩(단, 결의에 따라 증감할 수 있다)

ㄴ. 입회금 2,000원

ㄷ. 찬조금 및 보조금

ㄹ. 출판물에 의한 수익

2. 지출

ㄱ. 연락ㆍ집회비용

ㄴ. 사무제비

ㄷ. 출판비용

ㄹ. PR비용

ㅁ. 기타, 공익사업비

제12조 간사회는 매년 회계의 결산을 감사의 감사를 거쳐 정기집회에 보고
하여 승인을 받아야 한다.


# 제6장 부 칙


제13조 본 회규를 위배하거나 본회의 명예를 훼손하는 자는 간사회의 결의
에 의하여 제명한다.

제14조 본 회규는 동인의 총의로 개정할 수 있다.

제15조 본 회규에서 총의라 함은 재적동인의 과반 출석에 과반 찬성을 의
미한다.

제16조 본 회규에 규정되지 아니한 사항은 일반관례에 의한다.

제17조 본 회규는 서기 1963년 10월 12일부터 효력을 발생한다.

공론동인회 수필전집

# 지성의 향기 ⑨

지은이 / 공론동인회
발행인 / 김재엽
펴낸곳 / **한누리미디어**
디자인 / 지선숙

121-840, 서울시 마포구 잔다리로 35 서원빌딩 2층
전화 / (02)379-4514, 379-4519
Fax / (02)379-4516
E-mail/hannury2003@hanmail.net

신고번호 / 제300-2006-61호
등록일 / 1993. 11. 4

초판발행일 / 2012년 12월 31일

ⓒ 2012 공론동인회 Printed in KOREA

값 33,000원

※잘못된 책은 바꿔드립니다.

ISBN 978-89-7969-443-7  04810
ISBN 978-89-7969-442-0  (세트)